喀拉布风暴

红 柯○著

图书在版编目(CIP)数据

喀拉布风暴 / 红柯著. —重庆：重庆出版社, 2013.9
ISBN 978-7-229-06817-2

Ⅰ.①喀… Ⅱ.①红… Ⅲ.①长篇小说—中国—当代 Ⅳ.①I247.5

中国版本图书馆 CIP 数据核字(2013)第178046号

喀拉布风暴
KALABU FENGBAO
红 柯 著

出 版 人：罗小卫
责任编辑：别必亮 杨 耘
责任校对：刘 艳
装帧设计：重庆出版集团艺术设计有限公司·陈永 蒋忠智

重庆出版集团
重庆出版社 出版

重庆长江二路205号 邮政编码：400016 http://www.cqph.com
重庆出版集团艺术设计有限公司制版
重庆升光电力印务有限公司印刷
重庆出版集团图书发行有限公司发行
E-MAIL:fxchu@cqph.com 邮购电话：023-68809452
全国新华书店经销

开本：889mm×1194mm 1/32 印张：14.75 字数：488千
2013年9月第1版 2013年9月第1次印刷
ISBN 978-7-229-06817-2
定价：32.00元

如有印装质量问题，请向本集团图书发行有限公司调换：023-68706683

版权所有 侵权必究

内容提要

大西北的沙漠瀚海中,肆虐着黑色的沙尘暴,当地人称之为喀拉布风暴。它冬带冰雪,夏带沙石,所到之处,大地成为雅丹,鸟儿折翅而亡,幸存者衔泥垒窝,胡杨和雅丹成为奔走的骆驼。喀拉布风暴中幸存的燕子,成就了爱的守候,它们寻寻觅觅,几根杂草几块泥巴就筑起一个孕育爱的窠巢;那些岿然迎接喀拉布风暴洗礼的地精,成为了爱的源泉,它们汲取精华,给踽踽泅渡爱情苦海的人们以爱的力量;那些沙漠中亦真亦幻的金骆驼,成济了爱的理想,它们若即若离,让执着求索的人儿在浩渺的沙漠瀚海中体认一份爱的缘起。

围绕着地精,这沙漠中的奇珍,张子鱼、孟凯和武明生三个青年人的前世今生、情感纠葛在命运中交织,他们几经波折,几度寻索,各自历经了生命的喀拉布风暴,在爱情的沙漠瀚海中找到心灵的归宿。而女主人公叶海亚、李芸、陶亚玲的人生,则清新而又波澜起伏。张子鱼们的情感羁旅又何其相似,冥冥中,三人循着冒险家斯文·赫定的精神之路,暗合着凄美诗篇《蕾莉与马杰农》所寓,各自了断生命中那些执念,面对着阒寂的沙漠瀚海,才明白爱一个人,就当懂得面对,就当毫无保留。喀拉布风暴渐渐归于平静,沙漠瀚海中旅人的迷途知返,爱情像地精一样汲取精华而茁长,驼铃依旧,燕自回巢。一路走来,多少故事仍需时间来沉淀……

目录

第一章 / 1

第二章 / 91

第三章 / 330

尾声 / 459

第一章

1

那人出现在校园里,头发乱蓬蓬,衣服如同飘带。此时此刻校园空荡荡,县城以及整个绿洲都是空荡荡的,骆驼都躲起来了。每一场沙尘暴都要损失一些羊,有时还会死人。她眼睁睁看着这个大风中幸存的家伙一点一点走过来,她还记得她叫了男朋友的名字,"孟凯、孟凯"叫了半天。这个叫孟凯的小子那么专注,端着望远镜看阿拉山口的飞沙走石。这个叫孟凯的小子再次把望远镜塞到她手里时她没拒绝。

望远镜一下子把校园那个飘如飞蓬的家伙拉近了,那张脸被风沙打磨得毫无血色,眼睛空洞而焦灼,她抖了一下,望远镜就移开了,她就看见了八十公里外的阿拉套山巴尔鲁克山以及有名的准噶尔之门阿拉山口。二十公里宽九十公里长的风沙的走廊山呼海啸,跟美国大片一样,看得人心惊肉跳,怪不得孟凯这小子那么喜欢看阿拉山口。孟凯问她:"咋样?比赵忠祥的《动物世界》好看吧?"她手里的望远镜慢慢移动,从戈壁到沙漠到大草滩到林带围起来的庄稼地到城郊,一直到县城的大街小巷,最后到学校的大铁门,她又看见了那个大风中的幸存者。

在校园再次看到那张面孔时,她笑了一下,那张伤痕累累疲惫不堪的脸也亮了一下。当时她就想告诉他:起风的时候不要出门。听说他是外地人,来精河好几年了,深居简出独来独往很少有人注意他。她后悔当时没有劝他几句,沙尘暴又来了。这个可怜的家伙出现在绿洲外边的荒漠上。放牧的人才去那里,挖药的人才去冒险。沙尘暴持续三小时,那人在瀚海里出现过五次,最后一次在林带边上,靠在老榆树上大口喘气,然后消失在林带里,又出现在庄稼地里,又消失在三三两两的土坯房砖房后边,再次出现时已经到了大街上。大风还在高空呼啸,人和动物还在藏身的地方整理自己,整个绿洲静悄悄空荡荡,这个泅渡了瀚海的家伙跟个鬼一样轻手轻脚穿城而过,进了单位的大铁门。

都记不清刮了多少次沙尘暴了。

孟凯总以为女朋友跟他一样迷上了阿拉套山与巴尔鲁克山。孟凯计划夏天去山上玩几天,住牧人的帐篷,夏牧场是牧人的天堂嘛。然后去阿拉山口,靠着那个黑黝黝的山嘴照张相。顺利的话可以敲定他们的结婚日期。

提前几天做准备,饮料矿泉水香肠面包之类很简单,当然得有相机,还得有朋友。女朋友在牧场待过,对荒漠很熟悉,孟凯就顺从她,先去荒郊野外。她一马当先招呼大家跟她走。已经到沙漠深处,梭梭红柳都很少了,火焰般的骆驼刺也稀稀拉拉,胡杨都是几公里一棵,都是独臂大树,跟风车似的。除了骆驼粪,还有矿泉水瓶和烟头。放驼人是不带矿泉水瓶子的。大家吵吵嚷嚷,说明有人来过,而且跟我们一样是来郊游的。就有人高呼:来这里郊游的都是精河的好儿女,带来了城市的气息。大家忙着照相。返回时疲惫不堪,都不说话了。

姑娘还记得离开沙漠时她看到的一股子旋风,摇曳盘旋直冲蓝天,蓝天就在头顶,旋风越旋越紧,天一点点远去,好像被那旋风顶起来一样,若是那旋风横扫过来扑到脸上,会留下多么深的伤痕。姑娘想起了那个大风中出现的古怪的家伙。

上班后,她主动去跟那个家伙打招呼:"我叫叶海亚,语文组的。"那个家伙说:"张子鱼,史地组的。"叶海亚看了一眼张子鱼被沙子打磨过的伤痕累累的脸。

暑假前一个半月,又来了几场沙尘暴,气温上升,大风如同热浪,飞沙走石都带着电火,瀚海热浪滚滚,几十公里外热气逼人。张子鱼出现在大漠深处,他的一举一动都逃不出叶海亚的眼睛。叶海亚动员张子鱼去山上玩,山上凉快。张子鱼说:"沙漠晚上也凉快。""白天呢?白天就像油锅。"叶海亚没想到自己的声音这么大,都不好意思了。张子鱼笑笑没吭声。史地教研室的老主任王老师替张子鱼解脱:"地理老师不比你们语文老师,要野外考察,跟地质队员差不多。"王老师当过地质队员,跑遍了天山南北,受过伤,就转到地方当教师。王老师那张脸人称雅丹地貌,王老师说:"小张学我哩。"张子鱼不停点头。几个语文老教师不这样看:"感情受过挫折,从西安跑到边疆,赌气哩,气一消,就拍狗子①走人。"叶海亚就说:"自己折磨自己嘛!"老教

---

① 狗子,陕西方言,屁股眼的意思;这里借指屁股。

师又有说法："这叫沙漠治疗，连后遗症都没有。"张子鱼感情方面出过问题，而且是大问题。

相当长时间，叶海亚躲在房子里，也不摆弄望远镜，连窗外看都不看。孟凯被赶出去。孟凯站在楼道进退两难。叶海亚的同事就出来打圆场："小叶心情不好，过几天就莫事了，你过几天再来。"

过几天孟凯可以进房子，孟凯没办法跟叶海亚说话。叶海亚想心事呢。叶海亚想心事的样子也很奇怪，文文静静地坐在床边，垂着脑袋，目光落在胸口，整个人就像裹在茧壳里的蚕，在织一张华美柔软的网。叶海亚看了孟凯一眼，孟凯吃惊地往身后去看，身后没有人呀，可他明明感觉到叶海亚的目光穿越了他，叶海亚在看一个极其遥远的地方。这是他们相恋数年以来没有过的事情。

孟凯把他的疑虑说给最好的朋友，朋友已经娶妻生子有丰富的人生阅历，就告诉他：女人都有婚前恐惧症，等领结婚证的时候反应更激烈。在孟凯的计划里，暑假去阿拉山口玩的时候敲定结婚日期，年底办喜事。朋友就称赞：这个计划不错，婚前一定要出去玩一次，一定要玩开心，疯够了，浪够了，就能安安静静进新房。朋友也没忘了告诫他：许多女人领了结婚证却成了别人的新娘。

"为什么？"

"收获季节，果实累累，果子不一定落到辛辛苦苦浇水除草的园丁手里，你别激动，你闭上眼睛好好想想果园里的景象，你好好想吧。"

孟凯当时就沉浸在中亚腹地风光无限的果园里。回去的路上孟凯碰见一个维吾尔男人赶着毛驴车，无忧无虑地唱着歌，那歌反反复复只有这么几句："亚克西亚克西，亚克亚克西呀，姑娘的苹果亚克西……。"孟凯从小就听这首古老的歌谣，也唱这首老歌子，唱到中学就不唱了，到精河上高中，碰到精河丫头叶海亚，浑小子一下子就安静了，脱胎换骨了。孟凯的父母把未来的儿媳当大恩人，不惜当着叶海亚父母的面数落自己的儿子，一口一个土匪，叶海亚的父亲是个老军人，哈哈一笑："儿子娃娃不拼刀子不打架还能叫儿子娃娃吗。"不是一家人不进一家门，等着办喜事就可以了。孟凯这么想，大家都这么想。谁也没想到芳香而神秘的苹果。

孟凯睡不着，耳边老响着姑娘、苹果、苹果、姑娘，这两者有啥必然联系吗？能比得上给牛顿带来巨大灵感的苹果吗？那可是一颗熟透的果子，在地球引力的作用下离开树枝向大地奔去，那可是一股势不可挡的力量呀！孟凯翻个身，把枕头紧紧抓在手里，除了男女最后一道防线，该有的他们都有了，拥抱亲吻抚摸，古歌咋唱的？我亲了你火热的双唇，方知人生的甘美。苹果与叶海亚，叶海亚与苹果，这确实是一个严重的问题。打开台灯，抽一支烟。这就是小县城的好处，单身汉还能独处一室，那些分到乌鲁木齐、伊犁的同学领了结婚证还分不到一个单间。一个人想心事的时候单间房子跟天堂一样。此时此刻，孟凯正深陷地狱，丝毫感觉不到独处一室的好处。他已经抽了半包劣质天池烟了，房子跟着火一样，他咳嗽吐痰，喝水，走来走去，唉声叹气，压低嗓门骂叶海亚，骂到第二百五十六遍的时候，他从书架抽出一本书,随便翻开一页,是描写特洛伊战争的。希腊联军经过十年苦战,死伤无数将士,使用木马计终于攻进特洛伊城。大屠杀开始了,希腊将士们拭目以待,戴了绿帽子的墨涅拉俄斯手持利剑怒火冲天直奔海伦。海伦不逃也不求饶,就在野牛一样的墨涅拉俄斯冲到十几步远的时候,海伦松开衣袍露出双乳,与丈夫生育过几个孩子,而且在特洛伊与情人帕里斯同居十年后的海伦依然光彩照人。书中这样写道:"海伦解开上衣,露出胸前的两颗苹果,墨涅拉俄斯丢下手中的剑,把海伦紧紧抱在怀中,夫妻重归于好。"《荷马史诗》没有这一段。孟凯都不知道书架上有这么一本书能弥补《荷马史诗》的不足。孟凯还清楚地记得早在高一第二学期他们相恋半年后的夏天,他就抚摸了叶海亚的胸脯,根本不是书上描写的桃子兔子,而是一股可怕的力量,天崩地裂一般,当天下午他就触摸电线,就是那种被电击的感受;后来在草原上,暴雨来临之前,电闪雷鸣,中亚腹地的闪电能把大地劈为两半,蓝色闪电穿身而过的时候,孟凯就举起双手,回味他触摸叶海亚胸脯的感觉,就在那个时候他都没有想到他妈的苹果。苹果都是形容丫头脸蛋的,叶海亚是典型的鸭蛋脸。从高中一年级开始迷恋叶海亚那天起,孟凯一直盯着丫头那张脸,还有那双黑眼睛。大街上走过一个美女,孟凯的目光也是停在人家脸上。好多年以后,孟凯娶妻生子,对女人相当了解,对男人更是入木三分,孟凯才明白对于从中学开始的初恋他还是一个愣头青。男人对女人的迷恋总是从上而下,从脸到胸一路下去。他们的拥抱与亲吻也是在晚上、在林带里,突如其来,没有任何准备,青春就这么不可思议,防不胜防,青春所充溢的无限的生命力似乎在夜幕里格外耀眼,慌乱惊喜仓促,清晰而又混沌,至今他都不清楚叶海亚的乳房什么形状,还要依仗这本破书。中亚腹地从远古就有歌谣在唱嘛,他自己从小也唱过嘛,姑娘的苹果,女人的苹果,苹果已经到了手里又跟鱼一样溜了。孟凯拼命地抓头发,抓紧松开又抓紧,他就这么把自己折腾了一个晚上。

我们可以想象天亮后孟凯有多么憔悴。我们可以想象孟凯与叶海亚再次见面时,叶海亚有多么紧张。孟凯大老远就盯着叶海亚的胸脯,叶海亚一下就慌了,双手死死地捂住胸口,"孟凯你干什么?你咋这么流氓?你咋这么看我?"整整一上午,他们很尴尬。

两三天以后,孟凯垂着眼皮来找叶海亚,叶海亚还是本能地捂一下胸口,然后放松,给孟凯倒水,杀西瓜,今年最早上市的西瓜,沙地里产的。孟凯听见西瓜在叶海亚手里嘭地响一下就像拉响了手雷,西瓜一分为二,叶海亚端过来的时候孟凯仔细地看了一下西瓜的茬口,刀子仅仅划开了皮,整个瓜瓤是自己裂开的,芳香和甜蜜喷薄而出。进入夏天的中亚绿洲到处都是旺盛的生机。什么都比不上西瓜,丰硕壮美,空气都是甜兮兮稠糊糊的。孟凯却蔫了,愣愣地看着手里的半拉子西瓜,冒起的凉飕飕的芳香喷到脸上,叶海亚给他一把不锈钢勺子:"发什么呆?叫我喂你呀?"叶海亚已经嚓嚓挖了几勺子。瓜香越来越浓烈。孟凯挖一勺子,咽下去,孟凯确确实实地品尝到了西瓜的美味。孟凯越吃越馋,几下就吃光了手里的瓜。孟凯有了力气,孟凯就说:"暑假我们一起去阿拉套山。"叶海亚说:"早都说好的嘛,你想变卦?""不是不是。"孟凯已经在赌咒发誓了,"我绝不是这个意思。"孟凯下楼梯的时候还听见叶海亚在房子里嘟嘟囔囔:"儿子娃娃大男人怎么婆婆妈妈的,想干什么呀?"孟凯越走越慢,心情十分复杂。

　　离放暑假还有整整一个月。天气越来越热。偶尔会来一次沙尘天气,全都是滚滚热浪。阿拉山口简直就是一座巨型炼钢炉。人们的目光转向南边的天山。精河绿洲夹在东西走向的天山与南北走向的阿拉套山巴尔鲁克山之间,古尔班通古特沙漠从东向北压过来,炎热的夏天只有南边的天山带来雪水和凉爽。西天山只有通往伊犁的一条险象环生的果子沟通道,成吉思汗征服世界时命他的二儿子察合台修的。除此之外无路可行,人们只能享受来自深山的泉水与凉风。相比之下,阿拉套山与巴尔鲁克山就平缓多了,更接近丘陵,山中的草地既是好牧场也是度夏的好地方。绿洲与群山之间有八十多公里宽的戈壁滩,牧民靠马靠骆驼,绿洲上的人得有车子。也有人徒步穿越戈壁去阿拉套山。叶海亚就问孟凯:"我们步行进山怎么样?""咱有车嘛。"孟凯舅舅的儿子就在单位开小面包车,皇冠,可以坐七八个人,亲戚朋友去好多人,人多热闹也安全呀。叶海亚又说:"咱们不跟他们一起走,咱们俩自己走。"孟凯就很为难,孟凯心里嘀咕:结婚时还要用人家车呢。孟凯就说:"跟人家都说好了,咱们这不是得罪人吗?"叶海亚哈哈一笑:"逗你玩呢,看把你紧张的。"

　　叶海亚端起望远镜趴在窗口,叶海亚又看到那个古怪的家伙,醉汉一样在沙漠深处晃啊晃啊,那些徒步进山的人都是三五成群,贴着沙漠的边缘直往戈壁滩走。从阿拉山口延伸过来的九十公里大风口全是平展展的砾石滩,被风吹得一尘不染,石头上结一层漆皮,一闪一闪,就像鲸鱼的背。沿着沙漠往北,沙丘一个连着一个、沙子越来越细,再往前走连沙丘都没有了,全是汹涌起伏的浪涛。那个古怪的家伙走那么远。叶海亚招呼孟凯,过来快过来。望远镜到孟凯手里也只能看见阿拉套山巴尔鲁克山和阿拉山口,孟凯看不到水一样的细沙,更看不到那个在瀚海踽踽而行的人。叶海亚几次想提醒他往下看往北边看,绿洲的北方是无边无际的瀚海。孟凯是塔城人,塔城到精河的公路就夹在瀚海与群山之间,孟凯很熟悉大戈壁大沙漠,孟凯就是不肯看一眼精河绿洲北边的瀚海。就是看了又能怎么样?

有一天,孟凯与叶海亚在大门口碰到这个古怪的家伙,叶海亚跟这家伙打招呼,这家伙朝叶海亚笑一下,等他走远了,叶海亚还没回过神。这家伙显然刚从烈日下的沙漠里出来,身上散发出一股浓烈的沙土的燥热。孟凯把叶海亚往怀里一搂:"没吓着你吧?""我又不是纸糊的。"叶海亚挣脱孟凯的怀抱,孟凯就说:"你这同事肯定是牧场长大的,肯定放过骆驼。""你就这么肯定?""绝对没问题,我又不是没进过沙漠,沙漠有什么好看的,绿洲才是人类的家园。""他干吗往沙漠里跑呀?""牧场长大的孩子,从小就放羊放马放骆驼,尤其是骆驼,吃喝拉撒全在沙漠里,离开沙漠反而不舒服,放骆驼的人也一样。"叶海亚就说:"他确实是放骆驼人家的孩子,沙漠就是他的家园。"

一个月就这样过去了,放假的前一天,一对新人举办婚礼。

典型的哈萨克婚礼,傍晚开始,双方的亲友还有单位的同事欢聚在学校食堂的大饭厅里,电子琴伴奏,哈萨克族蒙古族歌手助兴,新郎陪所有女宾跳舞,新娘陪所有男宾跳舞,最后新郎新娘跳舞,来宾自由组合围着新郎新娘跳舞,最后送新郎新娘入洞房。大概程序就是这样。叶海亚受到新郎邀请,叶海亚也看到被新娘邀请的男宾就是那个古怪的家伙;那天晚上他可一点也不古怪,皮鞋锃亮裤子熨得又平又齐,白衬衫格外耀眼,头发剪得一丝不乱,脸上那些被风沙打磨过的伤痕平添了几分男人的粗犷豪气。跳完《玛依拉》又跳一曲《黑走马》。新娘问男宾:"你为什么不上去唱歌?"男宾说:"那么多歌手又唱得那么好,我可不想上去献丑。"新娘说:"他们唱的都不如你心里藏的,藏得太久会把你毁掉的,上去唱吧,我很想得到你的祝福。"哈萨克新娘不容男宾犹豫,就大声提议:"欢迎这个被风沙打磨过的小伙子唱歌。"叶海亚也用目光鼓励了他。这个被风沙反复打磨的小伙子就跟歌手们站在一起,接过话筒,电子琴安静了,大家都安静了。他的声音还真的是那种大风搅动沙子的沙哑粗粝的声音,他唱的是哈萨克民歌《燕子》。

燕子啊!
让我唱个我心爱的燕子歌,
亲爱的,听我对你说说,
燕子啊!
燕子啊!
你的性情愉快亲切又活泼,
你的微笑好像星星在闪烁。

啊!

眉毛弯弯眼睛亮,

脖子匀匀头发长,

是我的姑娘燕子啊!

燕子啊

不要忘了你的诺言,别变心,

我是你的,你是我的,

燕子啊!

啊!——

　　唱到一半时,叶海亚听见旁边的哈萨克老教师自言自语:女人又回到他身上了,他有救了。叶海亚就问人家:"他受过刺激吗?"哈萨克老教师就说:"还不小呢,女人离开了他的心,离开了他的眼睛,快要离开他的生命了,生命的光芒就罩在身体外边,女人从光里消失他就没命了,我们精河的沙漠救了他,燕子飞过沙漠给他带来了歌声。"老教师就应和着那美妙的旋律唱起来了,叶海亚就想起哈萨克人古老的传统:哈萨克人从生下来躺在木摇篮里一直唱到临终睡进土摇篮,叶海亚也情不自禁地小声唱起这首《燕子》。新疆人人都会唱这首歌,那天晚上,来参加婚礼的人都加入到《燕子》的歌声里。叶海亚显然是最动情的一个。

　　后边的事情一下子就明朗起来了。第二天,叶海亚和那个叫张子鱼的小伙子悄悄地离开绿洲到沙漠里去了,叶海亚死心塌地成为了古老歌谣里的"燕子"。

我们精河既包括绿洲也包括绿洲周围的戈壁沙漠，因为处在大风口的风口浪尖上，我们精河的燕子特别多，有房子的地方就有燕子来垒窝，地窝子牲口棚，被吹歪的树上也会看到燕子们在忙活。那些放骆驼的人挖药的人在沙漠深处藏身的地方也有燕子相伴，你就会明白这个伤痕累累的家伙在精河那么动情地唱这首古老歌谣时，女人们会是什么反应。婚礼结束后，叶海亚不停地问孟凯："你为什么不唱《燕子》？"孟凯反复地告诉叶海亚："我唱啦唱啦，你干吗不相信我？""我怎么没听见？""那么多人在唱，就像大合唱我也唱了嘛。"叶海亚怪怪地看孟凯一眼："这个理由很充足。"叶海亚就一股风似的上楼了，楼道里全是圆润轻盈的《燕子》，用喉音哼唱的，全是旋律没有词。孟凯在楼道站了很久，人们经过他身边的时候都要轻轻拍打他的肩膀："耐心地等吧，你也快了。"

孟凯就失眠了。孟凯在婚礼上听张子鱼唱《燕子》时孟凯的脑袋就轰了一下。当年在大学校园里他最拿手的歌曲是《冬天里的一把火》《北方的狼》，叶海亚就配合他唱《月亮代表我的心》，马上有哈萨克族同学提议这么好的嗓子应该唱《黑眼睛》唱《百灵鸟》唱《燕子》。叶海亚肯定有这种期待。叶海亚在温泉县阿拉套山下的米里其格牧场长大，十四岁才随父母来到精河县，米里其格大草原是她生长的摇篮。暑假叶海亚就带他去遥远的阿拉套山下的米里其格草原，一位蒙古歌手站在原野上唱《燕子》，歌声深沉浑厚辽远，随大地的起伏回旋如风。孟凯当时就傻了，那是他第一次被歌声打动后的沉默，那时他才明白最美妙的感动不是大呼小叫不是掌声如雷，而是沉默。第二天一大早他就溜出帐篷到土丘下洼地的深草丛中连唱了几遍《燕子》,越唱越糟,臊得满脸通红,好像叶海亚在什么地方盯着他,他跟个贼一样四下乱看,都草木皆兵啦。绕一大圈回来,见到叶海亚很不自然。叶海亚抓住他的手,那是一种无言的鼓励,他至今也认为叶海亚在鼓励他,也在期待他。孟凯彻夜难眠。失眠的后果就是整个世界都是清醒的,包括无边无际的荒野,戈壁沙漠群山草原都竖起耳朵大睁着眼睛在期待着什么。旷野有了回声,全是深情的《燕子》,真正的天籁之声。在辽阔的草原上,《冬天里的一把火》《北方的狼》《月亮代表我的心》显得滑稽做作,房子里灯光下还凑合,苍穹大野不合适。

　　孟凯第二天接到叶海亚的一封信,叶海亚最要好的一位女同事专门找到孟凯,信纸上写着《燕子》的歌词。女同事听孟凯小声念了几句,女同事就笑了:"叶海亚向你发誓呢,女人用燕子发誓就会死心塌地跟你一辈子。"孟凯的手抖起来了,脸色都变了,离开时跟个醉汉一样,女同事就感叹:"激动成这样子,这都是爱情的力量。"

　　孟凯跟死人一样躺了一个礼拜,把不幸的预感告诉舅舅的儿子也就是表哥。兄弟俩一致认定秘密就在沙漠深处而不是米里其格草原。表哥的皇冠进不了沙漠,表哥就借了精河县最好的日本越野车,沙山子有科学院的沙漠研究所,司机都是神通广大的人,很容易借来沙漠研究所的专用进口车。收拾行李时发现了那架苏式军用望远镜,一直在叶海亚手里,什么时候又回到孟凯身边,孟凯一点印象都没有,都是望远镜惹的祸,孟凯举起来就摔,表哥拦住了:"找到那小子放他的血就是了,干吗跟东西过不去?"表哥夺过望远镜:"正宗军用望远镜,野外活动用处大着呢。"

他们都是城里长大的,野外活动最远的地方就是绿洲的边缘,也是瀚海的浅滩,沙丘上长着红柳梭梭骆驼刺。有车子壮胆,他们还是在沙漠边上待了一会儿,爬上沙丘,用望远镜观察,可以看见骆驼与放驼人,可以看见活着的胡杨树,还有死了不倒的胡杨树,还有倒下没有腐烂的胡杨树。他们带了四五箱矿泉水,咸菜,馕,方便面,还有罐头,炊具和猎枪也带着,在里边待半个月没问题。车子轰一下一头扎进茫茫瀚海。沙地上冒起一股子白烟,一闪即逝,车子越来越像一只虫子。头一个礼拜毫无结果,兄弟俩晒得像非洲黑人。表哥就怀疑:"他们真的进了沙漠?他们这可是度蜜月,伊犁、乌鲁木齐都是好地方,他们干吗钻大沙漠?"孟凯就说:"你没参加那天的婚礼,你没见识她听那小子唱歌的反应。""唱歌跟沙漠有关系吗?""那小子来到精河第一天就跑到沙漠里去了,是沙尘暴把他留在了这里。"他们基本上重复了几天前的老话。他们吃饱喝足,继续搜寻。表哥又突发奇想:"这对狗男女死在沙漠里怎么办?"孟凯沉着脸:"也要找到他们。""他们没死,可怜巴巴地等人来救他们怎么办?""那就救他们。""看着他们跪地求饶生不如死的鬼样子也不错!"他们又扑入瀚海。

总算找到了人:放驼人和一群骆驼。在茫茫瀚海跑了两个礼拜,连只蚂蚁都没见到,猛然出现了人和骆驼,他们就很激动。他们往放驼人跟前奔去的时候,都在想一个问题,这鬼地方真找到仇人,根本下不了手,幸亏他们早有救人的心理准备。几十峰骆驼停止吃草,这里有一片小海子,水边的芦苇就像两撇胡子,粗短茂盛,骆驼们惊奇地打量瀚海波涛里慢慢爬过来的怪物,怪物里又钻出来两个小怪物。两个放驼人压根就不看他们。他们走到人家跟前,给人家递矿泉水和罐头,人家才抬起眼皮,又看看芦苇包裹的蓝汪汪的海子,兄弟俩就拨开苇子在水边哗啦哗啦又是喝又是洗,还不停地扬起脑袋大口呼吸。七月的沙漠基本上处于燃烧状态,进了沙漠他们才知道同样一个太阳,沙漠里的太阳比绿洲比草原比群山要大好几倍甚至几十倍。专用的进口车都不行。两个人要多狼狈就有多狼狈,因为他们大喝大洗后没有站起来,而是软软地瘫在芦苇丛里,跟醉汉一样,好像海子里不是水是烈酒,飘浮在沙漠上空的喷火的太阳就像拨开塞子的驼皮酒囊。也不知道他们躺了多久,他们自己爬起来,摇摇晃晃到放驼人跟前,开始吃东西,就是他们送给人家的矿泉水和午餐肉罐头,还喝了人家的驼奶。有了力气,就问人家看见没看见一对狗男女?人家马上纠正他们:是两口子,不是狗男女,咋说话呢?年纪大的放驼人跟狮子一样吼起来:"小两口带着结婚证到沙漠里度蜜月,可不是寻刺激。男的两年前就进沙漠探路,小伙子吃尽了苦头,沙尘天气骆驼都要躲起来,小伙子碰上沙尘暴就来劲,不要命了嘛,我就救了他三次,还有一次是骆驼救的,埋在沙子里了,骆驼用后掌挖出来的。两个礼拜前小伙子带来一个漂亮丫头,救过他的骆驼一路狂奔,去十几里外迎接新郎新娘,我们还不知道发生什么事情。我徒弟以为母骆驼来了,温泉那边蒙古人有一匹漂亮的母骆驼,我这峰公驼去年就看上它啦,我们的公驼发起情就是一团大火,就像传说中的火焰一样的金驼,温泉县的母骆驼听见金驼的吼叫声就一身雪白,白得耀眼,不顾一切前来相会,沙尘暴也拦不住它们。你就会明白公驼为什么拼命搭救沙尘暴里的小伙子,这家伙鼻子灵得很,它闻到了小伙子身上隐藏着爱情的气息,两个礼拜前碰到小伙子带着漂亮丫头过来,我和我徒弟才明白公驼的心事。动物比人聪明。你一口一个狗男女,你还不如畜生。"表哥马上说:"那是我朋友,结婚这么大事情也不打个招呼,旅行结婚也该去乌鲁木齐去口里的大城市。"放驼人就说:"你就没资格做他朋友,你就知道乌鲁木齐,你就知道口里的大城市,我放了大半辈子骆驼,我就没见过谁把咱们的戈壁沙漠当回事,你的朋友带着那么漂亮的丫头,在荒天野地让我们看新领的结婚证,他娘的好像住五星级宾馆,新娘还满脸羞涩,在荒天野地,在沙堆堆里还满脸羞涩,他们是真的来度蜜月的,他们真的把我和我的徒弟当成了沙漠的主人,还送我们喜糖,我们就送给小两口一峰骆驼,就是火焰一样的公驼,驮上两个幸福的人到大漠深处去了,两个礼拜了。"孟凯恶狠狠地说:"沙漠里什么都没有,只有四脚蛇,他们就吃四脚蛇度蜜月,哈。"孟凯已经晒成了黑人,心里的仇恨脸上一点也看不出来,说的这些话就更可笑了,放驼人告诉他:"新郎早就学会沙漠生存的绝活,我教过他,牧场的哈萨克人蒙古人也教过他,至于吃的嘛,"放驼人拉长声调从头到脚打量了孟凯,然后神秘一笑,"你这个新疆人就没听说过地精?不知道锁阳、肉苁蓉?"两个城里长大的新疆人对锁阳和肉苁蓉的了解仅仅限于中草药,跟贝母甘草一样生长在沙漠深处。司机见多识广,司机告诉孟凯:锁阳肉苁蓉是壮阳的,但司机表哥不知道锁阳肉苁蓉可以生吃,兄弟俩只好乖乖听放驼人告诉他们沙漠里的秘密:锁阳肉苁蓉有甜的,有苦的。司机表哥反应快,拉起孟凯就走。孟凯甩脱表哥,还不死心,还问人家放驼人:"男的吃,女的也吃呀?"放驼人就说:"男的吃壮男的,女的吃壮女的,谁吃壮谁。真是两个幸福的人啊,到沙漠里度蜜月算是来对地方啦。"

孟凯就这样成为忧郁的人。

2

漫长的暑假孟凯谁也不理。他去药店买来锁阳肉苁蓉,从书店买来《新疆植物志》。司机表哥劝他:你不要折磨自己。他的理由更充足:我知道得太少、太迟,沙漠里有那么多秘密。真实情况是他只看了中药店干硬的锁阳和肉苁蓉他就没勇气翻那些文字资料。司机表哥反而大开眼界,越看头越大,趁孟凯不注意的时候用小刀裁掉了锁阳和肉苁蓉的图片。药店里买来的炮制过的锁阳肉苁蓉支离破碎,看不到原状。司机表哥可以放心地走了,司机表哥在机关里开车没有学校这样的长假。孟凯开始起用苏式军用望远镜,司机表哥就彻底放心了。

暑假的大多时间,孟凯都待在房子里。房子在六楼,顶层,没空调,也不用电风扇。孟凯告诉家里人,再热还能热过沙漠?沙漠里那两个礼拜,孟凯晒成了黑人,加上忧郁的神情,脸黑得就更有意思了。六楼北边的窗户就有了一双忧郁的眼睛。望远镜在无限地扩大这种忧郁。

七月的中亚腹地,到了最热的时候,绿洲北方无边无际的沙漠瀚海里,沙丘燃烧着抖动着,在热浪中活过来了,就像数不清的海洋动物。望远镜死死盯着这些移动的沙丘。要真的是动物还罢了,他娘的太像帐篷了,太像蒙古包了嘛,一男一女待在里边要多舒服就有多舒服。司机表哥开导他:不能光看沙丘,沙子更多的时候不是堆在一起,是平平地躺在地上。司机表哥试图把他的视线引向遥远引向辽阔。他不动,他就坚守一个又一个沙丘。他甚至不肯接受沙包或者沙堆的说法,前者近于蒙古包,后者近于草垛,这都是让人无法接受的。就让他们待在野外,沙丘最合适。司机表哥摇摇头:狗日的气糊涂了。司机表哥还开导两位老人,开导哥哥嫂子们,不要打扰一个心情复杂的人,不要打扰一个脆弱的人。复杂和脆弱是暂时的,度过这段危机,我们的孟凯兄弟就会坚强起来,就会比儿子娃娃更儿子娃娃。舅舅和舅妈就像侍候婴儿一样侍候孟凯。

  孟凯心无旁骛。沙丘越来越清晰。有些沙丘长着红柳,有些沙丘长着梭梭。目前孟凯只看梭梭,梭梭的叶子跟枝条融为一体,叶就是枝枝就是叶,就像千手观音,伸出那么多手臂在空气里捕捉水分。它们的根须更发达,跟一张大网一样把沙子牢牢攥住,根须又生出更细密的根须,互相交织密如蛛网,粉末一样的细沙也漏不出去。比毛发更细的根须还在生长,一直长在沙子里,再细的沙子都有光线一样的根连着。

  孟凯还记得他跟司机表哥返回绿洲时他的情绪有多恶劣,他们走走停停,有好几次车子撞在沙丘上,干硬的梭梭差点破窗而入,他们下去用铁锹十字镐忙好半天,沙丘被刨开一角才把车子退出来。梭梭有力的手臂把车子搂住了,不大动干戈不行呀。

他们给沙丘开膛破肚,他们就见识了梭梭极为发达的根。孟凯从沙丘的洞里掏出一把细沙,比面粉还要细腻、还要光滑的沙子,孟凯就小声嘀咕:梭梭都知道拥抱女人,抱得这么紧。司机表哥就喊起来:"胡思乱想啥呢?一把破沙子有啥稀罕的,你不是新疆人吗?一年四季沙尘暴还没把你折磨够?"孟凯就失态了,孟凯把沙子捂到脸上,沙子就跟毛巾一样搓啊搓啊,毛巾就碎了,跟水一样从手指缝里渗出来,滚下去,流得那么干净彻底,水还有个湿印子,孟凯脸上光光的,没粘一粒沙子,胡子那么密,胡子里也没沙子,指甲缝里有几粒。孟凯举起手细细观察,那几粒沙轻轻一抖也飞走了。孟凯看清楚了沙粒的绒毛,孟凯告诉司机表哥:"那不是毛,是梭梭的根,日他妈扎这么深,都成翅膀了,沙子逃命的时候都离不开它,我咋就不如它们呢?"司机表哥毫不客气地告诉他:"你是人,大活人,它们是沙子,是柴火,风把它们吹走了,火把它们烧成了灰。"孟凯的声音里有了哭腔:"风吹不掉翅膀,火把它们烧在了一起,变成灰也在一起。"孟凯又掏出一把沙子,从沙丘的腹腔里掏出来的,比面粉细腻比面粉光滑跟大火焚烧后的灰一样,还热乎乎的,孟凯举给司机表哥看:"都成这样子了,它们还在一起。"司机表哥吹一口,孟凯手上的细沙就成了一股烟,轻轻一晃消失在大漠风里,司机表哥就说:"它们想在一起就让它们在一起,它们活它们的,咱们活咱们的。"

"它们活得那么好,放骆驼的人都说他们是幸福的人。"

司机表哥再也找不到词了,眼巴巴看着这个可怜的家伙无限悲伤地掏沙子,掏完沙子又捋疙疙瘩瘩的梭梭枝,梭梭枝叶一体,跟血气旺盛的浓发一样闪耀在烈日之下,远看,梭梭的浓发抱着火球一样的太阳,近看,它们抱着火焰一样的空气。孟凯就告诉司机表哥:"空气都被它抓在手里,空气是一种呼吸。"孟凯说不下去了。司机表哥就抓住时机让孟凯彻底死心,司机表哥就告诉这个可怜的家伙:"人家都呼吸在一起了,同呼吸共命运了,你还胡思乱想啥呢?"孟凯一声不吭钻进车子。车子跟鹰一样凌空而起,司机表哥一点也不敢松懈,他必须让车子处于飞翔状态。这个可怜的家伙在梭梭跟前都这样,碰到红柳和胡杨就会失控。司机表哥就这样把车子开成了飞机,穿越辽阔的沙漠戈壁,降落到绿洲边缘的榆树林里才放慢速度。

孟凯并没有死心,孟凯重新操起望远镜。此时此刻,梭梭的枝条全成了千万只挥舞的胳膊,它们伸向空气、伸向太阳,它们拥抱整个世界。七月中旬的中亚腹地,沙漠气温高达八十多度,风都带着火星,梭梭枝条就结一层厚厚的油质,跟彩釉一样。

孟凯还记得他第一次见叶海亚的情景。父亲跟押犯人一样把他从塔城押解到精河。舅舅给他办好入学手续。大人们苦口婆心,唠唠叨叨个没完,一句话要他重新做人。父亲是个小职员,一辈子兢兢业业,胆小怕事,回到家里才有那么一点威严,父亲最不怕的就是老婆孩子,父亲是个本分人,威力所及仅限于家庭。父亲离开精河舅舅家时最后一句话让孟凯无地自容:"水流二里净,你就是一把鼻涕一团脓水四五百公里的戈壁沙漠净化不了你?"孟凯心里嘀咕:"我又不是劳改犯,劳改我呀!"

孟凯还是收敛了许多,踢足球打篮球这些容易上火的地方他都让着人家。司机表哥比他高一级,牢记大人的嘱托特务一样盯着他。他慢慢就有了人缘。两个月没跟人打架,简直是奇迹。舅舅把这个喜讯告诉千里之外的父亲,父亲来信表扬孟凯,再接再厉,成功在望。父亲对舅舅可不是这样说的,父亲担心儿子旧病复发,在塔城的时候,不停地转学,每次转学,老实不到一周,就原形毕露。塔城就几万人口的边陲小城,教师们都知道坏学生孟凯,有些教师直忤忤告诉孟凯父亲,直接送少管所得了。两个月的安静生活对父亲来讲,是惊喜交加。舅舅的儿子,孟凯的表哥责任重大,每天上学,舅舅都要单独召见,个别指导,不能出任何差错,一定要保持安定团结的大好局面,一定要让这局面稳定下来,熬过这学期就好了。舅舅是单位的小科长,多少有些政治眼光。

在对孟凯同学的改造问题上,大人们处心积虑的周密计划比不上少女叶海亚,叶海亚是语文课代表,新转来的孟凯同学刚开始还能按时交作业,两个月后就开始丢三落四,每一次作业都要催,跟要账的一样。那正好是夏天,在楼道的走廊里,穿着细花连衣裙的叶海亚把孟凯给堵住了。孟凯打球打得尽兴又忘了作业,就躲进厕所,等下课铃响过半小时后才溜。刚出厕所,就看见空荡荡的走廊尽头亭亭玉立的语文课代表叶海亚,孟凯就慌了,也仅仅慌那么一下,就横下心咬咬牙硬闯。跟叶海亚擦肩而过时,叶海亚胳膊一伸就把他拦住了:"拿作业来,不交作业休想过去!"好男不跟女斗,孟凯耍赖,往下一钻想从那条白亮的胳膊底下钻过去,那白胳膊往下降落,孟凯差点碰上那白胳膊,都要贴他脸上了,他本能地往后一缩,一个屁股蹲坐在地上,那白胳膊毫不客气地逼过来,孟凯同学极其狼狈双手撑地。

"你要干什么？你要干什么？"

"我要你交作业！"

叶海亚同学蹲下来的时候也没忘记伸直她那条白胳膊,白蛇一样亮晃晃地横在孟凯的眼前。叶海亚笑眯眯地告诉孟凯："你是钻不过去的,本事大你跳过去。"对孟凯威胁最大的还不是那条白胳膊,少女叶海亚压根就没有意识到自己身上散发出来的芳香压得孟凯喘不过气来,孟凯粗脖子红脸小声嘀咕："我马上去做还不行吗？"

"这不就行了嘛。"

少女叶海亚的白胳膊往前一伸拉孟凯起来。孟凯浑身发抖,雷电穿身似的,少女叶海亚就更乐了："哈哈,有人害怕本姑娘啦,对不起,把你吓成这样子。去写作业吧,四十分钟后我来找你。"四十分钟后少女叶海亚举着雪糕出现在教室门口,孟凯同学一个人在里边老老实实写作业,五分钟后写完,而且得到叶海亚同学一根雪糕的奖励。

"当一个好学生很容易的,傻瓜。"

孟凯同学开始进步了,随着与叶海亚同学交往越来越密切,他的进步也越来越明显。第二学期结束的时候孟凯已经进入班级前十名。放假回塔城,父母都快认不出儿子了,爱打架的野小子变得斯斯文文,而且交上一份优异的成绩单,父母由衷地赞叹精河是个好地方,接着感谢舅舅舅妈。大人们暂时还不知道少女叶海亚。表哥也是高中毕业去参军时才知道表弟身边有个叶海亚。兄弟惜别,彻夜长谈,喝完七八瓶那达慕白酒,孟凯吐露了心里的秘密,高一第二学期的夏天,空荡荡的楼道里,少女叶海亚白晃晃的胳膊。

"我脑袋轰地一下就像挨了一枪,就像原子弹爆炸,冲天而起的蘑菇云,她还没事人似的蹲在我跟前,太可怕了,太可怕了。"

"就一条白胳膊?就没有别的?"

就这么一条白胳膊,从高中到大学到乌鲁木齐。人们越来越时尚,连衣裙之后出现更多的时装,无袖裙子和无袖衫子可以让一些女性彻底袒露她们美丽的胳膊。肩膀都露出来了。令人销魂的一双白胳膊常常绕在他脖子上常常拥抱他。无论是在乌鲁木齐还是在塔城老家还是在精河,孟凯总是把叶海亚跟小白杨小白桦连在一起,这些中亚大地常见的树木总是出现在镜头里,合影单照,还有风景照,他们彼此心照不宣。女为悦己者容,叶海亚就拼命选购夏装,理所当然是那些无袖服装。叶海亚的胳膊是无可挑剔的,中亚腹地的烈日对她的皮肤不起作用,白净而且充满活力,白得耀眼,白得生机勃勃,很容易让人联想到大片大片的白桦树。他们的相册里全是夏天与小白桦小白杨的合影。偶尔也会出现几朵玫瑰。红柳沙枣胡杨梭梭是不会出现在照相机的镜头里的。在他们拥有苏式军用望远镜以后,也是直奔阿拉套山巴尔鲁克山和阿拉山口。从后来发生的故事来看,他和叶海亚的分歧就出现在望远镜上,他一门心思看阿拉山口时,叶海亚的目光移向了戈壁沙漠。……

孟凯再也看不下去了。孟凯就看手里的望远镜,望远镜那么沉,把肩膀都拉斜了。孟凯把望远镜收起来,孟凯的手还是沉甸甸的。吃饭时用筷子都不利索。舅妈就给他换成勺子,勺子也掉了好几次，还不如个孩子。大家都劝他出去散散心。

　　精河县城就那么几条街道，不经走，很快就到城外。大片的庄稼地，更多的是枸杞。精河人越来越喜欢栽种枸杞。精河的枸杞把宁夏都比下去了。到处都是红宝石红珊瑚红玛瑙一样的枸杞，长在树上的、晾在地上的、房顶上都是一片血红。穿过大片大片的枸杞林，离沙漠很近了。榆树林外边就是沙漠。单个的胡杨树，沙丘，沙丘上的梭梭、红柳，比在望远镜里更真切，也更刺激他的神经。他又想起望远镜的好处。返回时他走到一个卖馕的饭馆前，一家维吾尔人开的饭馆，外边摆满各种馕，馕坑就在旁边。女人们忙着烤呢。烧的都是干梭梭，火焰从柴火里喷出来，带着吼声，就像被刀子扎伤的猛兽喷射热血，就像在搏斗，在抓挠什么。孟凯拿起一根干梭梭，塞进馕坑，维吾尔女人就笑："男人嘛去沙漠里打柴火，女人嘛在房子里烧柴火。"维吾尔男人坐在一堆馕跟前，黄灿灿的大小不等的馕跟金子一样，男主人就像个骄傲的国王，男主人拍着一个芳香四溢的油馕："朋友，来一个嘛，这么好的馕不尝一口白活在世上了。"孟凯买了油馕，还买了窝馕。馕黄灿灿的皮就像一层釉子。孟凯喜欢这层釉子。

　　生活在中亚腹地的人都知道，戈壁沙漠远远超过海洋，人们称戈壁沙漠为瀚海。此时此刻，孟凯坐在房子里，窗户大开，月光和风全都放进来了，孟凯吃着馕回味着瀚海的辽阔与深远。他已经不恨叶海亚了。叶海亚让骆驼带走的时候，叶海亚就成了瀚海里的鱼。一男一女在瀚海里要多幸福就有多幸福，要多兴奋就有多兴奋。他们都闪光了。打了釉子的月亮无比雄辩地告诉孟凯,月亮洒的光不是光,是他们幸福的汗水。幸福到了极点,汗水就很饱满,很稠密,就会凝结成胶,凝结成釉子。那才是真正的叶海亚,幸福中的叶海亚是要流汗的。孟凯在月光里垂下了头,月光滚烫灼人,有烈日一样的威力,直到孟凯瘫在床上,跟荒漠上的枯草一样瑟瑟发抖,发出鼾声,月光才淡下去。

  孟凯在梦中还清清楚楚地记得:绿洲上空的月亮比沙漠里凶猛几十倍。孟凯在梦中还能看清沙漠深处那两个幸福的人,点一堆篝火,肯定是干梭梭烧起来的篝火,梭梭总是把火焰喷射成手臂的形状。叶海亚离开精河去乌鲁木齐上学的时候就不再是绿洲上的小白杨小白桦了。孟凯的梦已经不像是梦,孟凯呼的一下坐起来,揉揉眼睛,慢慢躺下来的时候孟凯眼前的世界比梦更真实。

  孟凯清清楚楚地记得拿到大学入学通知书那天,他和叶海亚在绿洲郊外的白桦林里照相野餐,然后凝望白桦树上的一双双眼睛。白杨树和白桦树都有一双双美丽的大眼睛,白桦树的眼睛更迷人,中亚腹地的姑娘们决定爱上一个人的时候就会解下纱巾牢牢地扎在树眼睛上,表示彼此不再看别人,彼此的形象沉在了另一双眼睛的深处。心灵的眼睛睁开了,世界上只有他们两个人。孟凯相信那个美妙的瞬间。孟凯还记得他们坐长途班车去乌鲁木齐报到时,车子跑了一天一夜,他们彼此靠在一起,叶海亚的白胳膊芳香无比。夜宿呼图壁,典型的途中小旅馆,脏乱差,司机们总是把客人拉到这种戈壁小店,跟店老板们合伙宰客人。热恋中的人是不会在乎这些的,揪片子拉条子抓饭赛过山珍海味。饭后客人们打牌的赌钱的看电视的,都聚在房子里。半人高的土坯墙外边是光秃秃的大戈壁,戈壁太大了,大得让人发慌,也让天上的月亮不得安宁,月亮就落在戈壁滩上跟兔子一样又蹦又跳。

两个热恋的人离开小旅店,越走越远,小旅店的灯光都变小了,很快就跟乌伊公路上的车灯混在一起。车灯跟河流一样奔向远方。两颗年轻的心一点一点大起来,两个人紧张得要命,那是他们相恋以来最激动人心的拥抱,身体都消失了,两颗火热的心跟兔子一样跳跃着,戈壁上的石头跟着一起跳,戈壁上的石头都流汗了,是那种饱满稠厚带着胶质的汗,就像给石头上了釉子,在月光下闪闪发亮,整个戈壁成了月光的海洋。叶海亚那么苗条那么结实那么富有弹性,就像激流中的鱼,拥抱了这条鱼才知道鱼有多么矫健,鱼有多么强的生命力,周围的石头都游动起来了……多少年以后,孟凯查阅有关资料,地质学家告诉我们:新疆大漠曾经是海洋,海水退走,鱼群留下来变成石油,石油上边覆盖的沙石就是大鱼身上的鳞。此时此刻他们就躺在闪闪发光的鱼鳞上,他们再次拥抱,再次燃烧。当司机表哥反复追问时,借着酒劲孟凯实话实说:他们确确实实仅限于拥抱,脑子里只有一个念头抱紧我抱紧我,彼此鼓励,抱紧!抱紧!紧紧抱在一起。青春就这么冲动就这么有力而又盲目。上个世纪八十年代中期的少男少女们彼此热恋到顶峰状态也就是这种样子。他们不知道下一步干什么。他们就在拥抱中走向高潮,他们就成了一排排巨浪汹涌起伏,身下的石头也是滚烫的,他们跟鱼一样向前滚动时,也带动了石头,更要命的是他们唤醒了石头遥远的海洋记忆,石头们就加入鱼的行列……准噶尔盆地总是在恋人们激情澎湃的时候显出原形,汪洋一片,淹没月亮淹没星星,恋人们从鱼变成鲸……海水退去,石头一尘不染,胶质状的一层漆皮,鱼鳞一样亮光闪闪。司机表哥抱怨他缺心眼;晚上,戈壁滩,趁机把那事干了,一了百了,女人有了这种事,就死心塌地跟定你啦。孟凯实话实说:"她就像一条鱼,让鱼死心塌地不是把鱼往岸上撂嘛。"司机表哥都跳起来了:"把鱼不往岸上撂不往网里装不往钩上钓,跟你一样抓在手里抓那么一会儿再放进水里,你有病啊你?"孟凯记得清清楚楚:那个美妙的夜晚,大戈壁可不是一条河一条江,大戈壁成了真正的海洋。孟凯有必要纠正司机表哥:"是水不错,是望不到边的海水,那么大的水,浪比山还高。"司机表哥就笑:"我的傻兄弟,你中暑啦,说胡话呢。"

准噶尔盆地的戈壁跟真正的大海一样一个浪头就把热恋的一对男女卷上岸,他们都不知道怎么穿过戈壁的,小旅店突然出现在眼前,叶海亚还有点羞涩,他们在院子里分手,走进各自的房间。路上野店,都是三五个人一间房间,凑合对付一夜明天就到乌鲁木齐了,大家都想着乌鲁木齐。

在乌鲁木齐的四年,他们就没好好学习,每门功课只求六十分及格,四年大学上得轻松浪漫。每个周末就是两人大联欢。他们跟同学也很少交往,大地上就他们两个人。那时电影院还相当热闹。那时大学还是公费,工薪阶层的父母供孩子上学只花个生活费,双方父母给他们提供强大的物质支持。同学们羡慕得要死,那真是他们的美好岁月。

离开校园,回到精河不到三年,叶海亚就开辟第二战场,重新辉煌,孟凯坠入黑暗。孟凯都听见自己的唏嘘声了。在夜晚,在梦中,唏嘘声清晰,哀婉,忧伤,眼角渗出的泪水冰冷烁亮。还是那个月亮,一路追踪而来,穿过戈壁沙漠,到绿洲上空就从兔子变成狮子从鱼变成蓝鲸;整个夜空都是神秘的一片蓝色,长满草木和庄稼的绿洲就蓝得有些怪异,充满无数个精灵,让那些忧伤的人泪水涟涟,唏嘘不断。司机表哥就嘲笑他:"戈壁滩不动手,乌鲁木齐四年呀,机会多得不得了,都不动手,不是你脑子有毛病就是叶海亚太狡猾。"

乌鲁木齐四年,他们有许多机会,大街小巷,校园的林带草地,更要命的是礼拜天的宿舍里,同学们会知趣地离开给他们提供方便,他们就挤在一张床上听音乐聊天,不断地插进时间不等的接吻拥抱抚摸,然后就继续听音乐聊天。孟凯控制不住的时候就借口上厕所,用凉水冲一冲,冷静冷静,勃起的裆部恢复平静,再回去。叶海亚也会在中间去上厕所,叶海亚有没有他这种情况?他压根就不会往那方面想。叶海亚热情又内敛,美得一塌糊涂,他不会把邪念以及乌七八糟的事往叶海亚身上想。司机表哥就瞪大眼睛:"你知道叶海亚现在在干什么?跟那个坏小子骑着骆驼在沙窝窝里做你应该在乌鲁木齐的时候做的事情,你明白吗?我的傻兄弟!"放骆驼的汉子也告诉他:在沙漠里过夜有好多办法,最舒服最简便的办法就是在沙地上挖一个坑,在坑里点一堆火,再用细沙盖住灰烬躺进去,热乎乎的细沙子哎,跟天鹅绒一样跟绸缎一样。放驼人眯上眼睛回味大漠沙床的美妙。司机表哥都听得目瞪口呆。此时此刻,那一对幸福的人就在沙坑里热浪滚滚。蓝天就盖在他们身上。他和司机表哥开着车子在沙漠过夜的时候才知道天空会蓝成这种样子,是那种深邃的充满梦幻色彩的蓝。他小声问自己:这么蓝的天,就在身边,怎么现在才发现呢?他在问自己,也把司机表哥给问住了。兄弟俩进入沙漠两个礼拜,每天晚上都在车里过夜,放驼人的话让他们心头一怔,他们钻出车子,坐在沙丘上抽烟,一根接一根抽,不说话,就抽烟,嘴巴都抽麻了,吐出的烟团在蓝汪汪的夜空飘得很远很远。孟凯起身去弄柴火,司机表哥制止了他,司机表哥抓紧他的手不放,司机表哥宁肯陪他在沙丘上坐一夜也不会让他仿效放驼人的法子,在沙坑里点一堆火,在火灰上铺沙子,在沙床上躺一夜。司机表哥不说话,就抓紧他的手。事实证明司机表哥是对的。他真要躺在热乎乎的沙床上他这辈子就起不来啦。

孟凯是被沙漠深处飘荡而来的浓烈的红柳的芳香唤醒的。孟凯注定要受这些沙漠植物的折磨。梭梭之后肯定是红柳,它们都是沙漠里的灌木,一棵树就形成一个丘陵似的沙包,红柳的力量一点也不弱于梭梭,要命的是红柳的形象,怎么看都像是少女脸上羞涩的红晕,散发出意味深长的幽香。红柳的花朵是粉状的,如梦如幻飘浮在婆娑迷离的树冠上,那种美艳让人无法正面迎视。我们之所以把红柳放在梭梭后边,很重要的原因就是孟凯备受打击的心灵无法进入红柳的世界。他跟叶海亚如胶似漆的日子里,来往精河与乌鲁木齐的路上,孟凯也只能无限敬仰地凝视着乌伊公路两边沙丘上红扑扑的红柳。大漠风吹来的红柳的芳香跟身边叶海亚的少女气息混在一起,更加浓烈更加让人战栗。红柳的这股子芳香给叶海亚增添了无限魅力,这也是孟凯不敢放肆的原因之一。其实孟凯是自己吓自己,他显然把沙枣的幽香跟红柳弄混了。

进入八月,气温越来越高,红柳的香味更加浓烈,大漠瀚海涨潮了似的,红柳的气息连同沙浪一起冲向绿洲。八月的绿洲,果瓜熟透了,糖分就渗出来了,空气黏糊糊,红柳的芳香从沙漠深处奔腾而来,一下子就带动起西瓜甜瓜哈密瓜白兰瓜苹果梨子葡萄们的香气,形成滚滚洪流铺天盖地弥漫绿洲。孟凯在房子里待不住了。他在街上逛来逛去,精河县城就那么几条街道,站在大街上就能看见远处的沙丘。此时此刻,那两个幸福的人已经不是鱼了,他们成了骆驼,只有骆驼才会吃掉红柳梭梭骆驼刺,皮绳一样结实的芨芨草都能咽下去。

他们已经在沙窝窝里一个多月了。他们度完了蜜月还不想出来。

孟凯掰指头算,算来算去都是整整一个月。三十一天,不多不少。七月是大月,八月也是大月。七八两月让烈日焊在一起了,都是太阳干的好事。太阳烧起来就没完没了。太阳从东方的大海升起来,东方是清爽的,太阳就走得快,到了西域瀚海,才是真正的海,太阳大了几十倍,太阳就把时间拉长了,就把七月八月整在一起,都是三十一天。他们把自己当成太阳了,过完一个大月,还要持续一个大月。孟凯就在大街上捶大腿,唉声叹气。马上有人劝他:想开点,别气坏了身子。有人给他西瓜有人给他饮料。边疆小城就几万人,几乎没有陌生人,也没有什么秘密。早在一个月前叶海亚跟张子鱼领了结婚证,小城的人们就开始议论。也就议论了两礼拜。领结婚证的时候正好是假期,大家都以为新郎新娘旅行结婚去了。只有孟凯和司机表哥知道沙漠里的秘密。放驼人又不是城里人,放驼人就把故事讲给牧场的人,牧场的歌手会编成歌谣,跟古老的爱情故事连成一片,那才是真正的大海,分不清年代,分不清民族,分不清地域,甚至会传到阿拉套山那边,传到阿拉湖传到巴尔哈什湖传到乌拉尔山。放驼人有这本领,歌手们有这本领。而故事的发源地精河县城知道这秘密的不超过四个人。承受痛苦的只有孟凯一个。孟凯不能拒绝大家的好意,孟凯吃掉西瓜,饮料可以慢慢喝,喝不完也不要紧,可以送给别人,瓜必须吃掉,瓜是杀开的,很新鲜,孟凯吃得很仔细,都啃到瓜皮了。送他瓜的老头是个退休职工,在郊外开有自己的菜园子和瓜地。老头告诉孟凯:"这是沙地里种的瓜,上了油渣羊粪苦豆子,不卖,自己吃。"孟凯已经吃到肚子里了,才想起来吃的是沙瓤瓜,又粉又甜,瓜汁跟胶一样糖分很足,手上有,嘴巴上有,舌头上也有,肠胃里的更清晰。孟凯回味着沙瓤瓜,孟凯就把西瓜跟沙漠混在一起。沙地里不但长西瓜还长花生洋芋和红薯。他们在沙漠里已经四十天了,看样子要待到八月底开学时才出来,谁都知道两个多月就能长一茬菜,尤其是夏秋季节,万物长势凶猛,生命力旺盛。两个新婚男女不去大城市,也不待家里,把整个瀚海当新房了。沙漠都散发出芳香了。沙漠都站起来了,谁都知道沙漠站起来就遮天蔽日黑天昏地,这就是中亚腹地常见的黑沙暴,另一个可怕的名字叫喀拉布风暴。

喀拉布风暴冬带冰雪夏带沙石,所到之处,大地成为雅丹,人陷入爱情,鸟儿折翅而亡,幸存者衔泥垒窝,胡杨和雅丹成为行走的骆驼。

无论是穿短袖还是长袖,叶海亚身上的幽香是永远不变的。不是化妆品,是女人身上特有的天然芳香,而且随着季节不断变化,春天是沙枣香,夏秋是红柳香,冬天竟然是火热的玫瑰香。孟凯常常迷醉在叶海亚变幻莫测的阵阵芳香里。

孟凯再也不能回避那首要命的《燕子》了,孟凯就追问那个哈萨克老教师,老人就告诉他:"那是哈萨克人转场时唱的,他们从阿尔泰山转到天山,又从天山转到阿尔泰,从喀纳斯湖转到艾比湖赛里木湖,他们就唱《燕子》,有燕子就有女人,有女人就有家,就这么简单。"老人凝视着孟凯,孟凯再也不躲避了,孟凯再也不垂头丧气了,孟凯的眼睛再也不游移不定了,孟凯无限期待地迎着老人的目光,老人就告诉他:"小伙子去找你的燕子吧,每个男人都有自己的燕子。"

这才是孟凯最难受的时刻,这个时刻他才明白叶海亚已经不属于他了。一股神奇的力量迫使他十分艰难地唱起那首忧伤的《燕子》,多少年后孟凯才明白那是真正的燕子,可他再也唱不出当初的味道了,连他自己都忘掉了当初在精河县城的大街上,老人安慰他以后,他就唱起古老的《燕子》。其实是在心里唱。大家看到的是一个满脸庄重、沉默不语的人,走得很快。返回家里,快步上楼。舅舅舅妈司机表哥都大吃一惊。孟凯已经蔫了一个多月了,大家都习惯了慢腾腾懒洋洋的孟凯,从高一第二学期开始,野小子就让叶海亚改造成一个斯斯文文的书生,大家又看到了那个遥远的孟凯。舅妈担心死了:"他旧病复发啦。"舅舅告诉舅妈:"都参加工作了,不会再当野小子,动作敏捷而已。"科长舅舅最后那个"而已"让舅妈心服口服。舅妈当初就因为舅舅一口新名词才嫁给他的。舅舅总是及时吸收新词汇保持男人魅力。

孟凯在房子里翻资料呢,清醒过来的孟凯敏锐地发现《新疆植物志》里缺几页图片,就是有关肉苁蓉和锁阳的。孟凯不会怀疑家里人。孟凯找出发票连同书一起带到新华书店,票据显示是一个多月前的新书、新崭崭的,几十万字的大部头,读者拼命看才能看到二百八十五页,五百多页的书呢。"科技书又不是小说,我刚刚看到这里。"清醒过来的孟凯理智而狡诈,书店经理都来了,一致认定是某一个不道德的顾客偷干的,书店图书馆经常发生这种事情。经理给孟凯道歉,当场换一本新的《新疆植物志》,孟凯当场验收,主要是图片,最关键的是第二百八十五、二百八十六两页。孟凯终于看到了完整的肉苁蓉和锁阳,高约八十公分,状如男人的生殖器。孟凯差点失态。一个月前,不,就是昨天,孟凯要是看到肉苁蓉和锁阳的原形孟凯会活活气死,至少也会当场吐血,现在不会了,现在的孟凯清醒了,理智了,眼前黑了那么两三秒,终于控制住自己,很不自然地问书店经理:"这玩意儿能吃?""中药嘛,肯定能吃。"孟凯声音小起来:"能生吃?""有甜的有苦的,甜的肯定能吃。""你吃过?""没有没有,资料里这么介绍嘛。"孟凯走出去的时候听见书店的人在后边议论:"二中的教师,教地理的,地理老师需要植物志动物志。"有人马上纠正:"是语文老师,跟地理没关系。"

《新疆植物志》五百三十页,铜版纸印刷,定价五十八元,一九九四年,五十八元相当于一个月工资。孟凯抱着砖头一样的大书上楼。舅舅就数落司机表哥:"知道你为什么考不上大学?这么厚的书不要说买,就是拿手里掂一掂也能考个大专中专。"司机表哥没吭声一脸怪笑,他已经把扯下来的图片烧掉了。他还必须回击父亲一下,他庄严地告诉科长父亲:"我会让我儿子你的孙子看这么厚的书。"

孟凯就像圣徒,洗手,深呼吸两分钟,然后打开《新疆植物志》,从第一页看起,看了整整一个礼拜,天山南北的植物全都进入他的大脑。脑袋里也有一个海,脑袋里的海也相当辽阔相当浩瀚,称其为瀚海一点也不为过。肉苁蓉和锁阳显然属于瀚海里小小的岛礁。那也是孟凯关注的焦点。文字已经不重要了,他在反复观察图片,这种状似鸡巴的药材,竟然都寄生在梭梭红柳白刺的根上,怪不得叶海亚的胳膊跟梭梭那么相像,叶海亚的气息跟红柳一样芳香,叶海亚能把沙漠当洞房。所有秘密都在这里。孟凯合上《新疆植物志》。孟凯就出去了。

孟凯穿过精河县城穿过绿洲上的农田果园林带。绿洲和沙漠交界的地方,胡杨树跟城堡一样一个离一个很远,孤单而壮观,叶子全都黄了,金光闪闪,每棵树都有几亿颗种子,跟真正的鸟群一样抖着白色的翅膀穿越戈壁沙漠寻找江河湖海,寻找落脚的地方。胡杨树杈很多,孟凯很快就爬到树顶,树冠上的叶片又大又厚,下边都是小叶子。孟凯盘腿坐稳,取出望远镜,他不再观察梭梭红柳,他搜寻沙丘后边的地精,锁阳肉苁蓉合起来就是地精。沙漠瀚海里的鸡巴一般都在四十至一百六十厘米之间,高大者接近人体了。叶海亚跟她的新婚丈夫就吃这玩意儿度蜜月,你说这蜜月能不蜜吗?当看到大地上活生生的地精时,孟凯还是颤抖不已,羡慕嫉妒激动惊奇,种种滋味交混一起。孟凯出气很粗。生长在沙地的锁阳和肉苁蓉六七月份就成熟了,就勃起了,都充血了,顶部红中带黑,一副怒发冲冠的样子。孟凯的裤裆顶起老高。狗日的真会选地方,望远镜在延伸。孟凯的眼睛已经赶上老鹰了,孟凯看到了一米八个头的地精,巨人似的屹立于天地间,昂首挺胸,不知是望远镜晃动还是巨人似的地精在走动,地精越走越近,太阳转到地精的背后,地精就显得更高更大了。这哪是鸡巴,活脱脱一个人嘛!人还真是个屌样子!太阳慢慢落下去,中亚腹地辉煌的落日,西地平线上滚动的太阳已经不是一个巨大的火球了,就像天空裂开一个洞,被挺拔的地精戳破的圆圆的喷出鲜血的洞。热气腾腾的鲜血潮水一样淹没天空和大地,鲜血已经不是血了,闪烁着火星,成了熊熊大火,天地间的一切都融化在太阳的大火里,地精高大壮硕,浴了血与火,不断地进入抽出,太阳发出幸福的颤音。此时此刻,从巴尔哈什湖阿拉湖起飞的潮水般的鸟群穿过阿拉山口,啊啊地叫着,太阳的大洞跟阿拉山口重合在一起,鸟群好像来自太阳的深处,从生命之门到心灵,太阳彻底地敞开了,从太阳深处奔腾而出的不再是火焰不再是血,而是生命之液,铺天盖地,这才是叶海亚的气息。《新疆植物志》里写得清清楚楚,地精的一大半在沙子里遇上沙尘暴会被沙子埋掉,采集的时候拨开沙子就可以了。春末夏初地精成熟,秋天是最好的收获季节。他们去得真是时候。成熟的地精都在一米到一米六的高度,个别地精会长到两米高。这么高大的地精全让他们吃掉了。这才是货真价实的幸福。

我们就会明白孟凯有多痛苦,那是清醒而又理智的痛苦,直达事物的本质,具有某种哲学意味。折腾得孟凯睡不着觉,在床上不停地翻腾。反正是一个人的房间,再折腾都是他自己的事情。床和床单就遭殃了。

孟凯是被他自己的腥味弄醒的,床单湿津津好像一万只蜗牛爬过,散发出清泥的苦涩气息,睁开眼睛就被呛得咳嗽一气,接着是那种地老天荒的无限的惆怅与沮丧。他冲了澡,换了内裤,床单晾在阳台上,精斑在阳光下白晃晃的,引来更多的阳光。孟凯眼前又出现辉煌的落日景象,涂满精液的床单才是真正的落日,可一点也不辉煌,很快就干透了。中亚腹地的秋天,晾干被褥床单是眨眼间的事情。太阳跟熨斗一样贴在床单上,涂抹精液的地方就膨胀了,就鼓起来了,跟大海上的帆一样,哗啦啦,床单真成了帆,驶向蓝汪汪的天空,升到绿洲上空时就成了一面旗帜。石河子纺织厂生产的本地长绒棉纯棉床单,红黄蓝三原色匀称美观的条纹,孟凯激情澎湃的生命之水等于给它刷了一层透明的乳胶。孟凯半个身子探出去,胳膊伸老长,好像在模拟大漠深处梭梭的动作,梭梭就像千手观音一样拥抱世界,叶海亚就这样高举白晃晃的双臂抱她的新郎。孟凯在拥抱他的落日,差点坠下去,还是扶住了阳台的水泥护栏,眼巴巴看着自己的生命之水在床单上枯竭,周游世界,把隐私暴露在光天化日之下。

令人吃惊的事情又发生了。当床单飘到林带上空时,林带里的鸟儿潮水一样四面散开,林带空了一大半,树叶失神似的乱抖,牛马骆驼冲出村庄,向大漠奔去。

几天以后,牛马骆驼又回来了,人们发现都是公牛公骆驼,人们还发现这些雄性牲畜在旷野深处泄尽了生命之水。孟凯第一个反应就是牲畜们把大漠当牲口圈了,畜生也有手淫的毛病。更可怕的消息来自放驼人。孟凯在沙漠边上碰到放驼人,放驼人就告诉他秋天牲口长膘,精水很足,就到沙漠深处发泄一通,放驼人下边的话如同五雷轰顶,孟凯都吼起来了:"你说仔细点,你再说一遍!"放驼人就让他听清楚:"水水子射到白刺根上就会长出锁阳,射到梭梭红柳根上就会长出肉苁蓉,水水子好地精就是甜的,水水子不好地精就是苦的。"孟凯脸发白手发抖声音带着呻唤:"他们就吃这个东西。"放驼人哈哈一笑:"那可是好东西,都是精华。"孟凯还想作垂死挣扎:"书上没有这么说,只说是寄生。"放驼人就笑:"书上有书上的说法,民间有民间的说法,还有更邪乎的,阿一个牲口要是把水水子射到胡杨种子上,长起来的就不是地精,就是人精。"孟凯就抬起脑袋看大漠里的胡杨,秋天的胡杨金碧辉煌,每一棵树都有上亿颗带羽毛的种子,那些种子随风飘起,大江大河一样奔腾向前,还真是冲锋陷阵的精子。全射给叶海亚了。

当天晚上孟凯又情不自禁地绘了一张地图。他可不想让床单再当飞毯,就晾在房子里,房子里全是腥臊味,门窗大开,味道还那么大。

郊区村庄里的牲口接二连三往沙漠里跑,都是准备配种的良畜,主人心疼得要命,亦农亦牧,牧业严重亏损。孟凯好像罪魁祸首,吓得不敢吱声。有人看见那张神奇的床单,来自县城某栋楼房,惊动了鸟儿,也惊动了牲畜,据目击者说那床单飘进了沙漠,大漠里有海市蜃楼,牲畜们就产生幻觉想入非非,大泄特泄。州报娱乐版里刊登了床单穿越大漠时的照片,有人进行了航拍。孟凯脸上露出诡秘的笑容,说不定床单会落在叶海亚和新郎度蜜月的地方,他们睁大眼睛看看,这可不是送给他们的礼物,上边的精斑会让他们无地自容,离开沙窝窝,老老实实回来吧。

3

叶海亚回来了,八月底了嘛,要开学了嘛。他们补办了婚礼。确切地说是世俗的婚礼,他们从天上回到了人间,过世俗日子就必须有所表示。孟凯接到请帖,难受半天,还是去了。这个受煎熬的人疲惫不堪脸色苍白。有人说:这小子,比新郎还累。新郎新娘很精神,就像从太阳洞里烤出来的。孟凯跟人家新郎新娘碰酒时还问人家:"骆驼呢,咋不把骆驼牵回来。"新郎张子鱼很吃惊:"你知道骆驼?"新郎张子鱼望一眼新娘叶海亚:"他知道咱们的骆驼?"叶海亚笑眯眯的:"借人家的骆驼,回来时还人家啦。"孟凯就说:"等于租了个骆驼么,结婚这么大的事舍不得买一峰骆驼,你太啬皮了,你就这么打发叶海亚?"叶海亚就笑:"你应该叫张子鱼给我买小汽车,买骆驼当牧民呀。"

"沙漠里度蜜月哩,汽车能到沙漠里跑吗?"

大家嗡一下议论开了:"怪不得晒这么黑,省钱哩。"

叶海亚斜着脑袋看着孟凯,然后看大家,然后取出相册,让大家看照片:"埃及沙漠漂亮吧,新疆人不喜欢大沙漠除非是苕子。"相片上的叶海亚和张子鱼在沙丘上,在骆驼上,在月亮环形山一样的大沙滩上,让人吃惊的是有一张相片的背景是高高的沙山和金黄色的狮身人面像,就是埃及金字塔旁边的雕像。大家又嗡一下议论开了:"噢哟,出国旅游,跑非洲去了。"理所当然有一张海边的照片。地理教师张子鱼的摄影技术不亚于专业摄影师,能把沙漠里池塘大的海子拍成地中海,能把半人高的沙雕人面狮身拍成埃及那座真迹,此时此刻把精河人给蒙住了,理所当然让孟凯当了一次小丑。新郎张子鱼乘胜追击连灌孟凯三大杯伊犁特,孟凯就失去了战斗力。

小城的人们对任何事情都感兴趣,都要议论纷纷,添油加醋,演绎得离奇古怪,连当事人都怀疑自己的确切身份,但这种热度也就一礼拜。见过世面的人就说:一礼拜已经不错了,石河子伊犁乌鲁木齐大家也就关注两三天,到了内地北京上海大家眼皮都懒得抬一下。再形象一点,就像阿拉山口春天的沙尘暴,把什么都吹得光光的,到戈壁滩上看看就知道了,那些石头子儿就像锉刀打磨过的一样。

孟凯反复地问自己:真的一点痕迹都没有?孟凯寻找望远镜时,望远镜已经落了一层厚厚的灰尘,就像发霉长了毛,孟凯都懒得伸手去摸。孟凯下到三楼就点一根烟问自己:"有必要去看大戈壁吗?你不是新疆人吗?"孟凯这么问自己的时候孟凯已经明白无论是石头还是沙子早就是他生命的一部分了,是不用怀疑和验证的。孟凯靠着楼梯抽完烟,有了力气,又回到房子里。窗外有天山的雪峰,什么时候都是皑皑白雪,往西看一眼就能看见八十公里外的阿拉山口的山嘴,跟老鹰的尖嘴一样高高翘起来。从侧影看叶海亚,上嘴唇翘起很高。这种女孩都很任性。叶海亚是家里老小,有哥哥姐姐,孟凯第一次去叶海亚家的时候,叶海亚的姐姐就提醒孟凯:"我妹妹很任性,你是大男人儿子娃娃你可得让着我妹妹。"大家都熟了以后,叶海亚的姐姐惊讶万分,严重警告孟凯:"你小子可要对我妹妹好,你小子要是三心二意我们全家饶不了你。"孟凯不知道说什么好,不停点头,叶海亚的姐姐也冷静下来了:"我妹妹可是真心喜欢你,性格都变了,那么懂事,那么勤快,我们一家都认不出她来了,小子你太有福气了。女孩子死心塌地喜欢一个人的时候才这么改变自己。"孟凯还死心塌地爱着叶海亚,叶海亚已经跟别人生活在一起了,叶海亚的家人还一口咬定孟凯绝对做了对不起叶海亚的事情,叶海亚才离开他的。人家都打听清楚了,他孟凯属于浪子回头,而且是在叶海亚的感化之下洗心革面重新做人。叶海亚的姐姐愤愤不平地替妹妹抱屈:"我的傻妹妹做的是劳教干警做的事情,把自己都贴上去了。"孟凯还想辩解,司机表哥把他拉走了:"人家怕你闹事,先下手为强,以攻为守。"司机表哥当过兵,三句话不离兵道。

司机表哥当兵的时候跟女护士缠绵了三年,女护士被排长撬走了,司机表哥借着酒劲砸了排长一酒瓶子,志愿兵就当不成了,舅舅科长调动所有关系,才让儿子顺利复员。司机表哥娶妻生子,美满幸福。有一次半路有人搭车,新疆司机经常在途中碰到这种事情,漂亮女人手一招车子就成专列。漂亮女人跟表哥聊了一路,还唱了流行歌曲,下车的时候漂亮女人报了自己的名字,表哥把人家的名字重复三遍才念顺溜,漂亮女人都愤怒了:"你眼睛瞎了还是脑子进水了,连我都不认识了。"漂亮女人气恨恨地站在车子前边,不远处就是一处军营,表哥连军营都忘了,怎么能记住曾经热恋三年的情人。表哥自己都很吃惊,表哥告诉孟凯:"刻骨铭心都是个说法,都是文人编出来的自我安慰,自我解脱,就像叶海亚的姐姐,给亲妹妹一个冠冕堂皇的说法,你就顺坡下驴,顺水推舟,你一认真你就成了二尿二百五,断自己后路,哪个女人敢嫁给你?你别摇头,你别嚷嚷对女人不再感兴趣,我告诉你,女人跟女人差别太大了,有了你嫂子,老哥才知道我眼前又打开了另一个世界,以前的小护士去他妈的蛋,一堆核废料而已,光知道曾经有个女人跟我好过,姓什么叫什么什么模样可真一点都不知道,她要记一辈子是她的事情,我还要生活,我还有老婆娃娃,这才是我的一切。兄弟,生活才是一切!生活万岁!看看咱的大戈壁一场风什么都没了,被吹走的尘土又积在另一个地方成为土地、长草长庄稼,开始另一种生活。傻兄弟,重新生活吧。书把你念傻了,跟我开车当司机吧,司机啥没见过?"孟凯还是不明白问题出在哪里。表哥就不客气了:"你脑子真的进水了,我给你说过十遍八遍了,人家叶海亚没问题你有问题。""怪不得叶海亚她姐姐生那么大气,我还真有问题。""你的问题不是叶海亚她姐说的问题,傻兄弟你真傻到家了。"司机表哥再也讲不出啥道理,就讲个故事,其实是个笑话,司机表哥随机应变就说成故事:话说有个旅馆,都住满了,最后一间一男一女,女的就解下头巾放床中间,郑重声明:这是三八线,谁过谁是牲口。新疆人骂人是最狠的话。早晨醒来,头巾好好的,男的很满意自己的控制能力。女人临出门前意味深长地告诉男的:"你还不如牲口。"孟凯还没反应过来:"女人不讲理嘛,人家男人没越界嘛,她咋能骂人家?"司机表哥长叹一声:"傻兄弟你脑子真的进水了。"

孟凯认为自己很正常,发生这么大事情,没吵没闹,啥事都没出。父亲从塔城赶来,不是怕儿子伤心而是怕儿子闹事,儿子啥动静都没有,父亲就放心了,还一个劲感谢舅舅舅妈把外甥没当外人,当亲儿子管教。司机表哥那些煽动性言论拿不上桌面。

几天后孟凯做了一件让精河人吃惊也让他引以为豪的事情,孟凯请张子鱼喝酒。酒过三巡,孟凯就问张子鱼:"你俩在沙窝窝咋过的?"张子鱼就知道孟凯看出了相片上的破绽,张子鱼就反问:"你对这事感兴趣?""关怀你俩嘛,叶海亚还是我同学嘛。"张子鱼还是有所保留:"沙漠里边嘛,都很简单。""再简单也得吃也得住。""你想问吃呀还是想问住?""民以食为天,就说吃。""沙窝窝里有啥吃的?要啥没啥。""沙漠再荒凉还长着一些东西。""梭梭红柳骆驼刺都是骆驼吃的,捡些干梭梭干红柳就烧个火。""沙漠不是给骆驼专用的,有骆驼吃的就有人吃的。"张子鱼就放下酒杯死死盯着孟凯的眼睛:"人人都知道沙漠里产药材,这又不是啥秘密。"孟凯也放下酒杯,好像自言自语:"沙漠越深,越是人迹罕至,药材质量就越好。"张子鱼就说:"我可不是药材贩子。"孟凯就说:"难道你没动过药材?"张子鱼就笑了:"我就没把它们当药材。""当啥?你说当啥?""当食物嘛,还能当啥?我们只带一礼拜的食物,不就地取食饿死呀?""真的吃了?叶海亚也吃了?""我俩都吃了,咋啦?""叶海亚不知道你都不知道吗?那是啥药嘛。""给你说我俩就没把药当药,当食物啦。""啥味道?""跟甜萝卜一样。""啥感觉?""越吃越精神,吃到最后就出现幻觉,好像到了非洲,好像到了天上。""有非洲的相片,咋不见天上的相片?""那是我俩的隐私,不便于公开。"孟凯自己给自己倒一杯酒,也不理人家张子鱼,仰脖子猛地灌下,自言自语:"隐私就这么好,有了隐私就等于到了天上,我啥时候能有隐私?"张子鱼就说:"你喝多啦,咱挑机会再喝。"孟凯就生气:"跟我过不去是不是?我好好的,我又没耍酒疯你怕尿个啥?"这么一说张子鱼还走不成了,只得坐下。孟凯就说:"我平时都是两三瓶的量,今儿个才喝半瓶,就匆匆结束,人家还不笑死我。"张子鱼就劝孟凯吃菜吃菜,加了热菜。孟凯就说:"你吃了沙漠里的好东西呀,那么好的东西咋就让你给吃了。"张子鱼很谦虚:"我是饥不择食,放骆驼的,挖药的吃得才凶呢。"孟凯就干笑:"有福之人两腿毛,没福之人毛两腿,造化弄人没办法。"这种云里雾里的话,张子鱼接不上茬,张子鱼光吃不说话。孟凯脸上就有了憨态,就说:"新疆饭好吃,把你吃得香的。"张子鱼就放下筷子给孟凯敬酒。孟凯憨中有诈,猛不打岔问张子鱼:"西安好好的,孤身一人跑大戈壁大沙漠为啥嘛。"张子鱼就说:"我不想说。"孟凯眼睛一亮双手一拍:"外地同学不停打电话问我,我才明白男人最不想说的话是啥话?"张子鱼就一惊,孟凯全都明白了:"你失恋啦,感情受到伤害自己对自己不负责任胡尿弄。"张子鱼就点头承认:"亲戚朋友都说失恋不算啥,跑新疆才是大傻瓜。"张子鱼声音变小,"都说我脑子进水啦。""真的这么说?""真这么说!""你自己以为呢?"孟凯不喝酒了,咔嚓咬掉半个苹果,眼睛亮得闪光。张子鱼实话实说:"我也觉得我脑子进水啦,进得厉害,浑身上下都湿透啦,哪里干旱哪里缺水我就往哪里跑,戈壁沙漠最适合我,能烘干我脑子里的水。"孟凯挥一下拳头:"还能吃到沙漠里的好东西,还能让叶海亚一夜之间改变主意,跟你去风餐露宿。"张子鱼就咕噜噜倒满三茶杯白酒,给孟凯鞠三躬:"夺了你心爱的女人,我自罚三杯。"张子鱼干掉三杯,大口喘气。孟凯看得目瞪口呆,愣了片刻,摸一下额头:"事让你做了,话也让你说了,我还无话可说了。"孟凯就吆喝服务员过来买单,张子鱼上洗手间时已经买过了,孟凯连吸冷气,服务员就数落他:"你的钱不够。"孟凯就嚷嚷:"一盘马肠子一盘糊拉羊蹄一盘西瓜一盘花生米一百块还不够,吃人呀,啊?"服务员就把酒瓶举高高的:"先生看清楚,五粮液,三瓶,你以为是伊犁特。"孟凯就抱怨张子鱼:"西安娃就是狡猾,就知道自己做君子让别人做小人,陷我于不义,啊呀,这是典型的叶海亚风格,你俩真是气味相投。"服务员就笑孟凯自己没风度还胡尿整。两个人互相搀扶着离开酒馆。精河人跟看电影一样目睹了全过程。

  精河就那么大点地方,孟凯跟叶海亚很容易碰面的。孟凯在街上碰到叶海亚,叶海亚就一个人,街上行人很少,两人老远都看到了对方,都愣了一下,也都不打算躲避。躲啥呢,没啥躲的。孟凯走到叶海亚跟前,孟凯就说:"你过得不错嘛,喜滋滋的,嘴角都是笑。"叶海亚就说:"你看得这么细,我笑了吗?"叶海亚摸一下嘴角,叶海亚知道孟凯没骗她,叶海亚就说:"我还以为你开玩笑呢。"孟凯就检讨自己:"咱俩在一起的时候你就没这么笑过,我好好跟人家张子鱼学呀。"叶海亚就死死地盯着孟凯,叶海亚就说:"你想听实话还是想听假话?"

  "新疆人嘛,飞沙走石都是石打石都不掺假,你没必要给我说假话。"

"各人有各人的生活,你谁也别学。"

"我总觉得张子鱼比我强比我好。"

"他是他,你是你。"

"噢,他是他,我是我。"

"他的好跟你的好不一样。"

"都是好还都不一样?"

"碰到他我才知道我需要的是这种好,不是你那种好,不是说你不好,你要保持你那种好。"

孟凯想半天没想明白,叶海亚已经走到街对面了,连背影都模糊了,他还在琢磨叶海亚的话。司机表哥听一半就打断他:"你是好人不是坏人。""你才听一半么你听完么。""听一万句还是一个意思,你是大好人,你好不好要她说呀。"司机表哥突然不吼了,吸口冷气:"这话还得她说,你的病根子在她身上,她的话对别人是狗屁对你可是灵丹妙药,这女人不简单,复杂着呢。"

"那我就好好保持呀,她千叮咛万叮咛一定要我保持。"

"有了对象可不能再提叶海亚。"

"对象?我跟谁对象?我对谁呀?"

"你迟早都得有对象,有对象才有老婆才有家,你给叶海亚守节呀,你脑子进水了呀。"

"还真让你说对了,我脑子确实进水了,叶海亚老公张子鱼亲口对我说他也脑子进水了。"

"叶海亚喜欢找脑子进水的男人?人家老公是西安人,进的是西安水不是咱新疆水,西安水酸性大,咱新疆水碱性大,你不

45

对叶海亚胃口。老哥开车走四方啥地方没去过,跟老哥开车走,开上车不出一月,别说脑子,狗子①里都是干的,跟电熨斗烫过一样。"

  孟凯还不死心,又跟叶海亚谈了一回话。孟凯直截了当告诉叶海亚:"你老公张子鱼在你之前谈过恋爱。""你知道挺多的。""我俩喝酒他亲口告诉我的。""能跟你喝酒说明他把你当哥们儿当兄弟,你出卖哥们儿出卖兄弟,你还是土生土长的新疆儿子娃。"孟凯意识到自己把人丢大了,可孟凯的嘴由不得孟凯自己,孟凯都不知道他在说啥,反正他在呱啦呱啦地说,你听他说的这些话:"在你之前他有过女人,你不是第一个。""前边有几个我不知道,可我知道我是最后一个,女人啥都不争,就争最后一个,就争着给男人的感情世界画句号。"孟凯就愣了半天,孟凯还在做垂死挣扎:"你是他老婆你都不知道他交往过多少女人,我都知道得比你多。"叶海亚就笑眯眯地看孟凯,看了好半天。已经深秋了,中亚大地一片金黄,都黄透了,群山草原大漠绿洲都黄成一片,树叶跟金子一样哗哗坠落,砸在孟凯和叶海亚身上,两个人金光闪闪,无比辉煌。叶海亚告诉孟凯:"你会找到你的真爱,不管你多么爱她,你都不要把所有的话说出来,明白我的话吗?不说出的话是金子,说出来就是树叶。"叶海亚舒一口气,身上那些树叶纷纷落地,是从叶海亚咖啡色的毛料风衣上落下去的。叶海亚告诉孟凯:"我确实伤害过你,他也受过伤害,你今天不说我还真不知道他受那么大伤害,伤口藏得那么深,来到大漠深处一个人孤零零地舔伤口。"叶海亚的眼睛已经湿了,她几

---

① 狗子,陕西方言,屁股眼的意思。

乎在自言自语:"我真想把我的名字改成燕子,就是他唱的那首歌里的燕子。"孟凯走很远还能感觉到林带里叶海亚的胸脯在一起一伏,叶海亚的胸膛里回旋着古老的哈萨克民歌,孟凯都听见了叶海亚带着颤音的歌唱。

"燕子啊!

让我唱个我心爱的燕子歌,

亲爱的,听我对你说说,

燕子啊!

燕子啊!

你的性情愉快亲切又活泼,

你的微笑好像星星在闪烁。

啊!

眉毛弯弯眼睛亮,

脖子匀匀头发长,

是我的姑娘燕子(啊!)

燕子啊

不要忘了你的诺言,别变心,

我是你的,你是我的,

燕子啊!……"

孟凯还记得他第一次来精河时就发现这里的燕子特别多,楼房平房草棚地窝子连草丛里都垒了燕子窝。燕子像晶莹的泉水,闪闪发亮,就像飞蹿的流星,清爽迷人。从高中一年级第二学期开始他一直生活在精河,他身边有了燕子一样的叶海亚,他竟然没有把燕子与姑娘与古老的歌谣连在一起。

那天孟凯走得很远,都走到牧场了,牧工们给马和骆驼治蹄上的伤,用烙铁烫发炎的蹄趾缝,脓水让烙铁一碰就发出呛人的臭味,牲畜被绑在木架上,拼命挣扎。脑子进水就应该这样治疗。孟凯看一会儿就走开了,孟凯走到绿洲边上,从天山奔腾而来的干旱干到大地深处的大沟直插准噶尔腹地,就像剖开了准噶尔的肚子,燥气团团升起,真是旱到五脏六腑里了。孟凯的样子很吓人,好像要跳下去自杀,放羊的汉子紧跟着他:"掉下去,连一块骨头都找不到。"孟凯认真地问人家:"那能找到什么?""什么也找不到,一场风什么都没了,沙子还有落脚的地方,人什么都没有。"孟凯就很认真地问人家:"羊呢?骆驼呢?""它们有皮,我们没有。"孟凯就回去了,孟凯在一个小商店买了五十二度的那达慕白酒,很快就醉倒了,在野地里睡了一宿。秋天晚上很冷了,孟凯的手和脸有了冻伤。

孟凯缓过来后照镜子,还摸了摸脸颊上的黑疤,他就想起张子鱼伤痕累累的脸,他就愣住了,死死地望着镜子里的自己,越看越不像自己,那个孟凯在镜子亮晃晃的洞里越走越远,完全进入一个陌生的世界,镜子外边的孟凯吓坏了,他都不知道镜子里的孟凯要做什么……那个陌生的孟凯在拼命地刨沙子,整座沙丘就被刨平了,沙地上裸露出巨人一样的地精。孟凯慢慢地往后退,退到半里地的时候,才能看清地精的模样,简直就是大地伸出的一条胳膊,浑圆有力生机勃勃,还在不断地勃起,都充血了,都发紫了,天上的太阳都失去了光芒,大地有如此雄壮的太阳。孟凯继续后退,倒在一道黄沙梁上,孟凯的生命也勃起了,也就是一颗红皮洋芋,孟凯不甘心呐,孟凯的目光在巨人般的地精与自己双腿间的洋芋上徘徊,他的生命在不断地勃起,充血,膨胀,终于达到男人生命的顶点,也就是人们说的第三条腿。中亚腹地有一个古老的谚语:男人的力量在腿上。孟凯这么想的时候,巨人般的地精开始晃动了,迈出有力的双腿,在天地间一晃一晃,天地不断地裂开,就像鲸鱼划开了海洋,瀚海里出现的浪谷就是天地间的整个世界,就是创世纪。两个月后孟凯在乌鲁木齐与一个女人交欢时终于体验到这种地震般的开裂与跌宕。仰躺在黄沙梁上的孟凯第一次用坦率的目光打量自己的第三条腿,中亚腹地的天山阿尔泰山巴尔鲁克山阿拉套山塔尔巴哈台山的原始岩画描绘了原始先民最早的第三条腿。男人的阳物鸡巴如此美好,更美好的应该是天地间巨人般的地精,头顶蓝天,蓝天不断地被顶开,脚踏大地,大地不断地伸展,阳光不再刺眼,跟绸缎一般光滑轻柔,地精也不再晃动,跟黄沙梁上孟凯赤裸裸的第三条腿遥遥相对,这大概是孟凯失恋以来最心平气和的时刻,也只有这种时刻才能看到天地间最壮观的一幕,简直就像纪录片,客观真实地再现地精的成长过程:一只发情的公骆驼噗叫着吐着白沫一路狂奔,从普通的棕色骆驼蜕变成高贵的白骆驼,它还在狂奔直到一身金光成为传说中神奇的火焰般的金骆驼,沙漠中最精美的部分就袒露在金骆驼面前,全是细沙子,跟女人的皮肤一样,细腻滑溜跟水浪一样,瀚海显示出她最美好的海洋本性,金骆驼蹲下去,骆驼的阳物是弯曲的带钩的,一下子就进去了。孟凯目睹了金骆驼波澜壮阔的射精过程,骆驼的噗叫已经不重要了,骆驼口吐白沫已经不重要了,生命进入高潮时骆驼的眼睛又黑又亮,那黑色的亮光突然长出了翅膀,燕子,中亚腹地潮水般的燕子弥漫天空,大地上也只有阿拉山口飞来的燕子有潮水和风暴的气势,铺天盖地,势不可挡。身处燕子的汪洋大海孟凯却连一只都没有得到。孟凯再也绷不住了,翻身伏地,不停地抓着沙子,沙浪滚滚,他就像一个泅渡者在横越人间苦海。幸好在沙漠最柔软的地方,他那勃起的棒槌一样的鸡巴没有受到任何损伤,要是在床上或者草滩上后果会很严重。

不能不感谢神奇的骆驼把孟凯领到大漠深处,不但目睹了地精的成长过程,还挖到了货真价实的优质地精,小孩胳膊那么粗壮,又脆又甜,一连好几个都是甜的。孟凯不顾一切大嚼大咽,边走边吃,跟啃甘蔗一样,啃到一半时整个人就成了一团烈火,身上的衣服都化掉了,燥热难忍自己扒光了都不知道,赤身裸体野人一般,浑身燥热滚烫,脑子并不糊涂,还能想起张子鱼这个大坏蛋,张子鱼你这王八蛋。你跑到精河就是吃这玩意儿来的,啊?孟凯把手中地精一折两半,连皮都不剥了,囫囵着往下吞咽。狂吃地精的后果就是眼前出现幻觉,沙漠里本来就有海市蜃楼,加上地精的作用,孟凯眼前出现的幻觉跟电影大师的经典作品一样精湛传神,叶海亚跟燕子融为一体不分彼此,巨大的天幕上全是叶海亚的肖像。孟凯泪流满面。

孟凯出现在精河绿洲时人们一点也不奇怪,沙漠深处经常出现野人般的疯汉,赤身裸体,全凭沙漠里的动植物活命,还有手握蜥蜴与蟒蛇挣扎到人间的。孟凯很快就有了衣服。

孟凯见到张子鱼时相当冷静,他只问一个问题:"你来精河就是为了吃地精?""沙尘暴,"张子鱼实话实说,"另一种说法就是喀拉布风暴。"这已经是新疆人说话的方式了。孟凯就说:"从陕西跑到新疆来吃沙子？沙子好吃？"张子鱼还是那么诚恳："我吃过沙子吃过骆驼刺吃过四脚蛇，都失去知觉了，抓到手里的东西都往嘴里塞，就抓到了地精。""就吃上了瘾。""没人对那东西上瘾。""那你对啥上瘾。""戈壁瀚海让人吃尽苦头又让人着魔。""你成探险家啦，彭加木、余纯顺啊。""斯文·赫定，还有斯文·赫定，我上中学时就知道大探险家斯文·赫定，上大学时才知道彭加木。""彭加木死在了罗布泊，斯文·赫定征服了罗布泊。""你也知道斯文·赫定？"

一九八四年秋天的一个下午，两个初中生同时走进他们家乡小城的新华书店：那是相距遥远的两座小城，一座在中亚腹地的塔尔巴哈台山下，一座在黄土高原渭河北岸。如此遥远的距离并不妨碍他们对同一本书发生兴趣，他们同时发现了瑞典探险家斯文·赫定的《亚洲腹地旅行记》，同时向书店营业员索要这本李述礼先生翻译、上海书店一九八四年八月出版的竖行排印繁体字《亚洲腹地旅行记》。两个少年看得如痴如醉，营业员都不耐烦了，反复提醒，以致大声嚷嚷，甚至伸手夺书。新疆少年是城镇居民，家境不错，身上总有零花钱，毫不客气地扔出一张五块钱，服务员得找他两块六；陕西关中渭河北岸这个农村少年就很狼狈，摸半天，一分钱都没有，营业员就满脸鄙夷，农村少年结结巴巴恳求宽限几天他一定来买。

"说清楚几天？"

"两天，两天。"

两天后下午四点多，农村少年如愿以偿买到了《亚洲腹地旅行记》。他递给营业员两张一块一张五毛的人民币上有新鲜的红色砖灰。农村少年刚从砖厂赶来，背了两天砖，一天可以挣一块七毛五分，有了三块五毛钱，农村少年腰杆硬了，在砖厂旁边的小河里洗刷一新，三块五毛的血汗钱裹在塑料袋里装在上衣口袋，领钱时少年满头满身的红砖灰，手就像砖刻出来的，两张一块一张五毛的人民币跟扑了粉似的，书店营业员收钱时抖了几下，吹了几下，砖灰就成了一团红色烟雾，人民币着火一样燃烧起来啦。

阅读中的少年进入燃烧状态。书的开头从斯文·赫定十二岁写起。斯文·赫定十二岁就萌发了去冒险去当探索英雄的念头，十五岁时在家乡斯德哥尔摩码头目睹北极探险英雄诺登舍尔德凯旋时人们倾城而出欢声震天的场面。赫定十九岁中学毕业就只身去遥远的波斯，就是今天的伊朗。对未知领域的狂热追求和冒险精神贯穿了斯文·赫定的一生。两个中国少年再也坐不住了，他们快十五岁了。新疆少年不停地往沙漠里跑，往塔尔巴哈台山跑。陕西少年则一头扑进波涛滚滚的黄土高原，深沟大壑纵横千里，大起大落，收获的是无尽的苍凉与悲壮。中亚腹地的群山和大漠更苍凉更悲壮。英雄梦一下子就高涨几十倍。两个少年就变得桀骜不驯，野马似的晃来晃去，老远就让人感受到他们身上沸腾的热血，他们很快就成了呼啸而过的蒸汽火车，地动山摇，不可一世，就很容易跟人发生冲突，理所当然是他们的同龄人。

渭河北岸的农村少年骄横不到半年就变老实了，不是他打不过人家，也不是老师有多大能耐，医药费一次就是几十块，甚至上百块,上个世纪八十年代,那都是一大笔钱。一分钱难倒英雄汉,听过秦琼卖马杨志卖刀的故事吗,中国版的英雄传奇更实际,农村少年咽下了这口气也垂下了高傲的头,他那颗心傲着呐。这个世界谁管你的心?只要不把傲慢延伸到脸上手上脚上就行。

塔尔巴哈台山下的城镇少年很难收敛自己,父母伯父叔叔舅舅,一句话,所有亲人都是挣工资的公家人,财政状况相当好,革命大道理不起作用,父亲的皮带更是适得其反,打急了这个坏小子会哈哈大笑,弄得父亲像拷打革命者的国民党特务。塔尔巴哈台山下那座小城的同龄少年吃尽苦头,这个坏小子几乎没有对手,比起探险,打架更直接更刺激更有快感。我们也就知道这个坏小子很少翻阅《亚洲腹地旅行记》,有时会掂在手里,瞅瞅封面上骑骆驼的斯文·赫定,然后压在枕头底下。母亲和姐姐收拾房子的时候误以为这个坏小子良知未灭,喜欢读书。母亲不识字,哥哥姐姐都没念到高中,全家人都指望弟弟能念到高中,考大学的梦想压根就不存在。我们可以想象母亲和姐姐翻到弟弟枕头下边上海书店出版的竖行繁体字书有多激动。初中毕业的姐姐给母亲乱讲一气,姐姐也就读《故事会》的水平,从《亚洲腹地旅行记》的开头几页很艰难地读懂了十二岁的主人公如何当英雄,再多就不懂了,关键是繁体字还竖行排印,古书不就这样子?姐姐告诉母亲这是外国古书。姐姐还把这个喜讯告诉当小职员的父亲,父亲似懂非懂,亲自检查了那本书,绝不是坏书。可经验丰富的父亲回到事情的原点,儿子打架斗殴,不停地给人家赔情道歉掏医药费,不停地托熟人托关系换学校,塔城就那么大,快没学校可换了。父亲愁着呐。这个坏小子没心没肺,依然故我,该出手时就出手,毫不含糊。

远在黄土高原渭河北岸的农村少年唯一的乐趣就是翻阅那本《亚洲腹地旅行记》,也不知翻了多少遍,他喜欢的书很多,不停地跟同学交换,但绝不交出这本书。大家都不知道他有这么一本书。这是他用挣的血汗钱买来的,农村学生买课外书很罕见,能交够学费资料费就不错了。他珍藏这么一本书没有引起任何人的注意也很正常。这也是他所希望的。我们可以想象他买到这本书以后的阅读状态,夜深人静,躲在柴房或厨房点着小油灯,跟着斯文·赫定神游中亚腹地。家里人以为他在用功,他学习很好,这个优点新疆少年没法比。学习好不等于不打架。需要说明的是渭河北岸的这个农村少年生活在城乡交叉地带,也就是城郊,整天面临吃商品粮的城里娃的挑战,农村娃总是忍让再三,很少主动出击。这个农村少年显然吃了豹子胆,很出格了。我们可以设想新疆少年与陕西少年相逢,肯定有一场血战,他们的精神力量都是斯文·赫定,两个斯文·赫定交手一定很精彩。我们也可以想象这个农村少年夜深人静翻阅《亚洲腹地旅行记》时掩卷长叹的样子,冥冥之中他感应到远方有一个家伙正在放开手脚大干快干,这个农村少年一次次站起来,在农舍里走来走去,就像笼中虎豹。天亮时就收敛了沉默了,一声不吭去上学。

新疆少年在塔城待不下去啦,没有学校接收他。家里只好送他到精河县舅舅家。舅舅在精河县大小是个干部,不但能给外甥转学,还能把外甥办进高中。不能不承认这次转学非常成功。高一第一学期只打了三次架,舅舅出面了断,老师不高兴,家里人高兴哇,这个坏小子以前是每周两三次的记录,一学期三个半月,只打过三次架,相当不错了。更大的喜讯在后边。第二学期竟然带回了奖状,学习成绩蹿上去了,后来竟然考上了乌鲁木齐的大学。父母喜极而泣,赶到精河要向老师磕头烧香。这时候大家才发现扭转乾坤的不是舅舅更不是老师,而是一个落落大方漂漂亮亮的精河姑娘,新疆人一律叫丫头;丫头是全校的学习尖子,也是班干部,硬是把一匹烈马给驯服了,人模狗样成了大学生,跟丫头一起考进同一所大学,理所当然还是同班同学。我们可以想象这个丫头的形象有多么光辉灿烂,学校把她当作扶助后进变先进的榜样,家里人把她当活菩萨。

他们的大学生活轻松愉快。中文系本身就是弹性很大的专业,有雄心壮志累死你,想混张文凭谋个职业,那就轻松得让人不可思议,大半作业就是看小说看录像,有漂亮丫头相伴小说录像也不必多看,看看同学的笔记就能应付考试。文学专业,本来可以读到斯文·赫定更多的著作。那个陕西少年从高中到大学读完了斯文·赫定所有的著作,包括那个时代最有名的中亚腹地探险家的书,比如李希霍芬、普尔热瓦尔斯基、斯坦因、华尔纳等等,连他们的传记和研究资料都没放过。新疆少年,不能再这么叫了,应该是新疆小伙子,对斯文·赫定的了解一直停留在《亚洲腹地旅行记》上,还没有忘本,收拾行李上大学时把这本书装进了箱子,从此再也没有翻开过。现在他只能虚心地听这个外乡人讲斯文·赫定。这个外乡人告诉他:赫定吃了亚洲大漠里的地精失去了心爱的女人。

4

斯文·赫定很幸运,赶上了地理大发现的末班车。哥哥是瑞典国王的好朋友,王室一直支持他的冒险计划。父亲是斯德哥尔摩有名的建筑师,手把手地训练他的制图本领,这套童子功让他终身受益。他为俄国探险家普尔热瓦尔斯基绘制的中亚地图在斯德哥尔摩展出时,被专家惊呼为"制图天才"。当时他才是个中学生。早在十二岁时他就立下宏愿,当一名探险家,英雄般回归故乡。冬天在雪地打滚,开着窗户睡觉,北极寒风把屋子变得跟旷野一样;强健的体魄,良好的教育,坚强的意志,天使般的忍耐,全都完美地凝结在这个年轻人身上,加上一颗雄心,不但为未来的事业打下良好的基础,也深深地吸引着一个叫米莉的姑娘。

米莉跟他一样具有浪漫情怀。他们交谈的话题都是库克船长凡尔纳·科文斯通、李希霍芬、普尔热瓦尔斯基、诺登舍尔德。他们心目中的美好时刻就是一八八〇年四月二十四日斯德哥尔摩全城欢迎诺登舍尔德北极探险归来的情景。斯文·赫定在心里呐喊:"我也要这样荣归故里。"每当他内心的波澜悲壮地涌起时,米莉小姐一定在期待小伙子豪言壮语后边的爱情誓言。小伙子脑子里全是英雄梦。这正是米莉小姐所希望的。少女的心就这么矛盾。没有野心的男人索然无味,野心勃勃的男人,又不会甜言蜜语。中学生斯文·赫定个头不高,却是个真正的男子汉,在米莉小姐眼里赫定简直就是个巨人,北欧人都是维京海盗的后代，神话英雄大神奥丁雷神托尔丰饶之神弗雷比希腊神话的神灵更英武豪迈，日耳曼人的英雄史诗《尼伯龙根之歌》《贝奥武甫》就脱胎于北欧神话。这些北方森林的骑士以雷霆闪电之势灭掉了罗马帝国，其中一个小小的分支诺曼底人征服英格兰，留里克兄弟甚至被俄罗斯人请去当国王。少年赫定就这样被米莉小姐镀上了一层英雄的金色光环。

黄金在天空舞蹈，北欧人从远古就把黄金称为"水上的火焰。"斯德哥尔摩紧挨着灰蓝色的波罗的海，也是梅拉伦湖的入海处，湖光山色很容易被落日融为一体，太阳就像一个壮丽无比的黄金洞，一对少男少女坐在海岬上，大海和湖面汹涌而来的是"水上的火焰"，人类黄金时代的气息从来就没有消失过。米莉小姐被这个神奇少年一次次拉上岩石时很清晰地感受到少年身上散发的热气来自遥远的黄金时代。也许是蛮荒寒冷的缘故，北欧大地公元十世纪还处于神话时代，基督教十二三世纪才传入北欧，最早的传教士也成为北欧神话史诗的记录者和收集人，神话并不遥远，也绝非空想。有时赫定会问米莉：你为什么这样看着我？米莉小姐会用北方的大海和冰山作掩饰。高傲的姑娘不会把古老的神话说出来，在北欧神奇的大自然之外，姑娘最多谈到报刊上刊登的探险英雄，还有他们熟读的探险英雄们的讲演录和手记。相恋的日子，不是谈论探险就是爬山横越荒原和海滩，公园剧场很少光顾。虽说北欧女子巾帼不让须眉，女人毕竟是女人，十九世纪的瑞典相当发达了，斯德哥尔摩的繁华一点也不亚于巴黎伦敦和柏林，波罗的海对面就是俄罗斯帝国的圣彼得堡。米莉小姐对这些都不感兴趣。米莉没有脂粉气，赫定很满足了。

一八八五年春天,赫定中学毕业,校长问他是否愿意去俄国里海边的巴库油田,给在那里工作的一位瑞典工程师当家庭教师,聘期半年。出外探险的机会突然降临,不再是早年的北极梦,是遥远而神秘的东方,与他终生结缘的中国正悄悄接近他。与亲人告别,与恋人告别,父母姐妹兄弟很不放心让他远行,米莉小姐全力支持他,而且主动地吻他拥抱他。

半年后服务期结束,赫定拿到三百金卢布的工资。第一笔工资他首先想到的是探险,置办好行李,带一把左轮手枪,鞑靼青年巴吉·哈诺夫当向导,去波斯,在暴风雪中穿越厄尔布尔士山。鞑靼青年巴吉·哈诺夫病倒了,赫定独身一人离开德黑兰。越过辽阔的波斯荒原来到古城伊斯法罕,有"生命之河"称呼的赞德河穿城而过,赫定再次用铅笔描绘出辉煌的沙阿清真寺,登上居鲁士大帝时代的都城遗址帕萨尔加德,山下平原地带则是大流士一世的都城波斯波利斯废墟。继续南行,穿过狭窄的山口俯视山下平原上的设拉子古城。设拉子城盛产美酒、美女、诗歌和玫瑰。古波斯伟大的诗人萨迪和哈菲兹的陵墓就在这里,萨迪在这里写下了不朽的《真境花园》和《果园》,哈菲兹在这里深情地歌唱玫瑰月亮美酒和女人,翠柏环绕的墓碑上写道:"亲爱的人们来吧,带着美酒和情歌到我的坟墓来吧,假如我听见了你们那欢乐的歌声,听见你们那优美的音乐,我会从昏睡中苏醒,我会从坟墓中复活。"波斯马夫是个虔诚的穆斯林,做响礼时还没摆脱对爱人的怀念,用细沙小净后,面朝麦加,他对胡达的祈祷竟然是《蕾莉与马杰农》中的诗句。

"我的生命全靠爱情滋养,

没有爱情我就会运败身亡。

一个人的心中如若没有爱情,

一定会充满潮汐般的悲痛。

主啊,你这天地间万物的主宰,

主啊,你这寰宇内至善的神明,

请让我爱得更加深沉,爱得发狂,

我若不免一死,请让她长留世上。"

第一次远行结束了,赫定最想告诉米莉的就是美丽的设拉子城,萨迪、哈菲兹、内扎米的《蕾莉与马杰农》。赫定声音沙哑低沉,明显带有波斯的味道,米莉第一次听这么古怪的瑞典语,米莉很快就被那美妙的诗句打动了,如此绝望和深情的诗句已经不是美妙可以形容的了。赫定又用波斯语重复一遍,原汁原味,完全是中亚高原的味道。让米莉小姐更吃惊的是赫定的怀抱,热烈的拥抱中有一种辽远苍凉的感觉,赫定告诉她:瑞典的探险家去的都是海洋,我去的是另一种海洋,中国人叫瀚海,把戈壁沙漠叫瀚海,太有意思了。

更有意思的是沙漠里有一种叫地精的植物,跟男人的阳物一模一样,可以食用。断粮好几天了,快要饿死了,这不是上帝的福音是什么?波斯马夫手把手地教赫定享用神奇的地精,赫定吃得小心翼翼,波斯马夫大嚼大咽,立马变得神采奕奕,如同神灵附体,在马夫低沉的歌声中赫定知道马夫眼前出现了爱人的面容;地精不但重现了爱人的影子,还把波斯古老的地毯绘画艺术与波斯大地的群山草原戈壁沙漠全部融入女人的形象。赫定不再那么小心翼翼,赫定也开始大嚼大咽,当整个地精咽下肚时赫定一下子见到了他自己的神,神灵附体的感觉如此美妙,赫定眼前首先出现的是北欧大神奥丁,然后是瓦尔基里女武神,很快演化成爱人米莉与他自己,赫定看到了真正的自己。地精就这么奇妙,能把人提升到不可思议的地步。从那一刻起米莉就离开大地进入神殿。波斯马夫告诉赫定:不是所有的人都能吃地精,没有读过诗的人吃了地精只能让女人受罪,只能糟蹋女人。在中亚腹地,诗人的地位一直在国王之上。在丝绸之路东端的中国,更壮观的地精等待着赫定。

赫定在为下一次亚洲腹地探险做准备,他在乌普萨拉大学、柏林大学和斯德哥尔摩的大学学习地理学和地质学,柏林大学的冯·李希霍芬男爵多次远行中国,是当时最了不起的亚洲地理权威,也是赫定的恩师。

一八九〇年春,瑞典国王向波斯派遣使团,请赫定当翻译。使团穿越欧洲大陆,到达土耳其帝国首都伊斯坦布尔。这次远行,赫定是瑞典国王的使者,一路风光无限,仪仗队接送,宴会不断。在波斯王国的首都德黑兰,赫定面临哈姆莱特式的选择:继续满足于这些昙花一现的繁华宴会还是利用这个机会深入亚洲腹地探险?对人迹罕至的沙漠和荒原的不可遏止的渴望再次占据上风。这个决定也意味着他离世俗生活越来越远。心爱的女人在故乡等着他,尽管他当时没有把世俗生活与女人联系起来,他还是感觉到一种无限的悲壮和苍凉。米莉小姐不是凡夫俗子,米莉小姐气质高雅,美妙无比。赫定眼前闪现的是一幅幅古典油画里的高洁的女性形象,达·芬奇、米开朗基罗、拉斐尔笔下的圣母,但丁《神曲》里引领诗人从地狱到天堂的贝阿德丽采,歌德《浮士德》结尾时高唱的引领我们上升的永恒的女性。一八九〇年,在遥远的中亚细亚,古典艺术还能安慰人类的心灵,在欧洲本土,早在一八六五年,赫定出生的那年,法国人波德莱尔写出了《恶之花》,妓女酒鬼赌徒流浪汉登上艺术舞台。一八六三年马奈的油画《草地上的午餐》和《奥林比亚》在巴黎引起轰动,草地上的光屁股女人与睡榻上自我卖弄满身脂粉挺着黄肚皮和高颧骨的粗俗不堪的女人彻底摧毁了人类固有的圣母形象。神话结束了,诗意盎然的田园仙境烟消云散。赫定压根没有意识到他已经游离到时代的边缘了。外交使团离开德黑兰返回瑞典,赫定继续向亚洲的中心前进。瑞典国王批准了赫定的请求,还给他资金上的援助。

　　赫定在波斯东部高原冒着大雪穿越乱石丛攀登波斯的最高峰达马万德山,滑下白雪覆盖的山坡时,疲惫至极,宿营地安顿在一个山洞里,赫定倒下就睡,睡得像块石头,整个躯体跟大地连成一体,荒原开始融入他生命。穿过呼罗珊,就是黑沙漠卡拉库姆大沙漠,赫定终于感受到中国的气息,暴雨般的紫黑色燕子穿过沙漠向中国飞去,他问随行的马夫前边是什么地方?马夫告诉他:"那是燕子落脚的地方。""燕子肯定落在绿洲上,你怎么这样回答我?""先生你没发现你看燕子的样子。"马夫用鞑靼语唱起一支草原歌曲,唱第三遍的时候,赫定听明白了,那歌就叫《燕子》,可描述的是女人:

　　"燕子啊!让我唱个我心爱的燕子歌,
　　亲爱的,听我对你说说,

燕子啊!

燕子啊!

你的性情愉快亲切又活泼,

你的微笑好像星星在闪烁。

啊!

眉毛弯弯眼睛亮,

脖子匀匀头发长,

是我的姑娘燕子啊!

燕子啊!

不要忘了你的诺言,别变心,

我是你的你是我的,

燕子啊!

啊!……"

　　赫定都听傻了,不由得赞叹鞑靼人有这么好的歌曲。马夫说:"这是哈萨克人的歌曲,我是从鞑靼人那里学的。"分手时马夫还是把他的担心说了出来:"谁都能看出来你有心爱的女人,可你不是攀登高山就是穿越人迹罕至的戈壁沙漠,再往前沙漠戈壁越来越多,卡拉库姆沙漠才是大沙漠的开始,你应该跟着燕子的踪迹而不是骆驼,燕子飞过去的地方不是湖就是绿洲,骆驼去的都是沙漠。"赫定就告诉马夫:"是天空的眼睛,蕾莉就是黑夜的眼睛,是女人中的女人。"马夫叫起来:"你知道我们内扎米的诗?"赫定就告诉马夫《蕾莉与马杰农》的另一半:长诗中的男主人公葛斯疯狂地爱上黑夜一样魅力无穷的蕾莉,整天疯疯癫癫,人们就叫他马杰农,疯子的意思。赫定面带微笑,十分赞赏地告诉马夫:"爱一个人怎么能不疯狂呢?"马夫比赫定想象的要聪明得多,马夫告诉赫定:"我们波斯人谁都会吟诵《蕾莉与马杰农》的片段,你要是读完全部的《蕾莉与马杰农》你就不会羡慕那种生活,你会守在你心爱的女人身边,让女人成为屋檐下愉快亲切又活泼的燕子。"赫定就告诉他:"我喜欢横越大漠的燕子。"赫定不由得发出感叹,一八八五年自己雇用的波斯马夫和一八九〇年王室雇用的德黑兰马夫如此之不同,他宁愿相信一八八五年那个吟诵《蕾莉与马杰农》的马夫,他还是感谢眼前这个即将分手的马夫,这个马夫让他听到了草原动人的歌曲《燕子》。

到达俄罗斯帝国最东边的城市奥什,正是大雪纷飞的日子。奥什对面就是中国新疆的喀什葛尔,意思是玉石聚集的地方;布哈拉和撒马尔罕的珠宝是帖木儿大帝从印度从中亚各地从奥斯曼土耳其帝国抢来的,喀什葛尔的珠宝却是当地的手艺人辛辛苦苦创造出来的。

奥什和喀什葛尔之间有一个天山最高的山口,捷列克达坂,意思是"白杨山口",海拔一万三千英尺。暴风雪的季节快到了,牧人都躲进山前平缓避风的冬窝子,鹰都躲起来了,赫定急于赶到喀什葛尔,准备好行装粮食,雇用识路又勇敢的吉尔吉斯人冒险翻越冰达坂。雪花纷飞,群山之间好像到了冰川时代。翻越冰达坂的时候遇到喀拉布风暴,风一下成了鞭子,抽打整个世界,赫定刚刚想到上帝之鞭,风就把冰雪变成一支支利箭,煞白的光之后是无尽的黑暗和恐怖的怒吼……风暴过后赫定差点失明,吉尔吉斯向导念咒语一样给赫定解释这世所罕见的风暴,喀拉布风暴冬带冰雪夏带沙石,所到之处,大地成为雅丹,人陷入爱情,鸟儿折翅而亡,幸存者衔泥垒窝,胡杨和雅丹成为奔走的骆驼……赫定已经站在帕米尔高原上了,喀什葛尔就在山下,无边无际的荒原在呼唤他。探险家的爱情在路上,在人迹罕至的荒野。吉尔吉斯向导可没有这么乐观:"老爷,爱上荒野很要命的,塔克拉玛干进去出不来。"这就更激起赫定对大漠的向往。死亡之海塔克拉玛干很容易让人想到北欧女神的死亡之吻,爱也是一种死亡之吻,征服死亡之海将意味着对米莉的爱进入马杰农式的疯狂,那时米莉将会出现在他的游记里。

一八九一年春天,赫定回到斯德哥尔摩,米莉一见面就微笑着问赫定:"不会带我去荒郊野外吧。"他们在咖啡馆交谈,米莉读完了英文版《蕾莉与马杰农》。"我分三次读完,太悲惨了,罗密欧与朱丽叶好歹还有约会,还有密切的交往,蕾莉与马杰农刚开始,就被毁掉了。"米莉建议赫定读完这本书:"你不会成为马杰农吧?"

"可你有蕾莉那样的魅力,女人的魅力,这个世界正在让女人失去魅力,你没有,你魅力无穷,明白吗?在亚洲腹地的草原大漠上,有数不清的歌曲和诗,他们从生到死伴随着歌声,甚至把歌当成生命的翅膀。"

"噢,你说的是《燕子》,愉快亲切又活泼,眉毛弯弯眼睛亮,脖子匀匀头发长,男人都希望女人像小鸟一样。"

"燕子可不是一般的鸟,它是沙漠里的湖,从黑海、里海、咸海、热海、阿拉湖、艾比湖、博斯腾湖、罗布泊一路飘过去,直达大陆的心脏,它们是大地的眼睛是天空的眼睛,游牧民族和商队就靠它们活着,它可不是一般的鸟儿。"

"它是上帝,它是圣母行了吧。"

一向冷静的赫定有点语无伦次:"那里的河流湖泊跟欧洲一点也不一样,沙漠戈壁才是瀚海,河流、湖泊和绿洲就像岛礁。"米莉小姐默默地看着赫定,他们都不再是少男少女,米莉显得成熟稳重,米莉只说了一句:"你离家太久了,我们看戏去吧。"

不知是无意还是有意,米莉小姐请赫定看了一场易卜生的《玩偶之家》。这部戏早在一八七九年就上演了,那时他们还是中学生,整天忙着野外锻炼,收集各种探险方面的书籍,绘制世界地图,易卜生、斯特林堡这些轰动整个欧洲的北欧戏剧家没有引起他们的注意。一八九一年春天,已经长大成人的赫定和米莉坐在剧场里感到很新奇。剧中的男主人公海尔茂喊妻子娜拉"我的小鸟我的小松鼠",赫定和米莉相视而笑,他们的手紧紧握在一起。戏的高潮在后边,女主人公娜拉发现丈夫的虚伪,要离家出走,不再做木偶似的狗屁"小鸟,小松鼠"。赫定紧紧抓住米莉的手,米莉发现赫定的手都出汗了,米莉还发现赫定为剧情所动,胸脯跟潮汐一样一起一伏。走出剧场,赫定告诉米莉:"我也会写书,不会比易卜生差。"

不久,赫定就出版了他中亚之行的两本书:《一八九〇年奥斯卡国王派遣波斯的使团》、《穿过呼罗珊和土厥斯坦》,文笔优美,思路敏捷,很受读者喜爱,引起欧洲东方学学术界的关注。他需要更多的资金支持,需要更渊博的知识。更辽阔的塔克拉玛干沙漠在呼唤他,他将在那里重现米莉的形象。

赫定再次投奔李希霍芬门下,全面研习亚洲地理。十九世纪末的德国地理学无论教学还是研究水平都处于世界领先地位,李希霍芬则是德国地理学界的泰斗,赫定选择中国作为终身不懈的探索目标,可以说李希霍芬是他的指路明灯。一八九二年七月赫定获得德国地理学博士学位。国王奥斯卡二世和火药大王诺贝尔慷慨解囊,探险所需资金全部到位,总金额三万四千瑞典克朗,在当时是一笔天文数字的巨款。

一八九三年冬天,赫定取道帕米尔高原前往喀什葛尔。

一八九五年二月十七日,赫定离开喀什葛尔,开始了亚洲腹地最艰难的旅行。来自斯德哥尔摩的消息,米莉小姐已经嫁人。赫定跟真正的欧洲绅士一样强忍着悲痛,在回信中祝福米莉。后来在回答俄罗斯记者采访时赫定说:"我已经嫁给中国了……男人注定是孤独的。"米莉不会出现在他的文字中了,让大漠埋葬她吧。

5

孟凯下海经商,专门经营药材,贝母、甘草、枸杞、大芸、鹿茸、羚羊角,重点是地精。刚开始跑乌鲁木齐,后来跑兰州,再后来就是西安。也常把乌鲁木齐兰州西安的客户带到精河实地考察。

精河确实是个好地方,处在西天山阿拉套山巴尔鲁克山的三角地带,精河境内的艾比湖与阿拉套山西边的阿拉湖一东一西互为姊妹湖,艾比湖西南侧天山顶上就是赛里木湖,蒙古语山顶上的水,维吾尔语祝福,汉人就叫蓝湖。阿拉山口的大风把三个湖区的湿气勾连在一起,回旋于群山草原大漠与绿洲之间,用风水师的话讲这里聚的都是天地的精华,不要说药材,长的庄稼都有药膳的功效。孟凯不屑于用这些广告词,孟凯给客户讲故事:话说古代有位蒙古王爷带着部族过精河,夫人的坐骑受惊坠下马掉进河里,捞上来不久夫人竟然有了身孕,老王爷娶了几房夫人一直没有子嗣,老王爷高兴坏了,就给这条河取名精河。客户们连连称奇:精河原来是这个精河。男人们不由自主夹紧双腿。男人们过四十岁就显颓势,精气神严重不足:有精才有神,有神才有气,祖国大地上竟然流淌着这么一条绝妙至极的河,不能说它流淌,应该是奔腾!大家不约而同地想到男人们之间流传的经典笑话:奔腾,联想,微软。

孟凯带客户来精河的第一站就是这条有名的河,河不大,可是有气势,从天山大峡谷奔出这么一股子雪水,连同峡谷一起直插山脚下一望无际的大戈壁。山前戈壁都是牛马一样的巨石,河床在戈壁上狭窄险峻,有宝剑一样的锋利,奔腾的不再是水是道道寒光。有人惊呼:这不是我们的青春时代吗?血气方刚就是这种样子,挺拔,锋利,英气逼人。穿越戈壁砾石滩的河流进入沙漠进入绿洲就成为君子,成为绅士,用大家的话说河到了绿洲就等于英雄遇上美人。可这条河穿越绿洲进入沙漠仍然精气饱满。精河境内的博尔塔拉河奎屯河都是一副疲惫不堪的样子,懒洋洋地从东西两侧注入艾比湖,只有南边来自天山的精河是插进去的。孟凯没有成家但孟凯在乌鲁木齐交往的女人有一个班,孟凯就男人气十足地插进去,还带了手势。有人就呼应:"艾比湖很幸福喽。"孟凯就告诉大家:"艾比湖蒙古语就是向阳的意思。女人最幸福的状态不就是这个样子吗?嫦娥奔月,女人骨子里都有嫦娥情结。"大家就感慨:"我们男人可怜呐,拼死拼活就是给人家女人在这乌七八糟的尘世打造人间天堂,人家还要骂我们臭男人,我们再有钱再成功我们在她们眼里还是臭男人。曹雪芹看透了这一点就让贾宝玉不结婚,结了也要离家出走。"这帮坏蛋说着说着就说到男人们最根本的问题上:我们这些臭男人倾毕生之力也就是排泄我们命根子里这么一点点水水,不能让它山洪暴发,更不能泥石流,必须给它一个完整而又科学的水利灌溉系统,修个大水库,再修大渠支渠,支渠下边再分一直分到毛细血管一样的渠道,还要安上许多闸门,一个环节出问题,我们一生就毁了。更可怕的是你的灌溉系统修好了,土地被污染了,什么废水都往里倾泻。马上有人纠正:更可怕的不是地好不好,是水库里有没有水。又是解嘲又是反思。

一帮坏蛋在精河岸边胡说八道一通,进入精河绿洲,一片红色海洋,到处都是枸杞。药贩子们早都知道宁夏枸杞大半来自精河,百闻不如一见,一见之下宁夏就不存在了。车子停下来,大家抓几颗扔嘴里,果然好品质,什么都不能带精,带了精就没法比了。精河的枸杞、甘草、大芸、贝母一下子就紧俏起来。

对地精感兴趣的只有极少数几个人。甘青宁内蒙也产地精,甘肃河西走廊还有锁阳城,当年薛仁贵征西断粮,将士们吃了锁阳士气大振,一口气荡平西域,就是有名的"将军三箭定天山,壮士挥戈入汉关"。他们更相信甘肃的地精。孟凯热情介绍,带些样品看看效果再说。

客户走了一大半,还有几个西安的客户恋恋不舍,孟凯就陪他们乱逛。精河就那么大点地方,好饭馆就那么几家,挨着吃,反复吃,总会碰到另一个西安人张子鱼。张子鱼听见陕西方言,张子鱼就往这边看。天山北麓的石河子精河很奇怪,都说普通话,出了城,才是当地流行的古老的陕甘方言。张子鱼看人家,人家也看张子鱼,看着看着就出现了电影里常见的一幕,他乡遇故人,张子鱼跟其中一个西安客户,彼此走过去,惊叫、拥抱,捶对方胸脯,呼对方名字:"张子鱼你这狗日的。""武明生你这狗日的。"

他们就坐在一起。武明生就抱怨张子鱼:"毕业离校前的散伙饭没吃完就不见你人了,后来才听说你去了新疆,也不给老同学来封信,大家都没有你的音信。"张子鱼就说:"又不是在北京上海,待在大沙漠里,还是静悄悄的好。"武明生就说:"这地方可是太安静了,年纪轻轻的又不养老,躲这么远,新疆本来就远,不待乌鲁木齐,至少也待在石河子奎屯伊犁嘛。肯定碰到一个漂亮姑娘,把你拴在精河啦。"孟凯的椅子怪拉拉地响孟凯赶忙抽烟,长长咂一口,吐出来,那张表情复杂的脸罩在烟雾里。张子鱼就说:"漂亮姑娘是遇到了,那是几年后的事情。去伊犁的长途车在精河吃午饭,碰到了黑沙暴,整个沙漠都站起来了,三千多米高,把太阳都遮住了,持续了三四个小时,我躲在商店里没出来,就不想走啦。""怪不得这么黑,还满脸伤,我还以为抢人家新疆姑娘让人家新疆小伙打的?"孟凯捂住嘴咳嗽,张子鱼也咳嗽两下,还能掩饰住:"新疆人没有你想的那么哈(傻),新疆人真要打我也不会打我的脸,孟凯你说对不对?"孟凯整个面孔罩在烟雾里,可孟凯的话很清楚:"张老师那张脸是沙尘暴打的,我新疆人可没打他,我新疆人要打就光明正大拼刀子,不搞小人手段;我新疆人不欺生。"武明生就说:"沙尘暴这么厉害,你可别把我当沙尘暴。"大家感觉出这两个老同学之间发生过不少故事,大家就嚷嚷喝酒喝酒、吃菜吃菜,其实吃的都是肉,羊肉牛肉还上了骆驼蹄子。气氛一下子热烈起来。张子鱼和武明生给大家发了誓:不再提伤心往事。谁也不会注意孟凯的伤心往事。武明生跟孟凯混熟以后,孟凯告诉武明生喀拉布风暴的威力,武明生还清楚地记得孟凯提到喀拉布风暴时整个人都变了,念咒语一样:喀拉布风暴冬带冰雪、夏带沙石,所到之处,大地成为雅丹,人陷入爱情,鸟儿折翅而亡,幸存者衔泥垒窝,胡杨和雅丹成为奔走的骆驼……武明生不知什么时候站起来了,走来走去,就像旋风中的树叶,孟凯费好大劲才让他安静下来。孟凯招呼大家喝酒吃菜,声音那么大,脸红脖子粗,这么豪爽的新疆汉子怎么会有伤心事呢。吃好喝好,又去包厢唱卡拉OK。武明生就跟张子鱼躲到僻静地方,武明生就问张子鱼:"精河的肉苁蓉锁阳有那么好吗?孟凯说是动物精液变的,真的吗?"

"其他地方的我不知道,精河的地精确实跟动物精液有关。"

"孟凯是学中文的,咱们可是学地理的,文人爱夸张爱幻想,咱学地理的可得讲科学。"

"你这奸商这么讲诚信,反而让人怀疑。"

武明生就实话实说:"我爸得了肾病,青海的天麻冬虫夏草,甘肃内蒙的锁阳肉苁蓉都吃遍了,见效不大,这回来新疆就想再试试运气。"

张子鱼也实话实说:"阿拉山口是沙尘暴的源头,也是野生动物迁徙的必经之地,精河就在山口边边上,这种地理条件十分罕见,你还有啥不相信的。"

"给我爸吃哩,就跟给上帝吃一样。"

"那我就告诉你,我亲口吃过。"

"你吃过?噢,你犹犹豫豫好几年不敢动人家李芸,原因在这里呀。"

"别胡思乱想啦,我吃的是生的。"

"没听说过地精能生吃,狗日的跑新疆专门吃地精来啦,把身体吃好把新疆漂亮姑娘娶上,美得很么,嫽得很么,把人家李芸妹妹闪在大路上。"

"你爱咋想我不管,我只告诉你一句话:精河的地精是天下最好的。"

"把你都吃好了么,我爸吃没问题。"

武明生就在精河多待了几天,由老同学张子鱼接待。武明生原以为张子鱼两口子宴请一次就可以了,内地不就这样吗?新疆可不行,老家来人就得好几天,挨着走亲访友。张子鱼没亲戚,都是人家叶海亚的娘家亲戚,刚开始武明生一点也不习惯,吃了两三家以后就明白了,边陲小城的人们把客人的到来当成一个盛大的节日,好好喜庆一番,武明生感动坏了,悄悄地对张子鱼说:"我收回前几天的话,你不是来吃地精的,你是奔人家新疆漂亮姑娘来的。"张子鱼就说:"把你西安老婆撇了,到新疆来。"武明生就说:"我在西安待腻了我就奔新疆呀。"张子鱼就抖着肩膀笑:"原形毕露了吧,待腻了,待不下去了才奔新疆,把新疆当啥地方了?"还真把武明生给问住了,张子鱼长长咂半截子烟,慢慢吐出来:"老同学别介意,我说我自己呢,我是山穷水尽走投无路才来新疆的。"武明生就小声问:"不给李芸捎句话?"张子鱼嘀里嘟噜说了一串蒙古语,武明生就说:"来到了西域还真说开胡话了。"张子鱼就说:"长安城里没说出的话,在天山脚下就是痴人说梦。"两个曾经发生了许多故事的大学同学互相看半天,碰一下手里的酒,仰脖子灌下,长长出气,就像两匹跑了长路的马。

　　武明生临走前,两个老同学在宾馆彻夜长谈。张子鱼让武明生看了肉苁蓉和锁阳的图片,张子鱼亲手拍照的,跟专业摄影师一样蹲在大沙漠里,等待太阳升起来的那一刻。第一道曙光照耀大漠,一切都在朦胧中,沙丘与沙丘之间港湾一样静谧的沙地上,挺拔的地精就像直立的小兽。武明生记得上大学时,他们常去秦岭考察植物,最凶险的是在太白山原始森林,每次考察,张子鱼采集的植物最多,制作的标本常常受到老师表扬。张子鱼总能抓拍到植物最精彩的瞬间。同样一个植物在太阳光线的不断变化中总是呈现出千百种姿态。张子鱼的相片不止一次参加全校影展,还参加过全国大学生影展与市上的影展,张子鱼最得意的时候竟然宣称:我是对着太阳说话的人。太狂妄了吧!地理系的同学去艺术系咨询,艺术系的同学说:这是摄影艺术的常识。大家就对张子鱼另眼相看,只有武明生不以为然,哼,给意中人连求爱信都不敢写的家伙还厚颜无耻地跟太阳对话,武明生就不怀好意地挖苦张子鱼:心理平衡嘛,矫枉过正嘛。此时此刻,在中亚腹地精河绿洲上,武明生一边赞赏张子鱼的摄影艺术一边不怀好意地叨叨:对着太阳说话好啊,太阳把它的大鸡巴都掏出来让你拍照,瞧肉苁蓉、锁阳,活脱脱的大鸡巴锤子,让全世界的男人自惭形秽,灭人类志气嘛。你就吃这玩意儿?这能吃吗?啥滋味呀?"有苦的也有甜的,就像甜萝卜。"张子鱼指着图片的沙地,说话的样子就像个老中医:"最佳气温零下二十度,沙子细腻光滑,靠近梭梭红柳白刺,一旦生根发芽出土,阳气旺盛,地不冻,不积雪。"武明生就说:"太白山大森林你就把大家比下去了,戈壁瀚海又给你提供了舞台,你狗日的是弄大事的人,你给咱好好弄。"张子鱼就说:"我弄的不是你说的大事。"张子鱼又拿出一叠图片,武明生看着看着就抖起来,图片上全是戈壁沙漠常见的黄羊野驴野骆驼,这些动物发情时找不到配偶,就选择沙漠里最柔软的地方,蓬勃的阳具插入沙中仰天长啸,地动山摇。张子鱼描述那辉煌的时刻:"就像大地震。"武明生抖着抖着就冷静下来了,小心翼翼地请求老同学:"能不能给我一张?""治你爸的病要图片没用。"武明生不要地精的图片,要黄羊野驴野骆驼射精的图片,张子鱼就笑:"这又不是春宫画三级片,调剂夫妻生活不能参照动物嘛,动物的招式你老婆受得了吗?""哪能让女人看,我自己看。""你千万不要传播。"武明生发了誓,张子鱼就给了一张野驴的。武明生彻底放松了,武明生就问张子鱼:"你咋想得起吃生地精?"

"放驼的牧工常常拿生地精救急,你没进过沙漠你不知道,到了沙漠深处能吃到嘴里的都是救命稻草,跟在汪洋大海里一样。"

"我还想问你一句,别说人,就是鬼也害怕戈壁沙漠。"

"戈壁沙漠没有你想的那么可怕,待久了,习惯了,你就离不开啦。"

"我还是相信我的感觉,从敦煌开始,出嘉峪关,越走越荒凉,别说待十天半月,在路边尿尿望一眼戈壁滩都绝望得不得了,我就不信你没有这种感觉。"

"有么,咋能没有?绝望,孤独悲凉,这些乱七八糟的感觉混在一起,反而不想离开了。"张子鱼说这话的时候那么平淡那么坦然,还瞥了武明生一眼:"有这种感觉,我才觉得我还活着,我还有一口气。"张子鱼就给武明生吟了一段古波斯诗人鲁达吉的诗:"许多沙漠被开拓成百花盛开的花园,也常常可以遇到有过金色花园的沙漠。"武明生回味好半天:"你还真成了新疆人。"

武明生走后一个多礼拜,张子鱼天天去西戈壁。精河县城就那么一点点,张子鱼和叶海亚一会儿就穿过小城和田野,戈壁跟大海一样猛然出现在林带外边,瀚海上滚动着巨大的太阳;太阳离开天顶往西倾斜,越斜越大,占满了整个西天,几乎躺在天上了。他们总是下班以后散步到西戈壁。夏秋季节,白昼长得可怕;六七点钟下班,十二点太阳才落地平线,他们可以在野外待很久。除了采药人和放骆驼的人,很少有人到戈壁上去。叶海亚总是坐在林带边的歪脖子树上,戈壁与绿洲之间的浅滩地带,林木被风吹得东倒西歪,不少树贴着地面横着生长,就像一条长凳,专门供人休息,叶海亚就坐在长凳一样的老榆树上,树皮跟铁甲一样晒得热烘烘的,横着生长的树冠就像茂盛的绿色狮子头,鬃毛油光闪闪。她不止一次问过张子鱼:一个人走在空荡荡的戈壁滩有啥感觉?张子鱼告诉她:就像走在月球上。记不清是第几次了,张子鱼告诉她:听见自己的脚步声在远方刷刷地响,那是灵魂离开了身体,灵魂总是走在前边。还有一次张子鱼告诉她:走着走着就听见自己的心脏在突突跳,脚步就轻下来,放慢速度,这下听清楚了,是大地的心脏在跳动。叶海亚就不敢再问了,叶海亚知道在她走进张子鱼的生活之前,张子鱼就已经这样了。

张子鱼告诉妻子叶海亚:毕业前的一个中午,他在校园里走着走着就看见投在地上的影子离开他,越走越远,越过操场,越过楼房到远方去了。

"我就是跟着我的影子到了精河,在这里碰上了我的影子。"

"你碰上的是沙尘暴,沙尘暴总是影子先到。"

"先到的是我。"

"你到底发生过什么事?心里有那么大的阴影,都赶上沙尘暴了。"

"那都是过去的事情,没意思。"

"不想说算了,好好过日子吧,安安静静过日子吧。"

"安安静静,这里可真安静。"

张子鱼告诉叶海亚他在艾比湖大草滩与放羊的蒙古人喝酒的故事。两个孤独的人相遇,谁也说不出话,无论是戈壁还是草原都给他们结了一层坚硬的甲。他们坐在一起,各自拿出自己的酒交换,三个瓶子对一个驼皮酒囊。喝了两个时辰,都醉了,瘫软在地上,身上的硬甲慢慢化开,就开始断断续续地唱歌,想到哪唱到哪,也不知道唱了多少歌子,总算把自己唱醒了,把身上的硬甲化开了,两个陌生人握握手,互相告诉对方:我来自温县,我叫乌兰·哈茨儿。我叫张子鱼,来自精河,就愉快地分手了。两个愉快的人就像旷野里的鱼,柔软轻盈迅猛。已经在大漠生活两年多的张子鱼知道乌兰·哈茨儿蒙古语是幸福的红脸蛋,穿越戈壁沙漠专门来排解他的孤独与寂寞。张子鱼告诉叶海亚:"他的脸那么红,五官都看不清楚,整个面孔就是一团喜庆无比的火焰,等走到我跟前时我已经把他当成太阳了,当成一个久别重逢无比忠诚的朋友了。"叶海亚就告诉他:"朋友就是你的太阳。"叶海亚问他:"你以前没有朋友吗?"张子鱼告诉她:"有过许多许多朋友,见到这个陌生而温暖的蒙古汉子我才知道那都不是朋友。""你为什么这样绝望?""因为我没有唱过歌!真正敞开心怀地唱歌是在戈壁沙漠。"张子鱼开始吟唱红脸蛋的蒙古汉子教他的歌曲。

"骑上我的粉嘴骏马

把草原平川折叠起来狂奔,

将高山峻岭连起来驰骋……"

土生土长的精河姑娘叶海亚知道这首歌的结尾是:"一口气跑到心爱姑娘的帐篷。"叶海亚就无限期待地看着沉浸在歌唱中的张子鱼,张子鱼翻来覆去就是那么两三句,就是唱不到关键的最后一句,那个要命的"一口气跑到心爱姑娘的帐篷"。

叶海亚还记得第一次见到活生生挺立在沙丘后边的地精时的情景,那个褐红色的棍子一样的植物无所畏惧地对着她,她缩了一下身体后脸就红了。张子鱼手忙脚乱在挖地精,跟啃甘蔗一样咬一口。"这是甜的。"就扔给叶海亚。叶海亚手里就有了男人的阳具一样的家伙,皮已经让张子鱼剥掉一半,叶海亚还在愣着,张子鱼就告诉她:"想在沙漠里待下去就吃这个,太有营养了,一根地精顶一只大肥羊。"

"你就在沙漠里吃这个?"

"我都吃好几年了。"

离开沙漠前夕,他们目睹了那壮观的一幕。中亚腹地秋色最浓的时候,大批大批的黄羊野驴野骆驼寻找黄金地段把生命之水注入沙海。

这些雄性动物发出的呻吟和长啸中有一种对理想伴侣的渴望和焦虑。叶海亚猛然一震,这不是张子鱼眼睛里曾经闪烁过的光芒吗?那壮观的一幕结束后,张子鱼还在自言自语:"它们找不到情投意合的伴侣它们才这样。"

6

武明生回到内地马上给老同学张子鱼寄一架尼康相机,附信中有一句话:对着太阳说话的人去追赶沙漠里的太阳。叶海亚都叫起来了:"你这同学真不错,太了解你了。"

"他确实了解我。"

"你怎么很少说起他?"

"我来大漠就跟同学断了来往。"

"大漠怎么啦,大漠不该让人知道吗?"

在叶海亚的追问下,张子鱼从箱子里翻出毕业留言册,上边有每一位同学的留言、相片和通讯地址。叶海亚郑重地告诉张子鱼:"你不能光跟亲人来往,你应该有同学,有朋友,这才是你完整的生活。"

"你就是我的全部。"

"别的女人可能爱听这种话,我可不爱听,我可不想成为你的全部,你唱《燕子》的时候,我才明白阿拉山口刮来的不仅仅是沙尘暴,还有燕子,刮一场风就来一批燕子,燕子到处筑巢,几根杂草几块泥巴就筑起一个暖巢,女人能成为燕子能筑起一个暖巢就很了不起了。知道我为什么跟你去沙漠吗?你唱《燕子》的时候我看见你心里的阴影,让人不寒而栗的阴影,只有夏天的沙漠才能温暖你的心,夏天的沙漠就是一个大暖巢。大学四年竟然天天唱《在那遥远的地方》,失去了身边心爱的姑娘,就一个劲地唱远方的姑娘,对不对?"张子鱼无言以对,很容易被看成默认。叶海亚就告诉他:"远方的姑娘可没有你想的那么狭隘,远方的姑娘不是旮旯里长大的,是无边无际的大沙漠里长大的,明白吗?无边无际,一马平川,绝不狭隘。"张子鱼频频点头。叶海亚就告诉他:"不知道那个姑娘怎么伤害你的,你应该明白,你唱《在那遥远的地方》是逃避是丧失勇气,越唱越不自信,把自己都唱没了,唱《燕子》的张子鱼才是一条汉子才是儿子娃娃才是真正的张子鱼。"张子鱼频频点头。叶海亚就告诉他:"武明生这么了解你,你就要把人家当最贴心的朋友,你应该知道人家最缺什么?"张子鱼就告诉她:"地精。"叶海亚差一点叫起来:"照相机,地精,就照这个呀!"叶海亚脑子转得很快:"你俩都缺这个?他也感情受挫?"张子鱼点一下头。张子鱼不会告诉她武明生感情受挫的原因,更不会告诉她武明生已经带走了地精的图片,那是野驴的精液长出来的,不是最好的,最好的是野骆驼,如果能找到传说中火焰般的金骆驼产的地精,那可是大造化。叶海亚问他:"武明生买了那么多药材就没买地精吗?"张子鱼就说:"那都是大路货,送朋友就送最好的,野骆驼产的。"张子鱼就说出了传说中的火焰般的金骆驼,叶海亚一口咬定:就找金骆驼的。

刚开始没有金骆驼,骆驼都是棕黄色的,少数白骆驼就相当高贵了。刚开始它也走不了那么长的路,就在几个大沙漠之间游荡。大地上的沙漠跟海洋一样无边无际,即使最高大最漫长的群山最终也会消失在茫茫瀚海。精河的发源地天山,东西纵横五千多公里,与祁连山秦岭相连就有一万多公里了,西天山最终还是淹没在中亚腹地的戈壁沙海中,瀚海边上仅仅突出世界屋脊帕米尔高原一点点屋顶。出没于瀚海中的野骆驼成为分散在绿洲小岛礁上的人类最向往的帮手。人们亲切地称骆驼为沙漠之舟。

人们驯服野骆驼的岁月相当漫长,也相当残酷。古埃及的商人担心母骆驼途中怀孕影响生意,就把圆石子塞进母骆驼子宫。古巴比伦人更绝,公驼载重量大,就把公驼的意中情侣带到驼队的前方。骆驼都是凭嗅觉寻找伴侣。沙漠里任何气味都传得很远,情侣的气味越远越微弱,公驼就越着急,越拼命赶路。遇到沙尘暴也不躲避。不少烈性公驼在沙尘暴里窒息而死。这种夏带沙石冬带冰雪的黑沙暴也叫喀拉布风暴。幸存下来的公驼,拼命追赶远方的情侣。已经过了发情期,从十二月到第二年三四月都是商人们可利用的最佳时间。那些激情中的骆驼往往超出这个时段,主人故意中断它们的情感生活,一切都按人类的意志进行,骆驼的生命节奏全被打乱了。寒冬酷暑,骆驼依然在奔走,漫漫征程没完没了。地球好像在不断膨胀,大地好像在不断延长。苦难无情地锤炼老实忠厚的骆驼,它们越走越远,从长安走到撒马尔罕走到不花剌走到君士坦丁堡走到大马士革走到开罗走到亚历山大。骆驼把汉人突厥人匈奴人阿拉伯人罗马人埃及人连在了一起。骆驼的蹄掌越来越厚,沙子跟火焰一样它都能踩上去,驼峰的蓄水量越来越大,可以蓄两百五十公升水,驼峰里边有很好的隔垫,慢慢热起来,供水不足时能忍受体温猛然升高,又能减少出汗,耗尽水分,再喝到水时也能忍受脱水。瀚海改造完善它的各种功能和器官。吃饱喝足的骆驼,驼峰挺拔浑圆,饥饿时驼峰就像空口袋一样瘪下去。它的忍耐力远远超过牛,它有三个胃。它已经具备抗沙尘暴的能力,漫长的大漠生活使它的鼻腔发生变化,鼻子里长出瓣膜,遇大风鼻子紧闭,防沙尘,也减少水分的消耗。体能的提高无疑也强化了它对情感更猛烈的渴望。主人毫不顾惜它这方面的需要。主人把它当动物,它确实是动物,人类眼里动物没有灵魂更没有情感。骆驼是很少吼叫的,无论野驼还是家驼,都很腼腆害羞,人类早就丧失这两种美德,主人竟然对骆驼的高贵品性视而不见。人类就这德性你一点办法都没有。骆驼最愤怒的时候发出牛一样深沉的吼叫。

　　商道在不断扩展,家驼的遭遇越来越糟,载重量从一百公斤加到一百七十到两百七十公斤。每天走五十多公里,穿行于烈日与冰雪之间,基本上是水火无情的世界。凉爽的秋天没有多少印象。有的话也只能在遥远的野生时代,家驼的梦中依稀保留着那久远的美好回忆。野生时代,金色的秋天如同天堂,膘肥体壮鬃毛闪闪发亮,浓密的眼睫毛,青黛色的眼窝,黑亮有神的眼睛,昂然挺胸,扬起高傲的头,一峰骆驼就是一座山,气定神凝,时间和空间全都消失了;大漠里所有的生命都是仓惶不安的,蜥蜴、跳鼠、红蚂蚁、蝎子,终生处于奔逃状态;梭梭、红柳、骆驼刺、白刺、沙枣树、芨芨草也都那么疯狂悲怆随时去拼杀的模样。土生土长的精河姑娘在沙窝窝里度蜜月时,就发现睡眠中的新郎张子鱼蜷缩一团,进入婴儿状态,进入大地母亲的子宫一般。沙丘上的骆驼刺终于抵抗不住烈日与大漠风的冲击,叶片卷起来,枝干开始碎裂,就像干柴燃烧一样发出吱吱声,空气在燃烧。放驼人送他们的骆驼守在帐篷边,白骆驼在烈日与干热的大漠风中气定神凝,昂首天外,那颗熊熊燃烧的大太阳怎么看都是偏的,无法进入苍穹的中心位置。商队里的骆驼就没有这么幸运了,它们基本上丧失了对这个世界所有美好的回忆。它们就是主人的运输工具,一趟一趟地跑生意。

　　人类的活动规模越来越大,机械时代之前,工业革命之前,大地上的运输与劳动主要依靠牲畜,牛马还有其他用途,牛马基本上都在植被状况不错的地方活动,骆驼的活动很单纯就是运输,而且出入不毛之地,大地上最荒凉的地方,人类难以生存的地方,全都依靠它们。机械时代工业革命到来后的相当长时间,人迹罕至的地方还依靠骆驼,现在还在用骆驼。沙漠瀚海是不可征服的,只要大地上有沙漠,人类就离不开骆驼。回到古代,商道越来越繁荣,从亚洲到欧洲到非洲,没有一支驼队可以一劳永逸地走下去,至少得转四次,每一次都要花不少费用,商人们就琢磨着一次到位,就盼望着跨越三大洲的神驼。刚开始随便说说,喝酒的时候,跳舞唱歌的时候,生意成功的时候,生意失败的时候,就嚷嚷着老天爷呀快来峰神驼吧,一口气从长安跑到罗马跑到大马士革跑到开罗,一口气跑到货栈,别他妈再转来转去啦。不得不告诉大家丝绸之路是十九世纪有个叫李希霍芬的德国人叫起来的,古代就是一条商道,连接亚非欧三大洲,不仅仅是长安到君士坦丁堡,一直拐到开罗拐到亚历山大,蒙古人的马队也没跑那么远。蒙古人从大兴安岭横扫世界直到维也纳城下蓝色的多瑙河畔。每个战士配备四匹马。皮袋子里装一堆酸奶疙瘩,每天吃一二块,一皮袋酸奶疙瘩可以吃半年。遇到江河,把袋子吹胀把酸奶疙瘩揣皮袍子里边,蒙古袍子可以装进一个仓库。鼓起的皮袋子就是绝好的登陆艇橡皮筏子,抢登急流险滩易如反掌。蒙古马低矮粗壮,比毛驴大不了多少,跟高大壮美的阿拉伯马欧洲马一比,蒙古小马显得丑陋不堪,可战斗力极强,翻山越岭如履平地。蒙古战士更是温顺平和,挥起战刀如同天神,那个时代无数强大的帝国都见识了蒙古战士的力量。他们四匹马换着骑,一口气从金色的兴安岭跑到蓝色的多瑙河,他们用中气十足的呼麦唱出低沉沙哑的成吉思汗军歌:

"我们的队伍是群羊,

翻山过海万里长。

敌人好像是草场,

我们一会儿把它吃得精光。"

草原战士心灵深处的神是羊,不是狼,军旗上的苍狼是外形,羊才是草原的底色;羊是常态,狼是非常态。马吃草从叶到枝干从上到下,牛吃草贴着地面,羊吃草一直吃到根,吃到沙石底下,吃到大地深处最隐秘的地方。羊多么温顺啊,那是一种品格一种信仰也是一种力量。牲畜中,牛羊驼就像一母所生,品行如此相近。骆驼在温顺中还很腼腆很羞涩,这都是卑微的沙子带给它们的。

商人们从蒙古战士横扫世界的壮举得到启发,琢磨着如何把四匹骆驼的力量凝结在一起,四绝对是一个吉祥的数字,汉人讲四平八稳,古老的岩画上,每个雄鹿公马公羊的四周都是四个漂亮的母畜,漫长的商道至少得转四次。人们曾经做过尝试,用野驼跟家驼交配,生下的杂交骆驼,脾气火暴顽劣如流氓,狠吃狠喝狠玩,就是不干活,别说驮货,搭一条毯子它都乱跳,勾引母驼倒是一把好手,手法之娴熟令人吃惊,几乎战无不胜所向披靡。人类可不想让所有的骆驼都流氓化,那绝对是一种灾难,杂交试验彻底失败,杀掉吃肉。偶尔有野驼混入家驼群中勾搭成奸生下孽种,就杀无赦,绝不手软,绝对要保持骆驼队伍的纯洁。

人类丝毫没有放弃对骆驼的探索与发现。谁都知道野骆驼的价值,沙漠瀚海里有多少神奇的野驼啊。有一天人们发现一峰野公驼带着四峰野母驼,人们惊呆了,那是一种罕见的美,无论公驼还是母驼,个个都美妙绝伦。首先是女人们发现的,女人对美有天然的直觉。商队在大漠深处打尖休息,一看就是很豪华的商队,上百峰骆驼,驮着贵重商品。这种商队往往有贵客同行,一来安全,二来生活方便;商队有华美的大帐篷有手艺高超的厨子。从撒马尔罕来的迎亲队伍就与商队同行。撒马尔罕是中亚大城,也是出美女的地方。撒马尔罕新娘美妙绝伦,伴娘侍女也都是典型的中亚美女。男人们忙着安营扎寨,女人们就发现了远方沙丘上的一道美景,女人们惊叫起来,男人们也发现了。金色沙丘的一峰公驼与四峰母驼。惊叹声消失了,大漠静悄悄的,大美无言,连风都没有,云都消失了,蓝天上的太阳凝神屏息,上帝也不会打破这种宁静中超越时间与空间的茫茫宇宙美妙壮丽的瞬间。……骆驼有马的脑袋,羊的眼睛,鹿的脖子,牛的腿,……骆驼综合了所有动物的特点,此时此刻,出现在人类面前的骆驼显然集中了所有动物的美。撒马尔罕的美人出嫁前看到了天地间的大美,这是多么吉祥的事情。迎亲的人欣喜若狂,也只有心中狂喜,人们更愿意在静穆中感受天地间的大美,然后目送神奇的公驼与美丽的母驼慢慢从金色沙丘上消失。

这个消息传得很快。人们欣赏美的同时也往实用方面考虑。富商们开始招募勇士,制订计划,打探消息。重赏之下必有勇夫,很快就捕获了神奇的公驼和四峰美丽的母驼。真是驼中豪杰,只有王者才能力克群雄独享最美丽的母驼,而且拥有四个美妙绝伦的母驼,可以想象公驼有多么强悍,美且有力量,也可以想象人们捕捉骆驼时费了多大劲!如果不使用卑鄙手段根本不可能接近骆驼。在骆驼出没的水源与植物里下了药,骆驼失去知觉时再偷袭,这是人类的拿手好戏。

母驼与公驼分开了,公驼只能看见一峰母驼在远方,在另一支商队里,很快就消失了,又出现在远方,反复不断,公驼就拼命追赶。横跨三大洲的漫长商道,至少也得转四次,其中一峰母驼死在四分之一路上。人们不会安葬母驼,谁都知道骆驼对情侣的忠诚连人类都无法企及,尽管人类有那么多爱情故事,现实生活中远远不能跟骆驼相比,尤其是世所罕见的帝王般的神驼。人们把死去母驼的骨头装在袋子里,挂在另一峰母驼身上,作为诱饵继续引领公驼赶路。公驼显然有一种惶恐不安的感觉,可公驼又能嗅到它美丽情侣的气息。死亡的气息也是一种巨大的存在,不是埋葬在沙土里。古老商道上累累白骨见多了,公驼并不惧怕死亡,前边的情侣的气息是活生生的,因为驮着尸体的母驼是公驼的另一个情侣,公驼还有什么可怀疑的?

公驼在情侣的引领下拼命赶路。太阳跟兔子一样在沙丘上跳跃,从一个沙丘跳到另一个沙丘,一团团金色枯草闪闪发亮,又很快消失,骆驼刺跟火焰一样抖动着也消失了,太阳这只兔子再也跑不动了。兔子善跑,但兔子想趴下的时候,几只猎犬轮换追赶往往会把兔子逼到绝路,跑着跑着就一头栽倒,心脏爆裂气绝身亡。公驼真是好样的,整个驼队换了两次了,四个情侣中有两个已经死亡了,变成两袋子干骨头挂在第三峰母驼身上又上路了。公驼拼命赶路,太阳跟兔子一样再也跳不动了,太阳栽倒在沙丘上,爆裂的心脏涌出一大摊血,公驼踏着太阳的血毫不犹豫冲上去,往前往前继续往前,太阳死了,情侣还在,情侣引领公驼前进。多少年后,伟大的诗人歌德在不朽的《浮士德》中这样结尾:"永恒的女性,引我们上升。"母驼就这样前仆后继引领公驼直达非洲古城开罗,金字塔与沙漠环绕的大城,尼罗河浇灌的大城,蒙古勇士横扫世界在这里第一次吃了败仗,蒙古大军征服世界的狂潮在这里停下来了。最后一个情侣栽倒在撒哈拉沙漠里,这时候公驼才彻底意识到它失去了所有的情侣,愤怒的公驼把白色唾沫喷到主人脸上,踏翻一大群招募来的壮士,逃离商队,奔向沙漠。

公驼没有意识到它是有史以来第一个单独走完古老商道的

神驼,商道刻在它的脑子里了,再也摆脱不了啦,疯狂的公驼沿着原路返回,又折回去,它在苦苦追寻它的情侣,四个心爱的妻子啊,哪一个都难以割舍。太阳死了,又复活了,死灰复燃的一堆大火,公驼就从火中穿过去,夏天的每一个沙丘都是一堆堆火焰,公驼穿越多少火焰,公驼身上的绒毛从白色变成棕色,又变成朱砂一身血红,那四个美丽的身影始终在前方晃动,真的成了永恒的女性,引领公驼上升,上升,公驼的一片赤心把火焰也比下去了,世界上还有什么比金子更赤诚的东西?公骆的绒毛成了金色,一身高贵的金黄,跟寺庙金顶一样安详美好。那一天,大地上响起了歌声,据说金驼看见四个美丽的情侣停下来转过身,身体死亡了,化作尘土了,美丽的骆驼眼依然闪闪发亮,亮着亮着就有了翅膀,就穿越了死亡就飞起来了。悲伤终于过去了。金色公驼就唱啊唱啊,唱出了最早的《燕子》:

"燕子啊!

让我唱个我心爱的燕子歌,

亲爱的,听我对你说说,

燕子啊!

燕子啊!

你的性情愉快亲切又活泼,

你的微笑好像星星在闪烁。

啊!

眉毛弯弯眼睛亮,

脖子匀匀头发长,

是我的姑娘燕子啊!

燕子啊

不要忘了你的诺言,别变心,

我是你的你是我的。

燕子啊!

啊!"

最初没有词,人们只听见金驼深沉的吼声,一群群燕子围着金驼飞旋,燕子在驼峰上垒了窝。

最先看到这个景象的哈萨克人被歌声打动了,哈萨克人一家老小穿越戈壁转场到山里的夏牧场去。哀婉深情的歌声太贴近哈萨克人的心灵了,哈萨克人就跟着金驼唱起来。历史上的哈萨克人是不做生意的,草原就是他们的天堂,骆驼的歌声打动淳朴的哈萨克人是有道理的。

金骆驼的歌声引来的燕子越来越多,燕子复活了情侣的形象,骆驼眼越来越漂亮眼睫毛越来越浓越来越密越来越长,燕子常常把骆驼引到水草丰美的地方,天地初开,远古时代,野骆驼曾经生活在青草地上,喝干净的泉水,吃优美的针茅沙蒿,野骆驼曾经有过天堂般的家园。燕子复活了野骆驼所有美好的记忆。那是真正的黄金岁月。金骆驼成了真正的金骆驼。

叶海亚拿着一九九四年八月十三日的《新疆日报》激动得发抖:"张子鱼,快来看,中国和蒙古国科考队在中蒙边境大戈壁的草滩上发现吃针芽的野骆驼,针芽明白吧,优质牧草喂马的好饲料,野骆驼在淡水和盐水之间先选择喝淡水。"张子鱼还愣着,叶海亚就在他头上敲一下:"还不明白呀,野骆驼不是天生就喜欢吃粗糙食物喝咸水,是人类把它们从草原赶到荒凉的戈壁沙漠上去的。"叶海亚眼泪都下来了:"野骆驼都能唱《燕子》,你要不会唱你还是人吗?"

婚后的叶海亚变得越来越漂亮,越来越温顺,越来越优雅,眼睛不大但亮而有神,很自信。新疆人衡量女人美,就看地上的投影,皮影一样的影子上如果能看到眼睫毛就说这女人有一双骆驼眼,更要命的是骆驼一样浓密细长的眼睫毛,太阳把你照在地上,不管沙地土地戈壁滩,太阳很公平,女人的美是逃不过太阳与大地的。镜子在新疆的作用相当有限,女人走出家门,看一眼天上的太阳,再看一眼地上的影子,胸脯就挺起来了,腰杆就直了,脖子和脑袋就昂然抬起。女人的青春气息全在脖子上,女人老先老在脖子上。不自信的女人不敢看地上的影子。婚后的叶海亚走出家门总是往天上瞅一眼往地上瞥一眼,眼角涌出微笑,新的一天开始了。亲朋好友都这么说,理所当然谈到叶海亚的英明选择。

话传到孟凯这边,听着就让人不舒服。司机表哥就挖苦孟凯,手法很笨劣,反复讲那个老掉牙的故事:旅馆里一对陌生男女,中央画一道三八线,谁越界谁就是牲口,男人规规矩矩老老实实,不敢越雷池一步,结果女人反而骂男人不如牲口,牲口还有本能,老实男人连本能都丧失了,你还老实个屁。故事里的男人只窝囊一晚上,你老弟窝囊七八年,你越王勾践吗?你卧薪尝胆呀?你是儿子娃娃你去捅他张子鱼一刀子,扇她叶海亚一耳光,一对狗男女就在咱精河待不下去啦。司机表哥最后还忘不了倒打一耙:"我就知道我这傻兄弟没血性动不起刀子,我就故意逗你,你可真不敢动刀子,去扇人家叶海亚,叶海亚现在美的,走在大街上电影明星一样头昂那么高,脖子挺那么长,跟雁一样,以前咋就没发现叶海亚这副样子呢?"

孟凯一点反应都没有,连眼皮抬都不抬,哗啦哗啦翻《新疆植物志》,翻来翻去始终留在肉苁蓉与锁阳那几页。现在孟凯是个生意人,考虑问题很现实,没心思搭理司机表哥的唠唠叨叨。司机表哥就改变策略,抬出曾经轰动一时的飞毯一样的床单。"那可都是男人身上的宝贝,要射到女人身上嘛,你可真行,跟小孩尿床一样在床单上绘地图。"孟凯还不吭声,司机表哥就进一步:"还是一张世界地图,还是彩色的,绘世界地图干吗呀?去联合国呀?跟希特勒一样当地球球长呀?"孟凯说话了,孟凯的声音淡淡的:"我的东西我爱射哪就射哪!""哈,"司机表哥乐了,"你射到了天上,你打飞机呀!"孟凯颤抖一下,孟凯下海做生意交往多,生意上的朋友都是喝酒唱歌洗脚蒸桑拿叫小姐,小姐热心服务的项目里就有打飞机这一说,十分恶心的性交动作,也不知道孟凯跟小姐打过飞机没有,反正孟凯脸色变了,全身抖起来了。司机表哥咄咄逼人:"动物还珍惜自己的东西呢,找不到伴侣,还知道找个安静地方射到沙地里,长出肉苁蓉锁阳,至少没有浪费能源,哪像你朝天打炮,又打不下飞机。"孟凯就跟司机表哥扭打在一起。两个大男人打得十分认真,跟农民打夯一样发出沉闷的捶打声和牛一样粗壮的喘息声。打了差不多四十分钟,打累了,躺在地板上,满脸汗,浑身酸痛,眼睛充血。孟凯第一句话就是:"轻松多了。"司机表哥就用鼻子笑。孟凯就上去掐司机表哥的鼻子,鼻子里还是那种怪那那的笑。孟凯站起来,洗刷一新,下楼去了。司机表哥冲到楼道:"傻瓜,刀子,刀子,刀子忘啦。"孟凯头都不回,撇下一句:"用不着。"

天快黑时,孟凯回来了,一身尘土,土贼一样。司机表哥一看就知道没成功,没动人家张子鱼一指头,反而自己把自己捶了一顿,在郊外树林子里,抱住白桦树连踢带击连抓带咬,人终归打不过树。司机表哥还要嚷嚷半天:"准噶尔的白桦树哟,你咋这么倒霉,毛驴子孟凯糟蹋不了女人来糟蹋你呀,孟凯你要知道你是一头毛驴子。"司机表哥追问孟凯:"是不是碰上叶海亚了?"

"他们在一搭。"

"我猜也是这样,你回来咑,另挑机会单独下手咑。"

"我想明白了,就是把张子鱼杀了剁了,又能咋样?反正叶海亚回不到我身边,想出气咱俩打了半天,跟树打了半天,气也出完了。"

"就这么完了?"

"当然没完,还没开始呢!"孟凯告诉司机表哥他的打算:"我要去西安,去张子鱼的老家,我得弄明白我啥地方跟张子鱼不一样?"司机表哥叫起来:"有这必要吗?办得到吗?"孟凯神情严肃:"张子鱼的大学同学武明生是我生意上的搭档,武明生太了解张子鱼了,老天爷给我的机会嘛,让我跟武明生做生意,还能知道那么多秘密。"司机表哥就说:"咋听着像破案不像做生意。""取经!学习!行了吧?""口里人狡猾聪明,傻兄弟这回你说到点子上啦。"

孟凯把新疆这边的业务托付给司机表哥,重点放在陕西,放在西安。一礼拜后孟凯就在西安跟武明生喝酒胡诌,跟做梦一样。

第二章

7

　　武明生什么药没见过？见了地精还是大吃一惊，见到地精的图片，尤其是动物们挺着雄壮的阳具向金色沙地冲刺的辉煌瞬间，他一下子就震撼了，他当时都叫起来了："哎呀！这么美！这么好！咋就没想到这是个美事！这是个好事！"张子鱼就告诉他："口里不管男人女人骨子里都把这当脏事。"武明生还在叫："我还以为我伤害了你，你破罐子破摔跑新疆舔伤口，养精蓄锐十年后还要找我报仇雪恨呢。没想到找到了宝贝。""确实是宝贝。"

　　武明生回到西安就买了当时最好的日本尼康相机，不为别的就为沙漠里的宝贝，还有那些激情澎湃奋不顾身的野生动物。武明生还是个足球迷，是陕西国力队的发烧友，每场必看，狂呼大叫，扔矿泉水瓶子。新疆归来与老婆同房都心不在焉，老婆抱怨，他就挖苦老婆："你是知识分子又不是乡下婆娘，老汉回家，婆娘一边和面一边问老汉：吃呀吗日呀？"老婆就没脾气了。老婆是名大夫，必要的矜持还是有的。接着就买照相机，花了好几万，给老婆的解释是生意投资，有回报的，老婆不知道张子鱼，老婆跟他不是同学，武明生毕业后找的。

回到西安的武明生心情愉快去看球赛，陕西国力队一下子就成了一群小丑，他以为眼睛有问题，他揉了好几下还拍了拍脑袋，一切都正常，关键时刻出现了野生动物雄性十足的阳具与壮美无比的冲刺，那不是足球场，是地球上罕见的沙漠瀚海，与眼前疲软的足球队相比，足球队就成了一群小丑。武明生悄悄离开体育馆，他再也没有看过国力队比赛。他只看世界杯，只看全球顶尖级的足球大赛，无论世界杯还是奥运会，他也从八强赛开始，看到决出冠亚军。决冠亚军的时候，这些人类智慧与体能的佼佼者才勉强与新疆大漠里的野生动物有那么一点点相似，远远达不到野生动物的水准。能在一个平台上展示就不错了。

武明生还发现最适合看足球赛的是女人，女人出于本能很天然地很艺术地很合理地近距离欣赏男性的雄性之美，男人在球场上狼突虎奔，横冲直撞，射门射门不断地射门，雄性的攻击力不断地被强化，竞技化。武明生就笑了，朋友们以为他又想到了一笔好生意。他也不否认，有些话是不能说出来的。比如男人们在一起的黄段子，真真假假的风流韵事。他也是神秘一笑，不承认也不否认。出于生意的需要，常常出入娱乐场所，也常常有生意上的异性搭档，湿鞋子的事情时有发生，这些女性那种兴奋与满足常常溢于言表。朋友们就悄悄议论武明生的家伙绝对是特大号的，可以跟西门庆媲美，这种男人们很受用的赞美词同样也不会传到武明生的耳朵里，但可以从男人们的表情里感受到巨大的尊重。武明生心知肚明,这种优势只可意会不可言传。留有余地就是美德。

老婆是典型的现代知识女性,体质心态都很健康,大学时校队的排球女将,都抱怨:"你简直就是一头驴。"老婆显然在心理上已经给丈夫某种优惠政策,丈夫真有外遇,老婆也能接受。结婚数年来只听到一些闲言碎语,公开的、大张旗鼓的绯闻还没有,这就大大出乎老婆的预料,丈夫能有这么好的声誉,简直是个奇迹。老婆再也不怀疑丈夫的操守了。朋友们也佩服得不得了,人家武明生是个有精神追求的文化人,是个高尚的人。也有人替他惋惜:这么好的条件不玩白不玩嘛,资源浪费嘛。当然会得到另一些人的反击:核武器不能落到恐怖分子手里,应该由武明生这样的善人和平主义者掌握,我们大家就不会受到威胁。亲朋好友对他的尊重是货真价实的。我们就能理解武明生对地精对形成地精的那些野生动物倍感亲切,简直就是遥远的知音嘛。武明生还巧妙地改编了南方某地一段有关性爱的顺口溜,岭南某地群山中有状似男人阳具的石峰,当地人视为神物,膜拜上香,比寺庙还热闹,女人们更是欢呼雀跃,常拿它挖苦恐吓男人。武明生走遍大江南北,当男人们在石峰下自惭形秽的时候,他津津有味地听导游讲有关石峰的顺口溜,还掏本子记下来,一副问心无愧的样子,高大威猛的石峰可以摧毁任何男人的锐气,武明生绝对是个例外,是中流砥柱,还要把岭南的民谣稍加改编,成为他生意的活广告。

"跋山涉水寻地精,

地精长在沙漠中;

若是借来用一用,

回到家里羞老公。"

我们可以想象武明生的生意有多么火爆!老婆完全相信一年前丈夫花几万块钱买尼康相机是生意上的一次投资,朋友们佩服得五体投地。

孟凯来得正是时候,武明生可以带他去见大学时的朋友,证明老同学张子鱼在新疆生活得很好。自毕业后大学同学都怪罪武明生整得人家张子鱼远走新疆,张子鱼又不跟大家来往,连个信都没有,武明生有口难辩。有新疆人孟凯作证,可以洗刷自己了。武明生还告诉大家,张子鱼在新疆结婚啦,娶了当地一个大美女。新疆本来就是出美女的地方,美女中的美女,大家羡慕死了,天山脚下,沙漠瀚海,有西域美人相伴相当幸福了。那段日子,武明生三日一小宴五日一大宴,一举两得,一来招待新疆朋友孟凯,二来跟大学时代的老同学联络联络感情。

孟凯刚开始还拘束,两三次饭局后就放开了,安禄山还大摇大摆逛长安呢,孟凯有啥拘束的?长安就是你家,要甚吃甚,孟凯比在乌鲁木齐还顺溜,人家西安人真把他当自己人,什么话也不瞒他,包括当年大学时的种种趣事与秘闻,包括张子鱼的故事。孟凯的好奇心得到极大的满足,不止是满足,是大发现,要命的大发现:原来张子鱼在大学四年有一个意中人,到毕业都没有勇气向人家表白。破罐子破摔跑新疆。

我们可以想象孟凯返回新疆时有多么兴奋,碰到张子鱼时有多么大的心理优势。随着张子鱼叶海亚两口子一点一点走过来,孟凯就开始腾空了,就像在月球上走路就像脚底踩了弹簧,笑眯眯地望着人家两口子。叶海亚首先叫起来："嗨,孟凯不恨咱们啦。"叶海亚胳膊肘不停地捅丈夫张子鱼。孟凯就笑："小人之心度君子之腹嘛,我恨你们了吗?我恨过吗?"孟凯笑得那么开朗那么坦荡,真不像一个曾经恨过的人。叶海亚长长松口气:"这下我就放心啦,世界太平啦,好好过日子比啥都好,你笑这么开心是不是发财啦?"孟凯只好回到生意上,下海了嘛,不能不认这个现实,孟凯脚下的弹簧弹不动了,好像光脚板站在大地上,孟凯说:"做了一笔小生意。"叶海亚很夸张地哇一声:"小生意在精河就能做,石河子乌鲁木齐都不是小生意,跑西安做小生意,骗鬼去吧。""你说大生意就大生意随你怎么想。""这才是孟凯,老老实实说话嘛,明明做了大生意,路都不会走了,都孙悟空一样腾云驾雾了,还假惺惺做小生意,跑一趟口里就学个虚伪。""你家张子鱼可是正宗口里人,张子鱼虚伪吗?""以前虚伪,现在想虚都没门,在新疆成家娶老婆啦,戈壁滩上过日子啦,戈壁滩可是石头沙子堆起来的实得不能再实了,倒是你这个戈壁滩上的麻石头到口里咣里咣啷大车轮子一样晃荡起来啦。"孟凯噎住了,噎半天才说:"以前咋没发现你这么一张利嘴,跟刀子一样。"叶海亚就顺势加一刀:"你没发现的多啦,都是留给我家张子鱼的。"孟凯彻底噎住了,捂着胸口回家。

司机表哥抱怨他:"挫一挫张子鱼的锐气就走嘛,你跟娘儿们纠缠什么。""不成夫妻还是同学嘛,一点面子都不给我。""你还想让叶海亚念你好,女人结婚就死心塌地为丈夫啦,你赶快结婚,你不结婚还会对叶海亚心存幻想,那会害了你。"孟凯跳老高,连跳带赌带骂还发誓:好马不吃回头草什么什么的,表哥一

95

句话打断他的狂叫:"你以为叶海亚是傻子,女人谈恋爱傻乎乎,女人结了婚比男人精明一百倍,叶海亚知道你到口里干什么去啦,快说,张子鱼到底啥情况?""喜欢一个女同学喜欢了整整四年,毕业都不敢向人家表白。""就这?""就这。""真的?""真的。"司机表哥面无表情点一根烟抽好几口,司机表哥不得不告诉孟凯:"你跟张子鱼是一路人,你别跳,你别瞪眼睛,唯一的区别是你说出来了他没说出来,叶海亚喜欢没说出来的男人,叶海亚喜欢自己说出来。"孟凯脸上的表情很怪异,介于哭与笑之间,司机表哥把烟咂完吐地上踏灭司机表哥说:"听老哥一句话,好女人多的是,你比老哥强,念了大学,生意又很红火,啥样子女人找不下?只要你有这个心思,简单得跟啥一样。"孟凯声音不大,可很清楚:"我哪有心思结婚嘛,连碰一下女人的想法都没有。"司机表哥就说:"日他妈,叶海亚把你刺激成太监啦。""没那么严重。""还不严重,陷太深啦,傻兄弟你就在苦海里乱扑腾吧。"

孟凯有点怕叶海亚这娘儿们,好男不跟女斗,叶海亚再怎么护着张子鱼,张子鱼总有单独外出的时候。张子鱼老习惯不改,每天晚饭后都要去沙漠里溜溜,大多时候都有叶海亚陪着。叶海亚真是一个过日子好手,两口子穿过田野的时候,那些新鲜蔬菜鸡蛋等等就把她迷住了,就跟农村的娘儿们纠缠一起讨价还价,还要去人家菜园里亲手采摘,女人们热热闹闹,大男人自己玩吧。张子鱼就一个人往沙漠边上走。其实也不远,庄稼地与荒漠之间有数百米宽的林带,林带外边长一些洋芋葵花比较耐旱的庄稼,再散乱地长一些沙枣胡杨再往前就是沙漠瀚海了,荒凉得一塌糊涂,除了放羊放骆驼的人,顽童都不到这里来。中亚腹地的夏天炎热而漫长,十二点左右太阳才落地平线,下班后有大量的闲暇时间,张子鱼两口子就把荒凉空旷的沙漠瀚海当公园了。尾随在张子鱼后边的孟凯感慨万千,他跟叶海亚恋爱那七八年他们去的可都是风景优美的地方啊,西部小城再偏僻再简陋,都有几处公园,大漠再荒凉再空旷都有绿洲都有青草地都有鲜花盛开泉水叮咚河水奔流的人间美景,孟凯都要想方设法呼朋唤友又是野餐又是歌舞又是照相,每次野游的核心人物就是她叶海亚呀。乌鲁木齐上大学那四年,美好的青春时光都是在红山公园西大桥红雁池水库白杨沟与南山牧场度过的。女人呀女人,莫不是美好风光看腻了遗漏掉的无边荒漠反而成了女人的心灵需要?大西北从来就不缺戈壁沙漠以及寸草不生的无边荒野。

　　孟凯都记不清他怎么跟张子鱼接上火的,不是吵架,是烟,男人们交往的必需品,莫合烟也好,香烟也好,对个火就能交流。真记不清谁先主动给烟的,两个男人很自然地对个火,抽上了,坐在沙漠边的枯树干上抽烟聊天,连天上的老鹰都感到奇怪,老鹰旋来旋去,发出一声声尖锐的长啸,他们的话题就很犀利。

　　应该承认从西安回来的孟凯单独面对张子鱼时确实有某种心理优势,话题理所当然由孟凯挑起,"男人应该让心爱的女人过上好日子对不对?"张子鱼点头。孟凯声音就高起来:"你的好日子就在戈壁滩,蜜月在沙窝窝里过,饭后散步把荒漠当公园,你就这么跟叶海亚过日子?""我们过得很好。""新疆不光光是荒漠还有绿洲还有花园还有森林草原湖泊,你个大男人你应该带上妻子去美好的地方,叶海亚是你妻子。""那些地方她都去过了,她不喜欢旧地重游。"孟凯就站起来了,孟凯就一步一步走过去,走到张子鱼跟前:"我原以为你感情受过挫折女人伤害过你,你根本就没有向人家表白嘛,没人伤害你嘛,你自己跟自己过不去嘛,天下还有你这种男人。"张子鱼坐着不动就像对着风说话:"真心爱一个人,毫无保留地爱,就像沙漠,到了沙漠才明白要爱就毫无保留,一点不剩地把自己最真实的东西交出去,梭梭红柳骆驼刺在沙子里吸不到水分就在空气里吸,空气里吸不到就在太阳一起一落的温差里吸,吸到的都是真实的东西,一点假都掺不了,沙漠里都是真实的东西,再没有比戈壁沙漠更真实的地方了。"张子鱼朝孟凯笑一下,伸出一只手,手心里有一颗米粒大小的灰不拉叽的草籽,张子鱼轻轻地对着手心呵气,几分钟后草籽颤动变绿吐芽长叶,就像灰绿色小昆虫,颤颤巍巍,两小时后就枯萎了,生命结束了,张子鱼轻轻一吹,生命的尘埃就随风而逝,张子鱼就说:"消失的都是美好的东西。"孟凯自己都感到自己猛然抖了一下,就像狂风中的树。张子鱼说:"这是我在沙山子发现的,沙山子治沙所的专家告诉我这种奇特的植物连名字都没有,治沙所的人就叫它湿死干活,只要有一口气在,就拼命吸取水分,有水就有生命,沙漠里有许多美好的东西。"孟凯小声问张子鱼:"向心爱的姑娘表白就那么困难吗?""有时候很困难,比在沙尘暴里吸口气都要难几十倍几百倍。"说完张子鱼就走了,叶海亚在村子里等他呢。

  孟凯朝倒卧在沙地上的老榆树连踢几脚:"张子鱼你这王八蛋,你把荒漠当心灵安慰,叶海亚可要跟着你这王八蛋吃苦受累呀。"喊叫完了,孟凯就一屁股坐沙地上,沙地滚烫,屁股着火一样,孟凯流下了泪。司机表哥就说他:"你最大的失败就是没有跟叶海亚共患难,患难夫妻,女人给心爱的男人才献出一切,女人最大的痛苦是什么都没献出过一根头发丝都没有。你为叶海亚高兴吧,你看她给张子鱼巴心巴肺的样子。你在她跟前都是你体谅她。""张子鱼咋是这个髋①样子?"表哥就笑:"弄清楚一个人的髋样子就得追根溯源查三代,兄弟,你这辈子大概要耗在陕西啦。"

8

　　武明生有意识地封锁着新疆人孟凯结识西府乡党。乡党这个称呼在陕西有特殊的含义,尤其是关中地区。自古关中帝王州,渭河两岸埋的全是周秦汉唐的帝王将相,宫廷里分帝党后党,文武百官分朋党,老百姓则分父党母党,以此类推,同一个地方就是乡党,陕北乡党、陕南乡党、关中乡党,关中以西安咸阳为界分为西府乡党东府乡党。武明生介绍给孟凯的全是西府乡党,最近的要算西府十三县区的渭北乡党。武明生跟张子鱼同属一个县,孟凯知道他追根溯源追到情敌张子鱼的根上了。中文系毕业的孟凯知道根的原始意义就是男性的生殖器,根与本都是这个意思。孟凯跟张子鱼的渭北乡党握手时,孟凯有一种莫名其妙的兴奋,脑子里闪出大漠地精的样子,心里呐喊:张子鱼,我摸到你的卵子啦。这个县政府某部门的小公务员,跟张子鱼同一个村子,从小学到高中的发小,等于张子鱼的秘密档案

---

① 髋即屎,西北地区把精液叫髋"sóng"。骨头里射出的水即生命之水。

99

嘛。武明生给大家介绍时说孟凯是张子鱼新疆同事,做生意下海啦。在西府岐山臊子面馆里边吃边聊,气氛很好。孟凯跟张子鱼的同事一样,拿出两大包精河枸杞就说是张子鱼捎给家里的。

从那以后,张子鱼家里经常收到同事捎来的土特产,枸杞居多。张子鱼家人很少明白精河不是一个荒凉的地方,不会比宁夏差。关中西部与宁夏相邻,陕西人对宁夏还是很熟悉的。武明生哈哈一笑:"兄弟,下一步嘛就该捎地精啦,张子鱼甭想尿刺狗子装睡着。"新疆人孟凯不明白尿刺狗子装睡着的意思。武明生也不想说明白,就说:"中文系毕业的不明白文学语言?你娃就没好好念大学嘛,你娃光知道缠女娃娃缠了七八年还没缠住,唉,都是地精惹的祸。""你别刺激我,你不就想急着让张子鱼出丑嘛,张子鱼有叶海亚,就不用吃沙子啦。""事实上他还往沙漠里跑,不是吃沙子是喂沙子。"

孟凯给司机表哥的信中说自己就像个特务。司机表哥马上来信纠正:"不是特务是探险家,跟斯文·赫定一样了不起。"

孟凯还是觉得自己像个特务,专门来探个人隐私,叫暗探更确切,尽量不带感情色彩,尽量置身于事外。不管过程如何,结论还是相当客观:张子鱼从情窦初开那天起就开始不断地埋葬自己的情感,老天爷跟这小子开玩笑,埋葬一段感情又生出一段,青春年少没有办法的事情。

9

一九八七年八月底,张子鱼和武明生同时收到西安某重点大学的录取通知书,一个月后他们将成为同班同学。他们也同时得到大人们的特别关照:到大学可以交朋友谈恋爱。不同的是关照张子鱼的是他的中学班主任王老师,关照武明生的是他的亲生父亲。两个高中毕业生准大学生当时就红了脸:"大学忙得跟啥一样,咋给人说这话?"

武明生在渭北高原山跟脚偏远村庄单边溜厦房里听老父亲的教诲。家族里的人聚在一起热闹好几天了,都散了,留下父子俩说说贴心话,老父亲就说这话,把武明生羞得,武明生恨不得钻地缝里:"整天想媳妇我能考上大学吗?"要在平时老父亲会顺手一个耳光,现在不行,狗日的成大学生啦,祖坟冒青烟出状元啦,老父亲不生气:"不图啥,就图个放心。"这话让武明生琢磨了一辈子。

张子鱼家在县城跟前,坐家门口的门蹲石上吃饭就能看见县城的街道上人来车往。张子鱼从小学念到中学就没出过县城,从北街转到西街再转到东街,分别是小学、初中、高中,高中理所当然是重点高中。班主任王老师说这番话的时候满心欢喜,还亲手用梳子修理张子鱼乱蓬蓬的头发:"把小胡子剪了,每天照几次镜子,这么帅个小伙子,邋里邋遢去西安可不行,西安不是咱小县城。"王老师蘸着凉水把张子鱼收拾整齐,就送张子鱼一把黑胶木梳子,一把不锈钢小剪子,一架刮胡刀,一面小圆镜,装在了硬塑料盒里,还逼着张子鱼用不锈钢小剪刀剪鼻孔里的毛,还小声叮咛张子鱼:老师当年就是凭良好的卫生习惯把你梁老师吸引到身边的。王老师的妻子教外语,是西安人,大学毕业跟上王老师来小县城教书,每天晚饭后夫妻俩都要散步到郊外。学生家长们就拿王老师给娃鼓劲:好好念书,念到西安娶个西安媳妇。西安女子梁老师跟中央电视台播音员一样,是县城的一大景观。

一九八七年大学还没有收费,家境贫寒的学生还没有那么大压力,家里倾其所有准备行李就可以了,入学报到就成公家人啦,还有助学金,再搞个家教勤工俭学完全可以养活自己。入学前一个月,家境再贫寒的学生也喜气洋洋,父母不再让学生干活,放松放松看看老师看看同学。张子鱼同学兴奋中有秘密,当然不会告诉家里人。每天一大早穿戴整齐,骑上堂兄半新不旧的红旗二八加重自行车去看同学,天黑才回来。

张子鱼骑车到十几里外的砖厂忙着挣钱呢。每次到砖厂附近就钻到庄稼地里,换上工作服,这身破烂的劳动布工作服是家在县机械厂的同班同学送给他的。从初中开始他就背着家里到砖厂打零工。节假日星期天是他最忙的时候。城郊农民在城里找零活挣钱很容易,中学生张子鱼不愿意在同学眼皮底下当"民工",中学生张子鱼宁肯跑十几里路,到这个私人老板新开的砖厂在一群陌生人当中赤身裸体当"苦力"。砖厂周围只是庄稼地,一面靠崖一面临河。干完活就在河中洗刷一番,夏天还可以凫水。清水一冲,换上咖啡色夹克又是一个体面的中学生了,然后沿着公路轻轻松松返回县城。学费包括学习用品的费用就是这样挣下来的。现在他骑上堂兄的自行车跟坐火箭一样十几里路眨眼就到。堂兄凭这辆自行车搞长途贩运,瓜果、猪娃什么赚钱贩什么。加重自行车后轮两侧有两个铁撑子,加上后座,可以扎绑三个筐子或蛇皮袋,几乎是一辆小型货车。堂兄就凭这辆自行车,盖起五间砖瓦大房,村里人很难借到他的车子,亲兄弟都不行。对堂弟张子鱼例外,张子鱼考上大学给全村人争了光,张子鱼可以享用堂兄的专车,张子鱼干活就省力多了。

刚开始那些年他只能干力气活,就是最熬煎人的出窑。刚刚熄火的砖窑,跟大火炉差不多,土坯烧成了砖,小伙子们披一条麻袋或帆布戴上手套,跟冲锋陷阵的战士一样冲进热浪滚滚的窑里,冲出冲进,搬运滚烫的砖块。好多年后在天山脚下精河绿洲外围的戈壁滩上,头顶中亚腹地的烈日时张子鱼常常想起陕西老家渭北旱塬火焰山一样的土砖窑。从初中开始到高中毕业,四年中的节假日他就是这么度过的。他慢慢有了手艺,可以顶替打砖坯的工人。老板就说:"考不上大学就跟我干,干上几年就能当老板。"工人们也觉得这个中学生心气高,懂事,不花家里钱,自己养自己。不少工人就挣钱供弟妹念书,巴望着家里出个状元。农村人把所有的大学生都当状元。不管北大清华还是当地不起眼的大中专院校,在农民眼里能够跳出农门,当上公家人就是状元。

张子鱼再次出现在砖厂时大家就嚷嚷开了:"状元背砖头咱农民干啥呀。"老板就告诉大家:"好马要配好鞍子,西安是大城市,没一身好行头能行?"大家都长长噢一声,"反正最后一回啦,告别泥窝窝啦。"老板又纠正大家:"光有好行头还不行,书房戏房耍娃娃的地方,还都是城里洋娃娃,交上个女娃娃逛个街吃个饭看个电影花销不少呢。"大家都知道张子鱼是个乖娃娃,不会向父母伸手,大家都咦一声转向老板:"你又没上过大学你咋知道这么堂清?"老板说:"我祖坟里冒烟啦,冒的是呛人的烟,出不了张子鱼这么乖的娃么。"老板谈不下去了,走尿了。有人就小声议论:老板的兄弟在西安念大学,念个大专,全家当神一样供着,比供十个大学生还熬煎人,一点也不体谅农民企业家大哥的艰难。从张子鱼第一天来砖厂打工,老板就巴望自己上大专的小兄弟能良心发现。砖厂大半工人都是老板村里的,家族里的人更多,老板动不动拿张子鱼引个话头,由此展开的许多说法就一圈接一圈扩散到村里,扩散到父母耳朵里,父母会把念大专的小儿子说一通。说归说,花钱的时候毫不含糊,还变本加厉,谈了女朋友以后等于另养了一个女人。大哥老板也无可奈何,每次见到张子鱼就发感慨,还建议张子鱼不要在县城里买衣服:"要买就买好的,到西安去买,县城的衣服穿到西安还是一身土气,等于没买。"

张子鱼挣钱可不是买衣服的。张子鱼心里的秘密知道的人很少。一个月后,老板给张子鱼开了一百五十块钱的工钱,张子鱼吓一跳。一九八七年县长一个月才拿一百二十,张子鱼都结巴了:"拿不了这么多,顶多顶多顶多九十块。"老板有老板的理由:"方圆几十里都知道砖厂出了大学生,行情好得不得了,你没白拿我的钱。"老板还叮咛张子鱼:"谈上女朋友,就到老哥这搭挣钱,千万不敢在西安打工,女人爱面子,碰上一回就没戏了。"

张子鱼经常都挣个三四十块,张子鱼身上还没装过五十块钱呢,一下子拥有一百五十块钱就像扛了一门大炮,堂兄贩猪贩菜的破自行车气势汹汹跟坦克一样。三天后报到,从家乡小县城到西安也就三四个小时的路程。张子鱼真正跟同学交往的时间只有两天。他必须拿出一个下午解决他心里的秘密。

一九八七年全国大小城镇的街道上都是港台歌曲,都是《月亮代表我的心》《甜蜜蜜》《冬天里的一把火》,热播的电视剧是《上海滩》和《万水千山总是情》,周润发扮演的许文强成为女学生们心目中的白马王子。生活在县城边上的张子鱼对这些流行歌曲和影视剧无动于衷,也毫不在意同学们的挖苦嘲笑,被逼急了,就会来一句:"考上大学这些歌曲才是美好的,才跟咱有关系,现在跟咱没关系,一点关系都没有。"大家都觉得这是一句狠话,也觉得张子鱼同学比较压抑。怀揣着大学录取通知书和一百五十块人民币,张子鱼同学的耳朵开始接纳流行歌曲。确切地说是他从砖厂回到家里,换上干净衣服,逛街逛到音像专卖店的时候他的大脑才真正启动接受音乐的程序。他还以为是幻觉,他还摸了一下衣兜里的大学录取通知书,他确认了他的身份。一个月前接到录取通知书,就办理了粮户关系,已经不是农民了,是城里人了。他跟一位神秘的同学约好今天下午三点在小寨东路夏威夷咖啡馆的雅座见面。他必须在上午买好礼品。一股神秘的力量把他牵引到县城最大的音像专卖店。相当长的时间他很排斥流行歌曲,认为是噪音,从初中开始他的耳朵就失聪了一样,老天爷偏偏让他生活在县城边上,跟繁华世界一步之遥,反而强化了他的执着与专注,他耳朵里只有老师讲课的声音,眼睛里只有课本,课外书也很少看,我们就可以理解他的学习成绩有多么好。离大学开学只剩下三天,张子鱼同学真正确认他跟那个传说中的省城西安要发生关系了,他不是农民了,从此以后在各种表格籍贯一栏才会填上陕西××县××乡××村。他的手再次触摸到录取通知书时他紧张了好多年的神经开始放松,他开始听到美妙的歌声,费翔的《冬天里的一把火》,崔健的《一无所有》,他都听傻了,他就买了这两个人的专辑,老板向他推荐邓丽君。他只要费翔和崔健。他还买了当时流行的收录机,一本书大小,学英语用的,三十八块,当时普通职工的一个月工资。老板对他都刮目相看了:"考上大学啦得是?肯定是外语学院,上外院没有收录机不行。"张子鱼脸红了,跟张子鱼会面的那个神秘女生就考上了东北一个名牌大学。张子鱼的心思让人家店老板猜对了一半。小县城的公家人买这洋玩意儿的人也不多。老板边包装边叨叨:"好东西就要舍得花钱,人不能叫自己吃亏。"

那个神秘的女生其实一点也不神秘,她是县医院著名外科大夫的女儿,一家都是外地人,都是"文革"前的大学毕业生支援大西北来到渭河北岸小县城,医术堪称一绝,他们的宝贝女儿简直像个洋娃娃,许多城里的男生都没有勇气打她的主意,张子鱼却跟她交往了一段时间。张子鱼给大家解释:和她只谈学习不谈别的,人家有男朋友。大家似信非信。高二文理分科,这个校花在理科班,还是经常找张子鱼。张子鱼也就大大方方跟名大夫的漂亮女儿交往,一副理直气壮的样子。大家都等着毕业后各奔东西的那一刻,两个人总有个了结嘛。他们约好下午三点小寨东路夏威夷咖啡馆雅座见。

医生的女儿充分尊重张子鱼,也相信张子鱼的实力,就点了几个好菜,一瓶啤酒,一瓶果汁,用她的话说:就给你一次做绅士的机会。两个人边吃边聊。饭局快结束时交换纪念品,竟然旗鼓相当,女生送给张子鱼的是一架照相机,地理专业野外考察用得着,张子鱼没用过相机,女生就手把手教他,怎么装胶卷,怎么对焦距按快门,速度最重要,光线强时要快,光线弱时要慢,还写了具体数据。等打开张子鱼送她的收录机时,她竟然说出那个专卖店,"一个月前我爸就要给我买,我说不急不急,再等等,还真让我给等着了"。女生的头发不停地扫张子鱼的脸,小女生这么兴奋:"我爸在那家专卖店转悠一个月了,还叮咛人家老板,给我留一个,我随时来拿;他拿不到啦,哈哈。"哈哈完之后,小女生盯着张子鱼:"这一个月你去打工啦?"张子鱼说了一个相当遥远的地方。小女生小声问:"活得很累吧?""我有手艺,凭手艺挣钱不太累。""你这么敦实跟石头墩子一样,让我试试。"小女生的一只小手使出吃奶的劲抓张子鱼的手腕和三头肌:"啊呀,跟铁一样,你真是个铁人,你的脸也跟铁铸的一样,你的鼻梁你的嘴角,太硬朗、太锋利,不了解你的人以为你很凶。"张子鱼就笑了一下。小女生就说:"这就对啦,要经常笑,笑一下你还很俊呢。"张子鱼脸就红了:"我又不是女子。"小女生就叫起来:"你以为就女人俊呀,男人也很俊的。"小女生突然不说话了,小口小口地喝果汁,两个人沉默了十几分钟,小女生突然说:"王长乐要是欺负我,我就来西安找你。"张子鱼就愣住了,王长乐是小女生的男朋友,在东北某医科大学上学,都大三了,小女生说:"逗你玩呢,看把你吓的。"张子鱼说:"王长乐对你那么好,可不敢开这种玩笑。"小女生就提醒张子鱼:"把你放在省会西安,你也很优秀,王长乐没什么了不起。"小女生还告诉他:"我没跟你开玩笑,我随时会来西安找你,你要有这个心理准备。"分手时小女生那句意味深长的话直接预示了张子鱼好多年以后的生活,小女生简直是个妖精,小脑袋贴近他的耳朵说:"中学生张子鱼都敢跟本姑娘交往,大学生张子鱼要是逃之夭夭可就成大笑话啦。"

离开小城前,张子鱼看望了班主任王老师,王老师再次叮咛张子鱼,上大学后可以大大方方交朋友。张子鱼笑了笑。第二天早晨,张子鱼坐长途汽车向西安奔去。全家人到汽车站送他。出了车站出了县城,张子鱼静下来了。三四个小时的时间可以想好多事情。

张子鱼是初中二年级才变成好学生的。他也不是一般人心目中的坏学生,他唯一的缺点就是打架,不随便打,也很少为自己。没人敢惹张子鱼,都是张子鱼惹人家,我们马上会明白张子鱼同学为啥爱打抱不平,满脑子《水浒》《三国》《隋唐演义》《七侠五义》,最崇拜的是梁山好汉,和那个力大无穷的李元霸,能把敌人撕成两半。这也是农村民间艺术家们津津乐道的英雄好汉。

张子鱼他们的村子紧挨着县城,从小学开始就跟城里娃一起上学。西北小县城的任何学校,都是农村娃城里娃各占一半,城里娃当中的干部子弟就很霸道,稍有冲突肯定主动开打,下手狠,敢打也能打,农民娃就是能打也不敢下狠手,至少不敢操家伙,操了家伙也只是虚张声势,往往会引来对方更残酷、更猛烈的反击。不是农村娃不敢反击,是怕花钱,对方的药资费比核武器还管用,农民父亲一怒之下会让你永远离开校园老老实实种地当农民,彻底击碎你的梦想。这些敢于挑战城里娃的农村娃即使不在乎核武器一样的药资费,也绝对在乎心中的梦想:离开土地上大学。这个朴素简单的道理足以使他们放下武器,城里娃就这样获得一次次空洞苍白的胜利。有两个农村娃例外,一个是张子鱼一个是比张子鱼高一级的农村娃。

张子鱼从小学开始跟城里娃打架,七八岁个碎娃,浑身是胆,城里娃敢掂砖头,他也敢掂砖头,城里娃就哭爹喊娘。我们可以想象农民娃张子鱼给老师写过多少检讨,还要遭受农民父亲的暴打,家里人、爷爷奶奶、姑姑让张子鱼跑,张子鱼死倔,就是不跑,勇敢地迎接父亲的暴打,疼得直哼哼就是不哭也不求饶。农民父亲使出杀手锏:甭念书了,都念成土匪了,回家种地戳牛狗子。爷爷奶奶不答应,奶奶在庙里捐过钱、算过卦,家里要出状元,孙子犯了错可以挨打,但不能断了孩子的前程。小学生张子鱼更让老师头痛。个别老师,不是所有老师,就有那么极个别的人民教师,歧视农民娃袒护城里娃,尤其是有背景的城里娃,就很容易成为个别老师手里的人脉资源。西北农村把这种巴结权贵的人称作舔狗子,狗子就是屁股眼。小学五年级的农村娃张子鱼在黑板上画一幅漫画,戴眼镜的某老师跪在地上,趁人家城里娃当官的父亲上厕所的工夫,跟狗一样贴上去,舔人家的狗子,人家狗子也不是啥好狗子,狗子眼长着红萝卜一样的痔疮,农村娃张子鱼完全凭想象进行艺术夸张,农村娃张子鱼压根就没见过痔疮长啥样子。

大哥和堂兄一起跟村干部吵架时堂兄骂村干部舔领导狗子,村干部不怒不红:舔领导狗子咋啦?有人想舔还舔不上哩。堂兄就加大火力:"领导狗子长痔疮啦,你舔的是痔疮,你把吃奶的劲都使出来啦,把人家领导豆芽大的痔疮咂成了奶头,吧唧吧唧跟碎娃咂奶一样,你比碎娃咂奶还狠么,你看你的嘴,红红的,不知道的人还以为你咬了栩栩（麻雀）尿，你这么一嚷嚷，大家伙才知道你跟碎娃吃奶一样哑人家领导的痔疮哑出了血，估计你小时候缺奶，营养先天不足，你压（娘）把你没奶好，也不能把痔疮当奶头嘛。"村干部手脚发抖，你你你半天说不出话。村干部这两天火大，嘴角有血泡，让人一激，血泡爆裂，嘴巴血红血红，张子鱼的堂兄就借题发挥，狠狠地把村干部日撅一顿。围观的人轰轰地笑，比看戏还热闹。张子鱼问大哥："人都得长痔疮吗？"张子鱼生怕自己屁股眼长出一条小尾巴，大哥就笑："我的凉兄弟，下苦力的农民想长还长不了，整天坐哈（下）不动弹，吃得好喝得好，营养过剩的人才长那东西。"

小学生张子鱼就把痔疮想象成红萝卜那么大，在张子鱼同学的笔下，那个城里娃有权有势的父亲，端着鸡鸡撒尿，一心想巴结人家学生家长的某老师跪在学生家长后边，双手扒开人家肥肥的两瓣狗子，跟农民堂兄讽刺过的村干部一样使劲地哑吮狗渠里的痔疮，痔疮又肥又壮，还真像个红萝卜，张子鱼同学用白粉笔画人，用红粉笔画痔疮。我们可以想象被讽刺的小学班主任老师有多么愤怒，直接把校长叫过来，校长要是发火，非开除张子鱼不可。校长进教室半天不吭气，凑到黑板跟前反反复复看了好半天，问张子鱼："你画的？"张子鱼老老实实回答："我画的。"校长说："你屙哈（下）的你吃了。"张子鱼不明白校长啥意思，校长就说："咋是个瓷捶不开窍，擦了。"噢，原来是擦了。张子鱼擦一半，再搬凳子擦另一半。校长就当着全班同学和班主任的面，轻轻地拧住张子鱼的耳朵："瞎獗跟我走。"

校长把瞎獗张子鱼带到办公室，闭上门，校长问："老实告诉我谁教你的?"张子鱼老老实实回答校长:"没人教。""跟谁学的?"张子鱼老老实实地讲了一遍堂兄跟村干部的故事。校长捂住嘴巴咳嗽一阵,不能当着学生面笑,那等于默认学生的错误,可这个学生用漫画教训了校长三番五次在教职工会议上不点名批评过的某些教师,校长咳嗽完毕,喝两口茶水,摸了摸张子鱼的脑袋:"圆头实脑聪明得很么,可再不敢乱画乱写了。"张子鱼老老实实回答:"再不敢了。""不敢了就是乖娃娃,"校长说,"去跟你班主任认个错。"校长就这么把瞎髅张子鱼放了,张子鱼不敢相信自己的耳朵,校长挥挥手:"去跟你班主任认个错。"张子鱼才大大方方离开校长办公室。

张子鱼走到班主任跟前时,班主任已经冷静下来了。课间休息时间,一群老师围在花坛前聊天,大家都知道张子鱼同学那幅有名的漫画,大家一边聊天一边瞅着校长办公室,张子鱼进去的时候是大瞎髅,出来得这么快这么轻松,就不是瞎髅了。班主任老师心情沉重起来,班主任是个精明人,精明人知道下一步该咋办。农村娃张子鱼就过来了,当着众老师的面照原样把校长的话重复一遍,小学生张子鱼绝对不是故意,十二三岁个农村娃么,老老实实地告诉班主任:"校长说让我给你认个错我就给你认个错,老师我错了,我再也不敢了。"众老师忍住不敢笑,稍微笑一下就把张子鱼同学害了,多少年后张子鱼想起这一幕都心惊肉跳,众老师都忍着没笑,班主任多聪明,这个时候应该自己笑,班主任就哈哈大笑:"你画得好么,想画就画。"张子鱼同学就老老实实回答:"我错了,我再也不敢了。"班主任真正进入老师角色:"不要在黑板上乱画,要画就好好画。在纸上画,说不定你以后能当个画家。"就这么掩饰过去了。

上初中张子鱼依然故我,三天两头写检查,老师家访,农民父亲收拾这个半大小子已经有些吃力,就让老大老二教训这个惹是生非的老三,两个哥哥不怎么听父亲的瞎指挥,弟弟的同学给哥哥们说的,是别人先动手。两个哥哥一个是泥瓦匠一个是木匠,是有手艺的庄稼人,见过世面,知道人善被人欺的道理,从小也品尝过农民父亲不分青红皂白一味毒打自己孩子的滋味。付医疗费就付医疗费。改革开放了,城郊有手艺的农民挣钱机会也多了。初中生张子鱼有大哥二哥撑腰,面对城里娃的挑衅就毫不手软。

这个时候学校出现另一个厉害角色,偏远农村的一个农村娃。初中招生范围大了嘛,离城几十里地的偏远农村学生进入县城上学。这个农村娃跟张子鱼一样喜欢打抱不平,但下手不狠,不是不想狠,是他的力气太大了,从小在父亲的铁匠铺里抡铁锤,十二三岁就壮得像个大小伙子,对付二十出头的成人都轻轻松松,身边这些小毛孩,他只伸出手使劲一捏对手就软了,连哭声都没有,面孔严重扭曲,身体都扭曲了嘛,严重地不对称。城里娃叫来高中班甚至社会上的混混都不行,一个回合就解决战斗,根本伤不了对方。张子鱼可真开眼了。这个农村娃入学不久就耳闻张子鱼常常为农村娃出气,两个自认为英雄好汉的农村娃彻夜长谈,这个偏远农村娃告诉城郊农村娃:"你这么弄不是个办法,狗子上的屎还得你大哥你二哥去擦,一次几十块,远乡的农民一年都挣不下几十块,那都是你大哥你二哥的血汗钱,咱农村娃真正想赢城里娃凭打捶肯定不行,咱得凭学习,考上大学,堂堂正正吃公家饭,堂堂正正跟城里娃坐一个板凳上。咱要让知识武装咱,知识就是力量嘛,这是英国人培根说的。"张子鱼就发现这个农村娃知识面很广,本子上抄许多名人名言,都是逛新华书店时从书店的书上看下来,凭记忆记下,再录到本子上。

张子鱼就走进了新华书店,就一眼看中了《亚洲腹地旅行记》,封面上醒目的骆驼,昂首天外,竖行繁体字一点也不影响内容的生动迷人,开头就把农村娃吸引住了,"一个学童很早就发现他后来的职务,才是幸福呢。上帝却把这种幸福赐给我。在十二岁的时候,我已经大略地看清楚我前途的目的了。"农村娃张子鱼十五岁了,在三国水浒封神演义隋唐演义之外,第一次知道了这个影响世界的探险英雄。

张子鱼再次见到大哥二哥时就脸发烧,初中生张子鱼长这么大第一次发现大哥刚娶了媳妇背已经有点驼了,二哥二十出头的壮小子,背上干粮到处揽活,手上的口子一道一道,常常满身灰尘进门,洗刷半天才洗刷出个人模样,农民父亲母亲就更不用说了。初中生张子鱼后来给妻子叶海亚回忆这段往事时骂自己睁眼瞎子瞎了十几年,把书都念到肚子里去了。新疆女子叶海亚不明白书怎么能念到肚子里应该念到脑子里呀,张子鱼就告诉她:这是口里骂人的话。叶海亚就叫起来:"口里人骂人都拐这么多弯弯,我以后跟你家里人打交道可要注意哩。"叶海亚就问张子鱼你那个同学现在干什么?张子鱼就不吭声了,张子鱼甚至不愿意说这个同学的名字,我们都把他深深埋进心里,即使最亲密的人我们也不愿意说出来,现在我可以告诉你,他是我们少年时代的一个愿望一个无法实现的梦想。谁也不会把愿望和梦想随随便便说出来。叶海亚可怜巴巴地问张子鱼:"我这么爱你你都不愿意告诉我你的愿望和梦想吗?"张子鱼点点头,叶海亚可怜巴巴地求张子鱼:"你就这么让我失望吗?"张子鱼点点头。叶海亚的声音相当微弱了:"你怕什么呢?"张子鱼就告诉她:"我不想让愿望和梦想破灭。"叶海亚的声音微弱到不能再微弱了:"也许仅仅是个幻觉,你在幻想你自己,压根就没有这么一个同学。"张子鱼的脸一下子就白了。

真实情况是,初二下学期准备考高中的时候,这个铁匠的儿子出车祸死了。这个偏远乡村的农村娃自从考进县城中学,就一直保持全校前三名的领先位置,也引领着张子鱼从落后生变成优秀生,从普通班进入重点班,张子鱼同学考上县重点中学一点问题都没有。这个铁匠的儿子用校长的话说,省重点中学市一中早就挂上名啦。

这个铁匠的儿子不但保持全校前三名,而且在省市竞争中常常拿一等奖。更让人难忘的是运动会,三千米长跑冠军,标枪冠军。当时还有扔手榴弹,这个铁匠的儿子一出手,手榴弹就成了飞毛腿导弹,呼啸着掠过操场上空,直直地落向主席台,台上的校领导全钻到桌子底下,幸好有帆布篷挡住。体育老师反复给校长解释:没想到这小子能扔这么远。主席台搭太近啦,建校几十年都搭这个位置,历届学生包括高中生最多扔到离主席台十几米远的地方。有惊无险,师生们见识了奇迹,而且是个学习尖子。其他学习尖子体育上都是低能儿,大多尖子生都戴上了近视眼镜,脸色苍白,弱不禁风,真正的白面书生,像铁匠的儿子这样体力智力皆优的学生还真是一绝。历史老师就告诉大家：古希腊才有这样的人，最早的奥运冠军也都是杰出的诗人和哲学家。历史老师还告诉大家：这个学生了不得，前途大得没边边。

那时的尖子生远远不能跟今天的尖子生相比，今天的尖子生跟奇珍异宝一样是各个学校抢手的一种资源，有许多经济利益。那时的尖子生没有多少实惠。铁匠的儿子已经是个奇迹了，全校前三名，一名是当地一家大型企业总工程师的儿子，一名是副县长的儿子，农村娃铁匠的儿子进入前三名，常常把总工程师和县长的儿子压到第二或第三，忽上忽下，也只是在他们三个之间展开竞争。铁匠的儿子就要付出很多，每个周末都要回家背干粮。初二第二学期开始冲刺，老师就把自行车借给铁匠的儿子，可以节省体力。从县城到他们家几十里地，大半是公路，还有一段土路，事故就出在土路上。西北高原常见的深沟大坡很陡，路面坑坑洼洼，手扶拖拉机，大拖拉机，还有牛车马车混在一起，铁匠的儿子左躲右躲，也没躲过暴跳如雷的手扶拖拉机，惨死在车轮底下，送到医院一会儿就咽气了。县医院的院子里全是学生，尸体从急救室推向太平间时，校长揭开白布单，看了他学生最后一眼，学生们都看了最后一眼。张子鱼哽咽着告诉叶海亚："他死了还睁着眼睛，眼睛里还有光。"

当时的真实情况是，张子鱼挤到跟前，一下子就被铁匠儿子的眼睛震住了，他告诉叶海亚："校长摸了三次都没办法让他合上眼，校长就不摸了，他的眼睛比活人的还亮，一动不动地望着天空，天空那么蓝，我长这么大没见过那么蓝的天。"

一连好几天初中生张子鱼都要到县城北边的崖顶站半天。真正的黄土高原的天没有那么蓝，一场风就灰尘满天，雨过天晴的美好瞬间也蓝不到铁匠儿子所看到的最后一眼蓝色的天空。张子鱼告诉叶海亚："那是真正的天空，天真的空了。"张子鱼还告诉叶海亚："我无法说出他的名字，说出来我就不存在了。"叶海亚紧紧地抓住张子鱼的胳膊，抓那么紧，快要抓破了，好像在给张子鱼下保证：她不会再追问那个铁匠的儿子，那个他少年时代的愿望和梦想，也许真的存在过这么一个早逝的乡村少年。

初中二年级的最后一个学期张子鱼变得沉默寡言，最大的变化就是不再打架。农民父亲有点不适应，十天半月没有老师来家访，没有人来告状，索赔医疗费，再给人家说好话，拼命地贬低自己，家门不幸，家风不好，让人怀疑这是土匪世家。好多年以后，叶海亚回陕西婆家听村里人讲张子鱼小时候的种种劣迹，马上就想到遥远的新疆那个同样爱打架的塔城少年孟凯。

回到初中二年级第二学期，我们的张子鱼同学痛改前非，收回一双铁拳，一心扑到学习上，家长放心老师更放心。更让大家想不到的是张子鱼同学再也不花家里的钱了，节假日自己打工挣钱。绝不会在县城揽活，让同学看笑话。

张子鱼同学打工的地方在县城以东十几里地的一条大沟里，一家私人开的砖厂。铁匠的儿子曾在这里打工一个月，挣了三十八块钱，十块钱买复习资料，二十八块钱买一件咖啡色夹克衫。在铁匠儿子的宏伟蓝图里，还要买一条蓝涤卡裤子，一双白球鞋，半年后，铁匠儿子就要到省重点中学去念高中，那所中学高考升学率百分之百,差别仅仅在是上重点大学还是普通大学。铁匠的儿子刚刚拿到第一笔工钱,还没来得及穿新衣服就死于车祸。那件漂亮的咖啡色夹克衫成为尸衣进入棺材。张子鱼同学目睹了这一幕。张子鱼同学就记住了那个可以打工挣钱的私人砖厂。

初中二年级第二学期,张子鱼有了第一笔工钱,三块五毛钱,两块四毛购买渴望已久的《亚洲腹地旅行记》,剩余的一块一毛钱买笔记本和圆珠笔,俗称油笔。第二次打工就有经验啦,挣得也多,三十二元五角六分,花二十八元买一件跟铁匠儿子一模一样的咖啡色夹克衫,剩下的买复习资料足够了。

他比铁匠的儿子幸运,他穿戴一新,走在渭北高原灰扑扑的小城,巷子里杨树不停地往下掉穗,毛茸茸跟小动物一样,张子鱼头上落了几只。小城上空飘动着一团团柳絮。张子鱼长这么大很少注意家乡的春天,黄土高原的春天大概就是这种样子。

张子鱼出现在家里时,父亲母亲哥哥嫂子都认不出来了。父亲反应很快,马上问儿子:"衣服?谁给你买的衣服?""我给我买的。""谁给你钱?""我打小工挣哈(下)的,不是偷哈(下)的不是抢哈(下)的。"大人们你看着我我看着你,大人们才想起近两个月节假日都不见张子鱼,大人以为跟同学耍去了,要么去学校补习功课了。大人对张子鱼要求很低,不惹乱子就烧高香了,没指望他考高中考大学光宗耀祖。大哥二哥急了:"兄弟,没钱花给大人开口嘛,打小工是大人的事情,你弄不成。"张子鱼同学昂昂气壮地告诉两个兄长:"我好多同学都打小工挣钱养活自己哩,人家能弄我也能弄。"一句话就把大人的嘴给堵上了,堵得死死的。家里人很快知道张子鱼在学校的情况。张子鱼同学懂事了。家里人彻底放心了,再也不用看别人的眉高眼低了,还有什么比一个不肖子孙更让大人们伤心的事情呢?

在当地人眼里,农村娃没有资格学坏,吃喝玩乐打架斗殴当小混混流氓阿飞都是城里娃的专利,尤其是张子鱼他们村,处于城乡接合部,农村与城镇的前沿阵地,大家都十分警觉。村里几个张子鱼的小伙伴发生过出格的事情。跟张子鱼的好狠斗勇挑战城里娃不同,十二三岁的半大小子,正长身体,吃什么都香,农村一年四季大多都是粗粮,细粮很少,都是过年过节用的,给老年人用的,油水更少,肉就更少了,吃肉等于上天堂。而这种天堂般的生活就近在咫尺,从上小学那天开始,他们就目睹了城里娃的生活,城里娃带到学校的吃食都是蛋糕面包饼干香肠午餐肉还有五花八门的巧克力,农村娃带的都是红苕洋芋玉米面高粱面馍馍,最尖端的利器。麦面馍馍城里娃也会不屑一顾,至少得配一点点咸菜呀。张子鱼的伙伴中就有人出轨了,大人们在城里打小工挣了钱,让娃娃们捎回家;娃娃们在街上接的钱,十块八块的,街上有饭馆,有巨大的诱惑,怀揣着人民币的农村娃此时此刻鼻子就成了狗鼻子,一下子就被另一条大街上的饭馆牵引过去了,中了邪一样,勾了魂一样,身不由主地飘进饭馆,买一大包熟肉,给同伴一人一小片,尝尝鲜,自己一个人把一大包熟肉全吃下去了。那时候一斤熟肉也就一块来钱,全吃下去也挺吓人,口渴,就大缸子喝凉水,时间不大就往厕所里窜,穿梭般来回折腾,厕所都快拉满了,没胖反而瘦,只解个馋。两三天后,大人们一对质,钱数不对,劣迹败露,一顿暴打是免不了的。

也有跟城里娃玩得好的农村娃,跟亲兄弟一样不分彼此,常常在一起做作业,城里娃房子宽敞安静,单人单间,确实是写作业的好地方,过了时间,留下来吃饭是免不了的。算是开了眼界见了世面,回到村子里给农村小伙伴描述城里人的午饭或晚饭,就像讲神话故事,就像讲另一个世界的生活,电影里才会出现这样的美味佳肴。该同学充分理解大家的承受能力,很巧妙地把话题转移到人家城里人不到吃饭时间随随便便地吃喝,该同学学得很像,模仿城里同学的父亲,父亲大概是个股长或科长,加班回家晚了,有点饿,就招呼儿子:给爸煎两个荷包蛋。小家伙们都哇叫起来:每天两个荷包蛋,一年三百六十五天,吃这么多鸡蛋。农村娃一年只有端午节的时候才吃一个煮鸡蛋。还有更诱人的加餐方式,在蜂窝煤炉子上烤馒头,馒头烤得焦黄焦黄,再用饭盒热肉臊子,夹在热馒头里。渭北高原的肉臊子从来都是一道美味,过年过节红白喜事的时候才能享用。城里人天天过年。张子鱼也有要好的城里朋友,张子鱼总是很自觉地在街口分手,任何理由都不能让他进入城里人的住宅区。小伙伴们津津有味地描述城里人的一日三餐时,他转身就走,满脸鄙夷。

初中二年级的张子鱼同学懂事了,不胡闹了。他打工挣到的第一笔钱就目光远大,购买《亚洲腹地旅行记》,第二笔钱就置办行头。铁匠的儿子用死提醒他一身好行头的重要。那是人的一张脸。农村娃穿上咖啡色夹克衫,配上深灰色涤卡裤子和白球鞋,往校园里一站,城里娃当下黯然失色。铁匠的儿子是要让宝鸡西安的洋学生黯然失色的。小县城算什么?张子鱼首先在小县城展示了他的风采。周末,一位要好的城里同学,机械厂工人的儿子很随便地脱下半新不旧的劳动布工作服披在张子鱼身上，张子鱼曾送过这位工人儿子一双手工布鞋，城里娃从小穿球鞋都有脚气病，就用球鞋换农村娃的布鞋，张子鱼就送工人儿子一双母亲亲手做的新布鞋。人家回报他呢，非常及时，明天是星期天，张子鱼可以穿上劳动布工作服去砖厂打工，跟真正的工人一样。张子鱼在工人儿子的肩膀上拍一下，说声谢谢。

　　星期天一大早张子鱼就赶到十几里外的砖厂。私人砖厂除几个技术工人是老板特聘的国营企业的退休职工，大多数是本村及附近的农民，穿劳动布工作服的很少，技术工人才有条件穿正规工装。中学生张子鱼没手艺只能搬砖坯，纯力气活，拉煤都轮不到他。中学生张子鱼一边跟大家打招呼一边往砖坯跟前走的时候才发现半新不旧的劳动布工作服比盛大节日的礼服还耀眼，那是工人师傅雄赳赳气昂昂站在机床跟前操作现代化流程的正装，私人砖厂除了运土的卷扬机和打砖机以外，全是原始体力劳动，农民工们全披着麻袋来回奔跑，刚刚打工一个月他也太马虎了，他正犯难的时候，不知哪个好心人扔过一条脏兮兮的麻袋片，他赶紧脱下劳动布工作服放在稻草垫上，脏兮兮的麻袋往身上一披，土腥味汗臭味原子弹的蘑菇云一样团团升起，跟盖子一样盖在渭河谷地上空。渭北高原古老的黄土被大片大片地切割搅拌打成砖坯晒干再装进砖窑点燃煤火，大火焚烧后的砖有青砖红砖，跟石料一样有棱有角坚硬无比。那个叫张子鱼的乡村少年奔忙在砖厂与校园之间。

　　秋天，张子鱼考入重点高中，他整个人就像厚墩墩的砖块，刚出窑的新砖还没有用水浇过，还散发着灼人的热量，少年张子鱼就是这样子,让人老远都能感觉出浑身的热量。苦力的身体套上漂亮的夹克衫,沉默寡言,小小年纪脸庞刚毅硬朗,男生尊重他,女生会有一种莫名其妙的慌乱。女生们不知道张子鱼那身老虎皮是出于自尊,男生警告她们她们也不信,男生甚至揭露张子鱼偷偷打工的秘密,女生们更好奇,用她们的话说这才是真正的男人,哈,男人这种词都用上啦,小男生们适得其反。女生们甚至认为张子鱼一边苦读一边打工是有意中人了。小女生们完全是用女性心理理解我们的张子鱼同学,女为悦己者容,男人也一样,她们以为张子鱼穿戴洋气是为自己。我们可以想象最先动此念头的女生绝对是城里娃,农村出身的女生没这种胆子,她们的看法比较接近男生,比较现实,张子鱼把自己收拾得这么精神完全是出于自尊。

有那么一位城里娃主动大胆地接近张子鱼。西北高原小县城的城里女娃最大胆最主动的方式也不过是见面点个头,小心翼翼地借学习的名义问个问题。该女生反反复复十几次,张子鱼同学毫无反应,再纠缠下去就会被人耻笑。该女生心生怨恨,再也不理张子鱼了,不但不理还怒目相视,木头人张子鱼这才有了反应,以为得罪过人家;问同学,同学笑:"你把人家得罪大了。"木头人张子鱼语出惊人:"成绩超不过我也没必要恨我,女生就是难缠。"这个小女生就从身边消失了。

张子鱼同学大踏步前进,高一第二学期从普通班跨入重点班。张子鱼同学以学习成绩的排名来理解女同学的满腔热情也是正常的。高中二年面临高考,学校三天两头考试排名次,反复淘汰；分尖子班，重点班，普通班，尖子班就像坐在火山口上，随时都会被人推翻，全校几千人盯着尖子班。张子鱼进入重点班不到半学期，就杀入尖子班。离高考还有一年。

尖子班的农村娃仅占三分之一，小县城的城里娃更少，大多城里娃是中央各部委驻地方的国营大企业的子弟，父母都是工程师总工程师；农村娃张子鱼半年之内一路拼杀，杀到尖子班前十名相当辉煌了，多少人侧目而视。包括尖子班一位来自大企业的女生，学习好长得好高傲无比，顶多也是对张子鱼多看几眼而已。女生的少女时代对男生基本上视若无人，父母名牌大学毕业，支援大西北才落户渭北高原，对子女有很高的期待，子女也很争气，在子弟学校就是佼佼者，到地方重点中学，当仁不让进入尖子班，小县城的城里娃在她跟前都自矮三分，农村娃就更不用说了。班上同学纷纷议论有个农村同学半年间从普通班一路闯关斩将进重点班杀入尖子班，尖子班的最后一名被淘汰到重点班，张子鱼走进尖子班的教室时该女生连头都没抬，其他同学全都对这个暴发户侧目而视。两周后，新同学张子鱼连越二十多名同学进入尖子班前十名。该女生也没有看张子鱼一眼。

张子鱼同学不住校，每天回家吃饭。有一天吃过下午饭返校上自习，在校门碰见尖子班两女生，打个招呼，两女生当中就有大企业来的高傲的女生，张子鱼远远走来时，另一女生就告诉该女生："他就是张子鱼，郊区农村的。"该女生随口说道："不像农村同学呀。"两个女生都是上进心很强的好学生，平时都不怎么注意男同学，该女生的一句不像农村同学把自己以及身边的女生都提醒了，张子鱼不知不觉地进入了两位尖子班女同学的细心观察中。张子鱼一点一点走近，大大方方主动跟女同学打招呼，也不是小县城惯用的"吃了吗？"而是"下午好"。点头微笑走过去。那个高傲的女生再次发出感慨："他是农村的？真不像。"

下次见到张子鱼时该女生惊奇地发现张子鱼那身漂亮得体的夹克衫不见了，身上的衣服皱巴巴的分不清是家织布还是商店扯的洋布，当地农村还把纺织厂出的布叫洋布，完全一个农家子弟打扮，该女生差点叫出声来，真叫起来笑话就闹大了。该女生百思不得其解。张子鱼自己也不清楚，完全是一个懵懂少年。好多年后在天山脚下回忆中学时代的校园生活时，他只记得第一次与该女生相遇时他只觉得眼前发黑，整个世界都是黑洞洞的，他告诉妻子叶海亚："我感到了绝望，我感到我很可笑。"放学回家，他就把夹克衫涤卡裤子白球鞋收起来，重新穿上以前的旧衣服，太小也不在乎。新疆姑娘叶海亚以女性的直觉告诉张子鱼："你喜欢上了她，她也一样。"

那个高傲女生想躲都没法躲，两人就在一个班，不用眼睛瞅，这时候全身每个细胞都是眼睛，都在无能为力地看着这个家伙，他凭什么换掉漂亮衣服变成这个鬼样子？该女生好几次要去追问张子鱼，问个水落石出。该女生幸好还没有彻底丧失理智，没有在教室或校园堵张子鱼同学，而是大大方方地把张子鱼同学告到班主任王老师那里。王老师马上明白是怎么回事了，王老师煞有介事地告诉该女生："你反映的情况很重要，衣冠不整不但影响个人形象也影响校容嘛，契诃夫说过：人应该从心灵到衣着打扮都是美的。"该女生长长出一口气，走了。

123

王老师找张子鱼同学谈话,不在办公室,在家里,压根就不谈张子鱼同学的衣着打扮,而是问他的学习情况,还问到了家里,问到睡眠好不好,吃的怎么样,一定要吃好,身体好很重要,许多农村同学营养不良影响学习。张子鱼同学跟石头墩子一样,王老师也发现了这个学生身体不是一般的好。"你练功夫吗?""我干活。""农活?"张子鱼点点头,张子鱼不会告诉老师他在砖厂打工的秘密。老师最后还是不经意地问了一句:"你的夹克衫挺漂亮,怎么不穿了?""考不上大学穿再漂亮也没有用。""噢,磨炼自己的意志好嘛,有志气嘛,也不要太苦自己。"王老师的妻子,教英语,英语老师一针见血地指出:"张子鱼同学,你不是苦自己,你是压迫自己,折磨自己,你自己照照镜子,精精干干一个帅小伙,学习又好,凭啥不穿漂亮衣服,听老师的穿上,昂昂气壮地穿好衣服。"班主任王老师知道其中的奥秘,挥挥手:"随便随便,穿烂衣服也不是啥罪过,儿子娃娃粗糙一些不是啥坏事。"张子鱼走了,王老师慢慢给妻子解释其中的玄机,妻子是西安城长大的城里娃,听着听着眼泪都下来了。这个叫张子鱼的农村娃太懂事了。

　　那个高傲的女生也是情窦初开,茫然混沌,自习课明明看见班长给张子鱼打招呼叫他去班主任那里,张子鱼从老师那里回来后依然故我,一点动静都没有。该女生又生气了,天下竟然有这么无耻的家伙,对老师的警告置若罔闻,这都是激烈的内心活动没法说出口,但也必须说出来,不然快憋死了,三四个女生在一起的时候,破破烂烂又傲气十足的张子鱼过来了,该女生恨恨地对同伴说:"跟叫花子待一个班,真让人受不了。"同伴们很吃惊,她们从来没注意到张子鱼同学的巨大变化,她们好心劝该女生:"压力已经很大了,为这点小事生闷气影响学习划不来。"其中有一个女生含笑不语,显然洞察了该女生的心事。可恶的张子鱼不但破衣烂衫,头发也不收拾,乱蓬蓬的,小胡子也不剪,简直是叫花子加劳改犯。该女生加了一个劳改犯。更可气的是张子鱼的眼睛也不像以前那样亮晶晶的,暗下去了,黑洞洞的。新疆姑娘叶海亚插进一句:"我当初就看见你那双黑洞洞的眼睛,你失神了。"

再这样下去两个中学生都会毁掉。该女生的父母听从了班主任王老师的意见,转学走了。永远从张子鱼的生活里消失了,公开的理由是受不了班上某些同学的烂样子。知识分子父母也明白女儿心里的秘密,度过青春期就没事了。

我们的张子鱼同学还在煎熬中。该女生离校的那天上午,另一个女生主动向他求教。这个女生就是与离校女生第一次发现张子鱼同学的女生,当时两个小女生同时发现张子鱼同学"不像农村娃"。这个女生目睹了她的同伴,那个高傲的女生与张子鱼同学隔山打虎盲人摸象黑夜中乱撞的整个过程,这个女生已经有男朋友了,男朋友已经在东北某地上医科大学二年级了,这个女生已经穿越初恋,心理状态相当稳定了,更重要的是男朋友在校园里公开露过面,谁也不会怀疑她接触男同学的动机,张子鱼同学也不会成为惊弓之鸟。她曾经暗示过她的同伴:张子鱼是个帅小子。同伴反应那么强烈,一连串的讽刺挖苦之辞,谁都知道这是爱上一个人的前奏,是黎明前的黑暗,同伴就挖苦她是不是移情别恋,有了上医科大学的白马王子又想找一个丑八怪当陪衬人。她只能旁观两个可怜的家伙互相折磨。像张子鱼这种男生也远远超出她的生活经验,她是县医院著名外科大夫的女儿,跟农村同学一起上学,还不时去农村同学家里,但无法走进农村同学的内心世界。她的同伴转学后,她第一个反应就是张子鱼同学已经到了心理承受的临界点,也就主动地去接近张子鱼,张子鱼本能地颤抖一下,她问完一道数学题张子鱼已经不紧张了,她就告诉张子鱼那个女生转学的消息,她就一动不动地凝视着这个用破烂衣服也无法遮掩的青春少年。少年张子鱼长长地出一口气,那口气在春天的渭北高原显得那么悲壮那么苍凉,县城上空的太阳苍白干瘪好像没有睡好,栩栩(麻雀)一群又一群,完全淹没了报春的燕子,旋风带着黄尘在校园里摇曳,很快越墙而去,在城郊挟带更多的灰尘,旋到了整个天空。你根本无法看清张子鱼同学脸上的表情。这个小女生含着泪小声问张子鱼:"你喜欢她吗?"张子鱼的目光投向校园以外,那座小县城飘浮在黄土高原的滚滚波涛中,从浪涛的谷底颠到峰顶又深深地跌下去,少年张子鱼的胸脯一起一落,可他的声音那么微弱,他告诉这个小女生:"我不知道。"然后就走开了。

小女生期待着当初那个打扮得漂亮帅气的张子鱼。我们的张子鱼同学依然故我,周一至周六在校园刻苦学习,周日一大早去私人砖厂打工。在叶海亚的追问下,张子鱼开始描述那个熊熊燃烧的黄土高原大沟里的私人砖厂。卷扬机和打砖机跟蚂蚁一样啃着大海一样波涛汹涌的黄土,砖坯跟火焰一起抖动,焚烧后的砖窑跟火焰山一样,工人们蹿出蹿进,工人们也成了团团大火。叶海亚跟张子鱼去吐鲁番火焰山的时候,张子鱼就想起了热浪滚滚的砖窑。张子鱼反问叶海亚:"你该不会问我这个小女生对我有意思吧?"叶海亚一脸神秘:"我不知道,你也别解释,我真不知道,不过我得告诉你,你能安安心心考上大学还真多亏了这个女同学。"

10

一九八七年秋天,西安某高校新生入学不到两个月,张子鱼与武明生同时盯上了女同学李芸。我们可以断定张子鱼同学仅仅是下意识,连他自己都没有意识到,可别人意识到了,这个人就是武明生。

上个世纪八十年代全中国的大学,尤其是名牌大学,农村学生占百分之六十二,西安这所大学也不例外。报到结束,第一次班会,班主任点名,点到的同学不但要起立喊到,还要做简短的自我介绍,农村同学就不如城市同学能说会道,城市同学有一口标准的普通话,还有一点调侃幽默调皮话,引起阵阵笑声。还有重要的一点,城市男女同学打交道自然大方脸不红不紧张不结巴。武明生同学跟人家李芸同学打招呼时还能拿得住自己,人家李芸同学多问他几句,还莞尔一笑,武明生同学手里天蓝色搪瓷碗就落在地上,幸亏在食堂外边的林荫道上,行人稀少,搪瓷碗三蹦两跳蹿到李芸同学脚下,李芸捡起来擦了擦递给满头冒汗的武明生同学,我们可以想象武明生同学离开时的慌乱与紧张。开学不到一个礼拜,集体活动也没几次,大家还不怎么认识,武明生就闹这么一个笑话。也得承认武明生同学胆大,敢跟同班女同学打招呼,对方至少认下了他这个同班同学嘛。这么一想武明生同学也就不紧张了。再次见面的时候,李芸同学总是主动跟他打招呼,或者点头微笑,招呼也打得很艺术,绝对不说:"吃了吗?"而是:"你好!""下午好!""早上好!"大家很快熟悉了,李芸对每一位同学都很友好,面带微笑,主动打招呼,尤其是对农村同学。武明生就有一点点失落。李芸同学的微笑与问候也仅仅限于本班同学,外班同学主动问候她她才打招呼。

李芸在系学生会担任文体部部长,也在班上担任学习委员,外班同学很想对李芸热乎一点,从他们表情可以看出来能跟李芸待一个班多么幸运。武明生好像有特异功能,一下就洞察了对方的心思,武明生的自豪感很快得到证实,外班一个老乡就这么问他:"你跟李芸一个班?""不像吗?""不,不是这个意思。"武明生神气极了,平生第一次使用反问句,让老乡浑身不自在,同时也确确实实实感受到跟李芸做同学有多么幸运。

新生入学不久,大家各显其能,迎新晚会就是一次绝好的机会。李芸拉了一首《梁祝》小提琴独奏,唱了一首《橄榄树》,大四大三大二的同学都记下了李芸。李芸就理所当然担任了系学生会文体部长。下午上自习,学校的大喇叭公布新的学生会干部名单,大多都是老生,新生只有几个人,算是新鲜血液。班干部就比较复杂,新生入学前,班主任查阅学生档案,根据学生在中学阶段的情况临时指定班干部,第一次开班会,班主任特别强调这些干部是临时指定暂时为大家服务,等大家熟悉之后再民主选举。一般情况不会有大的变动。一个月后,部分同学强烈要求提前改选班干部,班主任顺乎民意,选举结果,班长副班长生活委员落选,新班长新班副新生活委员上任,李芸属于留任干部,属于众望所归。无论本班还是全系,李芸已经算是公众人物。李芸的家庭背景等等私人信息就很容易打听出来。武明生同学只要竖起两只兔子般的大耳朵就行了。

武明生同学另一举动就是周末下午尾随李芸上公共汽车,从西安南郊三拐两拐到东郊,差不多跑了一个多小时。我们可以想象有多么悬乎,幸亏是两节长公共汽车,上车下车人很多,武明生同学龟缩在人多的地方,老往后边蹭,跟小偷一样,大家的目光在他身上扫来扫去。李芸在司机后边站着,有围栏可以靠着,武明生从后门上车,看见李芸在前边就拼命往后挤,大家都烦他,不躲不行嘛,车上稍显空旷,他就会暴露。李芸刚下车,武明生就贴着窗户跟壁虎一样,他都忘了他扑到车窗时是从人家有座位的中年汉子怀抱里横穿过去的,漂亮姑娘的背把武明生的目光拉那么远,他恢复原状时中年汉子说:"算你娃运气好,要是趴人家小伙子身上人家非捶你不可。"

武明生总算把李芸下车的站牌记住了,顺着站牌进入一条巷子走十来分钟就是一所中学的大门,老远能看见操场和教学大楼,还有西安市××中学的大牌子,牌子上是舒同的字。武明生的父亲当过兵,有一点点文化,从小就让武明生练字帖,给村子里写对联给粮食口袋上写名字,村里人都叫他秀才,学校里就文明多了,叫他书法家,武明生喜欢书法家不喜欢秀才。武明生等待着学校举办书法比赛,到时候他就能露一手。这是武明生在李芸父母执教的中学门口起的念头,武明生腰杆就直了。

周一课间休息时,武明生郑重其事地向系学生会文体部部长李芸提合理化建议:啥时候能举办一次书法比赛。李芸说好呀,你往下说嘛。武明生舔舔嘴唇,咳嗽两声,就继续往下说:"字是人的脸面,大学生嘛没有一手好字不行。"李芸鼓励武明生:"别紧张,慢慢说。"武明生说:"说完了,就这些。"武明生问其他同学:"我紧张了吗?"同学们就告诉他:"你不是一般地紧张,你整个人都是硬的。"同学们还捏他的胳膊肩膀脊背和大腿:"跟生铁坯子一样,跟女同学打交道这么生硬会吓着人家的,幸亏李芸同学是城市娃见过世面。"武明生就这样发现了张子鱼,除了城市同学,农村同学当中就数张子鱼跟女同学打交道不紧张,自然大方不亢不卑,武明生连吸两口冷气,就像猛然站在悬崖边上身体晃荡几下直往下栽。

武明生同学在大学优美的林荫道上反思自己。这所百年老校绿化很好,古槐、松树、枫树、法国梧桐、爬壁虎严严实实地笼罩着各种建筑物和通道,跟原始森林一样,稍往僻静处一拐就能陷入禅境,就能进入哲学状态。狗日的张子鱼跟电影镜头一样一举一动全都闪现在武明生脑海的大银幕上,是那种典型的黑白胶片,图像清晰生动感人,有木刻画的效果。反复闪现的只有两个镜头:一是张子鱼课堂回答问题得到老师的表扬,学习委员李芸下课主动跟张子鱼聊了两句。二是上午两节课后有二十分钟广播体操时间,高年级同学相当自由了不做广播体操,在教学楼前的空场地上打羽毛球,一年级新生张子鱼正好站在最边上那排做广播操,打羽毛球的两个老生其中一个有事要走,另一个球兴正浓,两缺一,就把球拍硬往大一新同学手里塞,两个新同学都不会打羽毛球,塞到张子鱼手里,张子鱼没拒绝。一个老生一个新生越打越精彩,刚开始老生让着新人,有点友谊赛的意思,打着打着就不敢大意了,就拿出绝招怪招,频频出击,羽毛球呼呼飞蹿,越蹿越猛,跟老鹰一样,广播操结束了,大家都不离开,观看羽毛球赛,打那么精彩就是一场球赛嘛。高年级这位同学是个女生,球技精湛,可体力不支,认识李芸就朝李芸招手,李芸上场三下五除二拿下本班男生张子鱼,还不客气地问张子鱼:"感觉如何?我们女生好欺负吗?"张子鱼一边擦汗一边说:"技不如人,甘愿服输。"李芸就笑了:"这就对了。"上课铃响,大家上楼进教室。一场球而已,没有什么微言大义。可一旦重新发掘还真有那么一点蛛丝马迹,狗日的张子鱼无论是对高年级女生还是本班女生,总是不慌不忙大大方方,拘谨紧张的话就没法打球嘛。

  武明生跟张子鱼都来自西府农村,张子鱼穿着打扮接近城里人,可一口地道的陕西关中西部口音在古城西安显得相当刺耳,西府口音接近甘肃方言,生猛冷硬,说普通话比说外语还难。这也是武明生相当长时间忽视人家张子鱼的主要原因。穿戴洋气谈话漏气你还能把舌头换了?这是大家对张子鱼同学最初的印象,也是难以改变的印象。问题的核心就落在那次课堂提问上,老师讲到中国现代地理学科的创立就提到了德国人李希霍芬爵士,此人于清朝末年七次来中国考察,走遍大江南北,第一个将张骞开辟的东西大道定名为"丝绸之路",第一个将战国时李冰父子修筑的都江堰介绍给世界,第一个研究中国黄土提出中国黄土"风成说",第一个研究中国造山运动提出"五台系""震旦系"等地质术语,第一个在江西景德镇一带勘探陶瓷原料,以高岭土的拉丁译名来命名高岭土,高岭土成为世界上第一种以中国原产地为通用名称的矿物质。老师一口气说一长串第一,又十分潇洒地写在黑板上。上世纪八十年代中期中国的大学老师还没有普及笔记本电脑,电化教学远不像今天,大多老师还使用古老的粉笔,硬笔书法很重要,老师一手好字就能镇住学生,加上口才,加上所讲内容的生动精彩,老师很神气地环视学生,并做了短暂的停顿,推一下眼镜,学生们已经无限敬仰地仰视讲台上的老师了,老师不能不稍加停顿给学生以喘息之机,也就五六秒钟吧,老师轻描淡写地问大家:"李希霍芬还有个大弟子,瑞典人,也是五六次来中国考察、探险,差点死在塔克拉玛干大沙漠,请大家回答这个人是谁?说出他的名字我就很满足了。"老师点了三个学生都答不上来,老师就挨个点,点到了张子鱼同学,跟机枪扫射一样,从左到右射到第三排就是张子鱼,张子鱼答对了:"斯文·赫定。"张子鱼还说出了"安特生"。老师相当满意:"总算没有让我失望,我可以满怀信心地继续当你们的老师了。"

学习委员李芸同学下课就请教张子鱼,张子鱼就告诉李芸:斯文·赫定有一本很有名的书《亚洲腹地旅行记》,李芸很想看这本书,张子鱼说:我放家里了,没带来,图书馆有。两个人对话的时候,武明生已经悄悄走过来了,武明生在张子鱼宿舍见过《亚洲腹地旅行记》,武明生还翻了几页,扉页上有张子鱼的名字还有购书日期,武明生差点当场揭穿张子鱼的谎话,另一个念头强有力地阻止了他:万万不能给任何人提供接近李芸的机会。武明生就有了诡秘的微笑。张子鱼的小气让武明生彻底放松了警惕。

武明生赶到图书馆,进开架书库,最后一排西北角最下一层,蹲下来,才找到蒙了一层灰尘的《亚洲腹地旅行记》,一共8本,其中一本没有灰尘,半个月前刚还回来。一九八七年的大学图书馆还是古老的签写书卡,书卡上的第一个读者就是李芸,十月二十三日借,十月二十七日还。看得很快。武明生没走林荫道,他找一个安静的草坪,有石凳石桌,阳光灿烂,如果记得不错的话是中午十点半,最后一节课没上,中午饭没吃,直到光线暗下去,一百多页,差不多看完了全书的三分之一。晚饭吃得很仓促。早早去图书馆占座位,第三天读完全书,掩卷长叹,这个叫张子鱼的家伙初二年级快毕业的时候就买到了《亚洲腹地旅行记》;更要命的是国庆节迎新晚会上李芸拉完小提琴《梁祝》又唱了《橄榄树》,武明生耳畔不停地响起"流浪远方流浪"。然后呢,就是这本《亚洲腹地旅行记》。武明生很快在《橄榄树》与《亚洲腹地旅行记》之间找到一个共同的关键词那就是远方。农村娃张子鱼跟他武明生一样,寒窗苦读梦寐以求的就是离开家乡离开土地到远方的城市去上大学而且还要永远地生活在那里。那里有橄榄树有小提琴独奏。武明生把《亚洲腹地旅行记》在手里掂了掂,还给了图书馆,借书卡上多了一个读者,李芸下边就是武明生,跟李芸排在一起,估计相当长时间不会再有第三个读者。好多年以后,校友聚会,武明生丢了魂似的进图书馆重新找到这本书,还是开架书库,还是最后一排西北角最下层,吭哧吭哧蹲下去,八本《亚洲腹地旅行记》全都覆盖在灰尘下边,跟褐色棉絮一样,一层一层揭掉,一本一本查看,有七本无人问津,唯一借阅过的那本借书卡上依然写着李芸、武明生,没有第三个读者,日期永远停止在一九八七年十月十一日。图书馆的工作人员告诉武明生,马上要做数据库,网络管理,刷卡,学生借书不再签写书卡,无论借还是还都不会在书上留下痕迹,一切都在电脑里装着,一切恍若梦幻。

走出梦境的最好办法就是大声喊叫。武明生的歌声就是呐喊。同宿舍的人都受不了啦,集体抗议。武明生的歌声转移到楼道。外班一个同学建议武明生去找艺术系的同学辅导一下。"你的发音有问题。"艺术系有吉他训练班,交际舞训练班,流行歌曲训练班,最受欢迎的是邓丽君的歌曲,武明生就学《橄榄树》,不到一周,就有模有样了。回宿舍放歌,大家都说武明生进化这么快,上帝帮你,一礼拜就完成了从野兽到人的进化。

晚自习李芸特意通知武明生:你的合理化建议得到系领导的批准,元旦举办全系书法比赛。第二天大厅公告栏就有书法比赛的通知,广播里喊了整整一个礼拜。书法比赛由系学生会组织,聘请中文系的老师担任评委,武明生同学练过童子功,拿了一等奖第三名。元旦晚会武明生唱了《橄榄树》。武明生期待李芸也唱《橄榄树》,最好再拉小提琴《梁祝》。李芸拉了小提琴,不是《梁祝》是《阳光照耀塔什库尔干》,李芸唱了歌,不是《橄榄树》是俄罗斯歌曲《喀秋莎》。大家鼓掌的时候有人就告诉武明生:文体委员么咋能煎剩饭?李芸上台前武明生叽叽咕咕再来一个《梁祝》再来一个《橄榄树》,没人响应,大家还拿白眼翻他,大家对李芸有更高的期待,李芸没让大家失望,《阳光照耀塔什库尔干》明亮轻快宽广遥远,《喀秋莎》雄壮昂扬优美中带着淡淡的忧伤。艺术系的师生感叹：这是专业水平。武明生旁边的同学挖苦武明生："听见了吗，专业水平，李芸又没得罪你你干吗跟李芸过不去？"武明生目瞪口呆，如五雷轰顶，他怎么能给大家这种印象？他急出一头汗，人家就好心劝告他："不要怀疑人家李芸的水平，不要恬不知耻地唱人家李芸唱过的歌，你以为你是谁？"武明生窝仰不吭声，窝了半天，不知哪根神经出了错，竟然提议：欢迎张子鱼同学来一个。张子鱼赶快往后缩，就有人往前推，张子鱼还在挣扎，李芸就说："张子鱼同学，大家对你期待这么高，你可不能让大家失望呀。"张子鱼就不挣扎了，就整理几下，大大方方上台接过话筒唱了一首《在那遥远的地方》，连武明生都听出来比他勤学苦练学来的《橄榄树》强。

夜幕跟雪花一样一片一片落在武明生脸上，融化成光，可以理解为灯光。元旦晚会的主场在学校露天体育场，几十盏大灯把黑夜变成白昼，谁都知道黑夜的存在，此时此刻黑夜成为体育场上空无比庄严的圆形拱顶，夜幕潮水般起伏，又被强大的冷空气冲击形成雪花，缓缓地飘啊飘，武明生脑子那么清晰，他清清楚楚地意识到他心里不断高涨的风暴，挟带着海啸般的冰冷冲向苍穹之顶，在那里截住了潮水般的夜幕，让它们以明亮温柔的形象出现，那一刻，雪花等同于灯光，落在武明生脸上的是大团大团冰凉的灯光，所有的人，包括主席台上的领导们全都被灯光的冰凉照耀得激情万丈，此时此刻只有武明生知道事情的真相。

几天以后武明生就弄清楚了《在那遥远的地方》与《橄榄树》的关系，《在那遥远的地方》的作者王洛宾是三毛的心中偶像，三毛因此才去撒哈拉沙漠去找梦中的《橄榄树》，前因后果逻辑关系非常严密。在此之前钱学森先生在人类的逻辑思维形象思维之外划时代地提出人类的第三种思维方式情感思维，还专门编了一本书《关于思维科学》，武明生在阅览室读这些文章时，脑子里全是左右纵横的一幕幕形象和前后纵深推进的缜密严谨的逻辑，然后就是大幅跳跃毫无逻辑但又有规律可循的情感起伏。毫不夸张地说，钱学森先生的伟大发现强化了武明生同学的大脑，武明生同学的脑袋快成原子反应堆了，李芸张子鱼，一男一女，一阴一阳，黑子白子，顷刻间被古老的逻辑思维形象思维加上新发现的情感思维交叉碰撞裂变出原子大爆炸一样的能量。好多年以后，武明生快四十岁的时候，钱学森先生去世，电视网络报纸杂志各种媒体开设专栏悼念钱先生辉煌的一生，总要提到钱先生的爱妻蒋英，通栏大标题就是"科学与艺术的完美结合"，蒋英是民国时期军事家蒋百里先生的女儿，留学德国专攻音乐，归国后执教于中央音乐学院，培养了一大批歌唱家和钢琴家，可以想象钱学森先生的业余生活有多么幸福，上班研究科学，回家听夫人唱歌弹钢琴，钱先生自己也能弹几曲唱几首歌，钱先生在物理学以外涉足思维科学，尤其是文艺学科应该研究的情感思维，与夫人蒋英有很大关系。武明生回首往事就会明白这本《关于思维科学》不是随便让他打开的。钱学森和蒋英不正是他所向往的生活吗？他那双兔子一样灵敏的大耳朵很快就打听到李芸不但会拉小提琴，钢琴也弹得不错。没必要问李芸为什么不在学校展示几首钢琴曲？人家是谦虚是适可而止。地理系又不是艺术系，艺术系有琴房，有价格昂贵的西洋乐器，其他专业也就几架手风琴几把小提琴几把吉他，笛子二胡就很一般了。李芸上台表演时用的小提琴是从家里带来的,公家的小提琴练琴还凑合,上台表演只能蒙外行,大学校园不管哪个专业举办文艺演出,艺术系的师生总有一双灵敏的耳朵。当大家很随意地谈论李芸同学会弹钢琴时,武明生同学就想到钱学森和他的情感思维。

武明生同学在周末不用尾随女同学李芸,周三下午政治学习,武明生就溜了,许多人都溜出去逛街钻图书馆,武明生同学乘车出东门,过三站下车,在李芸父母执教的中学门口站了一会儿,顺小巷三拐两拐到兴庆公园。听同学讲兴庆公园是东郊学习拉琴练功的好地方,也是当年大唐王朝的皇家园林,五十年代上海交大支援大西北迁往西安,周总理特意选新校址依兴庆公园而建,这些江南才子可以依稀感受到偏远地区的美好风光。李芸父母执教的中学就在公园附近。李芸就生活在如此美好的环境里,在湖畔拉小提琴,读英语背唐诗宋词,然后回家弹钢琴,琴声飘荡在湖面,与鸟齐飞,与杨花柳絮共舞……武明生觉得李芸同学离他那么遥远,简直是在两个世界……一个多小时后武明生回到校园,在教室门口与李芸相遇,他的表情复杂怪诞,李芸同学不由一愣,多看他几眼,点点头,没有往常的微笑而是满脸惊诧,他们擦肩而过,青春少女的芳香扑面而来,他们离得那么近,确确实实近在咫尺,短短一瞬,连李芸的呼吸与体温他都感觉到了,他脑子里蹦出的第一个词就是温馨,词典里对馨的解释是芳香,刚刚与他擦肩而过的鲜活的生命让词典让所有文字黯然失色。

回到座位,翻开书本,武明生彻底冷静下来了。李芸确确实实跟他在一所大学一个班级,座位相隔二排,抬眼就能看见那美丽的身影,随时可以跟她说话打招呼,现在的关键问题是大家为什么严重误解他对李芸同学的感情?把他的好心当驴肝肺,竟然曲解成一种恶意。又没办法解释。最明智的办法就是不做解释,原地不动,水静自然清。武明生同学还是很理智的,安安静静度过了大学一年级。

一九八八年秋天,新生报到,已经是大二学生的武明生迎接新生。新生不管城市的乡村的不管男生女生,大都愣头愣脑,傻里傻气,农村学生土里土气是难免的,武明生很自然地想到去年这时候自己不就这个样子嘛,武明生的目光就投向张子鱼,武明生就愣住了。张子鱼去年报到的时候就被好多新生误认为老生,一年后的张子鱼有点大学年轻教师的风度了,他们的班主任留校两三年,比学生们大不了几岁,跟张子鱼站一起就像同事,眼前的张子鱼正被一群叽叽喳喳的女生围着,就是这些刚走出中学校园的大一新生不知深浅地把班主任与张子鱼混淆一起,叫张子鱼老师,老师长老师短,张子鱼告诉她们我是你们的学兄大二的,有个陕北女生咯咯一笑你就是哥哥喽,众女生和学生家长都笑,那一刻李芸也笑了,是那种发自内心的由衷的开心至极毫不拘束极其自然的笑,笑容消失的时候眼睛里有一种亮晶晶的东西一闪一闪,亮光中有潮湿……武明生嘴巴张那么大,除了他武明生没有人注意到李芸的笑和那笑容里一闪一闪的湿漉漉的光,李芸就站在众人的后边,站在路边的树荫底下,丁香树笼罩了半条道,丁香的幽香在树荫里浓郁如雾,李芸的笑容才显得清晰异常,武明生相信李芸就是在这一刻喜欢上张子鱼的。张子鱼这个大傻瓜一点感觉都没有,帮这个帮那个,新入学的小女生那么信任张子鱼。

张子鱼总算打发完了这帮小女生,李芸递给张子鱼一杯水,张子鱼渴坏了,吹两口喝一口,张子鱼要矿泉水,李芸就说:"越渴越要喝热的。"张子鱼喝足了才发现手里端的是李芸同学的保温杯,连说:"不好意思不好意思,怎么用你的杯子。"李芸说:"怕得传染病?我很健康的。""不是不是不是这个意思。""逗你玩呢,看把你吓的,又有小妹妹来了,忙去吧。"张子鱼又被一群小女生围住了。

武明生很冷静地远距离观察张子鱼,一句话可以概括这个家伙:既有农村人的朴实又有城市人的聪明。好多年后武明生跟孟凯边喝酒边回忆大学时代,他不能不承认张子鱼身上的种种优点,农村学生朴实能吃苦,又很刻板,城市人聪明机灵又有点油滑,小市民市侩一个,知识分子家庭出身的又比较尖酸刻薄,张子鱼与李芸没这些怪毛病,他们是天生的一对啊。孟凯说笑:"你可真冷静啊,不带一点狗日的情绪。"武明生说:"地理专业没点理性不行,不像你们学中文的那么浪漫那么激情,当时一个学中文的老乡来宿舍看我,给我介绍朦胧诗,我记不清是北岛还是顾城的一首诗,大意是:你看云时很近,你看我时很远……大概讲的就是我当时的状态。"地理专业的武明生同学很冷静地告诉孟凯:"我大二时的样子才勉强接近大一入学时的张子鱼,难怪大家误解我对李芸的感情。"

武明生还清楚地记得他入学时的行头:一身蓝涤卡制服,黑色三接头皮鞋,白衬衫,白袜子,两套换着穿,大二时才换成咖啡色夹克,银灰色直筒裤,红衬衫,灰袜子,白色运动鞋。武明生还特意打开相册,大一入学时的相片与大二时的相片判若两人,长高长结实了,气质变了。

武明生觉得张子鱼是个人物,观察他还不够,武明生多方努力,跟张子鱼宿舍一个同学对调,武明生就成了张子鱼的舍友,而且是上下铺。一个宿舍七个人,大家都看看武明生又看看张子鱼,张子鱼没任何反应。同班同学调换宿舍很正常,其他班也有,还有调专业的。

张子鱼身高一米七二,匀称结实敦厚,但在武明生跟前就显得单薄了,武明生一米八二,高大魁梧,虎背熊腰,政治课老师讲解放战争讲三大战役,总是重复两个词:威武雄壮,风扫残云,大家回到宿舍就给武明生一个绰号:威武雄壮,武明生哈哈一笑算是默认。武明生从小学到大学,让所有男生都显得单薄,调换宿舍的最大收获就是有了一个历史性结论。张子鱼同学绕着这个威武雄壮的铁塔走三圈,建议他不要穿夹克,应该穿运动服,武明生说:"我又不是体育系的。"张子鱼说:"你试试就知道了。"

武明生去体育系找老乡试衣服,他那种大块头也只能在体育系找到合适的衣服。体育系的同学跟武明生一见如故,很痛快地让他试试,不用照镜子,大家连声叫好,"到我们系来吧,简直是我们的人"。人家不要他脱衣服:"先穿着,穿脏了再还。"武明生连说:"不行不行,这咋行?"老乡就告诉他体育专业的规矩,运动服越破烂越有资本,大一入学一身新运动服,穿到大二就破旧了,穿到大四毕业时千疮百孔,照毕业照留念,再扔掉:"就像战士身上的枪伤,是一种资历懂吗。"怪不得体育系的老生都穿得破破烂烂的。

武明生不用照镜子,在楼道就有人打量他,男生们也都一愣,出了男生宿舍楼到校园走一圈,沿途所遇女生们频频驻足回首,全是热辣辣的目光。

武明生回到宿舍大家都哇一声欢呼,张子鱼说:"咋样?牛皮了吧!"武明生咧大嘴笑:"不错不错效果真的不错,重新投胎了一样。"张子鱼说:"你没看见运动场上大呼小叫的都是女人嘛。"大家煽惑武明生买一身新的,穿人家体育系同学的旧衣服不合适,人家的好意归人家,咱地理系有咱地理系的尊严,大家立马给武明生凑钱,张子鱼就拿出十块。一九八八年十块钱相当大了,半个月生活费呢。半小时后武明生同学穿一身新崭崭的白色红道夹边运动服归来,浓眉大眼的汉子笑得都没眼睛了,嘴里嘟囔着不错不错,还有几分害羞,舍友们就说:"自己表扬起自己来,我们都没法活了。"张子鱼建议:"你最好再买一套冬装红色黑道。"武明生频频点头:"商场服务员也是这么个意思,特意给我留一套放假再买。"

武明生把借人家的旧运动服洗干净还人家,穿一身新崭崭的白色红道运动服进教室,大家以为来了体育明星,嗷——叫了好一阵,李芸都忍不住上下打量武明生:"好啊好啊武明生,我们班的穆铁柱啊。"上个世纪八十年代山东大汉穆铁柱相当于现在的篮球明星姚明。李芸这么一嚷嚷穆铁柱就成了武明生另一个绰号,小范围内叫威武雄壮,公开叫穆铁柱,也有人叫他航空母舰;本来就高大威猛,亮丽的运动服把整个人全扩张了,还真有点航空母舰的意思。武明生给新疆人孟凯描述当时的情景,手里的酒杯转啊转啊,酒都焐热了,简直成了老外喝红酒的架势。从新疆归来后武明生不再用口里人的小杯小酒盅,改用茶杯,每杯有三四两,这么豪迈的气魄正好回忆当年"穆铁柱""威武雄壮""航空母舰"这些光辉灿烂的形象,武明生的眼睛跟儿童一样潮润而明亮,声音又低又轻又清晰:"人靠衣裳马靠鞍,这个时候我这个土包子农村娃才真正像个名副其实的城里人,进了食堂不再眼馋猪肉炖粉条,红烧肉,土豆片,隔二见三来一份青菜,增加些叶绿素。这也是张子鱼教我的。"

农村娃跟农村娃就这么不一样,张子鱼同学家在城郊,坐在门蹲石上都能看见县城的大街;武明生同学家在偏远乡村,从村小学到乡中学,偶尔去一下县城,高考那几天在县城待得最久,三天,考完后又多待一天,自己给自己鼓劲:考不上大学,就在县城谋个差事,卖面皮卖凉粉卖蜂蜜粽子。武明生做了最坏的打算。武明生在小县城逛街的时候也许跟张子鱼打过照面,大一新生入学认乡党,武明生就这么嚷嚷,张子鱼嘴上说:"可能可能很有可能。"张子鱼心里清楚:从初中开始,他就不走正街,出校门就绕到背街匆匆回家。接到大学录取通知书,大街上全是一群一群趾高气扬的"状元",酒店饭馆爆满,张子鱼同学在县城外十五里地的砖窑背砖头挣钱呢。这些都不能告诉武明生。两个乡党住一个宿舍,武明生就实话实说:"你比我成熟得多。"张子鱼就说:"你不要恭维我,没这个必要。"

张子鱼专业课好,张子鱼就担任专业课课代表。秦岭是中国地理南北分界线,也是全世界有名的天然动植物博物馆,在西安学地理有得天独厚的条件。西安就在秦岭北麓,进山野外考察很方便。大二开始,地理专业的学生频频进山考察。张子鱼的相机就有了大用场。取出相机的那一刻张子鱼就想起大连医科大学的女同学,张子鱼打好行装下楼,跟大家一起上车,四五个小时的漫长旅途,一群大学生在车上闹哄哄的。

张子鱼每年节假日都能收到大连女同学的明信片和贺年卡,有一张明信片是自己制作的,在海滩上穿着泳装,金色沙滩与蓝色大海之间一位美丽少女微笑着看着黄土高原长安古城的张子鱼,海风把少女的长发吹成另一种波浪,弥漫在空气里。张子鱼收到明信片一周后,才发现明信片上的少女是发信人自己,他的中学同学。刚开始他误以为是哪个大明星,他只注意看明信片上的字。一周后宿舍没人,他无心看书,同宿舍的人去逛街去看电影他谁也不理。他心事那么重大家懒得理他,他一个人待着反而好受一些。正是周末下午,夕阳穿过高大的法国梧桐照进宿舍,树荫与阳光交错晃动,如同昼夜交替,一切泯灭于光暗之中,张子鱼感到无限的惆怅,连睡懒觉的兴致都没有了。他哆嗦着抽出日记本,里边夹了好多张远方同学的贺卡与明信片,全国各地的都有,唯有大连医科大学的女同学在贺卡外还有明信片,春夏秋冬跟候鸟一样有节气的变化,其他季节都是风光片,只有夏天这一张出现了人物,这一次张子鱼同学看得清清楚楚,大西北长安古城的无限惆怅无限朦胧的夕阳里所呈现的少女正是那个送他照相机的女同学,飘逸的长发潮润的海风都要扑到张子鱼的脸上了,还有那迷人的微笑,眼睛那么亮就像白天里的星星,……张子鱼肯定听不到自己的心跳,张子鱼肯定感觉不到自己的泪水,但张子鱼记住了邮戳上的日期七月十日,火热的夏天,西安的日期是七月十六日,美丽的少女形象从遥远的海边准时地出现在西北高原上,七月十八日正是高校放假的日子,上午还在考试,下午就可以离校。出外考察的搞社会实践的除外,不管怎么说,七月十六日这天是张子鱼最激动的日子。

两天后他回到渭北高原那个小城。他要做的第一件事就是去十几里外的砖厂打工,挣够下一学期的生活费,他必须多干一个礼拜,多挣一笔钱,跟绅士一样请明信片上那位来自海滨的姑娘吃顿饭,当然要在县城最好的饭馆。张子鱼同学心劲很大。张子鱼在热浪滚滚的砖窑里出没时,眼前会出现明信片上的海景和美丽少女,他知道此时此刻这位女同学正在大连的海滩度假,八月初西北高原立秋凉爽起来才会回来。张子鱼可以从容不迫地干到月底,再帮家里干几天农活,然后上街,他们会在街头相遇。我们可以想象张子鱼是砖窑里出出进进的牛皮灯笼中最红的一个,手和背有许多伤,休息的时候才会疼痛,肉体苏醒了,火烧火燎地疼,跟火焰一样,大火在身上呼啸,涌起一片灿烂的幸福。

半个月后他们在街头相遇,然后走进县城最好的饭馆,雅座就他们两个人,张子鱼听见自己在悄悄说话:你来自大海,我闻到了大海的气息。女同学好像洞察了他内心的秘密,诚心诚意向他发出邀请:到大连来玩,去见见大海。女同学见他发呆,就告诉他:"我制作这张明信片就想让你见识真正的大海。"张子鱼就说:"我已经坐在海边了。"张子鱼那么诚恳,女同学自己也感觉到自己身上散发出的大海的气息。她三天前还在海边,跟鱼一样在海里游荡,她的笑容里有海滨阳光的潮润。张子鱼说:"那张照片可以上画报。"女同学说:"我自拍的,没想到效果这么好。"他们喝的红葡萄酒,还是上了脸,女同学身上的海洋气息更浓了,而张子鱼身上全是砖窑特有的燥热,与海洋气息相遇愈发明显。张子鱼内心震撼,外表镇定,可眼前活生生的女同学又回到了明信片,成为一幅优美的景色。女同学再次洞察到了他内心的秘密,郑重其事地告诉他:"这是我个人的生活照,我只制作了两张明信片,一张给我父母,一张给你,你该满意了吧。"小女生毫不客气地在张子鱼脑袋上敲了两下,"看清楚,我是大活人。"张子鱼咧嘴笑,小女生就抓起他的手使劲掐,张子鱼的嘴巴就有点变形,张子鱼手上有伤,张子鱼硬撑着没叫出声,小女生就松开手:"明天十点到我家来。"礼尚往来应该算是答谢。

张子鱼的那些农村同学去城市同学家里时总是带土特产,张子鱼不会这么干。家里的鸡叫得那么凶好像有意提醒他农家土鸡多么受城里人欢迎,村子里还有养鱼的,鱼也是不错的选择,鱼都跳出水面了,还有那些蔬菜叽叽咕咕叫个不停,张子鱼走到县城的大街上才摆脱了村子里的声音。

张子鱼在商场买了一瓶西凤酒,一兜香蕉和桔子,到东关医院家属楼三楼。女同学听到脚步声就站在楼梯口欢迎张子鱼。三室一厅的房子,客厅有花有鱼,阳台还有鸟,桌子的玻璃板下压好多相片,就有小女生自己制作的以大海为背景的明信片。小女生把张子鱼带进自己的闺房,首先扑过来的是让人陶醉的芳香。好多年以后张子鱼都难以忘怀城市姑娘温馨的小房子,简直就是她们身体的一部分。张子鱼的镇定从容全部失效,变得拘谨僵硬，小女生吃吃地笑："进监狱啦，进铁笼子啦，太好玩了。"笑够了就十分严肃地告诉张子鱼："这是本姑娘的闺房，可不是地狱，你这副样子是在鄙视我。"张子鱼的虚汗都下来了，他在砖窑下苦力都没流这么多汗。小女生跟牵头牛一样把张子鱼带到客厅，张子鱼很快恢复平静，张子鱼甚至从果盘拿起一个苹果，拿起水果刀动作娴熟地削起皮来。完全符合当时城市男女青年交往时的规矩：小伙子给人家姑娘削苹果，果皮成一条线不能断，张子鱼就削成了一根线，递给小女生时小女生拿在手里左瞧右瞧，就像在欣赏一件艺术品，然后深深地看着张子鱼，轻轻地咬一口被剥了皮的苹果。张子鱼正给自己削苹果，张子鱼被小女生的目光照耀着，就像高原的太阳，就像千万只金色的豹子，张子鱼再也不紧张了。他已经在城市男同学家练出来了。他已经是大二的学生了，用武明生的话说他已经是个地地道道的西安人了。功课这么好，留西安工作没问题。小女生再次窥破他心里的秘密："西安是个好地方，到大三大四我会认不出你。""你在骂我。""你们村里人这么说是骂你，我可不是这个意思。"小女生很严肃地给他说这种话。他们不再谈家里的琐事，连所在的小县城也不再涉及，他们谈论各自的学校，彼此的专业，老师们的风采，同学之间的种种趣闻，发出阵阵笑声。张子鱼的机智幽默让小女生吃惊，她以前就听大家说过张子鱼不土气，她还以为是生活习惯以及打扮，小女生就脱口而出："中学时你光跟男生交往，不跟我们女生交往，你太封建了，看不起我们女生。"张子鱼说："咱们可是在中学时认识的，你不能冤枉我。""我不是指校园里。"上个世纪八十年代西北高原的小县城，男女同学的正常交往就在校园里,也就是在一起搞个文体活动办个黑板报,请教个学习问题,校园外城市男女同学也很少交往,所谓交往就是人们所说的恋爱谈朋友。小女生那个时候已经有男朋友了,现在还在交往。小女生突然冒出这么一句话,就出现了短暂的停顿。小女生剥个桔子给张子鱼,聊天重新开始。天南地北,小说电影电视,越扯越远。你不能不佩服小女生的聪慧;她在谈论影视明星的花边新闻时就很机智地暗示张子鱼:她跟男朋友交往好几年了,但一直把男朋友当大哥哥,她现在面临人生的重大选择,说白了在给张子鱼选择的机会。张子鱼全听明白了,张子鱼就暗示这个可爱的姑娘:最好的办法就是原地不动,停上一段时间,浊者自浊清者自清。小女生望着张子鱼望那么久,小女生小声说:"他都上研究生了他跟你比起来就像个小学生,你这么成熟。"张子鱼说:"我说的是大实话。"小女生说:"他上到博士也说不出这么成熟的话,我给他说出我的真实想法他就大吼大叫摔东西。""那是他太喜欢你了。""我原以为你会说他的坏话,他就这么对我说你的,说我有了外心受人挑拨,我是人又不是机器。我还真想让人挑拨挑拨,你来挑拨吧。""多想想他的好处。""爱怎么想是我的自由。"离开的时候张子鱼说:"我远远没有你想的那么好。"小女生就笑:"还远远的,你能远到哪?能远成妖魔鬼怪?"

出家属院的大门时张子鱼朝后看一下,小女生在三楼阳台上朝他招手,很微妙的动作,手就在腰部轻轻晃动,别人看不到的,法国梧桐高过了楼顶,阳台的花盆和花盆旁边的少女在浓密的树荫里跟跳动的火焰一般,就像经典电影的特写镜头。

张子鱼走在大街上眼前还晃动着那感人的一幕。

另一幕出现在开学时的火车窗口,他们从渭北小城乘火车,张子鱼在西安下车,小女生美丽的身影伸出窗口,那手就像鸟儿的翅膀,整个车站的空气都是细腻柔滑的,他们已经在车上握过手了。这是不是人们常常说的爱情?张子鱼挤上了驶往南郊大学城的公共汽车,还在追问自己。与张子鱼贴在一起的是一个陌生的女大学生,西安有几十所高校有几十万大学生。开学放假学生就潮起潮落。眼前这个漂亮的女大学生挤在人群中让张子鱼浮想联翩。

国庆节张子鱼收到大连女同学的明信片。张子鱼马上回了一张。张子鱼知道他应该写一封信。张子鱼刚开学就写好了读了一遍,相当感人,走到邮电所门口他又犹豫了,返回去了。

进入秦岭腹地密林当中的张子鱼再也想不起那个遥远的大连医科大学的女同学了。老师不止一次告诉野外考察的学生,采集制作标本前最好先照相,留下标本的原生态,制作过程很残酷,基本上是一个个木乃伊,鲜活的生命全都没了,老师的口气,植物也是有生命的。学校只能给考察队配备两架相机,照片也归学校,老师动员条件好的同学自备相机,留下标本的原始资料。或买或借,城市同学都有相机,农村同学有相机的少得可怜。张子鱼拿出相机时大家都不感到意外。

张子鱼手脚敏捷,专业课拔尖,总能找到罕见的标本。他使用相机的样子很吓人,好像要扑上去。也许只有那个送他相机的女同学在远方感应到了张子鱼此时的心情,张子鱼镜头里的飞禽走兽各种植物在按下快门的一瞬间全成了美妙无比的明信片,全成了一幅幅动人心魄的画面。他制作的标本基本上是艺术品。带队老师说:科学只讲准确,不一定那么美观,太累啦。张子鱼同学依然如故。考察范围没有蝴蝶,张子鱼竟然收集了许多蝴蝶标本。当他发现李芸神秘的笑容时,他躲到一块巨石后边检查相机,胶卷无法查看,但他还是感觉有些不对劲。

几天后胶卷洗出来了。美丽的蝴蝶当中出现了李芸的肖像,而且不止一张。从第一张相片来判断,他偷拍了李芸,李芸正扑蝴蝶,张子鱼抓拍得十分巧妙,奔跑中的李芸伸出的手快要触摸到彩蝶的翅膀,给人的印象,蝴蝶像是从李芸手上放飞的,不是抓是放。洗相的同学直嚷嚷:可以上画报,可以上画报。张子鱼小声叽咕:明信片,不错的明信片。洗相的同学就笑:"想发财想疯啦,卖给邮局肯定赚大钱,你这可是偷拍的,小心李芸告你。"李芸的正面形象出来了,不止一张,不是跟飞禽在一起就是跟花草在一起,个个出色精彩,都有油画的效果,洗相的同学不吭声了,只叽咕一声:"送她一套她准高兴,专业摄影师不一定拍得这么好,我要是女生我都幸福死了。"

出了洗相的暗室就碰到李芸。其实李芸离摄影部很远,在图书馆拐角的地方,跟一大群同学混在一起,那场景就像乱哄哄的广场或车站,人头攒动中有一个鲜亮无比的面孔顷刻间拉近了距离,成为永恒的特写……那一刻,张子鱼的眼睛刚刚适应外边的阳光,在暗室待久的人都会迷茫在亮光里,张子鱼的迷茫很短暂,一下子就捕捉到几百米外混乱人群中的特写镜头。好多年后他回忆这个美妙的瞬间时他都毫不犹豫地确定此时此刻他的眼睛在照相机里,也只有专业摄影师端起相机时才会这么专注,也只有相机能把人的目光变得犀利无比,跟老鹰一样准确有力地捕捉目标,而且能排斥一切干扰。李芸身边混乱的人群对张子鱼来说仅仅是大千世界的一个背景。

李芸挟着一叠书走到张子鱼跟前,张子鱼把相片递上去,李芸看得很认真,不停地小声嚷嚷:这是我吗?真想不到。然后笑眯眯地看着张子鱼:"吃了鸡蛋,我还想要下蛋的鸡。"张子鱼就把相机取出来递给李芸,李芸跟孩子得到玩具一样爱不释手,对着太阳瞅瞅,对着图书大楼瞅瞅,对着林荫道和草坪和花圃瞅瞅,突然把镜头对准张子鱼咔嚓一下按了快门,抓拍到的是张子鱼惊慌失措的样子。然后小心翼翼地问张子鱼:"能不能把你的宝贝相机借我几天?"张子鱼就笑了:"这么点小事还神神秘秘的,我有这么小气吗?"李芸诡秘异常:"口是心非了吧,你可别变卦。"不等张子鱼回答就蹦蹦跳跳离开了,就像在河里的石头上跳,相机举得高高的,好像有人跟她抢。张子鱼就是在这个时候想到了那个送他相机的大连医科大学的女同学。

半个月后大连医科大学的女同学来到西安,住在姨姨家,顺便来学校找张子鱼,算是突然袭击,提前没打招呼,天外来客一样出现在张子鱼他们宿舍,张子鱼和宿舍里的人全都惊呆了。负责全班报刊信件的同学正好跟张子鱼同一宿舍,这个同学打破了僵局:大连医科大学×××。大家都噢噢。"张子鱼这小子保密工作这么好。"女同学就笑了:"现在不是秘密了吧。"张子鱼就给女同学一一介绍同宿舍的同学。大家聊一会儿,很快就借故离开,给张子鱼与女同学留下单独相处的空间。女同学告诉张子鱼:早就听说你们校园的景色不错,跟公园一样。

他们就转到校园里。离开宿舍时张子鱼取出了相机。张子鱼一边装胶卷一边感叹。昨天晚自习李芸还相机时跟狐狸一样悄悄地告诉他:再不归还就该挨骂了。然后就忽悠一下消失在夜幕里。第二天大连女同学就从天而降,女人莫非都是些神狐鬼怪?就这么一点点心理活动都没有逃出女同学的眼睛。"不打扰你吧?""啥话嘛,欢迎都来不及呢。"当张子鱼的镜头对准女同学时,女同学大梦初醒一般,那种恍然大悟的样子差点让照相机爆炸,当时真实的情形是相机差点掉地上,我们的张子鱼同学闪一下腰惊出一头汗,女同学完全沉浸在自己的情绪,没有觉察到张子鱼的失态,女同学很悲壮地告诉张子鱼:"我可不想罩在神圣的光环里,我没想到送给你照相机会是这种结果。"张子鱼没反应过来:"这可是奢侈品。"女同学的声音还是那么沉痛:"你最好把它当成日常用品。"张子鱼完全放松了:"你看我用得多熟练,我都成专业摄影师了。"

好多年以后张子鱼才明白他们当时彼此的误解有多深,张子鱼难以忘记的就是眼前这一幕,女同学站在朦胧的夕阳里,黄昏校园林荫道上的阳光被稠密的树叶过滤得光怪陆离,万花筒一般,立体画一般,在不断分解思绪万千的青春少女,少女的长发和裙子都幻化成光线的一部分;好多年以后张子鱼才明白摄影艺术最简单的一个原理,女人喜欢虚光相,虚光可以使女人年轻,可以让女人变得不真实;为了达到虚光的成像效果,摄影师总是拿一张纸,撕一个洞,对着放大机上下晃动,显示出来的肖像就跟艺术品一样介于似与不似之间。也就是在那个时候,张子鱼才明白他把他所认识的女性全都进行了虚光处理。此时此刻这个聪慧的医科大学学生以外科手术般的冷静与准确一刀下去,直击自己的情感世界与张子鱼的软肋,张子鱼轻松自如地滑过去了,未来的外科大夫没想到张子鱼有这么强的免疫力,完全出自于本能和下意识。

离开西安时女同学告诉张子鱼:"你不要从镜头里看世界,镜头里的世界不真实,镜头变成眼镜麻烦就大了。"列车员开始催了,女同学声音很小:"我们在一个中学,可我们认识得太晚了。"火车就开了,把这个无限惆怅的少女带走了,她要在北京转车才能到大连。

好多年以后张子鱼给妻子叶海亚讲这个女同学时,叶海亚好几次打断他的回忆,追问他这个女同学:有名有姓干吗老是女同学女同学就不能说出她的真实姓名吗?张子鱼死也不松口。叶海亚在丈夫张子鱼的家乡,渭河北岸那个小县城里,总是碰到张子鱼的同学。张子鱼人缘好,小县城到处是他的熟人,有男有女,那些当年的女同学在新疆人叶海亚眼里都是张子鱼难以忘怀的小女生,如今她们都是风姿绰约的少妇,有在县城上班的,有在宝鸡西安上班的,还有在全国各地上班的,节假日全都候鸟般回来了,在大街上碰到了,热情得不得了,街头寒暄,同学聚会,登门拜访,叶海亚眼花缭乱,剩下他们两人时叶海亚就骂张子鱼:"毛驴子张子鱼,你故意不说她的名字你给老娘摆八卦阵是不是?"张子鱼只回答一个简单的不是,就不吭声了。直到生孩子那年,叶海亚被送进渭北小城的医院,难产,医院让转院。那年冬天,渭北大雪纷飞,道路堵塞,束手无策的时候,医院请来了外地的著名专家。跟所有妇产科专家一样,这个天外来客只露一双眼睛,白大褂口罩手套彻底消失了个人特征,甚至分不清性别,只有那双手一接触到产妇的身体产妇就安静了。产妇知道专家是一位年轻女性,手那么软跟羽毛一样,让这个中亚腹地的女人情不自禁地想到白天鹅,想到草原人用以描述美妙爱情的如梦如幻的猫头鹰,哈萨克女人的头饰就是猫头鹰的羽毛,女大夫就有这么一双光滑柔美的手,先抓住叶海亚的手,叶海亚就停止了尖叫。叶海亚一会儿呻吟一会儿尖叫,那种水深火热的样子太吓人了,丈夫张子鱼在走廊里拼命抓自己的头发,快绷不住了,女大夫一路疾行,经过张子鱼跟前时已经穿好了白大褂戴上了头罩口罩和手套,跟外星人一样了,外星人跟安抚孩子一样在张子鱼头上摸一下,张子鱼就停止了发疯,还在微微颤抖,女大夫带一帮奇形怪状的医护人员进入急救室,迅速地制止了产妇的尖叫。女大夫一直抓着产妇的手,另一手摸她的肚子,肚子里的婴儿喷薄欲出,女大夫告诉大家:"小家伙太壮实了,让妈妈吃尽了苦头。"有人建议剖腹产,丈夫也是这个意思,即使剖腹产成功的几率也很小。女大夫只说一句话:"大人小孩都要保。"女大夫没有像其他大夫一样对产妇说:"希望你积极配合。"女大夫在整个过程中紧紧地握着产妇的手,另一只手在产妇身上游走挤压,助手们配合默契。叶海亚后来告诉丈夫:"我才知道妙手回春是什么意思,她的手往我肚子上一放,小家伙就认了,就跟着她动,我也跟着她动,疼得要命可我能忍住,我看她的眼睛,那么深情的眼睛,我突然明白她就是你说的那个人,她的手和眼睛都告诉我她就是那个人。"婴儿八斤六两,果然是个壮实的小家伙,母亲累垮了,睡了三天三夜才醒来。女大夫已经离开好几天了,叶海亚找到那个海鸥牌国产照相机,叶海亚跟巫婆一样一口咬定上边还有女大夫的手印,还热乎着。典型的新疆人意识,也是新疆经典段子:从库尔班大叔骑着毛驴到北京见毛主席,历次见过中央领导的新疆人回到新疆跟大家一一握手,总要说:这是跟华主席握过的手,这是跟邓小平握过的手,这是跟江主席握过的手,这是跟胡主席握过的手,跟我握手就等于跟中央领导握手。那架照相机就成了叶海亚的专利,叶海亚不再追问女同学的名字,那个美好的女同学就等于照相机,照相机就等于毛驴子张子鱼曾经爱过的女人。张子鱼就急了:"我们只是同学,连恋爱都没谈过。"叶海亚就说:"恋爱过怎么样?你能爱她是你的造化,她能让你爱是你的福气,你们这些臭男人,见到女人只会翘鸡巴,心翘起来呀,心是长翅膀的。"叶海亚埋怨自己:"我只记住了她的手和眼睛,世界上有那么好的手,那么好的眼睛,她干吗把自己捂得那么严实?"张子鱼说:"医生都这身打扮。"叶海亚不理张子鱼自己说自己的:"跟宇航员一样跟太空人一样,只露一双眼睛,我真想看到她的全部,她的手她的眼睛那么好,她整个人会好成什么样子?这么好的人你这王八蛋怎么会放弃呢,怎么会得不到呢?你这家伙一定有问题。"叶海亚反手一枪就击中了张子鱼,叶海亚还是低估了张子鱼的免疫力,张子鱼哈哈一笑:"我配不上人家,我太差啦,所以连人家的名字都记不住。"就是这个时候,张子鱼也没意识到他对他所接触过的女人下意识地全都进行了虚光处理,包括他的妻子叶海亚,包括大学时代的女同学李芸。

大连医科大学的女同学离开西安一个礼拜后李芸才出现在张子鱼跟前:"她对你这么好,送你这么贵重的礼物。""她有男朋友,中学时就有啦。""你吃醋啦?""你咋说话哩?我们不是那种关系;她姨姨在西安,她看她姨姨顺便来看我。"李芸就笑:"傻瓜,人家是专门来看你,女孩子矜持爱面子,非要捅破吗?要怜香惜玉。人家那么远跑来看你,你还是个中学生的时候就送你照相机,别说你们那个小县城,西安也没有中学生之间送那么贵重礼物的,给人家去封信。"

张子鱼就写了一封长信,连夜写的,越写越动情,他自己都奇怪,他原打算客客气气表达一下同学之情,可写出来的信跟一篇小说一样,七八千字龙飞凤舞声情并茂,发信前还想让李芸把把关,李芸怪怪地看他,小声指责他:"你要学会尊重女性。"张子鱼挂号寄出。人家的回信很平淡。张子鱼读了两遍,失落得不得了。他相信他爱过这个小女生,很快又否定了。他忍不住问李芸:"她有男朋友,两家父母都是名医,全城人都羡慕得不得了。"李芸就说:"女孩子心理很复杂,喜欢一个人很慢很朦胧,她至少对你有好感,你不要不自信,你是中学生的时候她就对你这么好,你现在可是西安名牌大学的大学生,她为什么不在男朋友与你之间选择一下呢?你为什么不主动一点,不勇敢一点?"李芸鼓励张子鱼再给人家写一封信。张子鱼连夜就写,越写越动情,真的动了感情,连他自己都感动了,好多年以后他给叶海亚重述这封长信时,叶海亚也感动了,但叶海亚马上指出这种感动中有某种可怕的东西,叶海亚也说不清楚。大学时代的李芸不会听他的隐私,反正信寄出去半个月后他收到的不是人家的回信，是一张照片，跟男朋友紧紧相依无限幸福的照片，背景可是太熟悉了，金色沙滩与蓝色大海，还有一群梦幻般的海鸥。如此动人的相片包在一张白信纸里，典型的形象大于文字形象高于思想，一切在不言中。张子鱼不需要请教任何人，当即在那张空白信纸上写了祝贺他们永远幸福的话。张子鱼彻底放松了。张子鱼就问李芸："女孩不喜欢人家从镜头里看她？"李芸就笑："怎么会呢？"张子鱼又问："女孩不喜欢照相？"李芸不笑也不说话。

周末李芸带张子鱼到她家里，就是西安东门外那个中学家属院，从楼上可以看见兴庆公园。他们就坐在阳台上。李芸的父母打过招呼后回自己房间。两个年轻人在阳台享受阳光和楼下的美景。李芸抱出自己的相册，从满月一直到现在，父母以及所有亲人在她成长的每一个美好的瞬间都留下相片，从婴儿到少女。李芸离他那么近，藤椅嘎吱响，膝盖都碰了他好几次，李芸小声说："我要一直拍到生命的最后一刻。"李芸手里拿着一本《读者文摘》，封二有一幅摄影作品。少女与老太太的交叉合影，李芸的声音轻如梦幻："我要亲眼看着皱纹如何爬到我脸上。"张子鱼不用抬头，张子鱼知道那上边的风光有多么美！张子鱼就告诉李芸大连女同学的回信是一张照片，李芸就说："那肯定是她一生最动人的瞬间，把最美好的时刻留给你，怎么能说她不喜欢照相呢？""她亲口告诉我的。""她中学时就送你相机，那时候你就要勇敢地在小县城给她照几张，那时你不自信的话上大学该有追求她的资本了吧，你现在是西安人，是名牌大学的高才生，你要明白你现在的身份，身份很重要。"李芸循循善诱就像一位大师："女孩子的话要从反面理解，当她们说不的时候可能就是是。"

李芸给张子鱼弹了三首钢琴曲。钢琴就在客厅。第一首是贝多芬的《月光奏鸣曲》，第二首是老柴的《天鹅湖》片段，这两首张子鱼中学时在城市同学家里听过，收录机里播放的。第三首就很特别，捷克作曲家斯美塔那的《伏尔塔瓦河》，一条中欧的小河在作曲家笔下显得那么波涛汹涌，浩大辽阔壮美激情澎湃，故乡不再是一个抽象的概念，而是很具体的一棵树一棵草一片庄稼，一块土坷垃一只鸡一只羊一头牛一只麻雀和燕子，而此时此刻的李芸早就换上了表演服装，一袭黑色长裙，脖子后背和双臂白得耀眼，阳光只照到阳台，上午不可能有灯光，完全是少女自己的光芒，随着大地上所有的河流起伏跌宕又静静地向纵深涌动，少女成为波浪的一部分，当钢琴声昂扬起来时，大地与河流就处于飞翔状态，河流展开了翅膀，少女在飞翔，黑白两色，白色的空气和黑色幻梦般的倩影。多少年后张子鱼在中亚腹地精河绿洲的上空见到阿拉山口暴雨般的燕子时就想起这个美好的上午，西安古城东郊的某某中学家属楼里飞扬的琴声和那个幻化成燕子的少女李芸。在他认识的少女中终于出现了有名有姓的非常具体的活生生的一个青春少女。此时此刻，张子鱼在发抖，他的脸色很吓人，他没想到生活这么美好，故乡这么美好，他没想到世界上美好的东西是他生命的一部分，这些极其隐秘的内心活动，无法诉诸语言的混沌混乱的情绪，好多年以后他才吐露给妻子叶海亚。少女李芸一定感觉到什么，乐曲一下子柔和起来，其实是乐曲本身是作曲家本人，激情澎湃之后的平淡与亲和。

吃饭的时候,李芸的父母实话实说:这是李芸五岁学钢琴以来的最高水平。两个中年人在他们的房间里流下了泪。上个世纪六十年代,"文革"前,他们毕业于上海一所名牌大学,他们都有复杂的家庭背景,无法在江南立足,就很自觉地来到大西北当普通的中学教师。在异乡他们深居简出,谨小慎微,躲过一次次暴风骤雨。他们离开大上海远走西北时听了一场音乐会,他们铭记在心的曲子就是贝多芬的《致爱丽丝》,他们从资本家父母家里带走最值钱的东西就是一把小提琴和一架钢琴,这么小资的东西竟然在大西北的长安古城保存下来,完全出于大西北人对上海的全方位崇拜。两个中年人一致认为女儿李芸之所以弹得这么好,是因为女儿带了感情,音乐的核心是感情。两个中年人知道他们的宝贝女儿开始恋爱了,他们也看见了小伙子被音乐所感动的样子。

他们不知道女儿送小伙子到楼下分手后,女儿一直尾随着小伙子,小伙子还沉浸在钢琴曲里,绝不是《月光奏鸣曲》和《天鹅湖》而是《伏尔塔瓦河》,小伙子走到没人的地方,也就是兴庆公园与一家大工厂相邻的树林时小伙子再也忍不住了,在静悄悄的树林里靠着一棵高大的杨树泪流满面……少女返回家里又开始弹琴,弹的是《少女的祈祷》。

欣赏乐曲的另一个人是武明生。武明生从大一开始每个周末就到兴庆公园东侧的树林子里,装模作样拿一根笛子吹《二泉映月》和《江河水》,当围墙外边中学家属楼五楼响起钢琴曲时,武明生同学就安静下来了,他在欣赏一场音乐会。李芸同学总是上午弹钢琴,下午拉小提琴。小提琴在阳台拉,透过树荫和阳台边上的花盆,少女的身影一闪一闪,跟燕子一样,武明生同学也有把少女等同燕子的习惯。大西北干旱荒凉,燕子那种湿漉漉的影子与河流湖泊泉水有关,很容易成为一种永恒的集体意象与神话原型。武明生同学会在钢琴曲与小提琴曲的激励下吹起他的笛子,他多么希望他的笛声能飘到楼上,飘到少女的琴房,至少也能飘到阳台吧。有那么几次少女李芸都转过身了,朝公园方向张望了,从她的眼神里看不出她的兴奋与喜悦,仅仅是眺望公园的美景,放松放松自己。一想到自己也是公园美景之一武明生就激动得不得了,跑这么远来公园一游是值得的。

我们可以想象李芸带张子鱼回家时武明生同学有多么绝望,绝对是黑色周末,《月光奏鸣曲》和《天鹅湖》武明生都听无数次了,《伏尔塔瓦河》绝对是第一次,是带了感情的,石头都能听出来那么深情那么动人心魄。后来武明生听到了《少女的祈祷》。面对上帝面对圣母玛利亚,少女的爱那么神圣那么纯洁。

武明生给孟凯讲这一段经历时连骂三个狗日的:"这么好的女人还不动心。"孟凯说:"你这么肯定?""都祈祷了么,担心,放心不下才祈求上帝。""你瞎猜吧。"武明生就豁出去了,就说出他曾经干过的罪恶勾当,他偷看过张子鱼的日记:"狗日的,内心很脆弱,医学院的女同学请他到家做客,等于挑明了他们的关系,狗日的走到大街上听了崔健的《一无所有》就蔫了。"孟凯就笑:"我就知道你小子看了人家日记以后天天在宿舍里唱《一无所有》。"武明生只好承认:"没办法,我见到张子鱼就情不自禁唱

《一无所有》。"孟凯就笑:"你这破锣嗓子公鸡嗓子你在污辱崔健污辱摇滚乐。"孟凯赶紧捂上耳朵,武明生已经狼哭鬼嚎吼叫开了:"我曾经问个不休/你何时跟我走/可你总是笑我/一无所有/我要给你我的追求/还有我的自由/可你总是笑我/一无所有/噢——噢——噢——噢——"孟凯都叫起来了:"张子鱼怎么受得了哇,我听一遍都沮丧得不得了,都崩溃了,你太损了。"武明生满脸无辜:"没办法,情敌之间就是战争状态,专挑对方的软肋下刀子,身不由己啊,情不自禁啊,李芸会好啊,子女身上有父母的影子,她父母在'四人帮'时期,'文革'时期,都生活得那么好,造反派、军宣队、工宣队,整他们的人,对他们一家人的生活都羡慕得不得了,改革开放了,新时期了,你能想象跟李芸在一起生活,一起白头到老有多么幸福。"孟凯就问:"你就没有软肋?"武明生实话实说:"我又不是神仙,除了神仙,人都有软肋。"

  武明生极其沉痛地给孟凯描述一九八八年秋天那个黑色的周末。周六最后一节课后,李芸跟张子鱼说了几句话,李芸那么热情大方的城市姑娘,说话时竟然脸露羞涩,少女的羞涩在大西北秋天金灿灿的树叶与阳光衬托下如同火焰在微微颤动,顷刻间散发出一股罕见的芳香,这个叫张子鱼的家伙平常也是大大方方从容不迫跟谁打交道都那么成熟老练,比城里人还老练的家伙,听到李芸的几句话后也为之一愣只点点头,李芸就转身走了,那身影轻盈欲飞,穿过爬满青藤的走廊和爬壁虎环绕的地理楼数学楼化学楼,拐到图书馆广场时笑盈盈的眼睛和嘴角一下子出现在太阳底下,那么灿烂辉煌。武明生把这一切全看在眼里。

星期日上午武明生就上了开往东郊的公共汽车,张子鱼在前边那辆车上,五分钟一趟公交车,武明生与张子鱼就差五分钟,不能差得太远,一小时后下车,也是五分钟的距离。孟凯插话:"五分钟好长一段路呢,你盯得住吗?"武明生声音很低:"人在那种情况,眼睛尖得不得了,老鹰都比不上。"

几百米外,武明生看见李芸提着刚买的新鲜蔬菜和水果与张子鱼相遇,张子鱼帮李芸拿东西,李芸把水果递过去,不让张子鱼拿蔬菜和鱼,给人感觉好像水果是张子鱼带来的。武明生在兴庆公园待了整整一天。他没必要尾随张子鱼返校,他听完李芸弹奏《少女的祈祷》,好像那首曲子是给他弹奏的,反正张子鱼听不到《少女的祈祷》。

孟凯就笑:"你这不是阿Q吗?"武明生沉痛地告诉他:"这就是我的悲哀,当时我就明白了,张子鱼在家乡小县城不可能跟大连医科大学的女生有结果,离家太近,一个西关一个东关,再让崔健的摇滚乐吼几下,等于提醒他真实的处境,西安就不一样了,拉开距离,我在宿舍狼哭鬼嚎地吼崔健的摇滚乐没用。"孟凯笑:"那你还吼个什么劲?""发泄,也能给他制造不愉快,游击队、麻雀战,久而久之也有作用。""口里人就是心眼多,我在精河眼睁睁看着女朋友被他抢走只能自己跟自己过不去。"武明生就拍孟凯的肩膀:"来西安来对啦,我的新疆兄弟,西安啥地方?十三朝古都啊,安禄山这个胡人都迷上了古长安,都摸了杨贵妃的咪咪,都想做中原的皇帝,你会在西安东山再起扳回来的。"两个坏蛋咣啷碰一下酒杯干了。武明生带的是陕西西凤酒,孟凯带的是新疆伊犁特,都是五十二度的烈性酒,都是新疆人的喝法,大茶杯,一杯三四两,上下一咣啷,三杯下肚,就巴心巴肺,武明生说的都是大实话:"明天跟我回县上。"

武明生跟张子鱼是关中西部渭北乡党。武明生一路上给孟凯鼓劲:"你就不想想,李芸那么让人心疼的乖女子,瞅上她的能是我一个人吗?对,你说得对,公开的暗中的长期潜伏的敌人很多,人多了办法就多,张子鱼防不胜防啊。同班有个同学随张子鱼回渭北老家,张子鱼得把人家当贵客,好好待承人家,同学能上你家说明你人缘好,把人活出来啦,可我不这么想,我第一个反应就是那个家伙摸张子鱼的底细来了,火力侦察嘛,我跟张子鱼正宗的本县乡党嘛,我光明正大去了张子鱼家,本县乡党嘛,不用他张子鱼陪,直接去,抱个大西瓜就是客,带包大雁塔满村乱逛,逢人一根烟,张子鱼的祖宗三代,事无巨细了若指掌。谁也没有我知道得多。"

到了渭北小城,孟凯就不紧张了。渭北是个地级市,张子鱼武明生他们那个县属于渭北下边一个县,具体哪个县就不明讲了,你只要知道渭北小城就是渭北市下边一个县就行了。

过了渭河拐几十道盘山公路,就是新疆天山达坂绕来绕去的那种盘山路,孟凯感到新奇,天山的盘山路会把你引到一个险峻的山口,新疆人叫达坂,过了达坂,豁然开朗,不是大峡谷就是山中草原,天山腹地东西纵横着许多地球上最富饶的山中盆地,那也是牧人们向往的夏牧场,湖泊河流青草地,骏马牛羊而且还是天鹅的栖息地。渭河北岸山丘般的黄土高原之上是辽阔平坦的台地平原,猛然出现在高原之上,辽阔的大平原迎面扑来,庄稼,树木和村庄,大平原上纵横着许多深沟大壑,沟底闪烁着北方的季节河,秋季洪水滔滔,春夏则清水涟涟如同俊俏女子深情的毛毛眼,这些沟底的河流全罩在北方绵软的柳树丛中。孟凯在西安的护城河和公园见识过这些绵软的柳树,孟凯想象的李芸应该是绵柳和河流的完美结合。车子跟狡兔一样跌入深沟大壑,又鹞鹰般翻上沟沿。西北高原一个习惯说法鹞子翻身,孟凯在华山体验过。爬华山的人大多不敢冒这个险,武明生不停地煽惑,还拿新疆儿子娃娃刺激他,孟凯咬咬牙就在华山道上来了一段鹞子翻身,手抓铁链,面朝上壁虎一样紧贴石崖,背朝下是万丈深渊,失手掉下去要在渭南去捡骨头,肉是没有的,陕西人的说法,连烂臊子的肉也不剩一丁点。鹞子翻身不足二十米孟凯出了一身汗卵蛋都吸进肚子里了,全身都是硬的。武明生问:"感觉咋样?"孟凯说:"钻到地心里了。"武明生就笑:"文绉绉的还地心里了,地心是那种感觉吗？怪不得叶海亚跟人跑了。"孟凯就嚷嚷:"曲里拐弯的,啥意思嘛?"武明生就说:"我们北塬人的老规矩,娶媳妇之前,来上几回鹞子翻身,越早越好,有出息的儿子娃娃十二三岁就敢鹞子翻身。"孟凯还在瞪眼睛,武明生就实话实说:"女人要的就是鹞子翻身那股子狠劲,咂一下舌头回味一哈(下),是不是钻到女人的肉里头去了,还地心,地是个啥？不就是个尿嘛。尿干啥的？往肉里头钻的。男人活在世上可不是地老鼠,可不是新疆旱獭,是要吃肉的。"孟凯说:"陕西人狠。"武明生说:"不要陕西陕西的,咱们大西北,咱们灭了六国。"

　　车子呼扇一下又来了一个鹞子翻身,也是最后一个鹞子翻身,县城就到了。他们在县城碰到了回来奔丧的张子鱼和叶海亚。张子鱼他爷死了。

武明生告诉孟凯:"张子鱼他爷是我碰到的最有意思的老汉,咱们也去祭奠一哈(下)。"他们在纸货店买了两个大花圈写上字,人家会按地址送货上门。武明生特别叮咛:"咱俩合起来上千元的礼,这关乎张子鱼两口子的面子。"

武明生拦了一辆出租,报了地址;司机是个女娃,司机就笑:"五分钟的路就在北大街,还打车呀?"武明生就开女子的玩笑:"咱就打姐姐车,不行吗?""大老板舍得花钱有啥不行的。"武明生一口一个姐姐,孟凯就问:"她这么小咋是你姐?"女司机就笑得浑身乱抖。武明生就给孟凯解释:关中西部把未婚女子叫姐姐,相当于新疆的丫头。武明生就告诉孟凯他大学毕业参加工作后第一次回家,那时县城出租车很少,不要说农民,城里人都不习惯打出租,武明生就包了一辆出租,让司机撤掉牌子,扮装成自己的私人司机,浩浩荡荡回到五六十里外的农村老家,进村就响喇叭比过年放鞭炮还热闹,家乡的农民分不清领导的小车与出租车的区别,统统把坐小车的人当大老板大领导,"我的爷爷!武家老二大学毕业不到一年就坐小卧车回来啦",全村轰动,围观武家老二衣锦还乡。孟凯就笑:"你就这么蒙你的父老乡亲。""没办法,在外边混不出点名堂回家乡狗都不理你;新疆好啊,成也好败也好你狗日的没压力。""口里还有这讲究。"

两分钟就到张子鱼家,张子鱼和叶海亚很感动。张子鱼虽然不是长子长孙,但却是张家孙子辈中仅有的两个公家人,另一个就是张子鱼大伯的小儿子,"文革"前的老高中生,早早参加工作,两个公家人就迎出迎进,陪客人。城乡界限很分明。孟凯还发现,同样是农村亲戚,城郊的农民就处处流露出极大的优越性,连酒席的规格都有讲究,武明生告诉孟凯:偏远农村也就花个五六千七八千元,城郊农村就得一二万,甚至三四万。孟凯几乎脱口而出:"我明白张子鱼为啥那种样子了。"武明生说:"张家在外工作的男人都这样子。"孟凯说:"我相信叶海亚真心爱上张子鱼啦。"武明生就拍孟凯肩膀:"兄弟彻底死心啦,我带你来可不是这个意思。"

穿孝服的新疆媳妇叶海亚像个外国人,卷头发高鼻梁眼睫毛又浓又长,肤色罕见的白,客人们总是盯着这个新疆媳妇看,都以为她是洋媳妇。武明生就对孟凯说:"这么乖的女子让她飞了,你也够倒霉的。"孟凯就说:"你也没追到李芸嘛。"武明生打手势:"不一样,我跟你不一样。"

11

孟凯给表哥的信越来越长,从五六页蔓延到十几页甚至几十页,囊括了张子鱼的家族史。正史野史添油加醋胡编乱造难以避免,包括孟凯自己的即兴发挥。二十世纪九十年代,中国流行寻根文学,还有一篇著名的文章《文学的根》,中文系毕业的孟凯看过这篇雄文,有理论支撑,他打探搜集张子鱼的家史就很上心,也很有文学色彩。每封长信一定是挂号寄出。表哥回信大加赞赏。估计表哥把他当古代的说书艺人了。用新疆说法他应该是阿肯歌手,是江格尔齐。表哥在信中就这么说的。表哥甚至展望了他的未来:要是生意搞砸了你就回新疆讲评书,跟刘兰芳袁阔成他们讲《三国》讲《水浒》讲《杨家将》讲《薛家将》讲《呼家将》一样讲一讲张子鱼的老祖宗,张家老祖宗丢人现眼啦。一句话,咱就扬他的家丑。这不叫小人手段,这叫不说憋得慌。兄弟,这次你攥住张子鱼的卵子啦,你使劲捏,你稍用点力,他娃就得满地打滚龇牙咧嘴。把他娃的髎娃给捏出来,口里可不是新疆,咱新疆有沙漠髎淌进沙子里还能长地精,口里水土捂不住髎,迟早得原形毕露。客观地讲孟凯还是比较公道的,没有人身攻击。

张子鱼的八爷就是个有远见的人,老汉人到中年时就拥有骡马胶轮大车,七八十亩良田。七十岁时,身体硬朗,手脚麻利,还能下地干活。几十间青砖大房,三儿一女,女是奶干女,心尖尖肺把把,深宅大院一朵花。儿子孙子精壮威风跟老虎一样,都是务庄稼的好把式,老汉平常不用外人,忙时雇几个短工。

临解放,老汉七十整,北山游击队有一个老汉的亲戚,偷偷给老汉捎一句话:"赶紧把地卖了,把房卖了,大要变了,共产党坐天下呀。"捎话的人咥一碗干面喝几口面汤,嘴一抹就出了后门上北山。老汉还在后门外目送客人,老伴就在院子里骂开了:"放他娘个狗臭屁,高桌子低板凳置哈(下)的家当白扔呀?啊?"老汉攥着烟锅吧嗒吧嗒冒青烟,老汉不急着劝老伴,老汉盘算着如何处置这些家当。房子得卖地得卖,胶轮大车得卖,骡马得卖,留下一头驴一头牛算尿。北山游击队眨眼就要下山坐天下了。关中老百姓把陕北叫红区,把陕北与关中过渡地区的游击队叫皮红,秋末阳光不足熟得不透黄中带红的瓜果就叫皮红,老汉的亲戚就是一个地道的皮红,老汉给皮红帮过不少忙。老汉相信皮红亲戚的话。老汉多个心眼,没直接卖,叫老大出去躲几

166

天,叫人放话,说是老大被土匪绑票了,拿五千块大洋赎人,法币金圆券不要,就要真金白银。五千块大洋能把小地主整成穷光蛋。村里人眼睁睁看着买主牵走老汉的高脚牲口套走老头的胶轮大车,拿着地契到村东村西丈量土地,七八十亩肥地眨眼时分成了人家的,老汉只留下几亩薄地,能混个肚儿圆就不错了。最让人心疼的是三院青砖大房只剩下一院十来间房,祖孙三代缩在一个院子里。老伴在家里哭天喊地,上过中学当教师的奶干女学也不上了,陪老娘哭。儿孙们提上铁锨镢头要去救人,老汉不让动,只有老汉一个人知道底细,全家上下包括被绑架的老大都蒙在鼓里,全家人的哭嚎和愤怒就不是装出来的,大家眼睁睁看着装是装不像的。老汉提上五千块大洋一个人去赎老大,天黑前老汉带着老大回来了。

村里人从老大那里听到的事情更传奇,一个算卦的老道说老大有血光之灾,必须出去躲几天,老大就躲在一个远房亲戚家,天天待房子里太闷,就到后院透透气,几个蒙面大汉扑上来口袋往老大头上一套腰上顶着刀子,像牵牲口一样让人家从后门牵走了。土匪给后门上留下条子,种种要求清清楚楚。大家明白,这是一场躲不过的灾祸,破财消灾,人活着就是好事情。土匪太多了,天下该变了。

天下很快就变了。老汉的大家族祖孙几代一大家分家单过,老大、老二、老三每人三间大瓦房,老汉跟小儿子过,小儿子就有老人带过来的三间房,总共六间。几亩薄地,一头老牛一头瘦驴,定成分就把老汉定了个中农。也有人不服,说是老汉只穷了一年半,典型的地主,至少也是富农,那么大院子,青砖大瓦

167

房,地主才住那么好房子。工作组给的解释是,老汉帮助过游击队,房子确实是好房子,可几个儿子一分,平均就是个三间房,定个中农也就行了。

再过几年,初级社高级社人民公社,土地和牲口全归集体,家家户户只留房子和农具。老汉的优越性就显出来了。地主的房子都分掉了,深宅大院成了大杂院,昔日的长工贫农跟东家挤一个院,还要占大房子好房子,老东家只能挤在旮旯角落里。全村最好的房子就属老汉他们家了,祖孙三代分家单过又聚在一起,形散而神不散。在以后的历次政治运动中总有人告状,总是不了了之。

老汉耳濡目染,对时兴的政治术语了然于胸并且活学活用,驻队工作组组长听过老汉一番谈话:财产落个人手里就是一种罪恶;老汉说得很诚恳,老汉历数了封建大家族的种种尔虞我诈勾心斗角谋财害命。"财产还不都在家长手里?一家几十口人都是围着家长转,家长族长就是土皇帝,新社会好哇!财产交给公家,好好劳动就有饭吃,太好了。"工作组长大学毕业科班出身,当过中学校长县委宣传部长也没有这个蔫老汉对中国社会有这么深刻的认识,家庭是社会的细胞,这个细胞硬是让这个农村蔫老汉给解剖开来了,用的是典型的农民语言。工作组长对村干部说:这个老汉不一般,他是真心拥护新社会,以后不要再找他的麻烦。

老汉的奶干女,在外县某中学任教,丈夫也是教员,但人家是地下党,解放后就成了县公安局长,政治运动松的时候就到老丈人家来得勤,政治运动紧的时候过年过节都很少登门,女教师匆匆来娘家待一会又匆匆离开,不能影响丈夫的前途。丈夫也没咋进步,县公安局长一直干到退休,也没栽啥跟斗,平平安安一辈子不容易。

老汉跟小儿子过,小儿子的日子就比其他几位兄长滋润。那时候村子里一家炒肉,全村飘香,老汉可是隔三见五一盘猪耳朵一个猪蹄髈,每个月都有一瓶烧酒,三四块钱一瓶,村子紧挨着县城,花钱很容易。几户破落的老地主眼馋啊,都能猜出来老汉有积攒,可又找不出证据。不停地有人给老大老二捎话,老大老二就日撅人家,心里肯定有想法,但嘴上不能松,不能让外人钻空子。老汉解馋的时候从来不亏重孙子,娃娃们全挤在老汉跟前,老汉给他们肉吃,老太太给他们糖吃。张子鱼没这个福气,张子鱼压根就没见过祖爷爷祖奶奶。一九五九年到一九六一年自然灾害,陕西农村戏称"低标准""瓜菜代",全国人民都饿疯了,毛主席都吃不上鸡蛋了,张子鱼他们家也惊惊咋咋地剥树皮挖野菜,人人面有菜色,女人都子宫下坠,张子鱼他们家祖孙几个说不上白白胖胖,至少面无饥色,人没受罪。毕竟是个大年馑,度过了饥荒。祖爷爷咽气前把其他人支走,单独给小儿子留话,估计就是临解放时拿老大当诱饵转移财产的事情,人之将死其言也善,老汉总觉得亏欠了老大,把事情原原本本告诉小儿子,要报答一下老大,小儿子下了保证,老汉才咽下最后一口气。老大的小儿子念高中,花销大,老大都扛不住了,老三就负担了小侄儿的学费。老三媳妇不愿意跟老三吵,老三把媳妇拉屋子里,把好多年前的事情告诉媳妇,媳妇是个麻迷,打死也不相信,就是真有其事能不信就不信,各过各的日子谁欠谁的?老三就

169

捶媳妇,老三真生气了,往死里捶,拉都拉不住,麻迷媳妇越打越上劲,嚷嚷得全村人都知道了。大队公社来人,要给他们重新定成分,麻迷媳妇从一个极端走向另一个极端,又是喝农药又是跳井,麻迷媳妇娘家是个大家族比较有势力,真给亲家定个富农地主,因女儿而起,娘家人就永世抬不起头了,谁家还敢娶你女子,倒贴给猪八戒猪八戒都不要,娘家人就背地里周旋,胳膊摞胳膊,硬生生把大腿扳过来了。

老大就像做了一场梦,老大没想到父亲让他当了一回筹码,老大从此沉默寡言成了闷葫芦。老二老三话也少了,妯娌之间更是矛盾不断。老三咬着牙把小侄从高中供出来,"文革"前的高中生算是知识分子,姑姑找关系让高中生侄儿在外地有了份职业。老三总算兑现了父亲的遗愿。兄弟之间就更生分了。

多少年后张子鱼告诉妻子叶海亚:从那时起这个祖爷爷苦心经营的大宅院就弥漫着一股冷酷与豪狠,典型的西北高原的狠。叶海亚说:"祖爷爷为了全家不得不这么做。"张子鱼说:"谁也不想成为屠夫刀下的肉。"叶海亚说:"上帝为考验亚伯拉罕,让亚伯拉罕献儿子,亚伯拉罕就虔诚地献上儿子,上帝并不要他的儿子,上帝要的是那份心意,心意到了,上帝就让亚伯拉罕用羊换下儿子,祖爷爷让你们家渡过了多少难关,要记他老人家的好啊。""你说得对,我开始记祖爷爷的好了。""你们全家都应该记他的好。""别人我管不着,我只能管住我自己,新疆人是不是都像你这样只记人的好不记人的不好?""本来就这样嘛,你以为想来想去把脑袋想炸就能想出美好的生活?"张子鱼就郑重其事地告诉妻子叶海亚："口里跟新疆不一样,口里人的美好生活就是深谋远虑处心积虑算计出来的,听没听过口里人的口头禅:不会算计一世穷。"

张子鱼出生的时候祖爷爷已经去世十几年了,"大跃进"前的事情嘛,方圆几十里人们还在谈论这个了不起的张老汉。张老汉把世事看透啦,张老汉把后事安顿好眼睛一闭任你们胡尿整。张子鱼的祖爷爷就这么被人们传诵着。

祖爷爷的几个儿子也就是张子鱼的爷爷们在张老汉去世后把父亲的遗风发挥得淋漓尽致。不说其他的爷爷了,就说亲爷爷。亲爷爷排行老二,不上不下,没吃过老大的亏,也不像老三有过秘密遗产,老二也就是张子鱼的亲爷爷在农业合作化刚开始的时候就开始他的"隆中对"。我们还叫他老汉,关中人对老人的普遍叫法。老汉五个儿没女,乡党们的说法五个干钻钻小伙子,都是日驴的汉子,放在过去还真能发家创业。张家从来不出草包,念书能吃上公家饭,务庄稼个个都是好把式,农活样样精通。不让单干了,合作化开始了,土地牲口归集体,五个大小伙再折腾也就混个不饿肚子,光娶媳妇就能把人愁死。大家都等着看老汉的笑话,五十出头了,典型的农村老汉么,都谢了顶啦能不愁嘛,老汉攥着烟锅,就是农村人常常自我解嘲的样子,一条扁担两头弯,一头戳进驴屁眼,吧嗒吧嗒冒青烟;老汉整整半年光冒烟不说话。从后来的事情来看,这大半年劣质旱烟把老汉的心烧成了砖头,熏成了炕塞,西北农村都是火炕,炕塞子烟熏火燎,比柏油还黑,黑得渗油哩。

老汉所有的家产就是先人苦心经营留给老汉的三间青瓦大房,老两口住一间半,空出一间半给老大娶媳妇。其他四个儿子跟老两口挤一个屋,一间半的大房子里再盘一个炕,挤四个小伙子。农村的习惯,媳妇娘家人定亲时要来看房子,青瓦大房,很气派,媒人把话挑明了:新房就是一间半青瓦大房,当家人张老汉点点头。娘家人很满意。关键是房。小伙子五大三粗,相貌堂堂,务庄稼的把式,第一次在媒人家相亲时,姑娘瞅一眼就抿上嘴低下头,眼窝嘴角全是羞涩的笑,西府女子羞廉大,俗话说涩柿子糖好了又软又甜。张老汉的五个儿子,个个都是好人才,同村的邻村的姑娘暗中打主意的不少,张老汉提早警告过儿子们:三十里以内的不考虑。张老汉给外人的说法,亲家越远越好。人们误以为张老汉有科学远见优生优育。

　　新媳妇过门一年后有了娃娃。做了爷爷的张老汉开始给老二张罗媳妇,张老汉做出令大家惊骇的举动,让老大一家搬出去,腾出房子给老二娶媳妇。老二死活不干。老大苦不堪言,老大媳妇又哭又闹。娘家人来评理,张老汉把村干部与亲家迎到炕上,烧酒盘子摆上,酒过三巡,张老汉一句话就把亲家与村干部打晕了:"我屋里的事情,我做不了主啦,你两位替我做主,我解脱啦,你俩慢慢商量,商量好了给我回个话。"老汉扬脖子灌下一盅子酒,转身就走,把村干部和亲家干干地撂在屋里。村干部和亲家还能待下去吗?离开时要多狼狈有多狼狈。娘家也不是省油的灯,家族就是闺女的坚强后盾,亲家不用出面,亲家的几个儿子几个侄儿加上远亲近邻几十号精壮小伙子在新媳妇的大哥带领下来给亲妹子撑腰。全村人都涌上街头面无表情地看着,张氏家族是打不还手骂不还口,砸东西不劝阻,闹到下午只好打道回府。

老大一家先借住饲养室,八方借钱,另划宅子另盖一间半单边溜厦房,再搭个牲口棚一样的厨房。老大背了一屁股债,几十年还不清。老大一家对父亲张老汉耿耿于怀,老大的儿子好长时间不叫爷爷。上学时要过一条大沟,小家伙放学劳动回来晚走到沟里,四下无人吓得大哭,爷爷跟幽灵一样出现在小家伙跟前,搂住小家伙,任由小家伙哭,哭够了,开始叫爷爷。小家伙上学第一天起爷爷就在这里守护着,爷爷让他不要告诉爸妈。"乖娃娃从不让大人操心,让大人操心的娃娃没出息。"爷爷一年四季风雪无阻在孙子的上学路上呵护着。上个世纪五六十年代,县城就很简陋,出了城就是荒郊野外,北山里的狼都能跑到城郊。时间不长,老大两口子听人议论,从儿子嘴里得到证实,老大两口子僵硬了五六年的脸慢慢变软。孙子可以大大方方去见爷爷奶奶了。老二老三老四老五五六年间见了大哥大嫂子都不敢抬头,能躲就躲。现在可以点头了,心情好的时候还能问一句:"吃啦?""吃啦!"

老二也就是张子鱼的父亲已经见识了老大的遭遇,结婚二年后,父亲叫他去说个事,他就知道是啥事。父亲先不谈房子,先谈孙子:"你媳妇咋还不见动静,我跟你妈等着抱孙子哩。"老二就说:"爸,该给老三说媳妇啦。"被称作人精的老汉只抽烟不说话,张老汉等老二往下说,老二就说:"爸得是等我媳妇肚子大了再让我腾房子?"老汉冷冷地告诉老二:"女人有了娃才贴心跟你过日子。"老二也告诉父亲:"我这几年不打算要娃娃。""你想弄啥？想绝后？""我想把娃生在自己房子里不想生在那一间半青砖大房里。"老父亲不得不正眼打量老二："你这么有志气？"老二冷冰冰地说："咿就是个车马店么客栈旅馆么，年底我就腾房子。"

老二媳妇尽管有心理准备，老二告诉她年底腾房子的打算时她还是忍不住哭闹起来。她听说过大嫂的遭遇，她不会找娘家人，她就在村子里闹，找家族的长辈，见妯娌们，见街坊邻居，就是不找公公婆婆。这一招很厉害，公公婆婆成为大家嘲笑的对象。大嫂娘家一大帮人鬼子进村的那种架势，正中公公下怀，公公地地道道的农民政治家，家族利益就是全村人的利益，岂容你外人干预？公公只需要买半扇肉打几斤散酒招待大伙大吃一顿就行了。几十块钱的事情么，就把亲家打个落花流水永世抬不起头，什么时候见他都气短。老二媳妇四两拨千斤，在村子里哭闹一上午，下午大家就开始嘲笑张老汉了。张老汉本来打算找老二算账，老子打儿子天经地义，老子只一句话：收拾你婆娘去。老汉刚出门，老二媳妇就鸣锣收兵，不闹了，不知躲谁家去了。老汉进也不是退也不是，街坊邻居的闲言碎语苍蝇一样嗡嗡嗡让人头大。

老二两口子年初开始张罗，年底盖起三间单边溜厦房，再搭个小厨房。张子鱼兄弟几个就出生在这个院子里，这些伤心往事成为母亲永远也说不完的永恒话题。老二跟老大一样能找的亲戚都找遍了，老二比老大强一点，没娃娃拖累，但跟老大一样欠一屁股债。老二比老大机灵，务庄稼以外做点小生意，离县城近，农闲时就去国营工厂门口卖零食，跟游击队似的，打一枪换一个地方,四处乱窜,还是能挣些辛苦钱。老二的娃娃都出生在成家五六年以后。

住上新房不久就遇上三年自然灾害,全国人民饿扁了肚子,好多地方饿死了人,用农民的话说:低标准瓜菜代,连×都不想日了,只想着活命。张氏家族顺利度过灾年,人们总是看见张家的孙子们天黑从爷爷奶奶那里吃得饱饱地回家,爷爷奶奶那里跟老鼠攒仓一样有积攒,人们就想起张家那个有战略眼光的祖爷爷。谁还有勇气再嘲笑张子鱼的亲爷爷呢。老汉贼着呢。一家之主,农业社挣工分,几个儿子干一年,年底分红,不管多少都在一家之主手里。老汉给儿子们娶进媳妇就可以了,老汉大权在握。村干部常常发出感叹:"狗日的张老汉,跟皇帝一样,咱们算个屁。"张子鱼兄弟几个躲过了三年自然灾害,张子鱼的两个哥哥出生在上个世纪六十年代初,三年自然灾害后的一九六二年一九六四年,张子鱼出生于一九六九年,张子鱼的父亲比老大会计算,负担就轻。老大在新院子盖了两次房,第一次一间半,咋看都不像个家,后来加盖两间,还是不齐整。老二不急着要娃娃,咬咬牙盖三间房。

大家等着老父亲给老三娶媳妇,大家也看着谁家肯把闺女嫁过来。老三自己把问题解决了,老三念过中学,也就初三吧,老三主意大,找城里同学借钱买好烟好酒,打通公社武装干事报名参军,大队生产队拦不住,那年月当兵也是贫农优先,中农靠后,地主富农没门。老三最后才告诉老父亲,老父亲张老汉就从炕上呼的一下坐直了:

"老三你驴日哈(下)的飞呀?得是?"

"当兵光荣,保卫国家有啥不好。"

"驴日哈(下)的还是想从老子手里飞。"

驴日哈(下)的老三就单刀直入:"你不叫我当兵我就守你屋里我就一辈子打光棍,我说到做到。"

老三说得咬牙切齿,浑身发抖。老汉就死死盯着老三,老三没有示弱的意思,从小到大,五个娃淘气的挨打,只有老大和老三打死都不求饶打死都不跑,不像老二老四老五,父亲拼命追打,父亲在唾骂追打中有一种自豪与威风,就像大将军追逃敌,老大老三绝不给父亲这种机会,每当父亲打老大老三时,母亲就哭得格外伤心。老汉还在犹豫,老三从腰间拔出一把斧头:"爸,给你儿一句话,不当兵我就剁指头呀,我就把我废了呀。"老汉跟豹子一样从炕上跳起来:"滚!滚!驴日哈(下)的叫炮弹把你炸飞了,叫机枪把你扫成筛筛。"

老三还真的上战场了。老三当兵第二年就开拨边境参加中印反击战。老三所在的那个团一口气打过喜马拉雅山直逼新德里。老三那种狠劲让印度兵胆寒,让战友惊喜,那个团的团长是个陕西人,拉住老三的手就喊:"狗日的给咱陕西人争光啦。"老三脱口而出:"我爸说我是驴日哈(下)的。"全团将士笑翻了天。那一刻老三从心里彻底原谅了父亲。老三从士兵变成军官。

老三回家探亲轰动了方圆几十里,说句俗话,说亲的人踏破了门。农村父母为了拴住吃公家饭的儿子的心,都一门心思在老家给儿子定亲,名义上说是家乡女子贴心,还能孝顺父母,实则是为了控制在外工作的儿子,老婆娃娃待在父母身边还真能拴住公家人的心,农民父亲母亲坚持这个颠扑不破的真理。老汉当机立断给老三拿主意定媳妇，是邻近大队支书的宝贝女儿，在公社小学当民办教师，转公办是迟早的事情。马上给老三拍电报，以父亲病重为由诳老三回家。这是农村父母招回公家人儿子的杀手锏，跟古代的圣旨一样，非常灵验。老三立马请假，立马回家，回家时带了未婚妻。老三太了解农民父亲了，老三在当地军民联欢时就跟当地学校一名女教师对上了眼，碍于军纪不敢公开，也担心女教师家里反对，师范毕业的正宗城里人不可能嫁给农村兵，胜利归来，老三成了军官，女教师就大大方方带老三见父母，张家五兄弟个个都是姑娘们脸红心热的好人才，农村人把相貌堂堂也视为人才；当了排长成了军官的老三更是英气逼人，女教师的同事都钦佩她有眼光有远见有魄力，父母更是喜出望外，当下就办了订婚宴，照了订婚照。老家的电报接到手，订婚的喜讯同样以电报发出去还美其名曰为病中的父亲冲喜。邮局的工作人员看了老三好久。

老三带着未婚妻回来了，父亲躺在炕上哼哼唧唧，村干部和家族长辈准备指责战斗英雄私订终身不给父母打招呼，老三就介绍未婚妻见过父母家族长辈和村干部，老三还故意说未婚妻是首长的女儿。女教师笑眯眯的，女教师的父亲不是部队首长却是地方首长，当地政府的局长，老三这么说没什么不妥。老三还拿出订婚照，还搬出那个称赞他给陕西人争了光的乡党团长，团长要给他当证婚人。家族长辈和村干部的嘴就被严严密密地封上了，家里给定了民办教师，人家老三自拿主意领回来一个公办教师，还是师范毕业的还是首长的千金。村干部就是个复员军人，村干部知道老三的厉害，老三把父亲真真地给拿住了，典型的军人风格,村干部就对老汉说:"叔,老三可是国家的功臣,也是咱村的光荣,打了仗,立了功,当了干部,还给你老人家领回当教师的洋媳妇,你老人家偷着笑吧。"家族长辈也是这话。老伴就拉住洋媳妇的手,喜欢得不得了,从女教师的手上摸到肩膀摸到后脑勺,老汉拼命咳嗽,咳嗽了好几分钟,不看老三,看洋媳妇。"你爸你妈都好。"算是认下了这个洋媳妇。

老三的电报到家里时,大家都等着看热闹,父子两个人对上阵了肯定有好戏看,你想嘛,老汉给娃定亲娃又不知道,娃是公家人,娃不认,无凭无据女方也没法告;娃紧跟父亲的电报又来一封定亲冲喜的电报,钻了父亲的空子:圣旨一样的电报上只说父病重速归又没提婚姻大事,下来的戏就看老三咋过父亲的茬口:你娃把事干成啦翅膀硬啦,你说你定亲啦仅仅是一张空纸。谁也没想到老三带着未婚妻回来。村干部和家族长辈往外走时,村干部就说:"还好,没伤面子。"家族长辈说:"里子伤啦,血糊流啦,老汉都抖开了跟筛筛一样,老三眼眼稠,老子没算过儿子。"村干部说:"我有这么个儿我偷着笑哩,我叔还抖哩,抖屁哩。"老三算是彻底摆脱了父亲的掌控。

下一个目标就是老四。谁也没注意老四,老四就上到中学。老三从当兵那天起就打乱了父亲的阵脚。老三当兵那年,老四念初中,张家五兄弟只有老三老四念到初中,其他几个就念个小学识几个字不是睁眼瞎就成。念到初中的老三就主意大,念到高中念到大学还得了哇。老三当兵时每月津贴七块半,年底给家里寄七十五块钱,当兵管吃管穿,那年月农村兵都这么节省,农业社能挣回口粮就不错了,年终决分,一家几个壮劳力分红也分不到几十块钱,有人在外当兵年终就能收到五十六十七十不等的汇款。老三当了排长就当着众人面允诺给家里每月寄十块钱,可家里总是收到十五块钱的汇款,老三当着众人的面给父亲说过老四念书的事情:"四弟好好念书我不信咱家出不了大学生。""文革"前一个县也没几个大学生,实打实的状元。老三多寄的五块钱里有资助兄弟念书的意思。父母最心疼的老五听话孝顺就是念不成书,念小学都吃力,勉强念完小学回到父母身边,谁都能看出老五给父母养老送终呀。天下老儿爱的小儿,皇帝爱长子百姓爱小儿,百姓的小儿就是太子。老三当兵时每月七块半津贴全年九十块,给家里七十五块,自己只用十五块,父亲没理由不让老四念书。

　　老四念到初中就知道生活有多么艰难,他要不好好念书大哥二哥就是前车之鉴,老三那种胆略那种机会不是谁都能遇上的,再说他也没有老三那么棒的身体,念书是他唯一的出路。老四就很谨慎,后来他发现父亲真心让他念书,他就松了口气。除了问父亲要学费,其他费用他从不向父亲开口。老四"文革"前就一边念书一边打工挣钱,这就是家在城郊的好处,不住校,同学多,总能在城里找活干。张子鱼很小就听说四爸的故事,我们那里把叔父也叫爸,二叔三叔四叔,就叫二爸三爸四爸,最小的叔就叫碎爸。张子鱼初中开始勤工俭学那么顺溜,一部分原因是他四爸成功的经验。老四念到高中,那时全县只有一所中学,也只有两个高中班,国民经济调整,大学招生计划一缩再缩,以前两个高中班百分之九十的学生能进大学,老四他们这一届,两个班只招了四五个大学生,老四很幸运考进了大学,但不是他理想的北京、上海、天津、哈尔滨的综合性大学,而是本省的一所师范。老四跟那个时代的学生一样,一门心思搞科研,学好数理化走遍天下都不怕,最佳选择是工科,其次是理科,进师范当教员还不如当工人,教师的地位上个世纪九十年代以后才开始好转。那个年代当教师找对象都难。那个年代农村大学生不要说当教师,就是理想中的工程师甚至当了县长,农民父母都在家乡给他们定亲,叫作单帮人,挣工资吃公家饭,妻子儿女在土里刨食,节假日,农忙还得回家务农。老四接到大学录取的消息,基本上也就知道了自己未来的生活。好多年后张子鱼接到大学录取通知书也是一种很复杂的心情,张子鱼肯定憧憬了未来的生活,也没有其他同学那么兴奋。他四爸就在西安念的大学,他四爸那时眼睛里就有了哀怨就有了忧伤。

老四大一放假,父亲就给他定了亲,一位浓眉大眼身材高挑白净健壮念过小学的乡村女子,大方开朗,用我们当地人的话说,百里挑一的人尖子。"人家女子也是念过书的,爸专门给你挑哈(下)念过书的,识文断字。"在张子鱼的想象里,哀怨和忧伤就是在那个时候固定在四爸的眼睛里以至于蔓延到脸上,农民父亲哈哈一笑:"老四就是那么一张驴脸,心里乐着呢,这么好的女子八辈子修哈(下)的福,他娃还能不高兴?"

大家一直猜想四爸的大学生活,有没有中意的女同学。据四爸的同学说,四爸那时念书很用功,那是讲政治的年代,"文革"虽然还没开始,火药味已经相当浓了。讲又红又专,重点在"红","专"只是陪衬。四爸经常被团支书找去谈话,第十次还是第十一次,四爸就说出了心里的秘密,他已经定亲了,婚姻大事已经不是问题,就完全安下心来为建设社会主义刻苦学习。团支书是个女生,女团支书都叫起来了:"这么早定亲,是不是娃娃亲?"四爸告诉女团支书:"别人介绍的,我二十她十八,我们不是娃娃亲。""她人怎么样?""朴实善良能干。"女团支书又叫起来:"这就是你的人生理想?朴实善良能干的妇女千千万万,你就这种人生理想?你还口口声声安心学习,你完全丧失了革命斗志。"女团支书都快哭了。四爸吓坏了。四爸不是木头,四爸意识到某种敏感而暧昧的东西,四爸慌乱中就从箱底取出农村未婚妻做的漂亮的黑灯芯绒面子的布鞋,鞋子里是火焰般的手工鞋垫。女团支书再也没找过四爸谈又红又专的问题。临毕业时同学之间互相留言,赠纪念品;女团支书赠四爸一支上海英雄钢笔,不等四爸回赠,女团支书就索要手工布鞋和绣花鞋垫,四爸很惊讶:"我这里只有男式的,我叫她给你另做一双,你穿多大鞋?"女团支书记就笑了。"我就要你那一双,你箱子里有,你不要啬皮。"四爸打开木箱子,取出一双新崭崭的黑布鞋和绣花鞋垫,递给女团支书时头都不敢抬,女团支书爱不释手:"简直是艺术品,心灵手巧的人才能做出这种绝活,你的革命理想比我想象的远大高尚,祝贺你。"女团支书主动伸手,四爸跟人家女同学握手一点也不大方。女团支书主动要求去艰苦地区工作,成为陕北高原一个县城中学的普通教师。

四爸回到渭北地区,到邻县县城中学当教师,好歹是平原县。当年年底就结婚成家。在老屋那座一间半新房里住了一年,就搬出去另盖一院屋子,三间单边厦房。父亲问老四为啥不回县上工作,在县上教书就能吃住在家里,就能帮老婆娃。老四淡淡一句:我是公家人,我得服从公家分配。就把老父亲的嘴给封上了。老四一个月回家一次,坐汽车花销太大,老四买了一辆飞鸽自行车,两个月工资呢,有了自行车,一月就能回家两次,把新媳妇撂独家院子不好看么。老四骑上车子,从邻县往回赶,要翻三沟六坡百数里路。新媳妇手巧用彩色塑料绳把丈夫的自行车扎绑一遍,就像绣上了花;丈夫就像骑一匹雕花鞍子的骏马,神气得不得了。长途奔波的好处就是老四身体越来越壮,单位灶上有好吃的,老四就多买两份,一份给老屋父母,一份给媳妇。老四挣的工资结婚前全交父亲,结婚后交三分之一,父亲说了,等有了娃娃就不用交了,给父母个孝敬钱就行了。

老两口等着老四养娃娃。两年三年四年过去了,老四媳妇没有动静。婆婆就急了,就追问媳妇,媳妇是那种典型的大脸长身大屁股能生养的女人,媳妇脾性绵软对公家人丈夫百依百顺无限敬仰,婆婆追问媳妇就说:"我俩还年轻,我俩不急着要。""他不急还是你不急。""我俩都不急。"婆婆明白了,是儿子的问题,媳妇给自己男人打掩护哩。婆婆回去给老汉一说,老汉就嚷嚷:"驴日哈(下)的老四想弄啥?想绝后呀,他可是吃公家饭的,他养得起娃娃。"

老四周末回家还没喘过气,就被父母叫老屋去。老父亲不容他进屋,在院子里骂:"驴日哈(下)的想弄啥?啊?绝后呀?鸡不下蛋杀了吃肉,你今儿个不给个话老子把你尿拔哈(下)喂狗。"老四不温不火,等老父亲跳踹够了老四就说:"我的主意,不怪媳妇,媳妇听我的。"老四先把媳妇保护起来,老四再慢慢地跟父亲讲道理,物理老师是讲道理的,物理老师告诉父亲:"我两口子日子过得好好的,你就别操心了。""不叫我操心?日子过得好好的?那也叫过日子?你娃知道啥叫日子?你日出了儿子?还是日出了女子?驴日哈(下)的,老子告诉你,日子是实打实日哈(下)的,老天爷给你裤裆里多长一坨肉可不是个摆设,还念书哩,上大学哩,把书念到肚子里啦。"老四还是不温不火,给父亲一根烟,父亲不抽,可父亲接住了,夹耳朵上了。老四就告诉父亲:"不要娃娃也能过得很好,周总理就没有娃娃。"老父亲就笑了:"屁不能这么放吧放成烟雾青啦。总理那可是一品宰相,养不起娃娃,你哄鬼去吧。"老父亲喊老五:"老五,你出来,你四哥胡吹冒聊说周总理没娃娃。"老五给四哥做证,周总理真的没娃娃。老汉抽了口冷气;老汉很快就绝地反击:"人家是国务院大总理,上边是毛主席,下边是亿万万平头老百姓,你是个啥东西?锤子中学教员,管一帮碎娃娃,碎娃娃还不是你的,中学教员连工人都比不上,就比老农民强一点点,还想跟总理攀比。"老汉一下子抓住了真理,老汉从耳朵上取下"飞马"香烟,舔一下点上,美美地咂一口,继续日撅老四,正是"文革"期间,到处都是学生打斗老师的消息,农民父亲就肆无忌惮地日撅教师:"锤子教师有啥了不起,一张臭嘴嘛,放狗臭屁嘛,放得响当校长,放得臭当教授,放得干当教员,要响声没响声要味道没味道顶不上一声呵欠的屁就是干屁,娃,还想爸讲道理吗?你爸解放前只上了几天私塾只念了几页《三字经》《千字文》就跟诸葛亮收姜维一样把你大学生中学教员给收了,回去跟你媳妇好好商量看啥时候要娃娃呀,养娃娃跟种庄稼一样,过了节气,就得饿肚子。"老四都不知道咋离开老屋的,老母亲责备老汉:"有话你好好说嘛,说那么难听弄啥呀,使本事呀。"

他们的独生女第二年出生,县医院接的生,当医生告诉老四媳妇是个女孩时,老四媳妇就哭了,丈夫和医生赶紧劝她月子里不能哭,哭啥哩,母女平安,顺利得很嘛,老四媳妇不哭了,可老四媳妇的话把大家震住了:"跟她妈一样可受罪呀。"医生护士都是女人,都没想到这个农村妇女说出这么精辟的话。医生就对老四说:"你对妻子很好,可你看看女人,不管城里女人农村女人都不容易,男人理解不了这么多,你妻子没有抱怨你的意思,你妻子抱怨女人这个命。"老四不知道该说啥,浑身不自然。

老三也是一个独生女儿。老三升连长时有了女儿。老三升营长的时候接父母去见世面,部队驻扎在南方一个大都市,相当繁华,老父亲见面就嚷嚷:"再生一个,至少得有一个儿子。"老三比老四干脆:"女比儿孝顺,我不要儿。"老汉就瞪眼睛:"咱村那么多儿你见哪个儿不孝顺啦,老子五个儿哪个儿不孝顺啦?"老三两句话解决战斗:"你眼睛就咱村子,村子就是全世界就是地球,你在我这待上几个月,你到街上打听打听城里人喜欢儿子还是喜欢女儿。"老两口在繁华的南方大城市待了大半年,跟当地人混得很熟,还真让老汉开了眼,老三的话得到证实。小孙女就带着爷爷奶奶到处逛,小孙女典型的南方城市洋娃娃,少年宫合唱团的小指挥,老两口坐在台下看孙女指挥那么多娃娃唱《北京的金山上》《我爱北京天安门》《歌唱祖国》,老汉又开始抱怨:"跟她爸一样指挥这么多人,要才有才要貌有貌,可惜不是儿子,要是个儿子得了哇?"老伴不得不警告老汉:"娃把你个老髅叫爷哩,你个老髅配吗?"

值得庆幸的是老五,给老两口养老送终的老五抢在计划生育之前一口气生了五个娃,都是儿子,老屋房多,五个儿不愁没媳妇。

老三老四兄弟俩交过心,老四问他三哥:"你咋跟我一样只养一个女?"老三说:"你没打过仗你不知道战争的残酷。"老四就说:"可我知道另一种战争的残酷。"兄弟俩就不说话了,喝茶抽烟到天亮。

张子鱼的远房叔叔,爷爷的亲侄子,原先在一家工厂当工人,后来下海发了大财,正妻之外就有七个二奶,每个二奶都给他养一个儿子,加上正妻的儿子,整整八个儿子。刚开始正妻闹得天翻地覆,死去活来。爷爷的亲兄弟管不住儿子,更无脸见儿媳妇以及儿媳妇的娘家人。当年儿子就是机械厂的一个小工人,媳妇是厂医务室的医生,卫校毕业,白大褂听诊器很招眼,那个年代讲究听诊器方向盘夫妻黄金搭档。方向盘还必须是开小车的,大卡车司机想都不要想。父母对女儿的最低要求也是个开小车的司机。父母都是城里双职工,普通市民的基本要求。可以想象女儿领回来一个家在农村的小工人,父母有多么伤心,这种伤心就转化为极为难看的脸色和难听的言辞,这种极为勉强的婚姻让小工人备受伤害,也是他后来下海奋斗的动力之一。

小工人下海的时候工人阶级还扬眉吐气着哩,工厂还兴旺得很,老婆娘家人却一反常态在姑爷铤而走险白手创业的时候倾力支援,老两口大概意识到这是跟姑爷和解的最后机会了,小两口都有娃娃了,再僵下去有啥意思?老两口拿出全部积蓄让姑爷创业，跟农村亲家也开始走动，亲戚越走越亲，姑爷毫无后顾之忧。几番折腾姑爷打拼出数百人的私人企业，成为当地有名的民营企业家。企业刚成规模老板就有了二奶，老婆就开始大闹，差点出人命。

老兄弟请张子鱼的亲爷爷出面，张子鱼的亲爷爷老谋深算远近闻名。老汉果然名不虚传。老汉先召开家族会议，让受委屈的侄媳妇也参加，农村的规矩，女人是不会出席这种会议的，老汉很能适应新形势，坚持让侄媳妇参加，用家法严厉斥责侄子，也是老汉改造过的家法，做做样子，但让女人很受用，给足了面子。下一步就要树立侄媳妇的家庭地位，管家媳妇拿钥匙的，二奶的一切费用皆由管家媳妇出，正妻的位置不可撼动，这是底线，爷爷一再强调这是底线，爷爷再三警告侄子：你要突破这条底线，就乱套啦，你就别想过安生日子。国有国法，家有家规。爷爷很兴奋，很精神，就像古戏里的忠臣良将，全家族的人都兴奋起来了，耳畔都响起锵锵的锣鼓声，周秦汉唐的辉煌历史历历在目，能让人不激动吗？民营企业家当着家族长辈当着结发妻子的面庄严发誓。爷爷就说："你是董事长，你媳妇就是总经理，一个大掌柜，一个大管家，印把子还在你娃手里，权可得给人家媳妇，这么好的媳妇，一看就是旺夫相，你娃的运道全在你媳妇身上哩，好媳妇旺三代，咱张家最有功劳的媳妇。"侄媳妇可是长长出一口气，眼睁睁看着显出了皇后娘娘的气度。

据说真正把大老板打动的是爷爷私下的一番话。大老板焦头烂额，在父亲的提醒下提上重礼请教爷爷，爷爷就说："你就没好好看《金瓶梅》么。"爷爷在侄儿家里见过这本禁书，爷爷一针见血单刀直入,侄儿躲不过只好承认看过看过。"看了几遍?""四五遍有吧。""你娃把《金瓶梅》当作找二奶的指南了。""那就是一本黄书嘛。"爷爷就笑:"外行看热闹,跟碎娃看戏一样光看个出来进去。《金瓶梅》那么简单就不是《金瓶梅》了,西门庆打的是醉拳,表面花里胡哨,骨子里正着呢。"大老板不由得对这个七十多岁的蔫老汉刮目相看,老汉解放前就念几天私塾读几页《三字经》《千字文》么,顶多就看些《三国》《水浒》《聊斋志异》,当然包括禁书《金瓶梅》。农村一个蔫老汉还能读出专家教授的水平?蔫老汉下边的话可真让大老板开了眼,老汉声音轻轻地告诉侄儿:"潘金莲闹得再凶也不敢跟吴月娘叫板,吴月娘是结发妻子,娶妻取德,娶妾取色,大权要握在德性好的人手里,这道底线西门庆是不会动的,驴日哈(下)的脑子清楚得很。"这叫会前通气,家族正式会议前大老板得有思想准备,积极配合老汉。

  大老板本来就灵醒,点到为止,一通百通。正妻与二奶的黄金结构正式形成。二奶也折腾过几回,都是垂死挣扎,正妻确确实实尝到了家庭总管的甜头。丈夫的事业走上正轨,后院一片和平气象。丈夫又发展了第二个二奶,当然都是人家姑娘有了娃,藏不住。这种事情有了一就很容易有二,《周易八卦》《老子》都总结出了宇宙天地的规律,太极生两仪两仪生四象,四象生八卦,道生一,一生二,二生三,三生万物。第二个二奶公开亮相就比第一个容易多了,正妻顶多不高兴,甩脸子,追问丈夫时,丈夫回答得很科学:"商场如战场,做生意跟打仗一样,紧张得不得了,发条上得紧紧的,放松不下来么,吃药不顶用,打麻将打高尔夫球都不顶用么,找小姐怕得脏病。"老婆听半天算是听明白了,丈夫拿年轻女娃当补药哩,老婆本来是挖苦他讽刺他打击他他却像个真正的患者找到灵丹妙药一样抱住老婆的两条腿:"啊呀你跟扁鹊华佗一样一下子找到了我的病根子。"驴日哈(下)不像是演戏,老婆识文断字当医生的,老婆眼睛里有水,这点辨别能力还是有的,丈夫确实病得不轻:"你拿人当药哩,你造孽哩。""我没办法么。"丈夫既像患者又像碎娃,人到中年的中国女人都有一个共同的感觉,她们的丈夫不管在外边有多么威风,有多么大的权势财富,在妻子跟前都像个无助贪玩的碎娃,她们既是娃他妈也是丈夫他妈,她们成功地取代了婆婆的位置,她们内心深处都有一种无可名状的成就感,亲生儿子与转化过来的儿子都是儿子。妻子就原谅了丈夫。"贪吃的狗小心噎死你!"

第二个二奶就正式见大姐,她们都一律叫正妻为大姐,她们今后的一切开支费用都由这个黄脸婆掌管,那个曾经对她甜言蜜语言听计从百依百顺赌咒发誓的家伙不但把她哄上床,还把她哄到黄脸婆跟前,她基本上丧失了反抗能力。也有例外,第三个二奶咽不下这口气,好歹受过高等教育满肚子男女平等的思想,就不停地挑战正妻的权威,还合纵连横联合众二奶集体反抗,大老板毫不手软,娃留下你滚蛋,当然是破了财的,正妻的权威得到强化。以后遇到同类事件,大老板毫不犹豫地站在妻子一边,真正的患难夫妻夫唱妇随。被赶的两个小贱人,得到金钱上的补偿却永远失去了亲骨肉,亲骨肉由黄脸婆抚养,丈夫的骨血嘛,黄脸婆视为己出对娃娃的好有目共睹。两个小贱人可以看自己的娃,刚开始娃乖得很,对亲妈无限依恋,上了学念了书,就越来越冷淡,真正伤心的就是亲生母亲了。生不亲养亲,人家黄脸婆手里就攥着这条颠扑不破的真理。留下的四个二奶小贱人看在眼里记在心里。她们都上过大学,肚子里的墨水都吸得饱饱的,她们都不约而同地喜欢上了北大才子文化大师张中行老先生的《顺生论》,她们是从张大师的前妻杨沫的大作《青春之歌》顺蔓摸瓜摸到张大师,她们把《青春之歌》与《顺生论》对照着看,她们就有了活下去的理由与勇气。她们有各自的住所,但都知道彼此的存在,春节中秋节大家都会见面,阖家团聚嘛,大家都回到大老板的村子里。大老板绝不张扬,也就一栋三层楼房,这种楼房村子里很多,但内部装修却有天壤之别,只有住在里边的人知道它的好处。

让女人处于竞争状态,这是大老板的重大发现。大老板一夫一妻时还真有点累,有时还满足不了妻子正常的生理要求,有了一个二奶后更累,但男人的劣根性就是不断占有年轻女性,那时他的伟大理想也就婚外恋一个,就收心,证明自己魅力犹存。那也是妻子闹得最厉害的时候,那段时间可谓众叛亲离,父母都不支持他,二爸也就是张子鱼的亲爷爷力挽狂澜,他就顺势发展了第二个二奶。这是极关键的一步。他发现在正妻之外有了两个外室以后,她们都争宠争得厉害,他要到哪个女人那里过夜,先打个电话,人家就积极准备,一大早买菜,美容打扮,房子收拾一新,天黑大老板才姗姗来迟,女人已经急不可待,欲火中能把整个世界都烧红了都红透了,头发梢都电光闪闪,大老板四两拨千斤,很容易让女人达到高潮,而且是两三次,跟汽油一样燃点这么低,大老板误以为是巴结他逢迎他讨好他,后来发现不是,女人的种种媚态无不透露着忠诚。我们可以想象大老板的兴奋与自信。还有什么比男人的性能力更能增强男人的自信呢。所谓势大,这个势的原始含义就是鸡巴,让女人处于性饥渴状态处于水深火热快要毁灭时轻轻施一滴生命之水,就等于一场春雨,润物细无声,春雨贵如油,好雨知时节,当春乃发生,用商业术语叫短缺经济学,物以稀为贵。房中术里有经济学。卤水点豆腐只要这么一滴滴。老板的一个电话,一个短信,一声咳嗽,都能调动她们的情绪,老板的身影更是让她们欣喜若狂。原先房子里只悬挂一张老板与自己的合影,后来就把合影从墙上移至床头,再后来就翻出相册,旅游度假的系列合影,刚认识时的照片,还有签名,甚至还翻出了每场电影音乐会明星演唱会体育比赛入场券,都跟珍贵的文物一样修理装裱,放在客厅与卧房的橱柜里,那些取景好的照片就放大摆到屋子里显眼地方,与艺术品并列,后来到了这种程度,生理问题实在无法解决,不能光靠工具,各种进口工具都很齐备,到底不是大活人,姐妹有人就红杏出墙养小白脸,这在二奶中很正常,她们却玩出了花样,从开始就没有背叛老板的想法,连一点念头都没有,完全属于纯粹的生理需要,年轻小伙子再怎么折腾也就是人造工具,比橡胶性能好一点罢了,小伙子阅人无数,又不是傻瓜,那种沮丧与无奈让他们终生难忘。也有报复的,有一位姐妹差点被废了,老板及时出面,让黑道朋友废了那只不听话的鸭子。老板给红杏出墙的妹子留了面子没追问。老板明白女人对他的忠诚,可以理解为"第二种忠诚"。有了这档子事,女人就彻底死心啦。其他姐妹就引以为戒没必要重蹈覆辙。很快就出现了第四个妹子,第五个妹子,直到第八个。"老八,"老板开玩笑说:"这《第八个是铜像》。"老大老二都是六〇后,小时候看过这部阿尔巴尼亚电影。老三以下就需要姐姐们解释,老八就笑:"哈我成烈士啦。"

每房太太一年顶多与老板同房五六次,有时就一次,女人很满足,一次真实的性交化作三百六十五天天天的幸福指数,受过高等教育的太太们很容易联想到原子裂变,核反应堆,多弹头导弹,美国轰炸南联盟,轰炸伊拉克轰炸阿富汗,一发导弹分化出无数子母弹,高科技与老板的大鸡鸡直接挂钩,意识变物质,老板挤出来的鼻涕般的一二滴毫无生机的精液就被太太们感同身受地夸张为大江大河,波涛汹涌,滚滚而来。

一年当中的重大节日,春节、中秋节、五一长假、国庆长假,那些分散在各地的几房太太带着孩子回到老家。刚开始大家都等着看热闹。过年过节亲兄弟都要吵翻天,大老板叔父的豪宅一下子聚集了这么多女人孩子,肯定有好戏看。以前大老婆二老婆大闹的时候整个村子都乐翻了天。有了三太太就不怎么闹了,四太太五太太六太太同她们的孩子一起归来,张家大院也出现了另一番气象,欢声笑语,跟《红楼梦》里贾老太太过寿一样。大家很失望,前去探虚实的人受到热情接待,还带回各种稀罕糖果,外国巧克力啥的。好多年后张子鱼才明白了其中的奥秘,节假日对众多太太和她们的孩子来说是一次多么难得的机会。平时太太们精心调教自己的宝贝儿子,因为大家都彼此感到对方的存在,同父异母兄弟,偌大的家业,母亲反复教导亲生儿子,选择当地最好的学校,选最好的老师,孩子不能输在起跑线上,女人给孩子花钱可谓不惜血本,她在家族在社会的地位全在儿子身上。

大老板的儿子们都很争气。节假日相聚都要给正房太太——孩子们的大娘提交成绩单和各种奖状,大娘一一重奖,大娘自己的亲生儿子也跟众多弟弟们一视同仁,该罚就罚该奖就奖。这种血亲间的竞争意识让他们刻骨铭心,每次聚会等于一次家族战略总动员。班上那些狗屁同学压根就不在一个档次。更让孩子们难以忘怀的是彼此间的勾心斗角,既要保持表面的阖家欢乐又处处提防暗箭乱射,小小年纪早已了然于心。这又是学校里的同学关系难以企及的。从祖爷爷、爷爷、父亲,到众兄弟,复杂的家族关系锤炼培育着孩子的心智与应变能力。

母亲们很快就体验到这种大聚会的种种妙处。母亲们在日历上画出这些喜庆的日子,磨刀霍霍,回老家就好比军备比赛,校园里的竞争简直就是小儿科,开家长会,交流教子经验,母亲们总是说些言不由衷的话,那得意扬扬的脸上分明写着十分重要的军事秘密。知道她们真实身份的家长就愤愤不平:"二奶的娃娃凭什么这么优秀?"老师仔细分析后也只能得出这种结论:"危机感主要是危机感,二奶嘛,私生子嘛,朝不保夕的。"算是一点点心理平衡了吧。从幼儿园到学前班到小学到初中,家长们总等不到二奶母子被所傍大款抛弃的迹象。那么幸福健康真叫人吃惊。孩子们经常打手机问候哥哥弟弟们,孩子们并不孤单。

张子鱼从初一第二学期就开始往家里拿奖状,张子鱼很快考上重点高中,村里人已经把他不当农民看待了,老师也这样鼓励有希望考上大学的农村娃:你们的家在远方,你们要目光远大,克服小农思想。农民出身的中学老师恨不得给学生们插上翅膀,立马从土地上蒸发。张子鱼在《亚洲腹地旅行记》以外还看了凡尔纳大量的科幻小说,还真想到地心去到月球去。高中时的张子鱼目光已经相当遥远了。对周围的世界就相当麻木。武明生很快捕捉到张子鱼这个弱点。

孟凯说:"你是为那个李芸吧。"武明生说:"男人争女人啥事都弄哩,就由不得自己啦。"

12

武明生后来回忆大学那段疯狂的日子总是对人家说"我努力过了,很艰难",就潸然泪下。他苦练书法,他不但在系上拿了奖,还拿了全校书法比赛的奖。他的字越写越好。最疯狂的时候在地板上写,引起大家公愤,还是乡党张子鱼替他圆场:黑就黑,将来明生成了大书法家,咱宿舍就是文物,就是王羲之的墨池。五〇九宿舍的地板不到半年成了黑色大理石地板。

故事就开始了。有位女生收到一封求爱信,竟然是张子鱼寄来的,有约会的时间地点。这个女生欣喜若狂,收拾打扮准备了一天,吃过晚饭早早赶到校园某角落。结果可想而知,下了晚自习都不见张子鱼出现,女同学不恨张子鱼,恨上了李芸,跟好斗的公鸡一样处处跟李芸作对,搞得李芸很狼狈。女同学还把张子鱼叫到外边没人的地方,问张子鱼对她印象如何?张子鱼说:"很好啊,咱们是很好的同学呀!""男人应该敢作敢为。"女同学把信拍到张子鱼手上转身就走。张子鱼就看到那封以自己名义发出的情书,完全是他的笔迹,张子鱼就懵了。

张子鱼回到宿舍问大家:"我梦游过没有?"大家就告诉他:听到你说胡话没见过你梦游。张子鱼就自我解嘲:"我这里有别人的东西,我以为我是个贼。"张子鱼拿着情书,张子鱼很激动:"我还没写过情书人家就替我写了。"武明生反应最快也最激烈:"你不是坑人家李芸吗?还说你没写过情书,难道你手里的情书是李芸写给你的?你也太牛皮了,女生主动追你?"大家都说张子鱼太过分了,没必要用这种手段抬高自己嘛。张子鱼就把情书烧了。武明生就替李芸鸣不平,大家都指责张子鱼不够男人。张子鱼干瞪眼没办法。

孟凯说:"你狗日的能伪造文书伪造公章。"武明生还是那句话:"男人争女人啥事都弄哩。"

那个女同学跟李芸战斗了两三年,时时刻刻处于燃烧状态,失去了许多爱别人或被别人爱的机会;漂漂亮亮温柔可爱的小女生在战火中成为一个愤怒的人,满脸横肉离开校园,成为女强人担任地级市的副市长,家庭生活一团糟,情感世界一片空白。

孟凯就说:"你狗日的简直就是恐怖分子,把女人变成沙漠了。"武明生说:"她事业还是很成功的嘛,我们学校的杰出校友,我为生意上的事找她她都很慷慨,对所有同学都很慷慨,就是在她跟前不能提李芸和张子鱼。"孟凯问:"李芸脸上有没有横肉?""没有,反而更温和了,她的气质太好了,女市长一直不肯原谅她就是这个原因。""战争都是两败俱伤,李芸难道一点伤害都没有?""肯定不高兴,肯定很郁闷。""李芸难受你小子是不是很得意?"武明生还是那句老话:"男人争女人啥事都弄哩。"

元旦大家都要聚餐喝酒,武明生买了好几种酒,有太白酒有葡萄酒还有啤酒,要灌醉张子鱼很容易。一半人醉趴下了,又不是张子鱼一个。喝醉的同学有大吼大叫的,有唱歌的,有说心里话的。张子鱼的心里话全是寒暑假在砖窑背砖头,不要说李芸就是中学时的小女生他都没有透露,不像另外两个醉酒的家伙,把喜欢的女生全供出来了,日记里都没留下痕迹,酒让他们失秘了。

其中一个家伙对全班十个女生都有意思,甚至包括那些高不可攀的系花校花,三个没醉的家伙面面相觑:这小子是个泛爱主义者,见了老太婆都会动心的。大家就把他丢在床上任其呼呼大睡。第二个醉汉相当可爱,只喜欢三个人,分最佳选择,次要选择,最低标准,不用说最佳选择是李芸,理工科学生醉后吐真言也有相当的逻辑性,使坏的同学稍加诱导,他就 ABC 一二三条理分明和盘托出,还有理由若干,对三个人选的女生都有客观冷静的分析。这个同学最终跟最低标准的那位女生喜结良缘;同宿舍这几个无耻的家伙私下戏言:"低标准瓜菜代算不上梦想成真。"但庆幸的是李芸后来参加他的婚礼,新郎在梦中情人跟前喝酒时没有失态,几个当年的舍友就相视一笑:新郎已经没有梦了,有人就小声说这本来就是一个无梦年代,新娘绝对真实、客观、公正,就像真理。这是同宿舍最早结婚的家伙,当年的舍友们也相继结了婚。新郎知道舍友们想什么,无论新娘多么漂亮多么优秀,在新郎和舍友的意识里都没有梦想没有浪漫没有任何非分之想,他们迎娶的都是真实的女人,如同他们戏言对方时的那个"真理"。几个坏蛋同病相怜,不像对待第一个泛爱主义一样往床上一扔任其折腾,三个坏蛋把这个小兄弟轻轻放在床上,垫上枕头,扒下皮鞋,连臭袜子也扒掉了,再盖上被子,还用热毛巾擦了擦红彤彤的脸。

该怎么对付张子鱼呢?谁能相信他心里没装着校花系花班花三花合而为一的李芸?张子鱼被三个坏蛋折腾了半天,张子鱼跟世界上所有的醉汉一样越醉越说自己没醉还不停抢酒喝,就让他在白酒之外喝红酒喝啤酒,还不停地摇啊摇,醉汉越摇醉得越厉害,还不停地诱导:"李芸来看你啦?""李芸叫你啦。"醉汉张子鱼嘴里吐出来的还是砖头,火烫火烫的砖头跟烧红薯一样跟一团化开的红铁水一样,根植在张子鱼记忆的深处。三个没醉的家伙中有一个钻过窑背过砖头,就给大家做证:"背过一次绝对终生难忘。"这个同学还提到《水浒》,"就跟宋朝给刑犯脸上烫字一样,删不掉。"三个家伙中有一个城市学生一脸坏笑:"除非他跟李芸过了界,男女之间有了那种事,别说醉酒,说梦话也会说出来的。"武明生差点叫起来:"我们还有希望。"武明生相当成熟相当老练了,武明生心里喊一下,算是提醒自己,武明生的兴奋是显而易见的:"我这乡党是个真君子,不随便骚扰女性。"武明生扶着乡党张子鱼慢慢躺下,用热毛巾擦张子鱼的脸,张子鱼舒服了些。另两个醉汉还在喊李芸啊李芸。有人就说人家张子鱼是城市娃做派,城市娃男女生都这样子,一起玩不等于那种关系。武明生就做证:张子鱼家就在县城边上,从小在城里学校上学,接触城里娃的机会比咱们早比咱们多,咱是老土,咱不能冤枉我这乡党。大家就笑:"武明生很想得到这种冤枉。"武明生就说:"我已经被冤枉过了。"武明生很想让张子鱼赶快醒来,听听同宿舍两个醉汉如何肉麻地喊叫李芸啊李芸边喊叫边拍床沿。张子鱼喝得最多,被大家折腾得最厉害反而安静了,也不喊叫让他刻骨铭心的砖头了,望着天花板大声呼吸,眼睛湿润润的亮晶晶的,有人就喊:"张子鱼眼睛这么亮。"有人爬床头看张子鱼的眼睛:"哈,这家伙做梦哩,眼睛里全是梦幻。"

　　武明生最精彩的一笔是把人家名花有主的女生移植到张子鱼头上,起因仅仅是图书馆上自习时邻座一位外语系女生向张子鱼借一下笔,摘引完一段话后还给张子鱼,还聊了几句,就被暗中盯梢的一双鹰眼及时准确地捕捉到了。这双鹰眼迅速查清该女生的背景,她正在热恋体育系的一位篮球中锋。

　　篮球中锋已经是第十五次恋爱了,女生显然是初恋,严重地不对等。篮球中锋炫耀他征服漂亮女生的辉煌战绩时,有人就逗他:"我看到外语系去告密,你小子可别耍赖。"篮球中锋很权威地告诉大家:"女人跟蚌一样会把沙子含成珍珠,沙子越伤害她她的壳就缩得越紧。"篮球中锋就开始详细地描述外语系女生的生理特征,不用说都是他反复接触过的,众男生听得心惊肉跳,面红耳赤,篮球中锋收获的是男人们无耻的虚荣心与自豪感,在众男生无限钦佩与惭愧中篮球中锋告诉大家:"就在昨天,在东大街,碰到我中学时谈过的女朋友,没考上大学就早早结婚啦,丈夫孩子一家人逛大街碰上了,为人妻为人母啦,主动跟我打招呼,介绍丈夫的时候还特意强调了一下副科长,副科长给我烟我就不客气地抽上了,我就不客气地拿眼睛的余光跟探雷器一样在她身上扫来扫去,在关键部位就停一下,都是我当年反复触摸过的地方,早就不是无名高地啦,小娘儿们的脸腾一下就红了,我目光停顿的地方地震般塌陷,初恋好哇,老子谈过十五次恋爱都是女人的初恋,就像埋下了种子,不定什么时候就他妈发芽长叶开花啦,她还想拿副科长抖威风,身上那些定时炸弹轻轻一碰就给引爆了,你们没见她拉着丈夫离开时的狼狈样,怀里的孩子差点掉地上,就等着男人回去怎么行刑逼供吧,哈哈哈哈。"

马路记者武明生目睹了篮球中锋的现场表演,马路记者武明生与众男生在校园里与外语系那个女生相遇,女生从众男生黏黏糊糊飘移不定躲躲闪闪暗含讥讽邪乎得要命的目光中觉察到什么,不由自主地收了一下身体,还夹了一下腿,众男生可都看到了女生塌陷的地方都是女人最隐秘最要命的地方,女生一下就慌了,书包差点掉地上,遇到这种情况女生有什么掉什么。

张子鱼在图书馆自习室跟外语系那个女生碰在一起,外语系女生已经见识过男生们邪恶的目光了,外语系女生摘引一本专著时笔写不出字,甩几下还是写不出字,就前后左右求助,前后左右四个男生都抬头看她,都递过了笔,女生只选择了张子鱼的,用完之后除了礼节性的道谢还跟张子鱼聊了几句,还开心地笑了。几十米外的武明生看得清清楚楚,张子鱼清澈的眼神让受过伤害的外语系女生鼓起了勇气。武明生心里就咯噔一下,用武明生自己的话讲:"我就成申公豹啦。"《封神演义》里的申公豹最拿手的本领就是日事倒非,挑拨离间。

武明生到体育系串一下门,篮球中锋就到地理系来展示肌肉,就在张子鱼他们宿舍的对门,意味深长地兜售他的流氓理论和经典战例。张子鱼关上宿舍门,门不隔音,挡不住篮球中锋的大嗓门,张子鱼就把耳机插上听收音机。张子鱼显然受了大刺激,张子鱼就拔掉耳机,把音量放到最大,调频立体声正播放着帕瓦罗蒂的咏叹调《今夜无人入眠》，张子鱼把宿舍门打开，整个楼道都是帕瓦罗蒂的声音。篮球中锋很聪明，他知道帕瓦罗蒂美好的歌声持续不了多久，不到五分钟音乐节目就停了，就成了广告。篮球中锋又开始他的经典战例点评，重点就是外语系那个漂亮女生。张子鱼就离开宿舍，楼道很长，到楼梯口还能听到篮球中锋放肆的大嗓门，还不停地强调我女朋友，我女朋友。

张子鱼很快就在校园里碰到坦克式的篮球中锋拥着高挑修长的外语系女生迎面走来，张子鱼恍然大悟，外语系女生蒙在鼓里，根本不知道男朋友在背地里的所作所为，她认出了张子鱼，跟张子鱼打招呼，她挣开篮球中锋的怀抱，她挺拔修长健康，她大概意识到张子鱼的目光与众男生与篮球中锋的不同，与张子鱼擦肩而过时，她瞥了一眼篮球中锋那张赖不希希的脸。

孟凯就说："两个人肯定没戏了。"武明生就说："陕西瓜皮，也就是个西瓜皮，你纯粹是个新疆瓜皮，哈密瓜瓜皮，挑西瓜要轻，挑哈密瓜要沉，跟炮弹一样跟石头一样，你教我的，我回赠给你，你个哈密瓜瓜皮，都好到那个份上了，都好到肉里头了，还能没戏？戏才开了个头，身上值钱的东西都让男人搜刮光了，松得开手吗？"孟凯就叫："这不是变相绑架吗？"武明生就说："社会就这个样子嘛，你是外星人吗？媒体天天报道假烟假酒假药劣质食品，利益把大家捆绑在一起，瞧你目瞪口呆的样子就知道你没有理论联系实际，就知道你失去叶海亚是历史的必然，没有张子鱼横插一杠子，其他什么杠子也会把叶海亚撬走，血的教训呐，兄弟，要有绑架意识，捆绑在一起，就不会有损失。"孟凯光抽烟不说话。武明生就耐心开导："不要把女人神圣化，女人没有像我们想的那么贞洁也没有我们想的那么放荡,男人和女人之间更多的是一种技术,这是我从篮球中锋身上观察的结果。不能把他简单地看成流氓,他有许多过人之处,他在女人身上频频得手不全是靠坑蒙拐骗,他有一套娴熟的技巧,狗日的跟艺术家一样很注意细节,说话的语气腔调邀请女孩的姿势动作,包括身上的气味。有一次他警告同班同学约会前刷刷牙,这个同学晚饭吃大肉包子,肉馅里的大葱味跟喷气式战斗机一样满楼道都是,这个同学漱漱口就匆匆去约会,篮球中锋就告诉大家:咱这兄弟没戏啦,今晚他们亲嘴,他那张肉包子嘴别说女大学生,乡下婆姨也不会让他得逞的。"有同学问:"他们要是不亲嘴不就没事啦。"篮球中锋就说,"他们已经看电影上公园逛大街郊游大半个学期了,手也牵了,搂也搂了,抱也抱了,按程序该亲嘴了,弟兄们呐,千万别小看亲嘴,妓女即使给人脱一万次裤子也不轻易跟人家亲嘴。"篮球中锋抬手腕看表,就像赛场上掐时间的裁判。五分钟后,约会的那个家伙气急败坏冲进宿舍,抱缸子猛灌水,然后气恨恨躺在床上大声呼吸,呼出的气全是油腻腻的大葱味,篮球中锋环顾一周:"看到了吧,古今中外,多少热血男儿淹死在女人的樱桃小口里。"约会归来的家伙就吼:"什么鸡巴樱桃小口,血盆大口血盆大口,包子怎么啦,她没吃过包子呀,大葱怎么啦,她不吃大葱呀。"篮球中锋就笑:"你还不错,漱了漱口,我中学一哥们没漱口,就带着刚吃过韭菜合子的臭嘴去约会,人家姑娘从他嘴里搜索到豆腐和韭菜一股脑唾到他脸上,人家没唾你吧?""跟挨刀子一样一声尖叫捂着嘴就跑。""你毁了人家小姑娘对爱情的美好向往。"有人就劝这个倒霉的家伙去给姑娘道个歉解释一下。篮球中锋就笑:"他败了女人的胃口,这可比命都重要。"篮球中锋不给大家喘息之机:"我知道你们想什么?轰轰烈烈,激情澎湃,海誓山盟,掏心掏肺,都是胡扯,女人很感性很具体,注意点卫生,注意点细节,注意点小情调就能百战百胜。小女人,小女人比头发丝还小,明白吗兄弟们,贝多芬多伟大,《月光奏鸣曲》《致爱丽丝》多么动人,可老贝衣冠不整,满脸横肉,女人在关键时刻全都跑掉了。"这个倒霉的男生彻底打消了破镜重圆的念头。孟凯就问:"你就不担心这个篮球中锋纠缠李芸?""纠缠过,没用,学生食堂乱哄哄你又不是不知道,篮球中锋给李芸献殷勤,李芸很客气地说声谢谢,篮球中锋就走开了,再也没有纠缠过李芸,当时我们都没有觉察到什么,好多年以后成家立业,有了阅历,才明白当时李芸让人尊重的地方,也是我们恨张子鱼的原因。"

狗日的张子鱼有良好的生活习惯和卫生习惯,小情调也有,还有篮球中锋所没有的清澈坦诚的目光。正是这种清澈坦诚的目光平息了假情书引起的风波,受假情书蒙骗的女生不再公开挑战李芸。

李芸不再躲张子鱼,课间休息时李芸走到两个教学楼中间的空地上享受阳光,那也是她以前跟张子鱼打羽毛球的地方。张子鱼果然拎着球拍过来了,他们互相看一眼没有说话连微笑都没有,白色的羽毛球就飞起来啦。李芸打得又快又猛,张子鱼只有招架之势,十几个回合后,羽毛球从凶猛的鹰变成轻盈的燕子。好多年以后在遥远的阿拉套山下,武明生见到阿拉山口暴雨般的燕子时就想起古城西安校园的秋天,飞翔在李芸与张子鱼之间的绝对是一群迁徙的鸟,空旷遥远,让人浮想联翩。武明生忍不住问孟凯:"想不想见李芸?""开什么玩笑?""老远看一眼又不是拜访她。"

在去西安东郊那个办公楼的路上,孟凯还不停地嘲讽武明生。出了东门,孟凯就不吭声了,过了动物园不到十分钟,车子停在路口的树荫下。武明生公司的皇冠车,摇上玻璃就像个小堡垒,两个臭男人安安静静地等单位下班那一刻。

根本不用武明生指点,孟凯就看到只有电影里才有的镜头,深景也就是长镜头,绝对是长镜头,那个叫李芸的女人在大楼前的林荫道上就把孟凯的目光吸引过去了;急着回家的男男女女大都穿过广场直奔大门口,这个叫李芸的女人不慌不忙穿过大楼进入林荫道,太阳就被树荫隔开了,阳光在树叶和藤蔓的缝隙里滴滴答答往下掉,这个叫李芸的女人从深景变成中景,可以看见咖啡色的风衣和脖子上的丝巾,这个叫李芸的女人没有去过新疆,可她脖子上耀眼的丝巾让孟凯产生错觉,那不是维吾尔人特有的艾得莱斯吗? 这种西域大漠特有的丝绸闪烁着太阳的七种原色,女人的眸子和面孔不断地让太阳消失……武明生悄悄地告诉孟凯她就是李芸,孟凯让武明生闭上臭嘴,那个叫李芸的女人已经走到林荫道的尽头了,阳光从滴滴答答的毛毛雨变成倾盆大雨,变成暴雨,也就是黄土高原上的白雨,在中亚细亚戈壁大漠人们叫豪雨,豪雨中的女人一下子成了美妙绝伦的大特写。武明生小声提醒孟凯,"那是李芸不是叶海亚。"武明生的声音就大起来,孟凯一动不动,完全被大特写吸引住了,整个人都是硬的,跟戈壁滩上的石头一样,那个大特写越来越近,推着自行车出了校门,车子就跑起来了,朝着路口朝着孟凯过来了,太阳一下子就被自行车飞旋的辐条给铰碎了,李芸的形象覆盖了整个银幕,李芸和她的自行车跟孟凯擦肩而过,咖啡色的风衣在汽车玻璃上扫了一下,孟凯跟世界就隔着一层玻璃,车窗要是摇开一点缝就能闻到风衣和那女人的芳香。武明生再次提醒孟凯,"那是李芸不是叶海亚。"孟凯没有反应。武明生就把车子开到公司,孟凯还能自己下车自己上楼,武明生就放心了。

　　武明生的助手弄几样好菜,柜子里有酒,办公室里有床有沙发。"咱们今儿个喝他个烂醉如泥。"武明生的助手陪着,三个男人一人一瓶西凤酒,墙角还蹲着五六瓶,助手就喊:"老板,新疆人就这喝法?"武明生就说:"新疆人喝酒都是墙角摆一溜,咱摆五六瓶不算个啥。"孟凯闷头吃菜喝酒不说话,都是西安的好菜,西安饭店的葫芦鸡,回民街的腊羊肉酱牛肉,还有凉拌黄瓜花生豆。刚开始用茶杯喝,一瓶酒刚好三大杯,喝了三瓶,孟凯就有了感觉,就把杯子推开,掂起酒瓶,拿牙一咬金属盖子就掉了,就跟号兵吹铜号一样酒瓶子就响起来了。武明生的助手没去过新疆没见过这种阵势,武明生就说:"这叫吹喇叭,没结婚的小伙子都这么喝。"孟凯马上纠正:"小伙子是口里人的说法,我们新疆人叫儿子娃娃。""对对,儿子娃娃儿子娃娃。""你两个不是儿子娃娃,嗯?大腿根少一块肉吗,嗯?"武明生就咬酒瓶子半天咬不开,助手拿筷子夹住一撬撬开了酒瓶子,孟凯的酒瓶子就过来了,三个瓶子上下一吮嘟。孟凯第二次吹起了喇叭,嘟嘟嘟几下酒瓶子就空了,孟凯就咬开第二瓶,一次都干掉了,一鼓作气冲上山头,典型的冲锋号嘴里呼出的不是酒气是古老的蒸汽火车喷出的热气,整个人湿漉漉面孔就像一团火,容光焕发,眼睛特有神,完全是沐浴后的那种神清气爽的精神劲儿。武明生的助手惊讶得不得了:"喝酒还能喝出这种状态,跟奥运会冠军一样。"武明生去过新疆好几次,武明生小心翼翼地举着瓶子一小口一小口地抿着舔着,孟凯就说:"这么好的酒叫你喝成泔水啦。"武明生不搭话只搭理酒瓶子,跟婴儿吃奶一样吮着酒瓶子,孟凯就一把夺过酒瓶子,往桌上一蹲,"驴日哈(下)的,把人家张子鱼欺负够啦,又来欺负酒。"武明生就呵呵笑:"我把你当朋友才掏心窝子,我要不说你知道个屁。""我已经听烦了,你还一个劲地说我都恶心了。""张子鱼抢了你心爱的女人你搞清楚,谁是我们的敌人谁是我们的朋友,这是革命的首要问题。""你还是朋友?你是个屎!""男人宁可没头也不能没尿,尿可是个好东西。"孟凯呼一下站起来:"没有女人长一千个尿一万个尿有啥用?"孟凯一步一步逼过来:"张子鱼是个爷们你把他剁了捅了都没关系,李芸是个女人,那么好个女人,你还喜欢过人家,你竟然给她泼脏水。"武明生又是耸肩膀又是摊手:"男人争女人啥事都弄哩,我也没办法。"孟凯大吼:"就是不能把她弄脏!"孟凯老鹰一样扑上去啄木鸟一样脑袋猛磕武明生的脑袋,武明生就尖叫起来,武明生的额头跟发面一样肿起一个大疙瘩,整个人瘫坐在地上双手捂那个发面疙瘩咋都捂不住眨眼间它就长成了牛犄角。孟凯吼叫着冲上去时,武明生的助手以为孟凯要抄酒瓶子砸武明生,助手就扑向酒瓶子。

　　武明生见识过新疆人吹喇叭可没见识过新疆人打架,新疆人典型的打法不是拔刀子抡酒瓶子,而是冲上去抱住对方用脑袋猛磕,啄木鸟一样哞一下对方就晕了。助手打电话叫救护车。武明生摆摆手:"没那么严重。"助手就照武明生的吩咐毛巾蘸白酒擦武明生额头上的牛犄角,武明生龇牙咧嘴不停地哼哼。助手又去买了云南白药三七片,还弄来一顶贝雷帽。武明生缓过来了,武明生把贝雷帽往头上一扣,帽檐贴着眉梢,牛犄角被遮住了。武明生就操起大哥大给孟凯打电话,孟凯不接,武明生就吩咐助手隔三差五去轻工康复路那边看看。孟凯在那边有个窝,货仓卧室兼办公室,武明生托人给找的。助手袖子一挽就喊:"叫几个弟兄在那蹲着,守株待兔,不信逮不住他。"武明生就喊:"你想弄啥?""他把你打成这样子,捶他一顿。""我叫你去照看别让贼给偷了,不是叫你去打捶。""你就白挨一顿打?""刚出校门的学生娃懂个辣子,眼窝子睁大些,这人嫽着呢,值得交。""他在西安又没亲戚朋友他能跑哪去?""找张子鱼去啦,没看见他走时抓了一瓶酒嘛。"

那瓶酒孟凯喝了两个多小时。从西安到宝鸡上北塬差不多就是这个时间,中间还要倒一次车才能到张子鱼他们那个小县城。孟凯已经学会了陕西人这种婴儿吃奶式的喝酒方式,慢条斯理不慌不忙地抿着舔着,下高速转上塬时孟凯还听到一句陕西笑话:老鼠舔猫皮没事找事。一个小伙子被同伴拉着去打牌,小伙子要给媳妇打招呼,同伴就来一句:你这不是老鼠舔猫皮没事找事嘛。车上人都笑,孟凯也笑。孟凯就给自己打气:我找张子鱼可不是没事找事。

那正是黄土高原的秋天,好多年前的这天下午,孟凯在遥远的故乡塔尔巴哈台山下的小城塔城一家新华书店买到了斯文·赫定的《亚洲腹地旅行记》，好多年以后孟凯鬼使神差出现在黄土高原小城的新华书店里。当时的情形是孟凯走出汽车站打出租车直奔张子鱼家。出租车行驶到小城的十字大街时孟凯看见了破旧的新华书店，夹在邮电大楼银行大楼工商税务大楼商业大楼中间的新华书店还是"文革"时的老样子，灰扑扑的水泥原色，新华书店四个大红字还那么耀眼，全国大小城镇的新华书店都是这么几个大红字。孟凯给司机三块钱就提前下车了。孟凯走进书店时的心情跟好多年前走进故乡塔城的书店时一模一样，那时他是个懵懂少年，他一下子就喜欢上了斯文·赫定。现在书店里摆的《亚洲腹地旅行记》是横排简体字，读起来还是那么激动人心，孟凯差点读出声来，其实他是在默读，读完第一个自然段他就决定买了。在收银台交了款，拿着发票取书时他愣住了，站在他面前的张子鱼也买了同样的书。

他们边走边谈，从新华书店到熙熙攘攘的街头，周围的世界都不存在了。张子鱼仅有的一点清醒就是一位本家侄子叫他二爸时他告诉人家给家里捎个话：我碰到了熟人，晚点回家。

他们已经住进一家旅馆，已经招呼服务员上了茶水，房间里只有他们两个，外面的世界被彻底隔开了。他们还在对视，不知过了多久，孟凯打破寂静："你怎么那么早就丧失了对美好情感的敏锐的感觉？"张子鱼的眼睛就湿了。

在李芸之前，在那个送他照相机的高中同学之前，一直可以追溯到初中，那个黄土高原炎热的夏天，绝对是夏天，刚刚上初中的张子鱼在麦田里看到了人生最美好的一幕：一位城市少女在他家地头画画。渭北高原的农田,好地都在村庄周围,离村庄越远,地越差,都是深沟大壑悬崖陡壁的边缘,地势险要风光极好。庄稼也是从村庄周围平坦的地段开始成熟,慢慢向深沟大壑悬崖陡壁处蔓延。张子鱼家有一块地就在村庄最远的地方。大人们总是让娃娃先去看一下麦子黄透了没有？初中生张子鱼提着镰刀下沟上梁四十多分钟才赶到地头,画画的少女正画他呢,半小时前他就出现在少女的视线里,成为画面的一部分,远景、中景、近景,他出现在地头时离少女刚好二十米的样子,他身后是大片大片的麦田,麦穗窸窸窣窣地响着,简直就是蚂蚱的海洋,也许是少女特有的淡淡的芳香,在夏日的早晨,少年张子鱼破天荒地把麦穗的窸窣声跟女人的裙子联想在一起,县城的街道上,穿裙子的女人从身边经过时就发出这种窸窸窣窣的声音,优雅端庄无限美好,穿裙子的女人基本上就是一群翩翩起舞的天鹅了。眼前这位画画的少女就是一身白裙子,只有手里的炭笔在翩翩起舞,整个人一动不动,连呼吸都没有,可以折叠的草绿色帆布凳子和画夹也没有声音。张子鱼被固定在地头差不多四十多分钟,眨眼就过去了,少女丢下炭笔喊一声:"哈,成功了!"接着又喊一声:"张子鱼你真棒!"他的同班同学,张子鱼认出来了。女同学得寸进尺:"你快割麦子吧,我再给你画一张劳动的场面。"张子鱼很老练地捋着麦穗,告诉女同学:"麦子还没熟透,开镰还得两天。"张子鱼折一株麦穗在手心揉搓,然后轻轻吹掉麦衣子,几十颗潮润鼓胀的麦粒捏一下还是软的,跟充气的小皮球一样,女同学捏着麦粒左看右看看不够,张子鱼往嘴里一塞全吃掉了。"你生吃啊!"女同学叫起来,学着张子鱼的样子往嘴里一扔,慢慢咀嚼,嚼着嚼着脸上就绽出灿烂的笑容。少年张子鱼第一次近距离看一位少女出自内心的开心的笑,少年张子鱼体验到了什么叫笑逐颜开……他也笑了,多少年后在西域大漠在阿拉套山下,那条发源于西天山的精河汇入瀚海时张子鱼在精河的入海口看到河流的波浪与沙浪拥抱在一起时的壮丽景象,渐渐升高的波浪完全是出自大地内心的开心至极的对无限生命充满感激的神态,张子鱼一下子就想起黄土高原那个夏天,那个少女开心的笑。女同学不会满足于一颗麦粒的,女同学学张子鱼的样子撅下一株麦穗,正在成熟的麦子还带着潮湿,柔韧如皮绳,女同学撅了好几下才撅下来,使劲地揉,揉一下就叫起来,麦芒把手扎破了,血都出来了。张子鱼拉起女同学的手噗噗吹几下,又小心翼翼地拔那些扎进皮肉的麦芒,拔一下女同学哎哟一下,女同学的眼泪都下来了,张子鱼叫她别动,张子鱼到塄坎底下拔几棵嫩刺苋揉碎,绿色的草汁可以止血,就是有点刺激,女同学跟受伤的小鸟一样哆嗦几下就安静下来,就看张子鱼的手,张子鱼的手上有一层茧子,跟上了一层胶一样,硬得像铁。张子鱼用镰刀割一棵比麦子高大粗壮的开了花的刺苋。"嫩刺苋可以用手撅,老刺苋谁也不敢用手碰。"女同学没想到给她疗伤的刺苋长大是这种样子。田野上许多野草野花都被张子鱼一个个叫出名字:雪草、艾蒿、星星草、野菊花、喇叭花、车前、牛舌头、节节草、风火轮,还有灰条忍汗菜蓿儿苔,这几种野菜城里有卖的。女同学第一次亲手摘野菜,兴奋得满脸通红,手上的伤也不疼了。麦田越来越平坦宽阔,可以看见收割的人们,张子鱼说:"到那边去画,那边人多。"女同学说:"我就要画刚才那片麦子。"

他们约好两天后见。两天后一大早张子鱼给家里人打了包票,崖畔那片麦子他包了,一亩多地呢,大人们得割一天,张子鱼给大人下保证:两天割完。大人们叮咛把麦子捆好,打成垛。张子鱼就像一个真正的农民,一把镰刀备用一个刃片,还有磨石和水。

女同学早早等在地头,女同学一身短装,草帽白线手套球鞋灰蓝色劳动服。张子鱼问她:"你不画画啦?""我要亲自劳动,把劳动的过程记在心里,凭记忆画画才能画出真正的画。"女同学等于给张子鱼添乱,张子鱼得手把手教她割麦子,捆麦子,两把麦子一拧一挽用膝盖一顶麦子就捆起来,一时半会学不会,割的麦茬太高,不小心会割伤自己的脚或手,吭哧半天,女同学勉强可以使用镰刀,能把麦子割倒。女同学已经浑身湿透了,头发都是湿的,毛巾都湿了。女同学就拼命喝水,草绿色军用水壶又漂亮又实用,满满一壶白糖水,张子鱼喝了两回就发现了问题,出汗后喝白糖水越喝越渴,张子鱼就拿出自己带的黄芩水,装在葡萄糖吊针注射液瓶子里,农村人当水壶用,黄芩是一种中药,渭北高原的山里到处都是,农村人把黄芩的根块卖给药店,留下黄芩的秆茎当茶叶用,苦中带一点点麻丝丝的甜味,解渴解乏解暑。两个中学生不再喝白糖水。

两天可以割完的麦子割了三天。最难忘的是第二天,女同学听到蚂蚱叫,张子鱼就到草丛里抓了两只蚂蚱,女同学爱不释手,包在手绢里要带回去,张子鱼就说:"会闷死的。"张子鱼就变戏法似的用麦秆编一个蚂蚱笼子,就像一只大海螺,金灿灿装进绿色的蚂蚱好看极了,女同学左看右看举起来看,还喃喃自语:"天呐跟琥珀一样,跟艺术品一样。"每惊叹一次都要回头看一下张子鱼,女同学的目光移到蚂蚱笼子时张子鱼的眼睛就亮了,就可以大胆地看这位激情中的少女,她的脸庞眼睛头发,手臂还有少女特有的芳香……这块远离村庄的麦地处在深沟大壑的边上,从北方群山伸向渭河谷地的长满杂树与野草的大沟,带来整个群山和高原夏天的气息,把少女的芳香和少年的梦想推向风口浪尖,高原波涛汹涌大起大落,发出悠长的呼啸。在那里生命最初的啸音就是拔酒瓶塞子那种冲天而起哸的一下,老百姓直截了当,把男人亲女人叫哸,哸一哈(下)就是亲一哈(下)。眉目传情还没有实质性接触,各自心底里就热血奔涌如梦如幻地哸了一下。张子鱼被自己的声音吓坏了,黄土高原的蓝天深邃辽阔,缓缓滚动的太阳把她那张热浪滚滚的嘴唇凑过来,张子鱼清清楚楚地感觉到他哸了一下,太阳抖起来了,太阳笑了,太阳的笑容从酒窝里一圈一圈荡漾而出,泉水一样越涌越大,成了小溪,成了河流。波涛汹涌进入大海,海上生明月,那明月般的脸庞就是眼前这位女同学,女同学笑吟吟地问他:"你病啦?""没没没。""你发抖抖得厉害。"张子鱼目瞪口呆,少女嘻嘻一笑,"你别过来,我来抓两只。"

少女拎着蚂蚱笼子三蹦两跳下到沟里。草丛里到处是虫子的嗡鸣,少女跟鹿一样,所到之处,各种虫子哗一下飞起来,少女一会儿扑蝴蝶一会儿扑蚂蚱,还有直升飞机一样的蜻蜓,虫子全被惊动了,灌木丛里的鸟儿们也开始蠢动,当鹿一样的少女蹦到最茂密的草丛时,草丛深处呼地蹿出一条蛇,笔直苗条如带鱼,舌芯子火焰般颤动，少女一下就成了雕像，连声都叫不出来了，蚂蚱笼子在手上晃动，另一只手停在嘴唇上方已经没力气迎接那发不出的惊叫了，少女那张惊艳至极的面孔清清楚楚地告诉张子鱼，几分钟前当他的内心深处很要命地咻了一下时，少女的内心也同样咻了一下，颤抖，脸发白发烫，那种奇妙的感觉与景象再次出现在少女脸上时，张子鱼等于旁观了刚刚在自己身上发生的一切，张子鱼喊一声别动，张子鱼就蹿过去，跟高原上的狼一样左突右奔，蹿到少女与蛇的侧面大约十几米的地方，手一扬仿佛从太阳深处射出一支利箭，电光一闪，蛇身首异处，草丛嗦嗦地响动，没有头的蛇还要挣扎一会儿，从张子鱼手中飞出的刀片准确无误地切断了蛇的脖子，张子鱼有飞石击鸟的本领，飞刀还是第一次。少女完全清醒了，第一句话就是："它死了！"那是一条很美的蛇，花纹细密精致简直就是一条颤动的织锦。少女一边喃喃自语一边后退，退到张子鱼身边紧紧抓住张子鱼的手："吓死我了，吓死我了。"少女抖了好半天才松开手，少女留在张子鱼手上的感觉跟张子鱼心底里咻的感觉是一样的。少女从草丛里捡起蚂蚱笼子朝张子鱼晃一晃："是它救了我不是你。"当少女被吓呆的时候蚂蚱在笼子里毫不畏惧地欢叫着，蛇把蚂蚱当成少女身体的一部分，这完全超出蛇以往的经验，蛇犹豫了片刻，给张子鱼的突袭提供了机会。

　　收工前少女总是先走，西北小城相当保守，少女离开时笑眯眯地看着张子鱼："我明天还来。"第三天少女来的时候不再是劳动服，而是碎花连衣裙，五彩斑斓，突然出现在张子鱼跟前，就像从树后边闪出的蛇，她提前躲到地头的树后边，张子鱼在地头一样一样摆放水瓶子磨石和镰刀时花枝招展的少女就从树后边闪出来,张子鱼差点跳起来:"蛇没吓死你?""我就喜欢这身蛇皮怎么样?"美女蛇在张子鱼眼前左晃右晃:"昨晚梦见蛇了吧?"张子鱼又吓一跳,张子鱼真的梦见了蛇,围脖一样盘在他脖子上惊出一身身冷汗。少女简直就是个顽童,笑嘻嘻地凑他眼前,快碰他鼻尖了:"心里还打雷了,哪!——"张子鱼可真吓傻了,冷汗都下来了,从少女娇憨的神态可以看出她压根不明白哪的真实含义,这是地地道道的乡村术语,近在咫尺的县城居民都不一定懂,少女一家从外地调动到这座西北小城没几年,完全是用拔酒瓶塞子的响声来形容自己心底那股冲天而起的生命激情,原子弹的蘑菇云一样让少女惊叹喜悦难以自制。"怎么样?本姑娘厉害吧。"张子鱼很快就掩饰过去了。

短暂而愉快的夏收结束了。农村学生习以为常。女同学平生第一次印象特别深,就写成作文,这也是女同学写出的最好的作文。语文老师下过乡,评讲这篇作文的时候谈到自己当年上山下乡割麦子的经历。"没有亲身体会写不出这么生动的细节。"女老师表扬女同学时忍不住说道:"太阳把你晒得更健康更美丽,同学们,美丽和漂亮是有区别的,有气质有内涵就是美丽。"女同学很羞涩地笑着低下头。在校园里女同学飞快地看了张子鱼一眼。多少年后张子鱼都会想起惊鸿一瞥这个词,闪电一般直穿人心。女同学三天换一身裙子,白裙子,红裙子,花裙子,甚至还有金黄色的连衣裙,很容易让人联想到金色麦浪。好多年以后张子鱼领略了丝绸之路和金色沙漠,张子鱼才明白印度女人古希腊女人中国唐朝女人为什么喜欢金黄色服饰,那是一种不言而喻的高贵与美丽。在那个备受师生欢迎的语文课之后,女同学展示了她最擅长的才艺画画,那幅水彩画《丰收》参加市上画展获二等奖,那是成人参加的社会性画展,女同学是唯一获奖的学生,都上了报纸。那幅画在县文化馆展览一个月,最后巡展到学校。画面上麦浪滚滚,一个农村少年胳膊弯下夹着镰刀,手捧着草绿色的蚂蚱,蚂蚱怎么看都像麦穗,麦芒接近蚂蚱的翅膀和长须,少年是侧影,手和脑袋脱自于张子鱼。张子鱼和女同学在画前相遇,女同学的目光就落在张子鱼手上,张子鱼的手跟蚂蚱一样跳了几下,女同学就笑:"编个笼子装起来。"张子鱼就安静了,女同学从他身边走过时小声说:"谢谢你,雅典的大卫。"多少年后张子鱼才知道大卫是古希腊有名的雕塑,用来展示古希腊最美的人体艺术。

两天后,在校园里,一架纸飞机飘到张子鱼跟前,张子鱼抓在手里,纸飞机两翼一翼写着邀请函,一翼写着具体地址。张子鱼收拾一新去女同学家做客。

生活在城郊的农民与城市近在咫尺,但很少有机会进入城市居民的家庭。上个世纪八十年初西北小县城的新式楼房还不多,半新半旧的砖楼居多,年轻夫妇都住一间,在楼道做饭。有点资历的中年夫妇都是二室一厅厨卫齐全的房子。小县城安静闲适。不管大房子小房子都收拾得干干净净,都养了花。张子鱼进入居民区就仿佛进入另一个世界,楼梯口和拐角处都放着花盆。女同学邀请了五六个最要好的伙伴,有张子鱼同校的有本地工厂子弟校的,农村同学就张子鱼一个。那幅有名的画已经巡展完毕回到家里,跟张子鱼编的蚂蚱笼子挂在一起。女同学的父母出来招呼大家,专门见识了一下张子鱼,拉着张子鱼的手说:"农村娃朴实善良,真不错。"女同学的母亲去厨房做饭。孩子们听音乐。当时最流行的三洋双卡收录机播放着邓丽君的歌曲,还有当时少见的彩色电视机播放《大西洋底来的人》,有同学调到《第一滴血》。大家还参观女同学的卧室,墙上有世界名画和自己的画,漂亮的小床,散发着芳香的被单,还有一个大布娃娃,橘黄色的书桌书架,带熊猫相的台灯,张子鱼见过的那个画夹子,还有一把吉他。女同学弹了一首西班牙曲子,一位男生弹了意大利曲子。张子鱼会吹笛子,张子鱼不好意思开口。张子鱼就像进了童话世界。张子鱼第一次感觉到世界不真实。从这个梦幻般的世界到他家不到一公里,竟然如此不同。中间张子鱼上了一次厕所,张子鱼很聪明,别人上厕所时他听见哗哗的冲水声,他解完小手拉了一下绳子,哗啦啦水流响了一阵,没有异味。整个房间温馨祥和。客厅的一角有鱼缸,小金鱼偶尔动一下,阳台上大大小小十几盆花,就像个小公园。这些都是电影里才有的景象。女同学的妈妈做了一桌菜,孩子们吃得很高兴,最后还上了西瓜、苹果和香蕉。临走时张子鱼跟大家一样向女同学的父母说声谢谢,跟女同学分手也说了谢谢。

  走到大街了张子鱼都很愉快,拐进小巷出了城看见村庄时张子鱼的心就沉下来。从县城大街到村子不到五百米的沙石路今天显得特别漫长,就像一条没有出头的隧道一样,终于走到村口了,张子鱼还刻意回头看一下县城,多少年来他一直在这条隧道里奔走竟然没有一点感觉。张子鱼家的房子在当时的农村相当好了,砖房还有门楼,院子里还有果树,但跟城里是两个世界,张子鱼就像一条鱼,从热水区游到了冷水区,张子鱼一下子就沉默起来,睁着眼睛直到天亮,昏昏沉沉去上学。

张子鱼再次看到一身金黄连衣裙的女同学时感到她是那么遥远,她的微笑她的手势又是那么难以抗拒,从他身边走过去时她是那么兴奋,眼睛那么亮,还有那闪电般的惊鸿一瞥,这一次张子鱼清清楚楚听见女同学的生命深处发出哪的一声,他那颗心也同时哪的一下,可张子鱼再也没有生命的喜悦与感动了,张子鱼快步冲进厕所,哇哇大吐,苦胆都要吐出来了。一周后张子鱼才缓过劲,眼睛里有了一种冰冷的东西,女同学问他:"你是不是病了,去医院看一下。""我好好的,能有啥病嘛。""你这么严肃太可怕了。"

又过了几天,女同学在张子鱼抽屉里放了一本《第二次握手》,书里还夹了一只纸鹤。张子鱼就把书和纸鹤交给班主任。班主任是个中年妇女,跟语文老师是两路人,女班主任特别仇恨漂亮女生,尤其是爱打扮的女生,女同学三天一换,七八套裙子跟服装节似的,女班主任义愤填膺咬牙切齿寻找最佳战机,张子鱼无意中送来了巨型炸弹。我们可以想象女同学被叫进班主任办公室近两个小时受的什么样的煎熬。女同学出来的时候跟霜打了一样蔫了,眼睛黑洞洞的。

孟凯就说:"你刚到精河就是一双黑洞洞的眼睛。"张子鱼眼泪都下来了:"我都不知道我当时能做那种事情。"孟凯说:"你都不好意思提人家名字。"张子鱼捂上了脸。孟凯说:"还有高中那个送你照相机的女同学,也没有名字,李芸还不错,有名有姓。"孟凯站起来,"你放心,我不会告诉叶海亚,刚开始有这个想法,现在没有啦。"

孟凯往武明生跟前一站,武明生就本能地往后躲,孟凯就笑:"我不打你,我找你喝酒,走!喝酒!"武明生给助手递个眼色,助手悄悄跟着。

那时康复路批发市场都是些简易房,助手在对面的货栈就能看清武明生和孟凯的一举一动,他们的出气声都能听见,只要孟凯有异常举动助手几秒钟就能扑上去救武明生。孟凯的货栈发货办公休息在一个地方,装满地精枸杞子的箱子一直堆到天花板,靠窗户的地方一张大桌子,紧靠两张沙发,一张床,桌上摆一盘凉拌黄瓜,一盘五香花生,还有一捆啤酒。武明生有点摸不清孟凯了,这个新疆人招待朋友从来都是伊犁特,伊犁特酒厂在西安有直销点,一九九五年伊犁特风行大西北,差点压垮陕西的西凤酒。没想到孟凯上的是西安的汉斯啤酒。孟凯也没用牙齿咬瓶盖,用起子起,起之前使劲地摇几下,啤酒就在瓶子里跟蛇一样嗞嗞叫起来,瓶子打开时武明生躲了一下,瓶口对着他就像一把枪,孟凯诡秘异常:"不打你,听响声哩。"啤酒瓶就在孟凯手里哪的一下,啤酒沫子喷到纸箱上,啤酒瓶子冒着白烟,孟凯又开了一瓶,还是那么饱满响亮地哪了一下。瓶子上下一碰就喝开了,没动凉拌黄瓜,往嘴里丢花生豆。孟凯大口大口地喝,武明生一下一下地抿,孟凯就嚷嚷:"这是喝吗?这是舔哩!老鼠舔猫皮哩。"武明生就知道孟凯找张子鱼去啦,武明生不动声色。孟凯脖子上的筋都暴起来了,额颅汗津津,眼睛神光四射,就像一只叫鸣的公鸡,三四瓶烈性白酒灌不醉的新疆儿子娃娃,一瓶汉斯啤酒就把他弄成这样子,空瓶子往桌上一蹲又掂起一瓶,摇几下,酒液奔腾咆哮如一条大蟒蛇,美丽至极的大蟒蛇,孟凯擎着左看右看,啵地亲一下,问武明生听见了没有?武明生就说:"没想到你这么爱我们西安啤酒,兄弟你一定能在西安发市。""你明明知道啵是啥意思,卖狗子武明生你装糊涂,你尿刺狗子装睡着哩。"孟凯高高地举着酒瓶子,这次他没有啵酒瓶子,这回他把瓶子举高抡圆就像古希腊有名的掷铁饼者,掷铁饼者把力量抛向无限的空间,孟凯把咆哮的酒瓶子狠狠地砸在自己头上,酒瓶子碎了,不是啵的一下是嘭的一声爆炸,孟凯的头上开了一个口子血流满面,还那么清醒地嘀咕了一句:"我总算明白我怎么失去叶海亚的。"就软塌塌倒下去,刚好倒在武明生助手的怀里。助手看见孟凯抡瓶子助手就蹿过来。助手都听见孟凯说的话了,助手赶紧抱住孟凯,那么沉差点把助手压倒。

　　武明生拿毛巾擦孟凯伤口,把玻璃渣子擦干净,血止不住,就用毛巾捂着。助手看护。武明生找到最近的一家私人诊所,拉着大夫来包扎伤口。不是重伤,怕破伤风,很快就包扎好了。安顿孟凯躺下。助手就说:"不就一个女人嘛,用得着这么伤自己嘛。"武明生一挥手:"碎屁眼娃娃懂个辣子,去去去,忙你的去。"

　　打发走助手,就剩他们两个人,武明生就说:"我头上一个疙瘩,你头上一个口子,咱俩扯平啦。""我跑陕西来就是想看张子鱼的尿样子,没想到你日他妈的也是个尿样子。""唉,都是低标准把人弄成这副尿样子。"

13

听到"低标准"这个词孟凯就有了探险家的感觉。"低标准"是指一九五九年至一九六一年三年困难时期,那个年代出生的大人都营养不良个子不高,应该属于孟凯张子鱼武明生哥哥姐姐那一代人。二十世纪六十年代末七十年代初出生的人没有经历过"低标准""瓜菜代",所有印象都是书本上看的,大人们闲谈时听到的。新疆人就更模糊了。三年自然灾害"低标准""瓜菜代"对新疆的影响没有内地那么大。新疆饿肚子的时候很少。新疆人孟凯在内地听到"低标准""瓜菜代"就很好奇。当时他们在武明生亲戚家吃岐山臊子面,大人狼吞虎咽,碎娃们哄抢。岐山臊子面都是一大碗面,呼一下一碗空,又呼的一下,一大托盘七八碗跟打机关枪一样,眼见时分就是二三十碗,大人们都急哄哄,碎娃们胃口好就风扫残云开始哄抢,大人们就嚷嚷:"低标准饿哈的,啊?瓜菜代吊哈的,啊?"

孟凯算是见识了陕西人吃饭的狠劲。孟凯应该在张子鱼爷爷的葬礼宴上见识过这一幕豪华景象,他和武明生去晚了,赶上了中午饭,吃的是馍馍菜。这种宴席一天两顿,早晨臊子面,中午摆酒席。酒席到处都一样。刚开始孟凯吃不惯岐山臊子面,太稀,面条比鱼还滑溜,半天捞不到嘴里。汤又烫又辣又酸,就这种血汪汪的面食,吃得这么凶,大人骂一千遍"低标准饿哈的","瓜菜代吊哈的"也不顶用。孟凯细算了一下,饭量大的都是十三四岁的半大小子,平均都在四五十碗。新疆的汤饭(揪片子)

饭量大的壮汉也就六七碗,十来碗。孟凯属于饭量比较大的人,饿急了吃得很猛,父母拉不住的,肚子圆成鼓还大咽大嚼,那已经不是充饥是吃一种感觉,饥饿的感觉很难消失。

孟凯的好奇心得到极大满足,不但搞清了"低标准""瓜菜代",还搞清了"吊"。农村人喂猪的一个窍门,猪长到冲刺阶段,主人突然煞闸,只给猪吃半饱,让猪处于饥饿状态甚至只给汤水,饿得皮包骨头脱了形,骤然加饲料,几天工夫跟吹气球一样,一头大肥猪诞生了。跟草原上的猎手熬鹰一样。让人惊奇的是臊子面什么年代人们都吃得凶猛异常,山呼海啸。陕西人的通俗说法,不是吃,是咥,咥一碗臊子面、咥一个馍、打人也叫咥、床上运动也叫咥,已经有点施暴的意思了。

14

先从饥饿说起。每年二三月青黄不接,大人还能硬撑,娃娃们撑不住,榆钱槐花各种野菜被吃得精光,大人们得护庄稼,饿疯了的娃娃们常常溜进庄稼地掐油菜的苔吃。麦子灌浆了,麦穗被娃娃们撅下来吃那些还是一泡水的麦粒。麦粒饱满了,长结实了,散发出诱人的香味。

娃娃们缺食物,更缺油水,油菜已经收割了,菜籽送进油坊,油坊飘来的香味拉长了娃娃们的细脖子,那种梦幻般的芳香金光闪闪,比星星还要迷人。生产队已经派人运回了油渣,车轮那么大的黑饼,娃娃们抢油渣,没有抢到油渣的娃娃们眼睛里含着泪,在以后的几天里,吃到油渣的娃娃该有多么得意,从村庄到学校处处高人一等。那里还流传着一个埋汰人的笑话:有一家人顿顿吃玉米面搅团玉米糁子玉米糊汤,饭后一定要用油布擦嘴,跟当今女人抹口红一样,修饰一番才出门,逢人必讲:吃的臊子面。油布是这里农村人用细麻丝绾的一团疙瘩,蘸一点植物油擦锅底,烙馍不粘锅。吃了油渣的娃娃比油布擦嘴实惠多了,总算有油星落肚里。

我们可以想象新榨的菜籽油从油坊运进村子的情形,胶轮大车拉进来的,一匹骡子两匹马,生产队最好的三匹高脚牲口,最好的车把式,摇着扎红缨子的长鞭子,鞭子不打牲口,在半空叭叭响,跟雷子炮一样。生产队唯一的大型机械手扶拖拉机被晾在一边。手扶拖拉机确实不宜去油坊拉油,手扶拖拉机拉过一回油,前任队长图时髦,在县油脂厂榨油,大家吃着不香,还有一股子煤油味,有人怀疑是柴油,拖拉机就喝柴油,人们相信古老而传统的手工作坊,那一年大家骂骂咧咧,每顿饭必骂时髦队长,不等上级下令,队长自己把自己撤了,当地人的说法,自己把自己咤了,捋的意思,但没有咤结实。新任队长不负众望,油坊榨油,派胶轮大车接送。新榨的菜籽油装在三个大油笼里,用藤条和牛皮制作的一人高的油笼,样子就像个放大的军用水壶,用了好几代人了,发黑发亮,大家相信油笼不相信油脂厂新崭崭的刷着草绿色油漆的铁皮油桶。

精壮小伙子们把油笼搬下来。开始分油。分了整整一下午。家家户户都用黑瓷罐装油,放在厨房最安全的地方,有专用的小油壶,一次装二三两油,吃好几个月。人们把带来丰收的春雨比作油,春雨贵如油,有了粮有了油家里才有烟火味。再有十几天,新麦上场,新麦面炸成油棒,当地不叫油条,就叫油棒,介乎麻花与油条之间,新油新麦子,好好吃一顿,几乎等于过年,母亲们领上娃娃提上金灿灿的油棒去看外婆。外公外婆一个不剩全叫外孙们咥光,还要招待一顿臊子面。收麦后招待亲戚的臊子面不是春节时吃的肉臊子面,是摊了鸡蛋,炒了豆角金针菜的素臊子面。也叫辣子面。大家排着长队分油的时候就盘算好了,娃娃们仿佛看到马上到来的喜庆场面。油跟麦子还有十天半个月的距离,麦子还在地里哗哗喧响,大人们提心吊胆,大气不敢出,麦子上场,晒干,装进包里才算数。一场冰雹一场大雨随时会毁了麦子。没有麦子的油或肉会是啥滋味?玉米高粱跟它们不配套啊。娃娃闹的时候,看着地面不说话,这十几天太难熬了。天快黑的时候油分完了,生产队仓库门口空荡荡,油笼被搬进仓里。娃娃们突然发现仓库门前的地上洒了手片大一摊油,确切地说是在仓库门前的石条上,油光闪闪,光溜溜的青石条睁开了眼睛一样。

武明生告诉孟凯:"我发现的,我还叫了一声。"

娃娃们全涌上去,武明生被挤到一边,武明生那时也就四五岁的样子,家里老小,上边有哥哥姐姐,哥哥上初中,姐姐也是小学五年级的学生了,不跟碎娃娃一起耍,武明生的堂兄在场,堂兄刚上小学,是个厉害角色,三下五除二把大家推开,双手叉腰,拍着胸口:"我兄弟发现的,狗日的眼睛瞎啦,叫老鸹叼啦。"堂兄护着石条上的油花,武明生回家拿馍。姐姐正在厨房烧火做饭,也不是啥正经饭,我们当地人把晚饭叫喝汤,随便一点汤汤水水对付一下,暖暖肠胃。武明生父母孝心重,总是把细粮留给老人,娃娃们也是粗粮。武明生跑进厨房拿了一块玉米面粑粑赶紧往外跑,姐姐追到院子里要他吃热馍,武明生只说一个油,地上洒了油,大人就明白了。爷爷当机立断,从笼里拿出白面馍,爷爷每次吃白面馍总要给碎孙子掰一半,大孙子女孙子是享受不上的,爷爷听到油就把一个整馍全给了碎孙子。武明生的父亲要拦拦不住,爷爷拿眼睛扫父亲一下,就把父亲焊在院子里。武明生掂着白面蒸馍直奔生产队仓库,堂兄不愧是武家的英雄,誓死捍卫那片油花,已经把三四个挑战者打翻在地,淌鼻涕流眼泪龇牙咧嘴,武明生不但拿来了馍而且是十分罕见的白面蒸馍,一掰两半,堂兄堂弟一人一半呜哇呜哇咥个美跟过年一样,几十个娃娃眼馋死了,挨了打的几个碎娃哭得更伤心。

大人们听了武明生和堂兄的诉说,大人们脸上的笑容褪光了,挨打的几个碎娃,有队长家的,会计家的,民兵队长家的,别的碎娃只往跟前挤,这几个碎娃就敢明抢。武明生的大伯跟武明生的父亲对视一下,大伯说:"不怪咱娃么,娃有啥错。"两个大人清楚,往后的分粮分油分肉,他们两家的亏是吃定了,娃娃们不会知道的,也觉察不到两个大人一点一点冷峻起来的脸色。多少年后堂兄和武明生长大了才会明白这一天有多么重要。其实不用等分粮,收麦碾场最忙的那几天,生产队晚上给上工的社员加一顿饭,武明生和堂兄家的大人们饭碗里的油水就少许多,拿勺的都是队长、民兵队长和会计家的人,武明生和堂兄的母亲受不了,当场吵起来,不等队长来评理,两家的男人就把自己女人大骂一顿,大家都知道十几天前娃娃争吃石条洒落油花的事,武明生的母亲差点说出:"我提一罐油送你家行不行?"武明生父亲及时制止了女人的冲动,捅破这层纸后果很严重。武明生父亲当过兵见过世面。回到家女人忍不住哭起来,边哭边掐指头算,分油分肉分菜分粮分棉花,不敢细算,越算越伤心越算头越大。与生计有关的所有资源都在生产队,换句话说都在队长手里。武明生的父亲对妻子说:"我有办法。"

父亲拿着手电筒爬梯子钻到楼上翻腾半天,一身尘土下来了,父亲找到一个布褡裢,一层一层揭开,祖传的全套骟牲畜的工具:双头尖刃刀,针丝铜铃铛,小弯刀系着红带子的长钩子。

父亲当过兵,见过世面,父亲复员回乡时不但带着退伍军人的全部行头,还有战友送他的收音机和手电筒,战友是城市兵,那年月城市人生活也不宽裕,一定是在部队结下深厚友谊才送这么珍贵的礼物,父亲有人缘。收音机成为爷爷的宝贝,爷爷爱听改成秦腔的样板戏,新编的秦腔《血泪仇》爷爷百听不厌,爷爷不爱听《梁秋燕》,用爷爷的话说:年轻人胡骚情哩。手电筒就成为父亲的宝贝,说明父亲不是一般的农民。父亲在楼上的箱箱柜柜里翻找骟匠工具时心里一定很难受。

这套工具曾经是爷爷养家糊口的宝贝,父亲小时候跟爷爷走村串巷学会了劁猪骟羊的手艺,父亲十一二岁懂事了,父亲就不干了,爷爷打他他也不干,不跑不哭,死倔着,爷爷让步了,爷爷去远方劁猪骟羊,熬到解放。父亲改门换户,参军戴大红花,大门上钉军属牌牌,退伍回乡苦干几年加上复员费,盖了三间大瓦房,爷爷的爷爷留下的破土房子也被父亲翻修得有模有样。喜气洋洋的日子里,爷爷和父亲同时想到了祖传的骟匠工具,父亲听见楼上有动静,母亲也听到了,母亲以为有贼要喊叫被父

223

挡住了。农村的房子,不管大瓦房还是土房子,天花板都是木板或扫帚藤条,屋内有梯子,可以在上边放粮食,食用油等贵重的东西。爷爷那么大年纪了跟娃娃一样爬到楼上倒腾啥呢?父亲给母亲比画一下,母亲捂着嘴笑。母亲跟父亲吵架的杀手锏就是骗匠,父亲就脸发白手发抖,说不出话,只能操家伙了,母亲跟游击队一样,射出致命的一击,撒腿就跑,打一枪换一个地方,任凭父亲在房子里在院子里野狼一样嗥叫,狗熊一样发狠,反正父亲不敢到大门外边去,婆娘伙的嘴没边边没沿沿,在众人面前嚷嚷起来那才要命哩。女人们嫁到丈夫家的第一年,村里人总是以最快的速度用最传神的语言兜丈夫家的根底,一直追溯到原始社会,这些野史杂谈民间故事就成为女人们的核武器。母亲善良聪明,知道拿捏分寸,闹得再凶也绝不会撕破脸皮,杀杀父亲的威风罢了。

　　爷爷提着马灯,忙了大半天,小心翼翼地溜下梯子,灭了马灯,走到院子里故意咳嗽几声,啥动静都没有,老汉放心了,把心放到肚子里了,老汉点上旱烟锅抽了两口,还下意识地摸了摸肚子,那颗心确确实实落在肚子里火晶柿子一样热乎乎的软绵绵的,老汉酥心了。老汉知道这套祖传的家伙总有一天会派上用场。

　　武明生的父亲捏着手电筒在楼上倒腾的时候,老汉就听见了,老汉跟马戏团的马听见锣鼓一样腾愣一下坐起来,老汉一直听着听得很仔细,儿子儿媳嘁嘁喳喳老汉全听见了,儿子推上自行车走出院子时,老汉忍不住唱起了《血泪仇》,过来过去就这几句:

"一个还要娘教养,

一个年幼不离娘。

娘死后不能在世上,

怎能不叫人两眼泪汪汪。"

退伍军人骑上车子冲出村子,心里有几分悲壮。父亲打枪种地都是一把好手,父亲操作起骟匠工具一点也不生疏,十一岁前跟爷爷学的,重新操起刀子勾子可谓干净利落,猪娃吱吱叫几声,被掏去要命的东西,刀口极小,缝合得更好,比女人的针线活还细致,顾客满意极了。有钱的给个一毛二毛,没钱的就给粮食,玉米、高粱、豆子。麦子不会给,越是收麦前几天,农民家里的麦子越金贵,越稀罕。顾客发现骟匠悄悄地收走了被剔出来的猪娃的蛋蛋。骟匠骑上车子离开了,顾客会说:"这是个细详人,会过日子。"

骟匠的后颈上斜插两尺长的铁钩,上边系一条红缨子,跟古老的酒幌子一样,在黄土高原的深沟大壑间显得格外醒目,娃娃会涌到村口大喊大叫:"骟匠骟匠骑车子走四方,过年猪油一水缸。"也有不骑车子的骟匠,摇着铃铛走村串巷,娃娃们会随机应变把"骑车子走四方"改成"摇响响,走四方"。相比之下,骑车子的骟匠要威风得多,戴一顶草帽,比正常草帽小好几圈,车梁上扎着书包大小的帆布袋子,里边装着一套工具,会过日子的骟匠把收起来的牲畜蛋蛋也装在帆布袋子里,很少有人注意车梁下边的布袋子。顾客给的粮食搭在后座上,走的地方越多,后座上的粮食口袋越大。骟匠进村不吆喝只摇铃铛。大家纷纷从猪圈里逮住猪娃子,提着后腿,猪娃尖叫着踢腾着,到骟匠手里就老实了,骟匠接住惊恐万状的猪娃,不急着动刀,轻轻拍几下猪娃子轻轻挠猪娃子的后腿根一直挠到肚皮上,猪娃子就很舒服地哼哼起来,武明生父亲的阉割技术堪比那些医术高明的外科大夫,阉割包扎一气呵成,连挑带缝,也就十几秒,与剧痛连在一起的巨大无比的舒服又从狗蛋从后腿根从肚皮上散开,猪娃子挣脱武明生父亲那双可怕的手,一瘸一拐边走边瞧,它失去了一样很要命的东西,猪的小眼睛看到的世界全变了,从此以后它会变得贪吃贪睡慵懒无比,所有的心思就是长肉长肉拼命地长肉,啥都不想,直到肥得流油走不动路,主人或卖或杀,阉割后的猪都是这种命运。

父亲绝不久留,干完活就走。父亲绝不穿那身洗得发白的军装,连黄胶鞋都不穿,一身土布衣服,浆得发硬的白布衫蓝裤子黑布鞋,收拾得干净利落,但绝不让人想到他的行伍生涯。有些村子里的人会认出父亲,问父亲你当过兵嘛。父亲不久前还穿军装外出,退伍十多年了,两身军装一直是父亲的礼服,包括军帽军鞋。父亲回乡时带了四身军服,四双军鞋,四顶军帽,多余的几件都是在部队千方百计节省交换得来的。父亲给自己留两身,给大伯二伯两个农民哥哥一人一身,在那个年代就是很贵重的礼物了,兄弟情谊嘛。大伯二伯地道的农民,漂亮的军装到他们身上几年工夫就失去光彩。父亲的军装还半新半旧,做事果断行动利落。当人家问及他的军旅生涯时他就给人家一个背影,人家马上明白干这营生是万不得已。日子艰难。

父亲挣来的粮食入包,牲畜的蛋蛋腥不拉叽,但绝不会像民谣里唱的"过年猪油一水缸",炼油炒菜。父亲叮嘱母亲多下香料红烧。肉香很快飘出院子弥漫整个村庄。那个年月，吃肉是了不得的事情，一家做肉，全村都能闻到香味。大伯二伯的几个碎娃也过来了，都是跟武明生年龄相仿的堂兄堂弟，武明生的哥哥姐姐，还有上中学的堂兄堂姐不会来凑热闹的。母亲好手艺，加了茄子豆角辣子洋柿子，实在拿不出细粮，就拿玉米面粑粑高粱面饼子对付，眨眼间一扫而空，连碟子都舔了，碎娃们咥了个美，还问大人啥时候还能带回这么好的吃货？父亲有时会遇上马呀羊呀这些大牲畜，一般骟匠不敢接这些大活，父亲照接不误，活做得很漂亮，带回来的卵蛋都是馒头鸡蛋那么大，不像碎猪娃子的蛋蛋，大拇指那么小，全是筋。碰到生产队养猪场的活路，父亲得忙好半天，收益也大，光猪蛋蛋就能收一堆，好几斤呢。养猪场也不会给粮食，开现金，两三块，五六块，碰上这种好事，父亲会到商店打些烧酒，一瓶给爷爷，一瓶跟大伯二伯一起喝。下酒菜里绝没有荤腥。武氏家族的老规矩，大人包括半大小伙闺女绝不吃牲畜的卵蛋，碎娃们长身体，可以例外。

  武家人，尤其是男人不管什么年月总是人高马大体质好，壮实，更了不得的是下体，家伙特别大，当地人的说法个个都是驴锤子，小伙子十七八髋拿马勺刮，武家男人下身就是个水泵水枪连喷带射，吃糠咽菜喝凉水都能变成波涛滚滚的髋。千百年来武家与外人发生纠纷大多都是这方面的事情。武家的男人很少有地痞流氓，不会主动招惹女人，都是那些小媳妇大婆娘有相当房事经验的妇女，她们能一眼看出男人行不行，庙会戏台下武家男人往往成为这些大胆女性捕获的首选目标，事情败露后，吃亏的一方就不那么理直气壮，更不可能惊动官府把事情闹大，武家男人折钱折财是免不了的。不谙事的姑娘们反而很少主动接近武家男人。武氏家族从事骟匠这一行就十分危险，也就能理解武明生的父亲为何把带回家的牲畜卵蛋严格地控制在五六岁七八岁急需营养的碎娃身上。

隔三差五有肉吃不就跟过年一样嘛，几个碎娃娃噌噌往天上蹿，全村人都听见几个碎娃长骨头长肉的声音，跟牛犊一样跟马驹一样茁壮成长长势喜人。大伯二伯家的两个碎娃也就是武明生的堂兄上小学三年级，每篇作文必写茁壮成长长势喜人，大队小学的民办教师知道两个碎娃的伙食标准，就笑眯眯地摸着两个碎娃的脑袋发出由衷的感叹：好孩子茁壮成长长势喜人啊！两个碎娃在当天的作文里就用上这两个成语，放学回家抢先告诉小兄弟武明生：茁壮成长与长势喜人。小屁孩武明生听不懂，但小屁孩武明生知道这是学校里的秘密，小屁孩四岁那年吃牲畜卵蛋，长得很结实了，都六岁了，该上学了。父亲第一次正眼打量这个碎髅碎屁眼娃娃，父亲满心欢喜，但父亲抑制了这种巨大的喜悦，只是目光变柔和了一些，伸出的手也没落到碎娃的后脑勺上，而是落在娃后背上，轻轻地拍两下："我娃有志气有出息，明年爸让我娃上学，我娃再耍上一年。"碎娃马上提出一个巨大的疑问："上学的是就不叫我吃肉啦？""明理明诚上三年级啦还吃着哩嘛。"明理是大伯的娃，帮武明生抢菜籽油，明诚是二伯的娃，三个碎娃受到大人特别关照。

明诚上到初中毕业，早早进了乡镇企业，明理上到高中毕业，考了两次大学没考上走州过县做生意成为村里最先富起来的人，武明生最有出息，考上了名牌大学。村子里张家赵家历史上出过进士举人,大学生十几个,武家连个秀才都没出过,武明生破天荒中了状元,补习一年不算啥,反正是西安的名牌大学,武氏家族的祖坟终于冒青烟了。父亲办了酒席,三天电影戏,家族出钱,武明生给全家族长了脸,可以跟张家赵家平起平坐了。张家赵家的长辈受到邀请,一个村子嘛,张家赵家也高兴嘛。

武明生的爷爷不再唱《血泪仇》,八十岁的老汉咿咿唔唔唱《三凤求凰》《赵匡胤千里送京娘》。武明生的奶奶死得早,不到六十就去世了,奶奶牌位前摆满水果点心各种菜肴,香炉里的香都插满了,奶奶坟前还放了炮,向地下的老先人报告人间的喜讯。

村子里说啥话的都有,最权威的说法就是父亲在娃娃们长身体的关键时候拉下脸,拼上命割牺畜的命根子,赚钱多少不重要,重要的是大家连肚子都填不饱的时候,武家三个碎娃隔二见三有肉吃,明理明诚吃到小学毕业,明生吃到小学三年级,改革开放了,日子好过了,父亲收起骟匠工具,父亲跟历代的先人一样,爬到楼上,把这个传家宝贝藏得严严实实。父亲下梯子点上烟锅坐院子里安安静静抽旱烟。爷爷在房子里咿咿唔唔唱起《周仁回府》,带着颤音有点任哲中的味道。人们还有另外一种说法,其实是一种期待,一种默契,心知肚明,那就是明理明诚身上会发生一些故事,跟帝国主义分子杜勒斯一样把罪恶的希望寄托在下一代身上。人们相信武明生不会出事,考上大学等于中皇榜,周原故地,几千年前周公制礼的地方,人们从骨子里尊重知识尊重人才,这也是爷爷和父亲最值得宽慰的地方。爷爷和父亲怎么能不明白大家的想法?不用爷爷出面,父亲找大伯二伯把话挑明:早早给明理明诚把媳妇娶了。父亲虽然是老三,父亲当过兵见过世面,更重要的是父亲养了个大学生,不但在武氏家族,在全村上千号人中威信大增,村干部,在外工作的公家人,长辈们都敬父亲三分,父亲对儿子侄儿一视同仁,大伯二伯是清楚的。

　　大伯二伯就听老三的安排给明理明诚张罗媳妇,父亲母亲积极参与。千百年来武家娶媳妇首要条件就是身体好。农民娶妻都这个标准,武家绝对是高标准,可以用强壮来形容,而且都是几十里以外,外乡,外县,还有出了省界甘肃四川的也不少,越远后代越优,也都优在身体上。附近村庄的闺女不敢嫁到武家。再强壮的女人,进门三五年就憔悴不堪。闹新房那天村里人就暗示新媳妇:你可是涝池里泡馍馍大扑腾哩。新媳妇不管胖瘦美丑,都十分强壮,男人们都啧啧咂舌的角色,闹新房新娘怕得要死,武家的新娘羞涩中带有几分蛮力,小伙子们动手动脚时会龇牙咧嘴吸几口冷气。大嫂大婶们小媳妇们嘻嘻哈哈给新娘子开窍,新娘子不是木头,出嫁前娘家的嫂子婶子把该说的都说了,夫妻生活的任何暗示蒙不了新娘;新娘实在搞不明白馍馍与涝池有啥关系?新娘下意识瞅一下炕,被子枕头被小姑子收起来,单子和毡都卷起来,只剩光溜溜的炕席,碎娃们挤在炕上,莫非这炕是涝池?新娘越想越糊涂,闹新房的人散去,新郎进房,小夫妻同房,新娘比新郎细心,知道有听房的瞎僚,新娘配合新郎的动作,绝不配合新郎说话,瓜皮新郎说上两三句就不说了,埋头干活。武家男人都跟犍牛一样跟烈马一样,不管地里活还是炕上活都肯下力气,炕都要压塌了,外边听房的都是男人,越

230

听越自卑,毛头小伙子都听傻了,那些结过婚的男人硬把他们拉走,再不走裤裆就要打浆子打搅团锅底的瓜瓜都要铲光了。新娘一年舒坦两年发颤三年五年又黄又干,怕见男人,男人离家十天半月,女人跟过年一样,眼睛亮了脸光堂了,男人一回来女人又蔫了瘪了。新婚第二年新娘才明白闹洞房时人家说的涝池泡馍馍大扑腾的真正含义,馍馍一定要泡在碗里,菜汤也好肉汤也好,舀在碗里才合适,盆里缸里都不合适,涝池是要淹死人的,女人体会到了水深火热的滋味。

  我们可以想象明理明诚的娶亲过程。大伯二伯父亲加上经验丰富的女人们,跟相马一样挑媳妇。初中毕业的明诚最先就范,明理念过高中,有个人想法,具体地说就是某个女明星的粉丝。

  上世纪八十年初还没有粉丝一说,应该是崇拜者。镇中学的高中生结伴去过县城,进过电影院,不再是"四人帮"时期乡村露天电影看的那些革命影片,县城电影院放映《追捕》《人证》,全中国的小伙子热爱真由美。电视剧《血疑》开始热播,镇中学唯一的一台电视周末可以让学生一饱眼福,胆大的学生翻墙到镇政府镇工商所这些公家单位去看电视。那个瘦弱苍白的幸子让明理兴奋不已,彻夜难眠。我们可以想象,大人们领来的那些人高马大的姑娘怎么能入明理的法眼,大人们就来硬的,牛不喝水扳住犄角硬往下按。不等大人们动手,明理就把一个碎女子领到大家面前,镇中学校门口商店的售货员,小巧玲珑细溜溜还真有点像银幕上的幸子。明理补习考大学那一年其实是个幌子,心思全在这个售货员身上。大伯二伯三爸,婶子嫂子们个个嘴张得像窑洞眼睁得像牛卵子。女人们反应快,围上去拉住人家姑娘的手问这问那,很快就涌到房子里。大伯二伯三爸,三爸就是武明生父亲,都是经验丰富老辣狡猾的中年人,几个中年人黑下脸要给明理来硬的。明理料到大人的伎俩,明理往后一跳,从墙上抓下一把镰刀,另一手拉开牛仔裤的拉链压低嗓门警告大人:"我不是牲口,我不娶大肥牛,我看上谁就是谁,不答应我就断了这根筋喂狗,我喊一二三。"镰刀贴着鸡鸡的根,上边的黑毛扑刷刷掉下一小撮,大人们退让了,大人们应该想到好多年前明理七八岁个碎娃为手片大的菜籽油把生产队长的娃民兵队长的娃会计的娃打得吱哇乱叫,他就有胆量唬住自己的长辈。

房子里的女人们不知道外边发生的事情。明理的母亲能猜个七八成,母亲知道儿子是个啥人。姑娘是个好姑娘,就是太单薄了。明理跟老鹰护小鸡一样护着豆芽菜一样的心上人往外走,明理的母亲被妯娌们围起来,女人们跟一群老母鸡一样叽叽喳喳:"没狗子么,能怀住娃娃吗?""胸口平平的。""有哩,有两个碎疙瘩,鸡蛋那么大。"明理的母亲还是偏向了儿子:"咱武家的媳妇不是奶牛就是大洋马,这回咱改门换户娶个苗条的。"一下惹翻了大家:"你才是奶牛你才是大洋马,看你这狗子,肥的,圆的,跟大车轮子一样跟草筛一样,改门换户呀,麦秆一样豆芽一样,给你下一窝老鼠下一窝兔娃。"

明理明诚同年出生同年上学,同一天娶媳妇,我们想象那天的景象:反差极大的两个新娘,一个骆驼一只小羊,同时出现在村人面前,尽管大家见过新娘,没过门前要来婆家好几次,当她们同时出现时那种奇观还是那么强烈地刺激着大家的神经:人高马大的明诚媳妇按规矩得叫单薄瘦小得豆芽一样的明理媳妇嫂子,新娘自己都忍不住笑岔了气。宾客们立马笑翻天,婚礼热闹得不可思议,村干部也变幽默了:"往后呀大年三十大伙儿不用看春晚,不用看赵本山胡骚情,大伙儿就来明理明诚屋里坐坐,新媳妇听好,烧酒盘子咱不要,瓜子花生茶水要供上。"人高马大的明诚媳妇干脆利落:"扛上几麻袋不信把你的打发不哈(下)。"明理媳妇,镇上的售货员啥人没见过,反而羞羞答答,头都不敢抬。大家就喊喊喳喳小声议论:"明理的驴锤子比她的胳膊还粗,今晚这一关她咋过呀。"女人们无限同情地看着这个豆芽一样的新娘,武氏家族的大嫂们心疼得不得了,她们有切肤之痛。

学生娃们喜欢这个豆芽小媳妇,学生娃已经用幸子用山口百惠来形容这个娇小的新媳妇了。新媳妇的红呢大衣下是橘黄色的高领毛衣,上年纪的人很容易把幸子当成杏子,碎娃们懂个辣子,杏子,杏子也是圆丢丢的饱满结实嘛,穿一件杏黄色毛衣就是杏子啦。

明诚媳妇红毛衣红外套,包子一样宽大圆实的脸盘也是红彤彤的,血气旺盛,显得自信大方。

人们又开始按老经验对明理明诚的未来进行想象和猜测。后半夜新郎新娘天地同寿鱼水之欢免不了有人来听房,明诚两口子成为重点,明诚两口子确实动静大。明理那边窗下无人,几个瞎獴在大门口蹲着,弄啥呢?说是等着新娘喊救命,或者新郎喊救人,大家立马弄担架,弄架子车,弄手扶拖拉机,提上马灯打上手电往县医院送。大家就是这么设想明理和他那个酷似山口百惠的新娘的。事实证明人们的猜测和想象有多么可笑。第二天出现在大家面前的明理媳妇瘦弱白净的小脸蛋上有了一点点红晕,眼睛里闪动着做女人的自豪和幸福。

三天后回娘家,明理骑车子,后边驮着他的新娘,虎背熊腰的壮汉后边贴着娇小的新娘就像西北高原崖畔上怒放的迎春花。一礼拜后明理媳妇去镇商店上班,明理媳妇骑的车子跟她一样小巧玲珑,村里人第一次见识女式轻便自行车,老人们笑:兔娃媳妇拉个兔娃车车。村子到镇上七八里的土路疙疙瘩瘩,明理媳妇的轻便女式车子灵活自如,跟燕子穿林一样绕来绕去,又稳又快,不像男人们骑的加重二八老牛自行车,在土疙瘩上喊里哐啷跳来跳去,有时还会把后座上的老婆娃颠到地上。明理媳妇稳稳当当就像水上漂,男人们惊叹:碎人有碎人的好处。明理媳妇早晨出去天黑前回来,中午在商店自己弄饭吃,有煤油炉子,下挂面,或者把家里带的饭热一热。下雨天骑不成车子,就提前回,七八里路得走一阵子。

明理整天在外疯跑,越跑越远。三年后,明理买了摩托,明理还把商店盘下来,让媳妇当老板娘,雇了两个亲戚打下手,明理媳妇一礼拜去一次,有时十天半月去一次,媳妇生娃前明理就让媳妇过上了轻松日子。媳妇生的不是老鼠儿子碎兔娃,八斤半一个巨型婴儿,儿子娃,活脱脱一个武明理,谁也不敢相信这么单薄的碎女子能结这么大个瓜,在农村,生了儿子娃,女人的地位基本稳固下来。再过几年,明理在县城买了商品房,镇上的商店盘出去,在县城另开一个店,老婆娃就住在县城,娃三岁半上城里的幼儿园。明理的下一个目标是在县城再买一套房子把父母接过去。这个前景不用大家算都能看出来。大家关心的还是明理的锤子。

明理很少在村子里逗留,总是来去匆匆,人们总是看见明理的媳妇,生了娃,当了老板娘,越来越漂亮,气色好得不得了,莫非她是妖精?又不像,这个女人眉目间全是良家妇女的气象,没有一丝一毫的邪气。没人知道明理的秘密,明理结婚前一礼拜到西安办结婚用品,顺便看望上大学的兄弟武明生,武明生指给明理看远远走来的李芸,明理连声叫好,而且一针见血地指出:"活脱脱一个真由美,盯紧,别让她脱逃了。"孟凯刚刚见过李芸,孟凯也承认李芸酷似日本电影《追捕》里那个美女真由美。明理称赞兄弟眼睛有水:"健康、聪明、漂亮三样占全啦,兄弟好福气。"明理没说出的那句话就是:"你嫂子啥都好就是太单薄。"

明理总有明理的办法,明理做生意交往大,可明理从不嫖娼,鸡太脏,对妻子不尊重。婚后不到半年,明理开始理解长辈们的良苦用心,下身跟高脚牲口一样连蹦带跳,他实在不忍心跟武家的男人一样让自己心爱的女人早早衰败,变成一团枯草。明理总有明理的办法,明理很快在西安咸阳宝鸡榆林汉中有了相好,都是人高马大的良家妇女,有官员的老婆,有老板的老婆,有职业女性,也有女老板,长相各异,但她们个个像武家的媳妇强壮得不得了,来到世上就没有遇到过势均力敌的男人,又不敢胡骚情,遇上明理就跟遇上救星一样。明理每次回老家前总是关中陕南陕北巡游一番,这些女人都是结发妻子的铺垫,东南西北忙一大圈,回到妻子身边,正剧开始,火候恰到好处,妻子身边就不再是猛兽而是一个怜香惜玉的绅士。妻子想象中的床笫之欢就应该这样,饱满圆润绝不孟浪。

　　村里人给她传递的消息太不靠谱了,包括自己家族的妯娌们,总是把武家男人描绘成衣冠禽兽,一口一个野驴,一口一个公牛,都扯到老虎豹子了,她透露给人家的信息很容易让人想起电影明星达式常郭凯敏,再邪乎一点也就是《上海滩》里的许文强,大家将信将疑,唯一让人信服的是这个山口百惠式的女人没有重蹈武家媳妇们的覆辙,包括那个跟她同一天进门的明诚的媳妇,骆驼一样大洋马一样的明诚媳妇三五年间就垮下来了,让人最不放心的山口百惠风采依旧,甚至比做姑娘时健壮了一些,胸脯鼓了一些,两枚鸡蛋似的奶头发成了馒头,屁股也圆了一些,生过一儿一女两个孩子的少妇保持着少女的形象,在西北干旱高原的乡村小城都是十分罕见的。明理媳妇从大家面前走过,总让大家琢磨半天,议论半天。

　　明理给堂弟明生实话实说,武明生就嚷嚷:"你那些干妹子都成了蛇胆丸,牛黄解毒丸,黄连上清丸。"明理就拍着大腿语重心长地说:"没办法么,我心疼你嫂子么,武家男人火大毒性大,不泄泄火排排毒就把你嫂子毁了,床上那点事情弄好了女人享福哩,弄不好女人受罪哩,我娘你娘婶子们包括明诚媳妇都受的啥罪嘛,你眼睛又没瞎,你以后找媳妇千万别步先人的后尘,向老哥学习。"武明生连嘲带讽:"学你三妻四妾,把老婆当宝贝把情人当尿罐。"明理不生气,明理的歪理一套一套的:"你这个大学生还不如你老哥这个中学生么,《红楼梦》里的贾宝玉混在女人堆里,真正上过床的只有袭人,袭人是个丫环,想日就日,跟现代人一样上床是容易的,爱上一个人是艰难的,对宝姐姐动情,对林妹妹动心,动情也不是啥难事,动心可是万里长征,过雪山草地,跟唐僧取经一样九九八十一劫难样样不能少。"武明生嗨嗨叫起来,明理可真让他刮目相看,明理媳妇也就是他嫂子不但酷似山口百惠,还真有点林黛玉的风采,明理眯着眼好像在蔑视全世界。"我这个满身铜臭的生意人,西安人眼里的稼娃对文学名著的理解不亚于专家教授吧,专家教授钻在古文纸堆里研究出来的,你老哥可是风里来雨里去辛辛苦苦实践出来的。"明理把烟头掐灭,端起茶杯跟老汉喝烧酒一样咂两口,茶清脑子呢,喝了茶的明理又斯文起来:"兄弟你是好样的,在西安念大学没忘你老哥,一个劲地给老哥寄复习资料,又是海淀的又是黄冈的,老哥头一年考学时就发现了商店里有个乖女子,咱俩一起逛商店你狗日的戴上木头眼镜啦,好像世界上除了大学啥都不存在,眼前这么乖的女子,这么俊的姐姐你都熟视无睹,我还捅了你两下狗日的都没反应,除了你我不会给第二个人暴露这天大的秘密,男人争女人啥事都弄哩,男人都是狼,见了肉从来都是自己上,老哥真把你当贴心的兄弟呢,老哥冒多大的风险把这么大的大发现大秘密泄露给你,你可别做这傻事情,遇上心爱的女人千万别声张,不但不声张还要若无其事,还要有意识地贬低一下,必要的时候抹点黑,迷惑对手麻痹对手。"武明生就下意识地拍堂兄的大腿,嘴上噢噢心里嘀咕:"早都这么做了,这种事从来都是无师自通。"堂兄滔滔不绝:"你看中的那个女同学叫啥?李芸,就是那个李芸,校园里远远看了一眼,我就一路上琢磨,快到家门口时我就想起来了,这个李芸简直就是宝姐姐林妹妹的完美结合么,曹雪芹要见了她,《红楼梦》得推倒重写。"

明理把这个喜讯告诉三爸三娘,也就是武明生的父母。武明生从大一开始总是最晚离校最早返校,寒假更可笑,大年三十才回家,正月初二就返校,理由是考研究生呀用功呀。父母很大度,坚决支持儿子,还千叮咛万叮咛。娃看上了人家西安姐姐,考上研究生就能百分之百留在西安,把西安姐姐变成自己媳妇。这本账父母算得很清。武明生没想到堂兄把这么隐秘的事情能告诉家人。"父母又不是外人,父母恨不得你把全世界的漂亮女人全娶进门。""你咋不把你的山口百惠告诉你爸你妈?"堂兄武明理慢慢咂一根烟,咂完,使劲搓脸,好像脸上有多么厚的垢痂,脸红得快渗出血了,武明理的头埋在膝盖中间:"我捅你三下你没反应,我就单独行动啦,有事没事往小商店里跑,她问我咋不上课?她没把我当街痞闲人,也不知道是第几次,从那个小商店出来,我突然发现我是个牲口,粗鲁野蛮,咱武家男人引以为荣的大锤子大驴尿让人无地自容抬不起头。"明理说话的时候头一直埋在膝盖中间。

武家的男人穿开裆裤甩尿尿泥的时候就牛皮得不得了,小伙伴们聚在一起总要比鸡鸡,小伙伴们的小鸡鸡都小拇指那么大,有些小伙伴的鸡鸡甚至只有蚕豆大小,武家的儿子娃娃都是一根红萝卜,再大一点,娃娃们站一排比谁尿得远,大多娃娃也就一米多,厉害一点的两米,还是抛物线画个半圆落地,武家的娃娃轻轻松松直射一丈多,满脸鄙夷环顾一周,穿开裆裤时他们就很自信了。武明生记得清清楚楚:每次比赛堂兄武明理都勇冠三军,武明生与武明诚并列第二,三个活宝小时都吃过好几年牲畜卵蛋,武家其他娃娃被他们三个远远地撇开了。堂兄武明理的气势直逼武家另一个大名鼎鼎的英雄,按辈分,这个远房叔叔武明理武明诚武明生应该叫人家四爸,也就是四叔。

从叙述语气中就知道孟凯又在搜集武明生家族的历史了,比张子鱼的家史更离奇,典型的民间故事嘛,整个关中西部渭北高原男人们的奇思妙想全装进去了。孟凯自己都脸红了嘛,等于揭自己的伤疤嘛。他在床单上绘地图跟飞毯一样游遍精河绿洲,要是过了阿拉山口可真是臭名扬到国际上去啦。武明生家族的故事可以给他遮丑了。孟凯很兴奋很得意,给表哥的信还在进行中,他就能想象出精河人听评书一样听到这些故事时的表情,精河大地把动物的髌都能变成奇珍异宝,口里人净干这种事。出于对武明生的友谊,孟凯笔下是留了情的。

上个世纪七十年代初,宝鸡咸阳几十万民工用架子车用石夯这些原始工具在陕西关中西部山区修建齐家沟水利工程,那些精力旺盛的小伙子们休息时常常摔跤比高低,搬碌碡比力气,最让人心惊肉跳的是这帮陕西冷娃好狠斗勇到疯狂状态就是亮出男人最伟大的武器——两腿间的大鸡鸡,上边挂个砰锤,挺而不弯,众人欢呼,武林高手的铁裆功就这么练的。接着有人在鸡鸡上搁一块砖头,又一阵欢呼,第三个上场的是西府渭北武氏家族的人,也就是武明生的远房叔叔,跟杂技英豪一样坚挺的鸡鸡上顶起一把铁锹,一丈长的铁锹,一个壮汉用手举都很吃力,武明生他四爸顶在鸡鸡上顶了足足五分钟,几十万民工鸦雀无声,气都不敢出,都看傻了,武明生他四爸取下铁锹往地上一插,很豪迈地系上裤子。整个工地爆炸了,不是欢呼,是狂呼乱喊,一连数天,工程进度大增,大家都疯了,拼上命你追我赶,当天食堂

239

炊事员按领导吩咐奖励四爸一大碗红烧肉外加两个带把肘子。那个年代农村壮劳力一个月吃一百多公斤粮一顿咥一二斤肉很正常，何况四爸这种人，下大力流大汗专吃大肥肉，四爸所到之处人人无比敬仰，那正是评法批儒的年代，等于变相普及了历史常识，人人都知道秦始皇，连带知道了秦始皇那个性欲极强的母亲以及母亲的情夫嫪毐，相传嫪毐的鸡鸡跟车轴一样能撑起大车轮子，人们很容易把嫪毐跟四爸联系起来，人们就有理由期待有一个乖姐姐跟四爸轰轰烈烈来一场。四爸果然跟工地上一位姑娘上演了一场出乎所有人意料的大戏。

四爸的照片就贴在宣传栏上，女人看到的是一个帅气而强壮的男人，姑娘们更浪漫，很容易联想到那个年代的男性形象：洪常青、郭建光、李玉和、杨育才，样板戏里的男主人公全都跟四爸黏在一起，农村姑娘既浪漫又实际。她们还听到一个惊人的消息，四爸未婚。这个消息可非同一般，给姑娘们带来无限的希望和无穷的动力。工程进度可想而知，妇女能顶半边天，姑娘们算是半边天的天外天。老实不客气地讲，姑娘们把四爸理想化啦，四爸不丑但绝不俊，他这样的不丑不俊的农村小伙太多了，工地百分之八九十的民工都他这档次，洗个澡理个发换身干净衣服照个相，往光荣榜上一贴就是另一码事了，照片给人增光增色，女人们就看重这个。何况人家四爸是重要角色，不是公社宣传干部的摄影水平，是《陕西日报》的大记者，专业摄影师从侧面截取了四爸最美好的瞬间。

向往四爸的众姑娘中有一位四爸初中时的同学，他们在镇中学念书时就彼此有好感，没有捅破，关键是当时还很朦胧还很模糊,念完初中就回乡劳动了,没再联系。重逢于水利工地,四爸还成了大人物,姑娘就比别人自信,也很主动,叫四爸名字可以不带姓。西北农村男女间互相称呼都很严肃地带姓氏,跟公安人员宣布逮捕令的口气差不多,男女同学之间也这样,只有亲人之间,关系相当密切的异性才敢去掉姓氏直呼其名。老同学见面就有这种便利,其他姑娘一下子被甩在后边。那个年代男女之间彼此有好感也有他们特殊的方式,打招呼,公开场合多交谈几句,有时远远望一眼。水利工地最贴心的礼物就是毛巾肥皂洗衣粉,这些城里人的日常用品,农民兄弟视为极大的奢侈品。四爸与女同学已经开始互赠这些洋玩意儿。四爸也相当危险了。

姑娘是订过婚的,未婚夫没在水利工地不等于未婚夫不知道姑娘的动向。未婚夫接到急信,火速赶来,送信的人还告诉未婚夫,勾引你媳妇的是个大驴屎,活嫪毒。西北农村谁不知道那个鸡巴当车轴的嫪毒?那可是搅过秦始皇他娘的人!未婚夫赶到工地,不再生气,全都耗在路上啦,百十里路,再大的气都得压住。未婚夫还是按捺不住亲眼见识了一下,四爸不认识人家,人家跟他打招呼,他就放下手里活跟人家打招呼,人家不看他的眼睛,专朝他裤裆里看,四爸也不由自主朝自己裤裆看一眼,男人们粗心常常会忘了扣裤裆的扣子,给人们留下笑柄,四爸看一眼自己的裤裆,好好的,唯一的缺陷就是他干活很卖力,裤子把鸡鸡磨得太厉害,鸡鸡跟棒槌一样竖了起来把裤裆顶得跟帐篷一样。那个陌生人气恨恨地走了。四爸没看见陌生人生气的样子,四爸要是看见那张发白发黑又发红的脸,四爸会警觉。四爸放心地跟女同学约会去了。那个年代,男女约会前的交往节制而理性,坐在一起说话中间也有半公尺的距离,彼此约定在某个隐秘的地方见面,就意味着质的飞跃,从平平常常的交往到干柴烈火中间没有过渡,没有春天,从冬天直扑夏天,跳跃性极大。四爸很聪明,四爸选的地方是工地的大仓库,一个很深的天然山洞被当作仓库,粮食油料手套肥皂等生活用品全在里边。看仓库的是一个公社的乡党,熟人。四爸拿到钥匙,带着女同学进了山洞,熟人从外边锁上大门就走了,天明再来开门,一对狗男女可以放开手脚在山洞里美美地耍一场。

愤怒的未婚夫追上来时,山洞的门锁上了。愤怒的未婚夫昏了头,使劲敲打铁门。老天爷有心相助,快到冬天了,还在打雷,雷声盖住了敲门声。未婚夫昏了头,是那种很理智的疯狂。他一声不吭去找自己人,自己家族有的是人,其中一个也看管仓库,不是生活用品,是雷管炸药电线。要用炸药炸,每个连队都可能领炸药雷管。小伙子领了一大堆炸药雷管,还有钢钎、风钻,家族来了一帮人,都气疯了,不找有关部门反映,他们要自己动手教训这对狗男女。一帮人忙了一晚上,在山洞另一侧的陡崖下打一个炮眼装上炸药,其他人都走了,事情得由未婚夫一个人扛着。

黎明时分未婚夫点燃了导火索。未婚夫看见仓库管理员远远走来,未婚夫上去缠住管理员,又是递烟又是套近乎,不到五分钟大地就呼扇一下展了一下翅膀,大地好像飞起来了,群山沉下去,大地升起来,爆炸声很沉闷就像上年纪的老汉放一个很臭的屁,嗡的一下。那个愤怒的人彻底解脱了,再也不压抑自己了,把棉袄往地上一摔,揪住管理员连抽带踢带咬,边打边骂:"驴日下的,把钥匙塞到他们手里,给他们提供那么宽敞的地方,驴日下的,你的心咋就那么哈(瞎)!"

未婚夫也曾考虑过层层汇报,公开捉奸。据进过山洞仓库的人讲,那洞子有好几百米深,越深越宽敞,这对狗男女绝对在山洞最深的地方,几百米深呢,打开铁门,紧赶慢赶,人家把衣服穿好了,耍赖不认账谁也没脾气,这正是狗男女狡猾的地方。未婚夫就横下心来绝的。

山洞塌了。管理员挨了打。愤怒的人也没跑,当下承认,好汉做事好汉当。那是要判刑的。两条人命不说,那么多公共物资埋在山洞里再挖出来得费多大劲。

上个世纪七十年代陕西西部山区气温都在零下十几摄氏度左右,天寒地冻,第二年春天才能动工。小伙子关在工地另一个仓库里,透过铁门上的窗户可以看见对面山上那个炸塌的山洞,陡崖坍塌形成了一面斜坡,洞口就在坡底下。公安局的人勘察了现场,审问了好几天,这种破坏性的活动绝不是一人所为,小伙子死不开口,大包大揽,公安也没办法,准备第二天带回市里收监,等待公判。

第二天早晨奇迹出现了,坍塌山洞的地方冒起一缕炊烟。山洞是个大仓库,仓库深处有个通风口,那对狗男女没死,只是堵在里边了,竟然找到了通风口,把通风口当成了烟囱。山洞里生活用品一应俱全,成千上万的人可以吃半年,两个人吃几十年也吃不完。山洞炸塌一周后出现这种奇迹,大家都把这对狗男女当成天下最有福气的人:"狗日的天天都在过年。"

第二年春天,挖开山洞前夕,大坝顺利合龙。留下少量的工程人员收尾,大部分民工在山洞挖开前一礼拜返回家乡,笔直的炊烟高高飘起直冲云霄,人们边走边回头,有人忍不住吼起了秦腔:"唐明皇离了华清宫,马嵬坡下埋美人,啊呀呀埋美人!"

所有的版本讲到这里就结束了。武明生反问孟凯:"挖开山洞以后呢?"孟凯想都不用想顺口就说:"你情我愿,婚姻自由,有情人终成眷属,还要怎么着?"不管哪种版本,也都交代了最后的结局:挖开山洞两个人出来后公安局还问姑娘一句很关键的话:"你是自愿的还是强迫的?"姑娘点点头。公家没再追究。

武明生下边的故事让孟凯彻底闭上了嘴。山洞挖开后,首先冲出来的是呛人的气味,从冬天到春天好几个月,吃喝拉撒都在里边,那个通风口当烟囱兼顾通氧,排不出洞里的污气。刚开始有说不完的心里话,一个月后就没话了,唯一能表示生命迹象的就是性交。最后连这个兴趣都没有了。连对方的身体都不想碰,洞房厨房茅房合在一起是什么地方。各种气味中精液的臊味异常凶猛,呕吐越来越厉害,等于火上泼油。那种恶心让他们终生难忘。

他们确实成了眷属,但结婚没几年就分手了,身体健康一切正常就是不能同房,一干那事就恶心,恶心彼此的身体,跟陌生人在一起兴许好一些,就离婚了。

那个监外执行的爆炸案凶手也很惨,娶了媳妇就拼命地操啊操,嘴里喊着号子,号子就是:"山洞!山洞!仓库!仓库!"下意识里他原来的未婚妻跟四爸日夜不息地车轮大战,他脑子一片混乱,几千年前的嫪毐与同时代的四爸混在一起夺走了他的未婚妻,他就患上了可怕的性亢奋,比武氏家族的男人还厉害,结婚不到半年媳妇就跑回娘家,哭诉自己嫁了个大叫驴。

孟凯听到的版本里没有这些内容,人们也不想听这些内容,他们绝对相信山洞里那对男女过的是神仙般的生活。几十万民工带着这种梦幻般的幸福回到家乡,把这个新版"天仙配"讲给村里人,添油加醋越传越神。那些悲惨的结局仅限于受害人的亲人,成为家族秘史,外人不相信家里人不能不信。孟凯信。孟凯甚至扯到卡夫卡。武明生就说:"跟卡夫卡有啥关系?"孟凯就讲他失去叶海亚那段日子,真想挖个洞钻进去,就读卡夫卡的《地洞》,他真钻进去了,他不但成为《地洞》里的耗子,还变成了《变形记》里的大甲虫,有了一层坚硬的壳,保护受伤的心灵。他怎么都不明白从中学就开始的初恋,经过大学四年的长途跋涉都快领结婚证了就是进不了婚姻的《城堡》,不用亲人们指责他,他自己《审判》自己。他读完卡夫卡所有的作品,包括日记书信随笔杂谈,包括各种版本的卡夫卡传记,包括那封声泪俱下的给父亲的长信,现在他才明白让卡夫卡绝望的主要原因不是父子之间人生理念的冲突,不是保险公司的职业与文学创作的冲突,不是犹太身份与德意志民族捷克民族的宗教民族语言冲突,给他一生带来最大伤害的是大学时代与一位女店员的经历,女店员显然是一位成熟女性,卡夫卡青春年少什么都不懂,就完成了自己,《司炉》中那个被父亲放逐的少年受中年女佣诱惑,致使女佣怀孕,就是卡夫卡自己的写照,女性的美好形象从开始就弄得肮脏不堪。卡夫卡后来认识许多优秀女性都难以排除人生之初那可怕的一幕。孟凯告诉武明生:"我相信你四爸和那个姑娘所经历的山洞,我甚至能闻到那股臭味,太恶心了。"孟凯都站起来了,"我比卡夫卡幸运,比你四爸幸运,叶海亚抛弃了我,可我们的初恋是美好的"。孟凯大手一挥:"我不恨叶海亚了。""你已经说了三次。""这次是真的。""西域有一个古老的传统,诗人在国王之上,叶海亚就是我的诗我的歌;你的缪斯应该是李芸对不对?"武明生笑得很勉强:"我考上大学我父亲长长松了一口气,比我还高兴。""你吃了那么多动物的生殖器你爸能不担心吗?可怜天下父母心呐,西域还有一个古老的传统,没有读过诗的人吃了地精,就跟牲口一样,糟蹋女人折磨女人。"武明生长叹一声:"我第一次见到地精脑袋就轰的一下就想起我爷和我爸的骟匠手艺就想起小时候吃的那些动物卵蛋。"

武氏家族的后人为了根治这种难以启齿的毛病做过种种努力。

高中生武明理在小镇的商店里面对酷似山口百惠的女售货员时马上感觉到四爸有多么滑稽可笑。

"我就把考大学看淡了,眼前这个碎女子才是最重要的。"

补习班一年他所有的心思就在这碎女子身上,十天半月才去一次商店,跟正常人没有啥区别,大多时间在暗中跟踪,跟屁虫一样跟在人家后边,三沟六坡,一直目送着碎女子走进村,第二天一大早又去迎接女子上路。女子上坡下坡,七拐八拐。堂兄武明理在崖畔在黄土梁上居高临下,黄土高原不断地闪开合上,升起落下,鹞子掠过崖顶,发出悠长的啸音,栩栩(麻雀)一群又一群出了林子又没入荒草丛中,野兔在大地上划开一道又长又深的口子,火焰就从那口子里喷出来,然后去追那狂奔的野兔,野兔着火了,披着火焰跑得更猛,大沟大壑被点燃了,火焰沸腾着奔涌着跟火山岩浆一样,整个高原被烧红了,野兔披着大火还在奔跑……堂兄武明理拔猪草的时候就是一只野兔了,堂兄武明理挖野菜的时候就翻沟越梁直到星星布满天空,堂兄武明理打柴火的时候就手持利斧腰扎粗绳尽砍悬崖峭壁上的杂树灌木,堂兄武明理挖药材挣学费的时候就把渭北高原的沟沟壑壑搜腾遍了,一只真正的高原野兔也就这个样子……高原红透了,火晶柿子一样又红又亮,堂兄武明理就看见这个美丽女子的脸,堂兄武明理忍不住就哎了那女子,那哎的一声跟拔酒瓶塞子一样从生命深处喷薄而出,武明理被自己心灵深处的响声吓坏了,差一点从崖畔上跌下去,武明理紧紧地抱着崖畔上的枸树,看着那碎女子远去。

  几小时后武明理走进小镇的商店里,碎女子的脸腾一下就红了,武明理的耳畔还回荡着那冲天而起的哎的一声的余音。女子肯定听见了,崖就三四丈高嘛,一个在崖顶抱着枸树,一个在崖下赶路,走到枸树底下,武明理激情澎湃心跳如鼓,鼓锤抡得比马蹄子还欢,就把鼓擂破了,女子听见的不是哎的一声鼓破,是传说中哎的一下亲吻,女子朝崖畔看一下,赶紧摸自己的脸,手就焊在脸上了,就捂上脸,越走越快……女子进门刚喘过气,武明理就出现了,这回两个人都脸红了,都慌了。另两个女售货员迎上来,其中一个问武明理:"洋学生买啥呀?""牙牙牙牙膏。"给了钱又找了钱,售货员还忘不了刺武明理一下:"结结巴巴话都说不齐整能考上大学吗?"武明理往外逃的时候又在门框上碰了一下,身后一串大笑,笑声后两个中年女售货员数落碎女子:"你脸红啥哩,你得是喜欢上人家啦?""莫有莫有胡说啥哩?""我两个一个你叫姐一个你叫姨,能骗得了你姐你姨吗?这几月就怪了,又干又瘦个碎女子发变起来啦,你自个儿照照镜子以前啥样子现在啥样子,喜欢上一个人的时候就是你现在这样子,细、白、粉、嫩、润,更让人家这么一唡,哈,成火晶柿子啦。""胡说啥哩胡说啥哩。"碎女子呜呜哭起来。

武明理以为自己在飞都飞到野地里了,可他的耳朵把他焊在商店五六步的地方,耳朵对商店里的动静有极大的兴趣。两个中年妇女毫不理会碎女子伤心的哭泣:"学生娃瓜着哩,唡都唡了还能让你跑了,姑娘怕搂媳妇怕求,你要让学生娃搂一下,想跑都跑不了,娃瓜着哩,瓜一些好,瓜娃不奸你不吃亏。""吃啥亏哩我啥也没干。""没吃亏你哭啥哩嘛。"另一个女售货员说:"羞涩嘛,涩得跟柿子一样,涩柿子碰上瓜娃,嫽着哩嫽得太大。"碎女子哭得更厉害了,中年妇女就往疼处捏:"嘴上哭哩心里笑哩,又哭又笑的日子女人一生只有一回,你好好受活吧。"

几天后在渭北高原的大沟里,堂兄武明理捡到一双毛线织的手套和一双袜子。半小时前碎女子从这里经过,堂兄武明理还能看见碎女子的身影,已经很模糊了。这些天堂兄武明理不敢近距离跟踪,总是保持一公里的距离,不出他视线就成,堂兄都不抱啥希望了,能看见她的影子就满足了。在大沟最宽敞最遮风的地方,柳树白杨树光秃秃的一动不动,大风在崖畔呼啸吹不到沟底,油菜一半叶子枯黄一半叶子还绿着,麦苗绿油油的,沟底河边的麦田冬天也有春天的气象。碎女子把手套和袜子放在河边绵软的艾蒿丛中,堂兄武明理捡起来的时候手套和袜子上还有少女温馨的气息,红毛线织的,手巧的女子也就一个晚上的工夫。堂兄武明理在高原冬天的河水里洗了手洗了脚,最后洗了脸,坐在绵软的干草滩上穿上新袜子,戴上新手套,就到碎女子的村庄去了。

堂兄武明理给大学生武明生说出自己的秘密还不忘告诉武明生:"你那肉乎乎的大嘴巴哪人家姑娘之前心里一定要哪一下,心里的响声很重要,很重要。"武明生大口大口地抽烟,烟团没咽下去直接从嘴里散开就像戴了一个面罩。好多人抽烟不是有什么狗屁烟瘾完全是为了在这种尴尬状态中掩饰自己。堂兄武明理一定觉察到什么,就把话题转到武家另一个活宝武明诚身上。

武明诚基本上沿袭了武家古老的传统,强壮的妻子三五年就垮掉了,用我们当地人的话说就是黄胀虚肿泡,妻子连连告饶:你放过我吧,你爱弄啥就弄啥。这也符合我们当地人的说法:挨不起就提裤子走人。妻子不可能离家出走,丈夫不可能带野女人回家,这点家规还是有的,不过是他们夫妻间的私下承诺。我们可以想象武明诚的生活有多么自在。妻子从此以后不干涉丈夫的私生活,死心塌地抚养娃娃照顾老人,兼顾农村家庭里里外外的种种繁杂的家务。

武明诚出外打工,也就在小镇县城周围,武明诚的本事只能在这么大范围折腾。越来越多的农村青壮年到宝鸡西安甚至到南方广州深圳去打工,许多村庄全是老人妇女娃娃,武明诚在这些空巢村庄大显身手,帮人家干农活,修家电,同时也解决这些妇女的生理需要。按理说干这种营生的男人也不少,但他们都没有武明诚的好身体,那么大的精力,连这些妇女都感到吃惊,你是人吗?牲口都比不上你。那些俊俏女人武明诚还是割舍不下,人家丈夫归来后他还纠缠人家,不久前还在一个炕上亲哥哥亲蛋蛋叫个不停的女人转脸就不认他了,有人干脆直说:"弄啥的嘛,走走走。"连那些毫不出众的女人在丈夫归来后也对他视而不见。武明诚难受好几天,便老老实实待家里帮妻子干干家务,妻子就感激不尽了。

春节过后男人们离开村庄候鸟一样到远方去了,一年半载不会回来,另一只候鸟武明诚又出现在女人面前,女人们一点也不难为情,哥长哥短叫得更欢,武明诚肚子里的火熄灭于无形中。日子就这么循环往复,武明诚已经习惯了,丈夫们归来的日子他就自觉离开回到妻子身边。

有时也出现一些麻烦,个别难缠的丈夫会找上门来索要损失费,武明诚的抵赖基本不起作用,阴险的丈夫偷偷安了窃听装置,老婆都不知道,老婆跟武明诚偷欢时动静很大。丈夫在外打工也是经过些阵势和场面的,也没有老婆这么能折腾,丈夫知道老婆身上还有高人,不是一般的高人,这种事情没证据不好问人家,丈夫就动用了现代的设备,丈夫就听到了如狼似虎的老婆。老婆一口咬定那个男人是丈夫自己,是昨晚久别后他们自己的床上戏。丈夫气急败坏:"贱女人,告诉你,公安机关能鉴别出是谁的声音。"老婆冷笑:"公安局想听就叫公安局听去,这么好的事情,人人都想听。"男人还是比较诚实,武明诚听见自己的声音武明诚当下就认了,武明诚还替女人说了几句公道话:"你老婆不容易,把你爸你妈侍候得好好的,把你两个娃娃养得欢实的,把你家那几亩地务得有模有样,你一出去一年半载不着家,咻事情嘛跟吃饭一样,你总不能把你老婆活活饿死。""嗨嗨你这野嫖客,还有你这野嫖客这么说话的。""你别嚷嚷,你说咋办呀?""简单得很,我老婆身体吃了亏,营养费你得掏,你给我戴那么大一顶绿帽子,狗日的你得把它摘下来。"讨价还价,武明诚只得破财。老婆还是不认,挖苦丈夫借朋友的钱装点门面,女人这么不要脸还真让男人开了眼,日子还得过,家里还真离不开这个女人,最好别捅破夫妻间最后这层薄薄的纸。

爷爷跟一个循循善诱的老先生一样倒背着手走过来,"明诚,吃亏啦,得是?"明诚就像个碎娃垂下头。"爷知道你想啥哩,多干一个人的活,再不行干三个人的,四个人的,活能泄火,给你媳妇缴公粮的时候媳妇就不会噎着就不会填食,咱武家最头疼的就是粮太足,仓里有粮心里不慌,粮是好东西,可好吃难克化,麻烦就出在这。"

武明诚就到城里打工去了,宝鸡,渭北都去过,最后定在宝鸡,以前瞧不上的苦活累活他全揽,送煤气罐,送饮用水,一个人干三四个人的活,争着干抢着干,老板高兴同事喜欢,大多时间专门给客户送水,一次扛两桶,公司的机关单位的还有私人的,扛进屋里,装在饮水机上。我们可以想象那些单身女人的房间,或者丈夫不在家,女主人暂时一个人,她们马上能意识到这个送水的男人的独特之处,蓝色的工装上紧下宽,但在安装水桶起蹲弯腰的一系列动作中,女主人看到的不仅仅是送水工结实的身体发达的肌肉,要命的是武氏家族男人特别旺盛的阳气,从体内蓬蓬勃勃地往外喷射,仿佛进入后羿射日的那个年代,天有十日,才有嫦娥那样的女人。女人们惊叹,大多数女人也仅仅止于惊叹。送水工有时就会碰上勇敢大胆的女人,送水工再也不是那个随随便便的男人了,送水工从容冷静大大方方告诉人家:"我还有工作,我还要送两百桶水,我很累。"就彬彬有礼地退出去。

武明诚该给妻子缴公粮了,余粮全耗在工作上了,问心无愧的感觉是这么美好,不由得让人抬头看看天空,有一首外国歌曲这么唱:我们抬起多少次头/才能看见蓝天……武明诚用了近十年时间,心情愉快很有尊严地回到老婆娃身边。

15

孟凯不用再给司机表哥写信了,明信片代表一切。更多的话留给自己,孟凯重新开始写日记。一切恍如梦中。第一篇日记应该是叶海亚走进他生活的那一天,写到大学毕业就停止了。等于停止了探险,等于丧失了好奇心,等于叶海亚将来离他而去。这个过程相当漫长,大学毕业两年后,他们的一切就结束了。现在他重新开始赞美自己,他就很容易把探险英雄的桂冠戴在自己头上。表哥已经把他跟斯文·赫定相提并论了。他没必要谦虚嘛。过分的谦虚是虚伪。孟凯很诚实地告诉自己,他的好奇心不止一次得到满足。

这是一个奇妙的探险之旅。陕西人当常识的,在他眼里新奇无比。就拿爷爷来说。他爷爷还健在,外公也健在,他只是把他们当长辈当老人,而张子鱼和武明生的爷爷却让人一下子跟祖先跟历史联系在一起。这就是陕西跟新疆的不同。陕西有历史,地球人都知道。不是说新疆没历史,西域瀚海诞生了多少民族,又吞噬了多少民族,更多的民族走驮一样匆匆而过,人们都是以民族以部落来区分,家族观念相当淡漠,历史大多体现在神话传说史诗歌谣中,零乱如碎片,没有纵深。张子鱼穿越历史的隧道摆脱蛛网般的家族网络就是想在西域辽阔的天地间透一口气。就这么简单。孟凯你想干什么?另一个孟凯告诉他我想打洞。孟凯就笑了。显然是自我解嘲。他和张子鱼一个奔向时间一个奔向空间。地洞打到武明生家了。这是武明生不愿意看到的。武明生引孟凯来陕西就是想爆张子鱼的料却不想涉及自己和自己的家族。孟凯的爷爷与外公总让孟凯想到天山阿拉套山艾比湖,想到天空大地,张子鱼和武明生的爷爷却紧连着历史。历史是记录老祖家的。祖家的祖就是生殖器,就是阳物就是鸡巴。孟凯第一次走近帝王陵墓时马上就想到西域瀚海里的地精,地精个个生机勃勃,红光满面,而帝王的陵墓弥漫着死亡的气息,每座王陵都依山而建,显示皇家的气势。势就是鸡巴就是阳物,草原上把阉割公畜叫去势。男人势大就是家伙大。扎势,虚张声势就是玩空城计玩空手道。该武明生出丑了。武明生家族历史上是给皇家养马的,失势后沦为骟马匠。这就是孟凯不敢声张斯文·赫定的原因。斯文·赫定在大漠里冒险,我孟凯在张氏武氏家族历史里冒险。武明生提到赫定孟凯都要把话岔开。武明生相当可笑了,张子鱼家族让人伤感,武明生家族相当滑稽。

16

武明生是个孝子,百善孝为先。武明生大学毕业进了一家好单位,还私下做生意,上个世纪九十年代初,全民皆商,赚钱的机会很多,大批公家人都扑通扑通下海,武明生公私通吃,武明生发财的目的很高尚,就是为了父亲的病。武明生娶的媳妇也是个医生,而且是省城大医院的名医,用他媳妇的话说是他们武家的保健医生。

其实父亲没啥大病。早年当过兵,农村壮劳力,娶妻生子后就蔫瘪啦。武氏家族还没出过父亲这样的人。刚开始武明生以为父亲的病根子是劳累过度,农民父亲都有这种职业病。武明生参加工作不到两年就让父母彻底摆脱体力劳动,不再种庄稼,买粮吃,过城里人的日子。好日子过了两年,父亲就查出了病,肾衰竭,这简直是开武氏家族的玩笑,说难听一点给武家先人脸上抹黑嘛。武氏家族猛男辈出,一直让人怀疑是嫪毐余脉,把淫荡的秦国太后整得乐不可支,让妓院的台柱子们心惊胆寒的窝里横。西安几家大医院复诊,跟县医院的诊断一样,科学证明武氏家族并非铁板一块,也会发生遗传变异。武明生的妻子如此开导丈夫:"这可是改变你们武家男人形象的大好机会。"武明生就躁了:"拿我爸的病开玩笑啊!"妻子想的是他们的下一代:"隔代遗传懂不懂?我们的儿子会长得修长优雅文静。"武明生就叫:"我可不想要病秧子。"妻子不急不躁:"优雅可不是病秧子,是一种风度,是一种气质,我宁可男人单薄一点,气质风度一下子就出来啦。"妻子无限崇拜肖邦、孙道临,可妻子最终选择了猛男武明生。猛男武明生就挖苦妻子:得了便宜还卖乖,饱汉不知饿汉饥,一个人吃饱全世界不饿,能嫁给一个高学历猛男你偷着乐吧。武明生天狗吃月亮一样狂叫完之后,妻子微微一笑:"你说得不错,我再提供你一条最新消息:据中国社会科学院社会学研究所有关婚姻现状的调查报告,中国高学历女性的择偶标准是漂亮、身体棒、没文化,消防队员是首选,与她们相比,我幸运多啦。"妻子笑成了蒙娜丽莎。

妻子的业余生活就是弹钢琴,弹肖邦的小夜曲《雨滴》百弹不厌。他们交往不久,武明生问她会不会弹《少女的祈祷》?这是初学者的练习曲,波兰女钢琴家巴达捷芙斯卡十八岁时的作品,作曲家二十四岁时病逝,一生只流传下这么一首简单清纯的钢琴小品,从农民的儿子武明生嘴里说出来,女医生看他的眼神都变了,他们很快进入热恋。平心而论,城市长大的妻子一点也不在意丈夫的农村背景,跟婆婆家关系处得也很好。可跟丈夫的梦中情人李芸处不到一块,两个知识女性见面总是客客气气的,这就是女人神秘的地方。

武明生还记得他第一次见到地精的情形。西安都城隍庙门口的诸多店铺中有新疆西藏特产专卖店,开张不久,西安人仿佛回到大唐盛世,丝绸之路送来了西域的奇珍异宝,天山雪莲红花鹿茸羚羊角,包括精河的枸杞贝母锁阳和肉苁蓉。武明生抓一根地精在手,举到眼前看个不够。这玩意儿太像鸡巴了,大多男人都会想到自己的鸡巴,武明生没有,武明生首先想到猪呀羊呀这些动物的鸡巴,小时候吃过嘛,多么温馨的童年记忆。父亲为了给儿子加强营养重操旧业,劁夫是让人看不起的营生,父亲忍辱负重骑着破自行车在黄土高原的深沟大壑间奔波。武明生手里的地精很自然地从鸡巴过渡到药材,武明生叫起来:"好药!好药!"营业员是个新疆丫头,心直口快:"这位大哥肯定不需要吃补药,肯定是给老父亲尽孝心。"一下子就说到武明生的心窝里。武明生五大三粗,大脑袋大屁股,其生猛不亚于新疆男人。新疆丫头观察他好半天了。武明生还查看了地精的产地:博尔塔拉蒙古自治州精河县,精流成河,还有这么奇特的地方。武明生手里的地精正是孟凯刚开张的药材公司发来的货,孟凯下海不到一年就隔山打虎跟武明生交上了手。从精河运来的地精全都干透了,比香肠细,红中带黑,每根有一尺多长,光滑坚硬,可以想象它的原型有小孩胳膊那么粗,缩小后的地精倒是接近羊猪的生殖器。武明生在回报父亲的养育之恩。花百十块钱都能买好几根,太轻松太容易啦。好像有意惩罚自己,武明生步行回家,不打出租连公共汽车都没坐。妻子嘲笑他在效法人家藏族同胞,藏民的朝圣之路可谓虔诚至极,一步一叩头,全身俯地到喇嘛庙。"你算是把你爸顶头尖尖啦。""好好跟我过日子过到银婚金婚我也把你顶到头尖尖上。""本老婆好好表现好好努力呀。"

  妻子把地精带到医院让专家炮制加工,熬好再带回家。武明生提前把父亲接到西安。妻子原打算把炮制好的药材带回老家,熬中药很简单嘛。妻子零零碎碎听说过婆婆家的陈年往事,武明生一句"君子远庖厨"就证实了某些传言,公公曾经当过骟匠,丈夫武明生小时候吃过家畜生殖器补充营养。这根敏感的神经最好不要去碰。妻子就听从丈夫安排,亲手动手侍候老公公。儿媳尽孝等于双份孝。农村人就这么看。

农民父亲远比他们想象的要复杂,喝了一口药汤,就问:"这是啥药?味道这么怪?"儿子武明生支支吾吾开口胡说:"药嘛还能是啥药。""到底是啥药?"父亲人老了眼神还好,扫到儿子脸上,儿子像开水烫了一样,儿媳是有准备的,拿出药单子,一样一样念给公公听。显然是篡改的药单,省城大医院的名大夫糊弄一个农民跟玩的一样,边哄老公公边指责丈夫:"咱爸现在不是咱爸,是病人,病人有知情权,懂不懂。"药单念完了,农民父亲放心了,对儿媳的信任超过亲生儿子和老伴。农民父亲不要老伴喂药,也不让儿媳喂,儿子武明生更不能靠近,农民父亲自己端起药碗,咕噜噜喝完,也不用漱口。不到半个月,父亲病情明显好转。武明生也不再去城隍庙门口买药,直接做药材生意,很赚钱的家电生意不做了,直接当药贩子,给人感觉是给父亲尽孝心。还不断地反问妻子:"给父亲尽孝尽的是一颗心明白吗?咱中国人讲的是心,不是洋人所谓的脑子,动脑子是对外人,对亲人要用心。"

武明生就跟孟凯接上了关系,还亲自去新疆精河实地考察。其实在精河买的地精跟在西安都城隍庙专卖店买的一模一样,关键是心情,是诚意,唐僧西天取经一样带回陕西。农民父亲不会知道儿子的艰难,但农民父亲能感受到儿子的良苦用心。父亲只认地精,不再吃别的药,这就等于父亲只接受儿子武明生的一片孝心,其他兄弟姐妹连尽这份孝心的机会都没有啦。成武明生的专利啦。武明生一点也没有意识到父亲已经品尝出地精的味道。他应该知道父亲曾在甘肃当过兵,到过草原也进过沙漠。

爷爷三个儿子中老三最有出息,念书念到初中,光荣参军,年年受奖,奖状从部队寄到家乡,村里人赞声不绝,爷爷昂起了头。老三最辉煌的时候在山丹军马场上当了班长,极有可能当排长,排长可是穿四个兜兜军装的军官,当班长的第二年老三复员回乡。不久,从本乡战友那里传来消息,老三升排长前夕野营拉练,跟当地一位女民兵连长发生暧昧关系,就提前复员了。档案里没有记载,从程序上说属于正常复员。部队处理还是很温和的。爷爷严厉地追问老三,老三承认有这回事,爷爷就跳起来给老三一个耳光:"别说共产党,国民党也会毙了你。"老三的辩白是诚实的,老三告诉爷爷:"我连她的手都没摸。""哪了没有?"在大西北,哪仅次于上床,很关键,老三声音很小:"有那么点意思,心里哪了一哈(下),就是一个响声。""部队不会凭响声处罚你。""我日记里有哩。""你没日你记个屎?"老三无话可说,爷爷不吼了,爷爷平静下来:"你髌没哈(瞎)心哈(瞎)啦,部队罚你是应该的,共产党英明伟大,从根子上治你的哈(瞎)病,人只要起了哈(瞎)念头干哈(瞎)事是迟早的问题。共产党英明伟大,没让你娃变哈(瞎)。"爷爷也自我表扬了一番,老三戴大红花参军那天就托人给老三找对象,部队寄来立功奖状,爷爷才在介绍的几家中挑选出最满意的姑娘,乘着老三回家探亲就把婚订了。爷爷不能一味打击老三,爷爷最终鼓励了老三:"当农民就当农民,务庄稼是咱武家的强项。"

老三复员回乡三个月后就迎娶新娘,那也是方圆几十里最后一场婚礼。"三年自然灾害"开始了,俗称"低标准,瓜菜代",种粮的农民断粮,甘肃河南安徽饿死人,陕西稍好一点,但都是"瓜菜代",与牲畜争食饿不死就算大幸就是福,农村只有白事没有红事,娶媳妇这种喜事断了好几年,农民形象的说法:×都不想日了,公社卫生所很少有婴儿出生登记。日不成就打不上羔。人们想尽一切办法活下来。

"低标准"最艰难的那一年,有一位在兰州军区当领导的渭北乡党爱乡心切,给老家渭北特批一批退役军马,老三告诉大家一匹军马顶十匹家畜,老三在甘肃山丹军马场当过兵,老三就被公社点名去军马场领马。公社一个副主任带队,六七十匹军马,至少得十几个人押送,全公社的复员军人就有了用场,盘缠由公社负责。参加的人员喜气洋洋,顿顿吃的是饭啊。

爷爷的兴奋有另一层意思。爷爷推算好,从陕西到甘肃来回至少得十天半个月,押送人员除吃皇粮的公家人,那些复员回乡的庄稼汉基本上能恢复元气,这比挣工分挣补贴意义更大,爷爷忍不住哼了秦腔,一会儿《游龙戏凤》一会儿《吕布戏貂蝉》,爷爷不用把那层纸捅破,有经验的庄稼人都明白这次去押送军马的人都能给老婆把羔打上,困难的日子也就是老辈人说的年馑里添儿添女是啥景况?这么嫽的美事生产队长都轮不上民兵队长会计这些生产队的大拿权贵都轮不上,偏偏落到老三头上。复转军人的名册在县武装部,这个喜讯是从军区到军分区到县武装部传到地方政府的。在山丹军马场当过班长的老三成为押送人员的首选,这是没办法的事情。

爷爷的兴奋只持续了一下午,天快黑时老大打断了咿咿唔唔哼戏的爷爷,老三媳妇不放心老三,老三媳妇隐隐听说过老三在甘肃当兵时的事情,捕风捉影的事情问又问不成,可又担心得不行,丈夫去接军马,有半个月的好伙食外加补贴,刚过门的新媳妇起初还不知道这个喜讯的真实含义,娘家嫂子婶婶们给新媳妇挑明了,新媳妇又羞又喜,从娘家归来就跟狐狸一样警觉,怕失去这巨大的幸福,丈夫要是跟那个甘肃女人旧情复发咋办呀?那个年代没有离婚那一说,农村小媳妇的精明之处就在于能一下子洞察到问题的实质:跟心上人见面干柴烈火扑轰一下,该给老婆缴的公粮就没影儿了,肥水硬生生浇了外人田。这个巨大的损失不能不告诉当家人。新媳妇就拐弯抹角说给大嫂听,大嫂一点就通而且旗帜鲜明誓死捍卫自家的利益:这个老三,日都日了,再把羔打不到媳妇身上,你还好意思栽在世上?老大就急告爷爷,爷爷哈哈一笑:"老三媳妇担心是应该的,女人嘛。"爷爷对老三有信心,保证老三不会出事。老大追问,爷爷只笑不语,老大走的时候不停地摇头。老大到老二屋兄弟俩分析父亲为啥对老三这么放心,老二就一句话:爸一直把老三当顶门杠子。老大就揭老三的伤疤:他不胡骚情早都当干部了,营长团长都当上了,他有前科爸又不是不知道,老大还搬出黄土高原古老而原始的民谣:哪她,日她,给她把羔打上。老大有点急:老三把龙涎灌给甘肃女人,老三媳妇亏就吃大啦,最终亏的是咱武家。老二比老大聪明:"皇帝不急太监急,咱爸有咱爸的道理。"老二给老大烟锅里压上旱烟,劝老大抽烟抽烟,十天半月见不到一粒粮食,再不过过烟瘾死了都闭不上眼睛。

一周后赶到甘肃山丹军马场,从各边防站调换的军马还得一周。带队领导和那些没有当过兵的就留在军马场。当过兵的就分散去接军马。

老三旧地重游,跑得最远,到巴丹吉林沙漠边缘的红柳园,很荒凉的一个沙漠小镇,街上空荡荡没几个人,部队的同志正从沙漠深处往这里赶,还得等几天。老三见到沙漠就跟变了一个人一样,老三离开大家要去沙漠里逛逛,大家就笑,当兵五六年天天喂沙子还没喂够呀?没人陪他去,要去就让他去,据说犯人逃进沙漠就不追了,不是死在里边就是扛不住自己爬出来。

老三刚开始还真把那个女人给忘了,过了乌鞘岭老三打了激灵,开始减自己的伙食,过了武威永昌老三已经买了一斤冰糖一块红头巾,冰糖就包在红头巾里。冰糖红头巾都是甘青宁一带花儿里最常见的词,是阿哥送给妹子最贴心的礼物。

好多年前一次野营拉练,遇上春天罕见的沙尘暴,连队和战马被冲散了,当地民兵配合部队搜救,女民兵连长和军马场的班长老三在巴丹吉林沙漠挣扎了一个礼拜,断粮断水,就挖锁阳。女民兵连长是当地人,能找到最好吃的锁阳,一礼拜后失散的战友全都归队,大家谈起这次遇险都心惊肉跳,喝马尿喝骆驼尿,连四脚蛇都吃了,吃到锁阳的人很少,很少的几个吃锁阳的人都流鼻血了,老三没流鼻血,老三身边有俊俏的女民兵连长。

刚开始大家只是开开玩笑,后来大家发现老三常常收到来自山丹本地的信件,以往的信件都来自陕西渭北老家,而且字迹别别扭扭,来自山丹的信件,信封上的几行字俊秀灵动,大家就想到那个俊俏的女民兵连长。甘肃女子大都是红脸蛋,俗称甘肃红,也有相当多的甘肃女子,红是红白是白,秀气粉嫩让人误以为是江南女子,可她们偏偏是高原与大漠的女儿,在江南女子的白嫩以外又多一份健康的火焰般的红,让人想起冰雪与玫瑰,冰雪与火焰,冰雪与桃花。老三常常在大马营草滩仰望焉支山上的奇花异草。焉支山又名胭脂山,当年匈奴人战败,逃往漠北,面向祁连山发出"亡我祁连山,使我六畜不繁息,失我焉支山,使我妇女无颜色"的悲歌。焉支山上生长着凤仙花和支草,可以染红指甲和皮肤,匈奴妇女当胭脂用。老三放马的范围不再拘泥于大马营草原,焉支山东南西还有三个大草原,可以从各个侧面仰望焉支山。甘肃女子每一封信都要绕着焉支山随着马群转一圈。那个年代的信件都是谈工作谈学毛选的心得体会。每一封信都要读四遍,每一片草原有每一片草原的风光,不同风光会产生不同的阅读效果。重要的不是信中写了什么而是信件本身,是那些俊秀灵动的钢笔字。有道是文如其人。在马背上在草浪里在苍鹰啸叫声中,老三默默地看那些字。老三与甘肃女子在沙尘暴里逃命的时候完全失去了性别意识,吃锁阳所产生的巨大能量也只是让他们流鼻血。走出沙漠的时候,他们在泉边洗刷一新,甘肃女子望老三半天就分手了,走着走着就唱开了花儿,反反复复就两句:"青石头青来蓝石头蓝,/戈壁滩上开牡丹。"说老实话他们连手都没碰一下。老三完全恢复过来赶上马群奔向草原看见美丽的焉支山时才想起甘肃女子;焉支山那么红,锁阳的最大功效就是在沙漠深处没有人迹的地方把甘肃女子的形象无比清晰地刻在老三的脑子里,包括她的气息她的一切以全息状态进入老三的生命,荒漠里人的感觉异常敏锐,沙尘暴带来的晕眩消失后,这种全息状态的生命感觉就会火山一样爆发。

有人盯着那些信件,其中一封信中甘肃女子情不自禁地写上了花儿中最含蓄的两句:"青石头青来蓝石头蓝,/戈壁滩上开牡丹。"这封信被有心人截住交到政治部,正是老三提拔副排长的关口,老三去年已经在老家订婚,一同交上去的还有陕西老家的信件,老三升职无望,只能复员回乡。

生命吸引生命完全是一种化学反应,过乌鞘岭老三就有了反应,就来了精神,又是买冰糖又是买红头巾,到了山丹到了巴丹吉林沙漠的小镇红柳园,一眼就看见多年不见的甘肃女子。甘肃女子一点也不惊讶,那么镇静那么自信,这么多年好像一直在这里等着老三,这么多年她订了婚,娘家逼,婆家逼,她一直拖着,她相信老三会出现在沙漠里,她就朝老三笑一下,转身往镇子外边走。跟老三一起来的陕西人早已经习惯了沙漠的荒凉和单调,全国遭年馑,甘肃比陕西恓惶得多,甘肃都饿死人了,许多村庄都空了,甘肃女子朝老三笑的时候,大家都以为人家朝自己笑。老三离开大家到沙漠里去了。

在干梭梭底下两个人见了面,女人递给老三一葫芦水,一个烤洋芋,老三递给女人一包冰糖,女人就把葫芦上的玉米芯拔开,往葫芦里塞一把冰糖摇几下递给老三,老三喝了几口让女人喝,女人说:"你远道来你喝。"老三又喝两口,女人才喝,老三说:"这么大的年馑你咋活下来的。"女人说:"地靠不住靠沙漠,挖甘草挖麻黄,锁阳找不到啦,连红柳条子沙枣叶叶都撷着吃啦。"旋风越旋越高越旋越远,正好是他们当年逃出沙漠的路线,旋风毫

263

不畏惧地钻进去了,女人叹一口气:"那时候你是个唐僧,这回就当一回猪八戒。"老三就把女人抱怀里。

老三在红柳园待了三天,第二天抱女人时女人哭了,遭年馑的地方,人人虚肿,女人子宫脱落。爷爷经的事多,这一切都在爷爷的预料之中。第三天,他们既没拥抱也没走近,远远地看着对方。那种熬煎,比死还要难受。他们就往沙漠深处走。空旷寂静在强化这种熬煎。太阳又圆又大,跟黄金铸的磨盘一样轰隆隆响着,太阳的磨眼里磨出了无边无际的沙子。当戈壁滩出现的时候,太阳的磨眼被卡住了,戈壁滩全是大石头,比磨盘还要大的石头,太阳就蔫了,连出的气都没有了,太阳在沙漠上空跟在戈壁上空是不一样的。女人就唱起了花儿:"青石头青来蓝石头蓝,/戈壁滩上开牡丹。"老三就接上短短的一句:"开牡丹。"女人的眼睛就湿了。女人用袖子擦一下眼泪,女人又开始唱:"有心了看一回尕妹来,/没心了辞一回路来,/活者捎上一封书信来,/死了托一个梦来。"老三就接上最后一句:"死了托一个梦来。"巨大的寂静把两人吞没了,把整个天地都吞没了,两个人都成了石头成了泥塑,连一点气息都没有了。老鹰在他们头顶旋了几圈,猛一下直上云端,跟火箭一样。狼奔过来,舔了舔他们的脚和手,狼嗥叫一声一溜烟跑了。太阳从一片死寂中冒出来,太阳就像一只蜗牛慢慢悠悠地爬到女人的脸上,两行泪就像蜗牛犁出来的湿痕,女人咿咿唔唔又唱开了:"马莲花开在了路上,/热身子挨不到肉上。"老三接着唱:"见上尕妹的面了,/心里的疙瘩散了。喝酒吃肉心不宽,/见了尕妹是大喜欢,/日日夜夜上莲花山。"就这么一直唱到了第三天,分手时反反复复唱最后那句:"日日夜夜上莲花山。"

每年六月六,各地有名的歌手和有情人都要到甘肃洮河流域康乐莲花山花儿会上相聚,莲花山花儿会是西北最大的花儿盛会。

如人们所愿接军马的人回来后,他们的老婆都怀上了娃娃,男人把马接回来了,自己也长了膘,给的补贴都是实物,都是"低标准"时期十分罕见的面粉油和盐,还有毛巾肥皂。这些食物都舍不得让老人吃,农民把香火看得比天还大,整整二十天男儿起了膘,籽儿实了,女人开始起膘,农村女人吃苦耐劳再大的熬煎只要一口气在,稍加些油水不到一个礼拜就气色大变,二个礼拜就粉白细嫩滋润,仿佛又回到新婚状态。二十天后,那些接送军马的人家夫妻同房炮声隆隆,女人们喜滋滋红润润跟喜鹊一样害羞爱笑,全村女人又羡慕又妒忌,说话都带刺儿,就让人家拿刺儿扎,三个月后,肚子大起来,老天爷也看得见,把羔打上啦。

老三,也就是武明生的父亲,心情十分复杂。新媳妇过门没几天就成了死娃脸,陕西人把不会笑的脸叫死娃脸,周幽王强娶的褒姒就是典型的死娃脸,烽火戏诸侯才笑了一下,天下就乱了,西周就亡了。新娘从订婚到结婚都喜滋滋的,进门不到一月就听到一大堆闲话,新娘就成了冷褒姒死娃脸,新房里夫妻咋熬煎的没人知道。老三归来,见到的不是死娃脸,是笑起来的褒姒,比褒姒会来事,做饭端水,大嫂做主,爷爷点头,补贴全补给新娘,小夫妻暂时分开睡,大嫂陪新娘,大哥陪老三,老三乐得自在。一个礼拜后,新娘红润起来,老三双眼迷离,老三大概在想与甘肃女子相会的短短三天,甘肃比陕西年馑大,甘肃人没半年养不起,关中人一礼拜就能恢复元气,就跟花儿里唱的那样:"马莲花开在了路上,/热身子挨不到肉上。"老三跟甘肃女人只有花儿没有肉,阿哥那个肉呀,妹子那个肉,西北民间形容女子最大的词不是文绉绉的狗屁魅力风采亮丽,是让人心旌摇荡热血奔涌的肉。老三眼见着新娘红润了,胸脯满了,狗蛋儿圆了。二十天后,小夫妻同房,新娘主动大方,果然如大嫂所言,老三缴的公粮分量很足,而且是优质。新娘乐开了花,跟那些接送军马人家的女人一样三个月后肚子大起来了。第二年春天,武明生的哥哥出生,三年后姐姐出生,下个三年武明生出生。

好多年以后,武明生大学毕业,下海做生意,走遍大西北,到洮河边康乐县莲花山。甘青宁的歌手和情人们全来了,那正是农历六月六日,关中平原收完麦子种了秋庄稼女人们带上娃娃抱西瓜提上油棒走娘家,青藏高原和黄土高原相交的康乐临洮岷县正是美好的春天,武明生发现姐姐跟他都出生在农历六月,姐姐六月初二,武明生六月初六。更让武明生吃惊的是,六月六下午太阳快落山时候一场春雨从天而降,以清扫无尽旷野情人们欢乐后的痕迹,年年如此,从不间断,农历五月二十五从附近的妙花山起会,六月初三到莲花山下足古川对歌,初五转到景古王家沟门唱山,初六到康乐临洮会合的子孙山敬酒唱别达到高潮,而后又在朱家寨"堵半截"挽留拦唱,如此辗转,对唱,叫莲花山的"一转山"。对上花儿的男男女女,一定要浪到莲花山顶,折上大把成捆的刺香柏枝,带回去插到瓶里,不停地换水,常年不败,幽香扑鼻。

武明生的父亲接新兵时去过临洮岷县康乐,上过莲花山,带回的柏朵压在箱子里,其中一朵装在牛皮纸大信封里寄给了巴丹吉林沙漠的小镇红柳园的女民兵连长。女民兵连长收到的柏朵跟刚折下来的一样还那么新鲜那么芳香,女民兵连长插在瓶子里,浇上沙漠里的泉水。她沿着他们当初逃命的路线到沙漠深处,天高云淡,大风肆虐的春天过去了,夏日的沙漠跟火炉一样,她找到了泉水,真正的荒漠甘泉,哗哗翻滚的水浪,不就是花儿里唱的"戈壁滩上开牡丹"吗?甘肃女子做梦都想浪一回莲花山,没想到早早地在巴丹吉林的黑沙暴中遇上了,这就是男人和女人生命中的神明,甘肃女子全都信了。甘肃女子给柏朵浇上水,在以后漫长的岁月里,浇柏朵的水全来自巴丹吉林的荒漠甘泉。甘肃女子立马给山丹军马场的"阿哥"回信,信后附上了:"青石头青来蓝石头蓝,/戈壁滩上开牡丹。"

武明生还记得他们家跟别人家不一样的习惯,陕西人也有烧柏朵的习惯,过年的时候,扫舍祭灶,备年货,烧柏朵,满院飘香,他们家不但烧柏朵,还要在瓶子里插柏朵,天天换水,常年不败,开春后再插上新柏朵,干掉的柏朵烧掉,大家都知道这是武明生父亲在甘肃当兵带回来的习惯,武明生的母亲视若神明,跟祭灶王爷祭祖先祭各路神灵一样虔诚认真一丝不苟,母亲还常常告诉儿女们:"你爸当初从甘肃带回来的柏朵三年不败,比咱陕西的好,咱陕西柏朵只青一年。"武明生家离周公庙近,周公庙的柏朵远近闻名,竟然还有超过周公庙的柏朵?好多年以后,武明生在甘肃康乐县莲花山浪了花儿会,也折了刺香柏朵,武明生心情十分复杂。

武明生告诉孟凯:"我的手伸出去缩回来好几次,最终还是折了一捆。"孟凯说:"没有人能抗拒柏树的芳香。"孟凯吟诵了古波斯诗人内扎米的长诗《蕾莉与马杰农》中的片段:"她天生一双羚羊般的眼睛,/翠柏般的身材吸引多少赞叹的目光。/莫不是突厥族的姑娘?"无论是李芸还是叶海亚都让人想起苗条结实而幽香的柏树。

  武明生还记得他带着莲花山柏朵回到周原老家的情景,父亲摸小马驹一样摸香喷喷的柏朵,笑得眼睛都没有了,咿咿唔唔唱到院子唱到门外到大伯二伯家传播他难以抑制的喜悦。母亲忙啥呢?顾不得儿子给她买的宁夏滩羊羔皮皮袄,顾不上儿子带给她的各种糕点,屁颠屁颠地把莲花山柏朵插瓶子里跟陕西本地柏朵摆在一起,又是浇水,又是擦桌子。武明生就有点后悔,武明生看着母亲的样子武明生想流泪。几十年来,母亲敬神一样敬着柏朵,母亲身上竟然有了柏朵的气息,母亲就这样成了甘肃女人的化身,母亲心甘情愿把自己化进去。

  武明生告诉孟凯:"刚开始我可怜我妈,等成了家有了一点阅历,我开始钦佩我妈,我妈心大,心不大就活不下去。"

  那些接军马的人回来做证:老三见了甘肃女人但老三啥都没弄,脸对着脸唱花儿,唱了三天花儿。

17

  表哥好长时间收不到孟凯的信,表哥就主动来了一封信,孟凯心想表哥肯定没故事讲啦心急啦。孟凯显然小看了当过兵又当司机的表哥,表哥告诉他,那些故事传遍了精河县,效果呢适得其反,叶海亚对张子鱼的感情更深了,都死心塌地啦。表哥说:"你总以为他们是一见钟情不牢固,你期待他们婚变你就能东山再起,你的那些故事等于给他们提供了土壤,新疆这地方全是沙子,稍有点土有一点点水就能长东西,女人不就是水嘛,你的故事滋养了他们。兄弟,你发现没有,你都成民间艺人啦,你都成陕西人啦,你就在陕西扎根算啦,有志气娶个陕西女人带回来叫叶海亚看看,新疆陕西也就扯平了。"表哥在结尾处写道:"我都不恨张子鱼了,他就是到新疆来给钻沙漠的,就是你提过的那个斯文·赫定的德性。"

一八九三年十月至一八九八年二月赫定的第二次中国之行可真是惊心动魄。

一八九五年四月二十五日,进入沙漠腹地,赫定和他的探险队很快就领教了塔克拉玛干沙漠狂暴无羁的个性和令人恐惧的威力;夏天的喀拉布风暴,整个沙漠站起来了,高达三千米到一万米,几百公里眨眼就到,探险队的八名队员十几峰骆驼浮萍一样被荡涤一空,也不知在飞沙走石中旋起旋落多少次,风暴过后,两名队员死亡,大多队员被冲散,骆驼们生死不明,四下比墓地还要安静,太阳像喷火的火炉。赫定看到了被喀拉布风暴打磨雕刻了千年万年的雅丹地貌,千姿百态,奇形怪状,各种颜色夹杂其中,但总体都是赭红。当地人把骆驼当作行走的雅丹地貌,那是一种古老的爱情,在北欧神话里男人们最幸福的时刻莫过于瓦尔基里女武神的死亡之吻,雅丹就像被神灵吻过的生命。

他找到一名队员。断水八天。那名队员都不能动了,他们连骆驼尿都喝光了,带来的鸡和羊很久未饮水,血都失去了水分,杀掉后只能吞咽它们凝成玛瑙一样的血块。匍匐爬行的赫定在干涸的河床洼地找到了二十多米长五十多米宽的水潭。"我那枯朽的躯体像块海绵一样吸收液体。所有的骨节都柔滑起来了,像羊皮纸一样干硬的皮肤变得很软,而我的前额是湿润的。"赫定亲切地称那个水潭为"天赐之湖",并画一幅速写命名为"解我枯渴的湖"。

活过来的赫定很快就看到比雅丹地貌更壮观的地精,在喀拉布风暴横扫过的塔克拉玛干大沙漠深处,伸出一条条小孩胳膊一样的地精,那生机勃勃的样子让人精神为之一振,远远超过"解我枯渴的湖"。赫定匍匐在地上,慢慢爬过去,小心翼翼地靠近这股大地的力量,大地的生殖器。在波斯高原第一次见到地精时赫定就预感到他渴望的中国新疆生长着这种神奇的植物。赫定可以放心地享用地精,他心中有诗,有北欧神话有波斯诗人的诗句,有丝绸古道上的种种传说和草原歌曲。地精的神力很快就爆发出来了,依次出现瓦尔基里女武神,达·芬奇与拉斐尔画中的圣母,但丁、歌德笔下的永恒女性,米莉出现时赫定流下了泪,他是那么绝望孤独无助,刚刚恢复过来的生命有消失的危险,就在他惊慌不安的时候,眼前出现了圣洁的莲花和菩萨,赫定的双手不由自主地伸向天空,他的手跟莲花融为一体,捧着雍容华贵的菩萨,他已经进入东方神境,他将与历史上伟大的圣僧玄奘一样,历经千难万险,在绝境中步生莲花追寻神迹。这是铅笔无法描述的。赫定放弃了给地精画像的打算。他的心描绘了整个世界,他的双臂伸向苍穹的样子跟地精从大地深处喷薄而出一样。爱又回到他的身上。

首次征服沙漠就这样大败而归,几乎全军覆没。血的教训就是千万不要在夏天进入沙漠。赫定率残部回喀什葛尔休整。喀什葛尔古老破旧重重叠叠蜂巢似的土房子终于让他明白这里人们何以能抗拒沙暴和烈日。

一八九五年十二月,赫定重新组织探险队,四个随从九匹马三峰骆驼带冰块比带水管用。从和田进沙漠。四天后找到了二千多年前的古城塔克拉玛干,另一个名字叫丹丹乌里克,象牙房的意思。废墟古城有许多坐在荷叶上的佛像,衣服褶皱很多,头上都戴着燃烧着的光环。接着找到一座叫喀拉墩的古城遗址。在克里雅河边他们发现了野骆驼。普尔热瓦尔斯基一八七七年在这里最先发现野骆驼,将一张野骆驼的皮带回圣彼得堡轰动欧洲。随从们朝野骆驼射击,野骆驼没有任何防备,它们好奇地看着人类,全都忘记了逃命,赫定趁一峰野骆驼还活着画了几张速写。

可怕的事情发生了,探险队里三只驯化了的家骆驼看见将死的野骆驼全都发狂了。雌性野骆驼美丽的眼睛动人心魄,中亚腹地人们形容女人长得美就说她长着一双骆驼眼,如果长一双野骆驼的眼睛那简直就是天仙了。野骆驼眼睛里的火焰要熄灭了,家驼们充满激情地可怕地咆哮着,有一匹家驼挣脱绳索奔向大漠深处。赫定制止大家不要开枪。目睹这一幕的放羊人告诉赫定:上帝曾派一位天神变作苦行僧到大地上,让他到易卜拉欣(即亚伯拉罕)那里,请求亚伯拉罕送他一些家畜。亚伯拉罕慷慨地满足了苦行僧的请求,结果自己反倒穷到求乞的地步。

271

上帝就让僧人把所有牲畜还给亚伯拉罕,但亚伯拉罕却拒绝收回他曾经送人的东西。这就激起上帝的愤怒,上帝就让这些牲畜在大地上四处游荡无家可归,任何人都可以随意杀死它们,于是绵羊变成野山羊,牦牛变成野牦牛,马变成野马,连骆驼也变野了。赫定关心那只跑掉的家驼:"它能跑哪去?"牧人说:"它爱上了野骆驼。""野骆驼死了呀。""它就追赶死神,直到从死神手里夺回它的爱侣。"赫定几乎是自言自语:"它能追得上吗?""那就看它的造化了,那就看它能不能变成金骆驼。"赫定的声音小得几乎听不见,年老的牧人还是听见了,并且回答了他的疑问。"碰到马杰农它就有救了。"

千百年来从阿拉伯到波斯到中亚腹地的中国新疆一直流传着蕾莉和马杰农的故事。许多伟大的诗人都给蕾莉和马杰农写下不朽的诗篇,其中最有名的当属古波斯诗人内扎米的长诗《蕾莉与马杰农》。我们这里讲述的是内扎米版的《蕾莉与马杰农》。

相传阿梅利族有一位贵人,家境殷实,到了晚年还没有子嗣,他祈求真主襄助,真主满足了他的愿望,赐给他一个郁金香一样的贵子。满月后,父亲给这个贵子起名葛斯,潜心抚养教育,七年过去,倏忽又是十年,为了追求更高的学问,父亲送葛斯进学堂。学生多是少年,也有几位姑娘。其中有一位叫蕾莉的姑娘,她出身名门大户,天生丽质,葛斯一见她就失去了主张,倾心爱上了这位美貌的姑娘。她也爱上了葛斯,两人同心、两情相依。同学们都专心学问,他俩的学问就是倾心相爱,人们开始论长道短,恶意中伤,蕾莉被迫离校返乡。葛斯见不到蕾莉,长吁短叹,神态癫狂,到处游荡,他失去了理智,耗尽了精神,人们就叫他马杰农,意思就是疯子。

父亲见葛斯陷入情网,在亲友劝说下带上重礼浩浩荡荡到蕾莉的家去提亲,蕾莉的父亲十分反感客人的自负傲慢,就直言相告:"你儿子虽然一表人才,但他愚顽固执,疯疯癫癫,四处流浪,疯子岂能与我们家缔结良缘。"阿梅利族的人们只好返回,不惜银钱给葛斯治病。为爱情所伤,再多的钱财再妙的神药都无济于事。成百上千的本族美女更是火上浇油。他疯得更厉害了,撕破衣服离家出走,摆脱了人情世故,一边狂歌一边呼叫着"蕾莉!蕾莉!"他的神态越来越乱,父亲就带他到麦加朝圣,求真主给儿子指点迷津,不再陷入爱情的深渊,抛弃熬煎人的痴心妄想,大痴之人在尘世难以生存。马杰农却把手放在圣殿的门环上,告诉真主:"把我锁得紧紧的是爱情之环,请让我爱得更深沉、爱得更疯狂,我若不免一死,请让她长留世上。"

葛斯陷入情网、神魂颠倒的事情传遍四方,已经传到蕾莉的家乡,成为泼皮无赖谈笑的资料,市井小人流言蜚语的话题,他们放肆地夸张丑化葛斯,怪声怪气地学唱葛斯的情歌,蕾莉被歌声搅得心烦意乱。蕾莉的父亲拔出钢刀,马杰农再来时就要他流血。阿梅利族的人马上把消息告诉葛斯的父亲,不要让葛斯再到蕾莉门前游荡。马杰农葛斯正流落野外,枕着石头不停地唱情歌。父亲劝儿子丢掉痴情,回家去多与名流显贵交往,折磨人的灾难就会淡忘,这样疯疯癫癫让人笑话,父亲也脸上无光。

马杰农勉强跟父亲回家仅待了三天,又铤而走险奔向荒野,登上情人家乡的纳哲德高山,口吟情歌,四面八方的人们都来观看,再把那美妙的情歌传播四方。

从纳哲德山吹起的清风驾着雨云,雨中带着马杰农的真情实意,蕾莉困坐家中触景生情。她不但生得天姿国色,而且才思敏捷,出口成章,从屋顶把信投给过路的行人。人们手舞足蹈高声吟诵,转交给流浪的疯子,疯子马杰农立马以诗相还,两个情人的诗歌到处传唱,往还书笺,听到的是火样心声,回答的是似水柔情。小人们又开始传播流言蜚语,对他们再次诋毁攻击。比内扎米早两百年的另一位古波斯诗人鲁达吉有这样的诗句:"许多沙漠被开拓成百花盛开的花园,也常常可以遇到有过金色花园的沙漠。"夜莺学着马杰农长吁短叹,歌声传到蕾莉耳畔,蕾莉忍痛把情歌听完,便失声落泪,泪水把顽石滴穿。

赫定都听傻了,忍不住喊出北欧神话中爱与美之神芙蕾雅的名字。"芙蕾雅,芙蕾雅。"芙蕾雅虽然是爱与美的女神,可她的丈夫奥都尔是个花花公子,到处拈花惹草,常常漫游在外,不知去向。芙蕾雅孤守空房,伤心落泪,泪水落在石头上,石头为之变软,落在泥中,深入地下就化为金沙,落入海里就化为琥珀。芙蕾雅走遍世界寻找丈夫,边走边哭,于是世界各处地下都有了黄金。真是乾坤倒转,赫定被抛弃了,成了芙蕾雅。

"看来我注定要在旷野终生飘零,大漠戈壁的人们一定把我当疯子马杰农了。"

赫定泪流满面,他发誓不再想米莉。

蕾莉游果园那天,有一个巴尼阿萨德族的青年伊本·萨拉姆看见了她，便想跟这如花似月的姑娘结亲。他出身名门望族，媒人去求亲，蕾莉父母满口答应。

马杰农得知蕾莉出嫁的消息，栽倒在地，用石头捶打自己的胸膛，对蕾莉发出怨言。父亲来看他，马杰农悲伤过度父亲都认不出了，父子两人抱头痛哭，父亲回家后不久就离开人世。马杰农拜倒在父亲坟前："我一生从未失去过父亲的抚爱，如今才尝到失去父亲有多么悲伤！"他悲切地哭罢自己的生身老父，扭头跑进荒山旷野。

他挣脱了束缚，性情变得粗野，人性在他身上一丝丝泯灭，野性开始复苏，与野兽为伍才有安全感。麋鹿和狮子开始听从他的调动，狼虫虎豹都甘愿为他奔走效劳，狐狸与狼也前来投奔，兀鹰在高空用双翼给他遮挡烈日，他不用去树底下纳凉，他成为群兽之王，获得了在人间丧失的所有尊严与光荣，飞禽走兽也似乎失去兽性渐渐有了比人类更真实的仁爱之心，请问上苍，这高于人性的慈爱心肠是什么？在马杰农的队伍里，狼不再欺负小羊，狮子不再把斑马咬伤，狗与兔交上了朋友，小鹿吮吸狮子的乳汁，豹子也不再凶残，变得十分温良。这种怪事传遍四面八方，每天都有人来观看奇迹，同时带食品给马杰农，马杰农只品尝几口就全分给野兽，彼此亲密得就像兄弟。兽通人性本来就是奇迹，性野之人在野兽群中得到安生，就像古歌里唱的：篝火是我的宝座，窝棚是我的宫殿，世界在我眼中一如废墟，我的左脸已被情火烧伤，右脸依然在高唱情歌……

那个唱歌的人就是赫定，赫定唱得那么高亢，那么奔放，如同无缰的野马。这首歌的原创刀郎人最纯粹的唱腔也不过如此,讲述《蕾莉与马杰农》的放羊人就来自塔克拉玛干深处的刀郎部落,而大漠里的塔里木河就被称为无缰的野马。

赫定在沙漠里待了四十多天,从南到北纵贯了塔克拉玛干大沙漠,发现了两处遗址。四月漂流孔雀河,抵达罗布泊。六月在和田休整。一八九六年七月至十一月登青藏高原,穿越可可西里和柴达木盆地,进入西宁。

一八九七年五月十日赫定回到阔别已久的斯德哥尔摩,父母姐妹朋友们在码头迎接,人群中没有米莉。瑞典国王为赫定举行有八百多人参加的盛大宴会,国王称他为"瑞典民族精神的先驱者"。宴会上没有米莉。英国皇家地理总会、法国巴黎地理学会、维也纳地理学会授予他奖章。一八九八年四月二十四日瑞典地理学会将代表最高荣誉的菲加勋章授给赫定,这一天与赫定十八年前看到诺登谢尔德考察北极胜利返回瑞典受到盛大欢迎是同一天,更让赫定难以忘怀的是,正是这位当年征服北极的英雄诺登谢尔德将菲加勋章授予赫定,并在会上发表热情洋溢的祝词。赫定终于圆了十五岁时立下的"我以后也要以这种方式凯旋"的梦想。第一个见证这个伟大梦想的米莉没有在场。"我征服了万里荒原却失去了心爱的女人。"没有人觉察到赫定内心深处的遗憾。

一八九九年仲夏日,紫丁香盛开时,赫定开始了第三次中国之行。

一八九九年十二月二十日赫定带了四个随从:伊斯兰·巴依,图尔都·巴依,奥尔得克和库尔班,一匹马两只狗七峰骆驼,其中三峰骆驼驮着水。途中一峰骆驼累死了,图尔都·巴依哭了,他太爱骆驼了。一八九九年的最后一天夜里遇到了暴风雪,一直刮到一九〇〇年一月一日的黎明,骆驼都变成了白色,跟冰雕一样,鼻孔下边挂着冰柱,探险队不会被渴死了。在孔雀河边扎营,遭遇到喀拉布风暴,沙漠黑风暴。孔雀河干枯了,河床附近突然出现野骆驼。四月一日天气开始变暖,这是一个危险讯号,羊皮袋子里的冰滴水了。一块洼地生长着九株活的红柳。可以挖到地下水,奥尔得克把生死攸关的铲子丢了,他骑上赫定的马半夜去找铲子。天亮后奥尔得克回来了,骑着马,拿着铲子,还告诉赫定天大的喜讯,丢铲子的地方有钱币和精美的木雕。赫定强忍住火山般的激动,作出明智的决定:温暖的季节不能进沙漠,先回大本营。

一九〇一年三月斯文·赫定走进埋没了一千五百年的楼兰古城,一扇民居的门敞开着,"好像这座古城的最后一个居民在一千五百多年前出门时打开的"。遗址有佛像佛塔有中国古老的毛笔、经卷、文书木牍,文献中有古老的《战国策》,有中国人的家书,文献涉及整个楼兰社会的所有生活。赫定还在楼兰东南发现一条宽一百米深四五米的干河床,根据出土文书记载这就是消失的塔里木河与孔雀河流注的罗布泊,这个干涸的湖盆曾经滋养楼兰古城,在沙暴的作用下南北漂移,周期为一千六百年,现在又漂移到南面去了,就是那个有名的喀拉库顺湖,湖水重新返回北面干涸的湖盆要在千年以后。赫定小心翼翼地抚摸着湖盆沙床上的水纹,仿佛水浪刚刚消失,还有湖水潮湿的气息。沙浪水浪气浪的交叉浮动中米莉的面孔一跃而上,整座楼兰古城站起来了,那消失的古代文明复活了,赫定穷尽一生所有的发现首推楼兰古城,人们习惯以楼兰美女作为象征,赫定反复地埋葬米莉,早已被神驼地精神化了的米莉一次次复活。一次次扩大延伸,赫定走哪她就出现在哪,天尽头都是她的影子,天地间无所不在,赫定快疯了。

喀拉布风暴刮来时随从们看到了可怕的一幕,赫定迎风而立,任沙暴扑面打磨,三月份的喀拉布风暴挟带的不再是冰雪而是沙石,打在身上跟刀子一样。赫定伤痕累累。沙暴袭来时,骆驼与主人相伴,喀拉布风暴还是把那峰骆驼卷走了,赫定自言自语:"它成了野骆驼,它得救了。"

马杰农身边的动物越来越多,野骆驼的出现是迟早的事情。

野骆驼刚开始在远处观望,飞禽走兽亲如一家,这种景象太罕见了,野骆驼慢慢靠近马杰农。马杰农不但大声呼唤胆怯的野骆驼,还唱起情歌,都是唱给情人蕾莉的。野骆驼又听到了消失已久的《燕子》。燕子是家园,是情侣,是飞翔的眼睛。野骆驼越走越快,马杰农的歌声越来越低沉,飞禽走兽们都加入合唱,大家齐声呼唤野骆驼,野骆驼就跑起来了,头昂得高高的,眼睛越来越亮,就像天幕上的星星,穿越白昼与黑夜,蕾莉,那个被马杰农的爱情所点燃的美丽女子蕾莉,其含义就是黑夜,只有蕾莉才有这样的眼睛。马杰农从野骆驼的眼睛里看到美丽的蕾莉,这是他在梅花鹿的眼睛以外第二次看到美丽的蕾莉。马杰农抱住野骆驼号啕大哭!野兽们围成一团,让这两个动了感情的生命尽情地倾诉。野骆驼的眼睛就发生了奇妙的变化,深情明亮温柔中起了一层绵绵的绒毛,洁白轻盈如梦如幻⋯⋯大漠深处一千年不死一千年不倒一千年不朽的胡杨种子就是带着这种绒毛弥漫天地不择地而生⋯⋯草原群山大漠的姑娘最漂亮的打扮就是在花帽上插一束猫头鹰的羽毛,据说夜晚神秘的猫头鹰象征着女人深不可测的爱情⋯⋯细腻光滑温柔,野骆驼就用这种目光抚摸马杰农。

消失已久的古歌《燕子》从远方传来,再也分不清野驼家驼了,那一刻它们成为传说中的金骆驼。⋯⋯人们开始驱赶野骆驼,野骆驼出现的地方,家驼总是获得一股神力,挣脱主人的锁链,直奔大漠。⋯⋯有些家驼变成野骆驼,有些家驼变成一堆白骨,人们对大漠深处的歌声感到恐惧。尤其是春天,动物发情的季节,骆驼口吐白沫,大声嚎叫,天翻地覆一般。每年春天都要消失一批骆驼。大地则出现一片地精,喀拉布风暴无法摧毁的骆驼地精。更神奇的是金驼的生命之水与胡杨种相遇,会长出比人还要高大的神驼地精。据说与神驼地精相遇的人会找到幸福。家驼比人更急切地追寻神驼。飘忽不定的歌声之后,野骆驼总是大胆突袭,一年四季任何季节野骆驼都会出现在家驼面前,不用嚎叫不用任何多余的动作,闻见气味看见影子,家驼就中魔一般不顾一切投入野骆驼的怀抱。那些跑不掉的家驼羞涩中有一种热烈的东西,眼睛还那么明亮,那么温柔,那亮光里有火焰在闪烁,它们的脖子越来越长,它们的脑袋越来越小,它们的鬃毛越来越密,古语所谓心有多细毛发就有多密,跑不掉的骆驼每一个毛孔都在散发弥久常新的爱情故事。

马杰农的故事在人间越来越少,在骆驼中间越来越多。

一九○二年六月二十七日赫定回到斯德哥尔摩,这次探险的最大收获是发现楼兰古城,考察罗布泊的变迁和西藏之行。荣誉接踵而来,他已经成为全欧洲的英雄,他被推举为瑞典最后一位无冕贵族。欢呼的人群中没有米莉。

赫定的视力越来越差,严寒酷暑高山荒漠尤其是可怕的喀拉布风暴几乎让他失明,他的眼镜越来越厚。他在家乡过了三年平静的生活。他又听到荒原的呼唤。

一九○五年十月十六日,赫定告别父母和亲人,又踏上探险之路。

一九○六年到一九○八年赫定八次翻越喜马拉雅山,赫定最好的朋友喀什葛尔人穆罕默德·依萨第三次翻越喜马拉雅山时被瓦尔基里女神带走了,穆罕默德·依萨跟随赫定经历了罗布荒原和羌塘的所有风暴,终于倒在喜马拉雅山下。赫定用穆斯林的仪式安葬了这个忠诚的勇士。

一九○九年一月十日赫定回到斯德哥尔摩,首都万人空巷,赫定已经很辉煌了,该静下心来好好过日子了。赫定还真过了几年安静的日子。一九二○年八月六日米莉鼓起勇气主动给赫定写信,告诉他,她一直忘不了他,他始终是她的最爱。米莉在那封长信里甚至提到了瓦格纳的戏剧,众神的黄昏是可怕的,不是人的生活,人的生活该是《特里斯坦与伊索尔德》,是辉煌庄严的婚礼进行曲。"难道你要做《漂泊的荷兰人》?"米莉再次提醒赫定:探险这种疯狂的行为适合年轻人,你已经人到中年,好日子没几天了。米莉太了解他了,米莉引用了哈菲兹的诗:"马杰农的日子已经过去了,/现在轮到我们的光景/每个人仅有五天的日子,/生命一天天飞逝。"米莉以内扎米的《蕾莉与马杰农》结束:"我受尽了折磨,这算什么爱情?/我受尽了煎熬,这算什么人生!"

赫定一点也没有察觉到米莉的信跟荒漠甘泉一样让他这只疲惫不堪的骆驼喝足了水,塌瘪的驼峰顿时变得浑圆饱满,精神抖擞,这个常年生活在荒原的探险家远离尘嚣,心智比尘世中的凡人要晚十至二十年,五十六岁的赫定还像小伙子一样,他不但觉察不到米莉给他的勇气,对自己油然而生的坏脾气还保持一种自我欣赏的态度,你自己做不了蕾莉还说这种话!中亚诗人们创造的不朽的蕾莉形象已经跟欧洲大诗人但丁笔下的贝阿德丽采、彼得拉克笔下的劳拉、歌德笔下引领我们上升的永恒女性并驾齐驱了,欧洲真的衰落了吗?德国人施本格勒好多年前就写了《西方的没落》。不可救药的米莉。他当即回绝了米莉,毫不客气地告诉米莉:覆水难收,决不回头。

18

孟凯在日记中写道:赫定在大漠里发现楼兰美女,张子鱼你狗日的埋葬美丽的少女。孟凯写完后读了一遍,孟凯相信张子鱼能听见。夜深人静时任何声音都能传得很远很远。

孟凯的心一下豁亮了,就看上了一位漂亮的西安姑娘。他们的相识也很蹊跷,有点先声夺人的味道。

武明生把孟凯带进西安的朋友圈,大家都喜欢这个新疆人,不到两年新疆人孟凯就打开了局面,有自己的朋友圈,如鱼得水有滋有味，常常出现在各种社交场合，自然而然就听到陶亚玲这个名字，差不多都是骂名。一个人让大家这么骂，跟口头禅一样吊在嘴上，这个人真够惨的。何况是个女人？孟凯不会主动打听这个陶亚玲，骂声中透出不少信息，陶亚玲毕业于中医学院，在一家研究单位工作。漂亮女性不会安于稳定平淡的职业，陶亚玲工作之余兼职某家企业，奔走在实业家商人与官员之间，挣钱多少没人知道，她的名声跟影视明星一样人人皆知。实业商业官场跟原子反应堆一样能让一个人的能量几千倍几万倍地膨胀，比原子弹的蘑菇云还要壮观，可以与艺术境界相媲美，让一个人的生命产生无限的可能性。那些不认识陶亚玲的男男女女很先验地打造出她的种种形象。孟凯见到真正的陶亚玲之前心目中至少有五六个陶亚玲。

陶亚玲的出现就很有戏剧性，那是一家企业新产品的发布会儿，有好几百人。陶亚玲来晚了，有人意味深长地朝入口处看，一个人看，许多人就跟着看，主持发布会的人也不由自主放慢了讲话的速度，礼仪小姐领着一位漂亮女士入席，另一桌人当中一位男士就愤然离席，引起一阵骚动，会议主持人大声喊了好几分钟安静安静，怎么听着都像法庭上法官在大喊肃静肃静。那个叫陶亚玲的女人安安静静，吸着一罐饮料，她的安静带动了大家的安静，从她坐的那桌开始向四周蔓延，会场也就安静下来了。发布会照常进行，人们对骚乱的反应各不相同，有冷眼旁观的，有小声议论的，有跃跃欲试的，有两眼放光期待骚乱再次发生的，这个陶亚玲显然是个火药桶，牵动着大多数与会者的神经。孟凯属于冷眼旁观者。

孟凯也是老江湖了,那个愤然离席的男士显然吃过陶亚玲的亏,同桌一位女士一针见血:"男人没吃到豆腐就这德性。"孟凯很快听到一个词:"强奸未遂"。这也是典型的陶亚玲风格,周旋在各色男人中间,性骚扰与性侵犯是家常便饭,闹得不厉害也就掩饰过去了,奋起反击,一耳光把男人鼻血打下来,把耳朵打聋,更甚者是用杯子瓶子吃西餐用的刀子叉子在男人们脸上留下伤痕,就成为人们耻笑的铁证,据说还有扎在大腿手背肚子上的,总之这个女人让很多男士吃尽了苦头。可她丝毫没有退让的意思,一边是流言蜚语,一边是积极投入,愈战愈勇。宴会才是大家所期待的,交结各路朋友,探听各种消息,与朋友叙旧,大家都成了水中鱼,穿梭不断。这个时候,冷眼旁观的大概只有孟凯一个人。所幸孟凯这桌客人中没有跟陶亚玲发生纠葛的人,孟凯可以听到有关陶亚玲的种种传闻。

孟凯发现陶亚玲在这个热闹时刻显得相当安静,她应酬了该应酬的关键人物,也对付着许许多多明枪暗箭,尤其是她摆脱男人们纠缠的功夫十分了得,就像拳击场上的武林高手,躲闪腾挪自然得体,就像在跳伦巴跳踢踏跳恰恰跳探戈,当她摆脱一个无聊男人的纠缠,转过身时,目光正好与十几米外的孟凯相遇,孟凯举一下酒杯,点头躬身微笑,她本能地举一下杯子,不由自主地开心一笑,孟凯就对自己说:"这是个善良的女人。"孟凯清清楚楚地看见她对男人高度戒备但遇到善意的问候时她的举止那么优雅,笑得那么自然开心,如果她愣一下就会留下一种说不清道不明的遗憾,这正是备受伤害的女人们的习惯性反应。

孟凯失恋后在乌鲁木齐放纵过一段时间,交往的女人有十几个,不乏真心喜欢他的,甚至包括几个俄罗斯少女。朋友讽刺他不要是个洞洞都往里钻,想毁自己可以去跳崖去拼刀子或者喝个烂醉卧在冰天雪地长眠不醒,窝死在女人洞洞里,女人都看不起你,你又不爱她们。那段荒唐生活唯一的收获就是鉴别女人们虚情假意与真心实意的能力。

孟凯清清楚楚地看见陶亚玲开心一笑后放下酒杯,开始喝饮料,是带吸管的那种热饮,眯着眼睛,小口小口地吮着,就像在大学校园里,完全让她放松了。三三两两的男人们凑过来又知趣地走开,她脸上完全是学生模样,有人甚至嚷嚷:嘿嘿她把果汁喝成了甘露。

也就是在那一刻,孟凯眼前豁然一亮,心房忽扇一下打开了,孟凯眼睁睁看着自己那颗活蹦乱跳的心拉长变大,长出叶子,一点一点长高,电影里才有的特写镜头,凝聚而来的不是灯光是热血,不断地在充血,膨胀,全身所有的血,每一根毛细血管都成了奔腾的江河,一个男人的胸膛成为大海会怎么样?更多的河流会奔腾而来,毛细血管之外还有更辽阔更粗壮的动脉血管,血气贲张的雄性海洋,宇宙天地融为一体的瀚海,瀚海的中央,一个男人的心长成了地精,……孟凯的眼睛湿了,孟凯知道他无可救药地爱上了这个叫陶亚玲的女人,也就在这一瞬间,地精不再疯长,跟长结实的沉甸甸的谷穗一样一晃一晃。孟凯匆匆离开,再待下去他的第三条腿会伸得又高又大会出丑。

走到大街上,点一根烟,汽车喇叭纷扰的人流反而让他更清醒。他下意识地摸一下胸口,那种硬橛橛的感觉告诉他他的心确实长成了地精。在西域古老的传说中,其他动物精液与梭梭红柳白刺生长的地精是苦涩的,只有骆驼地精是甜的,可以生吃,他亲口吃过骆驼地精,他就相信这些传说。在这些传说里还有更神奇的地精,高贵的金骆驼与胡杨种子结合而长的神驼地精会长得比人还高大,人不可能去吃它,只能去追啊追,巨人一样的神驼地精会引领着人进入生命的天堂。他的神驼地精就是在西安爱上这个叫陶亚玲的姑娘。他相信这不是传说。他的泪就下来了。一个泪流满面的汉子靠着栏杆引起警察的注意,警察很礼貌地向孟凯敬礼:"先生你好!你丢东西了吗?""我失去了我心爱的女人。"年轻的警察一下子愣住了,不知该怎么安慰这个不幸的人,这个不幸的人泪中带着喜悦,站起来,拍拍年轻警察的肩膀:"我又把她找回来了。"孟凯边擦着泪边抽着烟,沿着大街走啊走啊,看样子要走遍整个西安。

当天下午孟凯破天荒地去老孙家吃了一碗羊肉泡,第二天又去大皮院坊上吃了水盆羊肉。新疆人喜欢古长安的所有东西,就是不喜欢羊肉泡和水盆羊肉,陕西羊肉跟新疆羊肉没法比,羊肉泡和水盆羊肉把羊肉煮那么烂跟豆腐一样,老头吃的东西嘛,新疆儿子娃娃吃的可都是手撕羊肉烤羊腿,那肉都是一疙瘩一疙瘩的,新鲜筋道有嚼头,西安人只淡淡一句:日子久了你会喜欢的。那么自信那么不可置疑。孟凯喜欢西安的扯面油泼面灌汤包子饺子,广济北街和桥梓口的腊羊肉酱牛肉也不错。隔三差五还要到大差市北边新疆驻西安办事处宾馆去吃正宗的拉条子揪片子抓饭,南郊大学集密的地方有维吾尔人开的新疆餐馆专门招待各大学的新疆学生。这两年孟凯都是南北跑着找吃食,东西跑着做生意。最后还是应了西安人的说法,他的肠胃愉快地接纳了羊肉泡和水盆羊肉。

周末,孟凯在老孙家请武明生吃饭,武明生连问三遍,得到证实,老孙家羊肉泡,武明生立马赶来,见面就嚷嚷:"这是值得纪念的日子,喜欢羊肉泡就标志着你是西安人啦。"孟凯十分老到掰着托托馍,掰得很碎,都是豆粒那么大。武明生就感慨万千:"狗日的安禄山,常年在边境打仗,长安城里的深宅子就没好好住,防着李林甫又防着杨国忠,给皇帝表完忠心就赶紧往边境上跑,狗日的要是在长安城正正经经待上半年六个月,吃上几顿羊肉泡,就不会有'安史之乱'了。"孟凯就说:"你就吹吧,你还能再吹出个大唐帝国。"武明生就说:"大唐帝国没啦,羊肉泡还在,咱吃羊肉泡。"

武明生没觉察到那个叫陶亚玲的女人。孟凯也没多想。在西安快两年了,有了扎根西安的念头也很正常。

从羊肉泡开始孟凯走进了水盆羊肉,羊肉泡馍、葫芦头泡馍,沿着古城墙散步。早晨到老城下听老人们唱秦腔唱西安乱弹。围观的男男女女会不由自主地跟上唱几句。孟凯喜欢《包公赔情》,慷慨激昂地吼上几句浑身舒坦,血气通畅,忙上一天也不累,怪不得陕西人爱吼秦腔。西北五省区都爱吼秦腔。孟凯跑药材生意,跑遍了大西北,甘肃青海宁夏新疆跟陕西一样都是秦腔,经典剧目也都一样。西北各省区走一圈,再回到西安,孟凯就明白西安人为啥围着城墙吼秦腔,那五六丈高三四丈宽的老城墙几乎是高原和群山的化身,这种元气充沛血性十足的腔调适合在大沟大壑间鹞鹰一般盘旋起伏,到了城市,高楼大厦,大街小巷会岔气,盘龙一样的古城墙能让人血气贲张、血脉贯通,提供大沟大壑高原峻岭一样的生命气场。孟凯跟武明生散步时就常常走到城墙底下,武明生就不再大惊小怪,就是在这种时候,武明生也没有觉察到那个叫陶亚玲的女人。

武明生肯定知道大名鼎鼎的陶亚玲,武明生有限的想象力暂时不会把孟凯跟陶亚玲联系起来。武明生甚至考虑该给孟凯介绍一个西安姑娘了,喜欢上羊肉泡、水盆羊肉、羊肉泡馍、葫芦头泡馍的外地男人下一步肯定是西安姑娘。武明生暗中开始物色合适的对象。武明生与孟凯有时候在社交场合碰到陶亚玲,孟凯很绅士地朝陶亚玲点头微笑,还躬一下身子,那个右手抚胸的动作是典型的中亚人习惯,武明生误以为这是孟凯的习惯。孟凯来到陕西听了一大堆张子鱼武明生的陈年旧事,孟凯就吸取教训,刻意尊重所有女性,包括坐台小姐,他都会显示一下他的绅士风度。孟凯朝陶亚玲点头微笑,躬身抚胸,陶亚玲也莞尔一笑,武明生就热嘲冷讽:"人家又不认识你劳心费神就为博美人一笑。"孟凯反唇相讥:"你这个奸商奸到家啦,谁跟你上床你才对谁有笑脸。"武明生说的没错,那时孟凯并不认识陶亚玲,他们的关系就像同一个单位没任何交往的同事,常见面脸熟,点个头招呼一下,连走过去说话的可能都没有。武明生认识陶亚玲,武明生都懒得说:"我介绍你们认识一下。"武明生也仅仅把他们的关系圈定在面熟这个层次。

孟凯就尽量单独出现在陶亚玲出现的地方。以前是个旁观者,现在有人辱骂攻击陶亚玲时孟凯就及时予以反击,甚至不惜跟人家翻脸。维护陶亚玲这样的女人是要付出代价的。有得就有失。孟凯不在乎失只在乎得,英雄救美的最大好处就是大家尽量提供他们见面的机会,不乏有看热闹的因素。这个新疆人就像个毛头小伙子,就像个大学生甚至中学生。圈子越来越小,从几百人的大场面渐渐缩到几十人、十几人。十几个人的场合,就有必要互相介绍,陶亚玲就记下了孟凯这个名字。五六个人七八个人的小型聚会,算是正式进入陶亚玲的朋友圈,再也不会出现辱骂攻击性语言了,也不需要孟凯同志当好汉了,小型聚会是要唱歌的,大家吃饭喝酒再去包间唱卡拉OK。西安人唱《红河谷》、唱《拉网小调》、唱《树上的鸟儿》、唱《万水千山总是情》,就起哄让孟凯唱《半个月亮爬上来》《达坂城的姑娘》《在那遥远的地方》《草原上升起不落的太阳》,内地人分不清内蒙古新疆,孟凯也不解释,大家怎么高兴他就怎么唱。这种气氛让人舒服。

有一天,陶亚玲唱了一段陕西碗碗腔,属于秦腔抒情的那一种,缠绵婉转可以跟越剧黄梅戏相媲美。孟凯就问人家:秦腔不是吼嘛,这是秦腔吗?大家就笑:秦腔也有不吼的时候。大家就嚷嚷:陶亚玲来一段眉户,陶亚玲就来一段更抒情更委婉更细腻的眉户《进兰房·端阳节》:"有许仙庆贺端阳,/你把那你把那雄黄药酒斟斟也哎咳咳斟也斟桌上。"孟凯都听傻了:"秦腔还有这种味道。"大家就纠正这个新疆人:"眉户是眉户,秦腔是秦腔。"大家就煽惑陶亚玲给新疆人再来一曲眉户,新疆人分不清秦腔和眉户,陶亚玲又来一段西府眉户《石榴花》:"石榴花栽花儿叶叶儿青,/叶叶儿青,/到今年栽花花未成,/哎一到今年栽花花未成。"这一回,新疆人孟凯和所有的西安人都听傻了,一动不动,凝神屏息,一点动静都没有,个个都沉入陶醉状态,陶亚玲又来一曲西府眉户《一滴油·张良归山》:"好一座青山呀哈唉,/这是那这岭这盖一座茅庵,/福禄寿星仙童一个西边站呀哈哈。"几首曲子唱下来,用的都是颤音,整个人都在颤,就像风中抖动的绸子。有人小声告诉新疆人孟凯:眉户也叫迷糊,让人着迷上瘾,这人说着说着就叫起来:"陶亚玲你要好好唱哩,有人上瘾啦。"陶亚玲就说:"好么好么,迷倒一个算一个。"

两天后,孟凯主动打电话给陶亚玲:"我还想听眉户。"陶亚玲在电话那头笑,不说话,孟凯就急了:"有光盘磁带也行。""你真的想听?""我真的喜欢眉户。"陶亚玲就不笑了,就约好了时间。周末,到华县农村,正好有庙会,农民自乐班唱眉户,有三弦板胡笛子伴奏。这些农民"唱家"只借用传统曲调,内容都是自编自乐,要笑就笑,要骂就骂,喜悦调笑,怒怨讽刺,婉转悲忧,随意转调,不受情绪上的拘束。陶亚玲用下巴指一下自乐班的乐器,农民把板胡叫胡胡,大家迷的就是这胡胡。孟凯就问:"你咋能迷上眉户?""我是陕西人嘛。""西安人都唱秦腔,城墙下边就听不到眉户,你要不唱,我都不知道世界上有这好听的曲子,你祖上在华县?华阴县?眉县?户县?""本姑娘地地道道西安人,城墙里头的。""你当过戏子在剧团待过?""有秦腔剧团、京剧团、豫剧团,你听过眉户剧团吗?我还真想当一个眉户演员呢。"

陶亚玲还真的上场表演了一番。眉户戏很简单,一个三弦一个笛子两个伴奏,主演就一男一女,生旦两个。陶亚玲跟自乐班的小伙子配合来了一段《刺目劝学》,小伙子唱郑元和,陶亚玲唱李亚仙。

(郑元和唱西京调)一更元和把书看。

(李亚仙接唱)李亚仙一旁绣牡丹,描容绣花实好看,再绣个蝴蝶闹花间。

（元和唱）看书看到二更天。

（亚仙唱）李亚仙添油拨灯盏，怕只怕郑郎舌根燥，打一杯清茶润喉咽。

（元和唱）三更里文章看半篇。

（亚仙唱）李亚仙心中暗喜欢，盼只盼皇王开科选，在龙虎榜上把名添。

（元和唱）四更放书我不看，两眼不住观亚仙。

（亚仙唱）亚仙这里看一眼，再叫郑郎听我言，你爱的奴家哪一件，牵肠记挂你心间？

（元和唱）我爱的小姐双凤眼，引得我意马难牢拴，咱二人同入红罗帐，在鸳鸯枕上配交鸾。

（亚仙唱）五更亚仙变了脸，放活不做缓半天，郑郎你进了烟花院，五千两银子花费完，老鸨儿见你没有钱，才把你赶出院门前，无处坐来无处站，口唱莲花大街前，老太爷见了你的面，快死曲江撂沙滩，不是刘花把你救，一霎时你命难保全。

（转紧符调）亚仙说罢抽身站，手拿钢针把眼穿，血流满面郎君观，哎呀呀好凄惨，这才是刺目劝学的李亚仙。

观众自豪得不得了，西安城里的女人都上台了嘛，大家鼓掌吆喝："西安人，西安人。"孟凯买了一堆饮料，给自乐班的艺人一人一瓶，最后一瓶拧开盖子递给陶亚玲，陶亚玲一口气喝下半瓶。跟自乐班的艺人合影。单独跟唱郑元和的小伙合影。演唱时的精彩片段孟凯全拍下来了。孟凯调出数码相机的镜头让陶亚玲欣赏，陶亚玲就像个中学生不停地叫："哈哈，这就是我？我就是这样子?"孟凯就说:"还能是别人?"陶亚玲长长地咦了一声,"迷糊的另一层意思就是让人糊涂入迷,丧失理智,得意忘形,原形毕露。"陶亚玲压低嗓门:"看到本姑娘的狐狸精原形吓坏了吧?小弟弟。""什么小弟弟,我是老江湖了。""还老江湖,"——陶亚玲就像长颈鹿昂首天外脖子伸好长鼻腔带笑,"你惊奇的样子就跟看外星人一样。""那是感染那是入迷那是震撼。""背词典呐,我知道你是学中文的。"孟凯还真是个老江湖,马上刹车,还笑眯眯的:"我不想胡说八道。"陶亚玲反应多快:"不胡说八道的人应该得到奖赏,本姑娘请你吃饭。"

饭馆不大,上的菜很简单,盒子豆腐和金边白菜。盒子豆腐素中有荤,以豆腐为主,佐以水冬菇、水干贝、熟火腿、虾米、水玉兰片,肥猪肉滑嫩鲜美,金边白菜就干椒角和白菜清爽可口,主食上一盘时辰包子。比在西安城里吃得还好。陶亚玲告诉孟凯,渭南一带是出厨师的地方,西安的名厨都是从这里走出去的。陶亚玲还告诉孟凯,清朝同治光绪以前,秦腔还不敢下乡和眉户抗衡,对台子秦腔总是输。秦腔大多都是宫廷戏、历史戏、朝廷大事戏,眉户都是老百姓的家庭琐事家长里短,纯粹是老百姓自乐自唱,清末民初兵荒马乱关中大旱,会唱会拉的农民为了活命才拉起戏班子去外地卖戏糊口,一直传到湖北、四川、山西。陶亚玲讲一个笑话:庙会眉户戏开锣,观众越涌越多,丈夫跑回家对妻子说:"戏快开了,快弄点吃的吃了去看戏。"妻子说:"外边锣鼓打得直吼,我也要去,饺子早包好了,就等着你哩。"妻子立马把饺子下到锅里。外边锣鼓越敲越响,揭开锅盖用笊篱一捞,一个饺子都没有,妻子急着看戏把饺子下到瓮里了。丈夫不管了,饿着肚子往戏台跑。妻子听见外边三弦板胡拉开了,也跟着往外跑,炕上睡觉的几个月大的碎娃醒来哇哇地哭,女人只好抱上娃往戏台下跑,还好戏没开始,看戏的人都笑这个女人,女人也跟着大家一起笑,笑半天才发觉她怀里抱的不是娃是一个枕头。孟凯就嚷嚷:"老陕这么疯狂?"陶亚玲满脸得意:"十个老陕九不通,一通就成龙,这个通就是疯,就是失去理智的迷糊状态。迷糊戏,真害怕,大姑娘看了变成二姐娃,小寡妇听了要改嫁,媳妇子听了要吵架,还要把灶王爷打。"说完了还不忘追问一句:"害怕了吧?小弟弟。"孟凯就急了,他还不能把这种急表现出来,他必须把这种急转换成一种严肃认真的忠告。"你这个老陕你听着,新疆男人有个统一的叫法:儿子娃娃,不是内地人区分男女性别的儿娃女娃,是顶天立地的英雄汉,草原人叫巴特尔巴图鲁,汉人就是儿子娃娃,儿子娃娃呢把头割下跑十万里路热血染黄沙也不眨一下眼皮子,你永远不要在我跟前提害怕这个词。"陶亚玲就跟小姑娘一样偏着脑袋无限敬仰无限天真地看着孟凯看了五分钟,伸手在孟凯手上拍一下:"我保证让这个讨厌的词永远消失。""我还想听眉户。""下周咱去户县。"

户县在西安西边,眨眼就到,找一家宾馆住下,再搭班车到镇上。不再有熟人相陪,又是逛庙会又是听眉户戏,自乐班有大有小,小到一个人清唱,不断有观众加入,陶亚玲就上来表演一番,她唱的是《一文钱》:"一文钱,买豆腐/能吃三天。/一文买个鸡/天天下蛋,/蛋变鸡,鸡变蛋/变个没完。"观众鼓掌叫好,孟凯也鼓掌叫好,陶亚玲嫌他叫得不好拍得不响。大家都静悄悄听自乐班一男一女唱《李彦贵买水》。孟凯压低嗓门:"难道你让我扯嗓子再喊一声好,再拍一次手?"陶亚玲嘻嘻一笑:"啬皮,该你请客啦,饿死我呀!""碎碎个事情么,走!吃走!看你吃天上飞的呀还是吃地上跑的呀?"孟凯的西安话说得很顺溜。

镇上太简陋了,庙会人山人海都是实惠便宜可口的小吃摊,他们在人群里挤半天,还是听从陶亚玲安排,在一家中年夫妇的小摊位上吃油泼辣子 biangbiang 面,那个 biang 字很复杂,新华字典里没有,孟凯在西安专门学了半个月,只留个印象,记不住。中年汉子的老婆不说话光干活。中年汉子轻轻松松解释这个古奥的 biang 字的顺口溜:"一点飞上天,黄河两道弯,八字大张口,言字往进走,左一扭右一扭,东一长(zhang)西一长,中间加个马大(dai)王,心字底,月字旁,留个钩搭挂麻糖,推个车车逛咸阳。"一人一碗,再喝一碗面汤,花了 4 块钱。孟凯叫起来:"四块钱一顿饭,我孟凯啥时候吃过这么便宜的饭。"惹得摊主不高兴:"这就不是吃山珍海味的地方,领个漂亮女人么,看把你娃烧的。"陶亚玲赶紧拉上孟凯往外走,摊主的老婆说了一句厉害话:"啬皮啬到骨头缝缝就爱扎个势,哄人家姐娃子哩,姐娃子叫眉户戏听糊涂啦,一毛钱的冰棍都跟上人跑哩。"

已经离开小吃摊了,戏摊子还没散场,有人在唱《十二把镰刀》。孟凯还没从小吃摊主两口子的风凉话里解脱出来,陶亚玲就嚷嚷口渴,不等孟凯打问茶社饮料,陶亚玲一招手,卖冰棍的碎娃飞车赶来。破破烂烂的自行车后边驮着一个白色木箱子,棉被裹着,一根冰棍一毛钱。陶亚玲毫不客气,接过碎娃递上来的冰棍撕开包装纸就吸溜吸溜吃个美。碎娃拿着一根,等着孟凯开钱,孟凯问碎娃有没有牛奶雪糕、有没有冰淇淋,碎娃老实不客气地告诉孟凯:"那是西安人吃的,户县人不吃。"孟凯接上碎娃的话:"户县人就吃一大缸水撒一把糖精冻出来的冰溜子。"碎娃更不客气:"水缸算个啥,直接往井里撒一把糖抽水机抽哩。"碎娃不等孟凯反应过来,就抓过孟凯手里一块钱纸币,找出八毛零钱,往孟凯手里一塞,骑上车子拐弯不见了。孟凯气晕了,愤怒中鬼使神差剥开冰棍的纸皮狠狠咬一口,咬下一块甜兮兮的冰块,竟然有一种淋漓尽致的快感,就忍不住笑起来,气恼至极的笑如此迅猛,差一点噎住。陶亚玲捶他的背。他喘过气后的第一句话就是:"《一文钱》是唱吝啬鬼的,我竟然做了一次吝啬鬼,把新疆人的脸丢尽了。"陶亚玲只问他一句话:"你舒服不舒服?"孟凯实话实说:"叫人啼笑皆非。""做一回啬皮很舒服,得是?"

好几个月没跟武明生联系了,武明生一直惦记着孟凯,每次发短信,得到的回信都是:在华县正忙生意呢。后来听到消息,孟凯跟陶亚玲走在一起,而且越走越近,武明生就有点急,就约孟凯出来喝茶。孟凯也奇怪,平时吃饭喝茶打牌洗脚都是三五成群,热热闹闹,走进包间就他们两个人,孟凯不由自主往外瞧瞧,武明生就拉他坐下:"就咱俩,不习惯啦,见色忘义,不要老朋友啦。"很自然谈到陶亚玲,武明生不得不告诉孟凯,这个女人用《沙家浜》里刁德一的话说:不寻常,不是一般的不寻常。武明生跟鼓书艺人一样声情并茂地讲了两三个小时,忽然停下来,起先他以为打动了孟凯,后来发现孟凯面带讥笑,他的舌头就成了石头。孟凯微微一笑:"说完啦?说完啦我说两句,我跟陶亚玲近距离接触,她身上散发的不是已婚妇女那种肉乎乎的气味是处女的芳香,其一也。"孟凯喝口茶,也让武明生喝茶,武明生抿了一口。孟凯说其二:"陶亚玲的眉毛没开,跟男人上过床的女人眉心是散开的。"武明生换个话题再次提醒老朋友:"由此可见这个女人有多么厉害,无数男人竞折腰,哪是折腰,折戟沉沙,伤筋动骨不堪回首哇!这可是一只久经沙场的老狐狸。"孟凯哈哈一笑:"我知道陶亚玲的外号,狐狸精、白骨精,我喜欢后边这个,传神逼真。"陶亚玲白净俊俏,恨她的人喜欢她的人都叫她白骨精。武明生灌一口茶含半天慢慢咽下去,捉住孟凯的手,语重心长完全进入长辈的角色:"兄弟啊,失足的女人都是好女人啊,她们善良单纯感情丰富,容易上当受骗。"孟凯毫不客气打断武明生的滔滔不绝:"羊没必要变成狼,羊变成狐狸狼就会挨饿。"孟凯嘴巴贴着武明生的耳朵:"我告诉你一个草原古老的习俗:生下儿子就叫狼,生下女儿就叫狐,狐是对女人最高的赞美,苍狼以羊为口中食,苍狼却以火焰一样的狐狸为毕生追求的情侣,知道狼与狐狸相爱的结果吗?"孟凯说出一长串匈奴鲜卑吐谷浑契丹蒙古这些历史上的草原民族,把狼和狐奉为自己共同的祖先。

　　孟凯捂住脸松开手时手上全是泪:"跟陶亚玲这段日子我才明白我为什么失去了叶海亚。"武明生及时把两根精品好猫烟接在一起递给孟凯,划一根火柴,孟凯美美地咂一口,烟团在肚子里转一圈盘旋而上从鼻孔缓缓而出,就像送葬的队列庄严肃穆。

　　孟凯沉痛地回忆当年与叶海亚在乌鲁木齐的好日子,武明生听得津津有味,频频点头,还不停地唔唔、嗯嗯,后来就忍不住插话了:西大街、红山、西公园、水磨沟、南门、大十字、山西巷子、二道桥,孟凯就斜眼瞪他,他还念念有词,孟凯就抽了他一下,他咧嘴笑:"乌鲁木齐的大街小巷都在我脑子里结成蜘蛛网啦,叶海亚也太单纯了,她呀,既不是羔羊,也不是狐狸,就是一只大白兔。"考试作弊找同学代替上课签到就不用再重复了,完完全全一对沉迷于男欢女爱胸无大志的饮食男女。孟凯站起来,细长的身体弯下去跟石拱桥一样正面伸向武明生:"你以为我们的大学生活就这么单调?我告诉你小子,我当年可是响当当的校园诗人。"哟嗬!这可真是天方夜谭。孟凯随口背出几首当年的佳作,那都是在《飞天·大学生诗苑》《绿风》上发表的地地道道的诗。孟凯告诉武明生:这些诗的灵感都来自大诗人徐志摩和戴望舒,孟凯就背诵了两位大师的代表作《沙扬娜拉》和《雨巷》,孟凯的作品果然与两位大师相差无几。武明生这个地理专业的毕业生还是发现了问题:"你怎么把乌鲁木齐精河塔城写成湿漉漉潮乎乎的江南?"孟凯点头默认。孟凯后来转写散文,基本上都是陶渊明王维田园诗的翻版,以及晚清民国时天山南北的汉族文人也写过大量类似的古典风格的诗文。叶海亚那么崇拜他也忍不住挖苦这些作品还不及唐代的边塞诗,至少写的是诗人们在大漠的真实感受。武明生就问为什么会这样?孟凯就说:"我们都把内地的作品视若神明,看不到身边的事物。"

孟凯自己点了支好猫烟,抽两口。"叶海亚是个二转子,她们家几乎是个人种博物馆,毕业前夕她就不怎么崇拜我了,我可以留在乌鲁木齐,报社杂志社都有机会,叶海亚要回精河我们就回精河,我再也写不出东西了,结婚大概可以带来一点激情,张子鱼横插一杠,最后的希望就让这小子给灭啦。""你好像原谅了张子鱼?""这都是你的功劳,张子鱼那种家庭能把人憋死,他远走新疆是有道理的,他正是叶海亚所期待的那种人。"孟凯的泪水把手弄湿了,烟也湿了,金黄的烟丝不经过火焰也能散发出迷人的香味,孟凯的泪水里有一丝闪闪发亮的微笑:"叶海亚的爷爷、父亲是汉人,奶奶是锡伯人,妈妈是蒙古族,舅妈是哈萨克族,嫂子是俄罗斯族,姑父是塔塔尔人,她们家节日多得不得了,狗日的张子鱼,他的名字里为什么有鱼?这条讨厌的大鲨鱼算是游进了大海。"孟凯的嘴都歪了,武明生拉他拉不动:"兄弟咱喝酒去,走!喝酒!""你让我贵妃醉酒呀,我不去,你让我把话说完。""我不听你驴放屁。"

武明生跑出去转一圈,搞两瓶西凤十五年,跟手榴弹一样在孟凯眼前晃来晃去,还真把孟凯给逗起来了。回家路上,孟凯一定要把掏心窝子的话说出来:"陶亚玲让我明白一个简单而朴素的道理,男人爱女人的一个重要标志就是疯狂,变成疯子,我们新疆人叫苕子,古代的诗人们叫马杰农。""你跟叶海亚还没疯够?""陶亚玲领我去听眉户,我才知道我跟叶海亚那么多年就没有成为真正的马杰农,就没有迷糊过。"孟凯就唱起《百灵鸟》《黑走马》。孟凯告诉武明生:"这些歌当年给叶海亚唱过,给陶亚玲唱的时候才感觉我是个新疆人。""兄弟呀,眉户听多了就会丧失理智。""但能寻回自我,我是谁?我是孟凯,新疆儿子娃娃孟凯。"

孟凯回到屋子出奇地冷静,不要武明生陪他,他要独饮。他一个人在屋子里亮着灯喝了一晚上的酒。武明生坐在门外台阶上也喝了一晚上。奇怪的是两人都没醉。孟凯出奇地冷静,还让武明生看了陶亚玲发来的短信,周末去眉县听眉户,孟凯邀请武明生一起去,武明生笑:"我就不当电灯泡啦。"

陶亚玲一身白裙子,笑吟吟地望着孟凯,孟凯心里一惊:刚刚议论她她就这眼神,她可真是个狐狸精。孟凯脸上很镇定,迎着陶亚玲的目光,心里在喊狐狸精狐狸精,喊着喊着再次吃惊,陶亚玲穿白裙子的时候她的肤色火焰一样闪烁,完全成了一只点燃荒野的红狐狸,大漠草原上人们把奔于旷野的红狐称为火焰,这团白中透红的火焰蹿出一星火苗烫了他一下:"我耳朵发烧,有人嚼我舌头。"孟凯差点跳起来,狐狸精陶亚玲又来一句:"手指头都是烫的。"陶亚玲的手指刮一下孟凯的鼻子:"你说我坏话啦?""没没,我又不是小孩。"

陶亚玲开车,让孟凯坐后边睡觉,眉县在关中西部,好几个小时路呢。"你的鼻子那么凉跟冰一样,你还真喝酒了。"反光镜里孟凯的脸色苍白发黄,陶亚玲开车很稳,孟凯很快就睡着了。两小时后车子下高速拐到秦岭主峰太白山下,孟凯睁眼就看见皑皑雪峰,好像回到天山脚下,陶亚玲提醒他不是新疆,不是精河不是天山,你以为只有天山六月飞雪,太白山三千八百米,在内地算很高的山了。下车时陶亚玲自言自语:"我还真想去看看天山。"

这回陶亚玲先听不唱,孟凯再三鼓励她都无动于衷:"我今儿个就想当一回观众,西府人厚道唱出的曲子不掺假。"一个俊俏小媳妇唱《眉户·戏秋千》:"亲家快吃臊子面/哎!红萝卜豆腐木耳金针臊子呀臊子然。/蒜苗细,油点点,陈醋调上香又酸,薄筋光,煎稀汪。/哎嗨哎嗨咿呀吆/十碗八碗嫌太少,六七十碗才算饱,/咿呀咿呀吆……"

陶亚玲就带孟凯去吃岐山臊子面,一口香,上三十碗,加十五碗,孟凯吃了三十五碗,农村精壮小伙子吃六七十碗没问题。陶亚玲指着渭河北岸的土塬:"那边就是岐山,岐山的臊子面更地道。"饭后又去听眉户戏,是个小伙子唱《吕布戏貂蝉》。陶亚玲告诉孟凯:"眉县就是历史上的眉坞,董卓金屋藏娇的地方,没藏住,叫吕布抢走了。"陶亚玲哀叹一声:"苦命的女人呀,叫男人们争来抢去,自己看上了关公,关公怕坏了一世英名,闭着眼睛咬着牙,抡起那把过五关斩六将的青龙月牙刀抡了几十下才把貂蝉劈倒,真难为了这个盖世英雄。"还真是这么一场《关公月下斩貂蝉》,一个中年壮汉与一俊俏高挑的年轻女子搭配,唱得是凄恻缠绵英雄绝情美人绝望。陶亚玲小声问孟凯:"咋样?敢不敢娶貂蝉?"孟凯都看呆了,沉进去了,说梦话一样反反复复重复着:圣桑,巴甫诺娃,《天鹅之死》。孟凯压根就没听见陶亚玲说什么,这小子还真迷糊了。陶亚玲不知道跳芭蕾的巴甫诺娃,可陶亚玲听过大提琴演奏的哀伤至极的《天鹅之死》。每受到一次伤害,她就一个人躲在屋子,打开CD,让那只受伤的天鹅反复舞蹈,她又活过来了。她刮一下孟凯的鼻子:"你这个新疆人还会怜香惜玉。"她自己都意识到她的脸色发白,手指冰凉。孟凯心里打个哆嗦孟凯脸上看不出来,孟凯微微一笑。"新疆人从古到今,不管哪个民族,都是赞美女人,不会给女人泼脏水,更不会用那么大的刀去劈女人。"

陶亚玲上了车,反光镜里发现了自己的脸还那么苍白,下意识摸一下脸,脸和手都跟冰棍一样,陶亚玲就沉默了。孟凯不明白学中医的陶亚玲为什么对民间艺术这么熟悉,祖祖辈辈西安人,亲戚朋友都在西安,陶亚玲就告诉孟凯:上研究生的时候,导师有一个课题专门研究中医秘方,两个男生跑陕南陕北,唯一的女生陶亚玲负责关中地区,西起宝鸡东到潼关,跑了好几遍,就喜欢上了眉户,眉户能让人糊里糊涂。陶亚玲打个呵欠,就迷糊过去了。

孟凯从反光镜里看到睡眠中的陶亚玲身上有一种水晶一样透明柔弱易碎令人哀怜的美。孟凯点一根烟,突然又捏灭,他再次从反光镜中看睡眠中的陶亚玲时,他一下子感受到陶亚玲身上那透明的水晶所散发的巨大的冰凉……只有中亚腹地的喀拉布风暴所挟带的冰雪才有这么强悍的冰凉,冰雪被风搅动着,奔腾飞翔呼啸,刀子一样,所到之处,大地成为雅丹,人陷入爱情,那一刻冰雪成为火焰。孟凯一边驾车一边回头,摆脱反光镜他就看到了斜躺在后排座位上真实的陶亚玲,比反光镜里的火焰更迅猛……喀拉布风暴冬带冰雪,夏带沙石,沙石本身就是火焰,飞沙走石让太阳黯然失色,那些风暴的幸存者总是告诉人们:不论是冰雪还是沙石,带给大地的就是火、火、火。

孟凯告诉武明生,张子鱼这王八蛋来到新疆就遇到喀拉布风暴,一年有许多次风暴,他一次都不放过,整整三年,直到遇到叶海亚。武明生就问他:"你就没遇到喀拉布风暴?""躲都躲不及,我又不是苕子。"这样的谈话有好几次,总是以"我又不是苕子"结束。

驾车狂奔的孟凯开始嘲笑自己:"这回可以在苕子后边加上马杰农和迷糊,在新疆没疯,在陕西疯掉了。"疯掉的只是孟凯的心,狂奔如烈马如火焰如疾风的也是那颗心。他的手很冷静,稳稳地握着方向盘,车速平稳,完全可以跟草原骑手的压走马相媲美。压走马是骑手的绝技,不论道路有多么坎坷,走马都如履平地,细碎的步伐如同舞蹈,马背安稳如毡房,骑手可以在马背上安然入睡。狂跳的心与安稳的汽车奇妙地结合在孟凯身上,孟凯的眼睛不再凝望睡眠中的陶亚玲,孟凯在倾听自己的心跳……

喀拉布风暴冬带冰雪夏带沙石,所到之处,大地成为雅丹,人陷入爱情,多少爱情有始无终,就像消失在大漠里的河流,只有阿拉山口的喀拉布风暴在冰雪之后在沙石之后会带来暴雨般的燕子……

孟凯再也不骂张子鱼狗日的了,狗日的张子鱼一曲《燕子》就打动了叶海亚,孟凯无数次懊悔中最刻骨铭心的就是与叶海亚交往那么多年唱过那么多歌曲,唯独没有哈萨克民歌《燕子》,孟凯在关中平原的西宝高速公路上开始唱《燕子》,没有词,全是纯一色的声音,发自肺腑,沙哑低沉,脸上全是喜悦的泪水。陶亚玲在歌声中苏醒。"这么好听,声音大一点。"还是那么低沉的胸音,孟凯陶醉在自己的歌唱中,压根就意识不到陶亚玲的再三请求,陶亚玲不再嚷嚷,静静地听着如此深沉忧伤而又自由辽阔的歌曲。

车子过了三桥,没有进市区,一下子跃上环城高速。孟凯歌声里的燕子暴雨般呼啸而来,车子在环城高速上绕了三圈,从南郊电视塔下进入市区,歌声里的燕子呼啦一下散入千家万户。孟凯自言自语,"陶亚玲,我可以给你唱这首歌了。"陶亚玲刚要接话马上意识到孟凯还在迷糊中,就任其自然。孟凯嘀嘀咕咕半天。车子拐到陶亚玲家的路口,陶亚玲眼睛那么亮,又亮又深,在那眼瞳深处有一团亮光在闪动,陶亚玲伸手按孟凯:"谢谢你,回去好好休息。"陶亚玲的手那么热,陶亚玲已经走进小区了,孟凯还能感觉到陶亚玲的热烈和芳香。陶亚玲下意识地甩一下长发,回过身朝孟凯摆摆手。夜幕中的陶亚玲,头发和眼睛又黑又亮,飘飘欲飞。

武明生在关键时候伸出援助之手,他告诉孟凯,要拿下陶亚玲还有很重要的一步:"她还没唱《梁秋燕》,眉户戏的高潮就是《梁秋燕》,你也别怪陶亚玲,人家还没下最后的决心。"孟凯就给陶亚玲发短信:我要听《梁秋燕》。陶亚玲回信:去华县。孟凯问武明生:"咋还去华县?"武明生就说:"《梁秋燕》的故事就发生在华县。"

华县高塘镇庙会上,孟凯听到了原汁原味的眉户《梁秋燕》:"阳春儿天/秋燕去田间……/手提上竹篮篮哎/又拿着铁铲铲,/虽然说野菜儿不出钱,/总算是秋燕心一片,/菜叶儿搓绿面,/小蒜卷芝卷,/油勺儿吃去香又甜,/保管他一见心喜欢。"

无论是演唱中的陶亚玲还是戏文中的梁秋燕,活脱脱一只飞翔在关中平原上的报春燕子,孟凯把这只春燕跟中亚腹地阿拉山口暴雨般的燕子联系在一起。让孟凯感动的是演唱中的陶亚玲那深情的目光一直盘绕在孟凯身上,孟凯就像一棵越长越高的大树,歌声中的燕子拼命地在茂密的大树上筑巢垒窝。

观众又是鼓掌又是欢呼,上年纪的观众把陶亚玲误认为戏曲名角李瑞芳。上个世纪五十年代初,李瑞芳扮演梁秋燕一炮打响轰动全国,眉户戏《梁秋燕》上演两千多场,创下戏曲史上的奇迹,李瑞芳成了梁秋燕的化身。当时就有这样的顺口溜:"看了《梁秋燕》三天不见饭,看了《梁秋燕》打倒老封建,看了《梁秋燕》媒人靠边站;看了《梁秋燕》恋爱有经验,不看《梁秋燕》枉在世上转。"数十年,梁秋燕成为人们追求美好生活的偶像,陕西城乡百姓结婚时都要播放《梁秋燕》,让大家知道自由幸福的婚姻生活来之不易。全剧分为情投意合、说理、送钱、斗理、起程、双喜六折,讲的是新中国成立不久,华县农村姑娘梁秋燕与同村青年刘春生相爱,父亲梁老大坚决反对的故事。梁老大托媒人侯下山把梁秋燕许配给董家湾十六岁的董学民,并向董家索取彩礼,准备为儿子梁小成成家。梁秋燕争取到母亲哥哥和区长的支持,与刘春生喜结良缘。梁小成与青年寡妇张菊莲互相爱慕,自主成婚。梁老大终于明白了买卖婚姻的害处。上年纪的观众说起这些往事滔滔不绝,年轻人就像听天方夜谭。

孟凯连听几场,意犹未尽,陶亚玲就送他一张眉户全本CD《梁秋燕》。

陶亚玲还带孟凯去看望梁秋燕的原型。搭一辆蹦蹦车很快就到了。没敢声张,过路讨水喝,在门口站一会儿,喝完水,道声谢谢就匆匆离开。

刚刚看到的情景太令人吃惊了,两间破败失修的厦房、一眼旧窑洞,当年那个不顾家人反对追求自己爱情的农村妇女婚后过得并不幸福,矮小瘦弱牙齿全掉光了,佝偻着背,丈夫体弱多病,六个儿女也都过得很艰难;大儿子四十多岁了,媳妇嫌穷跑了,老两口与十六岁的孙女相依为命;二儿子也因贫穷离婚,小儿子三十多岁还没娶到媳妇,老太太最大的愿望就是能有几间宽敞明亮的大瓦房。

陶亚玲几年前来过一次，有心理准备。孟凯不停地解衣服扣子，半个胸口都露出来了，还在解，陶亚玲就说："你脱光衣服呀。""我出不来气了。"

一路无话。

进西安市区，陶亚玲说："你好好考虑一下，现在煞车还来得及。"孟凯摸出那张CD："我只想看全本的眉户《梁秋燕》。"

孟凯看了一半就给陶亚玲打电话，陶亚玲告诉他："你也太不严肃了，至少也得考虑一个礼拜吧。""你知道我找你干什么？""不就一句话吗。""不是一句话，是一首歌。"电话那头就沉默了，过了整整一刻钟，陶亚玲说："你过来吧。"陶亚玲在她的房子里听到了带歌词的哈萨克民歌《燕子》。

他们一个月后结婚，在孟凯的老家塔城举办婚礼，在西安又办一场。西安这场规模很小，都是至亲好友。武明生特别提醒孟凯，在西安的宴会不要太张扬，陶亚玲树敌太多，而且都是有权有势的人物。婚礼结束后，他们宣布去外地旅行度蜜月。其实就在东郊临潼华清池。用孟凯的话说我就是西域胡人，平生最大愿望就是娶长安美人长住骊山脚下。那地方总让人想起周幽王与褒姒，唐明皇与杨玉环。"他们都是悲剧，咱们绝对幸福。""你就这么自信？""你仔细看，骊山就是从大秦岭奔向关中平原的一匹黑马，需要年轻剽悍的骑手，老皇帝们带年轻的妃子来这里不是自找苦吃吗，蒋委员长都摔一大跟头。""谁信你这些歪理？""你难道不相信自己的眼睛？"陶亚玲在塔城婆婆家见过天山阿拉套山塔尔巴哈台山，骑过真正的草原骏马。

他们的车子下了高速,黑黝黝的骊山果然势如奔马从大秦岭的崇山峻岭中向他们冲过来。

　　提前订好了房间,入住很顺利。陶亚玲去贵妃池洗温泉澡。陶亚玲有点不相信这是真的,孟凯就告诉她:我是学中文的,我可以告诉你《新华词典》对"骊"的解释:纯黑色的马。沐浴后的陶亚玲完全相信了丈夫的话。原打算住一个礼拜,陶亚玲不想离开,就延期一个月,直到蜜月结束。约定每年至少来一次华清池,他们是在李隆基和杨玉环当年发誓的长生殿里说这番话的。

　　武明生说:"你小子野心不小,陶亚玲找你找对啦。""美丽的女人应该得到幸福,而不是一盆盆脏水。""我幸亏没有……说过陶亚玲的坏话,否则都不好跟你交朋友了。""你不用给我解释,我相信你。""真的?""所有的脏水你都泼给李芸了,想给别的女人泼也没水啦。""哈,你这狗日的,你就这么看我。""这是事实嘛。""大三结束时我就煞车了。""那也是李芸最难受的时候。"

　　孟凯的公司缩小一大半,专营精河枸杞,口号是打败宁夏枸杞,不再经营最赚钱的精河地精。武明生还是能破例得到正宗的精河地精,武明生给父亲尽孝嘛,享受特供是应该的。

　　孟凯爱上陶亚玲的那一天孟凯就不想再往西安贩运地精。周秦汉唐古长安呀,丝绸之路运来运去的都是好东西,最后来一个灾星安禄山把大唐给毁了,把丝绸之路给断绝了,安禄山不就是一个大鸡巴嘛,李白给杨贵妃献诗,安禄山给杨贵妃的全是乌七八糟的脏水,我再给西安人民提供地精我也成安禄山啦。狗日的孟凯一口气说出西安一大批专门制造保健品的企业,一枝刘、五〇五、三宝双喜。"陶亚玲把你变成唐僧啦。""算你娃眼睛有水。"孟凯来一句正宗的陕西方言："陶亚玲就是我的神驼地精，没听过吧，高贵的金骆驼与胡杨完美结合产生的地精比人还高，能把人领进幸福之门。"武明生对地精的了解仅限于苦的甜的，张子鱼给他提供的图片上就这些。孟凯就告诉武明生："张子鱼已经很不错了，到新疆才几年，就找到骆驼地精，他这么找下去会找到神驼地精的。"大孝子武明生脱口而出："找到神驼地精我爸就有救啦，我爸能活到一百岁。""你的神驼地精是李芸你搞清楚。"

"我是单相思，张子鱼才动真格的。"

这句话让孟凯难受好半天。张子鱼埋葬了多少美丽的少女，一直埋到李芸，他还在埋叶海亚。孟凯枯坐到深夜，正好停电，里外一片漆黑，跟沥青一样黏黏糊糊的黑暗让人喘不过气来。

有一个声音在天地间回响：女人离开了他的心，离开了他的眼睛，快要离开他的生命了，生命的光芒就罩在身体外边，女人从那光芒里消失他就没命了。

孟凯的日记再次中断。所有的文字都被那声音击毁。孟凯明白斯文·赫定当年为何在上百卷著作中没有出现心爱的米莉，还有五千多幅画，也没有米莉的影子。米莉在那无尽的天地间。张子鱼是不是这样？孟凯推开窗口，就像扒开身上的筋骨让心直接面对天空和大地。孟凯相信李芸是从张子鱼生命之光里消失的最后一位少女。

19

　　大三第一学期李芸就辞去了学生会文体部长这个令人羡慕的职务。文体部长出头露面的机会太多,无限风光也带来无数烦恼。首先女学生干部都很漂亮,几乎等于班花系花校花花卉展览,其次这些鲜艳的花朵几乎成为男学生干部交女友的首选,近水楼台先得月。李芸属于几个幸存者,基本处于流言蜚语的汪洋大海中。李芸就退却了。李芸的理由很简单,她准备考研,大三很关键。李芸提出辞职要求之前,刻意培养了一个接班人,外语系的一位多才多艺的漂亮女生,能拉小提琴还能跳舞,新疆舞、外国舞都会。负责学生会工作的专职团委书记再三挽留,也没留住李芸。李芸推荐的人选试用了一段时间,大家很满意,领导只好放人。

　　李芸连学习委员都辞了,只担任英语课代表,李芸大一时就过了英语六级,大二过了八级,用英语老师的话说,这是外语专业硕士生的水平,英语课代表非李芸莫属,李芸也喜欢这份工作。英语老师不是本系老师,是外语系的一位留学归来的女博士,一口纯正的牛津英语,仪态万方气质高雅,这么优秀的老师一般不会上公共英语,不知何原因,在本系上课很少,上公共课完全是完成工作量。

　　英语老师跟李芸交谈时一句口头语就是:"你完全可以出国,你生活在国内会很艰难。""老师你不是也回来了吗?""我先生回来了,我当然要回来。"英语老师的先生是学工科的洋博士,在西北工业大学当学科带头人。"西工大多好呀,你们为什么不待在一起?""小丫头你就不懂了,就是和自己最亲近的人也要保留一定的距离。"英语老师随手抽出一本英国作家伍尔芙的随笔《一间属于自己的房间》。一九九〇年这本书还没火起来。英语老师告诫她的学生:"在欧洲夫妻各有各的房间,孩子也有自己的房间,中国人不兴这个,作为知识女性必须有自己的心理空间,包括自己心爱的人也不能例外。"英语老师问李芸有男朋友了吗?李芸摇摇头,英语老师就说:"中西方很大的区别就是,在中国美丽的女人命运都很悲惨,西方刚刚相反,美丽的女人即使悲剧也很幸福。"这句话真正打动了少女李芸,老师太喜欢这个学生了,老师就像一个大姐姐手放在学生后脑勺上小声问学生:"有意中人吗?"学生眼睛亮晶晶的,是那种从眼瞳深处升起的一束亮光,就这么无限透明地望着老师,既不点头也不摇头,老师就笑了:"萌芽状态,彼此心照不宣,这是人生中最美好的一段时光,尽量延长它的生长期,给它阳光给它雨水给它空气给它自由,无论成败,都是一种幸福。"

英语老师主动选择这所文科为主的大学,学生最喜欢她的外国文学经典解读,中文系喜欢外国文学的学生也来旁听,她的第二外语法语与英语不相上下,外国文学经典解读常常用原著,学生反而能精确地掌握语法。学外语关键是语法,国内外语教学大都是纯语法教学,几乎成为四六级英语培训班的延伸。她的这种教学方式就很容易受到排挤,她的专业课被压到最小范围,她也无所谓,可以上公共英语课嘛,学生喜欢她的课是她最大的安慰。她甚至拿这个调侃她的丈夫:"你安慰不了我,学生可以。"

李芸看《一间属于自己的房间》时，就对张子鱼充满了感激之情。情投意合，两情相悦，心照不宣，一切尚在萌芽状态；李芸就感觉到自己的心理空间明亮宽敞，英语老师刻意追求的东西，她无意中就拥有了，张子鱼天然具有绅士风度，尊重她信任她，他们在一起就是打打球，散散步，看看电影，听听音乐，比一般同学稍近了那么一点点。野外考察的时候，你拉我一把我扶你一下，完全是一种同学友情，谁也不会往邪处想。

李芸几次想把这本书推荐给张子鱼，她绕个弯问老师，男生可不可以看这本书，老师笑她太傻："整个世界都是男人的，他们不缺这个。"老师也调侃她的学生："要是你很不幸地碰上了陀思妥耶夫斯基笔下那种待在地下室里发狠的人，那种变形人，耗子一样钻地洞的人，你就要考虑如何给他建造一座明亮宽敞的大房子，你倾其一生给他当护士当佣人都忙不过来，正常人的生活基本上与你无缘；你不要紧张，中国要出现这样的人至少还得几十年，我们身边全是利欲熏心的饮食男女，对生活的热爱远远超过生活本身。"学生也不傻："这大概是你回国的理由。""真聪明，祖国落后但生气勃勃。"学生脑子里刚刚闪过卡夫卡老师就及时地把学生引向简·奥斯汀："这才是真正的英国小说传统，优雅端庄、淑女与绅士，是现代文明所必需的。"老师一本一本推荐简·奥斯汀的六部长篇：《傲慢与偏见》《爱玛》《劝导》《理智与情感》《曼斯菲尔德庄园》《诺桑觉寺》，"全是爱情与婚姻，可以作你的人生指南。"

一九九〇年的中国女大学生流行《简·爱》《呼啸山庄》《邓

肯自传》《飘》。老师比较稳重,私下里课堂上竭力推荐简·奥斯汀。有学生提出简·奥斯汀让她小说中的人物拼命追求婚姻,她自己却终身未婚。老师就告诉学生:"说明简·奥斯汀是个诚实的人,她没有把自己的不幸转嫁给世界,她用自己的不幸照亮我们的生活,从她笔下的人物身上我们可以感受到她多么热爱婚姻生活,鲁迅先生建议我们多读外国书是有道理的。"

周末学生们会看到英语老师和她的先生骑自行车去郊游,有人还看见英语老师与先生在城墙上骑那种两人自行车。英语老师会用英国式的幽默告诫学生:"罗切斯特先生很有魅力,可他不应该把自己变成盲人,这对简不公平;希刺克利夫太疯狂,正常人受不了,除非去死,那可真是坟墓里的爱情;白瑞德江湖味太浓,一般女性掌握不了他;邓肯女士那种生活适合影视明星,芸芸大众千万不敢效仿,那是真正的深渊,比跳华山还惨。"英语老师的最终目的,回到简·奥斯汀的世界,那才是值得一过的生活。

李芸眼中的张子鱼几乎等于达西、爱德华·费拉斯、布兰登上校、埃德蒙·贝特伦、奈特利、温特沃思上校,而她自己理所当然成为伊丽莎白、玛丽安、埃丽诺、凯瑟琳、范妮·普赖斯爱玛、安妮的化身,她毫不犹豫地把简·奥斯汀介绍给张子鱼,张子鱼似懂非懂,常常把人物搞混,还好,故事情节还能说清楚。跟大多农村同学一样张子鱼英语有些吃力,发音不准,勉强过了英语四级考试,李芸可以给他当老师。

谈英语谈英国小说的时候,张子鱼基本不说话,又不是文学专业,幸好有斯文·赫定做铺垫,可以应付李芸的眉飞色舞滔滔不绝,李芸突然停止说话,望了张子鱼半天,张子鱼都毛了。"你咋这么看我？""我想起一个人。""谁？""我不告诉你,你好好去猜吧。"张子鱼就在简·奥斯汀的小说人物里横冲直撞,逮谁不像谁,一个都不像。李芸笑得更欢了。李芸不会说出来的。当是时也,金庸的小说铺天盖地,李芸眼里的张子鱼不就是郭靖嘛,黄蓉一口一个靖哥哥也太肉麻了,可这个黄蓉也太可爱了,一旦在李芸的脑子里登陆,简·奥斯汀小说里的那些英国小姐英国绅士全都稀里哗啦躲一边去了。也许有一天他们会重新出现,那也只能等到大学毕业走上社会有了一定的人生阅历之后,这是后话。

一九九〇年春天李芸还把张子鱼当自己的保护伞。

一九九〇年春天李芸从大众的视野里消失了,可大家还在谈论她。大家忘不了她的小提琴协奏曲,每次晚会其他同学演奏《梁祝》,大家都会寻找李芸,李芸躲在人后,然后悄悄离开会场。张子鱼安慰她:"你应该高兴,这么美妙的曲子跟你联系在一起,很有意义啊。""我也不知道我担心什么,总有一种莫名其妙的恐惧。""咱们就待在外边,不进会场。"大礼堂里开始演奏《少女的祈祷》,这是李芸在自己家里单独为张子鱼演奏过的,李芸从来没有在公开场合弹过钢琴。

武明生在李芸家楼下的树林子里远远地听过这首曲子。可以想象此时此刻的武明生,坐在台下心情有多么复杂。台上艺术系的女生一身黑裙,双臂与脸庞白得像大理石,白皙的手指在琴键上跳动,钢琴也像穿了黑裙子,琴声如诉,少女在祈祷刻骨铭心的爱情。武明生想象中的李芸也是一身黑裙,亮着白胳膊,琴声流水一般从手指间奔涌而出。武明生想象中的李芸此时此刻离开会场,跟张子鱼待在校园某一个地方。

这所百年老校堪称花园式校园,教学楼、实验楼、体育馆、艺术楼,全部掩映在高大茂密的树林里,草坪花圃环绕其间,任何一个地方都能让人感受到人间仙境。李芸与张子鱼已经进入仙境。他们就在大礼堂跟前,每人靠一棵银杏树,静静地听着音乐,李芸的目光偶尔会滑过张子鱼的脸,那脸上全是兴奋陶醉的神情,李芸就更兴奋了,兴奋中有喜悦,有感激,任何非分之想和举动都会破坏这种美妙的气氛,这正是李芸所期待的。此时此刻,在武明生的想象中他们已经拥抱在一起,亲嘴是免不了的,肯定亲嘴了,西北人有一个很结实的说法:啷一哈(下),再啷一哈(下)。武明生自己心里莫名其妙地响了一下,旁边的同学都看他,他不好意思小声解释:"晚饭吃太饱。""不是打饱嗝,啷地一下拔瓶塞子。"后排一位大四的学生显然是个老江湖,附在他身边小声说:"兄弟有想法很正常,下边没响上边响,发自肺腑啊,真给咱们大学生长脸。""可我被整惨啦。"武明生吐掉烟头又点上一支,孟凯就说:"你自己整自己嘛,怪不得别人。"

武明生一宿没睡,在床上翻烧饼,架子床嘎吱乱响,全宿舍的人睡不好,差点打起来,还是张子鱼劝住了大家。张子鱼也警告老乡武明生安心睡觉,睡不着就数数,数数不行就脑子里放电影,看过的好电影细细过一番,大脑会越来越兴奋,自己睡不着,但不会影响别人了,这还真是个好办法。武明生脑子里就回放《乌龙山剿匪记》,申军谊一炮走红的那个钻山豹有点像武明生,武氏家族的男人都那副长相,身架都像,那个女特务档次太低咋看都像个鸡婆。一九九〇年春天大江南北明娼暗娼已经泛滥成灾了,已经不敢用小姐称呼良家妇女了。就是这个妖里妖气的女特务成功地把武明生从李芸从弹钢琴的艺术系女生身上转移到电视连续剧《乌龙山剿匪记》的故事里,钻山豹都失去了吸引力,眼前老是那个妖精一样的女特务,剧情全打乱了,武明生重新组合了镜头,原剧当中女特务出现的场面很有限,武明生加工过的《乌龙山剿匪记》钻山豹与女特务形影不离,甚至陪钻山豹游街遭老百姓唾骂。

就这么熬到天亮,武明生理所当然成了熊猫眼。大家趁武明生洗漱的时候查看了武明生的床铺。床单干干净净就是有点皱。"想心事也会出现熊猫眼?"大家面面相觑。熊猫眼会让人很尴尬,偷偷摸摸洗床单,洗内裤,宿舍有股难闻的气味,门窗打开半天散不了。如果想心事也能想成熊猫眼那可太恐怖了。武明生进来,大家都朝他开火:"咋回事嘛?老大都管不住。"

堂兄武明理每次来校园看武明生都要带一捆啤酒一大包辇止坡老童家腊牛肉,全宿舍人跟着沾光。武明理不是显摆,武明理走南闯北见多识广知道人情世故,更重要的是武明理把大学看得无比神圣,跟大学生们一起聚餐绝不同于跟官员跟生意人吃饭,用武明理的话说那都是鸿门宴刀光剑影斗心眼。武明理就落了一个儒商的美名。

武明理喜欢人们叫他儒商。武明理一身休闲装一副眼镜斯文精干,泥土和铜臭荡然无存,不是儒商是什么?武明理对啤酒的执着近于疯狂。回到渭北老家也是整箱整箱的啤酒。过年过节去老丈人家,也是白酒加啤酒,啤酒自己喝,老丈人家好说话。舅家姑姑家就惹人家不高兴。农村不兴喝啤酒,把啤酒当马尿。武明生考大学前就习惯了堂兄武明理的啤酒,武明生第一次在武明理家喝啤酒就想吐,武明理筷子一拍:"你还想不想上大学,这可是欧美国家的东西,是现代文明,你上了大学不会喝啤酒人家就一辈子叫你稼娃土豹子。"武明生眼睛一闭喝毒药一样咽下去,长长地啊了一声,眼泪都下来了,呛得厉害吃几口菜压住。武明理从家族兄弟到大舅子小舅子,几年工夫把年轻人一一拿下。村里小商店开始出售啤酒,村里人还是马尿马尿叫了好几年。武明理的父母就被人们呼为马尿他爸马尿他娘,武明理的岳丈岳母就是马尿他姨父马尿他姨。啤酒进了小卖部,大家就慢慢地改了口。

　　堂兄武明理一年要来校园好几次,一九九〇年春天的大学校园不再是一片净土,并不影响武明理对校园的无限敬仰,武明理甚至开导大学生武明生:"知识分子还是有底线的,生意场就跟狼窝一样,到校园里走一走,多多少少还能找回一些美好的东西。"在武明理眼里武明生就相当美好了。"给女同学造谣是你太喜欢人家啦,还是你们校园的游戏规则,社会上可不是这样,灌酒下药生米做成熟饭,稍文明一点,就到处嚷嚷已经睡在一起啦,女人没办法只能嫁给他。"武明理在校园里见过李芸,武明理就称赞堂弟武明生眼睛有水。"你现在的问题是太喜欢人家啦,把女人理想化啦。"武明理就有必要让堂弟武明生回到地面。"我估计你给人家连求爱信都没写过。"武明生实话实说:"我努力过了,没有一个人把我跟她联系在一起。""你给自己戴了一副木头眼镜,我先把木头眼镜给你摘了。"武明理不听他喋喋不休地念叨那个张子鱼,武明理一句话就把堂弟武明生钉在地上,就像从头顶往下敲了一根长长的铁钉穿身而过从脚心直奔大地:"瞅上一个女人就盯死死的,就不能左顾右盼想别的男人,你追女人哩还是追男人哩?秀才再大个锤子都是一团棉花,还真是这么个理。"

武明理介绍武明生去给一个单亲家庭的孩子当家教。一个职业女性带八九岁的小男孩过日子,小男孩蔫蔫的,成绩直往下降,妈妈就听从儿童医院医生的建议,找一个阳刚一点的男士当家庭教师。年轻的妈妈一见武明生就想到正热播的电视剧《乌龙山剿匪记》里的钻山豹,小男孩也两眼放光,男孩心目中的土匪跟绿林好汉是一回事。就这么敲定了,每周两次,一次周末下午,一次周三晚上。一个月后年轻的妈妈就与年轻的大学生熊熊燃烧起来啦。

武明生还记得那是周末下午,小男孩做完作业到外婆家去了,武明生完全可以顺路返校,站牌就在女人家门口,正好一辆公共汽车过来,武明生都给女人说再见了,武明生的手在半空停住了,女人的目光从他的手到手臂到肩膀到胸口,他的心脏就发出可怕的声音,这种战鼓一样的声音已经响过好多次了,女人绝对听见了,女人的目光在战鼓一样咚咚乱响的胸口停一会儿,就转身往回走,武明生就过去,上楼进屋,一切都很顺利。武明生又兴奋又慌乱,需要女人引导。离开女人家的时候完全是一种男人的自豪,全身好像大了好几倍,不再是毛头小伙子了,成了真正的男人。

进了校园,他又感到一种莫名其妙的失落与沮丧。再也不是小伙子啦!就这么简单。

他躺床上谁都不理,一张口全是教训人的口气,大家都很惊奇:狗日的你舅当省长啦这么张狂。连张子鱼都笑眯眯地问他:"说实话,哪来这么大的心理优势?"武明生就嗯嗯嚷嚷哼哼唧唧故作神秘。"在一家公司勤工俭学混两顿饭。"

女同学却有其他说法:武明生干的啥工作嘛眼神都变啦。再问,女同学就悄悄地说:看女同学就像看女人。个别男老师用这种眼神看女生,常常引起女生的愤怒,甚至引起女生的恶作剧,把老师弄得很狼狈。武明生是自己的同学呀,去公司上两天班就成这样子。另一个变化是武明生谈论女同学的时候,句句见荤,字字见血,大家就笑:"你干吗把人家衣服剥光。""真理都是赤裸裸的。"

又一次野外考察开始了,全班分好几个组,武明生与李芸在一个组,考察渭河流域的生态变化。大家就住在陕甘交界的一个镇上,陇海铁路和西兰公路从这里穿过,镇上很热闹,出了镇就很荒凉。

女同学都躲着武明生,武明生的眼睛有毒。李芸不在乎,可笑的事情就发生了。野外作业一整天,太阳落山前往镇上赶,租了人家的自行车,都是男生带女生,女生都不坐武明生的车子,李芸不在乎。李芸也听到大家对武明生的议论,李芸还专门走到武明生跟前,医生瞧病人一样左瞧瞧右瞧瞧,没瞧出什么不对呀,武明生是咱的同班同学呀,不应该歧视他呀,李芸完全忘记了中学时被街痞无赖骚扰的往事,同伴们就笑她:"张子鱼清澈的目光把你惯坏啦。""他也这样看你们呀,你们是不是也退化了?"三一二国道甘肃段路面不怎么好,颠得厉害,女生得搂紧男生才不至于掉下来。武明生身体就有了反应,比其他男生厉害得多,车速越来越慢,甩在后边,都骑不动了,捂着肚子狼狈不堪。李芸以为他病了,喊大家快来救武明生,武明生就急了,"我我我没没病,水,我要喝水。"

不远处有村庄,李芸去老乡家里讨水。武明生趁机自救。黄土高原到处光秃秃的,青草不高,躲个野兔老鼠还可以,人是没法躲。李芸端一缸子热水过来,武明生需要的是凉水,最好带冰,冰凉刺骨才能灭掉身上的邪火。热水等于煽火。武明生硬着头皮喝完热水。李芸还扶了他一下:"我来骑,看看我的技术。"争了半天,李芸骑车子,武明生坐后边。李芸的技术果然比武明生好,车子颠晃轻,身体碰撞的幅度就小。可李芸身上的芳香与温暖太令人恐怖了。武明生在水深火热中硬撑着。

到镇上时天快黑了,光线朦胧,每个人都跟皮影一样只显个轮廓。武明生死里逃生,直奔宿舍,李芸还叮咛他:"好好休息,明天是礼拜天。"

小镇地处陕甘两省交界,也是秦岭的支脉陇山与黄土高原交会的地方,野味很多,有钱人就常来尝野味,不是一般的野鸡野兔野猪,而是各种猛兽的阳物,号称三鞭炖土鸡。学生们也在农家乐搭伙,天黑才赶回来,刚好与一帮大款同时开饭,阴差阳错,学生们吃到了富贵菜,大款们吃到了真正的绿色食品。武明生逃过一劫。大家叫他他就是不开门,他下体难受也无法去开门。大家也不管他,大快朵颐,只给他留一些剩菜。

317

武明生不可能睡那么踏实，一晚上翻烧饼，同宿舍两个学生挤其他同学屋子去睡，武明生一个人瞎折腾。天亮他醒来喝一缸子凉水，再睡回笼觉，那缸子凉水没有把他的邪火压下去；太阳都升老高了，他还做一个很荒唐的梦，可怜那床被子那张床顷刻间整成了沼泽地；浓烈的腥臊味冲天而起。

其他人刚开始还很安静，后半夜就折腾开了。男女生平时有好感的正中下怀，有一种意外的惊喜。彼此有好感但还很朦胧还很遥远，神秘的蘑菇云一下子缩短这么大距离，跌入万丈悬崖一般，全是沮丧与绝望。差不多一半男生的脸被抓破，愤怒的女生撕抓起来绝不手软，应该是在神志清醒后的第一个瞬间。

最关键的两个人物，带队老师，一男一女，正好未婚，正好有好感，女老师尚在犹豫中，猛兽的鞭如同核反应堆，散出的能量把他们彻底焊接在一起。他们理所当然把这一切当作意外的惊喜。他们劝解安慰那些哭哭啼啼的女生，一个唱红脸一个唱黑脸，占便宜的男生被男老师骂个狗血喷头。

兽鞭开始发作的时候，武明生就醒来了，武明生被外边的景象吓坏了，他首先看见带队老师在演三级片，接着就是同班同学。他马上发现了问题的所在，好心的同学在饭盒里给他留了一份野味，曾吃过猪羊卵蛋的武明生辨认兽鞭的能力可谓火眼金睛，但他却是满脸苦笑。他的床单内裤被子就像刚刚从动物身上剥下的皮，冒的不是热气是可怕的腥臊，他一下子就冷静了。此时此刻，整个大院就他一个人神志清醒，他把抹了糨糊一样的床单被褥内裤用绳子一捆，包在塑料布里，奔出院子，穿过大街。武明生奔到野地里，找到一眼枯井，往下丢的时候，塑料布的缝隙里往下滴答滴答滴水,那可都是他武明生的生命之水,怎么就如此丑陋?武明生的手一下子丧失了力气,那包里脏物跟点燃的炸药包一样落下去,轰隆一声巨响。其实是他的幻觉,黄土高原上的枯井深不见底,别说一包湿漉漉的被褥,就是一块大石头也不会有多大声音。武明生失神地望着黑洞洞的枯井,那一刻,他想到爷爷与奶奶的故事,他想到父亲与那个甘肃女子在饥馑年代相会时所唱的一首首花儿;他自己差点跳了下去。

　　回到住处,带队老师与学生还在努力奋战,武明生趁大家不注意马上铺好床单被褥,跟原来的分毫不差,武明生长长出了一口气。大家还在折腾。武明生突然从床上蹦起来,直奔李芸的住处。一个大院子,男女生分住不同的房间,近在咫尺,立马就到。武明生狂奔过去的时候才发现走路这么艰难,他的双脚跟树一样往下扎而不是往前奔,一个声音反复提醒他,你想看到什么?你想得到什么结果?与李芸同住的两个女生被心仪已久的男生叫走了,李芸一个人待在房子里,跟正常人一样处于神志不清的激情状态,激情中的李芸手捧着照片,看一看,笑一笑,再看一看,跟孩子一样,她手里拿的是当时大学生最时兴的拉链包;男生用黑色,女生用棕色,里边夹一叠活页纸,上课做笔记用。夹层里可以装贵重的东西,李芸把她与张子鱼的照片夹在里边,她跟张子鱼打羽毛球时的经典镜头,羽毛球从天而降,两人同时奔过去,别人及时地抓拍到这个美妙的瞬间,连同底片送给李芸,李芸自己都惊呆了,相片上的她与张子鱼,双腿离地,球拍往后挥,身体和没拿球拍的胳膊向前伸去,她和他在飞翔中奔向对方,李芸又惊又喜,反复问人家:"你哪里拍到的?你怎么能这样?"那位女生调皮地一笑:"可以上摄影杂志的封面,我连版权都放弃了还要我怎么样?""我要你保密。"李芸送女同学一盒德芙巧克力,照片就成为李芸的秘密,装在拉链包的夹层里,拉上拉链完全是少女心中的小秘密。整个小镇变成动物世界的时候,李芸打开她的小秘密,看啊看啊看不够。她坐在床上背对着门口,书本那么大的照片忽高忽低忽隐忽现,院子里脖子伸得像鹅一样的武明生看清楚了,那是李芸与张子鱼的合影;武明生还听见李芸轻轻地呼唤张子鱼的名字,光线半明半暗几乎是虚光,虚光中的少女轻盈飘逸如同传说中的翱翔宇宙的小飞天;……武明生的腿再也迈不动了,他鼻子发酸,身体慢慢地往下弯,他所看到的少女李芸已经不再呼唤,少女李芸把心上人的相片捂在胸口,出神地望着屋外的天空,少女李芸什么时候转过身来武明生一点也不知道,少女李芸转身凝望天空时武明生跪下了,整个人矮了一大半,无法阻挡李芸的视线;少女李芸就这么一动不动看着天空,少女李芸的额头跟眼睛一样那么明亮,除了相信上天她还期望什么?她就这么无比虔诚地望着天空,完全是一种信仰一种祈祷。

　　武明生给孟凯讲这一段时,有意识地忽略了弄脏床单被褥和内裤的事实。他第一次听孟凯讲马杰农时他一下子对马杰农产生极大的兴趣,孟凯毫不客气地告诉他:"为美好爱情而疯狂才叫马杰农,为财色权势而疯狂是对马杰农的亵渎,疯狂是有境界的。"

　　李芸跟两位与心上人相结合的女生待了整整一天。她又去安慰两个受到伤害的女生。以她的聪慧她马上领会到那两个幸福女生的幸福所在,她眼睛里的光亮一下子就深邃起来,她再次取出与张子鱼的合影时她就兴奋得浑身发抖。对女人已经有相当经验的武明生明白李芸兀自窃笑,走着走着蹦起来拍别人一下,扑一只蝴蝶又放开意味着什么。

"张子鱼的好日子到啦。"孟凯忍不住叫起来,武明生吐一口烟,烟雾罩住了他的脸:"没那么简单。""你小子羡慕嫉妒恨?""那张合影是别人偷拍的,张子鱼自己都不知道,我是在野外考察期间偷看的,从看到照片那天起我就改邪归正啦。"

李芸那个考察组返校时,另外两个组还没结束考察。张子鱼那个组在渭河与黄河交汇的地方,靠近古老的潼关,悬崖峭壁、地势险要。

李芸顾不上休息,赶到潼关,在一条深沟里看见张子鱼。那么深的沟,没有两三个小时爬不上来。李芸兴冲冲地站在崖畔上双手搁嘴巴两侧,就形成一个大喇叭,喇叭没响,李芸听见她心里有一连串的呼叫声:张子鱼……在黄土高原的深沟大壑里久久回荡,跟泥汤一样的河水混在一起奔向远方……

李芸下到二百多米的台阶上就停下来,这里还有枸树还有酸枣树,再往下全是蒿草刺藜,刺藜扎脚,女学生都怕刺藜。

此时此刻在沟底下蠕动的张子鱼就像一只虫子,咖啡色夹克,黑色马桶,当时流行的一种长筒形双肩包,沟底的植物都很矮小;张子鱼就像一只小瓢虫,这种虫子喜欢矮小的植物,刺藜、节节草跟地毯一样贴着地面生长。张子鱼就喜欢这些植物。他总是不由自主地把目光投向生存条件极端恶劣的植物。这些杂草全部生长在旮旯角落里。考察它们的人都有老鼠钻洞的本领。

张子鱼更喜欢密林里的苔藓和菌类植物。李芸也喜欢这些微小植物,仿佛生命的胚芽状态,只有天性善良的人才会有这么大的耐心,伏在地上,潜心观察剪枝整理,连带队老师都开玩笑地说:"张子鱼学医的话绝对是个优秀的妇产科专家。"同学们戏称他为"接生婆"。大森林黑洞洞的让人不寒而栗,苔藓湿地沼泽交叉纵横,常常滑倒,摔得满身青伤,沾在身上的不是泥巴就是青苔,细腻光滑气味新鲜又很呛人,就像从坟墓里爬出来一样,走进阳光半天睁不开眼睛。

最让人不可思议的是对太白三池的考察。太白山海拔三千米以上的高山区属于第四纪冰川消退后形成的冰斗槽谷,冰蚀湖与冰碛湖,最有名的太白三池大爷海二爷海三爷海和五皇池。太白三池分布在裸露的冰斗槽谷和砾石滩上,太白三池水色湛蓝深不见底,海拔三千七百米以上的山顶终年积雪银光四射寒气逼人,池边的山崖有不少溶洞,里边全是冰柱。张子鱼就喜欢钻冰洞。当时带队的老师很有冒险精神,带着张子鱼与李芸钻进冰洞几十米,竟然还能呼吸到氧气,老师就认定冰洞与太白三池是相通的。这个发现让张子鱼兴奋不已。张子鱼从冰洞奔到被森林隔开的玉皇池,穿过砾石滩与林海,来到草甸湿地,老师的判断再次得到证实,冰洞与冰蚀湖冰碛湖是石头河与黑河的上源。好多年以后,这位老师的论点得到更多专家的认同,老师也成为引石头河黑河解西安缺水之急的决策人之一。老师的得意弟子张子鱼早已离开陕西在阿拉套山下经受喀拉布风暴的考验。

　　留在李芸记忆里的张子鱼永远待在地洞里,无论是冰洞密林还是深沟大壑都能被他变成藏身的地洞。

　　此时此刻在渭河与黄河交汇处的黄土大沟里,张子鱼整整爬了三个小时才走上地面,他出现在李芸面前时李芸打个寒战,李芸问张子鱼:"你不冷吗?"张子鱼笑:"我满头大汗你没看见吗?""地底下一定很冷。""钻一条沟不是钻地洞。"李芸带一包好吃的,还有水果和矿泉水。李芸一定要他坐在阳光里吃东西,崖畔有一棵老榆树,一把大伞一样,李芸把他从树荫里赶到阳光底下。塄坎被细密的莎草包裹着,跟厚毡一样,张子鱼坐在莎草上大口吃东西。李芸就喜欢张子鱼大嚼大咽的样子。"你缺少阳光知道吗?你要多晒太阳知道吗?""我又不是老头老太太。"

　　吃饱喝足张子鱼就问李芸发生了什么事?跑这么远肯定有事。"算你猜对啦。"李芸就讲他们那个组在陕甘交界处的小镇上发生的事情。李芸把兽鞭引起的骚乱改为沙尘暴。西北春季风沙大,西安都受影响,渭河上游的陕甘交界处出现沙尘暴很正常。张子鱼就笑:"跑这么远就告诉我这个?""有两对同学好上啦。""这跟沙尘暴有什么关系?""爱情就是一场风暴明白吗?傻瓜。""那不一定带沙子,带点雨带点雪不行吗。""我不跟你说了,你这个大傻瓜。""他们都好了几年啦,没有沙尘暴他们照样好。""你知道他们好到什么程度吗?""拉拉手亲亲口咱俩一起往旮旯里走,还能好到什么程度?"那两对中有一对是陕北同学,经常配合演唱陕北民歌,陕北男同学在宿舍里唱过不少酸曲,让陕南关中以及外地同学大开眼界;张子鱼囔着鼻音学得很像。李芸没

323

笑,李芸的眼睛又黑又亮跟燧石一样。"他们住在一起啦,还有王老师和李老师。"李芸从来没有这么大胆,李芸往前跨了一步,就像一团火,说这句话时李芸都能听见古老的燧火劈出火焰时轰轰烈烈的燃烧。张子鱼的眼睛跟蚂蚱一样跳起来,张子鱼被大火烫了一下,"他们胆子太大了,会出事的。""这叫勇气知道吗?傻瓜!拉我起来。"李芸坐草地上身子后仰,伸出白晃晃的手,张子鱼跟抓水中鱼一样把李芸捞起来。

冬天大家开始为毕业前的最后一次考察做准备。李芸不容置疑地要求张子鱼跟她一起考察毛乌素沙漠,李芸的父亲曾在榆林工作过,李芸小时候去过榆林,去过毛乌素沙漠,还骑过骆驼,还在红碱淖游过泳。张子鱼还在做最后的挣扎:"我已经钻秦岭钻了好几年啦。""你那是钻地洞,你都快成耗子啦。""太情绪化了吧,天山祁连山秦岭桐柏山南岭一直伸到日本列岛,亚欧大陆的一根大梁,你竟然说是老鼠洞,你在谈宇宙黑洞吧。""群山高原盆地大平原都不重要,重要的是我们一起去毛乌素沙漠。"李芸抓起张子鱼的手使劲地摇啊晃啊:"你不就是要证明太白山的大爷海二爷海三爷海玉皇池还有那些冰洞是黑河石头河的源头吗?我绝对相信,我还相信长虫之所以叫长虫因为它命长,老百姓叫长虫比知识分子叫长虫更传神,这些神奇的生命是无法消失的。"张子鱼无话可说,眼巴巴看着伶牙俐齿的西安娃李芸。同宿舍两个女生毫不客气地用缸子在张子鱼头上咣咣两下:"你这不是欺负我们李芸吗?你不是傻瓜,你是个黄瓜拍烂凉拌吃了算了。"李芸为了说服这个家伙,特意领他到自己宿舍来劝导,张子鱼看看大家,声音很小:"那就去毛乌素沙漠吧。"

"声音大一点。"女生们不答应,张子鱼大声重复一遍,大家才放他走。

张子鱼一走,女生们乐翻天。明年春天毛乌素沙漠里将重演今年春天在渭河上游陕甘交界的小镇发生的事情。李芸也毫不掩饰这种巨大的喜悦。李芸还记得从潼关返回西安的途中她再次跟张子鱼谈起陕甘交界小镇上的沙尘暴;张子鱼已经不那么书呆子气了,张子鱼完全明白所谓沙尘暴意味着什么:"老师无所谓,反正得成家,那两对活宝胆子太大啦,还有一年才能毕业。"李芸就笑眯眯地问:"毕业前就是好时机了?"张子鱼就捂上嘴不停地咳嗽。李芸想起他那狼狈样子就乐。

陕北高原的春天比关中平原要晚一个多月,毛乌素沙漠的春天更晚,五月底六月初才百花盛开草木兴荣,在毛乌素沙漠考察的学生归来时也快离校了。七月七日离校,六月底办各种手续。

六月初最后一批学生还在沙漠里忙碌。考察很顺利,从鄂尔多斯高原一路南下,进入沙漠腹地,最后一站是神木境内的红碱淖。大家都学会了骑骆驼,但都没有李芸骑得好,放骆驼的蒙古人说李芸可以骑野骆驼。放驼人把最好的白骆驼让给李芸,李芸还不知足,追问人家野骆驼是什么样子?放驼人就说:"你很快就会明白。"李芸骑着白骆驼越跑越快,大家都吓坏了叫她快停下来,放驼人说:"你们放心走吧,她丢不了。"

张子鱼去追。在沙漠追赶显得那么无助。没办法,张子鱼跟大家一样只能在驼峰上照个相作个秀,想凭借沙漠之舟去横越大漠比登天还难。有人看出了门道,就给张子鱼加油,等张子鱼跑远了,快要消失了,就说:"那是诱敌深入,你看张子鱼跑得多欢。"张子鱼越来越小,小成七星瓢虫了,跟沙粒差不多了。

张子鱼从大家视线里消失的时候,李芸出现了,李芸没有在驼峰上,李芸把骆驼拴在一丛茂密的梭梭根上,庞大的梭梭跟沙丘长在一起,李芸就把骆驼拴在梭梭的主根上,骆驼吼叫着要拉动沙丘很艰难。骆驼口吐白沫叫得很厉害,眼睛发出可怕的亮光,抖着鬃毛跟疯子一样,就像癫痫症,张子鱼问李芸:"它病了吗?""它陷入了爱情。""放开它让它找公驼去。""它会把公驼引过来。"

公驼从远方的地平线上出现时,李芸和张子鱼都惊呆了,李芸先叫了一声:"野骆驼,毛乌素沙漠从来没有出现过野骆驼。"那是一匹金驼,飘逸的鬃毛如同火焰,金光闪闪来到李芸跟前往地上一扑,张子鱼还愣着,李芸跟鹿一样蹦起来:"快一点,快上去。"她首先骑上去,再拉张子鱼上来,金驼屁股一撅先伸后腿再伸前腿,那种感受就像坐上飞机冲上蓝天。

武明生不会再用照相机了,武明生蹲在五十多米高的沙丘上,端着堂兄武明理送他的军用望远镜,十几公里内尽收眼底,游动的鱼群都看得清清楚楚。武明生看到的李芸与张子鱼是完全不同的状态。驼峰上的李芸快活得像条鱼,她脱掉外套,下边是红色连衣裙,跟真正的火焰一样。张子鱼与李芸之间那件外套消失了,他们之间就是一层薄薄的红裙子,红裙子还不停地抖动。"怎么样?是不是坐到火盆上的那种感觉,坚持一下快到水边了。"李芸这个鬼精灵使了什么手段,狂奔的金骆驼减速了,越来越慢,越来越悠闲,蓝色的湖水近在眼前,真正走到水边至少得一个多小时。李芸偷着笑:"骆驼可是动物里的贵族;贵族是讲风度的,风度翩翩的贵族到了湖边就应该慢条斯理,好好享受美好的风光,慢慢享受吧。"张子鱼什么都看不见,每个毛孔里都是李芸的气息。

当武明生给孟凯讲述当时的情形时,孟凯就想起张子鱼初中时与那个画画的女同学的往事,孟凯紧张得要命:"李芸可不要重蹈覆辙。"

李芸让张子鱼在湖边好好待着,她要去洗澡。金骆驼与张子鱼一起待在湖边一处水湾,湖岸陡峭,芦苇又粗又高跟竹林一样,大半截苇子伸到岸上刷刷地响,就像一道屏障,骆驼安安静静地享受着翠绿的苇叶。苇墙那边有哗哗的水浪声,有飘过来的少女的芳香,清爽浓郁就像薄荷的香味。张子鱼洗了洗脸,坐在岸边的沙地上,终于可以松口气了。他多么喜欢这些高大密实的芦苇,从芦苇的缝隙里可以闻到少女的芳香,但绝对看不见少女在干什么。这正是张子鱼心中理想的境界。这种境界不可能维持太久,苇墙那边安静下来,张子鱼意识到马上要发生什么事情,哗一下李芸跟美人鱼一样从张子鱼对面的湖水里钻出来。此时此刻正是大漠辉煌的落日时分,太阳那巨大的火球一点一点沉入湖水,挂满水珠与阳光的美人鱼从湖面冉冉升起,每一滴水珠都闪烁出一颗太阳。千万颗太阳在李芸身上闪闪发亮,最亮的是她黑黑的眼睛跟燧石一样静静地望着张子鱼。张子鱼双手扶地,惊讶兴奋,慢慢起身,慢慢向水里挪动;两三步,就两三步,张子鱼艰难地迈出去了,张子鱼的双脚都让水浪打湿了,张子鱼都作出拥抱的姿势了,美人鱼一样的李芸完全离开深水区,穿过海滩,水花不断溅起,美人鱼李芸跟张子鱼一样伸出双臂……武明生放下望远镜,武明生跪在离湖岸最近的沙丘上,连他自己都不知道他是怎么奔过去的,他跪在地上为这两个幸福的人祈祷,武明生泣不成声:"我的好兄弟张子鱼就像一个战士冲上顶峰的最后一刻中弹倒下了。"孟凯冷笑:"你小子不停地修改自己的过去,你小子当时绝对没有这些好心眼。""咱俩是哥们,你就这么想我?我太绝望了。"武明生再次端起望远镜时被眼前的景象惊呆了:张子鱼跪在水边跟一座石像一样,还保持着拥抱的姿势。李芸被吓坏了,一手捂嘴一手捂胸叫不出声。幸好拥抱的一刹那间张子鱼倒下了,拥抱以后再倒下不把对方活活闷死也得吓死。半小时后武明生出现在现场。武明生脑子很清醒,奔到湖边先把望远镜丢水里,到张子鱼跟前才看清楚,张子鱼倒下前拥抱的姿势变成了保护自己的姿势,双手护脸,好像在风暴中。武明生把张子鱼拖到水中让他慢慢苏醒,晒了一天的湖水热乎乎的,张子鱼醒来时嘴里还在嘀咕沙尘暴,沙尘暴,然后坐起来,寻找李芸。李芸完全镇定下来了,李芸安慰他:"我没事,这里不会有沙尘暴。"李芸告诉武明生:"他中暑啦。"

照完毕业合影张子鱼就不见了,半个月后学校才知道他自愿去了新疆。

按理说他分得不错,在渭北市工作,完全可以在两年以后考研重返西安,有好几位专业课老师都喜欢这个学生。半个月前没人知道他的去向,李芸也不知道。

张子鱼消失后一周,外地两个女大学生一前一后来找李芸。其中一个李芸认识,张子鱼的高中同学大连医科大学女大夫,另一个是张子鱼的初中同学就是那个捉蚂蚱画画的女同学,刚刚从中央美术学院毕业。她们把李芸当作天下最幸福的人,李芸就告诉她们张子鱼陪她妈妈到南方老家去了。"我来陪你们吧。"

从毛乌素沙漠回来后李芸平静地对待一切,谁也不知道曾经发生过的事情。李芸陪两个女生逛校园逛西安,她们还一起合影,她们离开的时候还真有点难舍难分,在车站,两个女生流下了眼泪,"张子鱼找到心心相印的人,我也感到幸福"。李芸笑得那么甜蜜,两个女生把李芸的眼泪看成喜悦之泪。她们给李芸留下的礼物都是很时尚很漂亮的外套,连颜色也一样,三个女生都笑了。"你跟我们想象的一模一样。"列车就把她们拉走了。

第三章

20

  沙尘暴起自大漠亚洲最大的沙漠塔克拉玛干沙漠,群山环绕,天山昆仑山阿尔金山帕米尔高原高不可攀,东天山到吐鲁番哈密盆地下去一个缺口,与天山北部的古尔班通古特沙漠遥相呼应,形成达坂城大风口,准噶尔盆地西缘阿拉山口又接上了卡拉姆库大沙漠,形成另外一个大风口,而两股狂风波涛汹涌向东裹挟甘肃河西走廊北缘的巴丹吉林沙漠拐向北方越过鄂尔多斯高原与毛乌素沙漠会合,基本上也是黄河与丝绸古道的走向。古代中国人一直以为黄河源自昆仑山帕米尔高原,从罗布泊潜入青海又冒上来,九曲十八弯从蒙古高原进入黄土高原,黄土高原的厚土把黑沙暴变成万丈黄尘,进入肥沃的关中平原,用今天的气象术语叫雾霾天气,给太阳裹上厚毯子,阳光长毛啦,能见度不到五米,如同盲人摸象,戴上口罩黄尘都能进入口腔,漱半天口,吐出的全是小米粒一样的口水,还细腻得不行。沙子见不到了,黑沙暴也换上一身黄,也没有轰炸机似的轰鸣声了,全是弥漫状态。

　　眼睛受到的影响更直接,目光不可能那么坦率、炽热,狡诈有点太过,更多的是嘲讽。孟凯就是这种眼神,什么时候变的没有察觉,反正是变了。终于有一天,孟凯这种眼神投向武明生时武明生手里的保温杯差点爆裂:"你、你、你、你咋这么看我?""我一直这么看你,看每一个人,看整个世界。"孟凯吸一口烟慢慢吐出来,笑眯眯的眼神中有那么多不正经有那么多怪诞和恶作剧也有看透一切的冷光。这可不是沙暴与雾霾天气能打磨出来的,套用一句俗不可耐的说法,叫历史的眼光,孟凯算是从历史的隧道里爬出来啦,古长安还有张子鱼武明生的家族历史与斯文·赫定的探险生涯相比毫不逊色。武明生就愤怒了:"我这是引火烧身!"

21

　　武明生还记得毕业离校吃散伙饭的那一天,李芸一身盛装出现在大家面前;那一天,男生都是西装革履,女生个个精心打扮。李芸穿的是张子鱼高中时那个女同学、大连医科大学的女大夫专门在大连国际服装节上精心挑选的裙装,金黄色,让人想起希腊和印度女人的高贵典雅的服饰。在大家惊喜的目光中李芸代表张子鱼给大家敬酒,李芸连喝三杯。大家欢呼拍手,大家都知道张子鱼送李芸的母亲到杭州去了,李芸给大家这么说谁能不相信呢,连武明生都相信了。好多年以后妻子告诉武明生:"女人面对灾难,要么破罐子破摔要么穿最好的衣服让自己大放光彩。"妻子还告诉他:"前者碰到的都是人渣,后者碰到的都是人杰,我的初恋没成功但却很美好,你不要对我的过去疑心疑鬼,娶到我是你的运气,感谢我初恋的男朋友吧。"噎得武明生半天说不出话。妻子出手大方,美容院、高级餐馆、时装、小汽车一样不落,热爱生活热爱到疯狂的程度,武明生叫苦不迭,妻子总算找到教训他的机会。毕业班散伙饭那一天见到盛装的李芸,武明生心情格外复杂,给李芸敬酒时意味深长地说:"你是今天最漂亮的女生。"李芸就告诉他:"我一直很漂亮不是今天。"

第二天校园就空了,半月后学校有了张子鱼的消息。武明生第一个把这个消息告诉李芸,李芸正在上班,接到电话,停了半天,又问一遍:"是真的吗?""真的,真真的。""谢谢你。"李芸第一次对武明生说谢谢,让武明生回味了好半天。大学四年他没少给李芸献殷勤,李芸从来没说过谢谢。

孟凯就敲他一下:"真的就行了,还来一个真真的,陕西人的劣根性暴露无遗。""下意识下意识完全是下意识。""下意识更恶毒;我猜得不错的话,你小子以最快速度把这个消息传遍了全西安。""同学、同班同学,别人不感兴趣。""也是下意识?""下意识下意识。"孟凯不停地拍武明生的肩膀:"你狗日的对女人都这么狠。"武明生把头埋在膝盖中间,背上像加了一个锅。孟凯就一板一眼地进行分析:"李芸的哥哥在外地工作,西安父母身边就她一个闺女,张子鱼变成一股风,刮到了阿拉山口,一个巨大的难题摊在李芸面前,你小子再来个趁火打劫、落井下石。""我只说了个事实,我又没编谎。""迟说跟早说不一样,别人说跟你说不一样,你的小算盘算那么精咋就不朝这方面算?""你这不是把我往墙角逼嘛。""逼到墙角的不是你,是李芸。"

那是李芸最黑暗的日子,从七月初到八月底,李芸一直穿着人家送她的那两件衣服,款式颜色都差不多。中央美术学院画画的女生送的那件衣服多了一排装饰性的大扣子,面料也厚,适合春秋穿。这两身新衣服可以从春天穿到秋天。

当大家知道张子鱼远走新疆的消息时,大家马上意识到李芸早就知道了,李芸还若无其事地接待远方的客人,接受人家的礼物,陪人家逛街吃饭,给人家一个张子鱼心有所归的假象。

从夏天到秋天,李芸坚信这不是假象。西安的那些同班同学看到的李芸依然那么光彩照人,那么甜蜜幸福,尤其是远方客人的礼物,上身效果那么好,简直给整个西安增添光彩。西安的同班同学甚至相信了李芸,李芸并没有失恋,只不过是恋人间一点误会一点摩擦罢了。谁没有这一段呢?后来大家就看见李芸陪父母逛街。

她妈妈从杭州回来了,哥哥在杭州工作,生孩子,母亲去抱孙子,奶奶和外婆争着带孙子,外婆带几个月,奶奶也得去,这就是李芸对外宣传的张子鱼陪母亲去杭州,李芸早都把张子鱼当自己亲人了。母亲回到西安,李芸陪父母散心,李芸就穿着大连医大那个女大夫送的裙子,嫂子托母亲带给她的裙子她只试了一下,给嫂子打了电话道谢,就挂衣橱里了。母亲也喜欢女儿穿的这身裙子,像个唐朝美人。父母都感叹:女儿长大了,再也做不出能让女儿更美丽的衣服了。母亲很伤感,父亲很大度:"有那么多关心她的朋友,还有什么不放心的,瞧这身裙子,量身定做也做不了这么好。""还有一件呢。"李芸从柜子里取出中央美院那个女生送她的春秋套裙,母亲又惊又喜,"衣服好,还是我们芸芸好。"李芸一定要母亲说衣服好:"这可是我最好的朋友送的。"母亲让步了:"好马配好鞍,衣服好,衣服好。"李芸喜极而泣,扑到母亲怀里不停地颤抖。父亲消瘦的脸颊更显得峭拔,摸着女儿不停抖动的背,小声说:"芸芸,高兴一点才对。"女儿停了一会儿,慢慢从母亲怀里抬起头,喜悦压住了悲痛,脸上全是热泪。"天凉了穿这件,明儿逛东大街就穿这件。"夏装又回到身上。母亲不由得赞叹:"你的朋友这么知你的心,挑选出这么合身的衣服。""合心的衣服。""合心合心,妈妈又落伍啦。"父亲就说:"女孩子送的,能得到同性的赞美可不容易呀。"

上大学以后父母就不再过问女儿的私事,他们相信自己的女儿。女儿上中学时他们操碎了心,生养了漂亮女儿的一般市民家庭都有过这种提心吊胆的日子,西安北郊东郊小街痞很多,无赖男生的纠缠与骚扰曾让他们苦不堪言。女儿考上南郊的大学他们就放心了,后来女儿带张子鱼回来,父母很快就喜欢上了这个朴实大方的小伙子。女儿大学毕业,那个叫张子鱼的同学女儿不再提起,他们也不多问,女儿需要他们的信任。父亲说了一句意味深长的话:"芸芸还在爱着,爱得这么热烈,这么真诚,真让人感动,我们还有什么不放心的。"

李芸每一天都精心打扮,去上班,去逛街,去看电影。

武明生在西安一家环卫部门上班,堂兄武明理走的门路,一定要让武家第一个状元有个好去处。环卫部门越来越重要,油水越来越多。他还兼着家教,那个小学生快上初中了,还真离不开他的辅导,数语外全上,比学校老师强多了,更离不开的是小学生的妈妈。武明生在西安工作他们可以长相守。女人有时候要问问武明生的未来,武明生会告诉她:"我没有未来。"其实女人也明白武明生有这么好的职业,长得又这么高大威猛,成家立业很容易,武明生结婚那一天就是他们结束的那一天,女人就说:"你有远大前程,我有个屁,我才没有未来。"武明生还真让这个远大前程给打动了。武明生就坐起来,一根一根地抽烟。

武明生就出现在李芸上下班的那条大街上。李芸不是每天都穿人家送她的裙子,上班都是普通便装,朴素大方。节假日才穿那件迷人的裙子。武明生混在人群中,穿过大街小巷。一九九一年全国大小电视台正在热播两岸三地合拍的《雪山飞狐》,全国大大小小的城市的大街小巷全都是罗大佑作词的《雪山飞狐》插曲《青春无悔》,大小商店门口及超市的电视屏幕上袁紫衣和苗若兰飞来飞去,武明生还真让这些画面与插曲给打动了。跟世界上所有美丽的女子一样,李芸总是快速穿越拥挤的人群到达清净的地方,古槐荫下,美丽女孩不由自主地放慢脚步,你甚至能感觉到她们的脚步声,她们衣裙发出的窸窣声,她们身上散发的迷人的芳香。武明生都看呆了,被人群拥来挤去挤到路边挨了不少骂都浑然不觉,烟卷都烧到手指了,轻轻弹一下,目光紧随着李芸优雅飘逸的身影。从李芸精神饱满的状态来看,张子鱼就在她身边,张子鱼始终没离开她。武明生马上跑遍西安的大小图书馆,陕西省西安市的各个大学的图书馆,找资料很方便。功夫不负有心人,很快就找齐了有关斯文·赫定的所有资料,能买的就买能复印的就复印,装订成册,好几大本,然后快件寄给李芸。

孟凯就嚷嚷:"你小子太阴险了,你明明知道赫定终身未婚,失去了心爱的女人。"武明生就说:"我只想证明张子鱼已经不在西安了,让李芸从梦幻中苏醒。"孟凯就笑:"你想得到意外的好处是不是?"武明生说:"你不要乱猜,我老实告诉你,从那天起我就有了去新疆找张子鱼的打算,你以为我去精河买药材?"孟凯就说:"我俩最早看的书都是斯文·赫定,我喜欢赫定的冒险精神,张子鱼却看中的是赫定的失恋。你想让李芸明白他们的感情结束了。""他们的感情确实结束了。""你说这话的时候一点自信都没有,你说这话的时候那么自以为是。""呵呵,你成福尔摩斯了。""你都不敢见李芸嘛,西安这么大点地方,从邮局寄,女人不小看你才怪。"

西安这么大点地方,要见一个人太容易了,何况是同班同学。两个月后武明生就在另一个同学家里碰到了李芸。李芸感谢武明生这么关心她,寄这么多的资料。"我以前只知道张子鱼喜欢斯文·赫定的《亚洲腹地旅行记》,没想到斯文·赫定有这么多的故事,那些资料你都看了吗?"武明生坚信他对这些资料的熟悉程度绝不亚于张子鱼,武明生甚至说出几本探险记的细节,当然不会放过各种版本的传记资料。李芸淡淡一笑:"你看得太粗心了,你转述的内容也属于严重的误读;赫定从来没有停止对米莉的爱,赫定所有的探险经历都是爱之路,至死不渝。"李芸手中的高脚杯轻轻碰一下武明生手中的西凤十五年,抿一下自己杯中的红葡萄酒,微微一笑转身去跟另一位同学交谈。美丽女人杯中的葡萄酒总是跟她们本人一样芳香醇厚,她们脸上的红晕比真正的葡萄更鲜美更甜蜜,更要命的是那身高贵华美的金黄色裙子,发出窸窸窣窣的声音。武明生在卫生间不停地呕吐,不停地感叹:"男人为什么把酒喝得这么臭气熏天,而女人不管白酒还是红酒总是那么香气迷人?"多少年后孟凯真正地提醒了他:"女人心细,总能发现我们男人不注意的地方,那都是很要命的地方,我十四岁就读斯文·赫定,我不能不承认李芸这种读法有道理。"

李芸一直在回忆红碱淖那难忘的一幕,张子鱼终于被她唤醒了,向她奔来了,眼睛又黑又亮神光四射,燧石一样不断地劈着太阳,无数颗太阳从那黑亮的眼瞳里飞出来,青春,生命,宇宙天地的伟大力量,风驰电掣般奔向对方,手指快要碰到一起了,已经不是眼瞳里的光芒了,快要碰在一起的手指火花四射,完全是电流的对接,张子鱼就像冲锋时的战士,突然中弹倒下,火花四射的双手本能地护住眼睛,遭遇沙尘暴的人会本能地以手掩面。李芸在榆林见过沙尘暴,整座小城如同汪洋里的小船随时都有散裂毁灭的危险,白天如同黑夜,天昏地暗。每当这个时候,父亲总是那么镇定,点亮马灯,给孩子讲安徒生童话。安徒生的童话总是那么忧伤,安徒生让所有的孩子都明白人间是有苦难的,只有经受了磨难的生命才是成熟的生命。李芸不明白父亲为什么在她年幼的时候就用童话暗示她生活是艰难的？父亲从来不讲大道理，父亲没有教师职业病，父亲的学生考上大学也好，做官员当实业家也好，都很善良，都把人生的幸福当作头等大事，父亲的学生大多都是普通人，那些到了重要位置的学生也都失败了。用俗话讲缺少进取心，不够狠。总是见好就收。父亲总是在沙尘暴袭来的时候给孩子讲朴素而真实的安徒生童话。北方，西北之北，春天总是飞沙走石，尘土飞扬……张子鱼倒下去时眼睛里的光也暗下去了，就像黑色的燧石，燧石碰撞时才能迸射出火光。

李芸第一次到毛乌素沙漠就捡到了燧石，黑黝黝躺在沙地上，刚从水里捞出来一样，是那种暗下去的黑色的光芒。哥哥捡了许多箭头和马蹄铁，这里是古战场，无数次千军万马厮杀，散落的兵器箭头很多，还有战马的白骨和锈迹斑斑的马蹄铁。燧石有可能是牧人的，也有可能是征战将士的，也有可能是挖药人的，还有一种可能是沙尘暴刮来的天然燧石。放马的牧人一眼就看出这是一块天然燧石，牧人取出随身所带的燧石，铁火镰无数次击打过。"这块燧石还没碰到铁，女孩子捡到它真是好福气。"小女孩就问："它点燃过火焰没有？""它点燃过沙尘暴，石头和石头相撞就会粉身碎骨，燧石和燧石相撞就是火焰，天上的火焰，圣火啊。"

已经十一月底了，快下雪了，李芸还穿着中央美院那个女生送她的套裙，大家提醒她该穿羽绒服了，该换春秋装了，妈妈专门给她买了跟裙子一样颜色的羽绒服。李芸答应妈妈明天穿羽绒服，李芸就出去了。

李芸走过东大街,走过钟楼,鼓楼,在古老的大唐西市找到一家加工金器银器宝石玉石的老店铺。老师傅告诉李芸:"这不是玉这是燧石。""你就当金银珠宝加工吧,工钱随你。"

老头的店铺一千多年了,世代相传的老手艺。安禄山破长安时店铺被洗劫一空,朱温更绝,把长安所有的房子全扒掉,木料砖瓦顺渭河漂浮而下,直到洛阳,长安成为一片废墟,彻底被毁掉。老师傅的祖先怀揣绝技,藏身终南山,再从废墟上重振家业。取火用的燧石还没碰到过。"我给你做一个阳燧吧。"老师傅铺子里有西周时取火的阳燧,青铜器打磨的凹形小铜镜,类似于放大镜,从太阳里取火,阳光下照几分钟就能点燃纸片或柴禾。李芸就要加工燧石,老师傅望她好半天,就明白了:"你长得这么俊,又穿得这么漂亮,肯定想要个亮东西,你想要啥你就说。""啥料出啥活么,你就照这个料做,做成啥就是个啥。""哈,没想到你还是个行家,啥时要?"

"三年后的今天。"

老师傅的抬头纹挤成了疙瘩,眼睛里的光从眼镜上边射出来,瞅着李芸瞅了好半天:"好,你等的可是个干大事的人,好男儿三年光阴打江山哩,三年光阴值得等。"

老师傅手里的小锤子就打起来了,每一下都敲出来耀眼的火花。每年这个时候李芸都要来这里远远看一眼,然后离开。老师傅敲打出的火花那么耀眼那么亮。李芸还有什么不放心的。

三年后的这一天,李芸带着一个男子来到这里,老师傅还跟三年前一样抬头纹挤成一个大疙瘩,眼睛里的光从眼镜上边射出来,瞅着李芸瞅着李芸身边的男子,老师傅就笑了,笑容跟火焰一样沿着深深的皱纹奔跑,越跑越亮,一只打磨好的紫黑色燕子出现在李芸面前,老师傅对男子说:"她可等了你三年,别说垒个窝,一座大明宫都盖起来啦。"老师傅不但收到工钱,还收到一大包喜糖。李芸马上要进洞房做新娘了。新郎不可能是张子鱼嘛。

当初这块燧石燕子可是李芸专门为张子鱼定做的。李芸还记得张子鱼的身体猛然凝固成石像时眼睛亮了那么一下,亮光就开始变小,小成火柴那么一点点微弱的光,轻轻地在燧石一样黑黑的眼瞳里蠕动着。当老师傅的小锤轻轻敲击出火花时,李芸相信张子鱼的生命之火会重新燎原。她的脚步变得很轻,好像在用手拍打地面哄大地入眠。那些做了妈妈的女同事笑她:"你这样可是很要命的,结了婚你会把丈夫当孩子。"她就反问大家:"那孩子呢?""孩子会成为丈夫的弟弟或妹妹。""那不正好吗。丈夫就永远不会背叛妻子了,这不是妻子最头疼的事情吗?"

大家都知道她在等待一个人,热恋中的女人说话总不着调。后来大家知道那个人远在新疆,说法就多了,受过处分?学习不好?这个叫张子鱼的家伙显然不在此列。比较靠谱的说法大概是这个叫张子鱼的家伙与老师发生冲突,老师与学生争同一个漂亮女生,漂亮女生不上套,老师抛出留校考研以及奖学金等种种好处,漂亮女生不为所动,老师就痛下杀手,男生发配边疆,女生留西安,也是一个一般单位,老师还抱一点点希望,西安毕竟是省城,可以考研返回母校,改邪归正重归老师麾下,这不叫旧情复发,叫死灰复燃;人家女生本来就没有情嘛,无中生有,枯骨长肉,死灰复燃,这种人间奇迹不是没有可能。大家如此猜测,是有道理的。西安几十所大学,此类情况各校都有,李芸能留在西安已属万幸。根据确切消息,大学时追李芸的老师确实不少,有搞行政管理的有专业课老师。李芸大三时就放弃所有学生干部职务,也没有攀登科学高峰的凌云之志,只求全身而退,毕竟是大学校园,知识分子"自己的园地",不能太斯文扫地,李芸抽身是非之地还比较顺利。德智体都不错,家就在西安,别说发配边疆,分陕南陕北也会遭人骂,西安以外也不好考虑,就守父母身边吧。儿子在外地工作,女儿有照顾父母的责任,做事不能太绝,想给李芸下手的老师知趣地收回了战斧一样的手。

这些闲言琐语李芸听后一笑了之。有一句话让李芸暗暗吃惊,单位的人还是老辣。"她妈当年守着西安,她爸在榆林吃沙子,毛乌素沙漠都爬上榆林城北的城楼了。她要等的这个人跑到新疆沙漠里去了,她们家和沙漠彪上啦。"人家还引经据典搬出竺可桢先生的文章,其实不用引经据典,《向沙漠进军》这篇文章当时的语文课本里有,李芸自己当年就顺着榆林城北沙漠堆成的斜坡爬上墙头,跟电影里的解放军战士把红旗插上敌人城头一样,李芸把红领巾高高扬起还不停地喊着:我们胜利啦!父亲用海鸥相机拍下这个珍贵的镜头,父亲很自信,说可以上《人民画报》。母亲还是对沙漠感到恐惧,母亲笑得很勉强,多少年后李芸才明白母亲朝思暮想盼着父亲离开风沙肆虐的陕北之北回到省城西安。当同事把毛乌素沙漠跟西域瀚海联系起来的时候,李芸望着这位同事,李芸从来没有这么长久地望过一个人,即使张子鱼她也没有望这么久;这位人到中年的同事沧桑刻薄,岁月给了他无尽的苦难与坎坷,他就有充分的理由嘲讽挖苦全人类,连蚂蚁和蚊子都不敢招惹他,他也是平生第一次见识被损过的人会这么专注地看他,直到他的目光垂下;他的目光不垂不行啊,浑浊不堪,容易让人产生不好的联想。我们也能猜想出李芸的神情,李芸当时脑子里马上闪出命运这个词,刚刚踏入社会就领悟到命运之重,她竟然没有示弱没有胆怯;在短暂的惊讶之后很快就镇定下来,静静地看着眼前这位老江湖,命运这只足球重新反弹回去,可惜这位同事的眼瞳不是生机勃勃的足球场,而是尘土飞扬臭气熏天的垃圾堆。中年同事以后见了李芸总是垂着眼,怨毒与刻薄的话少多了。李芸的胜利肯定是有限的。

　　回到家里,妈妈问她发生了什么事,她肯定说没事,必须忍着,就坐在钢琴前,手指跟轻风一样抚摸琴键,钢琴肯定没有声音。她就到卧室去看小提琴,小提琴不敢碰,再轻微的动作它都会响起来的。小提琴就像穿着华美丝绸的少女,静静地躺在床上。不知什么时候养成的习惯,小提琴不在盒子里,也不挂在墙上,甚至也不靠在床角,而是侧卧在床上。李芸不知道这是她第一次领张子鱼到家里开始的习惯,那天,她给张子鱼弹了钢琴曲《少女的祈祷》,然后拉小提琴《梁祝》,又拉了《阳光照耀塔什库尔干》,从那天起小提琴就不再躺在琴盒里,不再挂在墙上或者靠在床角,而是侧卧在床上。那优美的曲线华丽的色彩就像有了生命一样,风吹进窗户掀起窗帘落在琴弦上风就有了旋律有了翅膀。所有乐器中最细腻最敏感的小提琴完全不需要弹拨,一缕微风就能发出美妙的声音,如泣如诉,真正的天籁之音。多少年来李芸离开房间时总要关好门窗。古城西安夹在秦岭与黄土高原之间,无论高原挟带沙土的黄风还是秦岭山地混杂各种植物气息的清风都能顷刻间扫荡西安的大街小巷,李芸的房间只需要放进一缕轻风音乐就会响起。

李芸收拾好行装提着小皮箱直奔火车站。

一九九二年春天,去新疆的火车票非常紧张,李芸费很大劲才买到一张硬座,一小时后放行,候车室全是去新疆打工的人和做小生意的人;做大生意的坐飞机去,稍有能耐的坐卧铺,估计张子鱼是坐硬座去的。李芸在烟雾腾腾人声嘈杂的候车室里不停地看表,墙上的大钟,手腕上的小坤表,她无法让时间变快。她再次看手腕上的小坤表时她在表的指针上看到张子鱼的眼睛,不断跳动的秒针不就是张子鱼眼瞳里微弱的亮光吗?比在红碱淖水边时显得更微弱了,微弱的火光很容易被风吹灭,所谓大风灭烛,男人们点烟时都要用手挡住风偏着脑袋划火柴、打打火机。李芸站起来了,张子鱼把她当成呼啸的大风了,张子鱼躲在僻静的地方悄悄地舔伤;李芸显然不知道张子鱼受到过什么伤害,可李芸知道张子鱼不需要任何打扰。李芸就回来了。

李芸上楼的时候就意识到从她出走到归来,父亲都看在眼里,跟以往一样父母绝对信任自己的女儿。李芸听到自己卧室里的琴声李芸忍不住流下了泪。她轻轻打开房门,打开自己的卧室;来自秦岭山地的清风不带一丝灰尘,小提琴在风中如泣如诉,李芸靠着窗户让风尽情地吹她的头发。这几天全是来自秦岭山地的东南风。西北风常常从高原带来黄尘,西安处在黄尘

343

与清风的漩涡里。这时候最好是潮湿清爽的东南风。父母在他们的房子里,他们一直听着如泣如诉的音乐。第二天早晨,妈妈轻轻敲她的门,她已经恢复了。

夏天她曾去过一次飞机场,临上飞机时她又在小坤表上看到张子鱼的眼睛,他眼瞳里的光还那么微弱,跟跳动的秒针一样,什么时候跟时针一样饱满迟缓稳定那才是正常生活的开始,分针都不行,必须是时针。她还看了机场大厅的石英钟。张子鱼的眼睛同样出现在铮铮跳动的秒针上。于是李芸就回来了。

已经是一九九四年秋天了,李芸老远看见老师傅的小锤打出的火花,李芸不由自主地抬起手腕,表壳里的时针跟小铁锤打出的火花跳在一起,时针分针秒针一个昼夜要重合二十四次。这些年,李芸只看秒针,老师傅敲打出的火花很轻松地把她的目光拉到时针与分针上,同时那微弱的火花也让她看到了燧石燕子的雏形;头和翅膀表明那是一只吉祥喜庆的燕子,照亮她生命的火花是小铁锤从燕子翅膀上击打出来的,她再次抬起手腕看表时,分针和时针还停留在六点,秒针已经跳开,也就是在那一瞬间李芸在秒针上看到了自己的面容,不断地消失,不断地出现,秒针跳得那么快,每一下都是一种绝望的抗争,但时间无法停留,她还是少女,她年轻美丽,充满青春的活力,可表盘上的针跟铁锤一样无情地敲击她的生命。老师傅在专心地打磨艺术品,在给燧石灌注生命,那只已经成形的燧石燕子会飞起来。……生命永恒,而时光在流逝……

李芸不知什么时候回到家里,李芸也不知道她会弹奏起暴风雨般的贝多芬和肖斯塔科维奇……她曾经出于好奇尝试过狂风暴雨电闪雷鸣般的贝多芬和肖斯塔科维奇,她也仅仅练过几次,她对这些炮声隆隆的曲子没有任何感觉。那时她拘谨,呆板机械,弹过也就忘了,乐谱丢在柜子里,父母亲友都喜欢她演奏《梁祝》《少女的祈祷》,莫扎特、舒曼、舒伯特、肖邦、柴可夫斯基,贝多芬的《月光奏鸣曲》《致爱丽丝》也包括在内。当贝多芬与肖斯塔科维奇在琴键上咆哮时,爸爸妈妈吓坏了,奔过来抱住女儿不停地问:"出什么事啦,出什么事啦,芸芸别吓唬我们。"李芸神色冷峻,又一股暴风从手指间呼啸而出时身体后倾,顺势抬起头对父母轻轻一笑:"今夜有暴风雪。"到这种时候了,女儿还这么幽默,电视里正热播知青作家梁晓声小说改编的《今夜有暴风雪》。父亲松口气,劝妻子放心,女儿没事,她在榆林碰到过沙尘暴,那时她还是孩子她都不怕,西安离沙漠远着哩。妻子还是不放心:"你听听这些曲子,钢琴都快爆炸了,都成坦克了。"女儿正弹着肖斯塔科维奇的《第七交响乐》(《列宁格勒交响乐》),以俄罗斯民间壮士歌为主旋律的乐曲形成强大的气势仿佛百万雄师横扫大地,崇高中有愤怒有庄严。……多少年后李芸跟孟凯谈到当时的情景,她脑子既清晰又混乱,就像真正的沙尘暴,在孟凯的提醒下,她终于把小时候在榆林遇到的沙尘暴,大三实习考察时在陕甘交界的小镇上出现的蘑菇云与毕业前停在毛乌素沙漠红碱淖水边张子鱼倒下的那一刻联系起来,张子鱼眼睛里的光就是在沙尘暴里暗淡下去的。

张子鱼倒下的一瞬间李芸猛然间意识到愤怒。

愤怒之后是巨大的怜悯与哀伤。李芸开始弹奏德国作曲家卡尔·奥尔夫的《布兰诗歌》即《博伊伦之歌》。

多少年后，孟凯听李芸讲述当时的情景，孟凯回去马上找来《布兰诗歌》，孟凯也惊呆了……整个乐曲大开大阖，雄壮的呐喊，委婉的咏叹，仿佛命运在召唤，直击灵魂，赞美生命，又有神的目光在暗中注视，无不透露着对短暂人生的垂怜惋惜和哀叹，其中女声吟唱的《命运，世界的女神》华美凄艳至极。描述中国足球命运的纪录片用它作插曲，影片《天生杀人犯》用它配乐，拳王霍利菲尔德用它作出场曲。孟凯就回想起放荡不羁豪迈洒脱的青春时代，孟凯就告诉李芸，张子鱼跟他一样，初中二年级就喜欢上斯文·赫定的《亚洲腹地旅行记》，冒险，叛逆打架成为生活的主要内容，痛快淋漓，毫不掩饰，直抒胸臆，热血沸腾，思绪激荡。"我一直疯狂到高中，碰到叶海亚，尽管后来我失去了叶海亚，可她确实给我的青春增添了光彩，张子鱼的疯狂岁月仅半年就沉默了，初中毕业时他就彻底变了。"

孟凯都说到武明生了，可他也没有说出渭北高原那个令人心碎的夏天，初中生张子鱼与女同学在麦田里捉蚂蚱编蚂蚱笼子，女同学的画笔第一次捕捉到生命和美，一切就停止了。

新疆人孟凯问李芸："你先生是不是当初被你的眼睛打动爱上你的？""我的眼睛很特别吗？""林黛玉如果挺过来，活下去，我想她的眼睛会有多美！""那是你们男人的想法，欲哭无泪，比干枯的河床还要惨，看女人笑话是不是？"孟凯就讲蕾莉与马杰农，孟凯就告诉李芸："林黛玉流的都是热泪，火辣辣的，岩浆奔腾一样，林黛玉要在现在会活下来的。活下来的人更了不起。""你这个新疆人很有意思，你现在告诉我你到底在我眼睛里看到了什么？""难以言喻的深沉的忧伤。"李芸的回答却出人意料："这是我从我先生眼睛里看到的,不是面孔上的眼睛,是人们说的第二双眼睛。"

在看到这个男人心灵深处的眼睛之前,李芸压根就无视这个男人的存在。其实他们是同一年大学毕业,同一天来单位上班的。第二年三八节,李芸办公桌上放一束红玫瑰,李芸跟所有热恋中的女人一样对玫瑰特别敏感,热恋中的女人只渴望情人的红玫瑰,其他男人的红玫瑰会激怒她们,李芸拿起来就往废纸篓里扔,被同事拦住了,这个女同事桌上也有一束同样的红玫瑰,另一科室的男同事送的,单位所有女同事都有份,李芸就笑:"他又不是工会主席。"工会给大家发的都是护舒宝卫生巾,单位只关心大家身体,单位是要大家干活的,难得有人展示绅士风度,给大家送花。大家就猜测这位男同事准是看上某位女同事啦,大家跟着沾光。

第三年三八节,大家又收到红玫瑰。在这一年当中大家也见识了这位男同事的热情大方,他对谁都一样,能帮就帮,还真有点绅士风度。外地大学毕业回陕西老家工作,大家就猜他不是在北京就是在东北上的大学。人事科的人说上海毕业的。上海也能培养出大男人?别忘了,他是咱们陕西人,兵马俑在地球转一圈也不失其厚道朴实,而那种见面熟既不是陕西风格也不是上海做派。大概是天生的,有人天生慷慨大方。大家议论纷纷的时候李芸就顺大家目光所指看了一眼远远走来的这位男同事,米黄色休闲西装,深红色衬衫,牛仔裤棕色黑底皮鞋,步子轻快,中等个头,给人让路时侧一下身体给人感觉他很高大,而且风度翩翩,轻盈中透着庄重,而不像满大街高大粗壮腰板挺直走路打夯般沉重的男人,夯直中透着轻佻。这位风度翩翩的男同事眨眼到了大家跟前,大领导一样朝大家招招手。看样子是个干部子弟,满身优越感,但又不让人反感。都同事快两年了,李芸才正眼看了他一下。当大家把他当真正的干部子弟时李芸笑得很怪诞。

有关他的故事越来越多。他跟大家逛街,走累了,他会进大宾馆的大厅休息片刻。进政府部门办公事,他不会去门房登记,而是长驱直入,门卫不但不阻拦还要给他敬礼。更让人惊奇的是他陪单位头儿去市政府省政府,单位头儿见了大领导诚惶诚恐唯唯诺诺,他则不亢不卑,拿起领导桌上的香烟,潇洒地弹出一根,反客为主给领导让一支,给自己点上,再给领导点上。唯唯诺诺的头儿也不紧张了,说话有条理了,大领导听汇报也省事,就跟这位不亢不卑潇洒自如的青年人聊上几句。年轻人也不客气,跟大领导谈话直呼其名,还指出大领导整篇讲话的不足之处,大领导的讲话就发表在本地党报的头版头条,接着提出建议若干条。大领导频频点头,距离越来越近,年轻人竟然半个屁股坐大领导办公桌上,跟大领导高谈阔论。单位头儿感慨万千,头儿是社会底层苦孩子出身,一路拼杀名牌大学毕业,到底不如人家干部子女见多识广,谁都不怵,率真慷慨,家庭背景他妈太重要了。头儿再次见大领导,大领导听完汇报,也要特意询问一下那个气度不凡头脑灵活的年轻人,头儿就如实汇报,有分寸地夸奖几句。还有什么比领导的印象更重要的呢?单位里传得沸沸扬扬,这家伙天生是当官的料,上级部门准备考查提拔。有人确实听见他在办公室回答有关部门的电话,狗日的那口气:"请转告厅长,兄弟我是个懒人,弄不成咻事情。"一次大好机会就轻易地放弃了。办公室的人可以做证。有人尖锐地指出:狗日的胃口大着呢,这是待价而沽。

李芸不屑于背后瞎嚷嚷就直接对这家伙说:"见好就收,过了这个村可就没那个店了。""哈哈,连你也认为我前程远大,可以飞黄腾达?""那你闹那么大动静干吗呢?""大家闹的,不是我闹的,我天生如此没办法。"李芸的目光就落在他的手上。李芸在陕北农民身上,在毛乌素沙漠的蒙古牧人身上看到过这样的手,张子鱼也有这么一双伤痕累累布满老茧的铁钳一样的手,张子鱼总是戴着手套,张子鱼戴手套的手拉李芸上山爬坡时,李芸能感觉出手套下边那双坚硬有力的劳动的大手;李芸看过苏联的《春天里的十七个瞬间》和《战争与和平》,安德烈公爵的扮演者吉洪诺夫矿工出身,有一双伤痕累累的手,气质风度涵养都与安德烈公爵十分吻合,就是那双矿工的手无法改变,吉洪诺夫只好就着手套去完成托尔斯泰的巨著《战争与和平》;李芸每当看到张子鱼戴手套的手就会想起矿工出身的吉洪诺夫。李芸就问眼前这位男同事:"你就不掩饰你这双庄稼汉的手?""从上海到西安他们都以为我手上的伤痕和老茧跟文身一样是加工上去的,越解释人家越不信,我干脆不解释也不掩饰,太阳底下没秘密,最大的秘密都是公开的,真理都是赤裸裸的。"张子鱼应该这个样子,李芸再次想起张子鱼,给人家男同事说出的话却是:"你应该将计就计,趁这大好时机青云直上。""哈哈,你这不是害我吗?这点自知之明我还是有的。""男人没有野心也该有雄心,你一点点想法都没有?""我就告诉你我的宏伟蓝图,我有一个梦想,有朝一日成为城里人。"气氛一下子严肃起来,说话的人很严肃,听的人更严肃,张子鱼的形象再次浮上脑海,伴随这个无比忧伤面容的是不久前李芸弹奏过的《布兰诗歌》的序曲《命运世界的女神》,壮美凝重如同步入神殿,在这如诗的气氛里,两人相视良久,男同事朝李芸深深鞠躬:"实话实说是人间最美好的一种享受,我很久没有这么享受过了,谢谢你。"

这种真实的状态只存在于他们两人之间,他跟大家再怎么真实大家也不相信,人家都相信他是干部子女,他不愿高升他没有雄心壮志完全是贪玩,懒,八旗子弟。领导以工作需要为借口带他出入各种重要场合,他比办公室主任还管用。真正的办公室主任与秘书也没必要防备他,他确实没有政治野心,完全是票友。每次大型活动归来,他都要带一大堆好东西回来,香烟归男同事,水果花生瓜子归女同事。以李芸以前的脾气不会吃人家剩下的东西,这家伙哈哈一笑,大家都乐意接受,不吃白不吃。

他也给自己惹过麻烦。一个小伙子追求单位新招聘的女大学生,小伙子求婚的方式很有戏剧性,从滑翔机上跳下来,降落伞拖长长的彩带,上边写着醒目的某某某我爱你。小姑娘激动得不行,他去给人家泼冷水:"小妹妹,婚姻不是演戏,太具戏剧性的求爱方式本身就不真实,好好想想吧,最好跟父母交流一下。"这么一交流,事情就黄了。小伙子找他拼命,提着刀子冲上来没扎中,小伙子就朝自己手腕扎一刀。他一边打120救急,一边对小伙子说:"对自己都这么残忍,你能爱一个美丽的姑娘吗?爱老太太都不够格。"小伙子被抬进救护车的时候还不停地鲤鱼打挺,都快气晕了。

李芸就问他:"你不浪漫也不准别人浪漫呀?""我不忍心看到自己身边出现悲剧。""他们还没有开始你怎么能肯定他们未来没有幸福?"他就讲自己在上海的一段经历,晚上逛街,碰到流氓打劫正在散步的一对情侣,小伙子丢下姑娘逃走了,他这个西北壮汉英雄救美,身上挨了一刀,拼着命打跑了三个流氓,姑娘天天来医院看他。他恢复后姑娘又来学校看他,约他看电影逛街逛公园,交往一段时间后他脑子冷静下来,劝姑娘回到男朋友身边去。"英雄救美跟战争一样不属于人类的正常生活,非正常生活状态下建立的感情不会长久也不真实。""你年纪轻轻却是一副饱经沧桑的样子。""穷人的孩子早当家,早熟懂事早,早早自立绝不是一种幸福,童年那么短暂,几乎感觉不到青春,一张娃娃脸底下是一颗老人的心。""你受过别人的伤害?""都是我伤害别人。"也就是在这一瞬间李芸看到他那颗未老先衰的心以及他埋藏得很深的第二双眼睛里的难以言喻的忧伤。这是一个男人最脆弱的地方,跟张子鱼眼瞳里暗淡下去的生命之火一样,李芸被那微弱的火光狠狠地蜇了一下。

关于他的种种传闻中有一条李芸相信绝对是真的。七岁那年父亲带他去山下平原走亲戚,北方苍茫的群山与高原之间,父子两个走了几天几夜,喝泉水啃洋芋,狼嗥在峡谷间久久回荡,大片大片的阳光落地成金,黄土飞扬,走出深沟大壑进入关中平原之前,父子两个在河边洗刷一新,绿色的平原就像清澈的湖,温暖潮润。

亲戚家过喜事,来客放开肚子吃臊子面。父亲让儿子坐到席面上,拒绝了主人的好意,父亲在厨房吃了一大碗干面,喝了一大碗面汤,七岁的儿子一个人埋头苦干,一口气吃了三十碗臊子面。在关中平原以北的高原群山深处吃不到这么好的臊子面,山里都是春小麦,跟平原上的冬小麦没法比。平原还有一个诱人的地方,学校多,可以上学。孩子就留在亲戚家了。父亲临走时哄孩子说:"爸过几天来接我娃,我娃乖,我娃好好待着。"父亲就走了,亲戚送父亲到大门外到村口,七岁的孩子只望了父亲一眼就扭头跟村里的孩子玩去了。那一刻孩子就懂事了,就长大了。玩到父亲离开村庄孩子就给亲戚干活,亲戚不让他干也不行。这个孩子太懂事了,亲戚遵守当初的诺言,开学时送孩子去上学。孩子在学校是尖子生,在家里最勤快,人人交口称赞。多少年以后这个叫李芸的女人每每想起七岁的孩子被父亲带着穿越连绵不断的群山与高原,去送给别人,她就唏嘘不已,她成为他的妻子以后也不忍心问丈夫当时的感受。后来她读到孟凯写的小说时她才知道她的初恋男友张子鱼就在同一块土地上,在十四岁那年夏天,一位美丽的少女拿起画笔描绘青春与生命,张子鱼的美好时光就结束了。

  已经是大学毕业后第三年的秋天了,李芸再次穿上当年给张子鱼画过肖像的那个女孩送她的金黄色的裙子。李芸老远就看见老师傅在打磨那只燧石燕子,燕子已经成形了,老师傅打一打,举起来看一看。一只充满灵性的神鸟。老师傅小心翼翼地打磨燕子的眼睛,手艺人的绝活就在这点睛阶段,打出的火花如同爱情中情人的目光。李芸闭上眼睛祈求上苍:"让它飞起来吧,它是有生命的,它是有青春的,它是永恒的,它是生生不息的。"古老长安的上空真的有了上天的回声。李芸睁开眼睛双手托胸,仰望苍天,她果然听到了上天的福音。

"人的生命是脆弱的,每一个生命都有一个备份,如果他们相遇了,生命的美好与脆弱就到延伸的时候了。"

那个男人就来到她身边,告诉她:"到了延伸生命的时候了。"李芸吃惊地望着他:"你也听见了?""上天的声音我无法抗拒。"李芸也无法抗拒。他们拥抱亲吻。古老长安的暮色跟古丝绸之路上运来运去的华美的绸缎一样裹在两个激情男女的身上。后来他们手挽手来到老师傅跟前。老师傅正好完成了最后一道工序,高高举在手上,燕子真的飞起来了。

22

孟凯那种略带嘲讽的眼神武明生受不了,张子鱼同样也受不了。在精河县街头,孟凯就用这种眼神瞧着张子鱼,张子鱼身上如同爬满了红蚂蚁一样,浑身不自在,孟凯就吐掉烟头坦诚相告:"移情别恋并不伤害女人,反而是一种解脱也是对对方的一种尊重,埋葬自己喜欢的人,等于埋葬活人,活人祭,孔子当年咋说的?始作俑者,其无后乎?"张子鱼就瓷在那里,孟凯扬长而去。买水果的叶海亚赶回来喊叫:"你这坏小子你才没后呢?有你这么损人的吗?"张子鱼说:"他没损我,他是真诚的。"

23

马杰农的歌声深沉忧伤真诚,人们不但传唱这些情歌,还整理成书,大漠有了最早的抒情诗,马杰农葛斯理所当然成为当时最出色的诗人,当时人们把这种歌颂不朽爱情力量为爱情而疯狂的诗称为纯情诗。葛斯这个名字彻底被马杰农取代,马杰农成为纯情诗诗人之首,流浪派诗歌的象征。《马杰农诗选》又称《马杰农三书》传遍四面八方。从那个时候开始,诗人在人们心目中的位置超过了世俗的国王。

荒野中的马杰农比任何时候都渴望蕾莉的温存体贴。

蕾莉摆脱丈夫的监视悄悄出门,找到一位好心的老人,从身上摘下几颗珍贵的宝石送给老人嘱咐他一定要找到马杰农,约他见上一面。

老人跋山涉水穿过戈壁沙漠。老人告诉马杰农,蕾莉度日如年,听到的老是人们口口相传的关于你的故事还有你那些激情澎湃的美好诗篇,她最大的心愿就是与你见上一面,相依而坐,肩并着肩,就像从前你们在学堂里一般,可惜那美妙的时光多么短暂,有情人心心相印,更要相守相伴,故事和歌声可以传得很久很远,但也比不上匆匆地看上情人一眼,孩子,重温你们被隔断了的旧情吧,高大茂密的沙枣林就是你们相会的地方,百灵和画眉在那里唱歌,燕子开始垒窝,该有多么吉祥。老人从行囊中取出衣裳,马杰农变得温顺随和,在泉边洗刷一新,穿好衣裳,紧跟老人来到沙枣树下。野兽的卫队在远处瞭望。老人去通报深闺内帷中的姑娘,姑娘比鹿还要欢快。离情人十几步远的地方姑娘放慢了脚步,强压住激动的心情,她对老人说:"到此为止吧,我的心神已经耗尽,我像蜡烛一样内心一直在燃烧,再移半步全身就会烧焦,也会使他更加忘情更加癫狂。"

老人唤醒昏迷中的马杰农,马杰农知道蕾莉就在附近,马杰农就开口吟唱。马杰农唱完他的天鹅之歌,反身奔向荒野,他在幻境中已经与情人肌肤相依,爱情之火飘出了身体烧毁衣裳,马杰农成了传说中的金骆驼,野兽紧随其后浩浩荡荡。

蕾莉怏怏地回到家里。丈夫得不到妻子的青睐,终日愁绪满怀,终于卧倒在床离开人世。蕾莉按照妻子哀悼丈夫的大礼,终日在悲愁中静坐哭泣。

秋天的时候,蕾莉倒在床上再也无力站起,她向母亲披露心底的秘密:"我受尽了折磨,这算什么爱情?我受尽了煎熬,这算什么人生!我是殉情之人,死后尸布要染成紫罗兰与玫瑰那样鲜红,马杰农奔丧时会看我像新娘一样簇新。"说完心里的秘密,蕾莉思念着情人一丝丝地咽气,终于离开了人世。

马杰农得知蕾莉去世的消息,就带上他的野兽朋友来到蕾莉的坟前,野兽们围成圆圈像忠诚的卫士保护帝王的宫殿一样保卫着蕾莉与马杰农。马杰农把坟头的黄土紧紧抱住,呼唤着心上人,丝丝缕缕地咽气。马杰农死在蕾莉的坟前,野兽们守卫着坟地寸步不离,马杰农只剩下骨头架,野兽们还守护着。一年后野兽们才离开,人们才能走近墓地。马杰农的骨架上依然散发芳香,爱情的馨香将长留世上。人们纷纷动手掘开蕾莉的墓地,让他们死后合葬在一起。

那些离开墓地的野兽都不忍散开,它们都跟在骆驼后边,走过一个又一个沙漠,碰到一片又一片沙枣林,一棵又一棵沙枣树,那浩浩荡荡的队伍出现了又消失了。有关蕾莉与马杰农伟大爱情的神圣之地就有了两种说法,也就是两个地方,一个是他们的墓地,一个是他们最后一次相会的沙枣林,这两个地方都散发着沁人心脾的芳香。

沙丘越来越像骆驼;骆驼越来越像沙丘,没有风暴的时候沙丘也在奔走,从一个地方奔向另一个地方。

骆驼的伟大创造开始了,肯定是在春天,家驼全都逃进沙漠。大地深处有一股力量在搅动着沙漠,跟地震一样。

几年后挖药人挖到了世所罕见的地精,锁阳和肉苁蓉长势喜人,最高两米多,跟个大活人一样挺立在沙丘之间,气宇轩昂,简直就是一个沙漠王子,挖药人祖祖辈辈还没见过这么好的地精。春末夏初是挖地精的好季节,好奇心重的挖药人提前进入沙漠,甚至比骆驼还要早,他们就发现了这个天大的秘密;那些发情的骆驼冲进沙漠不是来找情侣,是寻找沙漠中最美好的地方,这里的沙子比面粉还要细,跟女人的皮肤可以媲美,骆驼就把它们的生命之水注入细腻无比的沙地,整个沙漠就成为波涛滚滚的海洋。然后是春天的大风,让红柳梭梭胡杨种子与骆驼的生命相逢,然后产生新生命,一身贵气的地精布满沙漠深处。两米多高的巨型地精就是金骆驼与胡杨爱的结晶。骆驼在沙漠里开垦出它们自己的百花盛开的花园。浑圆丰满的沙丘成为幸福的新娘。

赫定又听到了大漠的召唤,悠扬的驼铃之后,是骆驼特有的黑亮的眼睛,眼神充满羞涩和喜悦,赫定都看呆了。

一九二六年冬天,六十一岁的赫定开始了他的第五次中国之行。这次不同以往不是私人考察，赫定是受德国汉莎航空公司委托，为开辟柏林至上海的航线来考察的。大清灭亡了，已经是民国了，已经是五四运动以后了，中国人的主权意识爱国热情空前高涨，普尔热瓦尔斯基，斯坦因，希伯和，大光谷瑞，在中国人眼里几乎等于"强盗"，赫定跟那些盗宝者不同，来华目的是科学考察。赫定拜访北洋政府外长顾维钧，顾维钧对航空持有异议，可以考虑驼队勘测，地质研究所所长翁文灏要求考察团吸收中国考古学者。

一九二七年三月赫定给北京大学学者沈兼士写信，表示愿意与中国学者鼎力合作，接着中国学者刘半农、周肇祥等代表在六国饭店与赫定谈判，签订《中国学术团体协会为组织西北科学考察团事与瑞典国斯文·赫定博士签订合作办法》。这个协定被当时中国学者称为"中国现代科学史上的第一个平等条约"。中方团长徐炳昶，外方团长赫定，中方成员有袁复礼、黄文弼、丁道衡、詹番勋、陈宗器、龚继成、尤寅照等二十多位，外方成员三十多位，是一个规模巨大的现代著名科学团队。

刘半农是个文人，无法参加科学考察，跟赫定谈判期间两人却很投缘。刘半农谈得最多的是鲁迅，这才是五四新文化的灵魂。刘半农给鲁迅写过一副联语："托尼精神，魏晋文章"。托是托尔斯泰，尼是尼采。赫定开始兴奋了，赫定对德国素有好感，不独对他的恩师李希霍芬博士，对尼采更是崇拜得一塌糊涂。而鲁迅眼中的尼采，文字刚劲，有金石之声，其学说的精髓在鼓励人类积极向上的精神生活与生命意识，鲁迅以此来改造中国的国民性，即奴性，同时又兼收托尔斯泰的基督大爱精神，敢恨敢爱。太合赫定的口味了,也太让赫定吃惊了,中国知识界竟然有这种狂飙突进的大哲,跟他以前接触过的晚清官员与芸芸众生判若云泥,唯一可媲美的就是中国山河的壮美,无尽瀚海所散发的浩大生命。

谈到鲁迅与中国古典文学的渊源,刘半农特意介绍了魏晋竹林七贤的领军人物嵇康,树下锻铁、山中采药,玉树临风,游心太玄;更远就是先秦的庄子与《离骚》,鲁迅最喜欢《离骚》里这几句:"朝吾将济于白水兮,登阆风而绁马。忽反顾以流涕兮,哀高丘之无女。"翻译过来就是"清晨我将渡过白水啊,登上阆风山把马拴住;忽然回看就流下眼泪啊,可叹这高山上没有理想的佳人"。白水是西域昆仑山流入罗布荒漠的大河,阆风山就是罗布荒漠南边的山。登昆仑山追寻理想中的佳人,这不是歌德心目中引领我们上升的永恒女性吗?赫定显然被这个孩子气十足的中国文人给打动了,心中秘密袒露无遗,刘半农就不失时机地露出他平生的第二大手笔,与中国现代语言学之父赵元任一起创作的经典歌曲《教我如何不想她》。一九二〇年八月六日,在英国伦敦大学的留学生公寓里,刘半农仿佛神灵附体一气呵成写下了不朽的白话诗《教我如何不想她》。

"天上飘着些微云,
地上吹着些微风。
啊!
微风吹动了我的头发,
教我如何不想她?

月光恋爱着海洋,
海洋恋爱着月光。
啊!
这般蜜也似的银夜,
教我如何不想她?

水面落花慢慢流。
水底鱼儿慢慢游。
啊!
燕子你说些什么话?
教我如何不想她?

枯树在冷风里摇,
野火在暮色中烧。
啊!
西天还有些儿残霞,
教我如何不想她?"

赫定的眼睛湿了,泪水和眼镜也无法遮掩眼睛里闪烁的亮光。一九二〇年八月六日,赫定收到了米莉的信。他们就住在同一座城市里,从米莉家到郊外海滨最多一小时,邮差前往赫定家的这一小时正是赫定兴致勃勃欣赏屋外燕子飞来飞去的时间;那是多么美好的一小时啊,燕子在房前屋后待这么久实属罕见。赫定耳畔于是就响起了那首中亚草原的民歌《燕子》。现在面对这个中国学者,他情不自禁地唱起来了。

"燕子啊!
让我唱个我心爱的燕子歌,
亲爱的,听我对你说一说。
燕子啊!
燕子啊!
你的性情愉快亲切又活泼,
你的微笑好像星星在闪烁。
啊!
眉毛弯弯眼睛亮,
脖子匀匀头发长,
是我的姑娘燕子(啊!)
燕子啊
不要忘了你的诺言,别变心,
我是你的,你是我的,
燕子啊!啊!"

  刘半农记忆中的那天下午,赫定比他更有激情,他一动不动地听赫定讲那些古老的爱情故事。肯定从哈菲兹与李白讲起,他们那些伟大诗篇的核心内容都是月亮女人美酒和鲜花,李白和白居易还写到了杨贵妃,然后就是《蕾莉与马杰农》。刘半农还是第一次听说中亚穆斯林世界曾经有过辉煌灿烂的文艺复兴。从九世纪到十五世纪中亚地区这些大诗人们弘扬人道主义歌颂永恒的爱情,抨击封建礼教与权贵,极大地推动了十四世纪末至十七世纪初的欧洲文艺复兴运动。刘半农就有必要打出最后一张牌,他给赫定透露了鲁迅最新的创作计划,在《呐喊》《彷徨》之后,鲁迅要写一部重头戏《杨贵妃》。一九二一年鲁迅就计划写剧本《杨贵妃》:每幕都用一个词牌为名,第三幕就是《雨霖铃》,专门有一幕写长生殿,唐明皇与杨贵妃为拯救爱情的逐渐冷淡对天盟誓:在天愿做比翼鸟,在地愿为连理枝,词牌大概会用他们爱情最热烈的《霓裳羽衣曲》。这些前期工作准备好以后,一九二四年七月鲁迅先生就借到西安讲学的机会,体验一下古长安的大唐魅力。讲演之暇,鲁迅常与孙伏园逛古长安,看大小雁塔,看曲江灞桥碑林古董铺子。在昭陵看唐人石雕,鲁迅就想起唐人生命的雄壮与气魄的宏大。但长安大多古迹已破败衰落,连去马嵬坡的兴趣都没有了。《杨贵妃》胎死腹中。

一九二七年的北京,文坛依然对鲁迅充满期待,赫定更是异常兴奋。这么伟大的作家,即使没有《杨贵妃》也可以获诺贝尔文学奖。一九〇〇年才开始颁发的国际文学大奖,已经遗漏了伟大的托尔斯泰和易卜生,瑞典王国的最后一位受勋贵族赫定有义务给瑞典文学院推荐中国最伟大的当代作家鲁迅荣获这个国际大奖。刘半农热烈响应。马上请台静农向鲁迅征求意见。一九二七年九月二十五日,鲁迅回复台静农:"来信收到了,请你转致半农先生,我感谢他的好意,为我为中国。但我很抱歉,我不愿意如此。"刘半农和赫定得知这个消息的第一反应是:鲁迅正在倾尽全力写《杨贵妃》,一个登昆仑之巅待佳人的伟丈夫肯定对自己有更高的期待。赫定对鲁迅钦佩的同时又产生了对米莉的怨恨。他也这样期待过米莉。他收藏了从十二世纪到十九世纪中亚各族诗人创作的不同版本的《蕾莉与马杰农》,从波斯诗人内扎米、印度—波斯诗人阿密尔、波斯—塔吉克诗人贾米、突厥诗人纳瓦依到中国喀什维吾尔诗人尼扎里，这些大诗人们所写的《蕾莉与马杰农》大街小巷随处都可以买到，他甚至买到了维吾尔诗人尼扎里的代表作《热比娅与赛丁》，这是发生在中国喀什附近的一个真实的爱情悲剧，尼扎里正是用传统的《蕾莉与马杰农》做铺垫才完成了顶峰之作《热比娅与赛丁》。喀什就在昆仑山下，中国古代最早的诗人屈原反复吟唱过的昆仑山，鲁迅心目中的神山。赫定似乎现在才明白他如此痴迷于大漠或许与这些大漠里的爱情有关。这些不朽的诗篇与探险无关，他一本都没有落下，这应该是一部"无法公开的探险之旅"。赫定对米莉的怨恨有所缓解。

不可思议的事情就发生了。一九二八年九月赫定为考察团购买设备，返回欧洲从塔城进入新疆，新疆地方政权更迭，赫定在塔城滞留半个月，无意当中从地图上看到阿拉套山下有一个米里其格草原。米里其格有一个音节与米莉相近。赫定只带一个随从找一个蒙古向导，悄悄去了一次米里其格草原，同样是跟探险无关。九月的大草原一片金黄，米里其格已经压缩为米里米莉了。这个季节的北欧也是一片金黄，蒙古向导唱起《燕子》，中亚各族的牧人都唱过这首古歌，只是在这一天，赫定这只老骆驼倒在了金色草滩上，泪流满面，骆驼并不是天生就该待在戈壁沙漠，骆驼原本就生活在美丽的草原上，骆驼的生命中有青草地。

刘半农主持歌谣研究会，编辑《歌谣》周刊，对各地民歌民谣有极大的兴趣，赫定吟唱的草原民歌《燕子》一下子把他从中原引向了大漠草原。一九三四年六月,在蒙古包刘半农被虱子咬了几口,患回归热,英年早逝,年仅四十四岁。

一九三〇年二月十九日,北平中央研究院为赫定举办生日宴会,授予他名誉院士称号。赫定结识当时中国最有名望的建筑学家梁思成。赫定一定听说过当时北平文化界有名的"太太客厅"。每到周末,北平的文化精英们大都汇聚在梁思成家的客厅里,梁思成的妻子林徽因引发各种话题,哲学、文学、音乐、美术、建筑无所不谈。林徽因巨大的热情与才华世所罕见,与人辩论心直口快、好强,真正的绝代风华;上天赐予她惊艳的美貌,又赐予她绝世才情,同时又演绎了世所罕见的美丽爱情与美满婚姻。娶她为妻的先生是谦谦君子胸怀宽广的梁思成。追求她而不得又深爱她的是风流诗人徐志摩与哲学家金岳霖,金教授终身不娶甘为"芳邻"。自古人间四月天,中国人真的有如此美好如此动人的真实的爱情与婚姻。赫定浮想联翩。歌德当年读到一本中国的二三流小说《好逑传》都惊讶得不得了,赫定真正明白了什么叫人类的文明,把人变得更美好就是文明,就是眼前这个谦谦君子。赫定与梁思成告别时真诚地告诉这个世界上最幸福的男人:"向你美丽的妻子问好!"

一九三一年"九一八",中国东北沦陷,一九三三年初中国的古都北平处在日寇的炮火之下,当年七月赫定宣布西北考察团解散。这个伟大的国家面临亡国灭种之灾,就如同他的祖国瑞典历史上曾被强敌入侵,民族英雄古斯塔夫·瓦萨开始了"伟大的逃亡",领导瑞典人民赶走入侵者赢得了独立与自由。"我已与中国结婚。"赫定已经与中国难舍难分,他理解伟大的鲁迅何以喜爱拜伦以及拜伦的《哀希腊》，拜伦晚年不惜性命参加希腊人反抗土耳其统治的战斗最后死在希腊。一九三三年六月，赫定在北平一个欢迎德国领事的宴会上结识国民政府外交部次长刘崇杰，赫定向刘崇杰建议，中国应该重新开辟新疆境内的古代交通线，振兴丝绸之路，铺设从北平到喀什的铁路与公路，维护国家安全与统一，引起刘崇杰的重视。刘崇杰邀请赫定到南京拜见政府高层。中国政府作出决定，目前政府无力修铁路，但公路一定要修，邀请赫定担任公路勘测顾问，赴内蒙新疆考察。一九三三年九月原西北考察团许多老队员前来报到，有龚继成、陈宗器、尤寅照、生瑞恒、贝格曼等。

一年半的考察，正赶上盛世才与马仲英争夺新疆之战，赫定见证了这个发展趋势的过程，后来写成《大马的逃亡》。

一九三四年四月一日赫定终于从战争的磨难中脱身，踏上罗布荒原。首先扑入眼帘的是一只骆驼，风尘仆仆向他们走来，电影里才能看到的经典镜头出现在罗布荒原，老赫定抱住骆驼脖子泪流满面，骆驼也流下了泪，四十多年前赫定第二次中国之行在大漠中遭到灭顶之灾时这峰骆驼救过他的命，四十年后它奇迹般与赫定重逢。

近乡情更怯，在塔里木河边，老朋友奥尔得克带着儿子迎接赫定。奥尔得克跟儿子萨迪克给大家带路。四月份很容易遇上喀拉布风暴。奥尔得克告诉赫定他在沙漠中的大发现，十年前也就是一九二四年他在沙漠里发现一处墓地，无数棺材分两层垒在一起，棺木内有雕刻和彩绘，丝袍里裹着无数美女的尸体。赫定渴望见到那个美丽的大湖罗布泊，赫定把埋着无数美女的小河墓地考古发掘工作交给他的同胞贝格曼，奥尔得克给他当向导。赫定带着陈宗器与奥尔得克的儿子萨迪克一行向罗布泊进发。

奥尔得克的儿子萨迪克发现了大面积的墓地。赫定再次见到这些沉睡的罗布女王和沙漠情人，这个六十九岁的老人几乎是在拥抱这个沉睡千年的楼兰和罗布女王。"米莉"回来了，楼兰罗布的女人们重新获得了生命和青春，还有爱情。许多年来，他一次次地在心里埋葬米莉，米莉总是一次次地复活，一次次出现在大地的每一个角落。米莉越来越大，天地之间全是米莉的影子，天地之间全是无法摧毁的爱，他无处藏身，无法躲避。喀拉布风暴再次降临，赫定看到的不再是飞沙走石，而是燕子，沙石带着火星就有了生命有了翅膀就是燕子。还有风暴的轰鸣，那轰鸣就是爱之歌。那一刻，喀拉布风暴与古老的歌谣《燕子》融为一体，不会有歌词了，全是声音。赫定跪在棺材边，双手扶着棺木，目光亲切柔和如同千年前骆队运来的中国最华美的丝绸，金光闪闪地一层又一层地覆盖在这些美丽女子的身上。

棺木的四周立着几百根标志着男根的多棱木柱，有七至十一个侧面，埋在沙子里的柱基部分涂着红色，形成太阳的图案。显然是用胡杨木精心雕刻的，个个都拥有一千年不死一千年不倒一千年不烂的强大的生命力。

赫定相信这些木柱全都来自胡杨地精，传说中的金驼用它们的生命之水与胡杨种子结合就把沙漠变成了百花盛开的花园。赫定终于追上了传说中的神驼地精，永恒生命中的美妙一瞬。

一九三五年二月勘测队在西安扎下最后一处营地。在丝绸之路的起点古长安结束勘测工作是很有意义的。从长安到君士坦丁堡到罗马曾经最繁荣的人类文明大动脉依然在强烈地跳动着。梦回大唐，绝世佳人杨贵妃被李白白居易洪深反复抒写，将要在鲁迅笔下重新获得新生，赫定很容易联想到哈菲兹、内扎米、贾米、德里维、纳瓦依、富祖里和尼扎里，不朽的蕾莉与马杰农，哈尔法德与西琳，将在古长安与杨贵妃会合。

一九三五年三月底赫定离开中国回到故乡斯德哥尔摩。一九三六年十月十九日鲁迅去世。一九三六年十二月十二日，曾经接见过赫定的蒋介石在古长安当年唐明皇与杨贵妃演绎爱情故事的骊山华清池被部下"兵谏"，蒋夫人美龄坐飞机来古长安救夫，在中共的斡旋下西安事变和平解决，蒋委员长顺利返回南京，抗击日寇的抗战全面开始。赫定勘测过的丝绸之路上到处都是奔往前方的战士，更多的是逃难的人群，人类历史上罕见的民族大迁徙。

以后的岁月里，赫定亲近过德国希特勒又拯救过挪威抵抗战士和犹太学者。

赫定是在梦中去世的。一九五二年十一月二十四日，八十七岁高龄的赫定卧床不起，服过药后长眠不醒，漫长的探险生涯中他经历过无数次死亡，生与死的界限相当模糊。十一月二十六日守护的人还能听见他的梦语，他的思维还那么清晰，还能记得每次历险的细节。然后是一队队驮着华美丝绸的骆驼，然后是无数诗人们的爱情诗篇，然后是大漠深处的胡杨地精；在百花盛开的花园里、在古老的传说里，胡杨地精碰到第一个人就会长成那个人的模样,赫定看到了自己。

人们在赫定床前发现了米莉的照片,照片下方写着:"你曾陪伴我所有的旅程。"米莉的照片包在一块金黄色的中国丝绸里。

24

武明生大学毕业两年后就结婚了,比李芸和张子鱼都早,连他自己都没想他会这么早结婚。他跟那个漂亮少妇的关系维持了三年多。工作以后,堂兄武明理就提醒他:跟那个女人保持距离,慢慢撤退。武明生在堂兄武明理的帮助下在西安找到体面的工作,当初跟城里女人亲密接触就有很强的功利目的。

武明理自己也开始大面积撤退,五个情妇逐渐缩减到三个两个,最终保留一个,用武明理的话讲,情场如战场,进攻是容易的,撤退才见英雄本色。每撤离一个战场,武明理都要脱一层皮,耗费许多时间和精力,摆脱的不是敌人,是已经融入你生命的另一些生命。堂兄武明理就有必要把自己的经验教训全盘讲给堂弟武明生:全身而退实乃人生最高境界,善之善者也。那个色香味俱佳的漂亮少妇完全是用来操练的,比武明生大十岁还带一个孩子,他们是没有未来的,这一点必须给武明生讲清楚。武明生都听烦了,每次与那女人相会武明生总觉得是最后的晚宴是破釜沉舟,就很卖力很悲壮很投入,女人理所当然很感动很满足。

事情开始发生微妙的变化。武明生辅导的那个孩子上初中了,不需要家教了,武明生就不能堂而皇之公开去女人家里,就开始隐秘起来。孩子在家肯定不行。几年家教,武明生跟那孩子有了感情,节假日经常一起去玩,女人也很放心。武明生再次去学校看那孩子时,孩子有些冷淡。武明生很快发现了孩子的亲生父亲去学校接孩子,血浓于水,到底是亲父子,相拥相依,武明生感受到冷淡很正常也很真实。跟女人谈到这件事,女人就笑:"你想当他亲爸爸?就是嘛,人家父子相见我这亲妈都挡不住,没法挡呀,犯法呀。"弄得武明生很尴尬。真正让武明生难受的是六一儿童节,初一的孩子大都不过这种节日了,武明生却在东大街看见女人孩子和丈夫和和美美在一起,孩子抱了一架飞机航模,女人满脸幸福,是那种发自内心的真正的幸福,那种微笑那种神采狠狠地蜇了武明生一下。武明生不由自主地到了公交汽车站牌后边。高大茂密的古槐树把巨大的树荫投到武明生身上,武明生安静下来,武明生推了推眼镜。武明生视力很好,寒窗苦读视力依然保持一点五。堂兄武明理坚持让他戴眼镜,不是近视镜,是时髦的茶色蛤蟆镜。堂兄武明理不怀好意地告诉大学生武明生:一方面可以保护眼睛,一方面呢可以放肆地看大街上的美女。

　　武明生在公交车站牌古槐树树荫和茶色蛤蟆镜掩护下死死地盯着近在咫尺的女人的脸,那幸福的笑容是他不曾看到过的,跟这女人交往的日日夜夜每一个细节每一次欢笑,甚至包括拥抱亲吻上床最有激情的时候女人得到最大满足的时候女人也没有这么笑过。武明生还记得他们刚刚认识的时候,她漂亮迷人,但眼神里有一种压抑着的忧郁,随着交往的加深,武明生觉察到女人心里有一种冰凉的东西,也就在这一瞬间,他们不由自主地奔向对方。离异少妇与涉世未深的年轻小伙,远远不是干柴烈火,是一座大油库与熊熊燃烧的火把,武氏家族男人们特有的超强性欲让这个饥饿少妇得到极大的满足,就像充足了电,就像传说中的扁鹊华佗妙手回春,女人的忧郁一扫而空,变得神采奕奕,风情万种,风姿绰约,这些成熟少女所具有的妩媚与魅力全都焕发出来了,但这一切都跟六一儿童节这一天在东大街所见到的女人那幸福的微笑无法相比。

幸福的一家渐行渐远。武明生摘下眼镜,世界为之一亮,西安更清晰了,视力很好的年轻的眼睛一动不动地看着已经走到街对面的幸福的一家人,武明生再次看到了女人的微笑,她笑得那么开心那么幸福又那么真实。武明生不戴眼镜的眼睛就这么失神了。

武明生还记得他跟这个女人在一起从来不戴眼镜,快到门口时总是下意识地收起眼镜。他也不喜欢在黑暗中跟女人做爱,女人把床头灯调得很弱,在他的强烈要求下女人让步了,女人也适应了在灯光下激情澎湃。他用锦衣夜行、明珠暗投这两个典故说服了女人,更大的理由应该是女人的笑容,最癫狂的时候女人脸上所呈现的表情也最动人。与之相呼应的是女人的声音,呓语演变为喃喃自语,高潮时会情不自禁地喊出我从来没有这么幸福过,你让我做了一回真正的女人这些鼓舞斗志的话。典型的床上口号与虚假广告。

他们再次相会时武明生特别敏感,一下子捕捉到女人身上另一个男人的气息,武明生雄狮一般狂飙突进就像视死如归的罗马角斗士跟对手进行誓死较量,高潮迭起好戏不断,两个臭男人暗中较量,女人成为最大的受益者,女人笑得很诡秘。武明生没有看到他所期待的笑容。周幽王为博女人一笑烽火戏诸侯,武明生这把火烧得够猛够旺了,女人还这么沉得住气。武明生以玩笑的方式提到那个男人,女人也以玩笑的方式微微一笑:"你说呢?"女人还用手指点一下他的鼻子,女人笑得很暧昧。慢慢去琢磨吧,越琢磨越邪乎。武明生果然中邪啦。武明生在床上用的全都是邪劲,咬牙切齿,跟强大电流一样让女人每个毛孔每根头发直到指甲缝都电火闪闪光芒四射。武氏家族从遥远的周朝就给天子牧马,武氏家族最辉煌的一页就是给隋炀帝带回了吐谷浑人良马的龙种;三千多匹黄土高原的中原母马放至青海高原,混入吐谷浑人的马群,数月后这些母马怀胎而归,从此隋唐王朝有了可以跟吐蕃跟突厥跟契丹这些北方草原民族相抗衡的良马。武氏家族的男人们也获得了千年良驹的神力。武明生大显神威时,武明生耳畔就响起高原马群的呼啸声和马蹄叩击大地的声音,武明生俯下身认真观察女人那无比生动的面容,真是美不胜收,千姿百态,风情万种,唯独没有他所期望的那种微笑。武明生还在坚持着。这正是武氏家族男人们的可贵之处,可以让女人持续不断地进入高潮,即使自己不开心不乐意也丝毫不影响性生活的质量,按当地人的说法:冷髌。武氏家族尽出这种大冷髌。西安女人暗暗吃惊,但人家没表现出来,还摸了一下这个大冷髌的背。西安女人相当妩媚了。床上工作结束后,冲个澡,好好吃上一顿,补充营养恢复体力。西安女人做一手好菜,西安女人还来一点小幽默:"小弟弟,咥!咥饱!咥美!

冷髌咥!"该武明生吃惊了,武明生太嫩没有掩饰自己的惊讶,"我很开心我很快乐。"女人一脸天真,"我们一直很开心很快乐呀。"

小孩过生日,武明生受到邀请。满满一桌菜,生日蛋糕,等孩子放学回来,女人还在厨房忙着,武明生在客厅看电视,电视有什么好看?武明生的目光就扫了一遍锃亮宽敞的客厅,孩子与父亲的合影,新添置的工艺品壁画都是孩子父亲的东西。武明生一年多没进这个家了,武明生就转到孩子的卧室,马拉多纳不见了,贝利不见了,换上了吕思清和梅纽因,还有墙上那把价格不菲的小提琴,应该在二十万左右吧,那个离异的父亲是个小公务员,没多大能耐,裤腰带要勒多紧才能挤出这笔钱?可他成功地把武明生的所有痕迹从这栋房子里清扫出去了,这么艺术这么科学,让你无话可说。我还真是个大冷髌。武明生苦笑一下回到客厅,孩子刚好进门,很礼貌地问候了叔叔,妈妈纠正孩子应该叫老师,孩子又很礼貌地重复一遍,对老师加叔叔送他的礼物爱不释手,多少给武明生一点点安慰。

武明生告辞的时候天快黑了,女人和孩子一起送武明生到楼下,母子俩返回楼上时声音很大,孩子的亲生父亲订了西餐,半小时后母子俩出发去跟亲生父亲会合,一起看通宵电影,法国电影专场,这就是周末过生日的好处。

武明生的脚就像栽在地上,怎么也迈不动,他还回头看了一眼三楼那个房间。窗户上女人的侧影那么清晰,甩着头发,试了一件又一件衣服,终于找到了最合身的那一件,就转一下身子,双臂展开,就像展翅欲飞的鸟儿,她把羽毛梳理得那么漂亮她要

371

给那个男人展示她的魅力。武明生反复提醒自己,女人天性如此,谁也没办法。这种默念式的提醒还真起作用,武明生没有失志,双脚栽在地上,但手还能动,就挥一下手,一辆出租就停在他跟前,他弯下身子钻进去,双脚总算拔离了地面。司机问他去哪?他说随便。司机什么鸟人没见过,一看就知道感情受了刺激,司机就开得很稳,也不搭理这个倒霉蛋。车子就一会儿东大街一会儿西大街,哪儿车少就往哪跑,跑了一个多小时,武明生报了一个地址,车子很快就到了那地方,刚好一百元,下车的时候的武明生彻底清醒了,还给司机说声谢谢。

再次幽会武明生很被动,女人主动约他,他喜出望外,他们在一家宾馆见面,女人已经在房间等他。淡淡的香水,粉色的睡裙,几样精致的小菜,一瓶通化红葡萄酒,还有美妙的音乐,我们可以想象武明生踏进房间时有多么激动,眉毛跳得就像对蚂蚱。女人稍稍示意他就拉起女人的手搂住女人腰开始跳舞,不是他们以前跳过的斯特劳斯的《蓝色的多瑙河》舞曲,是一首带着歌声的曲子。武明生后来才知道这是柴可夫斯基《叶普盖尼·奥涅金》中的《间奏和华尔兹舞曲》。跳了三圈,开始喝酒,菜只动了几筷子,美酒助兴,音乐的感染力更大,当他们拥在一起向床上奔去时,武明生已经成为非洲雄狮了,抖着金色的长鬃在女人的生命里左右纵横,女人紧紧地搂着他死死地盯着他,眼睛里充满无限的深情与迷恋,这都是男人所渴望的。武明生越来越疯狂,女人就把他搂得越紧看他的眼神就越深情,武明生马上意识到曾刺激过他的那种微笑要出现了,武明生就像高原上空的鹞鹰突然停在苍穹之顶,谁都知道只有鹞鹰有这种本领。武明生朝思暮想的神秘的微笑终于出现在女人脸上，真正的清水出芙蓉，也就是在这美妙的时刻武明生心里咯噔一下，武明生及时地捕捉到女人脸上飞速闪过的忧怨，女人没有得到满足，哈，武家男人什么时候让女人没满足过？武明生就像马戏团的马听到锣鼓声，腾的一下扬蹄奋进，他要证明自己的实力，他毫不顾及女人感受，他已经不是马戏团的马了，他已经变成了古老的蒸汽火车山呼海啸地动山摇。战争结束，他还那么精神昂扬。他都纳闷女人还有什么不满足的？女人淡静如水，还真看不出其隐秘的内心世界。

他们在街头分手，女人还朝他摆摆手，女人终于笑了，可那笑容里有一种莫名其妙的心理优势，甚至有那么一点点同情与怜悯。

他必须采取主动。女人准时赴约，按武明生的口味放的是他们熟悉的《多瑙河圆舞曲》，结果还是重蹈覆辙。这回女人笑容里的同情与怜悯就更明显了。武明生不能不怀疑柴可夫斯基的曲子。当初他问女人这是谁的曲子？女人随口说了柴可夫斯基。武明生跟大多数人一样总是把老柴跟《天鹅湖》连在一起。女人就告诉他这是《叶普盖尼·奥涅金》，普希金的代表作。许多名曲都是根据文学名著改编的。

武明生就专门请教了西安音乐学院的一位专家，专家告诉他《叶普盖尼·奥涅金》中的插曲《间奏和华尔兹舞曲》是女主人公达吉亚娜的父母为女儿的"圣名日"举办舞会，客人们为这幸福的时刻载歌载舞，完全不知道接下来的故事会以悲剧收场。武明生当时完全是一副恍然大悟的样子，我们都不知道他悟出了什么?专家给了他完整的歌剧带子。他那时已经在西安站稳脚跟,不错的职业,私下在一家公司兼职捞外快,收入相当不错,他立马买回当时很时髦的 VCD,开始欣赏歌剧《叶普盖尼·奥涅金》。达吉亚娜更多地让他想到李芸,让他想到陕甘交界处那个让他无比尴尬的小镇,李芸一点也没有觉察到他在水深火热中,从下身勃起到返回宿营地一个多小时,就这么硬扛着,直到半夜三更两个男生离开房间,他才淋漓尽致地发泄了一遍。歌剧还在继续,武明生进了卫生间里,他的生命之根挺拔坚硬浑圆饱满,不能给女人带来幸福原因何在?奥涅金在向达吉亚娜求爱,已经是多少年以后了,达吉亚娜嫁给一个老头,为人妻为人母了,达吉亚娜告诉奥涅金:"我虽然爱着你,但我已经属于别人,我将要一世对他忠贞。"武明生认为他比奥涅金幸运,女人没有让他离开,他还不停地占有这个女人,武明生走出卫生间,歌剧已近尾声,奥涅金开始了漫长而伤心的旅行。音乐学院的歌剧专家曾介绍:奥涅金属于俄罗斯文学中"多余人"的形象,武明生头就大了,多余人不就是西北人说的蔫髋嘛,冷髋下滑到蔫髋就这么简单。武明生重放歌剧《叶普盖尼·奥涅金》,第二遍就看得很仔细,他特别留意达吉亚娜成为莫斯科贵妇后拒绝奥涅金那一段:"幸福消失了,但它曾经是多么接近!……而现在,我的命运已经注定了。……您应该——我请求您——立刻离开我。"

　　武明生再也不好意思见那个女人了。武明生失落得厉害。堂兄武明理看出来了,可武明理理解反了。"兄弟不要担心,已婚妇女有阅历有经验皮实抗摔打,要跟小姑娘一刀两断才麻烦呢,弄不好割腕、卧轨和跳楼走极端让你防不胜防。"武明生喝了一口酒,笑得龇牙咧嘴很难看。堂兄武明理就郑重其事地警告堂弟武明生:"断了就断彻底,可千万别婆婆妈妈发贺卡寄明信片给自己留后遗症,二返长安死灰复燃那麻烦就大啦。"武明生没反应,武明理就说:"该考虑婚姻问题啦,估计给你打主意的人很多,听老哥一句话,大学毕业,西安姑娘,北京上海的更好。""最近有点乱,安静上一段时间再说吧。""知识分子就是不干脆,割个小痔疮都要流一脸盆血。"

武明生的心能不乱吗?两个月后女人跟丈夫复婚了。女人还给武明生发了请帖。婚筵规模不大,两个包间,四桌饭,都是至亲好友。丈夫很热情地感谢武明生这个好老师,孩子能考上重点中学全是你的功劳,两个男人心情很复杂地干了一杯。孩子上初二了,理所当然地喊武明生老师。破镜重圆的夫妻在经历了无数坎坷之后显得更成熟更稳定更有魅力,女人全身散发着喜悦和幸福。武明生看到的已经不是一年前东大街一家三口过六一儿童节时女人那淡淡的微笑了,武明生的灾难就是从那微笑开始的。女人跟丈夫一起过来给武明生敬酒,女人离他这么近,女人身上的气味他太熟悉了。三年前他们初次见面时女人身上的香水味让他难以自持,随着他们交往的加深,女人的香水味越来越淡,两年以后女人基本上不用香水了,女人素面朝天了一段时间,开始发生奇妙的变化,身上开始散发天然的芳香,复婚这一天这种天然芳香越发浓烈。农民的后代武明生明白这种天然芳香是男人的生命之水浇灌的结果,武明生刚刚萌发这个念头,马上有人嚷嚷:香喷喷的新娘连香水都不洒,新郎给她吃了什么灵丹妙药?好多人跟着起哄,这份功劳很轻易地归到新郎身上。新娘幸福地仰望着新郎嘴都笑歪了。在影视剧中，此时此刻女人都要飞快地扫一眼宾客中给她生命注入巨大力量的那个男人，武明生很不幸，影视剧的情节没有发生在他身上，他的失落沮丧全在心里，脸上已经看不出来了。

回家路上，他想到张子鱼，他开始明白张子鱼这狗日的把心思埋得那么深，深得连本人都不知道。

武明生在单位的微机上查文件，操作人员把不用的文件用新文件覆盖了，武明生就问人家："再也不能恢复了吗？"人家就告诉他："删除的文档可以从回收站找回来，覆盖掉的文档就彻底消失了。"武明生就这样被那个丈夫从女人的生命中彻底覆盖了，就这么简单，他还有什么不死心的呢？

父亲病危，医院都下达死亡通知了，兄弟几个给父亲用白酒擦身体，穿老衣，兄弟几个第一次见识赤身裸体的父亲还有些不习惯。令人更惊奇的是武氏家族男人们特有的硕大的鸡巴在死亡来临之际缩回去了，跟乌鱼脑袋缩进龟壳一样。那一刻兄弟们的反应各不相同。武明生不知道兄弟们的心思，武明生很清楚自己的心思，那一刻他马上体验到的是他的生命之根如何从那个女人美妙的身体里一点一点退出来。武明生沮丧得无以复加，抱住脸坐在床边，兄弟们以为武明生为父亲而伤心，兄弟们就让他歇一会儿。少一个人，兄弟们反而更利索了，把父亲抱起来，穿裤子时父亲发出了声音，心底的那口气吐出来了，上下通气了，父亲睁开眼睛，生命又回到父亲身上。

另一个特大喜讯是堂兄武明诚不胡骚情了，诚心诚意回到老婆身边。家族长辈们还是一口一个大瞎臁明诚，已经是一种赞许的口气了,明诚不再是瞎髌了,明诚老老实实把公粮缴给老婆了嘛。

老家人的意识里,男人把公粮缴给野女人,等于鸡把蛋下到别人家鸡窝里,比贼娃子还可耻,比贪污腐败更令人不齿,在农民眼里还有啥比糟蹋髌更让人鄙视的行为呢?十个馒头生一滴血,十滴血生一滴髌,一次公粮几百滴髌不止,需要多少粮食补充体力?农民的小算盘哗啦一响兑换出来的都是粒粒皆辛苦的粮食。天地万物的种子,跟命根子一样重要,农民有一句话叫宁吃屎不吃籽,灾年宁可饿死也不吃种子,在农民眼里髌这种东西是万物的起源也是万物演变流传的奥秘所在。可以成为一个恶人成为一个大坏蛋,也不能做一个瞎髌。"文革"后期村里来了一批知青,生产队长跟那个时代所有农村干部一样贪恋年轻漂亮洋气的女知青,武明生他们村的干部也不例外,日了一个女知青,男知青就闹起来了,生产队长死不认账,女知青光哭不说话。爷爷旗帜鲜明地站在知青一边,队长嘴硬不认账,爷爷就舀一碗凉水逼队长喝,爷爷是长辈,不打不骂,就让你喝深井里刚打上来的生水,一边是气势汹汹的知青,一边是乡亲们,爷爷像给小孩吃药一样捏住队长的鼻子,老骟匠的手劲很大,一匹马都能摔趴下一个队长算什么?硬是把一老碗生水灌进队长肚子里,农民都知道刚刚日过女人的鸡巴生水一激就永远也硬不起来了,队长也知道,可队长动弹不了,全村人都看着,这个老家伙的手跟铁钳一样死死地卡着他,两根手指捏鼻子,胳膊肘顶在队长胸口,队长都弯成弓了,一大碗生水带着大地深处的凉气,凉到了队长的脚后跟,队长的鸡巴软成了棉花,怪不得别人。爷爷威信空前高涨。蔫老汉给男知青兜售古老的农民哲学,许多知青都躲开了,只有一个知青不躲,耐下心听蔫老汉唠唠叨叨的歪理。这个男知青从不主动缠女娃,都是人家女娃主动来缠他,甚至倒贴,送吃送喝送衣服,最终目的是送身子,美其名曰小伙子有风度。女人讲魅力男人讲风度。蔫老汉就讽笑啥狗屁魅力,明明是妖精狐狸。蔫老汉用长长的烟锅捅男知青的下身,咂你娃的龙涎哩你娃有多少龙涎经得起这么一大群妖精狐狸折腾?知青就说:过去的皇上三宫六院几千个女人哩。蔫老汉就说:"皇上吃的啥你娃吃的啥?皇上有太医你娃就一个精脚医生嘛。"陕西农村把当年的赤脚医生叫精脚医生,蔫老汉就磕光烟锅里的烟灰,又装上一锅,火点上,咂一口:"皇上吃得那么好,那么多太医侍候着,活过七十的皇上有几个?"蔫老汉不抽烟了,蔫老汉接过孙子武明生端来的一拃厚的硬面锅盔,咔嚓咬一块,铡草机一样咔嚓咔嚓咔嚓一公斤左右的硬面锅盔咥到肚子里。蔫老汉当时已经七十多岁了,照样下地干活照样大口咥硬馍,二十出头的知识青年目瞪口呆,他眼前这个蔫老汉明明就是黄土高原上的王者。这个王者咥硬面锅盔时往知青手里塞了一块,知青吃得很慢,这种砖头馍又香又脆耐饱,知青一次只能咽下手指蛋那么一小块。知青后来成为中国某著名导演,该导演口碑很好,跟女演员没有任何绯闻。功成名就后专门回来看过爷爷,在他最新的纪录片《消失的马群》中给爷爷许多珍贵的镜头,该片专门考察大西北几千年的牧马史,从渭北高原周人兴起的岐山牧马场到秦汉王朝的关山牧场山丹军马场,再往西就是纯一色的草原大漠了。片子拍完时爷爷已经去世了,导演在影片的结尾动了感情:"感谢渭北高原,感谢这个可敬的老人,我才没有变成瞎瞟。"

可老人的孙子变成了瞎瞟。这就是武明生返回西安在街头再次见到那个女人时的真实想法。武明生飞快地扫了一眼就什么都看不见了。

武明生意外地得到出差的机会,几个山头都在争,相持不下,就落到不相干的武明生头上,那地方是个旅游胜地,等于疗养,绝对的美差,还可以坐飞机。机上差不多都是去度假的西安人。武明生的邻座就是一个漂亮姑娘,热情大方,亮得耀眼,美人相伴,空中三小时就过得很快。

办完公事,就是海滨避暑胜地的一礼拜休息。一般来说情绪低落的男人逮住哪个女人就是哪个女人,武明生逮住的这个女人就是飞机上跟他相邻的那个漂亮姑娘。下飞机后各走各的,三天后两人又在海滨度假村相遇。刚开始武明生没认出来,武明生跟大多游客一样躺在沙滩的遮阳伞下欣赏那些勇敢的冲浪者。冲浪者不是外国人就是运动员,一般人玩不了这种高危运动。许多冲浪者玩不下去了,夹着滑板上岸休息,仅有的几个勇敢的人还在海上玩命,其中一个是女的,而且是魔鬼身材,肯定是老外,岸上的人不停地欢呼,这种精彩表演只有影视屏幕上才能看到。那女的上岸越走越近,大家才发现是个中国姑娘。姑娘在众人的惊叹声中走到武明生跟前,武明生马上递上饮料,姑娘挨武明生坐下,武明生也成了大家关注的对象。

其实武明生也够抢眼的,他跟这姑娘一样都长一张中国的脸一副洋人的身材。海滩上人人都穿泳装大面积暴露,武明生的裆比外国男人还雄壮,就像塞了一个手电筒,那些年轻少妇和洋女人大大方方地朝武明生裆部扫一眼。武明生已经不是童子鸡了,淬过火了,一点也不紧张。这位大洋马似的中国姑娘挨着他坐下,他高兴坏了。两人交谈一阵就笑起来了。彼此都把对方当成了运动员或体育教师。姑娘医科大学刚毕业,在西安一家医院当外科大夫,一听武明生的专业马上联想到野外考察,探险爬山。返回西安的时候两人已经难舍难分了。

我们可以想象武明生出现在大家面前时大家有多么惊讶,同事自不待说,堂兄武明理高兴坏了:"这才像个男人,提得起放得下。"

年底武明生结婚了,那个女人理所当然受到邀请,女人诚心诚意地向武明生表示祝贺:"你们俩可真是天仙配。"奇怪的是女人对武明生说了声谢谢,陶醉在新婚之喜中的武明生当时没在意这个谢谢,谢啥呢?有啥好谢的?几年后武明生才琢磨出其中的味道。

刚结婚那几年,那可真是幸福啊。妻子最激情的时候就会喊:"太棒了,这正是我需要的。"女人对男人最大的赞美也就这样了,妻子对丈夫也是如此。孟凯这个狗日的嘴里就没好话,你猜孟凯怎么说:你们两口子往大街上一站,人家以为嫪毐与赵姬复活了。强男壮女黄金搭配倒是真的。

妻子中学时就被同学称为大洋马,体育冠军体操冠军,最厉害的一手,学习尖子,还有更厉害的,魔鬼身材漂亮得让人咂舌,人间的好处全让她占了。美中不足的是她喜欢的一个小男生,病死了。从中学就好上了,考上名牌大学,小男生大一第二学期就离开人世。小男生太弱了,长得就像个小姑娘,性子也像个小姑娘,烈马似的女子一般都会倾心于女性化的小男生,这个小男生除了学习拔尖,其他一切全方位弱化,而且病魔缠身,最后死在高大壮美的恋人怀里。妻子给武明生讲这段经历时,声音很小:"我立志学医就想照顾他一辈子。"妻子的初恋很纯洁,妻子婚前一个月跟武明生发生关系时还是姑娘身,一九九四年能娶到货真价实的姑娘可是太不容易了,武明生碰狗屎运了。

妻子身体强壮心理健康,不是一般地健康。武明生牛皮哄哄地对妻子说:"我绝不让我心爱的妻子荒凉任何一个晚上。"妻子马上回应:"我绝不让我亲爱的丈夫放弃任何一个美妙的瞬间。"妻子不但对丈夫体贴入微,对丈夫的家人也关怀备至,节假日常常主动提醒丈夫回渭北老家呼吸新鲜空气品尝家乡土特产,城里洋媳妇的种种臭毛病跟妻子毫不沾边,我们可以想象,武明生的妻子在老家受欢迎的程度。太给武明生长脸啦,武明生不但娶回来了高学历的城市姑娘,还娶回了武氏家族历史上最强壮的女人。新媳妇第一次来婆婆家,村里人就眼睛一亮,胆大的就嘀咕:"大洋马呀!"上年纪的人马上想起方圆几十里数千户人家遥远的历史,这数千户人家都是从周秦汉唐到宋元明清朝廷牧马场牧工的后代。大清朝发布禁马令,大量缩减马场,牧工们就散落各地变成农民。其中一支沿周人当年的迁徙路线翻越岐山来到肥沃的周原。好地早有主人,他们就沿山脚沿深沟大壑的荒地安营扎寨繁衍生息。数百年来他们很少娶到跟男人相匹配的女人。武明生的媳妇让他们一下子越过宋元明清,直达隋唐那个大时代;牧马人最骄傲的壮举就是三千多匹中原母马奔向青海河湟谷地吐谷浑人的马群,这些畜生不辱使命全都怀胎而归。武明生这匹公马从西安城里带回了漂亮壮美的母马,人们在心里喊着大洋马,脸上全是真诚的喜悦。武明生的西安妻子激动得不得了。半年后,武明生的岳母来拜访亲家,村里人个个眉开眼笑,人们很容易想到中国人古老的婚嫁观念:门当户对。

武明生在丈母娘家受欢迎的程度一点也不比妻子在婆婆家差。人们常说女儿是母亲的影子,母亲当年也曾获大洋马的美名,母亲跟女儿一样也曾死心塌地爱上了一个弱不禁风的小白脸,但母亲没有女儿幸运,这个小白脸体弱多病但不至于夭折,他顽强地活着,而且跟母亲结婚生子,生了两儿一女。我们可以想象这位母亲的婚姻质量,家务活全包揽,在单位又是业务骨干,可精力还是那么充沛。骨子里爱这个男人,宁愿自己受罪也不伤害丈夫,得熬过多少不眠之夜啊,就不停地打孩子,下手很重,爷爷奶奶都劝不住。奶奶甚至暗示媳妇你野上一回,就会心情愉快,全家安宁。老人的好心遭到无情反击。

自从初恋结束后,女儿的情感世界就彻底封闭了,连她自己都意识不到那个干瘦苍白的小男生之死使她对死亡产生了极大的恐惧,她抱着这个被病魔所折磨得不像样子的奄奄一息的可怜人直到他咽气。那些源源不断的追求者都是些倒霉蛋,他们在她眼前都是些活死人,当武明生出现时她本能的反应就是生命的强大与美好。她在心里叫了自己一声大洋马,在此之前她已经叫了武明生战马。相比之下,战马要比大洋马更强壮更有力量。她马上意识到这次旅行的不同寻常,沉睡的生命苏醒了。

后来的事情我们已经知道,两人喜结良缘。丈母娘更高兴,纠结在母女心里的隐痛总算有了美好的结局,她们渴望猛男,就来了一个战马似的武明生。女儿避免了母亲的悲剧。

夫妻俩互相激发彼此的生命,其结果很有意思,妻子绝对保持贞洁,丈夫就很困难。婚后不久,武明生当了副科长,应酬越来越多,出轨是迟早的事情。

第一次出轨武明生就痛苦得不得了,一个人喝闷酒,那时候还不认识新疆人孟凯,没有说心里话的人。后来他给孟凯讲这一段,孟凯马上就明白了,你肯定想到你爷爷和你爸,你爸当年跟情人幽会光唱歌不脱裤子,你爸对你期待很高,你辜负了你爷爷和你爸,你肯定难受得要死。更难受的在后边呢。武明生喝得醉醺醺回到家里,哇哇大吐,又哇哇大哭,向妻子忏悔。妻子压根就不理他,谁会搭理一个醉鬼呢。妻子扶他到沙发上,扒掉他的鞋子,弄一条热毛巾敷他脸上,放一盘CD,日本喜多朗的《古事记》,全是海水里渗出的音乐,妻子又是拖又是洗忙了一个半小时。他还没有醉到不省人事的程度,他清醒过来了,舌头也顺溜了,他必须在清醒状态下再次向妻子忏悔并听候妻子发落。妻子望他片刻,问了一句十分意外的话:"你强迫人家了吗?""没,没有。"妻子没说话,可妻子的表情显示出她放心了,就像家长对一个犯错的孩子,无论干多大坏事,只要不触犯法律,家长就放心了,在放心的基础上再批评教育。妻子小声说:"以后注意点。"妻子给他一杯蜂蜜水。一触即发的大战就这么轻描淡写地抹过去了。武明生就像在梦中。他还是不敢掉以轻心,从不拈花惹草。

383

第二次出轨是很久以后的事情了,正是这次出轨让他难受得无以复加。这个女人存心要毁武明生,主动把他们的绯闻亲口告诉武明生的妻子。当时的情形相当怪诞:女人就像台湾电视剧里面的人物,情绪失控歇斯底里不停地抽风,抽着抽着就不自信了,女外科大夫比她使用的外科手术刀还冷静,一边倾听一边给女人续开水,还不停做请喝水的动作,女人情绪逐渐稳定下来,女外科大夫问了她学历职业,有点警察审犯人的味道了,女人没意识到,如实回答人家,女外科大夫停了片刻,用医学术语告诉这个女人:"我丈夫多一个染色体,犯这种错误的概率很高。"等于告诉这个女人:"我丈夫有病,他犯病了,犯你手里了,仅此而已。"女人无法接受这个事实。武明生同样也无法接受,夫妻交谈的时候妻子换了一个说法:"亲爱的你已经做得很好了,你已经把错误压到最低限度了。"武明生第一个反应是巨大的自卑,盘绕在武氏家族几千年的噩梦又降临了。第二个反应与那个女人有关,有病就有药。他治那个女人的病,女人反过来治他的病,病态非常态,痊愈后恢复正常,该干吗干吗,女人回到丈夫身边,他回到妻子身边,妻子肯原谅他,女人的丈夫就不一定了。第三个反应就简单多了,武明生听到的有关妻子与丈母娘的传言都得到了证实,妻子这种不正常的宽大就是反证嘛。三个连锁反应得出一个残酷的结论:宿命。孟凯修正了一下:缘分,你跟你妻子可不是一般的缘分。缘分确实比宿命温暖,可温暖得让人难受哇。孟凯就说:对一个家庭来讲,一个放荡的丈夫跟一个放荡的妻子有天壤之别,这个世界能接受放荡的丈夫绝不接受放荡的妻子。你妻子宁肯自己受辱也不愿让你受辱,你妻子太了不起了。

"哈哈！哈哈！了不起,你咋不说她伟大呢?"

武明生告诉孟凯,结婚那天,李芸也来了,李芸的笑容里有那么一点点同情,眉毛还挑了一下。"我还没见过女人能笑得这么幽默,我这一生不就是老天爷的一个玩笑嘛,李芸一下给笑出来了,尽管她笑得很含蓄,我还是能看出来,我妻子跟李芸碰酒的时候把我吓坏了,你猜她跟李芸说什么? 武明生追过你,可惜没追上。李芸就反击我妻子:他总结了经验就追到了你,一下子就说到我妻子心坎上了。"孟凯就笑:"你对李芸不死心你妻子看出来啦,绝你的念头哩小子。""在甘肃那个小镇野外考察时我就死啦,我俩骑一辆自行车,跑了近两个小时,近距离接触,人家一点反应都没有我再不死心我就成一头猪啦。"孟凯笑:"李芸没反应,你肯定反应啦,反应得很厉害,原子弹大爆炸。"整个小镇天昏地暗乱成一锅粥,武明生给孟凯讲过当时的情形,武明生不再重复那段往事。武明生想起好多年前渭北高原那个下午,一群孩子为争手片那么大一块洒落在地上的菜籽油打成一团,堂兄武明理勇冠群雄,他拿来一个整馍,队长的儿子大败而去。接踵而来的是大人们的报复,父亲被迫重操旧业,踏上骟匠之路,然后就是连续数年的牲畜们的卵蛋,解馋且长身体。身体长得太棒啦,太结实啦,弹药太足啦,战略储备,严重过剩。"你以为安禄山对杨贵妃没有吸引力,生命需要美还需要力量,安禄山有力量,弹药充足,战略储备过剩,杨国忠告他谋反没错,可杨国忠拿不出证据,证据就是贵妃娘娘的内心秘密,皇帝知道更麻烦,没有证据的告状适得其反,皇帝更加信任安禄山,安禄山更加轻视杨国忠。安禄山一直把扶植他的李林甫视为神人,他的任何念头都逃不出李林甫的眼睛,李林甫一死,安禄山就反了。""我又不是安禄山你少跟我提安禄山。""你没发现你的官运跟安禄山一样好吗?工作才几年狗日的就当上科长啦,再过十年二十年还不是一方大员。""大个屌,我都愁死啦还什么狗屁一方大员。"

他确实没有飞黄腾达的打算,这个副科长来得就莫名其妙,这个位子一直空着,争的人很多,科长跟他聊天时他都忘了说了一句什么话,科长一拍大腿:"兄弟,真是我的好兄弟。"很快就有人找他谈话,他成了科长的助手。通俗说法,他老婆银盆大脸娘娘相旺夫。

武明理还忘不了提醒堂弟武明生:"远色近赌,找女人一定要远,爆炸了冲击波也吹不到自家院子。"武明理不知道这位堂弟已经出轨两次啦,妻子贤惠,誓死捍卫丈夫,绯闻还没起就被捂死了。武明理跟外科大夫一样把外遇当犯病,把情人当药品。

从副科长升到正科长,武明生就辞掉私营公司的兼职,这种秘密兼职挣钱很容易风险也大,房子车子都有了,就没必要冒那种风险,原始股都不要,要断就断得干干净净不留任何痕迹。

妻子从来没有把钱当作生活的第一需要,女人不爱钱确实是一种极大的美德,男人拼死拼活去挣钱,男人就会疲惫不堪,从而影响性生活的质量,这才是妻子最关心的大事情,让男人放松,不要有压力有负担,性生活的质量自然而然就上去了,外科大夫看问题总是又快又准。外科大夫甚至认为各种保健品和煽情的电视剧把妇女们撩拨得欲火中烧个个都像花痴其实个个都不中用,都在虚张声势地吓唬男人,你说是也不是?武明生对妻子刮目相看。妻子显得越来越真实,真实得就像生活本身。

堂兄武明理让他在公司给员工讲讲课又不是兼职,他讲了几次效果不错。他就试着在几所大学去讲座,比在公司效果更好,他就堂而皇之在大学的研究所兼职,搞学术研究,别人也不好说什么,编制又不在大学,跟知识分子弄在一起,比商场官场舒服多了。

妻子大力支持,甚至怂恿他调大学去算了,当个官僚有什么意思。这点自知之明他还有,真踏上学术之路他干不了。正因为干不了,人家刻意给他一个研究所副所长,美其名曰引进新的管理机制。他跟正所长喝茶时提了几条建议,正所长就取得很大的成绩,对他刮目相看。其实都是一些应急措施,知识分子的应急能力历来很差。所长当这个所长说实话能力有限,手下任何一个人的业绩都在所长之上,所长苦恼得不得了,武明生就随口提几条建议:加大工作量,学校要求每年上八十节课,所里要求一百八十节,所长兼系主任,在系上有决定权,所长还有些后怕,武明生就给所长鼓励,中层领导没几条土政策还怎么开展工作?此计甚妙,学校只看大局,对具体事务并不一竿子插到底。一年下来,那些业务尖子们纠缠在课堂教学上,学术成果就大大减弱。第二步棋更妙,能力强潜力大的挤走,发动群众挤,要挤走个把人太容易了。进人就要格外小心,千万别进薛仁贵这号角色,当火头军都能立大功不是要你的命吗?反复考查,专取那些有才华但不足以给所长造成威胁的人,他们拼到死也就那样了,这就要极强的洞察力,武明生干这种工作得心应手,没有才华的人与才华横溢的人放在相同的位置上,没有才华的人就会

387

像牲口一样乱踢腾,骟牲畜时有意识地留一点点功能,就产生一大批害群之马。武明生最精彩的一手绝活就是建议所长调进两位在西安混不下去,穷途末路,只有一颗巨大的野心而无任何才能的人进研究所,再加大力度,资金政策全方位倾斜,美其名曰化腐朽为神奇,就是做给大家看,相当于商鞅的徙木立信,所长的威信空前高涨,有望争取副校长的职位。

武明生的江湖地位就更不用说了。就在这个时候,武明生听到大家的议论,大家叫他骟匠,一下子把他撂到几千年前武氏家族祖先的位置上。他们家只是武氏家族的一个分支,官府马场专职骟匠,他的那些刀刀见血的应急方案都是祖先骟马骟牛沿袭下来挑猪骟羊的绝招,到了爷爷和父亲,不到绝路不轻易用这些招式。武明生靠着古长安厚厚的城墙抽了三支烟,歌厅里有人在唱鲍勃·迪伦的歌曲:

"一个人抬头多少次,

才能望见蓝天"。

站在城墙根看到的蓝天比眼睛还细。

武明生听到骟匠这个绰号的这天下午,老家来电报:爷爷去世了。

老家的习惯,八十九岁高寿去世是喜丧,爷爷的丧礼就热闹非凡,方圆几十里的人都来了。亲朋好友以外更多的是武氏家族以及慕名而来的乡里乡亲。爷爷是这块土地上划时代的人物,从爷爷开始武氏家族改换门庭。父亲发扬光大。孙子武明生跳龙门中状元,农村人把考上大学一律视为中状元,何况是西安城里的名牌大学。

我们可以想象,武明生两口子回故乡奔丧的情景。武家的儿媳妇西安大医院的外科大夫,给许多乡党看过病,没有洋媳妇的臭架子,竭尽全力多方照顾,壮硕漂亮银盆大脸大眼加上一身孝服,在人们眼中简直就是观音娘娘下凡,太给武氏家族长脸了,这娘儿们的声望明摆着超过了丈夫武明生,相当多的人借上香烧纸纳礼报答女大夫的恩情。秦腔名角与名大夫在西北农民眼里有至高无上的地位,皇帝都不行。女大夫是被大家前呼后拥从村口潮水般拥进武家大院的。武明生被冷落一边,成了外人。

那些嫁给农家子弟的城市女性跟婆家的关系一般都是不即不离。偶尔回去一二天相当于皇帝出巡或度假旅游,甚至比不上农家乐。武明生的妻子绝对是个例外,每年回婆家十几次,跟婆家人打得火热,跟村里人混得很熟,武氏家庭的种种秘史她听得津津有味心花怒放。妻子甚至知道喜欢这个大众化的词最早源于佛教的欢喜佛。妻子把夏天的渭北高原看成大群大群的奔马与狮子,而秋天的高原个个都是大肚子佛爷,安详福态。妻子偶尔参加丈夫与朋友们的聚会也是语出惊人,丈夫的朋友各路人马都有,有一位写了许多书老是出不了名的年满六旬的老头比愤青还疯狂,古今中外的经典作家被他骂个遍,青筋暴起唾沫四溅,众人的喝彩让老头更加放肆更加疯狂,外科大夫忍不住来了一句:"你缺少的是成功,就像女人年轻时连一次性高潮都没有,等年老色衰就会变成怨妇恶妇毒妇。"这位皱皱巴巴不长胡子的太监式的老男人一下子就被外科大夫干净利落地骟掉了,真不愧是骟匠家的儿媳妇。回家路上女大夫还抱怨丈夫:"卡夫卡梵高多自信啊,这个家伙唠唠叨叨还不如个娘儿们,你怎么跟这种人混在一起,你没闻见他身上有股厕所里的味道。"朋友圈里妻子的声望也超过了武明生。武明生渐渐成为妻子的修饰语,人们开始用××大夫的先生,××大夫的老公,××大夫的丈夫称呼武明生,武明生被边缘化了。

堂兄武明理武明诚一如既往地看重武明生。兄弟加知音,不容易啊!

武明诚洗心革面,忠于妻子,热爱家庭,精力旺盛,恪守家族古老的传统,宁肯把剩余精力用在劳动中也不胡然女人,对早年的荒唐经历痛心疾首。妻子早已原谅他,他也不肯原谅自己。他每次来西安看望武明生都有一种朝圣的感觉,外科大夫都看出来了。"大哥你别这样,这么庄严肃穆,我家可不是布达拉宫,我家就是你家,你放松些嘛。"武明诚该吃吃该喝喝,可神情里的那种虔诚无法掩饰,武明诚突然说了一句:"你两口子可是咱武家的精神支柱,你两口子要好好活哩。"外科大夫哈哈一笑:"放心吧大哥,我俩活得很好,你这兄弟武明生可会活人咧,你看人家把人活的,滋润的,人家会活,能活,善于活,我不好好活都没办法。"外科大夫在老家人跟前从来不说普通话,一口字正腔圆的西安方言,就让人听着舒服,这也是她受婆家人欢迎的原因之一。陕西人对那种半生不熟的醋溜普通话深恶痛绝。

武明理见过世面,没武明诚这么呆板,可内心同样充满着钦佩赞赏与自豪。每当这个时候,武明生就会想起爷爷的苦心经营,父亲在艰难岁月中的歌声,这才是武氏家族的"光荣与梦想,"还有孟凯从西域带来的蕾莉与马杰农赫定与米莉那样疯狂而美好的爱情故事。妻子坦然接受武明诚武明理衷心赞美的时候,武明生就感到浑身不自在。

更不自在的是他看到了张子鱼在《中国国家地理》杂志上的文章,还有一系列图片,十几个页码,《无法消失的河流》,古尔班通古特沙漠干涸裸露的河床,寸草不生,就像烈日下的骸骨。还无法消失!在钟楼报刊亭买这本杂志时昔日的情人也在买杂志,女人挑的是《读者》《服饰》《烹饪》,绝对热爱生活。武明生跟她打招呼,她连武明生是谁都不知道了,啊啊半天还是叫不出武明生的名字,就你好你好地掩饰。武明生本来买《参考消息》,被昔日情人忘得这么干净,他就买了《中国国家地理》,封面有醒目的大标题"无法消失的河流",翻开一看,作者竟然是张子鱼,就更受刺激。孟凯才是他的兄弟加知音,孟凯这狗日的一语中的:"从情人身上消失啦,老婆呢只要身体,对灵魂对心灵不感兴趣,也是他妈一种变相消失。"伤口上搓把盐然后安慰老朋友,"知道古尔班通古特什么意思吗?三丛芨芨草,你去过新疆见过芨芨草,一丛芨芨就像一栋房子,生活还是有希望的。"

孟凯想把发生的这些事情写成一本书,孟凯考察了张子鱼的老家,当然不会放过武氏家族,连齐家沟水库他都去了,他甚至找到了当年齐家沟水利工地山洞大仓库里度过漫长冬天的那对激情男女。孟凯找到的是两座坟墓。

当初这对男女被解救出来以后,无法生活在一起,各自成家,过不下去,只好离异。单身不到一年,大家就想把他们凑合在一起,他们越反对,大家的愿望越强烈。上个世纪七十年代初,"文革"已近尾声,几十万农民在关中西部山区修建水利工程,轮番上阵,几年下来大概有数百万关中农民在工地流过血汗,也算见过世面。水利工地最让人牵肠挂肚的是东西两个大仓库,建在山洞里,一个里边是几十万民工的口粮,一个里边是建筑材料和工程指挥部领导和管理人员的生活用品,那才是大家眼馋的好东西,挂面、白面、大米、罐头、香肠、奶粉、炼乳、饼干、糖、食用油等等堆积如山,这些公家人享用的好东西对农民兄弟有多么大的诱惑力。

受表彰的劳动模范会得到一点点奖励。指挥部领导顶着"唯生产力论"与"物质刺激"的帽子在发奖章的同时给优秀的农民工一点点物质奖励,一筒饼干,一袋奶粉,一瓶罐头,你知道在那个年代意味着什么?城市,文明,现代化,美好的生活,农民天然地把这些食品上升到哲学甚至宗教的高度。

这对激情男女被堵在山洞大仓库的消息迅速传遍整个工地,人们兴奋羡慕嫉妒。姑娘的照片就贴在光荣榜上,大脸大眼,认识她的人再一介绍,大家脑子马上勾勒出姑娘的完整形象,大胸脯大屁股大脸大眼睛,典型的乡村美人。男的更神奇,鸡巴上顶铁锨,嫪毐再世啊,那可是当年让秦始皇他妈乐不可支的猛男,秦始皇一统天下的气魄肯定与生命力极其旺盛的母亲有关系。那个冬天可真叫热火朝天,工程进度大增,人人争先恐后。那不是在劳动,那是在模拟山洞大仓库里的激情男女。猛男俊女加上那么多好东西,生活还能美好到阿达气(去)?你说,你说生活还能美好成个啥?

一个无法否认的事实就是,改革开放后,当年参加过齐家沟水利工程建设的农民发家致富的热情远远高于旁人,他们大多成为渭北第一批富起来的人,但他们没有一般农民稍富即安的心态,他们盖了楼买了车,买了家电依然很谦虚,跟当年那个大仓库没法比,那是一个遥远的梦,美好而真实。亲眼所见嘛。

大家热切地盼望这对激情男女一直激情下去,他们不想在一起都不行,美好生活的梦想可不能让他们自个毁了。跟别人过不在一起那是别人,当初就不该分开,绕一大圈又回到原点。混血儿费翔的歌曲《冬天里的一把火》,红遍大江南北的那个冬天,这对没有一点激情的男女被强迫待在一起,他们勉强过完苦涩的蜜月就死掉了,人们把他们埋在一起。第二年山体滑坡,女人的坟移至坡底,男人的原地不动。黄土高原常见的那种骇人魂魄大沟,沟上沟下,遥如山河,隔居一方,坟头长出茂密高大的酸枣树;西北高原的酸枣长不高的,都是些灌木,这对男女坟头的酸枣树都长成高大的乔木,直指蓝天。孟凯讲述到此引用了美国摇滚歌手鲍勃·迪伦的歌曲:"一个人要抬头多少次,才能望见蓝天。"武明生听完孟凯的讲述后,也唱了这两句歌词。孟凯说:"这也是你们武家的一个人物。""他确实是我们武家的一个人物,我们武家就出了这一个人物。""你也算一个。""我算个屁。"

说完武明生就后悔了,这正是孟凯要的结果,你看他那眼神,你再听那怪怪的笑声,笑完了还要直通通来一句:"这就叫原形毕露,贼不打三年自招。"狗日的把陕西人的德性学得惟妙惟肖,武明生突然一愣,脑子里闪出那个有名的探险家斯文·赫定,孟凯根本不给他喘息之机,"福尔摩斯,应该是福尔摩斯。"

"斯文·赫定!"武明生都吼起来了,孟凯还是那副德性,不紧不慢眼含讥笑一字一顿地告诉武明生:福尔摩斯。武明生就被逼到了墙角,气都喘不过来了。

25

"低标准,我过的是低标准,瓜菜代。"

西高新刚刚建成的三十八层商厦大厦的电梯三面临街一面贴着大楼,有一种坐飞机的感觉。在这种电梯上自言自语内化独白有接近上天的意思。电梯里的人越来越少,最终只剩下武明生一个人。一层大厅里的工作人员议论纷纷,里边这个人已经在电梯里转一个小时了,刚开始只为看风景,整个西安市和南边的秦岭尽收眼底。后来大家觉得不对劲,是不是要自杀。大堂经理带几个员工去干涉时,武明生已经下来了。

到地面武明生就冷静下来,这话应该讲给妻子听,还要考虑说话的方式。武明生在妻子心情愉快的时候以玩笑的口吻对妻子说:"咱们过的是低标准。""你不要不知足,把自己当成非洲难民。"妻子穿上外套,往镜子前一站,风姿绰约,也不忘敲打一下丈夫:"一个农村娃在西安混得如鱼得水,想当帝王呀?""皇帝也有低标准。"妻子就愣住了,显然超出外科大夫的思考范围,"吃了五谷想六谷你慢慢想吧。"妻子赴宴会去了。

武明生一根接一根地抽烟。知书达理在很多情况下并不成立,而是知书不达理,连常识都会被灭掉。武明生摁烟头太猛,烟灰缸掉地板上好几次。

妻子回来时带了吃的,还接回了孩子。妻子太能干了,有目共睹。妻子侍候完丈夫,再安顿好孩子,洗个澡,早早去睡,进卧室前还抱了抱丈夫:"好好看电视,不要胡思乱想。"妻子就睡了。

武明生看了一会儿电视,进卧室又看一会儿妻子。沐浴后的妻子妩媚至极,但这次武明生走神了,没有冲动,武明生悄悄退出来。武明生很吃惊,他平生第一次对妻子没有产生欲望。武明生取出一根烟,吸一会儿,又拔下。现在他理解父亲与母亲的关系了。他相信父亲当年跟那个甘肃女子轰轰烈烈爱一场,就身不由主地干枯了。武明生把电视声音去掉,只有画面在动。非洲草原上的动物世界,斑马狮子犀牛河马,这些巨兽生机勃勃,而人在萎缩。武明生再次进入卧室看一会儿熟睡的妻子,又到孩子房间亲一下天使一般的女儿。武明生回到客厅,斟酌如何说服妻子。孩子大了会离开父母。夫妻双方会停止性生活。到了那一天,武明生引以为豪的本领失去风采,维系夫妻关系的核心是什么?

我们可以想象后来的夫妻交流时外科大夫如何动作麻利地解除丈夫的武装:"我们去旅游,去爬山,去雁塔广场跳扇子舞。"这就是外科大夫设想的未来生活。武明生试图以文学语言向妻子描述夫妻情感世界最细微的地方,孟凯曾经用大气层来形容情感世界,竟然被外科大夫贬为重病患者随身携带的尿袋。"小说看多了吧,人类只有一个大气层,家家弄个大气层,要地球干吗呀?"

外科大夫的理性精神与洞察力全都体现在别人身上,比如对张子鱼,外科大夫语出惊人:"他比咱们都幸运。"外科大夫把自己也包括进去了,那一刻武明生才知道身为外科大夫的妻子冰雪聪明非常冷静,在场的都是丈夫的老同学,新疆人孟凯也在,外科大夫把大家一网打尽,"我们都没有痛感,张子鱼有痛感,他还能惨叫,在我们医生眼里,疼痛的惨叫比高音还美妙,那是生命的讯号,是生存的希望,过分的忍耐与克制会让人丧失痛感。"

孟凯的舅舅当过兵打过仗,孟凯听舅舅讲过战场上军医对那些惨叫的伤员理都不理,先抢救那些一声不吭的伤员,这些伤员常常说自己没事,说着说着就死掉了。孟凯告诉武明生:"你老婆讲的很有道理。"武明生苦笑:"时间只能让人变老,不会改变什么。"武明生双手抱住脑袋:"我还真佩服狗日的张子鱼,喀拉布风暴那么恐怖总算让他发出了惨叫。"孟凯就告诉他:"喀拉是黑的意思,只有遮天蔽日把白天变成黑夜的沙尘暴才叫喀拉布风暴。"武明生就说:"咱们只有黑暗没有风暴,连吹起纸片的微风都没有。"

26

陶亚玲可以放心大胆地带丈夫孟凯出入亲密的朋友圈,其实都是一帮气味相投的女人,她们共同的特点就是漂亮,精明,能干。我们可以想象要爱上这些女人得有多大勇气,同时要让这些女人爱上一个男人又有多么艰难。陶亚玲携夫跟大家见面,有王者归来的自豪与喜悦,更多的是自信。姐妹们很快就领教了陶亚玲的自信。

孟凯对她们的赞美和欣赏是诚心诚意的,这个新疆男人果然不同凡响。西安又不是没有新疆人,姐妹们什么人没见过。这个新疆人绝对有个性。以前曾有人把丈夫带进这个小圈子,很快就发生俗不可耐的三角恋爱,既撅狗子又伤脸,彼此闹得很不愉快,后来就没有人再冒这个险了,只能增加对男人的仇恨与蔑视。孟凯是个有阅历的男人,感情受过挫折,荒唐过放浪过,浪子回头了,淬过火了,不用解释大家能感觉出来。婚姻是一种缘分,陶亚玲与孟凯的缘分到了,谁也没有办法。

婚姻给陶亚玲最大的好处就是多年来笼罩在她身上的种种流言蜚语烟消云散。消散得相当慢。这段时间陶亚玲还真有点提心吊胆,她是外松内紧,丈夫孟凯在经受信息轰炸,孟凯挺过来了,他们的婚姻经受住了考验。第二大好处太简单,趟浑水的事情让丈夫出面,丈夫最乐意干这种事情,陶亚玲的社交面缩小了一大半,姐妹们羡慕的就是这个。陶亚玲就有必要让姐妹们见识一下自己亲爱的丈夫。孟凯没有让大家失望。她们可以到陶亚玲家里来做客,陶亚玲跟她们待在一起时只需要给孟凯打声招呼就行了。

孟凯这才发现,婚后一年多,他所熟悉的陶亚玲的亲戚朋友并不是陶亚玲最信赖的人。她的那帮姐妹就像一群特工,公开场合点点头连话都不说,有时连头都不点,匆匆看一眼,心领神会,不留任何痕迹。孟凯目瞪口呆,孟凯甚至产生幻觉,这群娘儿们就像贩毒分子,妻子敲一下他的头:"这种玩笑你也敢开?"妻子又亲他一下,小声说:"你知道漂亮女人闯江湖有多么艰难,大家不彼此照应早让狼吃掉啦。"妻子头发一甩,黯然之色眨眼消失又是一脸灿烂的阳光。妻子生气从来不超过五分钟,还经常告诫丈夫世界上没有值得生气的事情。夫妻间的争吵也是乒乓两下结束战斗,女人没心思吵,男人巴不得呢,孟凯活得很轻松。

孟凯突然想起他们相识相知相恋那些日子,陶亚玲这些密友一个也没出现。热恋期间,朋友们一起吃饭唱歌,陶亚玲唱秦腔唱眉户,孟凯唱新疆民歌,大家欢呼助兴,都是一些圈外的朋友。陶亚玲的朋友分好几圈,孟凯从外到里层层推进终于进入核心地带。孟凯有点感动。妻子是信任他的。

妻子跟密友密谈也不避孟凯。她们还真像一帮女特工,互通情报,互相提醒,再进行客观冷静理性的分析;不管达官贵人还是地痞流氓,全成了这帮高学历高智商高收入的现代女性手术台上的病人,刀俎下的鱼肉,显微镜下的细菌,实验室里的小白鼠,红蓝方对抗的沙盘,以女性特有的莺声鹂语娓娓道出,足以使任何兵书战策武林秘籍权谋妙计黯然失色,理性与非理性也相形见绌。中文专业出身的孟凯及时准确地捕捉到一个充满东方意味的词:灵性,超越理性与非理性的唯有灵性。这群充满着灵气的女人真让人赏心悦目。她们再次相聚时,孟凯放了一首塔吉克民歌《鹰》,帕米尔高原上的雄鹰,盘旋而上,稳稳地滑向远方,又自如地穿行于群山峡谷之间,悠扬尖锐的魔笛穿身而过,上天入地,人与宇宙融为一体。孟凯的旁白接近乔榛童自荣的声音,在孟凯的述说中,鹰孤傲强悍,喜欢独处,喜欢隐蔽,喜欢人迹罕至的僻静地方。女人们全被打动了。孟凯就停顿片刻,给大家留出想象的空间,然后用这样一句话收尾:神生活在空旷遥远僻静的地方。女人们互相打量,然后会心一笑。她们就是一群闹中取静的人,她们在滚滚红尘中开辟出一片自己的园地,用雨果的话说:比大地辽阔的是海洋,比海洋辽阔的是天空,比天空辽阔的是人的心灵,她们就有这样的心灵。她们的感激之情全表现在对陶亚玲的相视一笑上。陶亚玲是她们的骄傲。

姐妹们刚离开,陶亚玲就搂住孟凯的脖子啄木鸟一样啷啷几下。"亲爱的,我又爱上你啦。""我可不想犯重婚罪。""我们是再婚嘛。""难道我抛弃过你?""我成了迷途的羔羊,你又把我救上来了啦。"激情中的陶亚玲来了一段秦腔《三滴血》中贾莲香的唱段:"叫一声相公小哥哥。"孟凯顺口接上了周天佑:"你不要把我叫哥哥,我把你叫姐姐呢。你别哭了,我的伤心,哭也哭不出来。"贾莲香就唱:

"空山寂静少人过,

虎豹豺狼常出没。

除过你来就是我,

二老爹娘无下落。

你不救我谁救我,

你若走脱我奈何。

奴如鲜花结嫩果,

从来未受这风波。

救人一命胜救火,

何况是比邻同住着。

这些话与你细说过,

可怜我穷途遭坎坷。"

幸福生活大概就这个样子,你还要咋?

我们可以想象他们回新疆的日子有多么风光。他们秋天结婚,在新疆待了近一个月。孟凯属于浪子回头,塔城人教育孩子都拿孟凯作榜样。

陶亚玲原以为孟凯吹牛皮。男人们总是夸大虚构自己的经历,最精彩最自豪的莫过于拼过刀子当过绿林豪杰,有过命案蹲过大牢那就等于在牛津剑桥哈佛镀过金一样,足以让任何男人沮丧,也足以成为在女人面前炫耀的资本,陶亚玲都听腻了,孟凯讲自己的早年经历时,陶亚玲给他面子才耐下心听,陶亚玲甚至恶作剧在孟凯讲到一半的时候,她抢过话头刷刷几下说出另一半,跟航天飞机太空对接一样天衣无缝,陶亚玲笑眯眯地瞅着小弟弟一样的孟凯脸发红耳发烧给她认错。陶亚玲比孟凯小一岁,可阅历比孟凯丰富至少十年,有极大的心理优势,还有西安人骨子里的周秦汉唐意识做怪,视孟凯为蛮荒野人。孟凯的反应让这个周秦汉唐遗民大吃一惊,孟凯满脸惊喜就像个小孩蹬蹬奔过来,在陶亚玲额头上"唢"地亲一下:"啊呀知我者贤妻也,咱俩真是一丘之貉心心相印呀,我过去的经历给谁都没说过,梦中都没有说过,全让你猜中了,心灵感应,心灵感应呀。"该陶亚玲难受了,陶亚玲笑得很勉强,她再也幽默不起来了,她的手让孟凯紧紧攥着摇着,她说了什么她都不知道。她说什么孟凯都心花怒放引为知音,她还是被感动了,爱一个人爱到至极就会这样,一个可怕的念头闪电一样在脑海里划了一下:他们彼此相爱,但孟凯的爱分量更足。

到孟凯的家乡塔城,孟凯的亲朋好友一边祝福新婚夫妇,一边历数孟凯的种种劣迹,相比之下,孟凯给陶亚玲讲的都是删节版。长辈们的口气就不一样了,夹叙夹议,历数孟凯早年劣迹的时候一定要告诫孟凯好好做人戒骄戒躁,娶了漂亮能干的媳妇就夹紧尾巴,一定要夹紧尾巴,夹不紧就会旧病复发,成家立业的男人旧病复发不会打外人就会打老婆,打老婆的男人最没出息,你千万要小心。长辈们问陶亚玲你老汉打不打你?陶亚玲严肃认真地告诉长辈们他们刚认识的时候孟凯瞪过牛眼睛,那是孟凯至今为止最野蛮的状态。长辈们就放心了,一匹烈马被驯成了骡子,还有啥不放心的?塔城人的另一番话可真让陶亚玲长了见识,话是这么说的:让女人征服的男人都是儿子娃娃英雄豪杰,让男人征服的男人都是贱骨头奴才。陶亚玲的有限阅历中:男人们宁肯被男人们无数次征服也不会给女人低一次头。

亲友们挨家挨户请小两口吃遍塔城的美食。凤兰风干肉抓饭,柳达列巴,比罗什给馅饼,啤酒格瓦斯,骆驼奶,风干鱼,雪水冷面,"迎宾冷饮"的玛洛什的冰淇淋。这座边陲小城俄罗斯味很浓,一九三六年就建有城市公园,有影剧院,有高大的橡树有浓郁鲜艳的丁香花。九龙街的百年老榆树下是孟凯与对手单挑决战的地方,孟凯征服了无数的男人,响当当的儿子娃娃巴特尔巴图鲁,也伤透了父母的心。

精河一定要去的。用孟凯父母的话说那是把牲口变成人的地方。陶亚玲听孟凯讲过叶海亚,陶亚玲听到更多叶海亚这个名字是孟凯的亲友们,他们毫不避讳陶亚玲,他们一致认为孟凯这个牲口能变成人是这狗日的命好,人生关键时候遇到了叶海亚,烈马变骏马考上了大学,进入社会又碰上陶亚玲在西安成家立业扎下根,功成名就衣锦还乡。陶亚玲听着就像叶海亚是前妻她是后妻一样,心里很不是滋味。孟凯的姐姐看出来了,就宽陶亚玲的心,"你知道叶海亚给我弟做过什么事吗?高中两年,大学四年,毕业后两年,相恋八年呀,领结婚证前一天跟别人好上了,啥人嘛!这回你们去精河是看舅舅,舅舅把外甥当亲儿子一样,要是在精河街上碰到叶海亚你不要对她客气,你拿眼睛瞪她,朝地上吐唾沫,她不敢看你的眼睛,她会躲起来,最好变成旱獭钻地下别出来,你是理直气壮扬眉吐气呀妹妹。""大姐你放心我没事。""有事别搁肚子里,搁肚子里肚子胀,回精河不正是个好机会吗?不拿她出气拿谁出气呀?"大姐这么一嚷嚷,陶亚玲就轻松多了。大姐也就这么一说,他们一家都不恨叶海亚。

从塔城到精河要沿塔尔巴哈台山巴尔鲁克山阿拉套山跑大半天,快到精河时理所当然遇到了喀拉布风暴。司机很有经验,看见阿拉山口上空的云朵就把车开到山坳的巨石后边。半小时后太阳一下子就被沙尘暴吞没了,黑天昏地,大地在咆哮,飞沙走石,就像核战争。乘客中只有陶亚玲是外地人,但陶亚玲这么冷静让孟凯感到吃惊,孟凯就想起他们相识时笼罩在陶亚玲身上的种种传言,对漂亮女人来说,每一句流言都是一把刀子,被流言蜚语攻击过上百次的女人大概不会害怕大自然的愤怒。

精河果然是另一番天地。舅舅一家人眼中的孟凯是整个家族的骄傲,舅舅引以为豪的是孟凯的父亲对亲生儿子都不抱希望了,托付给舅舅时的底线就是不要让这小子蹲监狱。父母已经让派出所的警察训斥得心里发毛了,看见穿制服的人就哆嗦就紧张。军人出身的舅舅给姐姐姐夫拍胸脯,精河是啥地方?宇宙天地精华之所在呀。舅舅准备用军队那一套对付这个坏小子,没等舅舅动用他的武林秘籍,这小子活活让一个丫头给拿下了,变好了,好得一塌糊涂,守纪律不说,学习成绩噌噌噌往上蹿,一直蹿到乌鲁木齐的大学里。精河确实是个好地方。外甥远走西安,领回一个西安媳妇,舅舅的成就感远远在孟凯的亲生父母之上。

舅舅大摆宴席。当过一任局长,战友同僚一大帮,社会地位本来就比孟凯父母高,自己孩子的婚宴都没这么气派,人呐,要的就是这种成就感。孟凯在精河与塔城相比也是判若两人。孟凯再也听不到人家的指责与教训了,孟凯听到的全是赞美。舅舅的那帮战友与同僚对陶亚玲赞不绝口,陶亚玲在内地许多大城市官商两界的大聚会上周旋过,场面越大她越自信。

舅妈给小两口准备的房间就是当年孟凯上高中的那个屋子。孟凯失恋后曾在这里折腾一番,床单被绘成地图,晾阳台不到半小时就飘到天上变成飞毯。这个秘密直到他写成书陶亚玲才知道,陶亚玲查证时他语焉不详,陶亚玲很容易地把这个公开后的秘密视为小说笔法。陶亚玲印象最深的是孟凯在这间屋子里的床上表现得异常出色,没完没了,还债似的近于疯狂。孟凯另一异常举动就是望着窗外发呆。窗户朝西,可以看见七十多公里外的阿拉山口。陶亚玲问他看什么呢?孟凯就告诉她:"天山以北的沙尘暴都是从阿拉山口来的。"一九九二年铁路通车后,亚欧大陆桥轰隆隆的火车依然压不住冬带冰雪夏带石子的

403

黑风暴,当地人称之为喀拉布风暴。在孟凯的述说中,春天的沙尘暴最凶猛,飞沙走石后就是大群大群的燕子,许多燕子折翅而亡,幸存者衔泥夹枝建造家园。陶亚玲小声问他:"死掉的燕子呢?""风把它们吹到艾比湖它们全变成了鱼,那些受伤的燕子自己飞到湖畔,用羽毛在芦苇里筑窝,守着湖里的鱼。"孟凯就把当年用过的苏式军用望远镜递给陶亚玲,陶亚玲就看到了乌亮乌亮的阿拉山口,然后是车站列车铁路,然后是大戈壁,然后是沙漠和沙漠深处的艾比湖,艾比湖芦苇很多,裸露的湖床白花花的盐碱就像小孩尿床后的地图。孟凯下身一热差点再绘一张地图。孟凯说:"你慢慢看吧,我累了。"孟凯就躺床上。当年那个刻骨铭心的床单飞上天后就消失了,他又偷偷买了一席同样的床单,也不知被舅妈扔哪去了,现在是双人大床,床单是双人床单。

　　他们散步的时候很容易穿城而过,走出绿洲走到大漠边上。高大的胡杨金碧辉煌,雪绒花一样的胡杨种子婚纱一样裹着在树上。他曾爬到高高的树颠端着军用望远镜观察大漠深处神奇的地精,他详细告诉陶亚玲地精的秘密,而有意忽略张子鱼与叶海亚在大漠深处的故事。中医学院毕业的陶亚玲当然知道锁阳和肉苁蓉的药理作用,陶亚玲也知道地精生长在大漠里。

　　在孟凯的鼓动下,陶亚玲爬到胡杨树上,孟凯跟猴子一样上下蹿动,一会儿从下边推,一会儿从上边拉,把陶亚玲这只大熊猫搬到高大壮美的胡杨树上。陶亚玲不停地尖叫,很像叫床的声音,鸟儿被惊起,飞向另一棵胡杨。陶亚玲适应了高空生活,尖叫声变成了惊叹:"跟坐飞机一样,有九千米高吧。""三十米左右吧。""你骗人,我都感觉坐在云端上啦。""要是刮起风你会觉得在三万米高空。"陶亚玲可以松开手稳坐粗大的树干了,两股树杈水桶那么粗跟床一样平稳,背靠着的主干就像一堵墙,陶亚玲相当安全了,就端起望远镜把目光投到大漠深处。她很快看到骆驼,梭梭,红柳,活生生的地精,尽管她见过药材里干透的地精,尽管她见过地精的图片,真实的地精出现在眼前时她忍不住叫起来:"孟凯,这不是你嘛!"孟凯愣住了,大漠之子孟凯从来没有听过女人如此赞美一个男人,孟凯听到的第一句话就是:"孟凯我要你。"孟凯就过去了,孟凯感觉自己是从大漠深处从生长地精的沙丘里钻出来然后不顾一切地进入陶亚玲的生命……从大漠出来的不但有地精还有孟凯还有风,胡杨哗一下喧闹起来,三百万颗带羽毛的胡杨种子起飞了,潮水般掠过大地,鸟群一样向远方迁徙,黏在两个激情男女身上的胡杨种子也飞走了,胡杨叶子跟云朵一样在他们身边飞翔喧嚣,陶亚玲咿咿呀呀的叫声就像天鹅就像草原深处高车的车轴,圆润潮湿悠长韵味十足。

风平浪静后他们回到地上,恋恋不舍地仰望着宫殿一样的胡杨树。陶亚玲抱一下胡杨树,其实也就贴了一下,就像巨大山体上落了一只蝴蝶,蝴蝶感激万分:"这才是真正的洞房,现在我才算是你的新娘。"孟凯就告诉陶亚玲:"男人的生命跟胡杨种子一样每次都是三百万颗。""女人只接受一颗,我接受了吗?我接受了吗?"根本不需要任何回答,陶亚玲相信她已经做了妈妈,"胡杨种子飞哪去了?""他们寻找有水的地方。""我明明看见它们落在沙漠里。""它们找到野骆驼和野马的生命之水,沙漠就会成为百花盛开的花园。""我真想到那里去度蜜月。""你疯啦?"

405

"你不想为我疯狂吗?""还不疯啊?你朝树上看看。"三十多米高的胡杨树,他们刚才激情澎湃过的两股树杈从下边看上去让人头晕目眩。陶亚玲都不敢相信自己会爬那么高,还那么激情。孟凯就说:"咱们是玩命啊老婆,掉下来的话不摔死也成植物人啦。""吓唬谁呢?要的就是这种疯狂的感觉,爱就是一种疯狂明白吗傻瓜。"

陶亚玲站在几十米外,端起数码相机对着胡杨树完全是一个专业摄影师的架势。"塔城的房子算什么?精河的房子算什么?西安的房子算什么?这才是我们的新房。"他们在西安的婚礼是在教堂举办的,客厅与卧室里的白色婚纱结婚照很快就被胡杨树代替。陶亚玲让孟凯看她的杰作,一顿狂拍,几百幅照片,多角度,都离不开他们激情过的那两股粗壮的树杈,还有蓝天白云金色沙漠铁黑色阿拉套山的背景。收起相机,陶亚玲还恋恋不舍地看了一会儿大教堂一样庄严辉煌的胡杨树。"谢谢你亲爱的,女人都把婚姻当作爱情的坟墓,你还是让我饱览了天堂的风光。""不是饱览天堂是进天堂。""既然是爱情的天堂,我敢肯定绝对有人去沙漠深处度过蜜月。"孟凯就讲了蕾莉与马杰农,一个是黑夜一个是疯子,孟凯可不讲叶海亚与张子鱼。

在精河怎么能见不到叶海亚和张子鱼呢?几天后张子鱼就出面请孟凯和陶亚玲吃饭。叶海亚跟陶亚玲有点像电影里的慢镜头,慢慢地走过去,心情很复杂地打量着对方,都是精心打扮了的,说出的话都是:"你真漂亮!"就笑成一团,然后谈论对方的衣服发型。上菜的时候彼此都放松了。精河最好的一家酒店的包间,三楼,窗外就是绿洲与大漠交汇的庄稼地和林带,再远就是沙漠和黑黝黝的山脉。"前几天我们去看胡杨树啦。""不看胡杨就等于没来新疆,塔城的胡杨比不上精河。""我们还爬了胡杨树。""是吗?孟凯真有你的,你就不怕新娘摔下来。""西安女人野着呢,没有你想的那么娇嫩。""我还想到沙漠里边去度蜜月,那一定惊心动魄。""你拿望远镜看的沙漠吧?""望远镜里的沙漠不是沙漠吗?""望远镜能看到胡杨红柳梭梭骆驼刺,能看到骆驼黄羊野驴,却看不到四脚蛇红蚂蚁蝎子,这些家伙毒性很大,咬破一点就会送命的,如果碰到沙漠蝮蛇,它的毒汁就像火焰喷射器。""你讲得这么恐怖你进去过?""小时候跟大人进沙漠挖药挣学费,一大群人呢,一二个人谁敢进去,孟凯你就这么待新娘子,鼓动人家到沙漠里度蜜月,你不怕家乡人民的唾沫淹死你吗?""你不要怪孟凯,我鼓励他,他哪有这个胆子。"陶亚玲鬼精灵,紧盯着叶海亚的眼瞳:"你把沙漠说那么可怕,你的蜜月在哪过的?""陕西老家待两天,我们就直接去地中海去埃及。"那张蒙了许多人的斯芬克斯狮身人面像是她和张子鱼两个礼拜的劳动成果,一座楼房那么高的固定沙丘被他们用铁铲和干梭梭柴做成一个宏伟庄严的沙雕,然后就不断地合影,真去过埃及的人也被蒙住了,要蒙陶亚玲和孟凯可是太容易了。新娘子陶亚玲还是不依不饶:"我还是觉得女人最大的幸福不是在闹市中,是在神灵居住的僻静地方,你这个大漠的女儿给我介绍了沙漠深处所有的生命,就是不介绍神奇的地精。"叶海亚给愣住了,看看孟凯又看看陶亚玲,神情十分怪诞,孟凯就说:"陶亚玲学中医的,对药材喜欢刨根问底。"叶海亚就笑了:"有一种胡杨地精望远镜看不到。"陶亚玲就问:"为什么?"叶海亚还是那么笑眯眯的:"它跟野骆驼野马一样来去无踪。"陶亚玲跟孩子一样叫起来:"那是有人追它。"叶海亚就循循善诱:"追它的人都成了疯子,或者木乃伊。"

回到西安陶亚玲就问孟凯:"你从新疆跑到陕西是为了报仇雪恨是不是?"孟凯就说:"刚开始是这样,后来就不恨张子鱼了,就喜欢上了陕西。""也喜欢上了我。"孟凯拼命点头,这正是陶亚玲所希望的。

后来陶亚玲在丈夫的书里读到这样一段话:"喀拉布风暴冬带冰雪夏带石子,所到之处,大地成为雅丹,燕子折翅而亡,幸存者衔泥垒窝,胡杨和雅丹成为奔走的骆驼。"陶亚玲在网上发了一个帖子,燕子垒窝的地方就是故乡,从西域到长安。几百万帖子蜂拥而上,其中一个帖子没有文字,是一幅雄伟寂寥动人心魄的画面:潮水般的候鸟扇动着翅膀进行着一次从大陆向新大陆的跨海迁徙……线条粗放,色彩凝重,仅仅勾勒出鸟的翅膀、尾巴和脑袋,面孔是模糊的,天空和海洋色彩凝重强烈饱满,深黄里掺和血红,赤色中兑进黑绿,可以看成大海也可以看成沙漠戈壁构成的无边无际的瀚海,鸟群就飞翔在浓重色彩中间的充满光明与温暖的白色里……迁徙,不仅仅是鸟类对严寒的抗拒,而且是它们对光明与温暖的追求,不仅仅是对岁月流逝的感叹,而且是对鸟类壮举的歌颂。陶亚玲在这幅画下边敲出一个词:燕子。画面上的鸟儿马上动起来了,成了电影画面,背景音乐就是那首有名的哈萨克民歌《燕子》,歌词都出来了,燕子渐渐远去,越来越小,就像一群蠕动的蝌蚪。谁都知道小蝌蚪找妈妈的故事,陶亚玲肚子里的胎儿刚刚三个月,陶亚玲就认定是美丽的燕子。不管儿子还是女儿,生命最初的形态绝对是燕子,阿拉山口飞来的大群大群的燕子,然后是金碧辉煌的胡杨树以及带羽毛的胡杨种子,连同孟凯的生命之水一起涌向陶亚玲,一颗就够了,一颗种子足以使陶亚玲成为母亲。

回到西安不用去医院检查陶亚玲就很自豪地向大家宣布她要做妈妈了。用孟凯的话说他重振了丝绸之路的辉煌。

姐妹们目睹了陶亚玲的幸福和喜悦,她们不相信父母亲人不相信这个世界也不能不相信陶亚玲。她们很快有了自己的归宿。那真是古城西安的一道美景,一年之内,最难攻克的一群美女纷纷嫁人,婚筵迭起,如同四季同春,这在西北高原实属罕见。

我们可以想象这些鲜花凋零的过程有多么凄惨,应了一句古语:红颜薄命,只是为了面子硬撑着。陶亚玲首先想到的是阿拉山口那些被风暴挟裹的燕子,在冰雪沙石之后,穿过山口的燕子大多都折翅而亡,幸存者才有可能衔泥夹枝构筑家园。每次回婆婆家陶亚玲都有一种横渡大洋的感觉。在精河舅舅家待两天,表哥亲自开车送他们回塔城,长途跋涉,向西再向北,沿着阿拉套山,巴尔鲁克山塔尔巴哈台山,贴着准噶尔盆地边缘,夹在群山与沙漠之间的一条细细的公路,随时可以被瀚海吞没,汽车就像一只瓢虫。阿拉山口的大风常常吹翻列车,吞噬铁路。听到这些消息,陶亚玲就像是听到泰坦尼克号沉没的噩耗一样,浑身发抖,司机表哥不停地给她吃定心丸,汽车比火车安全,汽车能往山旮旯里躲,火车只能硬撑。很快就到了准噶尔门户阿拉山口,很快就见到了喀拉布风暴中大群大群折翅而亡的鸟儿,陶亚玲再也绷不住了。"它们为什么要穿越阿拉山口?""候鸟的天性就是这样,它们跟人类一样追求美好的生活。"孟凯把妻子抱在怀里。"你已经飞越阿拉山口,你已经经受住了风暴。""我的姐妹们只想要个家,她们怎么那么倒霉?"孟凯无言以对。

陶亚玲属于听父母话听老师话的乖乖女,从中学起就不断有男生拼命向她放电,乖乖女总能巧妙拒绝这些大胆男生,又不得罪他们。大学生也是如此,总是欣然赴约去吃饭去看电影。单独相处没门。情绪容易失控的男生连请吃饭的机会都没有,这叫御敌于国门之外。交往的男生一定要有君子风范。不即不离进退自如。

上研究生,她还是那么从容,她是老师众多学生中年龄最小的,师姐们羡慕师兄们虎视眈眈,越发努力表现,越发显得像牛鼻子老道,这时候陶亚玲才发现学中医的人都有点道家风范。陶亚玲发誓绝不在同行中找她的未来郎君。应付师兄们的做法,还是有的,就让他们做黄粱梦吧。

中医专业的专家教授非一般学者可比,他们行医范围很广,上至达官贵人下至平民百姓,无所不及,交结的权贵更多一些,相比之下师姐还是比年届五旬的导师有洞察力。这是陶亚玲自己的看法。导师还有一大爱好,喜欢把女弟子介绍给官员做太太,当然是丧偶的官员或离异的官员,也有钻石王老五,高学历,杀入政坛,三十岁不到不是副处就是正处,哪个女弟子不脸红心跳呢,导师导演成功的这种美事有好几例。师姐没有这种好运气,导师提供给她的机会只有当官员填房,心高气傲的师姐一口回绝,导师脸色很不好看。

师姐一副胸有成竹的样子,陶亚玲就像师姐的同谋。师姐可不想打无把握之仗,师姐就像个女特工,消失了一个假期,回来偷偷告诉陶亚玲她去了外地,参加了一个精品佳缘培训班。这是一家拥有三千多名学员的"国内首家女子素质培训机构",最引人入胜的课程就是"如何嫁给有钱人",以有钱人的眼光和择偶标准去培养女性。可以想象这种培训班的门槛有多高！程序有多么复杂！淘汰率有多么大！师姐一路过关斩将十分了得。入围的西安女子不到五人,比考博士考托福难多了,光有学历还不行,还得有气质有长相,光表格就填了二十多页,包括身高、三围、生辰八字。当然报名费也不低,具体多少钱,师姐不愿讲,其他内容就把陶亚玲听傻了。研究生宿舍就她们两人,她们彻夜长谈。更让人意想不到的是后边。授课老师大半来自西安,一口陕西普通话就拉近了师姐与老师的距离,更重要的是培训班的几个重要程序要在西安进行,师姐她们几个西安学员就方便多了。学完其他课程,返回西安学习培训两不误。师姐最得意的时候总是一句"怎么样?"根本不需要人家回答,而是引发更多话题。女知识分子的思维方式总是逻辑加激情,声情并茂,效果极佳。陶亚玲坐小板凳上,仰望着沉浸在幸福中的师姐,听师姐夸夸其谈。

我们完全可以理解师姐的兴奋和喜悦,上个世纪九十年代以后中国的富人越来越多,漂亮女人也越来越多,富人加美人这种人类美好生活的铁律再次显示出强大的威力。刚开始有点像是假面舞会,盲人摸象,局面相当混乱,彼此都是鱼龙混杂,良莠不齐;富人当中有蹲过牢的目不识丁大字不识几个,每个毛孔都是黑乎乎的,当然也有高学历高素质高品位的,还有相当的"海归";美女亦如此,楚楚动人一张嘴能吓死人的有之,从良妓女有之,埋藏很深娶进门两三年以后才原形毕露的有之,当然也有长相学养,气质俱佳的美女。这种混乱的局面上演了多少惊心动魄的人间惨剧,极具文学和戏剧效果,可进入真实的人生未免太不人道了,付出的人生代价太大了,耗费的生命资源太多了。相应的中介机构就应运而生,当然不是一般意义上的婚介所,不是给大龄青年解决人生大事,而是给成功人士锦上添花。胆大心黑粗陋不堪再有钱也不行,有钱而且有绅士风度才能入围佳缘机构。女方条件绝对放心,绝对比男方苛刻,质量第一,走精品化路线,安全可靠最重要。对女性的要求提高到社会兴衰的高度,授课老师张口闭口要"为天地立心,为生民立命,为往圣继绝学,为万世开太平"。天下胸怀,人文关怀,腹有诗书气自华,完成从丽人到佳人的转变,从漂亮到美丽的转变,两次转变是关键。

培训的重点放在陕西是有道理的,关学创始人张载就是陕西关中人,立心立命就是张载的名言,中国历史上四大美人中的大美人貂蝉王昭君杨玉环跟长安有关联。还有寒窑苦等丈夫十八年的王宝钏,旺夫呀!丈夫薛平贵娶了西凉代战公主,二返长安,考验了发妻王宝钏,中原边疆两头通吃,中国男人做梦都想做薛平贵第二,要知道代战公主是番女,相当于女老外,相当于中西合璧,国际婚姻,太吸引人了,太激动人心了。

上个世纪九十年代中后期,西安南郊还没有雁塔广场,还没有大唐芙蓉园曲江影视中心,王宝钏住过的寒窑还保持着破败的原始状态,精品佳缘中心就很超前地动用了传统文化资源,让会员在寒窑里体验王宝钏的气质与修养。这可是王丞相家千金小姐,一旦把命运交给一个男人就王八吃秤砣铁了心啦。现代人心浮气躁缺的就是这种精神。人是要有点精神的。授课老师现场播放与王宝钏相关的传统剧目《武家坡》与《红鬃烈马》,还到钟楼北边的易俗社剧院观看秦腔名角的表演。鲁迅先生当年题的词"古调独弹"大家也看到了,鲁迅还碰到了绍兴老乡易俗社社长吕南仲,吕先生创作了几十本秦腔戏,代表作有《殷桃娘》与《双锦衣》,鲁迅先生称赞他:"以绍兴人从事编著秦腔剧本,并在秦腔落户很是难得。"

秦腔大师外地人很多,老师因势利导,给大家壮胆,不要说貂蝉王昭君杨玉环,当年长安的波斯美女就成千上万,李白杜甫白居易都赞美过她们。大家就更有信心了。老师就看准火候,会员与艺术团体的专业演员编在一起,美其名曰体验式教学,表演汉唐乐舞,以大唐乐舞为主。

高潮在华清池,杨贵妃是每个学员心中的珠穆朗玛峰,三千宠爱于一身,专宠,拴住的可是风流皇帝的心啊,牢牢地抓在手里十六年,这种魅力人类历史上也极为罕见。唐玄宗何等人?胯下一匹马手中一杆枪,力挫群雄,开创开元盛世,又是音乐戏剧大师,才艺双绝,英武豪迈,岂是当今这些老板老总钻石王老五们能比得了的,沧海一粟嘛!别说学杨贵妃多少皮毛,沾一点点仙气就足以摆平任何一个大亨和权贵。

华清池与寒窑可真是天壤之别。大家在寒窑里都有悲切之色,老师又不是傻子,寒窑这道程序估计是给那些有钱人看的,没哪个女人会步王宝钏的后尘。周围的老百姓实话实说,王宝钏见到薛平贵的第二天就死掉了,十八年苦等就是为这一天。这个可怜女子野菜度日,周围十几里的野菜都吃光了,母亲带个丫环来寒窑看望王宝钏,只要女儿说说软话,就能重回相府过锦衣玉食的生活。这个心高气傲的女子以薛家媳妇的口气回谢了母亲。十八年老了王宝钏。丈夫归来的那天,王宝钏在洗脸的凉水中看见了自己被无情的岁月摧残的面容,彻底地松了一口气,那口气再也没有上来;争了这口气,就是给娘家人证明自己选择的这个男人是一条龙不是一只虫,就气绝身亡。寒窑一幕完全符合有钱人对女人的要求,有钱人也不是傻子,明明知道王宝钏没有现实意义,但能获得一种美妙的心理满足,有王宝钏跟没有王宝钏心理感觉确实不一样。华清池就不同了,每个人都跃跃欲试。至于马嵬坡的悲剧,女人比男人更实在,那杨贵妃太傻,稍有点武则天的手段,在安禄山把你叫娘的时候就应该把这厮摆平。武则天在太宗李世民活得很旺盛的时候,就暗通太子,把未来的皇帝摆得平平的,跟压路机压过的一样,跟熨斗熨过的一样。退一步讲,大家谋的是跟有钱人过幸福生活,不是引发天下大乱,华清池才是美好生活的象征。

唐代的华清池辉煌至极,天宝六年被正式命名为华清宫,背靠骊山,面对渭河,以温泉为中心,倚山面水,从山下到山顶,缭墙环绕,宫殿林立,楼阁相望,宫殿之间以长廊相连,并有登山夹道和通往长安城的复道,华清宫与兴庆宫大明宫连在一起。唐玄宗在位四十四年,每年十月出游华清宫,年底才返回长安。每次出游,百官偕行,整个政府机关搬到骊山,"千乘万骑被原野,云霞草木相辉光","八十一车千万骑,朝有宴饮暮有赐","川谷成锦绣","香阁数十里"。唐朝的华清宫就像一座人间天宫。皇帝和他心爱的女人在这里享尽荣华富贵。

　　大家在贵妃池是洗温泉澡,在唐玄宗与杨贵妃住过的寝殿里躺一会儿,在唐玄宗与杨贵妃发过爱情誓言的长生殿上香许愿,从周幽王与褒姒烽火戏诸侯的烽火台下来,不用老师提醒,大家身不由己地跳《霓裳羽衣舞》唱《贵妃醉酒》。大家刚刚跟专业演员练过这些戏,典型的启发式教学,老师稍加指点,一通百通。说穿了不就是媚术嘛。骆宾王《讨武曌檄》武则天狐媚惑主,武则天最初就是武媚娘,媚术功夫十分了得。后来西方媒体报道时也是这种标题:"中国女人学习怎样钓到亿万富翁。怎样在三十小时内嫁给亿万富翁。"这种事情最好还是掩饰一下,太露骨太赤裸裸不好,宫廷戏官场戏各种阴谋诡计权谋心术一时半会不好接受。老师知识渊博,很容易就把中国传统文化与西方新的接受美学联系起来,让人接受很重要,接受也是一种创造,是创造主体。武则天把皇帝做了,从此中国广大妇女成了洪水猛兽,裹小脚算是小小的惩罚,全民防贼似的防女人,再出个武则天还得了哇!唐玄宗以迅雷不及掩耳之势抡战斧刷刷几下就把小武则天韦皇后和太平公主砸个稀巴烂,娇弱慵懒滑若无骨,丰腴多汁的杨玉环才是皇帝的最爱,才是天下男人梦寐以求的理想女性。学员自发演唱《霓裳羽衣曲》和《贵妃醉酒》正是老师所希望的。这个程序就比较长,加点时间也没关系。可以有武则天的野心,但一定要把这颗野心深深地埋藏在杨贵妃的娇容之下。学员很上心这就对喽。

最后还得强化一下，华清池东院五间厅就派上了用场。五间厅是张学良和杨虎城发动西安事变时蒋介石的卧室，蒋委员长与宋氏家族一下子就跟唐玄宗与杨国忠兄妹扯在一起。老师用另一套话语阐述蒋委员长。刚开始肯定是个穷小子，浙江奉化溪口镇上的孤儿寡母，受人欺负，无人相救，这个穷小子顽强有志气，考入保定军校留学日本投奔孙中山，一口气干到国民革命军总司令，理所当然地认识了当时中国最显赫的宋氏家族三姐妹中的三小姐宋美龄。宋查理的三个美丽的女儿，毕业于美国一流的大学，拥有世所罕见的美貌与财富，大女儿宋蔼龄嫁给晋商领军人物孔祥熙，二女儿宋庆龄嫁给国父孙中山，三女儿宋美龄嫁给蒋总司令，革命加权力加财富，强强联手，古代的帝王过时了，新时代的帝王出现了，富贵权势，才是人间罕见的壮丽景观。中国人为什么喜欢《红楼梦》？四大家族跟皇亲国戚千丝万缕的关系以及锦衣玉食的生活是一个大诱因，在财富与权势的背景下，演绎出的爱情故事才惊心动魄。《金瓶梅》富而不贵，有深度没高度，这正是《红楼梦》伟大的地方。

　　好多年前宋查理这个海南岛贫苦农民的儿子，九岁来到美国波士顿当小伙计，接受美国式教育成为基督徒，多少年后他那些有出息的子女带着超过中国历代帝王的财富迁居美国。杜鲁门总统和联邦调查局也查不清宋氏家族到底有多少财富，从东海岸到西海岸的房地产石油化工行业都有宋氏家族的股份，各大银行的秘密存款更是浩如烟海，欧洲的金融家都眼红得不得了，古老的犹太金融大亨罗柴斯尔德家族也难望其项背。一九七一年四月二十四日，宋子文在旧金山参加朋友的宴会，一小块食物卡在宋子文的气管里,把他活活噎死了。

讲到这里老师的语速放慢了,声调降低了,冲击力却更大了,老师用的是一连串喀秋莎火箭炮式的反问句:我们有人家宋子文的牙齿吗?我们有人家宋子文的舌头吗?我们有人家宋子文的嘴巴吗?我们有那么一小块卡住喉咙的馅饼吗?我们恐怕连那种高规格宴会的请柬都收不到!莫泊桑《项链》里的路瓦载夫人为一张舞会的请柬付出了一生的代价!好好努力吧女士们!大家随身所带的《安娜·卡列尼娜》《傲慢与偏见》《包法利夫人》《飘》备受冷落。老师给大家换了眼睛,用另一种目光看这些书就是另一码事了。卡列宁先生位高权重不正是漂亮女人梦寐以求的人选吗?奥斯汀笔下的英国淑女最大的梦想就是找一位达西那样的绅士,普通市民而已。包法利夫人简直就是神经病,那么漂亮,读那么多书又那么浪漫,嫁一个庸医,找的那些情人不是小地主就是穷学生,法兰西帝国的达官贵人富豪大款,遍地都是,一抓一大把,却弄得自己吃老鼠药,活该!那个叫郝思嘉的美国妞一肚子阴谋诡计,既没得到亦正亦邪的富商白瑞德也没得到文质彬彬的卫希礼,只能自食其力,以血汗重振家业,典型的美国实干家,这可不是靓女干的事情。回到可爱的中国,《红楼梦》所赞美的美丽女性全部出现在宋氏家族,宋美龄当年在美国国会的英语演讲,轰动全球,必要的包装一定得有。学员们很自觉。

马上进入实战阶段,与有钱人见面,当然都是高学历高收入高水平的精品男人。

陶亚玲进入培训班实属偶然,她只是陪师姐来随便看看,培训班的老师就一眼看中了陶亚玲,陶亚玲再三推辞都不行,师姐动员哀求,陶亚玲有言在先,随时都可以离开。陶亚玲反而轻松起来了。师姐二十七岁,她二十一岁,她不急嘛,这种彻底放松的心态,使得她越来越优秀,越来越出色,她就不想离开了,一直优秀到底。

陶亚玲跟孟凯结婚后去华清池玩,陶亚玲仿佛又回到当初,情不自禁唱起《贵妃醉酒》。孟凯就说:杨贵妃还是应该由女人来演。陶亚玲以为丈夫恭维她,就指出京剧大师梅兰芳,梅兰芳的《贵妃醉酒》可真是千古绝唱,无人可比。孟凯却说:"鲁迅就不喜欢男人演女人,还写文章讽刺过梅兰芳。""为什么呀?""鲁迅喜欢杨贵妃,打算写一部大作品《杨贵妃》,还专门借讲学的机会考察古长安,汉唐的石雕古碑让鲁迅体会到那才是中国人扬眉吐气的时代,刚健有血性,没有丝毫奴性。清末民初,文人对奴性格外敏感,鲁迅终生批判的国民劣根性就是这种没有个人意志的奴性。当时梅兰芳红遍大江南北,《贵妃醉酒》引起鲁迅的反感,以至于败了写《杨贵妃》的兴致。什么时候中国女人扮演的杨贵妃超越了男人扮演的杨贵妃,中国就有希望啦。"陶亚玲认为丈夫有"思想",真不愧是学中文的。

最大的考验是与有钱人交往。越成功的男人,识人的功夫越深,能赚那么多钱,脑子比电脑还快,等于在绞肉机里绞,在手术台上大拆大卸,在原子反应堆里反复不断地分裂聚合再分裂再聚合,在炼丹炉里化成水再凝结再化开,在X光下反复排查。

师姐中途被淘汰出局,但师姐不后悔,跟这帮男人交过手,还怕谁呀?弥足珍贵的是经验。师姐很快结识了高新区一位钻石王老五,婚后说不上幸福,高质量的生活绝对是有了。丈夫的一切都在师姐掌控之中。这个精品男人也十分了得,每次夫妻大战都是势均力敌,倒也可以勉强维持下去,可那种夫妻间的刀光剑影听得陶亚玲毛骨悚然。

陶亚玲应该是比较幸福的,接触的几个有钱人,条件不是一般的好,企业家个体老板早早排除在外,都是清一色的专业技术人员,有技术专长,精明能干,专利就是极大的财富,陶亚玲总觉得什么地方不对劲。她以为自己太挑剔,就换了一个又一个。第八人之后她彻底放弃了。她埋汰这些技术专家个个都有机器人或植物人的某些气质。她才二十二岁,充满青春活力,急什么呀。

培训班毕业典礼上一位学员问老师,如果相亲最终失败怎么办?老师微微一笑:"知道林黛玉为什么败给薛宝钗吗?"老师故意停顿片刻,给大家留下想象与思考的空间,但这个空间必须由老师纵马驰骋,学生永远是学生,老师咳嗽一下,一字一顿地告诉大家:"人家薛宝钗是皇妃的后备人选。"皇帝选不上那不就是达官贵人的抢手货嘛!小孩都明白的道理嘛!难怪老师这么自信。培训班的学员走向广阔的生活时心里都装着一个薛宝钗,一不小心也能修炼成精明干练的王熙凤。

毕业后那几年,无论是已婚的师姐还是未婚的陶亚玲,穿梭于狼群中狼咬不着她们,别说吃肉,一根毛都捞不到,常在水边走就是不湿鞋。不但能摆平公婆七大姑八大姨这些中国式家庭关系,还能对付职场官场这些形形色色的臭男人。

陶亚玲就这么轻轻松松过了两年,毕业后在一家中医研究所上班,学中医的都不会靠死工资,工作之余天地很大,发财机会很多,可以用如鱼得水来形容陶亚玲的生活状态。

第三年时光慢下来了,年初碰到一位中学时的同学,人家已经博士毕业,在一所大学执教,专门来看陶亚玲。陶亚玲不能不感动啊,这位男同学中学时就暗恋陶亚玲,给任何人都没透露过,唯一的凭证就是当年的日记,从高一至高二,包括节假日一天不落,简直就是当特务的料,不动声色,连小小的暗示都没有,所以陶亚玲对他没有任何印象。在陶亚玲的记忆里他们连招呼都没打过,陶亚玲只知道班上有这么一个男生,这小子在日记的最后一页立下宏愿,考重点大学,从本科一直读到博士,再找陶亚玲。

第三次见面时陶亚玲见到厚厚的两大本日记,记录了难忘而美好的中学时光,就是石头也会感动的,怪不得这些年陶亚玲这么自信这么高傲这么拒人于千里之外,这个臭小子是强大的后援呀。陶亚玲一边翻着日记一边会心地笑着。什么叫喜悦?什么叫幸福?此情此景就是最好的解释。陶亚玲请求人家能不能带回去看?两大本七百多页,若是长篇小说算是巨著了,小伙子受宠若惊:行行行,不影响你休息吧。

陶亚玲读了整整一个星期,上班都想着这事儿,总是偷偷地笑,同事们追问她有啥好事?她笑而不答。周三在街上碰到师姐,师姐失声大叫:你恋爱啦,绝对没错,你爱上了一个人,老远就看见你那么耀眼,失火了一样。她急着回家,她懒得跟师姐纠缠,情急中说漏了嘴。"我在看一本好书。""禁书吧?"陶亚玲差点拿包砸师姐。

她乐着呢。回家匆匆扒两口饭,就躲自己房间不出来了。父母在客厅看电视也不打扰女儿。女儿乐,他们高兴嘛。三天就看完了。又细细看一遍。这个傻小子每天日记中都有她的一举一动,往事如烟,她都记不清了,白纸黑字还原了那消逝的中学时光。看第二遍时,她刻意地回忆这个傻小子,可她绞尽脑汁就是想不起这傻小子的任何印象,他记录了与陶亚玲有关的所有事情,把自己抹得干干净净,完全是个旁观者。那时多少男生围着陶亚玲转,他挤不到跟前去,他只能默默地观察默默地记录然后默默地向未来发誓,如果他像那些早熟的男生一样给陶亚玲递一张小纸条,或者恶作剧,或者以变态的方式招惹一下陶亚玲,甚至尖叫一声把陶亚玲的眼球引过去看他一眼也行啊。娃是个老实本分的乖娃,典型的陕西乖娃。陶亚玲张开大脑里所有的雷达反复搜寻记忆里的每个角落,这个傻小子对她的情感从遥远的中学到现在已经长成一棵树了,她还没有发芽呢,连苗都没有,严重地不对称嘛。陶亚玲不是小姑娘了,都工作两年了二十三岁了,相当成熟了,直觉告诉她刚刚萌动的种子有多么重要。

一周后,她把日记还给男同学,接受他的感情,他们开始正式交往。

师姐闻讯后,都跳起来了,好你个陶亚玲,埋藏太深了,比神话还神。惊讶赞叹之后师姐就想把这个喜讯告诉精品佳缘培训中心。中心的老师很负责,每位学员毕业后的情况都要跟踪查询,直到学员找到如意郎君。用师姐的话说,陶亚玲这回非上培训中心的宣传彩页不可,太有传奇色彩啦。陶亚玲很冷静,跟培训中心没关系,低调一点吧。想想也是,那个傻小子从中学开始暗恋到博士毕业,跟谁都没关系。只跟陶亚玲有关系。师姐就告诉小师妹,我们可是经过特殊训练的,跟任何男人打交道也不会吃亏,追你的又是个超级粉丝,等于双保险。

尽管陶亚玲反复提醒自己,情感的种子才刚刚发芽,男朋友已经是参天大树,可两人交往中她总是作出技术含量很高的反应。男女双方交往,既是情感交流,也是心智较量,男朋友太爱她了,无论她有意无意使出任何手段,他都喜欢。陶亚玲被自己的举动吓出一身冷汗。男朋友最多只是些冷兵器,她连热兵器都懒得使,无意中使出的都是核武器,她能不害怕吗?这些年跟她打交道的都是所谓的精品男人钻石王老五,说穿了都是老江湖老油条老狐狸,跟高手过招能锻炼人,也能毁人,陶亚玲算是品尝到了,比戒毒还难。跟男朋友的家人打交道,陶亚玲就听人家背后讨论,太聪明了,太精明了,人还是不错,咱娃娃木讷,需要个精干媳妇,就是一辈子给媳妇当木偶让人不舒服。男朋友肯定听到这些讨论了,说了一句让她感动一辈子的一句话,他们懂个屁,心爱的女人摆布你那叫幸福。

必须挽救他们的感情,其实就是救她自己,她读研究生时的毕业论文是陕西关中地区民间秘方研究,走遍了渭河两岸,找到不少民间土方子,也见识了许多民间文化,最喜欢莫过于眉户戏,所谓看了《梁秋燕》三天不吃饭,民间老百姓的情感世界和对美好生活的向往或许能医治她的心病。男朋友跟她去乡下奔波,从华县到户县到眉县,陶亚玲精心呵护心灵深处极其娇嫩的情感幼苗。

几年后她与孟凯成家,认识了李芸两口子。李芸当初发现丈夫强悍外壳下极其脆弱的软肋,不像精明女人那样拿男人的软肋当死穴,而是精心呵护。李芸说得很动情。"男人有时候就像孩子,嫁给他,等于让他从你生命里再生一次,其实就是他生命中最脆弱的部分,其他地方长全了,长坚实了,总会留下死穴,这是留给我们女人的。""你丈夫真幸运。""我也很幸运呀。"李芸随口吟诵了一首六世达赖仓央嘉措的情诗。"从那东边的山顶,升起了洁白的月亮。玛吉阿妈的面容,浮现萦绕在心上。"玛吉阿妈指未生的妈妈,象征着佛菩萨两轮化身明王的修法女身,对男人有再造的恩情。李芸解释这些内容时满脸的喜悦和幸福。那时候的陶亚玲是悲喜交加,还有莫名其妙的焦虑。精品佳缘培训中心的学生结业后只能上不能下,无法适应日常生活,那些失败者都被称为核废料,一般人消费不起,大家再次回味老师讲过的皇妃后备人选薛宝钗,也就明白薛宝钗拼命挤进贾府的苦衷,大家族的那种屠龙术无法入寻常百姓家。孟凯曾问过陶亚玲,"你真的没动过心?""不动心是假的,经常会碰到想把你哄上床变成小二小三小四的男人,也常会碰到优秀的单身男士,诚心诚意跟你交往,一心一意跟你成家过日子;成功的合作,共同的设想,有时竟然不谋而合,配合默契,达到心心相印的程度。这个时候女人是会动心的。"孟凯用微笑鼓励妻子,心里却涌起万丈波澜,心心相印应该是男女间最美好的状态了;妻子比他想象的要成熟,"吃饭唱歌看电影玩保龄球,甚至对名牌品牌旅游景点的选择都能达成默契。有一年我们去终南山避暑。大学时曾去过两次,一大帮同学乱哄哄什么印象都没有。三五个朋友,带上相机,慢慢悠悠,再住上几天,真正体验到了终南山的妙处:听风声鸟语虫子飞动,看露珠云朵月光溪水,万物都有灵性,特别是松香和莲花的清香,一下子让人放下所有的戒备,内心变得那么柔软,很容易跟天地万物接通,感受到前所未有的清凉与安静,心智和判断力也前所未有的强大。那一刻我才明白,一个冷静的大脑不如一颗清静的心,一个聪明智慧的大脑不如一颗充满灵性的心,大脑和心是不一样的,心心相印有高下之别,心机心计心术也能相印也能默契,那都是坚硬的心,心有灵犀一点通需要的是有灵性的心柔软的心,城府很深的人在月光下会变成小丑,终南山又叫月亮山,日月相汇的地方容不下一颗黑暗的心。""你都嫁给我了都不带我上终南山。""你这个新疆人阳光灿烂通体透亮不需要显你的原形。"

陶亚玲沉浸在热恋中,完全忽略了那些给她打过瞎主意最终一无所获的男人们的报复,这些男人曾经对她有很高的期望,帮过她给她许多方便,她给人家笑一笑,请人家唱歌跳舞送几样礼品就能打发掉?人家热心帮你是要跟你上床的,装什么天真无邪啊!狐狸一样溜了。对不起,人家就要在你最幸福的时候,当一回害群之马当一回跳锅老鼠。男朋友再怎么大度再怎么心甘情愿做精明女人手里的木偶,可男朋友不能不考虑突如其来的铺天盖地的流言蜚语,男朋友问她是真的吗?她望着男朋友望了足足十分钟,"你说呢?""你恨我吗?""谢谢你。"她就走开了。

古都西安的春天没有电影里常见的蒙蒙细雨,扑面而来的是团团灰尘,她应该泪流满脸,她擦到手里的不是泪水是灰尘,带着沙粒的黄色尘土,来自毛乌素沙漠穿越陕北高原横扫洼地里的关中平原,在陶亚玲的小脸蛋上落几把沙尘可是太容易了。陶亚玲回家洗个澡,连水都没喝一口,就关门睡觉。她发誓父母敲门她绝不开门。不到半小时,妈妈就把饭做好了,韭菜饺子,闻到香味她就出来了。

她反复问自己为什么不大哭一场?她只是难受,但不悲痛,哭不出来。冷静下来后仔细想想她跟这个男同学交往仅仅四个月,情感的种子刚刚发芽,还没长苗呢,一点根基都没有。大西北春天就这么短暂。漫长的是炎热的夏天和寒冷的冬天。秋天也相当漫长。春天太短暂了,冬天刚过一下子就直奔夏天。连一场完整的恋爱都算不上,就匆匆结束了。陶亚玲仅仅品尝了一下恋爱的滋味,就草草收场。跟许多女学生一样中学时偷偷喜欢过某个英姿勃发的年轻老师,现在看来只是少女时代的一个成长过程,真正的恋爱压根就没有出现过。

陶亚玲给师姐倾诉时,师姐都不相信她没有跟一个男生好好恋爱一场。师姐也是在陶亚玲这个年龄谈过几个男朋友,师姐不想在小城市待一辈子就没认真谈,到省城上研究生就永远不回小地方了,师姐以过来人的口气总结自己的过去,就像过去孩子出天花,出了就有免疫力啦。

时光就这样拉长了放慢了,从夏天到秋天一天一天这么熬着,冬天到了,总算熬到了年底,陶亚玲才有心思重出江湖,就碰到新疆人孟凯和那神奇的胡杨树。

27

陶亚玲沉浸在做母亲的巨大幸福中,尽管这个孩子还未出生,她并不急着当产妇,她要尽情地享受孕妇的快乐。她甚至把怀孕当作恋爱,把生产当作婚姻,她难以忍受母子分离,她乐意做一个大袋鼠,挺着大肚子威风凛凛走来走去。

吃喝拉撒各种保健不用说了,重点说胎教吧。每天听三小时的莫扎特,音乐就贴着大肚子,未来的神童肯定没问题。解决大脑问题以后,就是体格。孟凯对男孩女孩无所谓,甚至偏向女孩。陶亚玲一口咬定是男孩。陶亚玲给未来儿子的体格训练上就以乔丹、贝克汉姆、马拉多纳为标准。形象也相当重要。中国男人基本排斥在外,都是欧美影坛明星,贴客厅与卧室,耳濡目染,潜移默化。有一天逛书店时陶亚玲发现了俄罗斯画家列维坦的风景画,看到了俄罗斯大森林,无论是云杉橡树白桦树,还是金色的秋天,都不能跟西域瀚海相比,都不能跟瀚海里的胡杨树相比。雍容华贵的孕妇陶亚玲抱着列维坦的画册回家。在家里观赏油画又是另一种感觉。

孟凯进门吓一跳,陶亚玲的样子很吓人,女人兴奋到极点,会做出吓人的样子,"老婆你怎么啦?你病了吗?"陶亚玲浑身发抖说不出话。孟凯就看到茶几上翻开的画册,就看到俄罗斯金色的秋天。陶亚玲在幸福的战栗中深情地告诉孟凯:"老公你太了不起了,我们的小宝宝诞生在胡杨树上,诞生在金色的大漠,太让我感动了。"陶亚玲把受孕的日子当成了孩子诞生的日子。孟凯一边听妻子倾诉一边想陕西农村把夫妻生活叫打羔。爱一个女人就唡她,就给她把羔打上。他们的打羔过程是在阿拉套山下胡杨树上完成的,那确实是个令人激动的时刻。

墙上的明星相片全都打散了,换上列维坦、希什金的风景画。全是大森林,遗憾的是至今还没有一个中国画家画出美妙绝伦的胡杨林。孟凯的解释是大美无言,胡杨一千年不死,一千年不倒,一千年不烂,完全体现了天地之大美,即使列维坦、希什金来到胡杨树跟前也只能叹为观止,望洋兴叹。孟凯就找来摄影师拍摄胡杨树,陶亚玲不但让胡杨树换掉俄罗斯风景画,还想到了胡杨地精。传说中的金骆驼与胡杨种子相遇就能产生神驼地精,也叫胡杨地精。陶亚玲可是在秋天的胡杨树上受孕的,三百万种带羽毛的胡杨种仿佛全都进入她的生命,她把肚子里的宝宝跟地精联系起来一点也不奇怪。

胡杨树从胎教中撤出,换上了地精。孟凯从箱子底下翻出厚厚的《新疆植物志》,百感交集。陶亚玲翻到地精的彩页时都叫起来了:"你这么坏,你那时候就做这种准备啦。"孟凯的样子很滑稽,妻子扫他一眼:"这才是真正的男人,对女人负责,对孩子负责,老公你太了不起啦,你瞧这地精,多美呀,多么神奇的生命呀。"

陶亚玲的目光再也没有离开地精,梦中都在喃喃自语:"太美了,太美了。""我太幸福了。""宝宝,我的小宝宝。"睡觉都抱着地精,她所说的宝宝到底是地精还是孩子她都搞不清。

乐极生悲,有一天陶亚玲突然哭起来,孟凯手忙脚乱百般安慰,陶亚玲边流泪边自责:"这么美好的东西我不配啊。"陶亚玲显然把地精跟孩子混在一起,孕妇都有傻晕现象,陶亚玲不傻,陶亚玲这么自责个没完,孟凯就提醒妻子:"美也会给人造成伤害,心理上得保持些距离。"陶亚玲已经听不进去了。过去受到过的伤害,沉渣泛起,尤其是佳缘中心那一段,一直是陶亚玲的一块心病,陶亚玲甚至把那段经历视为"核废料"。中药硕士的专业特点也妨碍她听取丈夫的意见,她甚至知道"疼痛的惨叫"对生命的重要。可对肚子里的宝宝太不利了,你明白吗?妻子一脸苦笑:"地精那么美好,我看到了,我不能无动于衷,我不能自己骗自己。"孟凯就用"低标准"解释佳缘中心那段往事,人们追求幸福生活的过程中往往会把实际很低的标准误认为人间仙境。陶亚玲就挺着大肚子告诉孟凯:"给钻石王老五做老婆能跟做母亲相比吗?我可是胡杨树妈妈,地精妈妈。"陶亚玲还要警告孟凯:"给这么神奇的宝宝做爸爸不是一件容易的事情。"

孟凯心里清楚,他的问题不是给孩子做父亲,而是给陶亚玲做丈夫。帮张子鱼就等于救自己的妻子,就这么简单。武明生曾问过孟凯新疆人是不是都这样,孟凯就告诉他:"大漠绝域,别人的篝火能温暖自己。"

28

沙漠里有许多消失的河流,流着流着就干掉了,留下无限的苍凉与悲壮。张子鱼迷上了这些消失的河流,好多年了都不消停。节假日他就从精河绿洲消失了,尤其是寒暑假,一走就是十天半个月,有时一个多月,归来时像个野人,那双眼睛炯炯有神,还有点潮湿。叶海亚守着家,也纵着他。

人们传说他去了南疆,穿越塔克拉玛干沙漠,一次次从死神手里摆脱,比彭加木和余纯顺还厉害。沙泉子治沙所的专家告诉精河人,不能把牛皮吹得太大,对人家张子鱼不好,人家张子鱼自己都没胡吹冒聊,张子鱼亲口对你说他去了罗布泊?精河人问张子鱼,这个陕西人很谦虚,总是告诉大家,就在附近逛一逛。你听他说得轻松的。街坊邻居亲戚朋友单位同事问叶海亚,叶海亚也这么说:"他爱逛叫他逛去,大男人么拴女人裤带又不是个娃,他可是我老公,我丈夫我老头子。"大家不好再说啥,再说就没啥意思了。

沙泉子治沙所专家的话比较可靠,张子鱼从来没有离开过准噶尔盆地,也就是说,没有离开过古尔班通古特沙漠。

所有流入古尔班通古特沙漠的河流都来自东西走向高大雄伟的天山和南北走向低矮散乱的阿拉套山巴尔鲁克山和塔尔巴哈台山。盆地北部有金色的阿尔泰山的两条大河,额尔齐斯河出山后拐个弯再拐个弯流到北冰洋去了,乌伦古河呼风唤雨,在阿尔泰山南麓与准噶尔盆地之间形成乌伦古湖和大小福海,始终不离开美丽的阿尔泰,玛纳斯河消失于沙漠腹地,大多数河流都奔向盆地最低的地方,阿拉套山下的艾比湖。张子鱼并没有走远,他只是绕着艾比湖寻找那些消失的河流。相当长时间张子鱼没有靠近艾比湖,也没有靠近这些流入艾比湖的河流,他关注那些源自群山又消失在沙漠里的河流。

张子鱼在河流出山的地方拍照片,测量水文状况,水温流速含沙量植被等等。牵一峰骆驼。山前乱石滩有些植物,再往下走就是戈壁,植物消失,但水流很快。进入沙漠,河就宽阔了,大大小小的绿洲就分布在河流进入沙漠的边缘地带。河流生儿育女一样繁衍出郁郁葱葱的树木瓜果庄稼,离开绿洲就像刚刚生过孩子的母亲,疲惫不堪,跟跟跄跄踽踽而行。张子鱼在这里要停留很久,拍照测量,采集标本,然后默默地看着元气大伤的河流。他的目光跟河水一样忧伤,河水都流不动了。男人忧伤的时候会抽烟喝酒,张子鱼嚼草根,芨芨,苦艾,叶子秆茎和根他抓到什么嚼什么,咂完它们的汁再吐掉渣子。沙漠植物的汁味道很烈,远远超过烟酒。叶海亚拍到一张张子鱼咂芨芨草的照片,是在一块只有几户人家的小绿洲上拍的,浇灌了七八个绿洲的河流,在沙漠深处浇出一块几十亩大的小绿洲就彻底消失了,真是一次完美的结束。那也是张子鱼唯一没有忧伤的沙漠之行,他笑得那么开心,开心到极点的时候,他自己都想不到他会习惯地撅下一节芨芨草津津有味地嚼起来。沙漠烈日下的一张笑脸,喜悦的泪水和汗珠混在一起,饱满圆润,挂在笑容盛开的脸上一动不动就像百年佳酿挂在酒杯上一样。叶海亚抓拍下这个幸福时光,放大后挂在家里。叶海亚暗暗发誓要让幸福时光变成岁月之河,永不枯竭地流下去。他们很快看到了另一条干枯的河流,离开绿洲一天一夜,河再也流不动了,干枯的地方寸草不生,只有缕缕沙尘,就像灵魂出窍。叶海亚忍不住哭出声。"怎么会这样?怎么会这样?刚刚它还好好的。"离开绿洲也就几十公里,有柳树有芦苇,就突然让沙漠吞噬了。生活在这块土地上的叶海亚第一次见到了死去的河流,张子鱼再也不能带妻子出来了。妻子也无法看到张子鱼在沙漠深处河流消失的地方那忧伤的眼神。此时此刻张子鱼嘴里嚼着苦艾红柳梭梭还有骆驼刺又小又圆长着尖刺的叶子,嘴里都流血了。

河流消失的方式千姿百态,上边那两种方式以外,更多的是这几种,潜入地下又从另一个地方出来,死而复生,让人惊喜万分;潜入地下永远上不来了,无法复活,要知道西域大漠底下有许多干沟,就像大地张开的干渴至极的大嘴,喝下一条河流就像喝一碗粥,跌入暗沟的河流有命无运让人欲哭无泪;类似的还有被沙丘吞噬的河流,古尔班通古特沙漠大多都是固定沙丘,到了盆地底部,沙丘就再也固定不住了,就变成滚滚流沙飘忽不定,只有少数几条水量充足的大河能穿越沙漠进入艾比湖。许多河流奔腾千里穿越戈壁浇灌绿洲横穿无数沙丘,艾比湖近在眼前,却被无情的沙浪吞掉了。张子鱼站在这些河流倒下的地方唏嘘不已,嚼咬草根的样子很狰狞,跟踪而来的狼群都被吓跑了。有一些河流消失得很累,已经看不见河水了,河水前方出现大片大片苇子,接着是锦柳,接着是蘑菇,地上肿起一个个土包,踢一脚就滚出一堆松鼠一样的嫩蘑菇,接着是胡杨梭梭红柳骆驼刺,这些沙漠植物由密而稀,由绿而黄而红,红成了一团火,就像冲锋的战士,中弹倒下还咬牙爬行,直到流完最后一滴血,那些骆驼刺从秆茎到叶片到刺都是一团团血,张子鱼在这里会把相机调到自动拍摄,跟那血红的骆驼刺蹲在一起。这些图片后来发表在《中国国家地理》杂志上,题为《无法消失的河流》,十几幅图片,配有文字。

孟凯回新疆时在列车上看到这本杂志,他特意告诉叶海亚:张子鱼上大学时就喜欢寻找消失的河流。叶海亚就说:"那是他的专业,有关太白山冰湖与河流的考察报告得到过老师的表扬。""知道他为什么喜欢消失的河流吗?他曾经失去过好几位喜欢他的姑娘。""他得到我就够了。""他在寻找过去叶海亚你不明白吗?""你想让我吃醋,小子我告诉你,美好的过去是酒不是醋。""要是不美好呢?""要是不美好那条河就流不到精河就流不到叶海亚跟前,你以为张子鱼是随便跑到我们精河来的吗?关心你自己吧小子。"孟凯从来就没有在叶海亚跟前讨到过便宜,他还这么干简直是魔鬼缠身啦。孟凯真想抽自己嘴巴。

从地理学意义上讲,河流最终要流入大海,流入内陆湖泊也是不错的归宿。流入里海的多瑙河,流入里海的乌拉尔河第聂伯河,流入咸海的锡尔河阿姆河,流入巴尔喀什湖的伊犁河,显然更丰饶迷人,接纳了奎屯河博尔塔拉河精河的艾比湖,蒙古语,向阳的意思,阿拉套山口以南,精河县城以北,准噶尔盆地最低洼的地方,众多河流的汇聚之地,也是鸟儿落脚的地方,来自阿拉山口的燕子向着温暖与光明之地飞翔。源自天山的奎屯河一路接纳四棵树河古尔图河,浇灌了奎屯绿洲乌苏绿洲车排子垦区,高泉垦区,穿越大半个准噶尔盆地七拐八拐流入艾比湖,沿途挟带了大量的盐碱,在艾比湖东岸形成有名的盐场和湿地,是鸟儿们的天堂。艾比湖东边盐的浓度接近海水,北边与西边河流短促清澈,全是淡水,鱼类极多。农业用水太多,一千多平方公里的湖面,缩到五百平方公里,还吸引着鸟儿与河流。

张子鱼终于走近了这些流入艾比湖的河流,也走近了美丽的艾比湖。沿奎屯河一路下来就很辛苦,等于穿越了大半个准噶尔盆地和古尔班通古特沙漠。那次考察用了近一个月时间,到艾比湖东岸时,叶海亚在那里等着他。他正跪在奎屯河与艾比湖交汇的地方,一点一点洗去满身灰尘,骆驼跟主人一样忙着饮水。叶海亚悄悄过来了，身后是落日的辉煌，中亚腹地的落日从来都是大海波涛一样浓烈的金黄与火焰般的红色，叶海亚就像千佛洞壁画上的菩萨，一步一朵莲花，一步一团荷香，张子鱼以为是梦幻，叫了好几声叶海亚，叶海亚把他搂进怀里，他才清醒过来。

博尔塔拉河精河这些沿艾比湖一圈的河流交汇处都能碰到叶海亚，叶海亚把她拍到的照片全都命名为《幸福时光》，每条流入艾比湖的河流终点都采用叶海亚的照片。那开心的笑容基本上固定在那张子鱼脸上了，叶海亚所期待的幸福时光再也消失不了啦。

张子鱼的活动范围缩小到艾比湖畔。艾比湖东咸西淡，水温也高，真正温暖光明的地方在湖东，盐的闪光跟镜子一样。湖西淡水区全是鱼群，湖面闪出的亮光比较暗，是一种亮亮的幽光。越过阿拉山口的鸟群刚开始朝着艾比湖镜子一样的亮光奔去，接近湖面时，鸟群散开了，一半飞向湖东岸的湿地，一半猛然降低高度，冲向湖西布满鱼群的淡水区，鱼鳞的亮光更有吸引力。鸟儿不惜折翅也要飞到湖区，受伤的鸟儿稍加救助就能活下来。张子鱼抓拍的鸟群像一幅巨画，被落日烧红的天空与大漠之间，大群的鸟儿朝向温暖与光明，张子鱼给这些画面取名为《迁徙》，鸟河与湖，统一命名为《幸福时光》，配上优美的文字，发表在最新一期的《中国国家地理》杂志上，纯学术的两篇论文发表在专业的《中国地理》上。

《中国国家地理》比较大众化，大家都能看到。几年后那幅《迁徙》的图片被读者放到网上，广为流传，原作者都没有了。陶

433

亚玲把这幅图片下载下来,反复欣赏,转发给丈夫孟凯,夫妻隔山打虎进行了一场远交近攻的内心交流。在孟凯看到这本杂志之前,精河人先看到了,已经是第二次上权威杂志了,张子鱼成了县上的名人。本单位大家一致看好的是由阿拉套山以西迁徙而来的鸟儿落脚艾比湖那一瞬间,湖里的鱼群涌上去好像迎接远方的客人。那个哈萨克老教师好几年前发现过张子鱼眼睛里的生命之光即将消失,现在这位老教师由衷地赞美了张子鱼,"你不但找回了你的女人,你还找到了生命的奥秘。"老教师慢慢地看大家一遍,很庄重地告诉大家:"《幸福时光》就是生命的奥秘,生命在转化,懂吗?鸟儿化为鱼,鱼又化为鲜花与青草。"老教师吟诵了十三世纪古波斯诗人鲁米的诗:

"我死了,从矿石化为蔬菜五谷,

作为蔬果的我死了,化为动物,

动物死了,我成为人。

为何还惧怕死后的虚无?

下次我还会死,然后长出羽翼犹如天使。

会比天使升得更高。"

《幸福时光》的大特写有十几张,跟壁画一样挂在客厅,从张子鱼嚼草根开始,到每一条流入艾比湖的河流以及阿拉山口飞来的鸟群,人们很容易把妻子叶海亚视为幸福源泉。

在中亚腹地各民族的语言里,源泉是个很神圣的词,跟大地真正的泉水一样是一切事物的开始,近于神灵,给男人带来好运给家族部落带来兴旺发达的女人很容易被人们视为幸福的源泉。汉族很干脆表述为旺夫。叶海亚还是喜欢幸福的源泉。用葫芦去泉边打水的感觉有多么美好！叶海亚刚刚懂事就到泉边打水。那时她家在温泉县阿拉套山下的米里其格牧场，大人们喜欢在河里打水，年轻姑娘和小丫头们要走很远的路去打甘甜清凉的泉水。偏僻的荒野泉水很多，小河的源头泉眼密布，亮如星辰，草窠里、灌木丛中、石头底下，叮叮咚咚，熠熠闪光，搬开石块扒掉淤泥细沙和枯叶泉水就哗哗翻滚而出，跟鲜花盛开一样，清香扑面。姑娘们小丫头们都闭上眼睛，让泉水的清香好好地薰上一阵，再掬起水花喝个痛快，再满满装一葫芦，举在肩上梅花鹿一样跳着蹦着回家。叶海亚还记得草原清晨挂满露水的草丛，太阳刚升起来，草丛里的泉眼那么好看，青草成了美丽的眼睫毛，毛茸茸的，只有母骆驼才有这么细长浓密的眼睫毛，骆驼眼一直是中亚腹地各民族对美女和泉水的赞美。少女叶海亚在大地的眼睛里看到了自己。十四岁那年叶海亚离开牧场随父母迁到精河县城，用上了自来水。每次拧开水龙头叶海亚都会想到草原上的泉水。坏小子孟凯在叶海亚的帮助下浪子回头大踏步进步受到老师表扬，叶海亚就忍不住往孟凯头上浇了一缸子凉水，新疆大小城市的用水都来自天山、阿拉套山、塔尔巴哈台山的冰川，不是冰凉，是寒冷刺骨，孟凯就像被猛然丢进水里的婴儿拼命地嗯嗯就是叫不出声。叶海亚就像神父给教徒洗礼。孟凯从此洗心革面，改邪归正。

修成正果的孟凯又回来了。孟凯看到杂志上的《幸福时光》系列图片，那些河流湖泊鸟儿都很感人，唯一一幅有张子鱼的图片孟凯有意见，他必须当面告诉叶海亚，张子鱼脸上的笑容不真实,张子鱼的幸福时光是要打折扣的。

精河这个小地方,熟人谈事不用去咖啡馆茶座,路边林带就很方便,两个人都拿着饮料都没打算喝饮料。

大叶杨就跟豪雨一样感染了孟凯,孟凯滔滔不绝,从张子鱼小时候一直讲到大学毕业,连毛乌素沙漠红碱淖边上跟李芸那一幕都讲了。叶海亚很认真地听着,听完后叶海亚问他:"到底想告诉我什么?"孟凯就毫不保留地说出了自己的看法:"张子鱼离幸福还很遥远,他笑得很不真实。"叶海亚吸了一口酸奶,微微一笑。"你看到那些图片不都告诉你了吗?""你怎么还不明白呀叶海亚?""喝酸奶,家乡的酸奶又纯又香你在西安喝不到的。"孟凯就老老实实喝酸奶。酸奶是叶海亚在路边小商店买的,孟凯要拉叶海亚去咖啡馆有重要的事要谈,叶海亚就笑他挣几个臭钱就想在家乡人民跟前抖威风喝什么狗屁咖啡,回到精河你是客人你听我的我请客我就请你喝酸奶,就在林带里喝不委屈你吧?孟凯老老实实进了林带。大叶杨高入云天,树干上都是眼睛。孟凯有什么话请说吧。孟凯连他们夫妻间的秘密都说出来了。叶海亚相信孟凯是真诚的,叶海亚由衷地赞美了孟凯的妻子。"你老婆的心可真够细的,能把心心相印分好几个层次,太了不起了,我老实告诉你,你老婆对你很真诚,你要好好待人家。""在西安人跟前我们两口子是美满幸福的一对,可我还是觉得只懂老婆一半的心,另一半我一点也看不透,你和张子鱼的幸福时光能占多大比例,百分之五十是有的,剩下的百分之四十三十二十呢?""我们没有百分比,张子鱼随心所欲干他喜欢干的事情,他来新疆来对了,中国还有什么地方比新疆更广阔?心灵是需要空间的,心灵没有什么比例,你妻子一半的心灵袒露给你你还不满足,你小子好好珍惜你妻子吧,不要相信什么一个人的狗屁房间,天地很大,把心灵放在天地间。""叶海亚你知道我说的是什么,我找不到确切的语言来描述人心幽微的部分,那恰恰是最要命的。"

风就这样消失了,大叶杨停止了鼓掌。精河这种小地方,太容易安静了,天地间静悄悄的,行人车辆跟鸟鸣叫没什么区别,反而显得天地间更清静,清静中看问题就很透彻。叶海亚静静地看着孟凯,叶海亚明亮的眼睛完全回到了十四岁在偏远牧场草原的泉水边那美好的时光,孟凯也是第一次看到叶海亚这么美好的眼睛,他跟叶海亚相恋那么多年,他只听叶海亚讲过牧场生活,他一直想象不出牧场草原上的叶海亚是什么样子?此时此刻的叶海亚重现了牧场草原时代的美好时光,可惜的是沐浴在草原清晨泉水清香里的叶海亚在讲自己的丈夫张子鱼。"你讲那么多,无非是想告诉我张子鱼小时候很不幸,那是一种无形的伤害,你也看到了,我们结婚五年了还没有孩子,你的孩子都一岁了。现在我告诉你我丈夫心灵深处最幽微的部分,此时此刻他在赛里木湖边参加那达慕大会,蒙古族朋友的孩子参加赛马比赛,那孩子每年过生日他都要去庆贺,跑很远的路他都会去。你不知道他多么喜欢孩子,爱山川河流爱大地飞鸟爱孩子,他没有失去爱的能力,他在恢复,他在为我们的孩子做准备,你不知道我有多么高兴。"

叶海亚泪流满面。离开时叶海亚主动跟孟凯握手。"你这小子连握手都不会啦,你在西安咋混的?"这是他们分手后第一次握手。

回到西安孟凯对武明生谈起这一段就很伤心,他把初恋女友大方主动的握手称之为优雅中的隔膜,当年那种温馨还在,就是缺少一种说不清道不明的东西。武明生敲他一下,"一样不缺就死灰复燃啦,张子鱼就惨啦!"

刚开始张子鱼没想到那蒙古人的孩子对他那么重要,他们在艾比湖畔的大草滩相识后不久,这个叫乌兰·哈茨儿的蒙古汉子向张子鱼发出邀请,参加儿子的生日聚会,口口相传的口信,从温泉县的蒙古草原几经周折传到精河县某某中学,传达室的老头郑重其事地记录下来。正好是三月初开学的时候,传达室老头问张子鱼:是你亲戚?朋友?一面之交,那你备份礼物就可以啦,那地方远着呐,骑马得跑整整一天,你不会骑马。张子鱼正考虑买什么礼物,传达室老头就告诉他,县城哪个单位有温泉县的蒙古人,让他们转交就可以了。

小县城的老住户对每个单位的情况了若指掌,张子鱼也是这么打算的。张子鱼在商场买了一盒德芙巧克力,按照传达室老头提供的线索找到农业银行的一位蒙古族职工,人家不认识乌兰·哈茨儿,温泉县运输公司的车过精河县,司机就留下别人传来的话。银行职工保证可以把礼物传过去,没问题的。张子鱼要离开时银行职工问他:"你是西安来的大学生吗?我们喝过酒,在艾比湖畔。"张子鱼在精河两年了,大家都知道这个口里来的大学生。银行职工就告诉张子鱼:"你最好去一下,精河县嘛,小小一点点,草原嘛无边无际望不到边。"他画了一张详细的路线图以及联络人,保证让这个口里来的大学生顺利到达乌兰·哈茨儿的帐篷。"幸福的红脸蛋嘛,多么吉祥的人家,去吧,小伙子,你不会后悔的。"

凭着这张联络图,不用去汽车站,搭顺车,七拐八拐到达温泉县境内阿拉套山下的米里其格草原。公路没有了,车子没有了,手扶拖拉机也没有了,换成了马。人家给这个口里来的大学生一匹走马,训练有素的走马随着碎步跟舞蹈一样有韵律有节奏,马背安稳如床。第一次跨上马背的张子鱼很快就安静下来了。一个中年蒙古汉子带路向山前避风的冬牧场走去。冬天还没有结束,三月还是冰天雪地。洼地里就暖和多了。乌兰·哈茨儿的帐篷热闹非凡,帮忙的人忙着烧火宰羊。张子鱼被当贵宾迎进帐篷。乌兰·哈茨儿六岁的儿子秋天要上小学了,这个生日很隆重。孩子有点羞涩,接过张子鱼的礼物,说声谢谢叔叔就不说话了,兴奋得满脸通红。张子鱼还不习惯吃这种五六成半生不熟的羊肉,太硬,马肠子可以吃,奶茶,沙葱包子很合他的胃口。从中午到夜里,通宵达旦,全是唱歌,唱的全是形形色色的骆驼雄鹰和骏马。张子鱼唱一首《草原上升起不落的太阳》,大多时候欣赏人家的歌舞,经不住鼓动上去跳了几下,效果很差,引起阵阵笑声,但很开心。孩子的父亲很高兴。"叔叔嘛西安名牌大学毕业的,你嘛,将来考到西安去上大学,明白吗?"

孩子无限神往地看着张子鱼,夜色降临,牛粪火很旺,孩子的眼睛亮晶晶的,孩子使劲点点头,孩子就到帐篷外去看天上的星星。草原还压在冰雪下边,可天上的星星跟大海里的蓝鲸一样,夜色哗哗退落。孩子的父亲拉住张子鱼的手。"看看草原上的星星吧。"

两个人走出帐篷。张子鱼第一次见这么大这么亮的星星,星星真的跟蓝鲸一样赶走了月亮,赶走了夜幕,夜空全成了蓝色海洋。孩子站在高岗上一动不动地望着星空。那地方风大,大人都冻得发抖,孩子的父亲说莫事莫事。孩子火气大莫事。回帐篷后孩子的父亲意味深长地对张子鱼说:"孩子幼小柔弱可孩子有无限的生命力,孩子会越来越强壮,大人就不一样了,大人的柔弱很可怕很要命,我的好兄弟,去年在艾比湖边我们喝了酒唱了歌,那时我就看出你身上那种可怕的柔弱,更可怕的是你还是个单身,连女人都没有,这下好啦,你那腐朽的柔弱被我儿子新生的柔弱代替了,兄弟你有救了。"张子鱼有点晕头转向,蒙古汉子乌兰·哈茨儿就告诉他,"你就成了我儿子前进的目标,你的柔弱就强壮起来啦"。乌兰·哈茨儿必须给这个陕西人详细介绍草原民族的古老传统:各个民族那些英雄豪杰、伟大的祖先常常成为人们抗击强敌战胜困难时呼唤的口号,巴特尔巴图鲁以及各种歌谣里的伟大人物就在后代的一次次呼唤中生生不息地活下来。"面对灾难的时候人渺小柔弱无助,就要借助英雄和祖先的神灵,跟长生天一样生生不息下去,我不知道你遭到过什么灾难,你需要帮助是真的。"

张子鱼第二天离开蒙古包,乌兰·哈茨儿跟他的儿子一直把张子鱼送了三十多里地,看着他上了手扶拖拉机。

蒙古的原始含义就是柔弱,草木萌动发芽,从软弱到强壮。张子鱼也就明白了他跟这个蒙古孩子的友谊有多么重要,张子鱼每年都要去参加孩子的生日宴会。跟叶海亚结婚后礼物由叶海亚办,有望远镜,有玩具式大哥大,有时尚的牛仔装。最让张子鱼感动的是叶海亚利用去博乐出差的机会买了整套的安徒生童话豪夫童话格林童话林贝洛童话,张子鱼自己都爱不释手,读了整整一个月。该叶海亚吃惊了,"你没有童年吗?"张子鱼说了一句穷人的孩子早当家,张子鱼就说不下去了。很久以后张子鱼告诉妻子叶海亚:"我听到穷人的孩子早当家就头大,懂事太早绝不是什么好事。"

每年七月博尔塔拉蒙古族自治州都要在西天山与阿拉套山交汇的赛里木湖畔举办那达慕大会,那达慕就是游戏娱乐的意思,主要内容包括骑马射箭摔跤。海拔二千多米的高山大湖,赛里木湖西就是有名的海西草原,赛里木湖叫三台海子,中亚腹地所有湖统统以海子相称,手片大的水都有大海的气势。七月的海西草原是天堂般的夏牧场,也是草原骑手大显神威的好时机。摔跤和射箭的参赛者全是成人,骑马不是成人的专利了,十几岁的孩子占了一大半。比赛开始,大人一拨一拨被孩子们甩到后边,骏马更适合少年。乌兰·哈茨儿十二岁的儿子最终夺冠,成为那达慕盛会的英雄,跟射箭和摔跤冠军一起走上颁奖台,人们用巴图鲁巴特尔称呼这个十二岁的少年。

孩子走下领奖台,人们围上去,孩子的爷爷父母一大群长辈看孩子的眼神都变了,兴奋喜悦还有不可抑制的敬仰,张子鱼就混在喜悦的人群中。在张子鱼的印象中,孩子无论取得多大的成绩,长辈们总是鞭策训导要戒骄戒躁,骄傲使人落后谦虚使人进步,有了成绩更要谦虚更要夹紧尾巴做人,做事不重要,做人最关键,直到孩子垂下他那高傲的头。张子鱼跟大家一起欢呼,跟大家一起把英雄般的孩子高高抬起来,张子鱼眼前闪现的全是这个孩子。纵马疾驰的画面,跟一股风一样掠过大地,大人不会骑出这么快的速度,大人太沉,孩子才是马的翅膀,马好像被孩子带起来一样,跟着孩子一起飞翔。张子鱼抓着孩子的一只手激动得浑身发抖。张子鱼后来告诉妻子叶海亚:我抬起来的是我自己。

这年秋天,张子鱼带妻子回老家给爷爷过三周年。按古老的习俗,三周年是个大庆典,要立碑子,要隆重地悼念祖先。亲朋好友包括整个村庄的乡党都要参加,移居海外的子孙都要赶回来。

爷爷的子孙全都回来了,爷爷去世都没有回来这么多人,一周年二周年就更不用说了,村里人都没见过爷爷这么多子孙,而且大多来自海外。入了外国国籍就不用计划生育,想生多少就生多少,政府还奖励还补贴,移居出去时都是单身,回来时就浩浩荡荡,除了黑人,各色人种都有,基本圈定在欧美发达国家。

爷爷的子孙很争气。刚开始是怨气。孙子辈的没见过爷爷,父亲那一代就离开了爷爷离开了村庄离开了土地。铁石心肠的爷爷用一间砖房给儿子们娶媳妇,然后变相赶出去。有志气的儿子们咬牙切齿永远离开了故乡,他们失去了对土地对爷爷的记忆,那时他们就已经知道未来的生活有多么艰辛有多么残酷,那时候他们就彻底放弃了希望与幻想,这一切不是生活教给他们的,是这个可恶的老头子,他们所有人的父亲,亲手给他们的心灵打上冰冷的记忆。他们在城市扎下根,改革开放他们就漂洋过海,他们的子女以及孙子很快品尝到爷爷亲手打造的教育方式,值得庆幸的是子孙们已经有了这种遗传基因,反弹幅度小了许多,也就比爷爷轻松许多,或许是父亲这一代受过良好教育在城市生活几十年的缘故。

张氏家族在海外华人中就显得很独特,他们没有一般华人的身份危机与文化焦虑,那些在美国加拿大英法德生活了好几代的华人都感到奇怪,张氏家族刚刚落脚异国他乡,就没有心理上的失落与焦虑。多少年后已经扎根海外的张氏后人反思这种现象时,把这一切归结到遥远故乡那个了不起的爷爷身上。爷爷击碎了所有的希望与梦想,他的子孙不管到世界任何地方都能直面惨淡的人生。相当长时间,这些异国他乡的张氏后人没有忧伤,没有回忆没有任何抱怨,欧美社会那种孤独与冷漠被他们视为理所当然。我们可以想象他们不会住在唐人街,他们散落在当地土著的汪洋大海里,他们大多都娶了外国女子,他们一定在心里嘲笑渭河北岸,黄土高原那个顽固的老头子,家族的血液,被搅混了,一个又一个混血儿出现在张氏家族里,他们理所当然都有两个名字,中文名字和英文法文德文西班牙文诸如此类的洋文名字。这些土洋结合的孩子们从懂事那天起就对自己的中国血统充满欧美人种惯有的巨大的好奇心,刨根问底是免不了的,父亲对故乡的一切守口如瓶,但父亲不能没有自己的籍贯。父亲的这些混血儿女们费尽心机查询到许多中国陕西关中西部渭河北岸那个相当有名的周秦故地,那里有青铜器,有伟大的周秦王朝,当然还有跟他们有血缘关系的亲人们,尽管这种血缘减少了一半,足够他们去想象了。

443

得知爷爷去世的消息，海外的子女们没有人回去，离故乡太遥远了，不在美国加拿大就在欧洲，澳大利亚都没有，更不用说日本韩国了。当初就憋着一股气漂洋过海到天尽头，能到另外一个星球他们更乐意去。他们给故乡寄去一大笔钱和唁电，好多年来他们都是这么做的，对于老家的任何动静都用钱来说话，除了钱也不知道该说些什么。老人去世的消息还是让这些海外子女们沉默了大半天，他们躲开家人，悄悄啜泣。他们的外国伴侣也很少见他们这么伤心过，他们大理石般的坚硬冷峻峭拔太接近欧美风格了，可他们不是欧美文化的产物，他们是爷爷一手锤炼的，这个伟大的缔造者去世了。这些海外子女们通过刻苦学习掌握了技术，在社会上谋得了一席之地，赢得了所在国家的认同，融入了主流社会，华人洋人都很尊重他们，他们相当了不起了，老爷子去世意味着维系家族的根断了，或许连寄钱的机会都没有了，那一刻他们在世界各地自己的宅子里全都成了大理石雕像。他们的伴侣和子女也停止了喧闹，悄悄地看着这个孤独悲伤的人。这种悲伤很短暂，一个上午就过去了，该干吗干吗，投入到工作中去，拼命工作努力工作，早就成工作狂啦。

不久，孩子们带回印刷精美的《中国国家地理》，里边有个专栏《无法消失的河流》，张氏家族有个后人竟然在沙漠里找到这么多消失的河流，断流，干枯，然后从另一处冒出来，这个张氏后人对这些河流情有独钟，河流消失的地方有时是沙浪，有时是草浪，有时是燃烧的空气，无法消失是什么意思？难道这些河流到沙子里去了？流到草木里去？流到空气里去了？答案是肯定的，河流无法消失。这个张氏后人在大漠烈日下嚼草根就暗示了生命的生生不息。按陕西关中的习惯张子鱼应该叫这些移居海外的本家为二爸三爸或堂兄堂弟，这些有直接血缘关系的叔父和堂兄弟，尽管被大漠里的河流所震撼，甚至把这些无法消失的河流与爷爷联系在一起，他们还是没有认出这个专栏的作者就是张氏家族的后人。他们那些只有一半中国血统的混血子女更有洞察力，混血儿们从张子鱼的脸型、眉毛、眼睛、鼻子、嘴巴、耳朵、头发认出这是他们自己人，是他们的叔父或兄弟。毫无血缘关系的母亲都认出来了。父亲仔细观察半天，"张家人不会到不毛之地去的，大概是个老乡，一个地方的人长得很像。"就这么把张子鱼给切割出去了。但张子鱼拍摄的那些消失在沙漠里的河流最终成为他们回故乡祭奠爷爷的关键因素。

近乡情更怯，刚到村口这些海外游子就哭得一塌糊涂，等见到张子鱼那才叫欲哭无泪，那些洋媳妇洋娃娃不停地叫上帝上帝，而土著们喊出来的全是老天爷呀老天爷；那一天，爷爷成了上帝也成了老天爷。

国内各大中小城市的张氏后人不约而同全是独生子女，比国家统一要求早了整整一代人，独生子女大都是七〇后八〇后，这些生活在城市的张氏后人六十年代就很自觉地计划生育了，而且全是独生子女。不用说是对爷爷的挑战与反抗。爷爷当年就凭着子女众多，独断专行，这些受过教育，生活在城市的张氏后人马上意识到问题的关键，只生一个，独生子女，从种上切除了独断专行，他们甚至认为封建专制宗法社会就源自子女众多，滋生家长族长一直到皇帝，可以想象他们结扎输精管输卵管时有多么决绝有多么义无反顾。

他们回故乡的机会很多,热情中含着冷漠,大大小小的礼物之外,再用牛皮纸信封分装人民币,节日以外全是这种牛皮纸信封,绝不久待,常言道,客不走主不宁,他们是故乡的匆匆过客。老家的亲人早已习惯这种做派,一句话,爷爷锤炼出来的没有任何虚假温情的血缘关系,子女稀少是理所当然的。回到故乡他们也不走动,就待在宅子里,村里人大多只见他们两次,回来离开,都是静悄悄的,与他们城里人的身份一点也不相符。奇怪的是他们都是城市的中上层,该有好房子的时候他们有好房子,该有电话家用电器的时候他们都有电话和家电,该有汽车的时候他们的车子让人眼馋,诸如工资津贴职称职务重点幼儿园重点中小学以及重点大学他们一样没落下。他们那种务实沉着冷静一板一眼让那些在城市生活了近百年的老户人家也自愧不如,他们一代就从农民变为地地道道的市民。有人甚至怀疑他们有犹太血统。据说北宋有犹太人移居中国开封府,陕西关中有没有犹太人行迹是个未知数。他们极为稀少的子女中竟然出现中国第一批丁克家庭,爷爷地下有知会从棺材里蹦出来,不孝有三无后为大呀,他们自行了断,比古代自宫当太监的人还要难以让人接受。

他们得到爷爷去世的消息不能不回老家奔丧,一周年要回去的,二周年不怎么隆重,寄一笔钱就可以了。临近三周年的时候,他们该退休的退休该离休的离休,子女稀少但都人模狗样,备受尊重,怀旧心理突发。想想吧,三四十年前不就一农民吗?一旦沾上农字沾上泥土,对爷爷的怨恨顷刻变成无尽的怀念与眷恋。那段时间,他们频频召见儿孙,重述历史一样重新塑造老爷子的光辉形象。儿孙们面带嘲讽,他们就痛心疾首,有个坏小子竟然嘀咕:"我早就知道会绷不住的,举白旗就举白旗连床单都扯上啦。"儿孙们已经离故乡非常遥远了,父辈跟火箭推进器一样加注过多少高浓度燃料啊,打到太空了,收不回来啦。他们跟父辈参加三周年祭奠个个都像木头人,跟那些海外游子形成极大反差。首先,海外游子子女繁多,爷爷活着的话也九十多岁了,早都四世同堂了。移居海外的儿子辈孙子辈加起来不过四五个,可他们全都娶洋女人,一生就是四五个,六七个,跟葡萄石榴大枣花生一样一串一串的,从世界各地奔故乡而来。其次,这些混血儿的家园意识远比国内的兄弟姐妹们强烈,他们不住县城的宾馆,他们乐意住在村子里,农村每家每户空房子很多,很容易安置,一律外国做派都要付费的,村里人高兴坏了。第三,这些混血儿对故乡的一切都充满兴趣,闲不住,到处跑,渭北高原的小县城离山很近,还有罕见的深沟大壑,都是他们涉猎的目标,至于庄稼家禽家畜之类就更不用说了。更有趣的是干各种农活以及家务活。国内的兄弟姐妹们个个都像古戏里的公子小姐。张子鱼在《中国国家地理》杂志上的两期专栏图片与文字,国内的亲人们礼节性地询问一下,这些混血儿们刨根问底,约好要去艾比湖,要去大漠,他们带了杂志,还让张子鱼签名。张子鱼当了一回名人。村里人对这些混血儿印象特别好,农民说话实在,大家就说:一半血缘就像给庄稼给树剪枝杈,长得更快更结实。这是他们的父亲们当初始料未及的。

　　子女繁多的还有那个阔老板侄子,爷爷对亲侄子有再造之恩,亲侄子不能不来。亲侄子老板正妻加偏房有七八个,子女也是一大群,这些子女都是名校的尖子生,每年大小节日都要率太太及子女会聚老家祖宗灵前,汇报一年的成绩,老板高坐太师椅,一一评点,一一褒奖,正房妻子大太太负责发放奖金与奖品,大年三十是两口子最神气的时候,传统家族生活的复杂性与人情世故把子女们历练得炉火纯青,他们从来没有抱怨过爷爷,无限敬仰伟大的祖先直到永远。那些上了大学的子女优秀得一塌糊涂。几年以后,他们到美国哈佛普林斯顿麻省理工留学,读到一位华人母亲写的《虎妈战歌》不禁哑然失笑,比起他们伟大的祖父,虎妈太小儿科啦。

那些进城打工的张氏后人比同村人走得都远,他们一出村子就直扑广州深圳,上海浦东刚有动静他们就出现在大上海。农民进城肯定要投亲访友,张氏后人只需亲人们扶一把,轻轻的一把,他们就自创生路,绝不拖泥带水,对任何人都不抱过多的希望和幻想。他们这种做派不但赢得亲友们的信任,同村乡党们的亲友也乐意帮他们而不愿帮自己人,这些自己人,沾上一点点亲戚关系就没完没了,就想当然地把乡村的家族结构硬往城里套。张氏后人天然地把再亲的亲人都从内心排除掉了,对工友对老板对合作伙伴更是如此,吃再大的苦吃再大的亏他们都埋在心里,并且视为理所当然。外地人常常怀疑他们的陕西人身份,他们确实来自陕西关中渭河北岸,地道的关中方言大概是全中国方言中最难学的。对那个铁石心肠的祖父他们既不感到亲近也不感到冷漠,有的只是一种敬畏。爷爷去世,他们纷纷赶回故乡,打墓拱墓,抬棺埋土起坟,尽心尽力,他们出的全是力。农村的青壮年越来越少,整个葬礼没有用一个外人,这是家族兴旺的一个标志。他们是最平稳淡定的一群。

给爷爷养老送终的肯定是小叔父,也就是关中农村人说的碎爸。爷爷最终把祖产留给最小的儿子,五间青砖大房老大老二老三老四孝敬的钱全都留给小儿子。小儿子也是五个儿子。碎爸与他五个儿子成为张氏家族守望家园的人。他们热爱土地热爱家乡热爱爷爷。

村庄紧挨着县城,县城不停地扩张,土地不断被征用,每征一次地,农民就得到一笔钱。碎爸的五个儿子为征地款打过架,甚至打过官司。以爷爷的魄力和手段,村干部会把所有的征地款直接交给爷爷,再由爷爷逐一分配。碎爸就没有这种魄力和手段,更没有这种威信。碎爸跟儿子们闹翻天的时候,爷爷不干预,很超脱,爷爷不跟孙子斗那叫明智,爷爷要斗也斗他那些儿子们,人们很容易把爷爷跟康熙爷乾隆爷联系起来。在碎爸焦头烂额的时候爷爷帮了碎爸一把,爷爷在村口对着孙子们中的一个只淡淡说了一句:"你们哥几个演戏演到啥时候?村里人没看够全县人来看吗?"兄弟们撤诉的撤诉叫人说和的说和。不用爷爷提醒,村里人敲打碎爸:"立太子呀瓜馓,再不立又要打内战呀。"碎爸还是有点瓜,六十多的人,白活了,非得人家把话说破:"五个儿你在阿一个跟前养老呀?""我得去问问我爸。"爷爷就问碎爸:"你心疼阿一个就是阿一个,我没意见。"爷爷把权力下放给碎爸,爷爷跟碎爸保持高度一致。

碎爸最心疼老三,老三、老三媳妇怎么看都顺眼,碎爸没选老五选了老三,比皇帝选太子轻松多了,皇帝选太子必须受文武百官的牵扯,平头老百姓就自由多了。征地款该谁是谁,爷爷碎

449

爸两口子跟老三一家过活。

老三的优势很快就显示出来了。爷爷那些儿孙们孝敬的钱,爷爷很少花费,碎爸就没有这么多敬孝钱,爷爷的钱匣子等于小金库,碎爸彻底放心了,那四个儿子再不争气过年多少要表示一下,不能光给老人带烟带酒带食品。

大家越来越觉得爷爷了不起。这个蔫老汉早年只念过几年私塾,识文断字,民国那个兵荒马乱的年代老汉就意识到乡村家族的生存之道,不用读《旧唐书》不用读《唐律疏议》老汉就明白一个大家族不能让子女有私产,财产共有,等于家长独断。碎爸六十多岁的时候才若有所悟,碎爸每天去爷爷屋子里时跟进庙上香一样虔诚。碎爸心疼的老三和老三媳妇也用这种眼神看他们天神一样的爷爷。爷爷当年选中了碎爸,碎爸又选中了老三,选中就意味着巨大的恩惠。

在外人看来爷爷的去世一点也不突然,亲友们也不觉惊讶。爷爷九十六岁高龄啦,没病,没给后人添一点点麻烦,行动便利,所谓伺候也仅限于饭来张口衣来伸手,对九旬老人不算什么。去世当天上午还在街上遛一圈,中午饭吃两碗面条,一干一稀,又喝一缸子茶吸半支卷烟,有点困就睡下了,就再没醒来,典型的寿终正寝,典型的喜丧,表情安详,完全是睡眠状态,呼吸停止了,睡眠中去了另一个世界。

对碎爸一家来说可真是晴天霹雳,一家老小全都懵了,好像死的是他们自己,那种悲痛那种绝望,那种撕心裂肺,村子里好多年都没见过这么哭老人的,全都哭软了,都站不起来了,幸亏是个大家族,堂兄弟们去给亲友们报丧,堂姐妹们婶子们来烧火做饭。第三天碎爸一家老小才愣过神,嗓子全哑了,说话像铁铲刮锅难听得要命,他们自己也觉得难听,他们就尽量不说话,跟聋哑人一样打手势。他们好几天不吃饭,喝一点点水,个个都像练辟谷功的仙人,可又没有仙人的精神,而是神情恍惚,压根就不相信眼前发生的一切,时不时到爷爷身边嘀嘀咕咕诉说一番。入殓时碎爸一家才如梦方醒,不顾一切地往棺材跟前扑,在棺材上撞头,咚咚发出沉闷的响声。大家费尽九牛二虎之力就像对付精神病人一样好不容易控制住碎爸一家。另一拨人赶快入殓钉木钉子。起丧入坟又是一番折腾。

过完七个七,碎爸一家终于明白爷爷走了,永远离开他们了。过完百日,碎爸一家恢复了一点点元气,很快又陷入一场更大的悲伤中。村里人从他们悲伤的哭号中捕捉到一些信息,大意是"爷爷太狠心了,你老人家走了叫我这些后人咋活呀?活不哈(下)去啦"!反反复复就这么几句。这可都是大实话,碎爸一家都是本本分分老老实实的农民,但也不是多么能干的农民,务庄稼的水平一般,多种经营不经折腾不敢再试,出外打工最远到宝鸡就打道回府,守望家园孝敬老人才是他们的优势所在。

一家人互相搀扶到了墓地,已经无法哭号,木头人似的跪在爷爷坟前,烧纸上香都有气无力。爷爷的坟很小。爷爷生前立下遗嘱,坟高不过三尺,长不过一丈,碑高不过三尺,切记!切记!白纸黑字谁也不能违背。但还是有人哭喊道:"爷爷的坟咋这么小哇!"好像一声号角,大家纷纷扑向坟头。首先三尺高一丈长的坟只能容纳一个大人或两个小孩,碎爸一家老老小小十几口挤成一堆谁也上不去,一家人不至于撕打,很快有了秩序,先大人后小孩有点前仆后继的味道。

哭坟的心情不一样,小孩想法单纯,失去了爷爷就再也得不到老人家的呵护和压岁钱了。大人深谋远虑,爷爷积攒的财富从此不再增加,会一天天减少,坐吃山空。爷爷未卜先知,故意留下这么一道遗嘱,把坟修得小一点,预示着财富的减少,同样也预示着碎爸一家的生存危机,大人能不伤心吗?都不忍心看这么小个坟头,一个大人都能搂怀里,世界上哪有这么小的坟?

三周年时,海外游子以及城市里有文化的子孙们纷纷抬出托尔斯泰,据说老托尔斯泰的坟比爷爷的还小,林间一小土堆而已。那可是世界顶尖级大文豪,俄罗斯贵族呀!海外游子以及有文化的城里人还真体会到了这个陕西老汉的迷人之处,这是后话。

此时此刻抱住爷爷矮小坟头痛哭的大人们被生存危机压得喘不过气来,哭得就格外凄惨,真正的哀号啊!爷爷的众多子孙早就不依靠爷爷了,只有他们一家把爷爷当作唯一的依靠,死去的爷爷能成为永生永世的依靠吗?

最先想到这个问题的肯定是碎爸。碎爸是一家之长,更重要的是六十三岁的碎爸成熟了,有点晚,不是一般地晚,但成熟总比不成熟好,晚熟就更深沉更有力量。成熟于爷爷坟头的碎爸,哀号几声,拍打几下,抓两把坟头的新土,揉啊揉,搓啊搓,揉搓成粉末比面粉还要细腻的土末子,这个六十三岁的农民一下子灵光起来,他停止哀号,他抬起头,抬高一寸就看见了天空以及与天空相连的渭北高原和北方连绵起伏的群山,碎爸一下子洞察到古老的乡村哲学,无可以生有,小可以变大;这个简单而朴素的道理三年前他的侄子张子鱼在阿拉套山下那个叫乌兰·哈茨儿的蒙古人那里就明白了,柔弱幼小的生命不可抑制地趋于强壮,尽管内涵各异,但变大变多是不言而喻的。

六十三岁的乡村哲学家从爷爷的坟头爬起来,腰杆也直了,从坟地所在坡头向东望去全是波涛起伏的深沟大壑,脚下踩的无疑也是山岳般的土梁,爷爷的坟就大起来了,修那么高干吗?高得过卯梁丘陵山岳吗?乡村哲学家掩藏住兴奋与喜悦,以轻淡的口气对子女们说:"先人的坟头高不高全凭后人出息,后人没出息,先人的坟高成喜马拉雅山也会塌到沟里,你们长点志气长点出息比啥都强。"

乡村哲学家很容易转化为乡村政治家,碎爸一下子老谋深算起来。子女们按照碎爸的吩咐分头行动,沿渭河两岸向东挺进。渭河由甘肃渭源县发源横贯陕甘两省直奔黄河,大西北的好风水也是沿渭河谷地由西往东铺展开来。碎爸的子女们出门打工笨手笨脚笨嘴笨舌,到了杨陵乾陵昭陵汉陵,全都变了,灵醒了,勤快了,应聘打工,很快成为最优秀的员工。另一路人马进寺庙道观,不是出家当和尚尼姑道士道姑,是取经学习。在帝王陵墓打工的张氏后人也不是光挣钱,取经学习才是目的。他们很快掌握了最完整的殡葬礼仪与祭祀细则,且运用娴熟,历代的朝廷祭祀礼仪与民间祭祀礼仪兼而有之,爷爷三周年时派上了大用场,所有人都听从碎爸子女的号令,古代朝廷礼部和现在外交部礼宾司才有这么规范的专业水平,碎爸的子女们让人刮目相看,碎爸子女们的门楼上堂而皇之写上了"耕读传家"。

碎爸的另一个壮举是种麦子。不是一般的麦子,是籽麦,就是种好几茬苜蓿把土地弄得很肥再种麦子。古代的皇帝和过去的老地主才能吃到这么好的麦子，那时候人们也有精力有耐心种这种麦子，相当古老的种植方式。

那天，碎爸带众子女离开坟地往回走，路过苜蓿地，碎爸让大家先走碎爸留在了苜蓿地。那块苜蓿地曾经是麦地，就是张子鱼当年给女同学编蚂蚱笼子女同学给他画肖像的麦地。一九九一年张子鱼大学毕业西上天山，爷爷就让碎爸把那块麦地全包下来。离村子最远的一块地，再上去就是坟地，没人稀罕那块地，碎爸很容易用一块好地换下那块坡地，碎爸是个孝子，老人说啥就是啥。老人说种苜蓿，五六亩大的一块坡地就全种上了苜蓿，全村的牲口都吃不完呀。开春的头茬苜蓿可以当菜吃，也是大家哄抢的目标。村里人抢，县城的公家人也嘴馋这些野味。苜蓿跟韭菜一样撅一茬长一茬，有一股野火烧不尽的劲头。夏天就很少有人光顾苜蓿地了，半人高的苜蓿紫红色的花，蝴蝶、蜜蜂、蜻蜓、野兔、黄鼠热闹非凡。长了枯，枯了长，苜蓿生命力极强，枯荣交替三四年了，爷爷都入土了，刚刚参悟出乡村哲学的碎爸在老人家安排的苜蓿地里抽了一支烟就一下子明白了老人家的心思，捶一下脑袋砸一下大腿抹一把滚烫的泪水，大步流星往回赶。打爷爷去世他就没迈过大步，都不知道咋走路了，绝对是那种小脚老太太似的颤巍巍的步子，或者日本女人穿和服时的碎步，在大西北的黄土高原就相当滑稽。大步流星往回赶路的碎爸步子迈得太大太急，路上的熟人都开他玩笑。

"老五，慢点、慢点，步子太大小心把裆扯了。"

碎爸指挥两个儿子，开上手扶拖拉机挂上铁铧忙了整整两天,长了三四年的半人高的苜蓿翻压在地里,整块地高了一截。又种一茬苜蓿,长半人高再翻压到地里。

爷爷去世的第二年,翻压了两茬苜蓿的土地种上了麦子。渭北高原几十年都没长这种麦子了,黑森林一样让人叹为观止。到了五月,麦子发黄,麦穗摇晃,麦芒如同万道金光,人们再次发出惊叹:"这么威风,简直就是吕布手里的方天画戟。"

收获的几千斤麦子,颗颗都像石榴籽带点红。两个多月后就是爷爷三周年,就用这麦子待客。

该五婶大显身手了。碎爸的老婆嫁过来那天大家就新压(妈)新压(妈)叫了几十年,儿女都成家了,都抱孙子了,再叫新压(妈)不合适,还是叫五婶。五婶快六十了,年富力壮,首先联合张氏家族的妯娌们给年轻媳妇们长长见识。这些年轻媳妇个个伶牙俐齿,念过中学见过世面,懒得要命,花钱又不要命,吃面就是下挂条,顶多去压面铺压面,要吃她们的手擀面比登天还难。三四十岁的媳妇们勉强能擀面蒸馍。借红白喜事不调教调教还得了!接着五婶就自己擀一案面让这些碎妖精们看看。新打的籽麦面就擀开了。农村办事,锅灶支在院子里,五婶把案也支在院子里,五婶给碎妖精们做样板只能这么干,男女老少围了一大圈,五婶就更神气了。五婶把面擀开擀到纸那么薄,又揉成团,再擀再揉,最后一遍擀开时面发青都成布了,哗往锅里丢一把,翻滚两次,捞出来用筷子一挑,面条晶光透亮,能看见对面的人影。碎妖精们排队参观,啧啧不断,五婶跟破天门阵的穆桂英一样微微一笑:"照这标准好好弄,弄成了,妖精就变成仙女了。"众人大笑,越笑越觉得这话在理。农村办事本来就是对下一代进行传统教育的好机会嘛,多少年了都是压面机压面,老手艺快失传了,五婶给全村的中老年妇女壮了胆出了气,看阿个碎妖精再敢胡骚情?正宗的岐山臊子面就这么擀面,摊鸡蛋饼,红萝卜豆腐木耳黄花菜用水煮熟,臊子肉选五花肉加醋与辣椒面文火烧到糨糊状,叫烂臊子。碎爸去年养两头本地的黑猪到今年整整一年多,家养黑猪膘厚至一拃,烂臊子就用这种猪肉。炝汤很关键,盐要在锅里炒炒,油加热后放入花椒和大把姜末,加本地产的线辣子面和臊子肉稍加点白糖,最后加开水,蒜苗用纳鞋底缝被子的大针划开切碎,撒在油汪汪的汤上。过去汤要回锅,现在都是一次性的。籽麦面粉蒸的都是开花馒头,像炸开的石榴。臊子面的酸辣香味笼罩了整个村庄。

　　叶海亚就问张子鱼:"以前回老家都没吃到这么好的面和馍馍。"张子鱼就告诉叶海亚这是关中古老的籽麦。

　　张子鱼就带叶海亚到刚刚收过麦子的地里。地已经翻过了,被苜蓿肥沃过的泥土黑油油散发出酒糟一样的气息。地头野草比人还高,再远就是灌木和杂树。牧场长大的叶海亚很容易在草丛里抓到一只绿中带红的蚂蚱,七八月的蚂蚱跟小肥牛似的,叶海亚捧在手上,笑眯眯地望着张子鱼:"要是夏天的话我就让你用麦秆编一个蚂蚱笼子。"张子鱼的笑容就凝固在脸上,叶海亚根本就不理脸色大变的张子鱼,还把蚂蚱硬塞给张子鱼:"好好给我看着,别让它跑了。"

　　穿着金黄色蝙蝠衫和花裙子的叶海亚蝴蝶一样在草丛里窜来窜去撅一大把野燕麦,野燕麦半黄半绿,麦穗又稀又小,叶海亚连搓带捋整出一把麦秆往张子鱼面前一摊:"该知道做什么了吧!"蚂蚱回到叶海亚手里,叶海亚手捧蚂蚱在草丛里诱惑更多的蚂蚱,叶海亚自己也在叫,她发出的蚂蚱声很像,又有一只蚂蚱落网了,叶海亚喊了一声,去抓更多的蚂蚱。叶海亚的后脑勺都是眼睛,那双眼睛一刻也没放过张子鱼。张子鱼就在树下编蚂蚱笼子。还是当年的那棵刺槐树,比原来大了十几倍,跟一座山似的,树底下凉飕飕的,刚开始他手有点抖,更换几根燕麦秆就顺畅多了。叶海亚已经偷拍好几张照片了。蚂蚱笼子收口时张子鱼很自然地举起来,整个人也精神多了。举着相机的叶海亚也到了跟前,又是几下快门,叶海亚都叫起来了:"侧影太美了,能上《中国摄影》。"叶海亚声音小下来:"可惜我不会画画,画下来就更绝妙了。"张子鱼的泪就下来了,叶海亚的声音跟轻风一样如梦如幻:"一位美丽的少女在这里画过你,把你画得那么美,你本来就美,画面上的你简直是无与伦比。"张子鱼已经站不住了,扶着高大粗壮的刺槐树,哽咽着摇摇头,他不相信他那么美,十三四岁的乡村少年意识不到令人震撼的美。叶海亚的声音像波浪呼的一下冲上了岸,叶海亚到了张子鱼的跟前:"不管发生什么事情你都要记住我是叶海亚,叶海亚里有海,没有泉水没有河流海就会干掉,你都流泪了这是你从心底里爱她的最好证明。"张子鱼吃惊地看着叶海亚,叶海亚也看着他:"眼泪就是泉水,蚂蚱和蚂蚱笼子就是爱的开始。"叶海亚照相的时候把两只蚂蚱装在蝙蝠衫里,两只蚂蚱连抓带挖半个胸脯都抓伤了叶海亚都没感觉,叶海亚把蚂蚱与爱连在一起时叶海亚就从胸口摸出这两只小家伙,把它们塞进笼子里,张子鱼看见叶海亚胸脯上的伤,叶海亚拨开张子鱼的手并把那手紧紧攥住叶海亚已经

457

泣不成声:"爱不是罪过张子鱼。"叶海亚使劲地摇着张子鱼:"你真的爱过那个女孩,你在沙漠里都看见了河流是无法消失的,就是干枯它们也向着海子。"叶海亚扳着张子鱼的肩膀,泪流满面:"没有泉水没有河流大海也会干枯,海枯石烂就是世界末日你明白吗?你愿意让你的妻子叶海亚枯掉吗?"张子鱼终于说话了,声音很小,但很清晰,只三个字:"叶小兰。"那个在麦田里给少年张子鱼画画的女生叫叶小兰。

在县城的大街上张子鱼告诉妻子叶海亚另两位高中时与他有过瓜葛的女生的名字:赵琼、姚慧敏,姚慧敏就是大连医科大学那个女大夫。李芸这个名字叶海亚知道得最早也最多。一周后张子鱼和叶海亚返回新疆。

喀拉布风暴再次降临,沙石全成了有生命的燕子,风暴的轰鸣全成了歌声,古歌《燕子》与风暴融为一体。

尾 声

孟凯和武明生也来参加张子鱼爷爷的三周年祭礼,吃到了优质的籽麦糁子面和馍馍,孟凯就告诉武明生:"这种麦子我还是头一次听说,这种麦子让我想到了地精。"武明生就问他:"梭梭地精还是红柳地精? 白刺根部也能长地精。"孟凯想了一会就认定是新疆特有的风蚀地貌雅丹,维吾尔语陡峭的土丘,喀拉布风暴连犁带凿,大地就成了这种样子,最传神的雅丹都是胡杨和骆驼的形状,按新疆人的说法:骆驼就是奔走的胡杨和雅丹。斯文·赫定找到北移的罗布泊那天,沉睡千年的楼兰美女复活了,他发现他一直爱着米莉,就像喀拉布风暴爱着大地,他从雅丹身上看到了自己。

他们发现张子鱼变了,眼神柔和了,叶海亚的目光跟绚烂的丝绸一样包裹着张子鱼。孟凯就是从张子鱼这种巨大的变化中觉察到这小子碰到了行走的雅丹,据说与行走的雅丹相遇的人会陷入疯狂的爱情成为马杰农。

《中国国家地理》杂志很快登出张子鱼的最新成果《新疆雅丹系列》准噶尔盆地的乌尔禾魔鬼城与奇风城,塔里木盆地的罗布泊与古楼兰覆舟一样的雅丹群。孟凯首先看到的,孟凯告诉武明生:"狗日的张子鱼快赶上斯文·赫定了。"图片上的雅丹非常清晰,赭红色的风蚀土丘间蓝色空气如同河流。孟凯突然意识到什么,声音很小:"这家伙肯定发现了神驼地精,斯文·赫定就是在喀拉布风暴最猛烈的地方与神驼地精相遇的。"武明生跳起来大叫:"我爸有救啦!"

武明生很快就收到张子鱼寄来的快递邮包:打开一看,果然是神驼地精,不可能是全部,龟甲一样的几个碎片。孟凯摸着这些骨质硬片:"张子鱼太了不起了,赫定是在太阳墓地见到神驼地精的,祭品是不能动的,张子鱼追赶的是行走的活地精,这些甲片还是软的。"从形状看是地精龟头上的包皮。

武明生亲自熬汤药,医生老婆都插不上手。农民父亲喝下儿子的一片孝心后,抓住儿子的手说:"娃呀,爸可以放心地死了。"老汉就松开手,闭上了眼睛,闭得实实的,儿和女就哭开了。武明生是晕倒的,武明生醒来第一句话就是:"我把我爸害死啦,我爸喝了整整两年咋就把自己往死里喝!"大家都劝武明生:你爸闭上了眼嘛,闭不上眼才是大麻烦。大伯告诉侄儿武明生:"你爸老觉得亏欠人家甘肃女人一番情义,你爸跟人家甘肃女人有过一段瓜葛嘛,你给你爸尽了大孝,没有你娃这两年的中药,你爸都不知道他咋死呀,你爸顺顺当当上路啦,好得很。"

冷静下来一想,失去爱情的父亲娶妻生子成了传宗接代的工具,看到地精就有了愧疚。武明生告诉孟凯:"我咋就没想到地精就是我亲爸。"

孟凯比武明生还冷静:狗日的张子鱼还会跟上神驼地精跑,不往精河跑你还想往哪里跑? 武明生就说:"张子鱼心大着哩,他不会满足于剥几片神驼地精的包皮,他想弄个整个的。"

两个多月后孟凯在毛乌素沙漠的红碱淖边与张子鱼相遇,孟凯连嘲带讽地说:"艾比湖边转几圈拍些照片写些文章上上杂志尝到了甜头,就尝到红碱淖来啦。""毕业时考察过红碱淖,对这一带比较熟悉。""艾比湖边你有不小的收获,在红碱淖你可能一无所获。""太武断了吧,地理考察是一门科学,科学谁也没办法。""你不觉得红碱淖已经与你没关系了吗?"不容张子鱼争辩,孟凯就开始吟诵十三世纪波斯诗人鲁米的诗:

"我死了,从矿石化为蔬菜五谷;

作为蔬果的我死了,化为动物;

动物死了,我成为人。

为何还惧怕死后的虚无?

下次我还会死,然后长出羽翼犹如天使。

会比天使飞升得更高。"

张子鱼在哈萨克老教师那里听到过这首诗,从孟凯嘴里出来另有一番意味。

他们在红碱淖边住了一宿,谈到了斯文·赫定和那本有名的《亚洲腹地旅行记》。孟凯说:"我不会再冒险啦,你小子还有机会。"张子鱼矢口否认,"我从来就没冒过险,我天生就不爱冒险。"孟凯就知道什么是真正的冒险。

几天后在西安街上,张子鱼突然出现在李芸面前,把李芸吓一跳,差点失声大叫,幸好一手提包一手捂自己的嘴,惊讶了足足五分钟,那只坤包就在张子鱼身上砸一下:"跟特务一样一溜就是六七年,我还以为你抛尸荒野了呢,总算见到你这个大活人了。"

丈夫出差,孩子在爷爷奶奶家,就不回去吃中午饭了,就在春发生饭庄请老同学吃葫芦头泡馍。"隔一隔你的腥膻味,都成西域胡人了。"找座位坐下,点两碟小菜,一人一碗葫芦头得等好半天,正好说话,都没有叙旧的意思。李芸听说张子鱼没孩子就开玩笑:"还想跟你结娃娃亲呢,你还是个未知数,有点玄。"李芸这么快乐,一点也没变,张子鱼很认真地说:"你先生很不错。""你又没见过他你没必要这么恭维我。""妻子很幸福先生一定不会差。""这话还有点道理,提到我先生我还真想给他说一声,他一直想认识你,你在《中国国家地理》杂志上的作品还是他先发现的,我发现你们男人都喜欢野外活动,都喜欢冒险,你们见面绝对谈得来。"李芸立马就打手机。二〇〇〇年手机还是个重要物件,李芸的服饰都很一般,朴朴素素一职业女性,通讯工具却很前卫,李芸解释是丈夫喜欢野外活动,先进的通讯工具是他们家庭建设的首选。确实是一对幸福的夫妻。妻子给丈夫打手机,告诉丈夫这个叫张子鱼的家伙就坐在我跟前,我们正吃葫芦头。丈夫马上从远方发来最新指示,让妻子在西安饭庄订一桌饭,他提前离会,今晚就往回赶,明天早晨赶回西安。李芸关上手机:"明天中午西安饭庄,我们全家包括我爸我妈和女儿宴请你,我爸我妈你认识,你早在他们的期待中。"张子鱼不知说什么好。吃完饭李芸也不急着上班,给办公室同事打个电话,就可以晚去一会儿。

李芸前两天就在世纪金花看中一件裙子,见到张子鱼她就痛下决心。李芸还真没把张子鱼当外人,穿上金黄色的长裙,让张子鱼看,张子鱼就说像古代雅典神庙的女祭司,也有印度女人的风采。李芸微微一笑:"这就对了,我一定要听到你的赞美。"好多年后张子鱼才知道当年他匆匆离校后,那个画画的女孩叶小兰和学医的女孩姚慧敏来到西安,不约而同地给李芸送上美丽的长裙,并把李芸看成世界上最幸福的女人。好服装是经久不衰的,李芸在世纪金花碰到这种款式的长裙就想把它买下来,与张子鱼的重逢也是一种缘分。衣服包装好,李芸郑重地交给张子鱼:"送给你妻子的礼物你不能拒绝,记住,明天中午十二点西安饭店三〇二包间。"

剩下的时间武明生和孟凯陪张子鱼,喝酒唱歌喝茶聊天。聊天的时候出了问题,也是由张子鱼引起的。张子鱼若有所思地问:"李芸的先生也喜欢《中国国家地理》?"武明生这个坏蛋就朝孟凯挤挤眼:"李芸的先生考察红碱淖已经两年多了,快出成果了,上《中国国家地理》没问题。"张子鱼就说:"那又不是我家菜园子,能上就上,好事情嘛。"武明生这个坏蛋又意味深长地问张子鱼会不会下象棋?"会一点,好多年不下了。""只要下过象棋你肯定知道将和帅是不能见面的,一照面就是死棋。"张子鱼不说话了,回到旅馆想了一晚上。

第二天一大早,张子鱼就找到武明生和孟凯,说家里有急事他得赶回去,机票都买好了,十点的飞机,坐八点的机场大巴,现在七点,没办法给李芸打招呼,你俩转告一下,下次一定登门拜访,就急吼吼地走了。孟凯也要走,武明生就一脸坏笑:"你凑啥热闹哩,没名堂嘛。"

孟凯只能赶中午的航班。从乌鲁木齐到精河,张子鱼坐火

463

车,半夜三更才能到精河,精河火车站离县城还有十几公里,半夜下车打不到出租车就只能在火车站待一宿。孟凯不用坐火车,孟凯的表哥开上小中巴从飞机场接上孟凯直奔精河火车站,表哥问:"不回塔城?""回精河,去火车站。"离开西安时孟凯告诉武明生:"半夜碰上暴风雪会冻死人的。"武明生就不再嬉皮笑脸,"有那么玄吗?""新疆冬天比内地早,十月十一月就要下雪,阿拉山口刮的都是喀拉布风暴。""真有这么玄吗?兄弟。"武明生声音都变了,孟凯就说:"你忘了张子鱼在红碱淖水边与李芸发生的那一幕,那时喀拉布风暴就跟他结缘啦。"

孟凯提前一小时赶到精河火车站,张子鱼见到孟凯还开人家玩笑:"你该不是雇杀手截杀我吧?""要截杀你几年前就把你干掉了。"开着玩笑就出了车站。孟凯问张子鱼,下一步研究什么?张子鱼就说赫定一生中的两段空白。张子鱼先说赫定搜集各种版本的《蕾莉与马杰农》,张子鱼连题目都想好了,"无法公开的探险之旅",不就是个人隐私情感生活吗?孟凯早就想到了。张子鱼就讲赫定的第二段空白:一九二八年秋天的米里其格草原之行,蒙古族歌手唱了古歌《燕子》,孟凯的脑袋就轰地一下,"赫定跑米里其格找楼兰美女呀?找罗布泊呀?"随着大声嚷嚷就是更大的轰响,孟凯整个人都爆炸了,从座位上蹦起来,跟炮弹一样撞到车的顶棚上又弹回去,因为他听了张子鱼更有说服力的解释,张子鱼只是轻轻地把蒙古语米里其格压缩成米莉就彻底引爆了孟凯。孟凯没机会发作了,喀拉布风暴来了。冰雪借助狂风如万马奔腾从准噶尔之门阿拉山口破门而入,横扫准噶尔大地。十几公里平时也就是四十多分钟。喀拉布风暴让车子消失了好几次,卡在林带里又退出来,在旷野上一泻千里腾空了好久,又轰隆一声落地。

　　表哥真是好功夫,上天入地一样折腾了两个多小时,车子上备有当地产的那达慕白酒,每人喝一瓶,抗住了严寒,裹着军大衣都觉得衣服很薄,幸好皮肤还有感觉,都是酒的功劳。借着酒劲张子鱼在哼唱一首歌。喀拉布风暴万炮齐鸣,山崩地裂天旋地转,整个世界变聋变哑。孟凯从张子鱼的口型判断出他在哼歌谣,一首蒙古歌谣,张子鱼脸红彤彤眼睛又黑又亮,几近疯狂。表哥喊一声什么,孟凯凭口型能明白大概的意思,狗日的真成新疆人了,狗日的想老婆想疯啦。表哥就来了精神,一口气把车子开上大路。把狂暴的喀拉布风暴撕开一道口子,从那裂缝里看到县城的灯光,灯光匆匆一闪,就消失了,这就够了,表哥再也不用含糊了,车子突然出现在大街上。张子鱼打手势比画,车子拐几个街道,就到了单位院子里,怎么进去的都不知道,张子鱼连谢谢都来不及说就拉开车门扑进暴风雪。房子就在十几米以外,车灯笔直打到天蓝色铁门上,车灯的两道光柱里全是飞旋的雪花。张子鱼顺着两道光柱踉踉跄跄挣扎到门口,只敲了一下门就开了,只看见女人的手,白鱼一样倏忽一闪就连同张子鱼一起消失了,门关上了。孟凯还在车子里待了一会儿,车灯大睁着眼睛足足有半小时。

　　孟凯在表哥家还要喝酒,表哥陪他喝几杯表哥累坏了就睡了。天亮,暴风雪停了,出奇地静,表哥听见动静去看孟凯,狗日的一宿未睡还在喝酒,怎么就喝不醉呢?还嘀嘀咕咕唱歌呢,就是昨天晚上张子鱼在车上唱的那首歌。这回表哥听清楚了,真

465

是一首蒙古歌曲,歌词大意是:"骑着粉嫩嘴唇的骏马,一口气跑到心爱姑娘的帐篷。"孟凯一点没醉,问表哥:"你说张子鱼到了心爱姑娘的帐篷没有?""到了到了,咱们亲自送的嘛。""这小子肯定一宿没睡。""跟疯子一样,想老婆想成这个样子,昨晚打出租的死了两个伤了三个,真把这个小子给救了。""狗日的获救啦?""获救啦。"孟凯就倒地上呼呼大睡,表哥费好大劲才把他搬到床上。

后来武明生问孟凯为什么那么急送张子鱼回去?孟凯就说:"我对叶海亚已经很陌生了,但我知道那个暴风雪之夜张子鱼不在她身边她一定会崩溃,你不知道喀拉布风暴的威力,它摧毁了斯文·赫定世俗生活中的爱情,赫定对米莉的爱只能在另一个世界去实现,我不想让这种悲剧发生在叶海亚身上。""你敢肯定那个暴风雪之夜张子鱼向叶海亚敞开了他那颗深沉的心?你都意识到叶海亚快绷不住了嘛,两颗深沉的心在暴风雪之夜会怎么样?"孟凯就告诉武明生:"喀拉布风暴或许救他,或许毁他,就看他的造化了,喀拉布风暴的幸存者只有雅丹燕子和骆驼。""还有地精,真正的神驼地精就长在张子鱼身上。""为什么是张子鱼呢?我们男人不都长着这个东西吗?"

地址:陕西省西安市长安南路陕西师大文学院91号信箱
邮编:710062
E—mail:clj@snnu.edu.cn